Das Buch

Der Herrenschneider Harry Pendel hat in Panama City das Erbe seiner Frau und einen Kredit auf seine Schneiderfirma in eine wertlose Reisfarm investiert. Nun droht die Bank den Kredit zu kündigen, und Harry sieht sein gesichertes Leben in Gefahr. Da erscheint es wie ein Wunder, als ein geheimnisvoller Engländer Harrys Laden betritt. Andy Osnard ist Spion des britischen Geheimdienstes, und er hat den Auftrag, die Vorherrschaft des CIA in Panama zu brechen und London mit hochexklusiven Informationen zu versorgen. Dafür will Osnard Harry Pendel anwerben, denn der Herrenschneider ist scheinbar der ideale Spion: Er braucht Geld, und er hat durch seine Tätigkeit Zugang zu den höchsten Kreisen. Als Harry zögert, droht Osnard, Harrys kunstvoll gewobene Lebenslüge auffliegen zu lassen. Und so erklärt sich Harry notgedrungen bereit, seine einflußreichen Kunden und Freunde auszufragen und die Informationen an Osnard weiterzugeben. Doch Harry erfährt nicht mehr als das, was man sich in Panama City ohnehin erzählt, und so flüchtet er sich von einer Notlüge in die nächste, ohne sich deren katastrophaler Folgen bewußt zu sein.

John le Carré höchstpersönlich schrieb gemeinsam mit Regisseur John Boorman und Andrew Davies auch das Drehbuch zur Verfilmung des Romans. In dem hochkarätig besetzten Kinofilm spielen Pierce Brosnan, Geoffrey Rush, Jamie Lee Curtis und Brendan Gleeson die Hauptrollen.

Der Autor

John le Carré, geboren 1931, studierte in Bern und Oxford Germanistik. Er lehrte in Oxford und arbeitete dann einige Jahre im diplomatischen Dienst Großbritanniens in Bonn und Hamburg. Mit dem Roman »*Der Spion , der aus der Kälte kam*«, der wie viele seiner Werke auch verfilmt wurde, schaffte er den Durchbruch. Der Autor lebt in Cornwall, London und zeitweise auch auf dem Kontinent. Fast alle seine Romane sind im Wilhelm Heyne Verlag als Taschenbücher erschienen.

JOHN LE CARRÉ

DER SCHNEIDER VON PANAMA

Der Roman zum Film

Aus dem Englischen
von Werner Schmitz

WILHELM HEYNE VERLAG
MÜNCHEN

HEYNE ALLGEMEINE REIHE
Nr. 01/20062

Titel der Originalausgabe
THE TAILOR OF PANAMA

Der Titel erschien bereits in der
Allgemeinen Reihe mit der Band-Nr. 01/10779.

Umwelthinweis:
Dieses Buch wurde auf
chlor- und säurefreiem Papier gedruckt.

Taschenbuchausgabe 05/2001

Wilhelm Heyne Verlag GmbH & Co. KG, München
Printed in Germany 2001
http://www.heyne.de

Umschlaggestaltung: Nele Schütz Design, München
Druck und Bindung: Ebner Ulm

ISBN: 3-453-18484-X

In Gedenken
an Rainer Heumann,
Literaturagent,
Gentleman und Freund

»Quel Panamá!«

Anfang des 20. Jahrhunderts
in Frankreich gebräuchlicher Ausdruck.
Bezeichnet ein unauflösliches Durcheinander.

(vgl. David McCulloughs bemerkenswertes Buch
The Path Between The Seas)

1

Es war ein vollkommen gewöhnlicher Freitagnachmittag im tropischen Panama, doch dann stapfte Andrew Osnard in Harry Pendels Laden, um sich Maß für einen Anzug nehmen zu lassen. Als er hereinkam, war Pendel noch der alte. Als Osnard dann wieder ging, war Pendel ein anderer. Dazwischen vergingen siebenundzwanzig Minuten auf der Mahagoni-Uhr von Samuel Collier, Eccles, einem der vielen historischen Gegenstände im Hause Pendel & Braithwaite Co., Limitada, Hofschneider, ehemals Savile Row, London, derzeit Vía España, Panama City.

Beziehungsweise ganz in der Nähe. Der Vía España so nahe, daß es keine Rolle mehr spielte. Der Kürze halber P & B genannt.

Der Tag begann pünktlich um sechs, als der Lärm von Bandsägen, Baustellen und Verkehr und der zackige Sprecher des Armeesenders Pendel aus dem Schlaf rissen. »Ich war nicht da, das waren zwei andere, sie hat mich zuerst geschlagen, und zwar mit ihrem Einverständnis, Herr Richter«, erklärte er dem Morgen aus einem vagen Gefühl drohender Bestrafung heraus. Dann fiel ihm der für halb neun angesetzte Termin mit seinem Bankdirektor ein, und er sprang im selben Augenblick aus dem Bett, als seine Frau Louisa »Nein, nein, *nein*« jammerte und sich die Decke über den Kopf zog, weil die Morgenstunden für sie am schlimmsten waren.

»Warum nicht zur Abwechslung mal ›ja, ja, ja‹?« fragte er sie im Spiegel, während er wartete, daß das Wasser warm wurde. »Ein bißchen mehr Optimismus könnte nicht schaden, Lou.«

Louisa stöhnte, doch ihr Leib unter dem Laken rührte sich nicht; also gönnte sich Pendel zur Hebung seiner Laune einen schnoddrigen Schlagabtausch mit dem Nachrichtensprecher.

»Der Oberbefehlshaber des US-Kommandos Süd hat gestern abend erneut betont, daß die Vereinigten Staaten ihren vertraglichen Verpflichtungen gegenüber Panama in Wort und Tat nachkommen werden«, verkündete der Nachrichtensprecher mit männlicher Majestät.

»Alles erstunken und erlogen, Lou«, gab Pendel zurück, während er sich das Gesicht einseifte. »Wenn's nicht gelogen wäre, würden Sie's nicht so oft wiederholen, stimmt's, General?«

»Der Präsident von Panama ist heute in Hongkong eingetroffen, der ersten Station seiner zweiwöchigen Reise durch mehrere Hauptstädte Südostasiens«, sagte der Nachrichtensprecher.

»Achtung, jetzt kommt dein Boß!« rief Pendel und hob eine seifige Hand, um seine Frau aufmerksam zu machen.

»Er reist in Begleitung einer Gruppe von panamaischen Wirtschafts- und Handelsexperten, darunter sein Berater für die Zukunftsplanung des Panamakanals, Dr. Ernesto Delgado.«

»Gut gemacht, Ernie«, sagte Pendel beifällig und warf seiner ruhenden Frau einen Blick zu.

»Am Montag reist die Präsidentendelegation nach Tokio weiter, wo wichtige Gespräche über eine Ausweitung japanischer Investitionen auf der Tagesordnung stehen«, sagte der Nachrichtensprecher.

»Und diese Geishas werden gar nicht wissen, was da plötzlich über sie gekommen ist«, sagte Pendel mit gedämpfter Stimme, während er sich die linke Wange rasierte. »Wenn dein Ernie auf Beutezug geht …«

Mit einem Schlag war Louisa wach.

»Harry, ich will nicht, daß du so von Ernesto redest, nicht mal im Scherz, bitte.«

»Gewiß, meine Liebe. Tut mir schrecklich leid. Es soll nicht wieder vorkommen. *Niemals*«, versprach er, während er die schwierige Stelle unmittelbar unter den Nasenlöchern bearbeitete.

Aber Louisa war noch nicht zufrieden.

»Warum soll Panama nicht in Panama investieren können?« schimpfte sie, schlug die Decke zurück und richtete sich kerzengerade in dem weißen Leinennachthemd auf, das sie von ihrer Mutter geerbt hatte. »Warum müssen das *Asiaten* für uns tun? Sind wir nicht reich genug? Haben wir nicht allein in *dieser* Stadt einhundertundsieben Banken? Warum können wir nicht unser Drogengeld nehmen und unsere Fabriken und Schulen und Krankenhäuser selber bauen?«

Das ›wir‹ war nicht wörtlich gemeint. Louisa war Bürgerin der Kanalzone, dort aufgewachsen, als die Zone durch den damals geltenden Knebelvertrag als für alle Zeiten amerikanisches Gebiet galt, auch wenn das Gebiet nur zehn Meilen breit und fünfzig Meilen lang war und links und rechts von den verachteten Panamaern bewohnt wurde. Ihr verstorbener Vater war bei einer Pioniereinheit gewesen und, als er an den Kanal versetzt wurde, vorzeitig aus dem Dienst geschieden, um als Angestellter der Kanalgesellschaft zu arbeiten. Ihre ebenfalls verstorbene Mutter hatte an einer der konfessionsgebundenen Schulen in der Zone als liberale Religionslehrerin gewirkt.

»Lou, du weißt doch, was man sagt«, antwortete Pendel; er zog ein Ohrläppchen hoch und schabte die Stoppeln darunter ab. Er rasierte sich, wie andere Leute Bilder malen, er liebte seine Tuben und Pinsel. »Panama ist kein Land, sondern ein Kasino. Und wir kennen die Kerle, die es führen. Du arbeitest schließlich für einen von denen.«

Er hatte es wieder getan. Wenn er ein schlechtes Gewissen hatte, war er ebenso charakterschwach wie Louisa, wenn es ums Aufstehen ging.

»Nein, Harry, das ist nicht wahr. Ich arbeite für Ernesto Delgado, und Ernesto ist nicht einer von *denen.* Ernesto ist ein anständiger Mensch, er hat Ideale, er kämpft für Panamas Zukunft als freies und souveränes Mitglied im Kreis der Nationen. Im Gegensatz zu *denen* ist er nicht auf Beute aus, er will *nicht* das Erbe seines Landes verschachern. Und deshalb ist er etwas Besonderes, ein sehr, sehr ungewöhnlicher Mensch.«

Heimlich beschämt, drehte Pendel die Dusche an und prüfte mit einer Hand das Wasser.

»Der Druck ist mal wieder weg«, sagte er munter. »Das haben wir davon, daß wir auf einem Hügel wohnen.«

Louisa stieg aus dem Bett und zerrte sich das Nachthemd über den Kopf. Sie war groß und schmalhüftig, hatte langes, widerspenstiges Haar und die hoch angesetzten Brüste einer Sportlerin. Wenn sie sich einmal vergaß, war sie eine Schönheit. Aber sobald sie sich ihrer selbst wieder bewußt wurde, ließ sie die Schultern hängen und machte ein mürrisches Gesicht.

»Ein einziger guter Mann, Harry«, fuhr sie fort, während sie ihr Haar in die Duschhaube stopfte. »Mehr ist gar nicht nötig, um dieses Land in Schwung zu bringen. Ein einziger guter Mann von Ernestos Kaliber. Wir brauchen keine Redner mehr, keine Egomanen, sondern bloß einen einzigen moralisch handelnden Christen. Einen einzigen anständigen, fähigen Verwalter, der nicht korrupt ist, der Straßen und Kanalisation erneuert, der etwas gegen Armut und Verbrechen und Drogenhandel unternimmt und den Kanal instandhält und nicht an den Meistbietenden verhökert. Ernesto möchte aufrichtig dieser Mann sein. Es steht dir nicht zu, es steht niemandem zu, schlecht von ihm zu reden.«

Rasch, aber mit der ihm eigenen Sorgfalt, zog Pendel sich an und eilte in die Küche. Die Pendels hatten zwar wie alle anderen gutbürgerlichen Bewohner Panamas mehrere Dienstboten, aber das Frühstück mußte nach strenger alter Sitte vom Oberhaupt der Familie zubereitet werden. Pochiertes Ei auf Toast für Mark, Bagel mit Rahmkäse für Hannah. Dazu sang Pendel gutgelaunt Stellen aus dem *Mikado,* denn er liebte die Musik. Mark saß schon angezogen am Küchentisch und machte seine Hausaufgaben. Hannah mußte aus dem Bad gelockt werden, wo sie besorgt einen Makel an ihrer Nase untersuchte.

Dann Hals über Kopf gegenseitige Vorwürfe und Abschiedsrufe, als Louisa angekleidet, aber reichlich spät zur Arbeit bei der Panamakanal-Kommission aufbricht und zu ihrem Peugeot rennt, während Pendel und die Kinder in den Toyota steigen und die Hetzjagd zur Schule antreten, links, rechts, links den steilen Hang zur Hauptstraße hinunter, wobei Hannah ihr Bagel verspeist und Mark in dem holpernden Geländewagen mit den Hausaufgaben kämpft und Pendel sich wegen der Hektik entschuldigt, aber Kinder, ich habe einen frühen Termin mit den Jungs von der Bank, und insgeheim wünscht, er hätte sich seine abfälligen Bemerkungen über Delgado verkneifen können.

Dann ein Spurt auf der falschen Fahrspur, zu verdanken dem morgendlichen *operativo,* der den stadteinwärts fahrenden Pendlern die Benutzung beider Spuren erlaubt. Dann in lebensgefährlichem Gekurve durch aggressiven Verkehr in engere Straßen hinein, vorbei an amerikanisch anmutenden Häusern, die ihrem eigenen sehr ähnlich sehen, und hinein in das aus Glas und Plastik gebaute Dorf mit seinen Charlie Pops und McDonald's und Kentucky Fried Chickens und dem Rummelplatz, wo Mark sich am vorigen 4. Juli nach der Attacke eines feindlichen Autoskooters den Arm gebrochen hatte – und als sie ins Krankenhaus gekommen waren, hatte es dort von Kindern mit Brandwunden von Feuerwerkskörpern gewimmelt.

Dann ein Pandämonium, als Pendel nach einem Vierteldollar für den schwarzen Jungen sucht, der an einer Ampel Rosen verkauft, dann wildes Winken aller drei, als sie den alten Mann passieren, der seit sechs Monaten an derselben Straßenecke steht und mit demselben Schild für zweihundertfünfzig Dollar einen Schaukelstuhl zum Verkauf anbietet. Dann wieder durch Nebenstraßen, Mark wird heute als erster abgesetzt, und weiter durch das stinkende Inferno der Manuel Espinosa Batista, vorbei an der National-Universität, wehmütige Blicke auf langbeinige Mädchen in weißen Blusen und mit Büchern unterm Arm, Pendel grüßt die kitschige Pracht der Kirche del Carmen – guten Morgen, lieber Gott –, überquert todesmutig die Vía España, verschwindet mit einem Seufzer der Erleichterung in der Avenida Federico Boyd, gelangt durch die Vía Israel auf die San Francisco, schiebt sich mit der Menge zum Flughafen Paitilla, grüßt die Damen und Herren vom Drogenhandel, denen die meisten der zahlreichen neben den baufälligen Gebäuden parkenden hübschen kleinen Privatflieger gehören, zwischen denen streunende Hunde und Hühner herumlaufen, und jetzt anhalten, etwas vorsichtig, bitte, tief durchatmen, die Welle antisemitischer Bombenanschläge in Lateinamerika ist nicht unbemerkt geblieben: mit diesen finsteren jungen Männern am Eingang der Albert-Einstein-Schule ist nicht zu spaßen, da muß man sich vorsehen. Mark springt aus dem Wagen, ausnahmsweise einmal pünktlich, Hannah schreit: »Du hast was vergessen, Blödi!« und wirft ihm seinen Ranzen nach. Mark stelzt los, Bekundungen von Gefühlen sind nicht erlaubt, nicht einmal ein leichtes Winken, denn das könnte ja von seinen Mitschülern als Wehleidigkeit interpretiert werden.

Dann zurück ins Gewühl, das frustrierte Jaulen der Polizeisirenen, das Knurren und Knattern von Bulldozern und Preßlufthämmern, das ewige sinnlose Hupen, Furzen und Fuchteln einer Tropenstadt der Dritten Welt, die es nicht erwarten kann, sich selbst zu ersticken; zurück zu den Bettlern und Krüppeln und den Verkäufern von Handtüchern, Blumen, Trinkbechern und Keksen, die einen an jeder Ampel belagern – Hannah, mach mal dein Fenster auf, und wo ist die Büchse mit den halben Balboas? –, heute ist der beinlose, weißhaarige Senator dran, der in seinem Rollwägelchen durch die Gegend paddelt, und nach ihm die schöne schwarze Mutter mit dem fröhlichen Baby auf der Hüfte, fünfzig Cent für die Mutter, einmal Winken für das Baby, und da kommt auch schon wieder der weinende Junge auf Krücken an, dessen eines Bein wie eine überreife Banane herunterhängt, aber weint er den ganzen Tag oder nur zur Hauptverkehrszeit? Hannah gibt auch ihm einen halben Balboa.

Dann kurzfristig freie Fahrt, als wir mit vollem Tempo den Hügel hoch zur María Immaculada jagen, auf deren Vorhof Nonnen mit staubigen Gesichtern um die gelben Schulbusse wuseln – *Señor Pendel, buenas días!* und *Buenas días,* Schwester Piedad! Und Ihnen auch, Schwester Imelda! –, und hat Hannah an die Kollekte für den Tagesheiligen gedacht, wer auch immer das heute sein mag? Natürlich nicht, sie ist ja auch ein Blödi, also hier hast du fünf Dollar, Kleines, du kommst noch rechtzeitig, und laß dir den Tag nicht verderben. Hannah, ein pummeliges Mädchen, gibt ihrem Vater einen feuchten Kuß und begibt sich auf die Suche nach Sarah, ihrer dieswöchigen Busenfreundin, während ein schmunzelnder, überaus fetter Polizist mit goldener Armbanduhr dreinschaut wie der Weihnachtsmann.

Und kein Mensch findet etwas dabei, denkt Pendel fast schon zufrieden, als er sie in der Menge verschwinden sieht. Weder die Kinder noch sonst jemand. Nicht einmal ich. Ein Judenjunge, nur daß er keiner ist, ein katholisches Mädchen, nur daß sie keins ist, und wir alle finden das normal. Und entschuldige, meine Liebe, daß ich so schlecht von dem unvergleichlichen Ernesto Delgado geredet habe, aber heute ist nicht der Tag, an dem ich brav sein kann.

Worauf Pendel, gutgelaunt und endlich ungestört, auf die Hauptstraße zurückkehrt und seinen Mozart einschaltet. Und sogleich ist er deutlich wacher, wie meistens, wenn er allein ist. Gewohnheitsmäßig sieht er nach, ob die Türen verschlossen sind, und achtet mit einem Auge auf Straßenräuber, Polizisten und andere zwielichtige Gestalten. Aber nervös ist er nicht. Nach der US-Invasion herrschten ein paar Monate die Revolverhelden unbehelligt in Panama. Zöge heute jemand mitten im Verkehrsgewühl eine Waffe, würden sämtliche Fahrer, außer Pendel, aus ihren Autos auf ihn losballern.

Hinter einem der vielen halbfertigen Hochhäuser hervorkommend, springt ihn die grelle Sonne an, die Schatten werden tiefer, der Krach der City nimmt zu. Ein Regenbogen aus Wäsche erscheint im Dunkel der baufälligen Wohnhäuser in den engen Straßen, durch die er sich kämpfen muß. Auf den Bürgersteigen sind Afrikaner, Inder, Chinesen und alle denkbaren Mischungen zu sehen. In Panama gibt es ebenso viele Menschen wie Vogelarten, eine Tatsache, die das Herz des Mischlings Pendel täglich von neuem erfreut. Manche stammten von Sklaven ab, andere sehr wahrscheinlich auch, denn ihre Vorfahren waren zu Zehntausenden hierher verfrachtet worden, um für den Kanal zu arbeiten und manchmal auch zu sterben.

Die Straße wird breiter. Am dämmrigen Pazifik herrscht Ebbe, und die dunkelgrauen Inseln jenseits der Bucht hängen wie ferne chinesische Berge im dämmrigen Nebel. Pendel spürt den heftigen Wunsch, dorthin zu gehen. Vielleicht liegt das an Louisa, denn manchmal macht ihre furchtbare Unsicherheit ihn fix und fertig. Vielleicht kommt es auch daher, daß nun direkt vor ihm bereits die knallrote Spitze des Wolkenkratzers der Bank auftaucht, der sich mit seinen ähnlich scheußlichen Nachbarn um die Wette in den Himmel reckt. Ein Dutzend Schiffe treibt in gespenstischer Linie über dem unsichtbaren Horizont, wartet mit laufenden Maschinen die Totzeit ab, um in den Kanal einlaufen zu können. Pendel kann die Langeweile an Bord nur zu gut nachvollziehen. Er vergeht vor Hitze auf dem reglosen Deck, er liegt in einer miefigen Kajüte voller fremder Körper und Ölgestank. Ich werde keine Zeit mehr totschlagen, nimmt er sich schaudernd vor. Nie mehr. Für den Rest seines Erdendaseins will Harry Pendel jede Stunde jeden Tages genießen, das ist amtlich. Frag Onkel Benny, tot oder lebendig.

Als er in die prachtvolle Avenida Balboa kommt, glaubt er plötzlich zu fliegen. Rechts schwebt die Botschaft der Vereinigten Staaten vorbei, größer als der Präsidentenpalast, größer sogar als seine Bank. Aber nicht, zu diesem Zeitpunkt, größer als Louisa. Ich bin einfach zu großkotzig, erklärt er ihr, als er auf den Vorplatz der Bank hinabgleitet. Wenn ich nicht so großkotzige Vorstellungen hätte, würde ich jetzt nicht in diesem Schlamassel stecken, hätte ich mich nie als Krösus gefühlt und würde jetzt niemandem einen Haufen Geld schulden, den ich nicht habe, und ich würde auch nicht mehr gegen Ernie Delgado oder sonstwen sticheln, den du gerade für einen moralischen Saubermann hältst. Schweren Herzens stellt er seinen Mozart aus, greift nach hinten und nimmt sein Jackett vom Bügel – heute hat er sich für das dunkelblaue entschieden –, zieht es an und richtet im Rückspiegel seine Denman-&-Goddard-Krawatte. Ein strenger uniformierter Bursche bewacht das riesige Glasportal. Er hält eine Halbautomatik im Arm und salutiert vor jedem, der einen Anzug trägt.

»Don Eduardo, Monseñor, wie *geht* es uns heute, Sir?« ruft Pendel ihm auf Englisch zu und reißt den Arm hoch. Der Bursche strahlt vor Vergnügen.

»Guten Morgen, Mr. Pendel«, antwortet er. Mehr Englisch kann er nicht.

Für einen Schneider ist Harry Pendel überraschend athletisch. Vielleicht ist er sich dessen bewußt, denn er geht wie mit unterdrückter Kraft. Er ist groß und stabil gebaut, sein angegrautes Haar ist kurzgeschnitten. Er hat einen breiten Brustkorb und die runden Schultern eines Boxers. Sein Gang jedoch ist staatsmännisch und diszipliniert. Die Hände, die zunächst locker an den Seiten schwingen, legt er nun sittsam auf dem kräftigen Rücken zusammen. In solch einer Haltung schreitet man eine Ehrengarde ab oder geht man mit Würde seiner Hinrichtung entgegen. In der Vorstellung hat Pendel schon beides getan. Ein einziger Schlitz hinten im Jackett, mehr darf nicht sein. Er nennt es das Braithwaitesche Gesetz.

Am deutlichsten freilich zeigten sich Lebensfreude und Behagen auf seinem Gesicht, einem Gesicht, dessen er mit vierzig würdig war. Unbekümmerte Unschuld leuchtete aus seinen babyblauen Augen. Auf seinen Lippen lag, auch wenn sie entspannt waren, ein freundliches, offenes Lächeln. Wer es unvermutet sah, fühlte sich gleich ein bißchen besser.

Hohe Tiere in Panama haben hinreißende schwarze Sekretärinnen in züchtigen blauen Busschaffner-Uniformen. Sie haben getäfelte, mit Stahl verstärkte kugelsichere Türen aus Teakholz mit Messingklinken, die man nicht bewegen kann, weil die Türen sich nur von innen mit Summern öffnen lassen, damit die hohen Tiere nicht entführt werden können. Ramón Rudds Zimmer im sechzehnten Stock war enorm groß und modern und hatte getönte, auf die Bucht hinausgehende Fenster vom Boden bis zur Decke und einen Schreibtisch so groß wie ein Tennisplatz, an dessen hinteres Ende Ramón Rudd sich klammerte wie eine winzige Ratte an ein riesiges Floß. Er war klein und dick, hatte eine dunkelblaue Kinnpartie, glänzend schwarzes Haar, schwarzblaue Koteletten und gierig funkelnde Augen. Zur Übung bestand er darauf, Englisch zu sprechen, hauptsächlich durch die Nase. Er hatte für die Erforschung seiner Ahnentafel beträchtliche Summen bezahlt und behauptete, von schottischen Abenteurern abzustammen, die nach der Katastrophe von Darién zurückgelassen worden waren. Vor sechs Wochen hatte er einen Kilt im Schottenmuster der Rudds bestellt, um an den schottischen Tanzveranstaltungen im Club Unión teilnehmen zu können. Ramón Rudd schuldete Pendel zehntausend Dollar für fünf Anzüge. Pendel schuldete Rudd einhundertfünfzigtausend Dollar. Als Zeichen des Entgegenkommens zählte Ramón die rückständigen Zinsen zum Kapital hinzu, weshalb das Kapital denn auch weiterwuchs.

»Pfefferminz?« fragte Rudd und schob ihm einen Messingteller mit eingewickelten grünen Bonbons hin.

»Danke, Ramón«, sagte Pendel, nahm aber keins. Ramón bediente sich.

»Warum geben Sie so viel Geld für einen *Anwalt* aus?« fragte Rudd nach zweiminütigem Schweigen, in dem er an seinem Pfefferminz gelutscht und sie beide, jeder für sich, über den aktuellen Kontoauszügen der Reisfarm gestöhnt hatten.

»Er hat gesagt, daß er den Richter bestechen will, Ramón«, erklärte Pendel demütig wie ein Schuldiger, der seine Zeugenaussage macht. »Er hat gesagt, er sei mit ihm befreundet. Er wolle mich da lieber raushalten.«

»Aber warum hat der Richter die Anhörung vertagt, wenn Ihr Anwalt ihn bestochen hat?« fragte Rudd. »Warum hat er Ihnen nicht wie versprochen das Wasser zuerkannt?«

»Weil es inzwischen ein anderer Richter war, Ramón.

Nach der Wahl wurde ein neuer Richter eingesetzt, und das Bestechungsgeld war nicht vom alten auf den neuen übertragbar. Der neue Richter wartet jetzt erst einmal ab, welche Partei ihm das höhere Angebot macht. Der Sekretär meint, der neue Richter sei ehrlicher als der alte; das heißt natürlich, daß er auch teurer ist. Bedenken sind in Panama eine kostspielige Sache, sagt er. Und es wird immer schlimmer.«

Ramón Rudd nahm die Brille ab, hauchte auf die Gläser und säuberte sie mit einem Polierleder aus der Brusttasche seines Pendel-&-Braithwaite-Anzugs. Dann schob er die goldenen Bügel wieder hinter die glänzenden kleinen Ohren.

»Warum bestechen Sie nicht jemand beim Ministerium für Landwirtschaftliche Entwicklung?« empfahl er mit überlegener Nachsicht.

»Das haben wir versucht, Ramón, aber die Leute dort sind richtige Moralapostel. Sie sagen, sie seien bereits von der anderen Partei bestochen, und sie fänden es unmoralisch, die Seiten zu wechseln.«

»Könnte Ihr Farmverwalter nicht was arrangieren? Sie zahlen ihm ein hohes Gehalt. Warum wird er nicht selbst aktiv?«

»Na ja, Angel tickt ehrlich gesagt nicht ganz richtig, Ramón«, gestand Pendel und erweiterte damit unbewußt Rudds Wortschatz um eine Redewendung. »Um es nicht noch deutlicher zu sagen, ich halte es für nützlicher, wenn er nicht dort auftaucht. Nehme an, ich werde mich selbst aufraffen und da mal vorsprechen müssen.«

Ramón Rudds Jackett kniff noch immer in den Achseln. Die beiden standen einander vor dem großen Fenster gegenüber, Rudd kreuzte die Arme vor der Brust, ließ sie dann sinken und verschränkte die Hände auf dem Rücken, während Pendel mit den Fingerspitzen konzentriert an den Nähten zupfte und wie ein Arzt zu ermitteln suchte, wo der Schmerz herkam.

»Nur eine Kleinigkeit, Ramón, falls überhaupt etwas«, befand er schließlich. »Ich will die Ärmel nicht unnötig auftrennen, weil das dem Jackett nicht guttut. Aber wenn Sie das nächstemal vorbeikommen, kann ich's richten.«

Sie setzten sich wieder.

»Produziert die Farm überhaupt noch Reis?« fragte Rudd.

»Wenig, Ramón, möchte ich einmal sagen. Wir konkurrieren, wie man so sagt, mit dem Weltmarkt, also mit billigem Reis aus anderen Ländern, in denen die Regierung den Anbau subventioniert. Ich war voreilig. Sie auch.«

»Sie und Louisa?«

»Na ja, eigentlich Sie und ich, Ramón.«

Ramón Rudd furchte die Stirn und sah auf seine Uhr, was er nur bei Klienten tat, die kein Geld hatten.

»Schade, daß Sie die Farm nicht als eigene Firma deklariert haben, als es noch möglich war, Harry. Eine gutgehende Schneiderei als Sicherheit für eine Reisfarm herzugeben, der das Wasser ausgegangen ist, das war schon ziemlich unklug.«

»Aber, Ramón – Sie selbst haben damals darauf bestanden«, widersprach Pendel. Doch schon untergrub die Schmach seine Entrüstung. »Sie haben gesagt, Sie könnten das Risiko mit der Reisfarm nur übernehmen, wenn wir die beiden Geschäftszweige zusammenlegten. Das war eine der Bedingungen für das Darlehen. Na schön, es war mein Fehler, ich hätte nicht auf Sie hören sollen. Aber ich habe auf Sie gehört. Wahrscheinlich haben Sie damals für die Bank gesprochen, nicht für Harry Pendel.«

Sie sprachen über Rennpferde. Ramón besaß ein paar. Sie sprachen über Landbesitz. Ramón besaß ein Stück Küste an der Atlantikseite. Vielleicht sollte Harry mal an einem Wochenende hinausfahren und eine Parzelle erwerben, auch wenn er dort nicht gleich in den ersten Jahren bauen würde; Ramóns Bank könne mit einer Hypothek behilflich sein. Aber Ramón sagte nicht, daß er Louisa und die Kinder mitbringen solle, dabei ging auch seine Tochter auf die María Immaculada, und die beiden Mädchen waren miteinander befreundet. Und, zu Pendels enormer Erleichterung, hielt er es auch nicht für angebracht, die zweihunderttausend Dollar zu erwähnen, die Louisa von ihrem Vater geerbt hatte und die Pendel für sie hatte anlegen sollen.

»Haben Sie versucht, Ihr Konto auf eine andere Bank zu transferieren?« fragte Ramón Rudd, nachdem alles Unsagbare ungesagt geblieben war.

»Ich kann mir nicht denken, daß man sich derzeit um mich reißt, Ramón. Warum fragen Sie?«

»Ich hatte einen Anruf von einer Handelsbank. Man hat mich über Sie ausgefragt. Kreditwürdigkeit, Verbindlichkeiten, Umsatz. Alles Dinge, über die ich niemandem Auskunft erteile. Selbstverständlich nicht.«

»Die spinnen. Die müssen mich mit jemand anderem verwechseln. Welche Handelsbank war denn das?«

»Eine britische. Aus London.«

»Aus *London*? Die haben *Sie* angerufen? *Meinet*wegen? Wer? Welche? Ich denke, die sind alle pleite.«

Ramón Rudd bedauerte, keine näheren Auskünfte geben zu können. Selbstverständlich habe er ihnen nichts gesagt. Abwerbungen interessierten ihn nicht.

»Was für Abwerbungen, um Himmels willen?« rief Pendel.

Aber Rudd schien die Sache schon fast vergessen zu haben. Referenzen, sagte er vage. Empfehlungen. Kein Thema. Harry sei doch ein Freund.

»Ich hätte gern einen Blazer«, sagte Ramón Rudd, als sie sich die Hände schüttelten. »Marineblau.«

»Ein Blau wie das hier?«

»Dunkler. Zweireihig. Messingknöpfe. Schottische.«

In einem Anfall von Dankbarkeit erzählte ihm Pendel von den sagenhaften neuen Knöpfen, die er von der Londoner Badge & Button Company geliefert bekommen habe.

»Die könnten Ihnen welche mit Ihrem Familienwappen machen, Ramón. Oder wie wär's mit einer Distel? Dem Emblem Schottlands? Und dazu dann noch die passenden Manschettenknöpfe.«

Ramón sagte, er werde darüber nachdenken. Da Freitag war, wünschten sie sich ein schönes Wochenende. Und warum auch nicht? Noch war es ein ganz gewöhnlicher Tag im tropischen Panama. Gewiß, es gab ein paar Wolken an seinem privaten Horizont, aber mit dergleichen war Pendel noch immer fertiggeworden. Eine Londoner Fantasiebank hatte mit Ramón telefoniert – aber wer weiß, vielleicht auch nicht. Ramón war sicher ein ganz netter Bursche, ein geschätzter Kunde, solange er zahlte, und sie hatten schon manches Glas miteinander geleert. Aber wenn man dahinterkommen wollte, was in seinem spanisch-schottischen Schädel wirklich vorging, mußte man schon den Doktor in außersinnlicher Wahrnehmung gemacht haben.

Wenn er in seiner kleinen Nebenstraße ankommt, fühlt Harry Pendel sich jedesmal wieder in Sicherheit. An manchen Tagen quält er sich mit der Vorstellung, sein Geschäft könnte verschwunden sein, ausgeraubt oder von einer Bombe zerstört. Oder er malt sich aus, es habe überhaupt nie existiert, sein verstorbener Onkel Benny habe ihm damit nur ein Hirngespinst in den Kopf gesetzt. Aber der heutige Besuch bei der Bank hat ihn beunruhigt, und sein suchender Blick heftet sich an die Ladenfront, sobald er in den Schatten der hohen Bäume einbiegt. Eigentlich bist du ja ein Haus, sagt er zu den rostrosa spanischen Dachziegeln, die ihm durchs Laubwerk entgegenschimmern. Du bist gar kein Geschäft. Du bist ein Haus, wie ein Waisenkind es sich sein Leben lang erträumt hat. Wenn Onkel Benny dich jetzt nur sehen könnte:

»Siehst du den blumengeschmückten Eingang?« fragt Pendel seinen Onkel und stößt ihn an. »Lädt das nicht zum Eintreten ein, verheißt das nicht angenehm kühle Räumlichkeiten, wo du bedient wirst wie ein Pascha?«

»Harry, mein Junge, das ist fantastisch«, erwidert Onkel Benny und berührt mit beiden Handflächen die Krempe seines Homburgs, wie er es immer getan hat, wenn er etwas ausheckte. »Bei einem solchen Geschäft könnte man glatt ein Pfund Eintritt nehmen.«

»Und das gemalte Ladenschild, Benny? P & B, zu einem Wappen verschlungen. Das macht den Namen des Ladens in der ganzen Stadt bekannt, überall, ob im Club Unión oder in der gesetzgebenden Versammlung oder gar im Palast der Reiher. ›Mal wieder bei P & B gewesen? – Da geht der alte Soundso in seinem Anzug von P & B.‹ So reden die Leute hier, Benny!«

»Ich habe es bereits gesagt, Harry, und ich sag's noch einmal. Du hast rednerisches Talent. Du bist ein Tausendsassa. Ich frage mich nur, von wem du das haben könntest.«

Nachdem er sich so halbwegs wieder Mut gemacht und Ramón Rudd halbwegs vergessen hat, geht Harry Pendel die Stufen hoch und beginnt seinen Arbeitstag.

2

Osnards Anruf, etwa um halb elf, löste keinerlei Unruhe aus. Er war ein neuer Kunde, und neue Kunden mußten zu Señor Harry durchgestellt werden oder wurden, wenn er beschäftigt war, gebeten, ihre Nummer anzugeben, damit Señor Harry umgehend zurückrufen konnte.

Pendel war gerade im Zuschneidezimmer, wo er aus braunem Papier die Schnittmuster für eine Marineuniform anfertigte und dabei Gustav Mahler hörte. Das Zuschneidezimmer war sein Allerheiligstes, niemand außer ihm durfte dort arbeiten. Den Schlüssel dazu trug er stets in der Westentasche. Um den Luxus dieses Schlüssels zu genießen, schob er ihn manchmal ins Schloß und sperrte sich ein, zum Beweis, daß er der Herr im Hause war. Und bevor er die Tür wieder aufschloß, bevor er den schönen Tag fortsetzte, verharrte er manchmal noch einen Augenblick in unterwürfiger Haltung, den Kopf gesenkt und die Füße nebeneinander. Niemand sah ihn dabei, außer jenem Teil seiner selbst, der bei seinen theatralischeren Handlungen den Zuschauer spielte.

Hinter ihm, in ähnlich großen Räumen, unter hellen neuen Lampen und elektrischen Ventilatoren, nähten und bügelten und schwatzten seine verwöhnten Angestellten aus aller Herren Länder mit einem Ausmaß an Freiheit, von dem andere Arbeitnehmer in Panama gewöhnlich nur träumen können. Doch niemand arbeitete mit mehr Hingabe als ihr Arbeitgeber Pendel, wenn er innehielt, um einer Melodie Mahlers zu folgen, und dann mit geschickten Schnitten seiner Schere an dem gelben Kreidestrich entlangfuhr, aufgezeichnet nach den Schulter- und Rückenmaßen eines kolumbianischen Flottenadmirals, der nur von dem Wunsch beseelt war, seinen geschaßten Vorgänger an Eleganz zu übertreffen.

Die Uniform, die Pendel für ihn entworfen hatte, war

ganz besonders prächtig. Die weiße Kniebundhose – bereits bei seinen italienischen Hosenschneiderinnen in Arbeit, die ein paar Türen weiter untergebracht waren – sollte am Gesäß hauteng anliegen, so daß man zwar darin stehen, aber nicht sitzen konnte. Der Rock, den Pendel jetzt eben zuschnitt, war weiß und marineblau mit goldenen Epauletten und betreßten Manschetten, goldenem Schnurbesatz und hohem Nelson-Kragen, bestickt mit eichenlaubumkränzten Schiffsankern – eine phantasievolle Dreingabe Pendels, die dem Privatsekretär des Admirals auf Pendels gefaxter Skizze sehr gefallen hatte. Pendel hatte nie so recht verstanden, was Benny mit dem »Tausendsassa« gemeint haben könnte, aber wenn er sich diese Skizze ansah, wußte er, daß er einer war.

Und während er weiter zur Musik zuschnitt, begann sich sein Rücken emphatisch zu wölben, bis er zum Admiral Pendel wurde und die große Treppe zu seinem Antrittsball hinabschritt. Solch harmlose Fantasien konnten seiner Kunstfertigkeit nichts anhaben. Der ideale Schneider, dozierte er gern – in dankbarer Erinnerung an seinen verstorbenen Partner Braithwaite –, ist ein geborener Imitator. Seine Aufgabe ist es, sich in die Kleider desjenigen zu versetzen, für den er arbeitet, und darin zu leben, bis der rechtmäßige Besitzer sie abholt.

In diesem glücklichen, abgehobenen Zustand ereilte ihn Osnards Anruf. Zunächst hatte Marta abgenommen. Marta war seine Empfangsdame, Telefonistin, Buchhalterin und Sandwichmacherin, eine verdrießliche, loyale kleine Mulattin, deren schiefes, narbiges Gesicht von Hauttransplantationen und stümperhaften Operationen entstellt war.

»Guten Morgen«, sagte sie mit ihrer schönen Stimme auf Spanisch.

Nicht »Harry«, nicht »Señor Pendel« – das sagte sie nie. Schlicht Guten Morgen mit der Stimme eines Engels, denn Stimme und Augen waren die einzigen Teile ihres Gesichts, die unversehrt überlebt hatten.

»Auch dir einen Guten Morgen, Marta.«

»Ich habe einen neuen Kunden in der Leitung.«
»Von welcher Seite der Brücke?«
Ein häufig gehörter Scherz in diesem Land.
»Von deiner Seite. Ein gewisser Osnard.«
»Wie bitte?«
»Señor Osnard. Ein Engländer. Er macht Witze.«
»Was denn für Witze?«
»Das müßtest du mir schon erklären.«

Pendel legte die Schere beiseite, drehte Mahler fast unhörbar leise und griff nach einem Terminkalender und dann nach einem Bleistift. An seinem Schneidetisch, das war bekannt, legte er auf Ordnung größten Wert: hier das Tuch, da die Muster, Rechnungen und Auftragsbuch dort drüben, alles picobello. Wie immer beim Zuschneiden trug er eine selbstentworfene und selbstgeschneiderte schwarze Weste mit seidenem Rückenteil und verdeckter Knopfleiste. Ein solches Kleidungsstück drückte Dienstfertigkeit aus, und das gefiel ihm.

»Könnten Sie mir das bitte buchstabieren, Sir?« bat er freundlich, als Osnard ihm noch einmal seinen Namen nannte.

Wenn Pendel telefonierte, lag ein Lächeln in seiner Stimme. Vollkommen Fremde hatten unmittelbar das Gefühl, mit jemandem zu sprechen, der ihnen sympathisch war. Doch Osnard verfügte offenbar über das gleiche ansteckende Talent, denn zwischen den beiden entstand sofort eine behagliche Atmosphäre, aus der sich ein längeres, unbefangenes und sehr britisches Gespräch entspann.

»Beginnt mit O-S-N und endet mit A-R-D«, sagte Osnard, und Pendel muß das als besonders geistreich empfunden haben, denn er notierte den Namen genau so, wie Osnard ihn diktierte: zwei Dreiergruppen in Großbuchstaben mit einem »&« dazwischen.

»Und Sie, sind Sie Pendel oder Braithwaite?« fragte Osnard.

Worauf Pendel, wie oft auf diese Frage, mit einer beiden Identitäten angemessenen Großzügigkeit antwortete: »Nun, Sir, ich bin gewissermaßen beide in einer Person.

Mein Partner Braithwaite ist bedauerlicherweise schon vor vielen Jahren verstorben. Ich kann Ihnen jedoch versichern, daß sein Vorbild noch sehr lebendig ist und zur Freude aller, die ihn gekannt haben, bis zum heutigen Tag die Politik unseres Hauses bestimmt.«

Wenn Pendel die Register seiner Zunft zog, sprach aus seinen Sätzen der Elan eines Mannes, der nach langem Exil in die Heimat zurückkehrt. Und diese Sätze waren, besonders zum Ende hin, komplexer als man meinen sollte, ähnlich wie gewisse Stellen in einem Konzert, bei denen der Hörer schon den Schlußakkord erwartet, dann aber getäuscht wird.

»Ach, wie bedauerlich«, sagte Osnard etwas leiser und nach respektvoller Pause. »Woran ist er denn gestorben?«

Und Pendel dachte bei sich: Komisch, wie oft ich das gefragt werde, aber wenn man bedenkt, daß das früher oder später auf uns alle zukommt, ist es wohl ganz natürlich.

»Nun, man *sagt*, an einem Schlaganfall, Mr. Osnard«, antwortete er in jenem verwegenen Ton, den gesunde Männer anschlagen, wenn sie von solchen Dingen reden. »Aber, um ehrlich zu sein, für mich ist er eher an gebrochenem Herzen gestorben, nachdem wir angesichts exorbitanter Steuerbelastung unser Geschäft in der Savile Row schließen mußten. Darf ich fragen, ohne aufdringlich sein zu wollen, ob Sie in Panama wohnhaft sind, Mr. Osnard, oder lediglich auf der Durchreise?«

»Bin vor ein paar Tagen in die Stadt gekommen. Nehme an, daß ich eine ganze Weile bleiben werde.«

»Dann willkommen in Panama, Sir, und könnten Sie mir wohl eine Nummer geben, unter der ich Sie erreichen kann, falls wir, was hierzulande leider zur Normalität gehört, unterbrochen werden?«

Beiden Männern war ihre Herkunft an der Sprache anzumerken; schließlich waren sie Engländer. Für jemanden wie Osnard war Pendels Herkunft ebenso unverkennbar wie sein Bestreben, ihr zu entrinnen. Seine Stimme hatte trotz aller Fortschritte nie die Färbung der Leman Street im Londoner East End verloren. Wenn er die Vokale richtig traf, ließen ihn Tonfall und Hiatus im Stich. Und selbst wenn das alles perfekt zusammenkam, konnte ihm immer noch die Wortwahl ein wenig zu prätentiös geraten. Für jemanden wie Pendel wiederum hatte Osnard die nuschelige Ausdrucksweise jener privilegierten Grobiane, die Onkel Bennys Rechnungen schlicht zu ignorieren pflegten. Doch während die beiden Männer redeten und einander zuhörten, kam es Pendel so vor, als entwickle sich zwischen ihnen, wie zwischen zwei Verbannten, so etwas wie eine behagliche Komplizenschaft, in welcher jeder der beiden seine Vorurteile einer förderlichen Koalition zuliebe gern beiseite schob.

»Bin im El Panama, bis meine Wohnung fertig ist«, erklärte Osnard. »Hätte schon vor *einem* Monat fertig sein sollen.«

»Immer das alte Lied, Mr. Osnard. So sind die Handwerker auf der ganzen Welt. Ich habe es schon oft gesagt, und ich sage es auch jetzt. Ob in Timbuktu oder New York, das spielt gar keine Rolle. Die unzuverlässigsten Handwerker sind immer die vom Bau.«

»Gegen fünf ist doch nicht viel bei Ihnen los, oder? Kein großer Massenandrang?«

»Um fünf Uhr haben wir unsere blaue Stunde, Mr. Osnard. Da ist meine mittägliche Kundschaft wieder bei der Arbeit, und die anderen, die Vorabendgesellschaft, wie ich sie nenne, ist noch nicht aus dem Bau gekrochen.« Er korrigierte sich mit einem selbstkritischen Lachen. »Aber nein. Was sage ich denn da? Heute ist ja Freitag, da geht meine Vorabendgesellschaft nach Hause zu Frau und Kind. Um fünf Uhr kann ich Ihnen voll und ganz zur Verfügung stehen.«

»Sie persönlich? Leibhaftig? Die meisten Nobelschneider lassen sich die Arbeit von ihren Handlangern abnehmen.«

»Ich bin wohl leider noch einer von der altmodischen Sorte, Mr. Osnard. Für mich stellt jeder Kunde eine Herausforderung dar. Ich nehme Maß, ich schneide zu, ich nehme die Anproben vor, und es kümmert mich nicht, wie viele nötig sind, weil mich nur ein perfektes Ergebnis zufriedenstellt. Kein Teil eines Anzugs verläßt dieses Haus, solange es nicht vollständig fertig ist, und ich überwache jede Phase der Herstellung von Anfang bis Ende.«

»Okay. Wieviel?« wollte Osnard wissen. Es klang freilich eher launig als grob.

Pendels Lächeln wurde breiter. Wenn er jetzt Spanisch gesprochen hätte, jene Sprache, die ihm zur zweiten Natur geworden war und die er sogar lieber sprach, wäre ihm die Antwort auf diese Frage sehr leichtgefallen. Das Thema Geld bringt in Panama niemanden in Verlegenheit, es sei denn, man hat keins. Doch bei jemandem aus der englischen Oberschicht wußte man nie, wie er reagierte, wenn es um Geld ging, und gerade die Reichsten waren oft auch die Sparsamsten.

»Ich liefere Spitzenprodukte, Mr. Osnard. Einen Rolls-Royce gibt es auch nicht umsonst, sage ich immer, und das ist bei einem Pendel & Braithwaite nicht anders.«

»Also wieviel?«

»Nun, Sir, mit zweitausendfünfhundert Dollar für einen herkömmlichen Zweiteiler muß man schon rechnen, es könnte aber je nach Stoff und Zuschnitt auch mehr werden. Ein Jackett oder ein Blazer kommen auf fünfzehnhundert, eine Weste auf sechshundert. Und da wir leichteres Material bevorzugen und demgemäß ein zweites Paar Hosen dazu empfehlen, gilt für das zweite Paar ein Sonderpreis von achthundert. Vernehme ich da ein schockiertes Schweigen, Mr. Osnard?«

»Ich dachte, für'n Anzug wären normal zwei Riesen fällig.«

»Das war auch so, Sir, bis vor drei Jahren. Aber dann ist leider Gottes der Dollar in den Keller gegangen, während wir von P & B in der Pflicht waren, auch weiterhin die besten Stoffe einzukaufen, edelste Stoffe, wie ich Ihnen wohl nicht erst zu erklären brauche, die wir ausschließlich verwenden, ungeachtet der Kosten und meist aus Europa importiert, und das alles« – er war kurz davor, irgendein Fantasiewort wie »Währungsrelationen« zu gebrauchen, hielt sich aber zurück. »Obwohl ich *gehört* habe, Sir, daß ein guter Anzug von der Stange – nehmen wir einmal einen Ralph Lauren zum Maßstab – auch bereits auf die zweitausend zugeht und gelegentlich sogar schon darüber hinaus. Darf ich ferner darauf hinweisen, Sir, daß wir auch hinterher immer für unsere Kunden da sind? Zu einem gewöhnlichen Herrenausstatter kann man wohl kaum zurückgehen und reklamieren, daß der Anzug ein wenig eng in der Schulter ist, habe ich recht? Jedenfalls geht das nicht ohne zusätzliche Kosten ab. Was genau können wir denn eigentlich für Sie tun?«

»Für mich? Na, so das Übliche. Erstmal vielleicht zwei Straßenanzüge, und sehen, wie die sitzen. Danach dann eine komplette Ausstattung. Mit allem Pipapo.«

»Mit allem Pipapo«, wiederholte Pendel ehrfürchtig, während zahllose Erinnerungen an Onkel Benny auf ihn einstürzten. »Es ist gewiß zwanzig Jahre her, seit ich diesen Ausdruck das letztemal gehört habe, Mr. Osnard. Du liebe Zeit. Mit allem Pipapo. Nicht zu glauben.«

Hier hätte wahrscheinlich jeder andere Schneider seine Begeisterung in Zaum gehalten und sich wieder seiner Marineuniform zugewandt. Und Pendel an jedem anderen Tag wohl auch. Ein Termin war vereinbart, der Preis abgemacht, ein erster Kontakt geknüpft. Aber Pendel war jetzt gut gelaunt. Nach dem Besuch bei der Bank hatte er sich einsam gefühlt. Er hatte nur wenige englische Kunden und noch weniger englische Freunde. Louisa, vom Geist ihres verstorbenen Vaters geleitet, wußte das zu verhindern.

»Und P & B ist tatsächlich immer noch der einzige Laden in der Stadt?« fragte Osnard. »Schneider der Kapitalisten und Krösusse und so weiter?«

Über die Krösusse mußte Pendel lächeln. »Ein netter Gedanke, Sir. Gewiß sind wir stolz auf das Erreichte, doch überheblich sind wir nicht. Die letzten zehn Jahre waren für uns kein Zuckerschlecken, das kann ich Ihnen versichern. Offen gesagt, es gibt in Panama nur wenig Sinn für guten Geschmack. Das heißt, es gab wenig davon, bis wir dann gekommen sind. Wir mußten die Leute erziehen, bevor wir ihnen etwas verkaufen konnten. Soviel Geld für einen Anzug? Die haben uns für verrückt gehalten, oder noch Schlimmeres. Aber dann ist das Geschäft nach und nach in Gang gekommen, bis es kein Halten mehr gab, wie ich erfreut vermelden kann. Die Leute begriffen allmählich, daß wir ihnen nicht bloß einen Anzug hinwerfen und Geld dafür haben wollen, sondern daß wir auch Service zu bieten haben, daß wir Änderungen vornehmen, daß wir immer für sie da sind, daß wir Freunde und Helfer sind, Menschen. Sie sind nicht rein zufällig von der Presse, Sir? Kürzlich ist ein recht schmeichelhafter Artikel über uns in der hiesigen Ausgabe des *Miami Herald* erschienen, der Ihnen vielleicht ins Auge gefallen ist.«

»Muß ich übersehen haben.«

»Nun, ich will einmal so sagen, Mr. Osnard. Mit allem gebührenden Ernst, wenn Sie nichts dagegen haben. Wir kleiden Präsidenten und Anwälte ein, Bankleute und Bischöfe, Mitglieder der gesetzgebenden Versammlung, Generäle und Admirale. Wir kleiden jeden ein, der einen Maßanzug zu schätzen weiß und bezahlen kann, ohne Rücksicht auf Hautfarbe, Religion und Ansehen. Wie finden Sie das?«

»Klingt vielversprechend. Sehr vielversprechend. Also dann, um fünf Uhr. Blaue Stunde. Osnard.«

»Fünf Uhr, in Ordnung, Mr. Osnard. Ich freue mich auf Ihren Besuch.«

»Ich mich auch.«

»Mal wieder ein guter neuer Kunde, Marta«, sagte Pendel, als sie mit einigen Rechnungen eintrat.

Aber wie immer fiel es ihm schwer, ganz ungezwungen mit Marta zu reden. Und auch ihre Art, ihm zuzuhören, war alles andere als normal: den mißhandelten Kopf von ihm abgewandt, die klugen dunklen Augen auf etwas anderes gerichtet, das Entsetzliche hinter dem Schleier ihres schwarzen Haars verborgen.

Und das war's. Eitler Narr, wie er sich hinterher schimpfte, fühlte sich Pendel belustigt und geschmeichelt zugleich.

Dieser Osnard war offensichtlich ein Witzbold, und Witzbolde hatte Pendel ebenso gern wie Onkel Benny, und was auch immer Louisa und ihr verstorbener Vater dazu sagen mochten, die Briten brachten nun einmal die besten Witzbolde hervor. Nach all den Jahren, seit er der alten Heimat den Rücken gekehrt hatte, war Panama am Ende vielleicht doch gar nicht so übel. Daß Osnard sich über seine berufliche Tätigkeit ausgeschwiegen hatte, machte ihm nichts aus. Viele seiner Kunden waren ähnlich verschwiegen, andere, denen es angestanden hätte, waren es nicht. Pendel war belustigt, er war kein Hellseher. Und nachdem er den Hörer aufgelegt hatte, befaßte er sich wieder mit der Admiralsuniform, bis der mittägliche Ansturm des frohen Freitags begann, wie er den Freitagmittag nannte, bis Osnard kam und ihm den Rest seiner Unschuld raubte.

Und wer hätte heute die Prozession anführen sollen, wenn nicht der unvergleichliche Rafi Domingo höchstpersönlich, bekannt als Panamas Playboy Nummer eins und einer von denen, die Louisa ganz und gar nicht ausstehen konnte.

»Señor Domingo, Sir!« – Pendel breitete die Arme aus – »Welch Glanz in meiner Hütte! Und in dem Anzug sehen Sie ja geradezu verboten jugendlich aus, wenn ich so sagen darf!« – er senkte rasch die Stimme – »Und *darf* ich Sie daran erinnern, Rafi, wie der selige Mr. Braithwaite den *perfekten* Gentleman definiert hat?« – er zupfte respektvoll am Ärmel von Rafis Blazer – »Die Hemdmanschetten dürfen nie mehr als einen Fingerbreit zu sehen sein.«

Danach wird Rafis neue Smokingjacke anprobiert, was freilich nur geschieht, um sie den anderen Freitagskunden vorzuführen, die allmählich mit ihren Handys und qualmenden Zigaretten und ihren Zoten und Prahlereien über Geschäfte und sexuelle Eroberungen im Laden zusammenkommen. Als nächster erscheint Aristides der *braguetazo*, was bedeutet, daß er nach dem Geld geheiratet hat; seine Freunde halten ihn aus diesem Grund für einen Märtyrer des Mannestums. Dann kommt Ricardo, der sich Ricki nennen läßt und während einer kurzen aber einträglichen

Amtszeit in den höheren Rängen des Ministeriums für Öffentliche Bauten sich selbst das Recht verliehen hatte, von nun an bis in alle Ewigkeit sämtliche Straßen Panamas zu bauen. Mit ihm ist Teddy gekommen, auch der Bär genannt, der meistgehaßte und zweifellos auch der häßlichste Zeitungskolumnist von Panama; wo er auftaucht, breitet sich eisige Kälte aus, aber Pendel bleibt davon unberührt.

»Teddy, ruhmreicher Schreiber, Hüter von Reputationen. Gewähren Sie dem Leben eine Pause, Sir, und unsrer müden Seele Ruh.«

Ihnen auf den Fersen folgt Philip, vormals Gesundheitsminister unter Noriega – oder Erziehungsminister? »Marta, ein Glas für Seine Exzellenz! Und einen Tagesanzug, bitte, ebenfalls für Seine Exzellenz – eine letzte Anprobe, dann dürften wir fertig sein.« Er senkt die Stimme. »Und meinen Glückwunsch, Philip. Wie ich höre, ist sie ja ein höchst mutwilliges Wesen, dazu wunderschön und sehr in Sie verliebt«, murmelt er in taktvoller Anspielung auf Philips neueste *chiquilla*.

Diese und andere wackere Männer kommen und gehen aufgeräumt am letzten frohen Freitag der Menschheitsgeschichte in Pendels Bekleidungshaus. Und Pendel, der leichtfüßig von einem zum andern schreitet, lacht, verkauft und die Weisheiten des guten alten Arthur Braithwaite zitiert, behandelt diese Leute voller Ehrerbietung und läßt sich von ihrer guten Laune anstecken.

3

Es war, wie Pendel später meinte, vollkommen angemessen, daß Osnards Eintreffen bei P & B von einem Donnerschlag mit, wie Onkel Benny gesagt haben würde, allem Drum und Dran begleitet wurde. Bis dahin war es ein funkelnder panamaischer Nachmittag in der Regenzeit gewesen, mit einem freundlichen Spritzer Sonnenschein und zwei hübschen Mädchen vor dem Schaufenster von Sallys Geschenkboutique auf der anderen Straßenseite. Und die Bougainvillea im Garten nebenan war so wunderschön, daß man hätte hineinbeißen können. Dann kommt, um drei Minuten vor fünf – Pendel hatte aus irgendeinem Grund nie bezweifelt, daß Osnard pünktlich sein würde –, ein brauner Ford Kombi mit einem Avis-Aufkleber auf der Hecktür vorgefahren und hält auf dem für Kunden reservierten Parkplatz. Und dieses unbekümmerte Gesicht mit dem schwarzen Haarschopf, das wie ein Halloween-Kürbis hinter der Windschutzscheibe hing. Wieso Pendel plötzlich an Halloween denken mußte, konnte er sich selbst nicht erklären, aber so war's. Es muß an den runden schwarzen Augen gelegen haben, sagte er sich später.

In diesem Augenblick gehen in Panama die Lichter aus.

Und das kommt lediglich von dieser einen scharf umgrenzten Regenwolke, die sich, kaum größer als Hannahs Hand, vor die Sonne schiebt. In der nächsten Sekunde klatschen faustgroße Regentropfen auf die Eingangsstufen, Blitz und Donner lösen sämtliche Autoalarmanlagen in der Straße aus, die Kanaldeckel platzen aus den Fassungen und rutschen wie Diskusscheiben in dem reißenden braunen Strom die Straße hinunter, Palmwedel und Mülltonnen vervollkommnen das unschöne Spektakel, und die schwarzen Burschen in Umhängen, die bei jedem Wolkenbruch aus dem Nichts auftauchen, kommen an die Autofenster und verhökern riesige Regenschirme oder bieten an, für einen

Dollar den Wagen auf höheres Gelände zu schieben, damit der Verteiler nicht naß wird.

Und einer dieser Kerle setzt auch schon dem Kürbiskopf zu, der fünfzehn Meter vorm Eingang in seinem Auto sitzt und wartet, daß der Weltuntergang vorüberzieht. Aber der Weltuntergang läßt sich Zeit, denn es geht kaum ein Lüftchen. Der Kürbiskopf versucht den Schwarzen zu ignorieren. Aber der läßt nicht locker. Schließlich gibt der Kürbiskopf nach, greift in sein Jackett – er trägt eins, was in Panama nicht üblich ist, es sei denn, man ist *Jemand*, oder man ist ein Bodyguard –, zückt die Brieftasche, entnimmt besagter Brieftasche eine Banknote, steckt besagte Brieftasche in die linke Innentasche zurück, kurbelt das Fenster weit genug auf, daß der Schwarze den Schirm in den Wagen schieben und der Kürbiskopf ein paar Höflichkeiten mit ihm austauschen und ihm zehn Dollar geben kann, ohne völlig durchnäßt zu werden. Ende des Manövers. Merke: der Kürbiskopf spricht Spanisch, obwohl er gerade erst hier angekommen ist.

Und Pendel lächelt. Er lächelt wahrhaftig in Vorfreude, zusätzlich zu dem Lächeln, das ihm immer ins Gesicht geschrieben steht.

»Jünger als ich dachte«, ruft er dem wohlgeformten Rükken Martas zu, die in ihrem Glaskasten kauert und gespannt ihre Lotterielose nach den Gewinnzahlen durchsieht, die sie nie hat.

Beifällig. Als freue er sich über zusätzlich gewonnene Jahre, in denen er Osnard Anzüge verkaufen und seine Freundschaft genießen konnte, anstatt ihn sofort als den zu erkennen, der er war: ein Kunde aus der Hölle.

Und nachdem er Marta diese Bemerkung zugerufen und außer einer anteilnehmenden Bewegung ihres dunklen Kopfs keine Antwort erhalten hatte, nahm Pendel, wie immer, wenn ein neues Konto eröffnet wurde, die Haltung ein, in der er zuerst gesehen zu werden wünschte.

Das Leben hatte ihn gelehrt, sich auf den ersten Eindruck zu verlassen, und so legte er denn auch Wert auf den ersten Eindruck, den er selbst auf andere machte. Zum Beispiel erwartet niemand, daß sich ein Schneider einfach nur hinsetzt. Aber Pendel hatte schon vor langer Zeit beschlossen, P & B zu einer Oase der Ruhe im hektischen Treiben der Welt zu machen. Und daher war es ihm wichtig, daß man ihn als erstes in seinem alten Pförtnerstuhl erblickte, vorzugsweise mit der Times von vorgestern auf dem Schoß.

Und es konnte auch überhaupt nichts schaden, wenn, wie jetzt, auf dem Tisch vor ihm, zwischen alten Ausgaben von *Illustrated London News* und *Country Life*, ein Tablett mit einer echtsilbernen Teekanne und ein paar leckeren, frischen, extradünnen Gurkensandwiches stand, meisterlich von Marta in der Küche zubereitet, wohin sie sich, auf eigenen Wunsch, beim Eintreffen eines neuen Kunden stets zurückzog, damit nicht in der heiklen Anfangsphase durch die Anwesenheit einer von Narben entstellten Mulattin der männliche Stolz eines weißen Panamaers verletzt wurde, der doch schließlich zur Verschönerung hierherkam. Auch las sie dort gern ihre Bücher, nachdem Pendel sie endlich überredet hatte, ihr Studium fortzusetzen. Psychologie und Sozialgeschichte und noch ein Fach, das er sich einfach nicht merken konnte. Ihm wäre es lieber gewesen, sie hätte Jura studiert, aber das hatte sie schlankweg ausgeschlagen, mit der Begründung, daß Anwälte Lügner seien.

»Es schickt sich nicht«, pflegte sie in ihrem sorgfältig gedrechselten, ironischen Spanisch zu sagen, »daß die Tochter eines schwarzen Zimmermanns sich für Geld selbst in den Schmutz zieht.«

Einem starkgebauten jungen Mann, der bei Platzregen mit einem blauweißen Buchmacherschirm aus einem kleinen Auto aussteigen will, bieten sich diverse Vorgehensweisen an. Osnard – falls er es war – wählte eine ebenso komplizierte wie problematische. Zunächst machte er den Schirm im Wagen halb auf, dann schob er sich in wenig vorteilhafter Haltung, mit dem Hinterteil voran, nach draußen, während er gleichzeitig versuchte, den Schirm nachzuziehen und über sich zu bringen, um ihn dann für die restlichen Meter mit triumphierendem Schwung gänzlich zu öffnen. Doch blieben entweder Osnard oder der Schirm in der Wagentür stecken, so daß Pendel für einen Augenblick nichts anderes sah als einen breiten britischen Hintern, bedeckt von einer braunen Gabardinehose, die im Schritt zu tief geschnitten war, sowie ein dazu passendes Jackett mit zwei Schlitzen, das von dem prasselnden Regen schier in Fetzen gerissen wurde.

Sommerstoff, zehn Unzen, stellte Pendel fest. Terylene-Gemisch, viel zu warm für Panama. Kein Wunder, daß er schnell ein paar Anzüge haben will. Taille mindestens achtunddreißig. Der Schirm hatte sich doch öffnen lassen. Manche klemmen. Der hier ging auf wie eine Fahne bei sofortiger Kapitulation, klappte dann aber im selben Tempo über dem oberen Teil des Körpers zusammen. Jetzt wurde der Mann unsichtbar, wie jeder Kunde auf dem Weg vom Parkplatz zum Eingang. Er geht die Stufen hoch, dachte Pendel zufrieden. Und hörte die Schritte, lauter als das Unwetter. Da ist er, er steht vor der Tür, ich kann seinen Schatten sehen. Komm doch rein, Dummkopf, es ist nicht abgeschlossen. Aber Pendel blieb sitzen. Dazu hatte er sich erzogen. Sonst würde er den ganzen Tag Türen auf- und zumachen. Flecken durchnäßten braunen Gabardines erschienen wie Splitter in einem Kaleidoskop im durchsichtigen Halbglanz der kunstvoll auf dem Milchglas angebrachten Lettern: PENDEL & BRAITHWAITE, Panama und Savile Row seit 1932. Einen Augenblick darauf taumelte die ganze klobige Erscheinung im Krebsgang und mit dem Schirm voran in den Laden.

»Mr. Osnard, nehme ich an« – aus den Tiefen seines Pförtnersessels – »treten Sie ein, Sir. Ich bin Harry Pendel. Schade, daß es jetzt gerade regnen muß. Möchten Sie Tee oder etwas Stärkeres?«

Lüstling, war sein erster Eindruck. Lebhafte braune Fuchsaugen. Der Körper schwerfällig, die Gliedmaßen lang, typischer inaktiver Sportler. Also reichlich Stoff zugeben. Dann erinnerte er sich an einen Satz aus einer Varieténummer, den Onkel Benny zur gespielten Entrüstung Tante Ruths immer wieder zitiert hatte:

»Große Hände, meine Damen, große Füße, und Sie alle wissen, was *das* bedeutet – große Handschuhe und große Socken.«

Gentlemen, die bei P & B eintraten, sahen sich vor zwei Möglichkeiten gestellt. Sie konnten sich hinsetzen, wie es die Müßigen taten, ein Schälchen von Martas Suppe oder ein Glas mit irgendeinem Getränk akzeptieren, den neuesten Klatsch mitteilen und die Ruhe des Orts auf sich wirken lassen, bevor es, vorbei an den auf einem Tisch aus Apfelholz verführerisch ausgebreiteten Musterbüchern, die Treppe hinauf zum Anproberaum ging. Oder sie konnten sich schnurstracks in den Anproberaum begeben, wie es die Gehetzten taten, meist neue Kunden, die ihren Fahrern durch die hölzerne Trennwand Befehle zukläfften, die am Handy mit ihren Geliebten und Börsenmaklern telefonierten und auch sonst nichts anderes im Sinn hatten, als mit ihrer Wichtigkeit Eindruck zu machen. Bis im Lauf der Zeit die Gehetzten ebenfalls zu Müßigen wurden, für die wiederum ungestüme neue Kunden nachrückten. Pendel war gespannt, in welche dieser Kategorien Osnard fallen würde. Antwort: in keine von beiden.

Und er zeigte auch keins der anderen Symptome eines Mannes, der kurz davor ist, fünftausend Dollar für seine äußere Erscheinung auszugeben. Er war nicht nervös, nicht zerfressen von Unsicherheit und Bedenken, weder aufdringlich noch geschwätzig noch übertrieben lässig. Er wirkte auch nicht schuldbewußt, aber das kommt in Panama ohnehin selten vor. Selbst wenn man gewisse Schuldgefühle mit ins Land bringt, fallen sie ziemlich schnell von einem ab. Er wirkte beunruhigend ruhig.

Wie auch immer, er blieb einfach stehen, auf seinen triefenden Schirm gestützt, einen Fuß vorgestellt, den anderen auf der Matte, was erklärte, warum die Klingel im hinteren Flur immer noch schrillte. Aber die hörte Osnard nicht. Oder er hörte sie doch und machte sich nichts daraus. Denn während sie weiterschrillte, sah er sich mit heiterer Miene um. Er lächelte wie in plötzlichem Erkennen, als habe er unverhofft einen verloren geglaubten Freund wiedergefunden:

Die geschwungene Mahagonitreppe, die zur Herrenboutique im Zwischengeschoß führte: du liebe Zeit, die gute alte Treppe ... Die Seidenschals, die Morgenmäntel, die mit Monogrammen bestickten Hauspantoffeln: ja, ja, ich kann mich gut an euch erinnern ... Die kunstvoll zu einem Krawattenständer umgearbeitete Bibliotheksleiter: wer hätte gedacht, das man so etwas daraus machen kann? Die träge unter der Stuckdecke kreisenden Ventilatoren, die Stoffballen, der Ladentisch, an dessen einem Ende die Scheren und der Messingmaßstab aus der Zeit der Jahrhundertwende lagen: alles alte Bekannte ... Und schließlich der abgenutzte lederne Pförtnersessel, der örtlicher Legende zufolge noch aus dem Originalbesitz von Braithwaite persönlich stammte. Und Pendel, der darin saß und seinen neuen Kunden mit milder Überlegenheit anlächelte.

Und Osnard erwiderte seinen Blick, musterte ihn unverfroren von oben bis unten: Er begann mit Pendels Gesicht, wanderte dann abwärts über die Knopfleiste der Weste und die dunkelblaue Hose zu den Seidensocken und den schwarzen Straßenschuhen von Ducker in Oxford, die oben in den Größen sechs bis zehn vorrätig waren. Dann ganz gemächlich wieder aufwärts, um noch einmal eingehend das Gesicht zu betrachten und dann schließlich im Laden umherzuspähen. Und weil er sein dickes Hinterbein einfach nicht von Pendels Kokosmatte nahm, schrillte die Klingel unterdessen ununterbrochen weiter.

»Wunderbar«, erklärte er. »Absolut wunderbar. Daran dürfen Sie nie einen Deut ändern.«

»Nehmen Sie Platz, Sir«, drängte Pendel gastfreundlich. »Fühlen Sie sich wie zu Hause, Mr. Osnard. Bei uns fühlt sich jeder wie zu Hause, auf alle Fälle hoffen wir das. Hierher kommen mehr Leute zu einem Plausch als zum Erwerb eines Anzugs. Der Schirmständer ist übrigens gleich neben Ihnen. Stellen Sie ihn da rein.«

Doch weit davon entfernt, seinen Schirm irgendwo hineinzustellen, wies Osnard damit wie mit einem Zeigestab auf ein gerahmtes Foto, das gut sichtbar an der hinteren Wand hing und einen sokratischen Herrn in Rundkragen und schwarzem Jackett zeigte, der durch seine Brille skeptisch auf die Welt der Jüngeren hinabsah.

»Und das ist *er*, richtig?«

»Was denn, Sir, wer? Wo?«

»Da drüben. Der große Mann. Arthur Braithwaite.«

»O ja, selbstverständlich, Sir. Sie haben ein scharfes Auge, wenn ich so sagen darf. Der große Mann persönlich, wie Sie sehr treffend bemerken. Porträtiert in seinen besten Jahren auf Wunsch seiner ihn liebenden Angestellten, die ihm das Bild anläßlich seines Sechzigsten überreicht haben.«

Als Osnard zwecks genauerer Betrachtung einen Satz nach vorne machte, verstummte endlich die Klingel. »›Arthur G.‹«, las er von dem Messingtäfelchen ab, das unten am Rahmen angebracht war. »›1908–1981. Gründer der Firma.‹ Nicht zu fassen. Hätte ihn niemals erkannt. Wofür steht eigentlich das G?«

»George«, sagte Pendel, während er sich fragte, wieso Osnard glaubte, er habe ihn erkennen müssen. Er ging aber nicht so weit, sich danach zu erkundigen.

»Und wo stammte er her?«

»Aus Pinner«, sagte Pendel.

»Ich meine das Bild. Haben Sie es mitgebracht? Wo war es früher?«

Pendel erlaubte sich ein trauriges Lächeln und seufzte.

»Ein Geschenk seiner verehrten Witwe, Mr. Osnard, kurz bevor sie ihm folgte. Eine schöne Geste, die sie sich in Anbetracht der enormen Transportkosten von England nach hier kaum leisten konnte; aber sie hat es trotzdem getan. ›Dort möchte er jetzt gerne sein‹, hat sie gesagt, und niemand konnte es ihr ausreden. Und das wollte auch niemand. Schließlich war es ihr Herzenswunsch. Wer hätte da widersprochen?«

»Wie hieß sie mit Vornamen?«

»Doris.«

»Kinder?«

»Pardon, Sir?«

»Mrs. Braithwaite. Ob sie Kinder hatte? Erben. Nachkommen.«

»Nein, leider war die Ehe nicht gesegnet.«

»Aber müßte es nicht eigentlich Braithwaite & Pendel heißen? Schließlich war der alte Braithwaite der Hauptteilhaber. Müßte als erster genannt werden, auch wenn er tot ist.«

Pendel schüttelte bereits den Kopf »Nein, Sir. Mitnichten. Arthur Braithwaite hat es damals ausdrücklich so gewünscht. ›Harry, mein Sohn, die Jugend soll den Vortritt vor dem Alter haben. Von heute an heißt es P & B. Auf diese Weise kann man uns auch nicht mit einer gewissen Ölgesellschaft verwechseln.‹«

»Und für welche Könige haben Sie gearbeitet? Immerhin steht ›Hofschneider‹ auf dem Ladenschild. Das macht mich rasend neugierig.«

Pendel ließ sein Lächeln ein wenig abkühlen.

»Nun, Sir, da es um königliche Hoheiten geht, kann ich leider nicht viel dazu sagen. Aber lassen Sie es mich so formulieren: Gewisse Herren, die einem gewissen Königsthron nicht *allzu* fern stehen, *haben* uns in der Vergangenheit beehrt und tun es noch heute. Weitere Einzelheiten dürfen wir leider nicht preisgeben.«

»Warum denn nicht?«

»Erstens gibt es den Ehrenkodex des Schneiderhandwerks, der *jedem* Kunden, sei er von hoher oder niedriger Geburt, Vertraulichkeit zusichert. Und zweitens geschieht es heutzutage wohl auch aus Sicherheitsgründen.«

»Also der Thron von England?«

»Bedaure, die Frage geht zu weit, Mr. Osnard.«

»Wozu hängt denn dann das Wappen des Prince of Wales da draußen? Hab erst gedacht, das wär ein Pub hier.«

»Vortrefflich, Mr. Osnard. Sie haben bemerkt, was hier in Panama nur wenige bemerken, aber von nun an sind meine Lippen versiegelt. Nehmen Sie Platz, Sir. Marta hat Gurkensandwiches zubereitet, greifen Sie nur zu. Ich weiß nicht, ob sich ihr Ruhm bereits bis zu Ihnen herumgesprochen hat. Dazu kann ich Ihnen einen sehr guten leichten Weißwein empfehlen. Aus Chile, importiert von einem meiner Kunden, der so freundlich ist, mir ab und zu eine Kiste zu schikken. Womit darf ich Sie in Versuchung führen?«

Denn inzwischen wurde es für Pendel wichtig, daß Osnard sich in Versuchung führen ließ.

Osnard setzte sich immer noch nicht, nahm aber ein Sandwich. Das heißt, er nahm sich gleich drei auf einmal von dem Teller: eins für den ersten Hunger und zwei, die er auf der gut gepolsterten Fläche seiner linken Hand balancierte, während er Schulter an Schulter mit Pendel an dem Apfelholztisch stand.

»Also das hier ist ganz und *gar* nichts für Sie, Sir«, vertraute Pendel ihm an und zeigte, wie er es immer tat, mit abfälliger Gebärde auf ein Musterbuch mit leichten Tweedstoffen. »Das hier taugt auch nicht viel – jedenfalls nicht für die reife Figur, wie ich das nenne. Vielleicht kann ein Besenstil oder ein bartloser Jüngling so etwas tragen, aber nicht jemand wie Sie oder ich, wenn ich so sagen darf.« Er schlug noch einmal um. »Jetzt wird es schon besser.«

»Erstklassige Alpakawolle.«

»Ganz recht, Sir«, sagte Pendel ziemlich erstaunt. »Aus dem Hochland der Anden im Süden Perus, geschätzt wegen ihrer Weichheit und der Vielzahl natürlicher Farbtöne, um den *Wool Record* zu zitieren, wenn ich mir die Freiheit erlauben darf. Nun, ich muß schon sagen, Sie kennen sich ja wirklich gut aus, Mr. Osnard.«

Aber er sagte das nur, weil die Kundschaft normalerweise nicht die leiseste Ahnung von Stoffen hatte.

»Der Lieblingsstoff meines Vaters. Er hat darauf geschworen. Alpaka oder pleite, hat er immer gesagt.«

»Tatsächlich, Sir? Das hat er gesagt?«

»Er ist tot. Oben bei Braithwaite.«

»Nun, Mr. Osnard, dazu kann ich nur mit aller Hochachtung sagen, daß Ihr verehrter Vater wußte, wovon er sprach«, rief Pendel aus und stürzte sich in eins seiner Lieblingsthemen. »Denn aus Alpaka, und ich habe mich recht ausführlich darüber informiert, werden die angenehmsten Tuche der Welt hergestellt. Immer und ewig, wenn Sie gestatten. Da kommt auch das allerbeste Mohair-Kammgarn-Gemisch nicht mit, bei weitem nicht. Alpaka wird im Garn gefärbt, daher die Vielfalt und Pracht der Farben. Alpaka ist rein, es ist geschmeidig, es atmet. Auch die empfindlichste Haut wird davon nicht gereizt.« Er berührte Osnard vertraulich am Oberarm. »Und wozu haben die Schneider in der Savile Row es verwendet, Mr. Osnard, und zwar, zu ihrer ewigen und immerwährenden Schande, bis die Knappheit des Materials dem schließlich erst ein Ende gemacht hat, was glauben Sie wohl?«

»Keine Ahnung.«

»Als Futterstoff«, verkündete Pendel angewidert. »Als gewöhnlichen Futterstoff. Der reinste Vandalismus.«

»Da muß der alte Braithwaite ja Zustände gekriegt haben.«

»Das hat er auch, Sir, und ich schäme mich nicht, ihn zu zitieren. ›Harry‹, hat er zu mir gesagt – neun Jahre hat es gedauert, bis er mich Harry nannte –, ›Harry, was diese Leute mit Alpaka machen, würde ich nicht einmal einem Hund antun.‹ Das waren seine Worte, und ich höre sie noch heute.«

»Ich auch.«

»Pardon, Sir?«

Wenn Pendel die Aufmerksamkeit in Person war, war Osnard das Gegenteil. Er schien die Wirkung seiner Worte gar nicht zu bemerken und blätterte bedächtig in dem Musterbuch weiter.

»Ich glaube, ich habe Sie nicht recht verstanden, Mr. Osnard.«

»Der alte Braithwaite hat meinen Vater eingekleidet. Ist natürlich schon lange her. Da war ich noch ein kleiner Junge.«

Pendel schien es vor Rührung die Sprache zu verschlagen. Er erstarrte und hob die Schultern wie ein alter Soldat vor dem Ehrenmal. Als er dann Worte fand, klangen sie atemlos. »Nein, so was, Sir. Verzeihen Sie. Aber das ist ja wirklich ein Ding.« Er faßte sich ein wenig. »Ich muß zugeben, das erlebe ich zum erstenmal. Vater und Sohn. Beide Generationen hier bei P & B. Das haben wir hier in Panama noch nicht gehabt. Noch nie. Seit wir die Row verlassen haben.«

»Dachte mir, daß Sie überrascht wären.«

Für einige Sekunden hätte Pendel schwören können, daß die lebhaften braunen Fuchsaugen ihren Glanz verloren hatten und kreisrund, stumpf und dunkel geworden waren – nur noch ein Fünkchen glomm in jeder Pupille. Und wenn er sich später daran erinnerte, war das Fünkchen nicht golden, sondern rot. Aber der Glanz war schnell wieder da.

»Stimmt was nicht?« fragte Osnard.

»Ich bin einfach fassungslos, Mr. Osnard. ›Eine schicksalhafte Begegnung‹, so nennt man so etwas wohl. Ich muß soeben eine erlebt haben.«

»Jaja, das große Rad der Zeit, wie?«

»Allerdings, Sir. Es dreht sich unaufhaltsam und zermalmt alles, was da kommt, wie man so sagt«, bestätigte Pendel und wandte sich wieder dem Musterbuch zu wie jemand, der Trost in der Arbeit sucht.

Doch Osnard mußte erst noch ein Gurkensandwich verspeisen, was ihm mit einem Biß gelang; dann entfernte er die Krümel von den Händen, indem er sie mehrmals langsam aneinanderschlug, bis ihn nichts mehr störte.

Der Empfang neuer Kunden lief bei P & B nach einem gut eingespielten Verfahren ab. Einen Stoff aus dem Musterbuch auswählen, den gewählten Stoff am Stück betrachten – denn Pendel achtete sehr darauf, nie ein Muster vorzulegen, das er nicht auch am Lager hatte –, sich zum Maßnehmen in den Anproberaum zurückziehen, Herrenboutique und Sportabteilung besichtigen, einen Rundgang durch den hinteren Flur machen, Marta begrüßen, ein Kundenkonto eröffnen, eine Anzahlung leisten, falls nichts anderes vereinbart wurde, einen Termin in zehn Tagen zur ersten Anprobe absprechen. In Osnards Fall hielt Pendel es für angebracht, von diesem Schema abzuweichen. Er führte ihn von den Musterbüchern direkt in den hinteren Flur – zur nicht geringen Bestürzung Martas, die sich in die Küche zurückgezogen hatte und in ein Buch vertieft war: *Ökologie auf Darlehen,* eine Geschichte der gedankenlosen Vernichtung der Dschungel Südamerikas mit kräftiger Unterstützung der Weltbank.

»Ich möchte Ihnen das eigentliche Gehirn von P & B vorstellen, Mr. Osnard, auch wenn die Dame das ganz und gar nicht gern hört. Marta, begrüßen Sie Mr. Osnard. O-S-N, dann A-R-D. Richten Sie eine Karte für ihn ein, meine Liebe, und schreiben Sie ›alter Kunde‹ dazu, denn Mr. Braithwaite hat bereits für seinen Vater gearbeitet. Und der Vorname, Sir?«

»Andrew«, sagte Osnard, und Pendel sah Martas Augen an ihm emporwandern und ihn mustern, als habe sie noch etwas anderes als nur seinen Namen gehört, dann wandte sie sich fragend an Pendel.

»Andrew?« wiederholte sie.

Pendel erklärte eifrig: »Vorläufig im El Panama Hotel, Marta, aber demnächst wohnt er, dank unseren berühmten panamaischen Bauunternehmern, wo ...?«

»Punta Paitilla.«

»Aber natürlich«, sagte Pendel mit andächtigem Lächeln, als habe Osnard Kaviar bestellt.

Marta, die sorgfältig ein Lesezeichen in ihren Wälzer gelegt und ihn beiseite geschoben hatte, notierte alle diese Angaben grimmig hinter dem Schutzwall ihres schwarzen Haars.

»Was ist denn mit der armen Frau passiert?« erkundigte sich Osnard mit gedämpfter Stimme, als sie auf dem Flur wieder unter sich waren.

»Ein Unfall, Sir. Der leider von den Ärzten ziemlich schlecht versorgt wurde.«

»Überrascht mich, daß Sie sie behalten. Da müssen Ihre Kunden ja das Grausen kriegen.«

»Ganz im Gegenteil, erfreulicherweise, Sir«, gab Pendel entschieden zurück. »Marta entwickelt sich geradezu zum Liebling meiner Kunden. Für ihre Sandwiches würden sie sich totschlagen lassen, sagen sie.«

Um weitere Fragen nach Marta zu vermeiden und sich nicht ihrer Kritik auszusetzen, wechselte Pendel nun unvermittelt das Thema und hielt seinen Standardvortrag über die Taguanuß, die im Regenwald wächst und längst, wie er Osnard ernsthaft versicherte, von der gesamten fühlenden Welt als akzeptabler Ersatz für Elfenbein anerkannt werde.

»Und jetzt frage ich Sie, Mr. Osnard, was macht man wohl heutzutage aus Tagua?« insistierte er mit noch mehr Nachdruck als gewöhnlich. »Dekorative Schachfiguren? Gewiß, auch Schachfiguren. Kunstschnitzereien? Ebenfalls. Ohrringe, Modeschmuck, wir kommen der Sache schon näher – aber was noch? Was kann man sonst noch daraus machen – etwas Traditionelles, was aber in unseren modernen Zeiten vollkommen vergessen ist? Was machen wir von P & B daraus, unter beträchtlichen Kosten und zum Wohl unserer geschätzten Kundschaft und künftiger Generationen?«

»Knöpfe«, meinte Osnard.

»Antwort: Ganz recht, Knöpfe. Vielen Dank«, sagte Pendel und blieb vor einer Tür stehen. »Indiomädchen«, erklärte er vorsorglich und senkte die Stimme. »Kunas. Sehr empfindlich, wenn ich so sagen darf.«

Er klopfte an, öffnete die Tür, trat ehrfürchtig ein und winkte seinen Gast hinter sich her. Dort saßen im Licht von Arbeitslampen drei Indiofrauen undefinierbaren Alters und nähten Jacketts zusammen.

»Ich möchte Ihnen unsere Mitarbeiterinnen vorstellen, Mr. Osnard«, sagte er leise, als fürchte er, sie in ihrer Konzentration zu stören.

Aber die Frauen waren offenbar nicht halb so empfindlich wie Pendel, denn sie blickten alle sofort von ihrer Arbeit auf und bedachten Osnard mit breitem, taxierendem Grinsen.

»Die Knopflöcher eines Maßanzugs, Mr. Osnard, sind

so wichtig wie der Rubin an einem Turban, Sir«, verkündete Pendel noch immer mit sehr leiser Stimme. »Dorthin fällt der Blick, ein solches Detail spricht für das Ganze. Gute Knopflöcher machen keinen guten Anzug. Aber *schlechte* Knopflöcher machen einen *schlechten* Anzug.«

»Um den guten alten Arthur Braithwaite zu zitieren«, ergänzte Osnard ebenso leise.

»Ja, Sir, sehr richtig. Und der Taguaknopf, der in Amerika und Europa vor der bedauerlichen Erfindung des Plastiks weithin gebräuchlich war und meiner Meinung nach nie übertroffen wurde, ist dank P & B wieder als krönende Zier des maßgeschneiderten Anzugs im Einsatz.«

»War das auch Braithwaites Idee?«

»Der Gedanke stammte von Braithwaite, Mr. Osnard«, sagte Pendel und ging an der geschlossenen Tür der chinesischen Jackettschneiderinnen vorbei, die er auf keinen Fall stören wollte. »Die Ausführung rechne ich mir als Verdienst an.«

Aber während Pendel sich alle Mühe gab, den Schwung beizubehalten, wollte Osnard die Sache offenbar langsamer angehen, denn jetzt legte er einen kräftigen Arm an die Wand und versperrte Pendel den Weg.

»Sie sollen ja seinerzeit auch Noriega eingekleidet haben. Stimmt das?«

Pendel zögerte und sah instinktiv den Flur hinunter auf Martas Küchentür.

»Und wenn schon«, sagte er. Für einen Augenblick wurde seine Miene mißtrauisch und hart, seine Stimme mürrisch und tonlos. »Was hätte ich denn machen sollen? Den Laden dichtmachen? Nach Hause gehen?«

»Was haben Sie denn für ihn gemacht?«

»Der General war nicht das, was ich einen geborenen Anzugträger nenne, Mr. Osnard. Aber wenn es um Uniformen ging, da konnte er tagelang über jede Einzelheit nachgrübeln. Ebenso, wenn es um Stiefel und Kopfbedeckungen ging. Aber so sehr er sich auch dagegen gesträubt hat, bei manchen Anlässen ist er an einem Anzug nicht vorbeigekommen.«

Er wandte sich ab, zum Zeichen, daß er den Gang durch den Flur fortsetzen wollte. Doch Osnard nahm den Arm nicht weg.

»Was für Anlässe?«

»Nun, Sir, zum Beispiel, als er die Einladung für seine gefeierte Rede an der Harvard Universität erhalten hatte, Sie erinnern sich vielleicht, auch wenn man sich in Harvard nicht so gern daran erinnern mag. Er war schon eine ziemliche Herausforderung. Das reine Nervenbündel bei den Anproben.«

»Wo er jetzt ist, braucht er keine Anzüge mehr, möchte ich meinen.«

»Nein, gewiß nicht, Mr. Osnard. Dafür ist gesorgt, habe ich mir sagen lassen. Ein anderer Anlaß war, als Frankreich ihm die höchste Ehrung erwies und ihn zum *Légionnaire* ernannte.«

»Womit soll er *das* denn verdient haben?«

Die Deckenbeleuchtung im Flur machte aus Osnards Augen Einschußlöcher.

»Dazu fallen einem mehrere Erklärungen ein, Mr. Osnard. Die gängigste ist, daß der General, und zwar aus finanziellen Erwägungen heraus, der französischen Luftwaffe erlaubte, Panama als Zwischenstation auf dem Weg zu den unpopulären Atomversuchen im Südpazifik zu benutzen.«

»Wer sagt das?«

»Damals hat es zahllose wilde Gerüchte um den General gegeben. Nicht alle seine Gefolgsleute waren so verschwiegen wie er selbst.«

»Die Gefolgsleute waren auch Ihre Kunden?«

»Und sind es noch immer, Sir, noch immer«, antwortete Pendel, nun wieder ganz heiter gestimmt. »Unmittelbar nach der amerikanischen Invasion hatten wir eine gewisse Durststrecke, als einige höhere Beamten des Generals sich gezwungen sahen, für eine Zeitlang im Ausland zu weilen; doch sind sie bald zurückgekommen. In Panama verliert man seinen guten Namen nicht, jedenfalls nicht für längere Zeit, und die panamaischen Gentlemen geben ihr Geld nur ungern im Exil aus. Hierzulande läßt man Politiker nicht fallen, man recycelt sie lieber. Auf diese Weise bleibt keiner allzu lange draußen.«

»Und Sie waren nicht als Kollaborateur oder so was abgestempelt?«

»Offen gestanden, es war kaum noch jemand da, der diesen Vorwurf hätte erheben können, Mr. Osnard. Gewiß, ich habe dem General einige Kleider angefertigt. Aber die meisten meiner Kunden hatten einiges mehr auf dem Kerbholz.«

»Und die Proteststreiks? Haben Sie da mitgemacht?«

Wieder ein nervöser Blick Richtung Küche, wo Marta sich inzwischen wohl wieder ihrer Lektüre zugewandt hatte.

»Ich will es einmal so formulieren, Mr. Osnard. Wir haben die Ladentür geschlossen. Die Hintertür ist manchmal offen geblieben.«

»Ganz schön schlau.«

Pendel drückte die nächste Klinke und schob die Tür auf. Zwei ältere italienische Hosenschneiderinnen in weißen Schürzen und goldenen Brillen blickten von der Arbeit auf. Osnard winkte ihnen majestätisch zu und trat auf den Flur zurück. Pendel folgte ihm.

»Für den Neuen arbeiten Sie auch?« fragte Osnard leichthin.

»Ja, Sir, ich kann mit Stolz vermelden, daß der Präsident der Republik Panama derzeit zu meinen Kunden zählt. Man kann sich kaum einen sympathischeren Gentleman vorstellen.«

»Wo machen Sie's?«

»Pardon, Sir?«

»Kommt er her, gehen Sie hin?«

Pendel verfiel in einen leicht überheblichen Tonfall. »Man wird in den Palast bestellt, Mr. Osnard. Die Leute gehen zum Präsidenten, nicht er zu ihnen.«

»Dann kennen Sie sich ja gut aus da oben, wie?«

»Nun, Sir, er ist mein dritter Präsident. Da haben sich einige Beziehungen entwickelt.«

»Zu seinen Gefolgsleuten?«
»Ja. Zu denen auch.«
»Und was ist mit ihm selbst? Mit dem Chef?«
Wieder, wie schon zuvor, wenn er gegen die Regeln geschäftlicher Diskretion zu verstoßen drohte, legte Pendel eine Pause ein.
»Ein großer Staatsmann, Sir, steht heutzutage unter Dauerstreß, er ist einsam, abgeschnitten von dem, was ich die alltäglichen Freuden nenne, die das Leben lebenswert machen. Wenn er ein paar Minuten allein mit seinem Schneider verbringt, kann das schon eine willkommene Atempause im Getümmel sein.«
»So ein richtiges Plauderstündchen?«
»Ich würde es eher als wohltuendes Intermezzo bezeichnen. Zum Beispiel fragt er mich, was meine Kunden über ihn reden. Ich antworte – natürlich, ohne Namen zu nennen. Gelegentlich, wenn ihm etwas auf dem Herzen liegt, beehrt auch er mich mit einer kleinen Vertraulichkeit. Ich stehe halt in dem Ruf, diskret zu sein, und das werden ihm seine äußerst wachsamen Berater zweifellos mitgeteilt haben. Nun, Sir. Wenn ich bitten darf.«
»Wie spricht er Sie an?«
»Unter vier Augen, oder in Gegenwart anderer?«
»Harry?« fragte Osnard.
»Richtig.«
»Und Sie?«
»Ich biedere mich nicht an, Mr. Osnard. Man hat mir die Chance geboten, man hat mich eingeladen. Aber für mich ist er Herr Präsident, und das wird auch so bleiben.«
»Und was ist mit Fidel?«
Pendel lachte fröhlich wie schon lange nicht mehr. »Nun, Sir, der Commandante trägt heutzutage in der Tat gern mal einen Anzug, und das mit Recht, bedenkt man seine zunehmende Körperfülle. Es gibt keinen Schneider hier in der Region, der nicht alles darum geben würde, für ihn zu arbeiten, was auch immer die Yanquis von ihm halten mögen. Aber er bleibt nun einmal seinem kubanischen Schneider treu, wie Sie zweifellos peinlich berührt im Fern-

sehen bemerkt haben werden. Du liebe Zeit. Mehr will ich nicht sagen. Wir sind hier, wir sind bereit. Wenn der Anruf kommt, nimmt P & B ihn entgegen.«

»Sie haben praktisch einen richtigen Nachrichtendienst aufgebaut?«

»Der Wettbewerb ist mörderisch, Mr. Osnard. Wir haben zahllose Konkurrenten. Ich müßte schon sehr dumm sein, wenn ich nicht die Ohren offenhalten würde.«

»Das stimmt. Wir wollen's nicht dem alten Braithwaite gleichtun, wie?«

Pendel war auf eine Trittleiter gestiegen. Er balancierte auf der obersten Stufe, die er normalerweise nicht benutzte, und hatte einen Ballen grauen Alpakatuchs erster Qualität aus dem obersten Regal gehangelt, den er Osnard jetzt von da oben zur Prüfung hinhielt. Wie er dort hinaufgekommen war, was ihn dazu gebracht hatte – das waren Rätsel, über die nachzudenken er ebenso wenig bereit war wie eine Katze, die sich im Wipfel eines Baums wiederfindet. Sein einziger Gedanke war Flucht.

»Man muß sie aufhängen, Sir, sage ich immer, solange sie noch warm sind, und man sollte stets das Rotationsprinzip beachten«, erklärte er mit lauter Stimme einem Stapel mitternachtsblauen Kammgarns zwei Handbreit vor seiner Nase. »Das hier dürfte ganz nach Ihrem Geschmack sein, Mr. Osnard. Eine vortreffliche Wahl, wenn ich so sagen darf, und ein grauer Anzug ist in Panama ohnehin praktisch ein Muß. Ich bringe Ihnen den Ballen einmal hinunter, damit Sie ihn sich einmal ansehen und ihn anfassen können. Marta! Bitte in den Laden, meine Liebe!«

»Was heißt das: Rotationsprinzip?« fragte Osnard von unten; er hatte die Hände in den Taschen und sah sich Krawatten an.

»Kein Anzug sollte zwei Tage in Folge getragen werden, Mr. Osnard, schon gar nicht einer aus so leichtem Tuch. Wie Sie gewiß oftmals aus dem Mund Ihres Herrn Vaters gehört haben.«

»Das hatte er von Arthur, stimmt's?«

»Die chemische Reinigung ist der Tod jedes guten Anzugs, sage ich immer. Haben sich Schmutz und Schweiß erst einmal festgesetzt, und das geschieht, wenn man den Anzug überstrapaziert, muß man ihn bald in die Reinigung geben, und das ist der Anfang vom Ende. Ein Anzug, der nicht rotiert wird, ist nur ein halber Anzug, sage ich. Marta! Wo *steckt* sie denn bloß?«

Osnard beschäftigte sich weiter mit den Krawatten.

»Mr. Braithwaite hat seinen Kunden sogar geraten, ihre Anzüge überhaupt nicht in die Reinigung zu geben«, fuhr Pendel mit leicht erhobener Stimme fort. »Einfach nur ausbürsten, notfalls einen Schwamm benutzen, und einmal jährlich in den Laden bringen, wo der Anzug im River Dee gewaschen wird.«

Osnard hatte sich von den Krawatten losgerissen und sah jetzt fragend zu ihm hinauf.

»Wegen der hochgeschätzten Reinigungskraft dieses Flusses«, erklärte Pendel. »Der Dee ist für unsere Anzüge so etwa dasselbe wie der Jordan für den Pilger.«

»Ich dachte, der Satz stammt von Huntsman«, sagte Osnard und sah Pendel unverwandt in die Augen.

Pendel geriet ins Stocken. Sichtlich. Und Osnard beobachtete ihn dabei.

»Mr. Huntsman ist ein ausgezeichneter Schneider, Sir. Einer der besten in der Savile Row. Aber in diesem Fall ist er den Fußspuren Arthur Braithwaites gefolgt.«

Wahrscheinlich hatte er Fußstapfen sagen wollen, doch unter Osnards scharfem Blick entstand vor ihm ein deutliches Bild von dem großen Mr. Huntsman, wie er, König Wenzels Pagen gleich, unterwürfig Braithwaites nasser Fährte durch die schwarzen Moore Schottlands folgte. Verzweifelt bemüht, den Bann zu brechen, packte er den Stoffballen und stieg behutsam, mit einer Hand die Balance haltend, mit der anderen den Ballen wie ein Baby an die Brust drückend, die Trittleiter hinunter.

»Hier, sehen Sie, Sir. Unser mittelgrauer Alpaka in seiner ganzen Herrlichkeit. Danke, Marta«, sagte er, als sie verspätet unter ihm auftauchte.

Mit abgewandtem Gesicht nahm Marta das Ende der Stoffbahn in beide Hände, bewegte sich rückwärts zur Tür und hielt das Tuch dabei leicht schräg, damit Osnard es prüfen konnte. Und irgendwie fing sie Pendels Blick auf, und auch er sah ihr in die Augen, die gleichermaßen fragend und vorwurfsvoll dreinschauten. Osnard bekam das zum Glück nicht mit. Ganz in die Betrachtung des Tuchs vertieft, stand er darübergebeugt, die Hände auf dem Rükken wie ein königlicher Besucher. Er schnüffelte daran. Er faßte den Stoff an, rieb ihn prüfend zwischen Daumen und Zeigefinger. Die Schwerfälligkeit seiner Bewegungen löste bei Pendel noch größere Bemühungen und bei Marta noch größeres Mißfallen aus.

»Grau ist nichts für uns, Mr. Osnard? Wie ich sehe, bevorzugen Sie Braun! Und das steht Ihnen auch ausgezeichnet, wenn ich so sagen darf. Aber um ehrlich zu sein, Braun ist zur Zeit hier in Panama wenig gefragt. Offenbar ist Braun für den durchschnittlichen panamaischen Gentleman nicht männlich genug, warum, weiß ich auch nicht.« Er war schon wieder halb die Leiter hinauf, während Marta noch ihr Ende der Stoffbahn hielt und der graue Ballen neben ihr auf dem Boden lag. »Ich habe hier oben ein Mittelbraun mit nicht allzuviel Rot, das wird Ihnen stehen. Da haben wir's. Allzuviel Rot macht ein gutes Braun kaputt, sage ich immer, ob das stimmt, weiß ich auch nicht. Wie hätten Sie's denn nun gern, Sir?«

Osnard ließ sich mit der Antwort sehr lange Zeit. Zunächst hielt weiterhin das graue Tuch seine Aufmerksamkeit gefangen, dann Marta, die ihn mit einem gewissermaßen medizinischen Widerwillen betrachtete. Dann hob er den Kopf und starrte Pendel auf der Leiter an. Und nach der gefühllosen Kälte zu urteilen, die Osnards ihm zugewandtes Gesicht ausstrahlte, hätte Pendel ebensogut ein Trapezkünstler sein können, der ohne seine Stange unter der Zirkuskuppel festsaß und auf die Welt hinabsah, die ein ganzes Leben weit weg zu sein schien.

»Bleiben Sie ruhig bei Grau, Alter«, sagte Osnard.

»›Grau für die Stadt, Braun fürs Land.‹ Hat er das nicht immer gesagt?«

»Wer?«

»Braithwaite. Wer sonst?«

Pendel stieg langsam von der Leiter. Er schien etwas sagen zu wollen, ließ es aber. Ihm waren die Worte ausgegangen: Pendel, dem Worte Sicherheit und Trost bedeuteten. Statt dessen lächelte er nur, als Marta ihm das Tuch hinhielt und er es wieder aufrollte; er lächelte, bis es ihm weh tat, während Marta finster dazu dreinsah, teils wegen Osnard, teils weil ihr Gesicht nun einmal zu diesem Ausdruck erstarrt war, nachdem der entsetzte Arzt sein Bestes getan hatte.

4

»Nun, Sir, wollen wir Ihre Maße nehmen, wenn ich bitten darf.«

Pendel hatte Osnard das Jackett abgenommen, wobei ihm ein dicker brauner Umschlag aufgefallen war, der zwischen den beiden Hälften der Brieftasche steckte. Die Wärme stieg von Osnards schwerem Körper auf wie von einem nassen Spaniel. Seine von züchtigen Löckchen umrahmten Brustwarzen traten deutlich durch das schweißgetränkte Hemd hervor. Pendel trat hinter ihn und maß den Rücken vom Kragen zur Taille. Beide Männer schwiegen. Panamaern machte es nach Pendels Erfahrungen Spaß, sich Maß nehmen zu lassen. Engländern nicht. Weil man dabei angefaßt wurde. Wieder am Kragen ansetzend, maß er nun, sorgfältig jede Berührung vermeidend, die Gesamtlänge des Rückens. Noch immer schwiegen sie. Von der Mitte des Rückens ausgehend, maß er bis zum Ellbogen, dann bis zu den Manschetten. Er trat neben Osnard, bedeutete ihm mit einer sachten Berührung, die Ellbogen anzuheben, und schlang ihm das Maßband in Höhe der Brustwarzen um den Oberkörper. Bei seinen unverheirateten Kunden verfuhr er gelegentlich weniger feinfühlig, aber bei Osnard hatte er keine Befürchtungen. Im Laden unten ging die Klingel, dann hörten sie die Tür vorwurfsvoll zuschlagen.

»War das Marta?«

»In der Tat, Sir. Offenbar auf dem Heimweg.«

»Ist sie sauer auf Sie?«

»Aber nein. Wie kommen Sie darauf?«

»War nur so 'ne Ahnung.«

»Na so was«, sagte Pendel erleichtert.

»Hatte auch das Gefühl, daß sie mich nicht mochte.«

»Du meine Güte, Sir. Wieso denn nur?«

»Geld schulde ich ihr keins. Hab sie nie gevögelt. Kann mir das auch nicht erklären.«

Der Anproberaum, holzverkleidet und etwa zwölf mal neun Meter groß, befand sich am Ende der Sportabteilung im Obergeschoß. Ein Drehspiegel, drei Wandspiegel und ein kleiner vergoldeter Stuhl bildeten die gesamte Einrichtung. Als Tür diente ein schwerer grüner Vorhang. Die Sportabteilung selbst war ein niedriger langer Schlauch, ein Dachboden, der an vergangene Kinderspiele erinnerte. Nirgendwo sonst im Laden hatte Pendel sich solche Mühe mit der Ausstattung gegeben. An der Wand entlang liefen Messingstangen, an denen ein kleines Heer halbfertiger Anzüge hing, die auf den letzten Arbeitsgang warteten. Golfschuhe, Hüte und grüne Regenmäntel schimmerten in antiken Mahagoniregalen. Reitstiefel, Gerten, Sporen, ein schönes Paar englische Schrotflinten, Munitionsgürtel und Golfschläger waren in kunstvollem Durcheinander arrangiert. Und im Vordergrund, auf dem Ehrenplatz, erhob sich ein stattliches, mit Leder bezogenes Pferd – ähnlich einem Turnpferd, aber mit Schwanz und Kopf –, auf dem der sportliche Gentleman den Sitz seiner Reithosen prüfen konnte, ohne einen Abwurf befürchten zu müssen.

Pendel zermarterte sich den Kopf nach einem Thema. Sonst plauderte er im Anproberaum unablässig, um das Intime der Situation abzuschwächen, aber aus irgendeinem Grund war ihm jetzt sein üblicher Gesprächsstoff abhanden gekommen. Er rettete sich in Erinnerungen an seine schwierige Frühzeit.

»Was haben wir damals in Whitechapel immer früh aufstehen müssen! Im Dunkeln und bei Frost, das Pflaster naß vom Tau, ich spüre die Kälte jetzt noch. Heute ist das natürlich anders. Es gibt kaum noch junge Menschen, die unser Handwerk erlernen wollen, habe ich gehört. Jedenfalls nicht im East End. Nicht das echte Schneiderhandwerk. Ist ihnen wohl zu mühsam. Und recht haben sie.«

Er nahm die Maße für das Cape, wieder am Rücken, aber diesmal mußte Osnard die Arme herabhängen lassen, und Pendel schlang das Band außen um ihn herum. Ein solches Maß hätte er normalerweise nicht genommen, aber Osnard war auch kein normaler Kunde.

»Vom East End ins West End«, bemerkte Osnard. »Ganz schöner Aufstieg.«

»Allerdings, Sir, und ich habe den Tag noch nie bereuen müssen.«

Sie standen einander dicht gegenüber. Doch während Osnards strenge braune Augen Pendel aus allen Winkeln zu verfolgen schienen, hielt Pendel den Blick starr auf den von Schweiß verzogenen Bund der Gabardinehose gerichtet. Er maß Osnards Taillenumfang, indem er das Band festzog.

»Und? Ist es schlimm?« fragte Osnard.

»Sagen wir, bescheidene 36 plus, Sir.«

»Plus was?«

»Plus Mittagessen, um es einmal so zu formulieren, Sir«, sagte Pendel und erzielte damit endlich ein lang entbehrtes Lachen.

»Schon mal Sehnsucht nach der alten Heimat?« fragte Osnard, während Pendel diskret eine 38 in sein Notizbuch schrieb.

»Eigentlich nicht, Sir. Nein, ich glaube nicht. Nicht daß ich wüßte. Nein«, antwortete er und ließ das Notizbuch in die Gesäßtasche gleiten.

»Möchte wetten, manchmal sehnen Sie sich doch noch in die Row zurück.«

»Ach ja, die Row«, stimmte Pendel von Herzen zu und gab sich plötzlich der wehmütigen Vision hin, er lebe in einem behaglichen früheren Jahrhundert und nehme Maß für Fräcke und Kniebundhosen. »Ja, mit der Row ist es natürlich etwas anderes. Hätten wir mehr in der Art der alten Savile Row und weniger von dem, was wir heute haben, würde es England jetzt weitaus besser gehen. Das Land wäre wesentlich glücklicher, wenn ich so sagen darf.«

Aber falls Pendel wähnte, Osnard mit solchen Platitüden von seinen bohrenden Fragen ablenken zu können, war die ganze Mühe umsonst.

»Erzählen Sie.«

»Wovon, Sir?«

»Der alte Braithwaite hat Sie als Lehrling genommen, richtig?«

»Richtig.«

»Tag für Tag hat der strebsame junge Pendel bei ihm vor der Tür gesessen. Jeden Morgen, wenn der Alte zur Arbeit kam, waren Sie schon da. ›Guten Morgen, Mr. Braithwaite, Sir, wie geht es Ihnen? Mein Name ist Harry Pendel, ich bin Ihr neuer Lehrling.‹ Wunderbar. Das nenne ich Chuzpe, das gefällt mir.«

»Das freut mich sehr zu hören«, sagte Pendel unsicher, während er über die Erfahrung hinwegzukommen versuchte, seine eigene Anekdote in einer ihrer zahlreichen Versionen von jemand anderem erzählt zu bekommen.

»Schließlich haben Sie ihn weichgeklopft und werden sein Lieblingslehrling, ganz wie im Märchen«, fuhr Osnard fort. Welches Märchen er meinte, sagte er nicht, und Pendel fragte auch nicht danach. »Und eines Tages – wie viele Jahre ist das jetzt her? – dreht sich der alte Braithwaite zu Ihnen um und sagt: ›Na schön, Pendel. Als Lehrling kann ich Sie nicht mehr brauchen. Ab heute sind Sie der Kronprinz.‹ So was in der Richtung jedenfalls. Erzählen Sie doch mal. Ein bißchen ausführlicher.«

Heftige Konzentration furchte Pendels normalerweise glatte Stirn. Er stellte sich vor Osnards linke Seite, schlang ihm diskret das Band um den Leib, dort, wo er am ausladendsten war, und kritzelte wieder etwas in sein Notizbuch. Er bückte sich, maß die äußere Beinlänge, richtete sich auf und sank wie ein kraftloser Schwimmer wieder ein, bis sein Kopf sich in Höhe von Osnards rechtem Knie befand.

»Tragen wir links, Sir?« fragte er leise; er spürte Osnards brennenden Blick im Nacken. »Die meisten meiner Gentlemen scheinen das heutzutage zu bevorzugen. Aber das ist wohl *nicht* politisch zu verstehen.«

Das war sein Standardscherz, mit dem er auch die gesetztesten seiner Kunden zum Lachen bringen konnte. Osnard freilich nicht.

»Weiß nie, wo die blöden Dinger hängen. Mal hier mal da«, antwortete er gleichgültig. »War es morgens? Oder abends? Wann hat er Ihnen seinen königlichen Besuch abgestattet?«

»Abends«, murmelte Pendel nach einer Ewigkeit. »An einem Freitag wie heute.« Es klang wie das Eingeständnis einer Niederlage.

Vermutlich links, nahm er an, wollte aber kein Risiko eingehen und schob Osnard das Messingende des Maßbands rechts in den Schritt, peinlich darauf bedacht, nicht mit dem Inhalt in Berührung zu kommen. Dann zog er das Band mit der Linken bis zur Oberkante von Osnards Schuhsohle herunter; es war ein schwerer, häufig geflickter Freizeitschuh. Er zog einen Zoll vom Meßergebnis ab und notierte es. Als er sich mutig zu voller Größe streckte, sah er die dunklen runden Augen fest auf sich gerichtet wie feindliche Geschütze, oder so kam es ihm jedenfalls vor.

»Winter oder Sommer?«

»Sommer.« Pendels Stimme erstarb. Er holte tapfer Luft und setzte noch einmal an. »Nicht viele von uns Jungen waren erpicht darauf, freitagabends im Sommer zu arbeiten. Ich war offenbar eine Ausnahme, und unter anderem deshalb ist Mr. Braithwaite wohl auf mich aufmerksam geworden.«

»In welchem Jahr war das?«

»Welches Jahr, ach herrje.« Er nahm sich zusammen, schüttelte den Kopf und versuchte zu lächeln. »Meine Güte. Das ist eine Ewigkeit her. Aber man kann den Strom der Gezeiten nicht umkehren. Der Dänenkönig Knut hat es versucht – und was ist aus ihm geworden?« fügte er hinzu, ohne selbst recht zu wissen, was aus Knut geworden war.

Gleichviel, allmählich fand er seine Sicherheit wieder, das, was Onkel Benny sein rednerisches Talent genannt hatte.

»Er stand auf einmal in der Tür«, fuhr er in beinahe schwärmerischem Tonfall fort. »Ich muß ganz von einer Hose in Anspruch genommen gewesen sein, die er mir anvertraut hatte – so ist das bei mir, wenn ich arbeite; jedenfalls bin ich richtig zusammengezuckt. Ich sah auf, und da stand er und starrte mich schweigend an. Er war ja ziemlich groß. Das vergißt man leicht. Der mächtige kahle Schädel, die buschigen Augenbrauen – eine imposante Erscheinung. Kraftvoll. Man kam nicht an ihm vorbei …«

»Sie haben seinen Schnauzbart vergessen«, wandte Osnard ein.

»Schnauzbart?«

»Und was für einer! Immer mit Suppe vollgekleckert. Muß ihn abrasiert haben, als das Bild unten gemacht wurde. Hat mich zu Tode damit erschreckt. War damals erst fünf.«

»Ich habe ihn nie mit einem Schnauzbart gesehen, Mr. Osnard.«

»Aber sicher doch. Ich seh den Schnäuzer noch vor mir, als wär's gestern gewesen.«

Ob aus Eigensinn oder Instinkt, Pendel wollte nicht nachgeben.

»Hier dürfte Ihr Gedächtnis Ihnen einen Streich spielen, Mr. Osnard. Offenbar denken Sie an einen anderen Mann, mit dessen Schnauzbart Sie nun Arthur Braithwaite schmücken.«

»Bravo«, murmelte Osnard.

Doch Pendel weigerte sich zu glauben, daß er das gehört hatte, daß Osnard ihm einen leisen Wink gegeben hatte. Er rackerte weiter:

»›Pendel‹, sagt er zu mir. ›Ich möchte, daß Sie mein Nachfolger werden. Sobald Sie anständig Englisch können, werde ich Sie Harry nennen, in den vorderen Teil des Ladens versetzen und zu meinem Erben und Partner bestimmen …«

»Sagten Sie nicht, dazu hat er neun Jahre gebraucht?«

»Wozu?«

»Sie Harry zu nennen.«

»Schließlich habe ich als Lehrling bei ihm angefangen.«

»Mein Fehler. Erzählen Sie weiter.«

»… ›und mehr habe ich Ihnen nicht zu sagen, also machen Sie jetzt mit der Hose weiter und schreiben sich für einen Redekurs an der Abendschule ein.‹«

Schluß. Er war ausgetrocknet. Der Hals tat ihm weh, seine Augen brannten, ihm dröhnten die Ohren. Doch irgendwo in seinem Innern war auch ein Gefühl von Befriedigung. Ich habe es geschafft. Ich habe mir das Bein gebrochen, ich habe 41 Fieber, aber ich habe durchgehalten.

»Unglaublich«, flüsterte Osnard.

»Ich danke Ihnen, Sir.«

»Die kitschigste Geschichte, die ich je im Leben gehört habe, und Sie tischen mir das auf wie ein Weltmeister.«

Pendel hörte das wie aus weiter Ferne, vermischt mit vielen anderen Stimmen. Die barmherzigen Schwestern in seinem Nordlondoner Waisenhaus, wie sie ihm sagten, Jesus werde böse auf ihn sein. Das Lachen seiner Kinder in dem Geländewagen. Ramón, wie er ihm erzählte, eine Londoner Handelsbank habe sich nach seiner geschäftlichen Situation erkundigt und gewisse Zahlungen für die Auskünfte angeboten. Louisa, wie sie ihm sagte, ein einziger guter Mann, mehr sei gar nicht nötig. Und dann hörte er den Feierabendverkehr stadtauswärts rauschen und träumte, auch er stecke darin fest und sei endlich frei.

»Wie Sie sehen, mein Lieber, weiß ich, wer Sie sind.« Aber Pendel sah gar nichts, nicht einmal den düsteren Blick, mit dem Osnard ihn durchbohrte. Er hatte eine Wand in seinem Kopf errichtet, und Osnard war auf der anderen Seite. »Genauer gesagt, ich weiß, wer Sie nicht sind. Kein Grund zur Panik oder Beunruhigung. Ich finde es wunderbar. Alles, von A bis Z. Möchte um nichts in der Welt darauf verzichten.«

»Ich bin nicht irgendwer«, hörte Pendel sich von seiner Seite der Wand flüstern, und dann das Geräusch, mit dem der Vorhang des Anproberaums beiseitegeschoben wurde.

Und er registrierte mit bewußt vernebeltem Blick, wie Osnard durch die Öffnung spähte und vorsichtshalber nachsah, ob auch niemand in der Sportabteilung war. Dann vernahm er wieder Osnards Stimme, aber so nah an seinem Ohr, daß das Flüstern nur so dröhnte.

»Sie sind Pendel, Nummer 906017, als Jugendlicher rechtskräftig zu sechs Jahren wegen Brandstiftung verurteilt, zweieinhalb davon abgesessen. Dieser Pendel hat sich das Schneidern im Knast selbst beigebracht. Hat drei Tage nach der Entlassung das Land verlassen, mit Geld versorgt von Benjamin, seinem inzwischen verstorbenen Onkel väterlicherseits. Verheiratet mit Louisa, Tochter eines Rauhbeins hier aus der Zone und einer bibelschwingenden Lehrerin, macht bei der Panamakanal-Kommission fünf Tage die Woche die Drecksarbeit für den großen und guten Ernie Delgado. Zwei Kinder, Mark acht Jahre, Hannah zehn. Dank der Reisfarm kurz vor dem Bankrott. Pendel & Braithwaite, daß ich nicht lache. So eine Firma hat in der Savile Row nie existiert. Es hat nie eine Liquidation gegeben, weil es nichts zu liquidieren gab. Arthur Braithwaite ist eine große Gestalt der Literatur. Einen Schwindler bewundern. Das tun die Leute gern. Sie brauchen mich nicht so verdattert anzusehen. Ich bin Ihr Retter. Die Antwort auf Ihre Gebete. Hören Sie mich eigentlich?«

Pendel hörte überhaupt nichts. Er stand mit gesenktem Kopf da, die Füße zusammen, bis zu den Ohren vollkommen betäubt. Dann raffte er sich auf und hob Osnards Arm bis in Schulterhöhe. Beugte ihn, so daß die Hand flach auf der Brust zu liegen kam. Legte das Ende des Maßbands in der Mitte des Rückens an. Führte es um den Ellbogen zum Handgelenk.

»Ich habe gefragt, wer sonst noch dahintersteckt?« sagte Osnard gerade.

»Wohinter?«

»Hinter dem Schwindel. Wie der Heilige Arthur dem kleinen Pendel seinen Mantel um die Schulter legt. P & B, Hofschneider. Tausendjährige Geschichte. Der ganze Scheiß. Von Ihrer Frau natürlich abgesehen.«

»Die hat nichts damit zu tun«, rief Pendel in blanker Panik.

»Die weiß nichts davon?«

Wieder stumm, schüttelte Pendel den Kopf.

»Louisa weiß nichts? Die beschwindeln Sie auch?«

Schweig stille, Harry. Kein Wort mehr.

»Sie weiß also auch nichts von der kleinen dummen Sache damals?«

»Wovon?«
»Vom Gefängnis.«
Pendel murmelte etwas, das er selbst kaum hören konnte.
»War das ein Nein?«
»Ja. Nein.«
»Sie weiß nicht, daß Sie gesessen haben? Sie weiß nichts von Onkel Arthur? Weiß sie denn, daß die Reisfarm den Bach runtergeht?« Noch einmal nachmessen. Von der Mitte des Rückens zum Handgelenk, aber diesmal mußte Osnard die Arme gerade herunterhängen lassen. Pendel führte ihm das Band mit hölzernen Bewegungen um die Schultern.
»Also nein?«
»Ja.«
»Dachte, sie ist Teilhaberin.«
»Ist sie auch.«
»Aber sie weiß es trotzdem nicht.«
»Um die Finanzen kümmere ich mich allein.«
»Ach nein. Mit wieviel stehen Sie in der Kreide?«
»Knapp hunderttausend.«
»Ich hab gehört, es wären schon über zweihunderttausend, Tendenz steigend.«
»Stimmt.«
»Zinsen?«
»Zwei.«
»Zwei Prozent im Vierteljahr?«
»Im Monat.«
»Abzahlung?«
»Möglich.«
»Wenn ich mir so Ihren Laden ansehe. Wozu machen Sie das überhaupt?«
»Wir hatten hier eine Rezession, ich weiß nicht, ob das bis zu Ihnen gedrungen ist«, sagte Pendel und dachte unsinnigerweise an die Zeiten zurück, als er, selbst wenn er nur drei Kunden hatte, die Termine mit ihnen in halbstündigem Abstand zu legen pflegte, um eine gewisse hektische Atmosphäre zu schaffen.
»Was haben Sie denn gemacht? An der Börse spekuliert?«

»Unter Anleitung eines erfahrenen Bankmenschen, ja.«

»Ihr erfahrener Bankmensch ist auf Konkursverkäufe und so was spezialisiert?«

»Anzunehmen.«

»Und der Kies kam von Louisa, richtig?«

»Von ihrem Vater. Das heißt die Hälfte. Sie hat auch noch eine Schwester.«

»Und die Polizei?«

»Welche Polizei?«

»Hier in Panama.«

»Was soll die denn?« Pendel hatte endlich die Sprache wiedergefunden. »Ich zahle meine Steuern. Sozialversicherung. Ich führe meine Bücher. Noch bin ich nicht bankrott. Warum sollte sich die Polizei für mich interessieren?«

»Wäre ja möglich, daß man auf Ihr Strafregister gestoßen ist. Daß man Schweigegeld von Ihnen verlangt hat. Wär doch schade, wenn man Sie rausschmeißen würde, bloß weil Sie die Bestechungsgelder nicht aufbringen können, oder?«

Pendel schüttelte den Kopf und legte die Hand darauf, es sah aus, als wollte er beten, oder sich vergewissern, daß der Kopf noch da sei. Dann nahm er die Haltung ein, die ihm Onkel Benny eingebleut hatte, bevor er ins Gefängnis mußte.

»Du mußt dich kleinmachen, Harry«, hatte Benny ihm eingetrichtert – ein Rat, wie er nur von einem Mann wie ihm kommen konnte. »Du mußt zusammenschrumpfen. Du mußt dich ducken. Ein Niemand sein, wie ein Niemand aussehen. Das bringt die anderen aus der Fassung, das weckt ihr Mitleid. Du bist nicht mal eine Fliege an der Wand. Du bist ein *Teil* der Wand.«

Aber er war es bald leid, eine Wand zu sein. Er hob den Kopf und blinzelte im Anproberaum umher, erwachte darin nach seiner ersten Nacht. Eins von Bennys rätselhafteren Geständnissen fiel ihm ein, und plötzlich glaubte er, es zu verstehen:

Harry, das Dumme bei mir ist, wo auch immer ich hingehe, komme auch ich selbst hin und verpfusche die Sache.

»Was sind Sie eigentlich?« fragte Pendel, in dem sich allmählich Trotz regte.

»Ich bin ein Spion. Ich spioniere für das gute alte England. Wir wollen Panama neu aufbauen.«

»Wozu?«

»Sag ich Ihnen beim Essen. Wann machen Sie freitags den Laden zu?«

»Jetzt gleich, wenn ich will. Komisch, daß Sie das noch fragen müssen.«

»Können wir zu Ihnen nach Hause? Kerzen. *Kiddush*. Ich richte mich ganz nach Ihnen.«

»Nein, nein. Wir sind Christen. Wo's am meisten weh tut.«

»Sie sind doch Mitglied im Club Unión?«

»So grade.«

»Wie, so grade?«

»Ich mußte erst die Reisfarm kaufen, bevor ich dort Mitglied werden konnte. Orientalische Schneider haben da keinen Zutritt, irische Farmbesitzer schon. Vorausgesetzt, sie können die fünfundzwanzigtausend für die Mitgliedschaft aufbringen.«

»Warum sind Sie da eingetreten?«

Zu seinem Erstaunen stellte Pendel fest, daß er jetzt heftiger lächelte als sonst bei ihm üblich. Es war ein irres Lächeln, aufgezwungen womöglich von Verblüffung und Angst, aber trotz allem ein Lächeln, und das erleichterte ihn, als habe er soeben entdeckt, daß er Arme und Beine noch bewegen konnte.

»Ich will Ihnen was sagen, Mr. Osnard«, erklärte er in einer Anwandlung von Leutseligkeit. »Für mich ist das selbst noch ein ungelöstes Rätsel. Ich bin ein impulsiver Mensch und neige zu Übertreibungen. Das ist meine Schwäche. Mein Onkel Benjamin, den Sie eben erwähnten, hat immer von einer Villa in Italien geträumt. Vielleicht habe ich es getan, um Benny eine Freude zu machen. Vielleicht auch, um Mrs. Porter eins auszuwischen.«

»Die kenne ich nicht.«

»Meine Bewährungshelferin. Eine sehr ernste Dame, die

davon überzeugt war, daß es mit mir ein schlimmes Ende nehmen würde.«

»Gehen Sie schon mal im Club Unión essen? Mit einem Gast?«

»Sehr selten. Nicht bei meinen gegenwärtigen wirtschaftlichen Verhältnissen, um es mal so zu sagen.«

»Wenn ich nicht zwei, sondern zehn Anzüge in Auftrag geben würde, und wenn ich Zeit zum Essen hätte, würden Sie dann mit mir dort hingehen?«

Osnard zog sein Jackett an. Laß ihn das ruhig alleine machen, dachte Pendel und bezähmte seinen ewigen Drang, zu Diensten zu sein.

»Möglich. Kommt darauf an«, antwortete er vorsichtig.

»Und Sie rufen Louisa an. ›Tolle Neuigkeiten, ich habe einem verrückten Briten zehn Anzüge angedreht und will ihn im Club Unión zum Essen einladen.‹«

»Möglich.«

»Wie würde sie darauf reagieren?«

»Schwer zu sagen.«

Osnard griff in sein Jackett, zog den braunen Umschlag hervor, den Pendel bereits gesehen hatte, und gab ihn ihm.

»Fünftausend als Anzahlung auf zwei Anzüge. Quittung ist nicht nötig. Später mehr. Plus ein paar hundert Taschengeld.«

Da Pendel noch immer die Weste mit verdeckter Knopfleiste trug, schob er den Umschlag in die Gesäßtasche zu seinem Notizbuch.

»Jeder in Panama kennt Harry Pendel«, sagte Osnard. »Verstecken wir uns, fallen wir erst recht auf. Gehen wir irgendwohin, wo man Sie kennt, kräht kein Hahn danach.«

Sie standen wieder dicht voreinander. So aus der Nähe leuchtete Osnards Gesicht vor unterdrückter Erregung. Pendel, ohnehin stets leicht beeinflußbar, ließ sich davon anstecken. Sie gingen nach unten, damit er vom Zuschneidezimmer aus Louisa anrufen konnte; Osnard prüfte derweil sein Gewicht an einem zusammengerollten Schirm, den ein Etikett als »Modell, getragen vom Gardekorps der Queen« auswies.

»Das mußt du ganz allein wissen, Harry«, sagte Louisa in Pendels heißes linkes Ohr. Die Stimme ihrer Mutter. Sozialismus und Bibelschule.

»*Was* weiß ich, Lou? Was soll ich wissen?« – scherzend, immer auf ein Lachen aus. »Du kennst mich, Lou. Ich weiß gar nichts. Nicht das Geringste.«

Am Telefon konnte sie Pausen wie Freiheitsstrafen verhängen.

»Du allein, Harry, mußt wissen, was es dir wert ist, deine Familie abends alleinzulassen, nur weil du in den Club gehen und dich mit irgendwelchen Männern und Frauen amüsieren willst, anstatt dich denen zu widmen, die dich lieben, Harry.«

Ihre Stimme wurde zärtlich leise, und er bekam schon schreckliche Sehnsucht nach ihr. Aber wie immer brachte sie die zärtlichen Worte nicht über die Lippen.

»Harry?« – als ob sie immer noch auf ihn wartete.

»Ja, Schatz?«

»Du brauchst mir nicht zu schmeicheln, Harry«, gab sie zurück; das war ihre Art, ein Wort wie »Schatz« zu vergelten. Aber was auch immer sie sonst noch sagen wollte, sagte sie nicht.

»Wir haben das ganze Wochenende, Lou. Schließlich will ich mich ja nicht aus dem Staub machen.« Eine Pause, endlos wie der Pazifik. »Wie war's mit Ernie heute? Er ist ein großartiger Mensch, Louisa. Ich weiß auch nicht, warum ich dich immer seinetwegen aufziehen muß. Er ist genauso ein großer Mann wie dein Vater. Ich sollte zu seinen Füßen sitzen.«

Es hat mit ihrer Schwester zu tun, dachte er. Wenn sie wütend wird, dann nur, weil sie eifersüchtig auf ihre Schwester ist, die an jedem Finger zehn Männer hat.

»Er hat fünftausend angezahlt, Lou« – Anerkennung heischend – »bar auf die Hand. Er fühlt sich einsam. Er braucht ein bißchen Gesellschaft. Was soll ich denn machen? Ihn in die Nacht rausjagen, ihm sagen, danke, daß Sie mir zehn Anzüge abgekauft haben, und jetzt schwirren Sie ab und suchen sich 'ne Frau?«

»Harry, das brauchst du ihm alles nicht zu sagen. Du

kannst ihn gern zu uns nach Hause mitbringen. Und wenn wir nicht gut genug sind, tu, was du tun mußt, und quäl dich nicht weiter deswegen.«

Wieder diese Zärtlichkeit in ihrer Stimme: So sprach die Louisa, die sie viel lieber gewesen wäre als die, die ihr die Worte eingab.

»Alles in Ordnung?« fragte Osnard leichthin.

Er hatte den Whisky für die Gäste und zwei Gläser gefunden. Eins gab er Pendel.

»Alles bestens, danke. Eine Frau wie sie findet man nicht noch einmal.«

Pendel stand allein im Lager. Er zog den Tagesanzug aus und hängte ihn aus alter Gewohnheit auf den Bügel, die Hose an die Metallklammern, das Jackett ordentlich darüber. Dann entschied er sich, nun einen graublauen Einreiher aus Mohair anzuziehen, den er sich vor sechs Monaten zu Mozarts Musik geschneidert, aber noch nie getragen hatte, weil er fürchtete, er könnte zu auffällig wirken. Sein Gesicht im Spiegel erschreckte ihn, so normal schaute er drein. Warum hast du nicht die Farbe gewechselt, die Größe, die Form? Was muß denn noch alles geschehen, bevor mit dir was geschieht? Du stehst morgens auf. Dein Bankdirektor bestätigt das nahe Ende der Welt. Dann bist du im Laden, und ein englischer Spion marschiert herein, der dich mit deiner Vergangenheit konfrontiert und dir sagt, daß er dich reich machen und nichts an deinen Verhältnissen ändern will.

»Ihr Vorname war Andrew?« rief er durch die offene Tür. Beginn einer neuen Freundschaft.

»Andy Osnard, ledig, Mitarbeiter der britischen Botschaft in der politischen Tretmühle, frisch im Land eingetroffen. Der alte Braithwaite hat für meinen Vater Anzüge gemacht, und Sie waren auch dabei und haben das Maßband gehalten. Geht doch nichts über eine gute Tarnung.«

Und diese Krawatte, die mir schon immer so gefallen hat, dachte Pendel. Die mit dem blauen Zickzackmuster und dem Hauch von Rosa. Während Osnard ihn mit Schöpferstolz beobachtete, stellte Pendel die Alarmanlage an.

5

Es hatte aufgehört zu regnen. Die bunt beleuchteten Busse, die durch die Schlaglöcher an ihnen vorbeiholperten, waren leer. Ein blauer Abendhimmel verlor sich in der Nacht, doch die Wärme blieb zurück, wie immer in Panama City. Es gibt trockene Hitze, es gibt feuchte Hitze. Hitze gibt es immer, ebenso wie Lärm: von Autos, Preßlufthämmern, dem Auf- und Abbau von Gerüsten, Flugzeugen, Klimaanlagen, Konservenmusik, Bulldozern, Hubschraubern und – wenn man sehr viel Glück hat – von Vögeln. Osnard zog seinen Buchmacherschirm hinter sich her. Pendel, wenngleich auf der Hut, war unbewaffnet. Die eigenen Gefühle waren ihm ein Rätsel. Er war geprüft worden, er war stärker und klüger daraus hervorgegangen. Geprüft, aber wofür? Stärker und klüger, in welcher Beziehung? Und wenn er bestanden hatte, warum war er dann jetzt nicht zuversichtlicher? Dennoch fühlte er sich nach dem Wiedereintritt in die Erdatmosphäre wie neugeboren, nur wenig besorgt.

»Fünfzigtausend Dollar!« schrie er Osnard zu, als er den Wagen aufschloß.

»Wofür?«

»Um diese Busse mit der Hand anzumalen! Dazu werden richtige Künstler angestellt! Dauert zwei Jahre!«

Bis zu diesem Augenblick hatte Pendel das selbst nicht gewußt, falls er es denn jetzt wußte, aber eine innere Stimme riet ihm, sich als Fachmann aufzuspielen. Als er sich auf dem Fahrersitz niederließ, hatte er das unbehagliche Gefühl, der Preis betrage eher fünfzehnhundert, und es dauere nicht zwei Jahre, sondern zwei Monate.

»Soll ich fahren?« fragte Osnard und blickte die Straße rauf und runter.

Aber Pendel war sein eigener Herr. Vor zehn Minuten noch hatte er sich eingeredet, er werde keinen Schritt mehr allein tun können. Jetzt saß er neben seinem Gefängniswärter hinterm Steuer seines Wagens und trug seinen eigenen graublauen Anzug, nicht mehr die stinkende Jutekluft mit Pendel auf der Tasche.

»Keine Gefahrenquellen?« fragte Osnard.

Pendel verstand ihn nicht.

»Leute, denen Sie nicht begegnen wollen – denen Sie Geld schulden – deren Frauen Sie gevögelt haben und so weiter?«

»Schulden habe ich nur bei der Bank, Andy. Und das andere mache ich auch nicht, obwohl ich das meinen Kunden gegenüber nie zugeben würde, Latinos sind da nämlich recht eigen. Die würden mich für einen Kastraten halten, oder für schwul.« Er kicherte leicht übertrieben für sie beide, während Osnard in die Rückspiegel spähte. »Wo sind Sie eigentlich her, Andy? Was ist Ihre Heimat? Ihr Vater scheint ja eine große Rolle in Ihrem Leben zu spielen, falls der nicht auch erfunden ist. Hatte er einen Namen? Doch bestimmt.«

»Er war Arzt«, sagte Osnard ohne zu zögern.

»Was für einer? Ein bedeutender Gehirnchirurg? Herz-Lungen-Arzt?«

»Praktischer Arzt.«

»Und wo hatte er seine Praxis? Irgendwo im Ausland?«

»Birmingham.«

»Und die Mutter, wenn ich fragen darf?«

»Aus Südfrankreich.«

Und Pendel fragte sich unwillkürlich, ob Osnard, wenn er seinen verstorbenen Vater in Birmingham und seine Mutter an der französischen Riviera ansiedelte, dies mit derselben Hemmungslosigkeit tat wie er selbst, als er den alten Braithwaite in Pinner angesiedelt hatte.

Im Club Unión verbringen die Superreichen von Panama ihr Erdendasein. Entsprechend unterwürfig fuhr Pendel unter dem roten Pagodenvordach vor, so langsam, daß er fast stehenblieb, damit die beiden uniformierten Wächter nur ja bemerkten, daß er und sein Gast weiß und gutbürgerlich waren. Freitagabend gibt es hier Disco für die Kinder der christlichen Millionäre. Am hell erleuchteten Portal quellen mißmutige siebzehnjährige Prinzessinnen und stiernackige Burschen mit goldenen Armkettchen und toten Augen aus glänzenden Geländewagen. Der Eingangsbereich, begrenzt von schweren karmesinroten Tauen, wurde von breitschultrigen Männern bewacht, die Namensschildchen am Revers ihrer Chauffeuruniformen trugen. Während sie Pendel ein vertrauliches Lächeln schenkten, sahen sie Osnard finster an, ließen ihn aber durch. Der Saal drinnen war geräumig und kühl und zum Meer hin offen. Eine mit grünem Teppich belegte Rampe führte auf eine Terrasse mit Balkonen. Dahinter erstreckte sich die Bucht mit ihrer ewigen Prozession von Schiffen, dichtgedrängt wie ein Flottenverband unter schwarzen Gewitterwolken. Das letzte Tageslicht schwand rasch dahin. Zigarettenrauch, kostspielige Düfte und Beatmusik erfüllten den Raum.

»Sehen Sie den Damm dahinten, Andy?« schrie Pendel und wies mit Besitzergeste nach draußen, während er mit der anderen Hand stolz den Namen seines Gastes ins Buch eintrug. »Ist aus dem ganzen Schutt gebaut, den man aus dem Kanal gebaggert hat. Sorgt dafür, daß die Flüsse nicht das Fahrwasser verschlammen. Die haben schon Bescheid gewußt, unsere Yanqui-Vorfahren«, erklärte er, wobei er sich offenbar mit Louisa identifizierte, denn er selbst hatte ja keine Yanqui-Vorfahren. »Sie hätten mal hier sein sollen, als es noch Freiluftkinos gab. Man sollte es nicht für möglich halten, Freiluftkinos in der Regenzeit. Aber das geht. Wissen Sie, wie oft es in Panama zwischen sechs und acht Uhr abends regnet, ob Regenzeit oder nicht? Durchschnittlich an zwei Tagen *pro Jahr*! Da staunen Sie, wie ich sehe.«

»Wo kriegen wir was zu trinken?« fragte Osnard.

Aber Pendel mußte ihm noch die neueste, höchst pompöse Errungenschaft des Clubs vorführen: einen geräuschlosen, prächtig getäfelten Aufzug, der altersschwache Erbinnen die drei Meter von einer Etage zur anderen hinauf- und hinabbeförderte.

»Für ihre Kartenpartien, Andy. Manche von den alten

Damen spielen Tag und Nacht. Wahrscheinlich glauben sie, sie können alles mitnehmen.«

In der Bar herrschte Freitag-abend-Fieber. An jedem Tisch winkten und gestikulierten ausgelassene Gäste, schlugen einander auf die Schultern, debattierten, rannten herum und brüllten sich gegenseitig nieder. Und manche unterbrachen sich dabei, winkten Pendel zu, drückten ihm die Hand oder machten gemeine Witze über seinen Anzug.

»Ich möchte Ihnen meinen guten Freund Andy Osnard vorstellen, er ist ein Lieblingssohn Ihrer Majestät und kürzlich aus England eingetroffen, um den guten Ruf der Diplomatenschaft wiederherzustellen«, rief er einem Banker namens Luis zu.

»Das nächstemal einfach nur Andy. Interessiert sowieso keinen«, meinte Osnard, als Luis sich wieder den Mädchen zugewandt hatte. »Irgendwelche größeren Kaliber heute abend? Wer ist denn alles hier? Delgado jedenfalls nicht. Der ist in Japan und schwänzt mit dem Präsidenten die Schule.«

»Ganz recht, Andy, Ernie ist in Japan. Auf die Weise kommt auch Louisa zu einer kleinen Verschnaufpause. Ich werd nicht mehr! Wen haben wir denn da? Das ist ja vielleicht ein Ding!«

In Panama wird Kultur durch Klatsch ersetzt. Pendels Blick war auf einen vornehm aussehenden Mann mit Schnurrbart gefallen; er war Mitte fünfzig und befand sich in Gesellschaft einer schönen jungen Frau. Er trug einen dunklen Anzug mit silberner Krawatte. Sie trug schwarze Locken über einer nackten Schulter und ein Diamantkollier, mit dem sie beim Schwimmen untergegangen wäre. Die beiden saßen wie ein Paar auf einem alten Foto aufrecht nebeneinander und ließen sich von Gratulanten die Hände schütteln.

»Unser tapferer oberster Richter, Andy, wieder unter uns«, antwortete Pendel auf Osnards fragenden Blick. »Erst vor einer Woche sind alle Anklagepunkte gegen ihn fallengelassen worden. Bravo, Miguel.«

»Einer Ihrer Kunden?«

»Selbstverständlich, Andy, und ein sehr geschätzter. Ich habe vier noch nicht fertige Anzüge und eine Smokingjakke in diesen Gentleman investiert, und bis vorige Woche war das alles für unseren Neujahrsausverkauf vorgesehen.« Osnard brauchte ihn jetzt nicht mehr zum Weiterreden aufzufordern. »Mein Freund Miguel«, setzte er mit jener Pedanterie hinzu, die uns davon überzeugt, daß jemand es mit der Wahrheit sehr genau nimmt, »mußte vor einigen Jahren erkennen, daß eine gewisse befreundete Dame, für deren Wohlergehen er persönlich Sorge trug, ihre Gunst einem anderen schenkte. Besagter Rivale war natürlich ein Anwaltskollege. Das ist in Panama immer so, und die meisten dieser Leute haben in Amerika studiert, wie ich leider feststellen muß. Jedenfalls hat Miguel reagiert, wie jeder von uns es unter solchen Umständen tun würde: er engagierte einen Killer, der dem Spuk ein Ende gemacht hat.«

»Ist ja stark. Und wie?«

Pendel fiel ein Ausdruck ein, den Mark einmal nach Lektüre eines später von Louisa konfiszierten Horrorcomics verwendet hatte. »Bleivergiftung, Andy. Drei fachmännische Schüsse. Einen in den Kopf, zwei in den Körper, und was von ihm übrig war, auf sämtliche Titelseiten verteilt. Der Killer wurde verhaftet, was in Panama höchst ungewöhnlich ist. Und er hat auch gestanden, was, seien wir ehrlich, nicht so ungewöhnlich ist.«

Er schwieg, erlaubte Osnard ein anerkennendes Lächeln und sich selbst eine schöpferische Pause. Die versteckten Höhepunkte hervorheben, hätte Benny dazu gesagt. Dem rednerischen Talent die Zügel schießen lassen. Dem größeren Publikum zuliebe die Geschichte ausschmücken.

»Anlaß für die Verhaftung – und für das Geständnis – war ein Scheck über einhunderttausend Dollar, der von unserem Freund Miguel auf den Namen des mutmaßlichen Killers ausgestellt wurde und unter der hier in Panama ziemlich riskanten Annahme eingelöst worden war, das Bankgeheimnis könne Schutz vor neugierigen Blicken bieten.«

»Und das ist die betreffende Dame«, sagte Osnard mit stiller Anerkennung. »Sieht aus, als hätte sie die Kurve gekriegt.«

»Ganz recht, das ist sie, Andy, und jetzt mit Miguel im heiligen Stand der Ehe, auch wenn es heißt, daß ihr die damit verbundenen Beschränkungen nicht zusagen. Und heute abend sind Sie Zeuge von Miguels und Amandas triumphaler Rückkehr in die gute Gesellschaft.«

»Wie hat er das denn hingekriegt?«

»Nun, erstens einmal, Andy«, erklärte Pendel, erregt von einer Allwissenheit, die weit über seine Kenntnis des Falls hinausging, »spricht man von einem Schmiergeld in Höhe von sieben Millionen, ein Betrag, den unser gelernter Richter sich ohne weiteres leisten kann, schließlich besitzt er ein Transportunternehmen, das mit Hilfe seines in der obersten Zollbehörde tätigen Bruders Reis und Kaffee aus Costa Rica importiert, ohne daß unsere überlasteten Beamten damit behelligt werden müssen.«

»Und zweitens?«

Pendel war rundum zufrieden: mit sich selbst, mit seiner Stimme, mit dem Gefühl seiner eigenen triumphalen Wiederauferstehung.

»Unser höchstrichterlicher Untersuchungsausschuß, der sich mit den gegen Miguel erhobenen Vorwürfen zu befassen hatte, ist zu dem klugen Schluß gekommen, es mangele der Anklage an Glaubwürdigkeit. Einhunderttausend Dollar für einen schlichten Mord hier in Panama wurden als maßlos übertriebener Preis erachtet, allenfalls eintausend seien angemessen. Und welcher erfahrene hochrangige Richter, der noch alle Tassen im Schrank hat, stellt wohl einem gedungenen Killer einen Namensscheck aus? Der Ausschuß kam zu dem wohlerwogenen Ergebnis, die Anklage sei ein primitiver Versuch, einem höchst ehrenwerten Diener seiner Partei und seines Landes ein Bein zu stellen. Es gibt hier bei uns in Panama ein Sprichwort. Die Gerechtigkeit ist ein Mann.«

»Und was ist aus dem Killer geworden?«

»Andy, als die ermittelnden Beamten ihn noch einmal

ins Gebet nahmen, hat er ihnen dankenswerterweise ein zweites Geständnis geliefert; danach hatte er Miguel nie im Leben gesehen und seine Instruktionen von einem bärtigen Mann mit Sonnenbrille erhalten, den er während eines Stromausfalls im Foyer des Caesar Park Hotel ein einziges Mal getroffen hatte.«

»Niemand hat protestiert?«

Pendel schüttelte bereits den Kopf. »Ernie Delgado und eine Gruppe gleichgesinnter Menschenrechtsapostel haben es versucht, aber wie üblich ist ihr Protest auf unfruchtbaren Boden gefallen, wegen eines gewissen Mangels an Glaubwürdigkeit«, fügte er hinzu, noch ehe er selbst wußte, wie er das notfalls begründen sollte. Aber er gab einfach Gas wie der Fahrer eines flüchtigen Autos. »Schließlich ist Ernie nicht *immer* das, als was er hochgejubelt wird, das weiß man ja.«

»Wer weiß das?«

»Gewisse Kreise, Andy. Informierte Kreise.«

»Das heißt, er streckt auch die Hand aus wie alle anderen?«

»So sagt man«, erwiderte Pendel geheimnisvoll und senkte zur Betonung seiner Glaubwürdigkeit die Lider. »Ersparen Sie mir weitere Bemerkungen. Wenn ich nicht aufpasse, sage ich am Ende noch Dinge, die Louisa schaden könnten.«

»Und der Scheck?«

Pendel registrierte beunruhigt, daß sich die kleinen Augen, wie schon vorhin im Laden, zu schwarzen Punkten in Osnards ausdruckslosem Gesicht zusammengezogen hatten.

»Eine plumpe Fälschung, Andy, wie man von Anfang an vermutet hatte«, antwortete er und spürte, wie seine Wangen heiß wurden. »Der betreffende Bankkassierer wurde seines Postens enthoben, darf ich erfreulicherweise vermelden, also wird so etwas nicht wieder vorkommen. Und dann gibt es natürlich die weißen Anzüge, weiß spielt in Panama eine sehr große Rolle, größer als viele sich träumen lassen.«

»Was soll das denn heißen?« fragte Osnard, ohne den bohrenden Blick von ihm abzuwenden.

Es hieß, daß Pendel einen seriösen Niederländer namens Henk erspäht hatte, der ständig seltsame Händedrücke austeilte und in vertraulichem Tonfall über banale Dinge flüsterte.

»Freimaurer, Andy«, sagte er, inzwischen ernstlich bemüht, Osnards Blick auszuweichen. »Geheimgesellschaften. Opus Dei. Voodoo für die Oberschicht. Rückversicherung für den Fall, daß Religion allein nicht ausreicht. Hier in Panama ist man sehr abergläubisch. Sie sollten mal sehen, wie wir zweimal die Woche mit unseren Lotterielosen herumrennen.«

»Woher wissen Sie das alles?« fragte Osnard und senkte seine Stimme so weit, daß sie nicht über den Tisch hinausdrang.

»Aus zweierlei Quellen, Andy.«

»Und die wären?«

»Nun, zum einen die Gerüchteküche, wenn meine Kunden, wie sie es gerne tun, donnerstags abends rein zufällig in meinem Laden zusammenkommen, um sich bei einem Glas mal so richtig aussprechen zu können.«

»Und die zweite?« Wieder dieser bohrende Blick.

»Andy, wenn ich Ihnen sagen würde, daß die Wände meines Anproberaums mehr Geständnisse zu hören bekommen als ein Priester im Gefängnis, wäre das noch stark untertrieben.«

Es gab noch eine dritte, aber davon sagte Pendel nichts. Vielleicht war ihm gar nicht bewußt, wie sehr er dem verfallen war. Und zwar sein Schneiderhandwerk. Verbesserungen an Menschen vornehmen, sie zuschneiden und formen, bis sie verständliche Bewohner seiner Innenwelt waren. Sein Redetalent. Den Ereignissen vorauseilen und dann warten, daß sie einen einholten. Die Menschen größer oder kleiner machen, je nachdem, ob sie sein Dasein bereicherten oder bedrohten. Delgado herabsetzen. Miguel emporheben. Und Harry Pendel wie ein Korken auf dem Wasser. Seine Überlebenstechnik, die er im Gefängnis entwickelt und in der Ehe vervollkommnet hatte, und ihr Zweck war, einer feindlichen Welt alles zu geben, was sie beschwichtigen konnte. Was sie erträglich machen, sie freundlich stimmen und ihr den Stachel nehmen konnte.

»Und was der alte Miguel *jetzt* natürlich macht«, fuhr Pendel fort, indem er Osnards Blick geschickt auswich und in den Saal hineinlächelte, »ich will mal so sagen: er hat seinen letzten Frühling. So etwas sehe ich in meinem Beruf immer wieder. Heute noch gehen die Leute ihrer geregelten Arbeit nach, sie sind gute Väter und Ehemänner und kaufen zwei Anzüge im Jahr. Morgen werden sie fünfzig, und plötzlich verlangen sie zweifarbige Lederhosen und knallbunte Jacketts, und die Frauen rufen an und fragen, ob ich ihren Mann gesehen habe.«

Aber trotz aller Bemühungen gelang es Pendel nicht, Osnard von sich abzulenken. Die lebhaften braunen Fuchsaugen starrten ihn unvermindert an, und Osnards Miene – falls sich in diesem Chaos jemand die Mühe gemacht hätte, sie zu beobachten – war die eines Mannes, der eine Goldader entdeckt hatte und nicht wußte, ob er Hilfe holen oder sie allein ausgraben sollte.

Eine Phalanx von Gästen brach herein. Pendel hatte sie alle gern:

Jules, du liebe Zeit, schön Sie zu sehen, Sir! Darf ich Ihnen Andy vorstellen, Freund von mir – *französischer Wertpapierhändler, Andy, hat finanzielle Probleme.*

Mordi, welche Freude, Sir! – *junger Geschäftemacher aus Kiew, Andy, mit der neuen Welle von Aschkenasim gekommen, erinnert mich an meinen Onkel Benny* – Mordi, darf ich Ihnen Andy vorstellen!

Der hübsche Kazuo und seine junge Braut vom japanischen Handelszentrum, das schönste Paar der Stadt – Salam, Sir! Madam, es ist mir eine Ehre! – *drei Anzüge mit Extrahosen, und ich weiß immer noch nicht seinen Nachnamen, Andy.*

Pedro, der junge Anwalt.

Fidel, der junge Banker.

José-María, Antonio, Salvador, Paul, blutjunge Aktienhändler, einfältige Bleichgesichter, auch als *rabiblancos* bekannt, glubschäugige Kaufleute, die sich mit dreiundzwanzig um ihre Männlichkeit sorgen, während sie ihre Potenz im Alkohol ertränken. Und zwischen all dem Händeschütteln und Schulterklopfen und Bis-Donnerstag-Harry Pendels leise Kommentare: wer ihre Väter waren, wer wieviel auf der Bank hatte und wie die Brüder und Schwestern dieser Leute strategisch auf die politischen Parteien verteilt waren.

»Gott«, staunte Osnard andächtig, als sie endlich wieder allein waren.

»Was soll denn Gott damit zu tun haben, Andy?« fragte Pendel ein wenig aggressiv, weil Louisa zu Hause keine Blasphemien duldete.

»Nicht Gott, Harry, mein Lieber. Sie.«

Die kostbaren Teakstühle und das verschnörkelte Tafelsilber im Restaurant des Club Unión sollen opulente Feststimmung verbreiten, aber die eigenartig niedrige Decke und die Notbeleuchtung lassen den Raum eher als Bunker für durchgebrannte Bankleute erscheinen. Pendel und Osnard hatten an einem Eckfenster Platz genommen und tranken chilenischen Wein und aßen Pazifikfisch. Die Speisenden taxierten einander aus ihren von Kerzen beleuchteten Nischen heraus mit unzufriedenen Blicken: Wie viele Millionen hast *du* schon zusammen? – wie hat sich *der* denn hier reingeschlichen? – was glaubt *die* eigentlich, wie weit sie es mit diesen Diamanten bringt? Inzwischen war der Himmel draußen pechschwarz geworden. Im beleuchteten Pool unter ihnen trug ein muskulöser Schwimmlehrer mit Badekappe ein vierjähriges Mädchen in goldfarbenem Bikini gravitätisch auf seinen Schultern durchs tiefe Wasser. Neben ihm watete ein fettleibiger Bodyguard mit nervös ausgestreckten Händen, um das Kind notfalls aufzufangen. Am Rand des Pools saß in einem Designer-Hosenanzug gelangweilt die Mutter und lackierte sich die Fingernägel.

»Ich will nicht prahlen, Andy, aber Louisa ist schlicht der *Mittelpunkt*«, sagte Pendel gerade. Warum redete er jetzt von ihr? Vielleicht hatte Osnard sie erwähnt. »Louisa ist eine absolute Top-Sekretärin mit unglaublichen Fähigkeiten, die meiner Meinung nach noch gar nicht richtig erkannt worden sind.« Nach ihrem unerfreulichen Telefongespräch tat es ihm gut, die Dinge wieder zurechtzurükken. »Drecksarbeit ist ein völlig falscher Ausdruck. Offiziell ist sie seit drei Monaten die Presseagentin von Ernie Delgado, der früher bei der Anwaltskanzlei Delgado & Woolf war, aber seine Interessen zum Wohle des Volkes aufgegeben hat. Inoffiziell geht es aufgrund der bevorstehenden Übergabe – wenn die Yanquis abziehen und die Panamaer das Ganze übernehmen – bei der Kanalverwaltung dermaßen drunter und drüber, daß Louisa eine der wenigen ist, die klaren Kopf bewahrt und den Leuten sagen kann, wie die Sache steht. Sie macht die Honneurs, sie hält Delgado den Rücken frei, sie übertüncht die Risse. Sie weiß, wo man etwas findet, wenn es da ist, und wer es geklaut hat, wenn es nicht da ist.«

»Offenbar ein Glücksgriff«, sagte Osnard.

Pendel platzte schier vor Stolz.

»Andy, da haben Sie nicht unrecht. Und wenn Sie meine persönliche Meinung hören wollen: Ernie Delgado hat unverschämtes Glück gehabt. Da muß zum Beispiel eine hochrangige Schiffahrtskonferenz vorbereitet werden, aber wo ist das Protokoll von der letzten? Gleichzeitig wartet eine ausländische Delegation auf irgendwelche Auskünfte, und wo sind schon wieder diese japanischen Dolmetscher geblieben?« Doch wieder spürte er den unbezähmbaren Drang, an Ernie Delgados Sockel zu kratzen: »Außerdem ist sie die einzige, die mit Ernie umgehen kann, wenn er einen Kater hat, oder wenn ihm seine Frau mal wieder kräftig den Kopf gewaschen hat. Ohne Louisa wäre Ernie längst erledigt, und sein strahlender Heiligenschein hätte schon lange Rostflecken angesetzt.«

»*Japanische* Dolmetscher«, sagte Osnard mit schleppender, nachdenklicher Stimme.

»Na ja, es könnten auch schwedische, deutsche oder französische sein, nehme ich an. Aber die japanischen werden am häufigsten gebraucht.«

»Was sind das für Japaner? Sind die von hier? Oder nur zu Besuch? Aus der Wirtschaft? Aus der Politik?«

»Das weiß ich wirklich nicht, Andy.« Ein albernes, hektisches Kichern. »Für mich sehen die alle ziemlich gleich aus. Aber viele von ihnen dürften Banker sein.«

»Aber Louisa weiß Bescheid.«

»Andy, diese Japaner fressen ihr aus der Hand. Ich weiß nicht, was sie an sich hat, aber wenn man sieht, wie sie mit den Delegationen aus Japan umgeht, wie sie sich verbeugt und lächelt und ihnen voranschreitet – das ist wirklich große Klasse.«

»Bringt sie Arbeit mit nach Hause? Übers Wochenende? Oder am Abend?«

»Nur wenn's etwas Dringendes ist, Andy. Meistens am Donnerstag, damit sie fürs Wochenende und die Kinder frei ist, während ich meine Kundschaft unterhalte. Überstunden werden nicht bezahlt, und sie wird ziemlich übel ausgebeutet. Aber immerhin wird sie nach amerikanischem Tarif bezahlt, das macht schon einiges aus, gebe ich zu.«

»Was macht sie damit?«

»Mit dem, was sie nach Hause mitnimmt? Daran arbeiten. Abtippen.«

»Mit dem Kies. Mit dem Gehalt.«

»Der fließt auf unser gemeinsames Konto, Andy, das hält sie für richtig und angemessen, denn sie ist eine sehr hochgesinnte Frau und Mutter«, erklärte Pendel affektiert.

Und zu seiner Überraschung spürte er, wie er dunkelrot anlief, und seine Augen füllten sich mit heißen Tränen, bis es ihm irgendwie gelang, sie wieder dorthin zurückzudrängen, wo sie hergekommen waren. Osnard hingegen wurde weder rot, noch schwammen seine schwarzen Knopfaugen in Tränen.

»Die Ärmste zahlt also Ihre Verpflichtungen bei Ramón ab«, sagte er schonungslos. »Und weiß es noch nicht einmal.«

Aber falls Pendel sich von dieser harten Feststellung gedemütigt fühlte, war ihm nichts mehr davon anzusehen. Er spähte aufgeregt durch den Raum, auf seiner Miene mischten sich Freude und Erwartung.

»Harry! Mein Freund! Harry! Bei Gott. Ich liebe dich!«

Ein Riese in magentarotem Jackett kam, gegen Tische stoßend, Gläser umkippend und von zornigen Ausrufen begleitet, auf sie zugetorkelt. Er war noch jung, und trotz der Verheerungen eines beschwerlichen, ausschweifenden Lebens waren ihm noch Reste seines ehemaligen guten Aussehens erhalten geblieben. Pendel war bereits aufgesprungen.

»Señor Mickie, Sir, ich lieb dich auch, wie geht's dir denn heute?« fragte er eifrig. »Das ist Andy Osnard, ein Freund von mir. Andy, das ist Mickie Abraxas. Mickie, mir scheint, du siehst ein wenig mitgenommen aus. Warum setzen wir uns nicht?«

Aber Mickie mußte sein Jackett vorführen, und das konnte er nicht im Sitzen. Die Knöchel auf die Hüften gestützt, die Fingerspitzen nach unten, vollführte er eine groteske Mannequin-Pirouette und mußte sich danach am Tischrand festhalten. Der Tisch schwankte, ein paar Teller krachten auf den Boden.

»Gefällt's dir, Harry? Bist du stolz darauf?« Er sprach amerikanisches Englisch, sehr laut.

»Mickie, das ist wirklich phantastisch«, sagte Pendel ernst. »Eben habe ich zu Andy gesagt, noch nie habe ich eine bessere Schulterpartie geschnitten; die Jacke steht dir einfach großartig. Stimmt's, Andy? Warum setzen wir uns nicht zu einem Schwätzchen?«

Aber Mickie hatte jetzt Osnard entdeckt.

»Was sagen *Sie* dazu, Mister?«

Osnard lächelte gelassen. »Gratuliere. P & B in Hochform. Die Mitte sitzt genau im Zentrum.«

»Scheiße, wer sind Sie?«

»Er ist ein Kunde von mir, Mickie«, sagte Pendel, sehr um Frieden bemüht, wie immer bei Mickie. »Heißt Andy.

Das habe ich schon gesagt, aber du hast ja nicht gehört. Mickie war in Oxford, stimmt's, Mickie? Erzähl Andy mal, auf welchem College du warst. Er ist auch ein großer Fan unserer englischen Lebensart und war mal Vorsitzender unseres englisch-panamaischen Kulturvereins, stimmt's, Mickie? Andy ist ein sehr einflußreicher Diplomat, stimmt's, Andy? Er arbeitet in der Britischen Botschaft. Arthur Braithwaite hat seinem Vater die Anzüge gemacht.«

Mickie Abraxas schluckte das alles, jedoch mit wenig Genuß, denn er starrte Osnard finster an, und ihm gefiel nicht, was er sah.

»Wissen Sie, was ich tun würde, wenn ich Präsident von Panama wäre, Mr. Andy?«

»Warum setzt du dich nicht, Mickie, und erzählst es uns?«

»Ich würde uns alle umbringen. Für uns gibt's keine Hoffnung mehr. Wir sind am Arsch. Wir haben alles, was Gott gebraucht hat, um das Paradies zu erschaffen. Großartiges Ackerland, Strände, Berge, eine unglaubliche Tierwelt, wenn man einen Stock in den Boden steckt, wächst ein Obstbaum raus, die Menschen hier sind so schön, daß einem die Tränen kommen. Und was tun wir? Betrügen. Intrigieren. Lügen. Heucheln. Stehlen. Uns gegenseitig aushungern. Wir führen uns auf, als ob nur für einen selbst noch was übrig wäre. Wir sind so dumm und korrupt und blind, daß ich nicht begreifen kann, warum die Erde uns nicht hier und jetzt verschluckt. Begreife ich wirklich nicht. Wir haben die Erde in Colón an die Scheißaraber verkauft. Wollen Sie das der Queen ausrichten?«

»Kann's kaum erwarten«, sagte Osnard freundlich.

»Mickie, ich werde gleich sauer, wenn du dich nicht endlich hinsetzt. Du fällst schon unangenehm auf und bringst mich in Verlegenheit.«

»Ich denke, du liebst mich?«

»Aber natürlich. Und jetzt sei brav und setz dich.«

»Wo ist Marta?«

»Zu Hause, nehme ich an, Mickie. In El Chorillo, wo sie wohnt. Sitzt wahrscheinlich über ihren Büchern.«

»Ich liebe diese Frau.«

»Das höre ich gern, Mickie, und Marta hört es sicher auch gern. Jetzt setz dich.«

»Du liebst sie auch.«

»Wir lieben sie beide, Mickie, jeder auf seine Weise«, antwortete Pendel, ohne direkt rot zu werden, aber mit einem unangenehmen Kloß im Hals. »Und nun sei so nett und setz dich. Bitte.«

Mickie packte Pendels Kopf mit beiden Händen und flüsterte ihm feucht ins Ohr: »Dolce vita beim großen Rennen nächsten Sonntag, hörst du? Rafi Domingo hat die Jockeys gekauft. Alle, hörst du? Sag's Marta. Da kann sie reich werden.«

»Mickie, ich höre dich laut und deutlich, und Rafi war noch heute morgen bei mir im Laden, aber du nicht, schade eigentlich, denn deine schöne neue Smokingjacke wartet nur darauf, von dir anprobiert zu werden. Und jetzt sei so lieb und setz dich, *bitte*.«

Aus den Augenwinkeln sah Pendel am Rand des Saals zwei große Männer mit Namensschildchen zielstrebig auf sie zukommen. Er legte beschützend einen Arm halb um Mickies kolossale Schultern.

»Mickie, wenn du jetzt noch mehr Theater machst, nähe ich nie mehr einen Anzug für dich«, sagte er auf Englisch. Und auf Spanisch zu den beiden Männern: »Bei uns ist alles in Ordnung, ich danke Ihnen, meine Herren. Mr. Abraxas wird das Haus freiwillig verlassen. Mickie?«

»Was denn?«

»Hast du gehört, Mickie?«

»Nein.«

»Wartet dein sympathischer Fahrer Santos draußen mit dem Wagen?«

»Wen kümmert das?«

Pendel nahm Mickie beim Arm und führte ihn behutsam unter der verspiegelten Decke durch den Speisesaal ins Foyer, wo Santos der Fahrer besorgt auf seinen Herrn wartete.

»Schade, daß Sie ihn nicht in Hochform erlebt haben, Andy«, sagte Pendel verlegen. »Mickie ist einer der wenigen wahren Helden Panamas.«

Dann gab er mit abwehrendem Stolz freiwillig einen kurzen Abriß von Mickies Lebensgeschichte: Der Vater, ein aus Griechenland eingewanderter Reeder, war eng mit General Omar Torrijos befreundet und deshalb bereit, seine geschäftlichen Interessen hintanzusetzen und sich mit ganzer Kraft dem Panamaischen Drogenhandel zu widmen, den er zu etwas aufbaute, das im Krieg gegen den Kommunismus jedermann zur Ehre gereicht haben würde.

»Redet der immer so?«

»Na ja, es ist nicht alles *Gerede*, möchte ich mal sagen. Mickie hatte großen Respekt vor seinem Vater, Torrijos war ganz nach seinem Geschmack, im Gegensatz zu Wir-wissen-schon-wer«, erklärte er, der harten Landessitte folgend, Noriega nicht beim Namen zu nennen. »Eine Tatsache, die Mickie jedem unverblümt unter die Nase gerieben hat, bis Wir-wissen-schon-wem der Kragen geplatzt ist und er ihn hat einbuchten lassen, um ihn zum Schweigen zu bringen.«

»Und was sollte das Gefasel über Marta?«

»Ja nun, sehen Sie, das ist eine alte Geschichte, Andy, ein Überbleibsel von früher, könnte man sagen. Von damals, als die beiden gemeinsam für ihre Sache gekämpft haben. Marta als Tochter eines schwarzen Handwerkers, er als verzogener reicher Bengel, aber Schulter an Schulter für die Demokratie, könnte man sagen«, antwortete Pendel und lief sich selbst davon, um das Thema so schnell wie möglich hinter sich zu bringen. »In diesen Zeiten sind seltsame Freundschaften geschlossen worden. Feste Bande. Ganz wie er gesagt hat. Die beiden haben sich geliebt. Und warum auch nicht.«

»Ich dachte, er hat von Ihnen geredet.«

Pendel legte noch einen Zahn zu.

»Nur sind die Gefängnisse hier ein bißchen mehr Gefängnis als die in der alten Heimat, Andy, wenn ich so sagen darf. Nicht daß ich die englischen Gefängnisse herabsetzen will, ganz und gar nicht. Jedenfalls hat man Mickie mit einer beträchtlichen Anzahl nicht allzu sensibler Schwerverbrecher zusammengesperrt, zwölf oder mehr pro Zelle, und immer wieder hat man ihn, falls Sie mir folgen können, in andere Zellen verlegt, was Mickies Gesundheit durchaus nicht zuträglich war, und was war er damals noch für ein gutaussehender junger Mann«, sagte er verlegen. Er schwieg einen Augenblick, um Mickies verlorener Schönheit zu gedenken, und Osnard war so taktvoll, ihn nicht dabei zu stören. »Und ein paarmal haben sie ihn bewußtlos geschlagen, weil er sie gereizt hat.«

»Haben Sie ihn mal besucht?« fragte Osnard gleichgültig.

»Im Gefängnis, Andy? Ja. Ja, habe ich.«

»War bestimmt mal was anderes, so auf der anderen Seite des Gitters.«

Mickie, zur Vogelscheuche abgemagert, das Gesicht von Schlägen verquollen, das Entsetzen noch in den Augen. Mickie in verschlissenen orangefarbenen Lumpen, kein Maßschneider erreichbar. Nässende rote Blasen an den Fußknöcheln, mehr noch an den Handgelenken. Wer Ketten trägt, muß lernen, sich nicht zu winden, wenn er geschlagen wird, aber das zu lernen braucht Zeit. Mickie, wie er flüsterte: »Harry, hilf mir, um Gottes willen, Harry, hol mich hier raus.« Und Pendel, ebenso leise: »Mickie, du mußt dich kleinmachen, verstehst du, du darfst denen nicht in die Augen sehen.« Beide konnten einander nicht hören. Es blieb nichts zu sagen als Hallo und Bis später.

»Und was treibt er jetzt?« fragte Osnard, als habe er bereits genug von dem Thema. »Abgesehen davon, daß er sich zu Tode trinkt und den Leuten hier auf die Nerven geht?«

»Mickie?« fragte Pendel.

»Wer sonst?«

Und wie er vorhin, von irgendeinem Teufelchen gezwungen, Delgado zum Strolch erklärt hatte, stilisierte er nun Abraxas zum modernen Helden hoch: *Wenn dieser Osnard meint, er kann Mickie abschreiben, ist er auf dem Holzweg, und zwar gewaltig. Mickie ist mein Freund, mein Mitstreiter, mein Bruder, mein Zellengenosse. Man hat Mickie die Finger gebrochen und die Eier zerquetscht. Und während du in deiner netten englischen Privatschule mit deinen Freunden Bockspringen gespielt hast, ist er von perversen Sträflingen vergewaltigt worden.*

Pendel warf verstohlene Blicke durch den Speisesaal, ob sie auch keine Zuhörer hatten. Am Nebentisch nahm gerade ein dickköpfiger Mann vom Oberkellner ein großes weißes Telefon entgegen. Er sprach hinein, dann nahm der Oberkellner es wieder zurück und reichte es wie einen Wanderpokal dem nächsten bedürftigen Gast.

»Mickie hat noch längst nicht aufgegeben, Andy«, flüsterte Pendel ganz leise. »Der äußere Eindruck täuscht, Mickie ist vollkommen anders, das war schon damals so und ist es heute immer noch, wenn ich so sagen darf.«

Was machte er eigentlich? Was sagte er da? Er wußte es selber kaum. Er war völlig durcheinander. Irgendwo in seinem überreizten Kopf schwirrte die Idee herum, er könne Mickie einen Liebesdienst erweisen, ihn zu etwas aufbauen, das er niemals sein konnte, zu einem Mickie, der auferstanden war, der nicht mehr trank, der beherzt und kämpferisch zu Taten drängte.

»Was hat er nicht aufgegeben? Kann Ihnen nicht folgen. Reden mal wieder in Rätseln.«

»Er ist noch *dabei.*«

»Wobei?«

»Bei der Stillen Opposition«, sagte Pendel mit dem Gebaren eines mittelalterlichen Kriegers, der seine Fahne in die feindlichen Reihen schleudert und ihr dann nachstürzt, um sie zurückzuerobern.

»*Wie* bitte?«

»Im heimlichen Widerstand. Er und seine gut eingespielte Gruppe von Glaubensgenossen.«

»Und woran *glauben* diese Leute?«

»An Verstellung, Andy. An den schönen Schein. An das, was unter der Oberfläche ist, will ich mal sagen«, erklärte Pendel, der wie im Fieber nie zuvor erreichte Höhen der Fantasie erklomm. Halb erinnerte Gespräche mit Marta eilten ihm zu Hilfe. »Unser neues blitzsauberes Panama, diese Scheindemokratie, haha. Alles nur Show. Er hat es Ihnen eben selbst gesagt. Sie haben ihn gehört. Betrügen. Intrigieren. Lügen. Heucheln. Zieht man den Vorhang weg, warten dahinter immer noch dieselben, die Wir-wissen-schonwen in der Tasche hatten, um die Zügel wieder in die Hand zu nehmen.«

Osnard ließ Pendel keine Sekunde aus den winzigen schwarzen Augen. Es geht um meine Stimmlage, dachte Pendel und suchte schon nach Fluchtwegen vor den Konsequenzen seiner Unbesonnenheit. Nur darum geht es ihm. Nicht um meine Genauigkeit, nur um meine Stimmlage. Ob ich auswendig oder vom Blatt oder aus dem Stegreif singe, interessiert ihn nicht. Wahrscheinlich hört er nicht einmal zu, jedenfalls nicht richtig.

»Mickie steht in Kontakt mit den Leuten auf der anderen Seite der Brücke«, dichtete er tapfer weiter.

»Und wer soll das sein?«

Die Brücke war die Bridge of the Americas. Auch dieser Ausdruck stammte von Marta.

»Der unsichtbare Kader, Andy«, erklärte Pendel kühn. »Die Kämpfer und die Glaubenden, denen Fortschritt wichtiger ist als Bestechungsgelder«, zitierte er Marta Wort für Wort. »Die Bauern und Handwerker, die von der infamen habsüchtigen Regierung verraten wurden. Der ehrbare Mittelstand. Das anständige Panama, von dem man nie etwas zu sehen oder zu hören bekommt. Sie organisieren sich. Sie haben die Nase voll. Mickie auch.«

»Und Marta ist auch dabei?«

»Möglich, Andy. Ich frage sie nicht danach. Es steht mir nicht zu, das zu wissen. Ich denke mir mein Teil. Mehr sage ich nicht.«

Lange Pause.

»Die Nase voll. Wovon denn eigentlich genau?«

Pendel warf einen raschen, verschwörerischen Blick durch den Speisesaal. Er war Robin Hood, Hoffnungsträger der Unterdrückten, Hort der Gerechtigkeit. Am Nebentisch tat sich eine lärmende zwölfköpfige Gesellschaft an Dom Pérignon und Hummer gütlich.

»*Von dem hier*«, antwortete er leise und nachdrücklich. »*Von denen da. Und von allem, was damit verbunden ist.*«

Osnard wollte mehr über die Japaner hören.

»Tja, die *Japaner*, Andy – Sie haben soeben einen kennengelernt, deswegen fragen Sie ja wohl danach –, die sind in Panama sehr präsent, so will ich das mal nennen, und zwar schon seit vielen Jahren, seit gut zwanzig Jahren, würde ich sagen«, erklärte Pendel begeistert – dankbar, endlich nicht mehr von seinem einzigen wahren Freund reden zu müssen. »Zur Volksbelustigung gibt's japanische Umzüge und japanische Blaskapellen, die Japaner haben der Nation einen Markt für Meeresfrüchte geschenkt, und es gibt sogar einen von den Japanern finanzierten Bildungskanal im Fernsehen«, setzte er hinzu und dachte an eine der wenigen Sendungen, die seine Kinder sehen durften.

»Und wer ist der wichtigste von diesen Japanern?«

»Als Kunde, Andy? Die Wichtigen kenne ich nicht. Ich kann diese Leute nur als wandelnde Rätsel bezeichnen. Da müßte ich wohl erst Marta fragen. Einmal Maß nehmen, sechsmal verbeugen und ein Foto machen, sagen wir immer, und genau so läuft es meistens tatsächlich ab. Da ist zum Beispiel ein Mr. Yoshio von einer ihrer Handelsmissionen, der ab und zu bei mir im Laden seine Schau abzieht, oder ein Toshikazu von der Botschaft, aber ob diese Leute aus dem ersten oder zweiten Glied sind, das müßte ich erst nachsehen.«

»Oder Marta darum bitten.«

»Richtig.«

Wieder spürte Pendel Osnards verdunkelten Blick, und um ihn abzulenken, gewährte er ihm ein liebenswürdiges Lächeln, jedoch ohne Erfolg.

»Kommt Ernie Delgado schon mal zum Essen zu Ihnen?« fragte er, als Pendel noch mit weiteren Fragen über die Japaner rechnete.

»Eigentlich nicht, Andy. Nein.«

»Warum denn nicht? Schließlich ist er der Chef Ihrer Frau.«

»Offen gesagt, das wäre Louisa wohl nicht recht.«

»Warum denn nicht?«

Wieder dieses Teufelchen. Eines, das sich plötzlich meldet und uns daran erinnert, daß nichts für immer verschwindet; daß eine vorübergehende Eifersucht sich zu einem lebenslangen Roman auswachsen kann; und daß man, hat man erst einmal schlecht von einem guten Mann geredet, nur noch eins mit ihm machen kann, nämlich, noch schlechter von ihm reden.

»Ernie gehört zur harten Rechten, wie ich das nenne, Andy. Das war schon damals so, unter Wir-wissen-schon-wem, auch wenn er sich das nie hat anmerken lassen. Seinen liberalen Freunden gegenüber war er stets der dienstwillige Schleimscheißer, wenn Sie den Ausdruck gestatten, aber sie hatten sich kaum umgedreht, da war er schon wieder bei Wir-wissen-schon-wem, und dann ging's nur noch ›Ja, Sir, nein, Sir, und womit kann ich dienen, Euer Hoheit?‹«

»Allgemein bekannt ist das aber nicht, oder? Für die Mehrheit hat dieser Ernie immer noch eine weiße Weste.«

»Deshalb ist er ja so gefährlich, Andy. Fragen Sie Mikkie. Ernie ist ein Eisberg. Das meiste von ihm ist unter Wasser, um es einmal so zu sagen.«

Osnard zerdrückte ein Brötchen, tat etwas Butter darauf und begann mit langsamen, nachdenklichen, kreisenden Bewegungen seines Unterkiefers zu essen. Doch seine kohlschwarzen Augen wollten mehr als ein Butterbrot.

»Der Raum oben bei Ihnen im Laden – die Sportabteilung.«

»Das gefällt Ihnen, stimmt's, Andy?«

»Schon mal dran gedacht, das zu einem Clubzimmer für Ihre Kunden umzubauen? Wo sie sich so richtig entspannen könnten? Wäre so was für die Donnerstagabende nicht besser als das schrottreife Sofa und dieser eine Sessel im Parterre?«

»Darüber habe ich schon oft nachgedacht, Andy, muß ich gestehen, und ich bin beeindruckt, daß Sie nach nur einem Besuch auf dieselbe Idee gekommen sind. Aber ich stoße immer wieder auf dasselbe unlösbare Problem – wo soll ich dann meine Sportabteilung unterbringen?«

»Rentiert sich das Zeug denn überhaupt?«

»Doch, doch. Ziemlich.«

»Mich hat es nicht sonderlich angemacht.«

»Die Sportartikel dienen mir gewissermaßen als Köder, Andy. Verkaufe *ich* sie nicht, tut's ein anderer und schnappt mir gleichzeitig die Kunden weg.«

Keine überflüssigen Bewegungen, stellte Pendel unbehaglich fest. Ich kannte mal einen Polizisten, der war genauso. Hat nie mit den Händen gefuchtelt oder sich am Kopf gekratzt oder den Hintern auf dem Stuhl bewegt. Sitzt einfach da und läßt einen nicht aus den Augen.

»Wollen Sie mir Maß für einen Anzug nehmen, Andy?« fragte er scherzhaft.

Aber Osnard brauchte nicht zu antworten, denn wieder einmal huschte Pendels Blick in eine Ecke des Saals, wo etwa ein Dutzend Neuankömmlinge, Männer und Frauen, sich geräuschvoll an einem langen Tisch niederließen.

»Und das ist, könnte man sagen, die andere Seite der Gleichung!« erklärte er, während er mit der Person am Kopfende des Tischs übertriebene Handzeichen austauschte. »Kein Geringerer als Rafi Domingo persönlich. Mickies zweiter Freund, nicht zu fassen!«

»Was für eine Gleichung?« fragte Osnard.

Pendel nahm taktvoll eine Hand vor den Mund. »Die Dame neben ihm, Andy.«

»Was ist mit ihr?«

»Das ist *Mickies Frau.*«

Osnard, scheinbar in sein Essen vertieft, ließ den Blick verstohlen über die Tischgesellschaft gleiten.

»Die mit den Titten?«

»Ganz recht, Andy. Manchmal fragt man sich, warum die Leute überhaupt heiraten, stimmt's?«

»Erzählen Sie mir von Domingo«, befahl Osnard – als sei das eine Selbstverständlichkeit.

Pendel holte tief Luft. Ihm schwirrte der Kopf, er war

völlig erschöpft, aber da niemand ihm eine Pause gewährte, machte er weiter.

»Fliegt sein eigenes Flugzeug«, begann er aufs Geratewohl.

Gesprächsfetzen, die er im Laden aufgeschnappt hatte.

»Wieso?«

»Führt eine Kette von Nobelhotels, die niemals Gäste haben.«

Klatsch und Tratsch aus allen möglichen Ländern.

»Wozu?«

Für den Rest überließ er sich seinem Redetalent.

»Die Hotels gehören einem gewissen Konsortium, mit Sitz in Madrid, Andy.«

»Ja?«

»*Ja.* Gerüchten zufolge gehört dieses Konsortium einigen kolumbianischen Gentlemen, die nicht unbedingt ohne Verbindung zum Kokainhandel sind. Dem Konsortium geht es glänzend, wie Sie gewiß gerne hören. Ein piekfeines neues Haus in Chitré, ein anderes wird gerade in David gebaut, zwei in Bocas del Toro, und Rafi Domingo hüpft mit seinem Flieger von einem zum andern wie eine Heuschrecke in der Bratpfanne.«

»Wozu denn?«

Konspiratives Schweigen, während der Kellner ihre Wassergläser nachfüllte. Eiswürfel klingelten wie winzige Kirchenglocken. In Pendels Ohren das Brausen der Genialität.

»Da sind wir ganz auf Vermutungen angewiesen, Andy. Rafi hat vom Hotelwesen keinen blassen Schimmer; aber das ist nicht weiter schlimm, weil die Hotels, wie gesagt, ohnehin keine Gäste aufnehmen. Sie machen keine Werbung, und wenn man versucht ein Zimmer zu buchen, wird einem höflich mitgeteilt, es sei alles belegt.«

»Kapier ich nicht.«

Rafi wäre damit einverstanden, redete Pendel sich zu. Rafi ist Benny nicht unähnlich. Er würde sagen: Harry, erzählen Sie diesem Mr. Osnard, was er hören will; Hauptsache, Sie haben keine Zeugen.

»Jedes dieser Hotels bringt täglich fünftausend Dollar auf die Bank, in bar. Wenn sie dann nach ein oder zwei Geschäftsjahren ordentliche Bilanzen vorweisen können, werden sie an den Meistbietenden verkauft, und das ist rein zufällig ein gewisser Rafi Domingo, nur daß er dann als Vertreter einer anderen Gesellschaft auftritt. Die Hotels werden sich allesamt im Topzustand befinden, was nicht weiter verwunderlich ist, denn es hat ja noch kein Mensch darin geschlafen, und es ist ja noch kein einziger Hamburger in der Küche gebraten worden. Das sind dann rechtlich einwandfreie Unternehmen, weil drei Jahre altes Geld in Panama nicht bloß sauber, sondern geradezu antik ist.«

»Und er vögelt Mickies Frau.«

»So hört man, Andy«, sagte Pendel vorsichtig, denn immerhin entsprach dies der Wahrheit.

»Von Mickie selbst?«

»Nein, so nicht, Andy. Nicht direkt. Für Mickie gilt: Was ich nicht weiß, macht mich nicht heiß.« Wieder sein Redetalent. Warum machte er das? Was trieb ihn dazu? Andy. Ein Redner ist einer, der redet. Wer das Publikum nicht auf seiner Seite hat, hat es gegen sich. Vielleicht mußte er jetzt auch, da seine Märchen zertrümmert waren, die Märchen anderer ausschmücken. Vielleicht konnte er wieder Fuß fassen, nachdem er seine Welt neu aufgebaut hatte.

»Rafi gehört auch dazu, Andy. Rafi ist einer der Allergrößten, um genau zu sein.«

»Wie: einer der Größten?«

»In der Stillen Opposition. In Mickies Mannschaft. Die hinter den Kulissen warten, wie ich das nenne. Die die Schrift an der Wand gesehen haben. Rafi ist ein Bastard.«

»Wie bitte?«

»Eine Promenadenmischung, Andy. Wie Marta. Wie ich. In seinem Fall sind es indianische Vorfahren. Es gibt in Panama keine Rassendiskriminierung, erfreulicherweise, trotzdem hat man nicht viel für Mischlinge übrig, zumal für neue nicht, und je höher man auf der gesellschaftlichen Leiter klettert, desto weißer werden die Gesichter. Ich nenne das die Höhenkrankheit.«

Ein nagelneuer Witz, den er in sein Repertoire aufzunehmen beschloß; aber Osnard bekam ihn nicht mit. Oder falls doch, fand er ihn nicht zum Lachen. Genaugenommen hatte Pendel den Eindruck, daß Osnard jetzt lieber einer öffentlichen Hinrichtung beiwohnen würde.

»Zahlung bei Lieferung«, sagte Osnard leise. »Einzige Möglichkeit. Einverstanden?« Er hatte den Kopf zwischen die Schultern gezogen.

»Andy, das ist mein Grundsatz, seit wir den Laden eröffnet haben«, gab Pendel leidenschaftlich zurück und versuchte, sich zu erinnern, wann er selbst das letztemal jemand bei Lieferung bezahlt hatte.

Vom Alkohol benommen, in einem Traumzustand, der seine eigene Realität und die aller anderen zweifelhaft erscheinen ließ, hätte er beinahe noch hinzugefügt, dies sei auch der Grundsatz des braven Arthur Braithwaite gewesen, bremste sich aber sofort, da er sein Redetalent für diesen Abend hinreichend bemüht hatte und ein Künstler seine Kräfte einteilen muß, auch wenn er glaubt, die ganze Nacht weitermachen zu können.

»Heute schämt sich niemand mehr, etwas für Geld zu tun. Im Gegenteil, ohne das rührt keiner einen Finger.«

»Ja, da haben Sie recht, Andy«, sagte Pendel in der Annahme, Osnards Klage beziehe sich auf die prekäre Situation in England.

Osnard sah sich um, ob auch niemand zuhörte. Und vielleicht ermutigte ihn der Anblick der vielen Leute, die an den Nachbartischen verschwörerisch die Köpfe zusammensteckten, denn sein Gesicht nahm jetzt einen harten Ausdruck an, bei dem es Pendel alles andere als behaglich war, und seine gedämpfte Stimme klang plötzlich schneidend.

»Ramón hat Sie in der Zange. Wenn Sie nicht zahlen, sind Sie erledigt. Und wenn Sie zahlen, haben Sie einen Fluß ohne Wasser am Hals und eine Reisfarm, auf der nichts wächst. Ganz zu schweigen von Louisa, die Ihnen die Hölle heißmachen wird.«

»Das macht mir Sorgen, Andy. Ich kann's nicht leugnen. Das liegt mir schon seit Wochen im Magen.«

»Kennen Sie eigentlich Ihren Nachbarn da oben?«

»Der läßt sich dort nicht blicken, Andy. Der ist ein Phantom, ein bösartiges Phantom.«

»Wissen Sie seinen Namen?«

Pendel schüttelte den Kopf »Das ist keine Einzelperson. Eher so was wie ein Unternehmen, mit Sitz in Miami.«

»Wissen Sie, bei welcher Bank er sein Konto hat?«

»Nicht direkt, Andy.«

»Bei Ihrem Freund Ramón. Die Firma gehört Rudd. Rudd besitzt zwei Drittel, den Rest besitzt ein Mister X. Wissen Sie, wer das ist?«

»Mir schwirrt der Kopf, Andy.«

»Wie wär's mit Ihrem Farmverwalter? Wie heißt er noch gleich?«

»Angel? Der liebt mich wie einen Bruder.«

»Man hat Sie reingelegt. Wer andern eine Grube gräbt und so weiter. Denken Sie mal drüber nach.«

»Das tue ich ja, Andy. So nachgedacht wie jetzt habe ich schon lange nicht mehr«, sagte Pendel; wieder einmal kenterte ein Teil seiner Welt und versank in den Fluten.

»Hat jemand angeboten, Ihnen die Farm unter Preis abzukaufen?« fragte Osnard durch die Nebelwand, die irgendwie zwischen ihnen aufgezogen war.

»Mein Nachbar. Und dann leitet er das Wasser wieder zurück und hat eine ertragreiche Farm, die fünfmal soviel wert ist wie er dafür bezahlt hat.«

»Und Angel verwaltet sie für ihn.«

»Ein geschlossener Kreis, Andy. Und ich mittendrin.«

»Wie groß ist diese Nachbarfarm?«

»Achtzig Hektar.«

»Wozu benutzt er die?«

»Als Viehweide. Völlig anspruchslos. Er braucht das Wasser nicht. Er nimmt es mir bloß weg.«

Der Gefangene gibt knappe Antworten, der Beamte notiert sie: nur notiert Osnard nichts. Er prägt sich das alles mit seinen braunen Fuchsaugen ein.

»Hat Rudd Ihnen damals den Kauf der Farm empfohlen?«

»Er hat gesagt, der Preis sei sehr günstig. Verkauf wegen Zwangsvollstreckung. Die ideale Anlage für Louisas Geld. Und ich bin drauf reingefallen.«

Osnard hob seinen Kognakschwenker an die Lippen, vielleicht um sie zu verdecken. Dann holte er Luft und setzte mit flacher Stimme zu einer hastigen Rede an.

»Sie sind ein Geschenk Gottes, Harry. Ein Musterexemplar, der perfekte Horchposten. Ihre Frau sitzt an der Quelle. Sie haben phantastische Verbindungen. Einen Freund im Widerstand. Eine Angestellte, die aus dem Volk kommt. In zehn Jahren gewachsene Verhaltensmuster, natürliche Tarnung. Sie sprechen die Landessprache, wissen sich auszudrücken, besitzen ein flinkes Mundwerk. Habe noch nie so einen guten Redner gehört. Sie brauchen nur sich selbst zu spielen, und schon haben wir ganz Panama im Sack. Und niemand kann Ihnen was anhaben. Machen Sie mit oder nicht?«

Pendel grinste schief, teils geschmeichelt, teils eingeschüchtert, vor allem aber in dem Bewußtsein, daß dies ein entscheidender Augenblick in seinem Leben war, ein Augenblick des Schreckens und der Läuterung, der sich jedoch ohne seine Mitwirkung zu ereignen schien.

»Offen gesagt, hat mir noch nie einer was anhaben können, Andy«, gestand er, während seine Gedanken zu den Außenrändern seines bisherigen Lebens schweiften. Aber er hatte nicht ja gesagt.

»Der Nachteil ist der, daß Sie von Beginn an bis zum Hals drinstecken werden. Ist Ihnen das unangenehm?«

»Ich stecke jetzt schon bis zum Hals drin, richtig? Die Frage ist, wo ich weniger gern stecken würde.«

Wieder dieser Blick, zu alt, zu fest, lauschend, erinnernd, witternd, alles auf einmal. Trotzdem, oder gerade deswegen, tat Pendel unbekümmert einen Schritt nach vorn.

»Es übersteigt ein wenig meine Vorstellungskraft, was Sie mit einem bankrotten Horchposten anfangen wollen«, erklärte er mit dem prahlerischen Stolz des Verdammten. »Ich jedenfalls wüßte nicht, wie ich da herauskommen könnte, es sei denn mit Hilfe eines verrückten Millionärs.« Ein vergeblicher Blick durch den Saal. »Andy, sehen Sie hier vielleicht einen verrückten Millionär? Wohlgemerkt, ich behaupte nicht, die seien alle zurechnungsfähig. Aber nicht so verrückt, daß sie mir helfen würden.«

Nichts änderte sich bei Osnard. Nicht sein Blick, nicht seine Stimme, nicht die schweren Hände, die locker auf dem kostbaren weißen Tischtuch lagen.

»Vielleicht ist mein Verein verrückt genug«, sagte er.

Hilfesuchend um sich blickend, sah Pendel die schaurige Gestalt des Bären, des meistgehaßten Kolumnisten von Panama, der bekümmert auf einen alleinstehenden Tisch im dunkelsten Teil des Saales zuschlich. Aber er hatte immer noch nicht ja gesagt, und mit einem Ohr hörte er verzweifelt Onkel Benny zu: *Mein Sohn, wenn du einem Hochstapler begegnest, halt ihn hin. Denn nichts hört ein Hochstapler so ungern, wie wenn man ihm sagt, er soll nächste Woche noch einmal wiederkommen.*

»Machen Sie mit oder nicht?«

»Ich denke nach, Andy. Ich überlege.«

»Was gibt's denn noch?«

Zum Beispiel, ob ich erwachsen bin, ob ich diese Entscheidung mit klarem Verstand treffen kann, antwortete er trotzig, aber unhörbar. Ob ich ein Zentrum und einen eigenen Willen habe, und nicht bloß aus dummen Anwandlungen und schlechten Erinnerungen und übermäßigem Redetalent zusammengesetzt bin.

»Ich wäge meine Möglichkeiten ab, Andy. Versuche das von allen Seiten zu betrachten«, sagte er hochmütig.

Osnard verwahrt sich gegen Vorwürfe, die niemand erhoben hat. Er tut dies mit leisem feuchten Murmeln, das perfekt zu seinem gedunsenen Körper paßt, nur daß Pendel seine Worte in keinen Zusammenhang bringen kann. Es ist ein anderer Abend. Ich habe wieder an Benny gedacht. Ich muß nach Hause, ins Bett.

»Wir setzen niemand unter Druck, Harry. Niemand, den wir gern haben.«

»Das habe ich auch nie behauptet, Andy.«

»Ist nicht unser Stil. Wozu sollten wir den Panamaern von Ihren Vorstrafen erzählen, wenn wir Sie so haben wollen, wie Sie sind? Höchstens noch besser?«

»Dazu gäbe es in der Tat keinen Grund, Andy, es freut mich, daß Sie das sagen.«

»Wozu sollten wir die Sache mit dem alten Braithwaite an die große Glocke hängen, Sie vor Ihrer Frau und den Kindern als Idioten hinstellen und das Familienglück zerstören? Wir wollen *Sie*, Harry. Sie haben eine Menge zu bieten. Und das wollen wir Ihnen abkaufen.«

»Wenn Sie die Sache mit der Reisfarm für mich regeln, können Sie meinen Kopf auf einem Tablett haben, Andy«, sagt Pendel, um sich entgegenkommend zu zeigen.

»Den wollen wir nicht, mein Lieber. Nur Ihre Seele.«

Dem Beispiel seines Gastgebers folgend, hat Pendel das Kognakglas in beide Hände genommen und beugt sich über den von Kerzen beleuchteten Tisch. Noch immer erwägt er seine Entscheidung. Schiebt sie hinaus, obgleich der größte Teil von ihm gern ja sagen würde, wenn auch nur, um dem peinlichen Zögern ein Ende zu machen.

»Sie haben mir noch nicht gesagt, was ich eigentlich zu tun hätte, Andy.«

»Doch, hab ich. Horchposten.«

»Ja, aber was *soll* ich denn hören, Andy? Was soll dabei herauskommen?«

Wieder dieser Blick, nadelspitz. Das rote Funkeln weiter hinten. Der grüblerisch malmende Kiefer. Der eingesunkene fette Körper. Die schleppende, gedämpfte Stimme aus dem verzogenen Mundwinkel.

»Nicht viel. Globales Gleichgewicht der Kräfte im einundzwanzigsten Jahrhundert. Zukunft des Welthandels. Panamas politisches Schachbrett. Heimlicher Widerstand. Leute von der anderen Seite der Brücke, wie Sie das nennen. Was passiert, wenn die Amis abziehen? Falls sie abziehen. Wer wird jubeln und wer wird jammern am Mittag des 31. Dezember 1999? Was hat es für Folgen, wenn eine der zwei wichtigsten Wasserstraßen der Welt unter den

Hammer kommt und die Auktion von einem Haufen gerissener Gangster durchgezogen wird? Kinderspiel«, antwortet er, jedoch mit einem Fragezeichen am Ende, als ob das Beste noch kommen sollte.

Pendel grinst zurück. »Na, wenn's weiter nichts ist. Morgen mittag liegt alles fix und fertig für Sie zum Abholen bereit. Wenn's nicht paßt, können Sie's jederzeit zum Ändern vorbeibringen.«

»Dazu noch einiges, das nicht auf der Speisekarte steht«, fährt Osnard noch ruhiger fort. »Beziehungsweise noch nicht.«

»Und das wäre, Andy?«

Er hebt die Schultern. Langsam, komplizenhaft, anbiedernd, entnervend, wie ein Polizist die Schultern hebt, wenn er falsche Gelassenheit, furchtbare Macht und einen riesigen Vorrat überlegenen Wissens zum Ausdruck bringen will.

»In diesem Spiel gibt's allerhand Möglichkeiten, jemanden auszunehmen. Die kann man nicht alle von heut auf morgen lernen. Habe ich da ein ›Ja‹ gehört, oder sind Sie auf dem Rückzug?«

Erstaunlicherweise, wenn auch nur für ihn selbst, ist Pendel mit seiner Hinhaltetaktik immer noch nicht am Ende. Vielleicht sieht er im Zögern die einzige Freiheit, die ihm geblieben ist. Vielleicht zupft ihn wieder einmal Onkel Benny am Ärmel. Vielleicht ahnt er auch vage, daß nach der Gefängnisordnung einem Mann, der seine Seele verkauft, eine gewisse Bedenkzeit zusteht.

»Ich bin nicht auf dem Rückzug, Andy. Ich überlege nur«, sagt er, indem er tapfer aufsteht und die Schultern nach hinten drückt. »Sie werden schon hinnehmen müssen, daß Harry Pendel, wenn es um lebenswichtige Entscheidungen geht, alles ganz genau abwägt.«

Es war nach elf, als Pendel, um die Kinder nicht zu wecken, zwanzig Meter unterhalb des Hauses den Motor abstellte und den Wagen ausrollen ließ. Beim Öffnen der Haustür nahm er beide Hände zu Hilfe, eine, um dagegenzudrükken, eine, um den Schlüssel herumzudrehen. Denn wenn man zuerst drückte, gab das Schloß leichter nach, ansonsten krachte es wie eine Pistole. Er ging in die Küche und spülte sich den Mund mit Coca Cola aus, in der Hoffnung, auf diese Weise die Kognakfahne loszuwerden. Bevor er ins Schlafzimmer trat, zog er sich im Flur aus und hängte die Kleider über einen Stuhl. Louisa hatte beide Fenster aufgemacht, so schlief sie am liebsten. Vom Pazifik wehte Meeresluft herein. Als er die Decke zurückschlug, sah er zu seiner Überraschung, daß sie nackt war wie er selbst und ihn hellwach anstarrte.

»Stimmt was nicht?« flüsterte er, einen Streit fürchtend, von dem die Kinder aufwachen würden.

Sie streckte die langen Arme aus und zog ihn heftig an sich heran, und da spürte er, daß ihr Gesicht naß von Tränen war.

»Harry, es tut mir so leid, bitte glaub mir das. Es tut mir wirklich leid.« Sie küßte ihn, ließ aber nicht zu, daß er sie küßte. »Du brauchst mir nicht zu verzeihen, Harry, noch nicht. Du bist ein guter Mensch, ein wunderbarer Ehemann, dein Geschäft geht gut, und mein Vater hatte recht, ich bin ein kaltes, gemeines Weibsstück und würde ein freundliches Wort nicht mal dann erkennen, wenn es mich in den Hintern beißen würde.«

Es ist zu spät, dachte er, als sie ihn nahm. So hätte es mit uns sein müssen, als es noch nicht zu spät war.

6

Harry Pendel liebte seine Frau und seine Kinder mit einer Hingabe, die nur verstehen kann, wer niemals selbst Familie hatte und nie erfahren hat, was es bedeutet, einen anständigen Vater zu achten, eine glückliche Mutter zu lieben oder die beiden als natürliche Belohnung dafür zu akzeptieren, daß man in die Welt gesetzt wurde.

Die Pendels lebten in Bethania, einem Viertel, das oben auf einem Hügel lag; ihr schönes, modernes, zweigeschossiges Haus hatte vorn und hinten einen von Bougainvillea überwucherten Garten und eine herrliche Aussicht aufs Meer und die Altstadt und Punta Paitilla im Hintergrund. Pendel hatte gehört, die Hügel in der Umgebung seien ausgehöhlt, dort befänden sich amerikanische Atombomben und Befehlszentralen für den Kriegsfall, aber Louisa meinte, eben darum können wir uns um so sicherer fühlen, und Pendel, der einen Streit vermeiden wollte, sagte, ja vielleicht.

Die Pendels hatten ein Hausmädchen, das die gefliesten Böden wischte, ein zweites, das die Wäsche besorgte, ein drittes, das die Kinder hütete und die täglichen Einkäufe erledigte, und einen grauhaarigen Schwarzen mit Strohhut und weißem Stoppelbart, der den Garten pflegte, dort alles anpflanzte, was ihm einfiel, verbotenes Zeug rauchte und ständig in der Küche schnorrte. Für dieses kleine Heer von Dienstboten zahlten sie hundertvierzig Dollar die Woche.

Wenn Pendel nachts im Bett lag, machte er sich das heimliche Vergnügen, sich dem unruhigen Schlaf des Gefangenen hinzugeben: die Knie hochgezogen, das Kinn auf der Brust, hielt er sich die Ohren zu, um nicht das Stöhnen der Mitgefangenen hören zu müssen, weckte sich dann und stellte durch behutsames Umherspähen fest, daß er gar nicht im Gefängnis war, sondern hier in Bethania, versorgt von einer treuen Frau, die ihn brauchte und respektierte, umgeben von glücklichen Kindern, die auf der anderen Seite des Flures schliefen, und all das empfand er jedesmal als Segen, als *Mizwa,* wie Onkel Benny gesagt hätte: Hannah, seine neunjährige katholische Prinzessin, und Mark, sein achtjähriger rebellischer jüdischer Geiger. Pendel liebte seine Familie mit wahrlich pflichtbewußter Energie und Hingabe, doch er hatte auch Angst um sie und übte sich darin, sein Glück als trügerisch zu betrachten.

Wenn er allein im Dunkeln auf seinem Balkon stand, und das tat er abends nach der Arbeit gern und regelmäßig, wenn er vielleicht eine von Onkel Bennys kleinen Zigarren rauchte, die durch die feuchte Luft herbeiwehenden Abendgerüche der üppigen Pflanzenwelt einsog, die Lichter im regnerischen Nebel schwimmen sah und zwischen launenhaften Wolken die an der Kanalmündung vor Anker liegenden Schiffe beobachtete, schärfte der Überfluß seines Glücks ihm gleichzeitig das Bewußtsein von dessen Zerbrechlichkeit: Du weißt, das kann nicht immer so bleiben, Harry, du weißt, die Welt kann vor deiner Nase explodieren, du hast es selbst von dieser Stelle aus gesehen, und was die Welt einmal gekonnt hat, kann sie jederzeit wieder tun, also sei auf der Hut.

Und wenn er dann auf die allzu friedliche Stadt hinausblickte, dauerte es nicht lange, bis die Lichtblitze und die rotgrünen Leuchtspurgeschosse, das heisere Rattern der Maschinengewehre und das wütende Donnern der Kanonen im Theater seiner Erinnerung ihren eigenen irrsinnigen Tag inszenierten, nicht anders als an jenem Abend im Dezember 1989, als die Hügel flackerten und bebten und riesenhafte Kampfhubschrauber unbehindert von See her anflogen und – wie üblich waren an allem mal wieder die Armen schuld – die Slums von El Chorillo bombardierten, in aller Ruhe die brennenden Bretterhütten zerschossen, sich dann zum Nachladen verzogen und zu erneuten Attacken wiederkehrten. Wahrscheinlich hatten sich die Angreifer das gar nicht so gedacht. Wahrscheinlich waren sie alle gute Väter und Söhne und wollten eigentlich nur Noriegas *comandancia* ausschalten, bis dann ein paar Geschosse vom Kurs abgerieten und weitere ihnen folgten. Doch zu Kriegszeiten sind gute Absichten für die, denen sie zugedacht sind, nicht so leicht verständlich zu machen, Selbstbeschränkung bleibt unbemerkt, und das Vorhandensein einiger verstreuter feindlicher Heckenschützen in einem armen Wohngebiet rechtfertigt in keinem Fall, daß es vollständig in Brand geschossen wird. Was hilft es, den Leuten zu sagen: »Wir haben so wenig Gewalt wie möglich eingesetzt«, wenn sie in panischem Schrecken barfuß über Blut und Glassplitter um ihr Leben rennen und auf dem Weg ins Ungewisse ihre Koffer und Kinder hinter sich herzerren. Was hilft die Behauptung, rachsüchtige Mitglieder von Noriegas Elitetruppe hätten mit der Schießerei angefangen? Selbst wenn das zuträfe – warum sollte das irgend jemand glauben?

Und bald kamen die Schreie den Hügel hinauf, und Pendel, der auch schon manchen Schrei in seinem Leben gehört und selbst ausgestoßen hatte, wäre nie auf die Idee gekommen, daß ein Menschenschrei das furchtbare Dröhnen von Panzerfahrzeugen und das Geknatter moderner Geschütze übertönen könnte, aber genau so war es, besonders wenn es die Schreie mehrerer Menschen zugleich waren und wenn sie aus den kräftigen Kehlen verängstigter Kinder kamen, und dazu dann noch der bestialische Gestank verbrannten Menschenfleischs.

»Harry, komm rein. Wir brauchen dich, Harry. Harry, komm da weg. Harry, ich verstehe einfach nicht, was du da draußen machst.«

Aber dieses Geschrei kam nun von Louisa, die sich im Besenschrank unter der Treppe verkrochen hatte, den langen gebogenen Rücken gegen das Holz gestemmt, um den Kindern besseren Schutz zu bieten: Mark, knapp zwei Jahre alt, preßte sich an ihren Bauch und machte sie durch die Windel naß – wie die amerikanischen Soldaten verfügte er offenbar über unbegrenzte Munitionsvorräte –, und Hannah kniete in einem Yogibär-Bademantel und Pantoffeln zu Louisas Füßen und betete zu jemandem, den sie unbeirrbar mit Jovey anredete und der sich später als eine Mischung aus Jesus, Jehova und Jupiter entpuppte, eine Art göttlichen Cocktails, zusammengerührt aus Ingredienzien religiöser Folklore, die Hannah in ihren drei Lebensjahren aufgeschnappt hatte.

»Die wissen schon, was sie tun«, wiederholte Louisa immer wieder mit einem schrillen Soldatengebelfer, das unangenehm an ihren Vater erinnerte. »Das machen die nicht zum erstenmal. Das haben die alles genau geplant. Die schießen nie, *niemals* auf Zivilisten.«

Und Pendel, weil er sie liebte, fand es am hilfreichsten, sie in diesem Glauben zu lassen, während El Chorillo unter den wiederholten Attacken aller möglichen Waffensysteme, die das Pentagon jetzt endlich einmal ausprobieren konnte, jammernd in Schutt und Asche fiel.

»Marta wohnt da unten«, sagte er.

Aber eine Frau, die Angst um ihre Kinder hat, hat um niemand anderen Angst, und am Morgen ging Pendel allein den Hügel hinunter, von einer Stille umgeben, wie er sie während all der Jahre in Panama City noch nie erlebt hatte. Die Feuerpause zwischen den Parteien, so erkannte er plötzlich, war unter der Bedingung zustandegekommen, daß niemand mehr Klimaanlagen benutzen, niemand mehr bauen, graben und baggern durfte, daß sämtliche Autos, Lkws, Schulbusse, Taxis, Müll-, Polizei- und Krankenwagen von nun an bis in alle Ewigkeit aus Gottes Angesicht verbannt sein sollten, und daß Kindern und Müttern das Schreien bei Todesstrafe verboten war.

Auch aus der mächtigen schwarzen Rauchsäule, die über den Trümmern von El Chorillo in den Morgenhimmel aufstieg, drang nicht das leiseste Geräusch. Nur ein paar wenige Unzufriedene hielten sich wie üblich nicht an die Sperre: das waren die auf dem Gelände der *comandancia* verbliebenen Scharfschützen, die immer noch wahllos auf amerikanische Stellungen in der näheren Umgebung schossen. Die auf dem Ancón Hill stationierten Panzer mußten ein wenig nachhelfen, um auch sie schließlich zum Schweigen zu bringen.

Nicht einmal das Telefon vor der Tankstelle war von der

selbstlosen Verordnung ausgenommen. Es war unbeschädigt. Es funktionierte. Aber Martas Anschluß war tot.

Trotzig an seinem frisch erworbenen Status als reifer Einzelgänger vor lebenswichtiger Entscheidung festhaltend, schwankte Pendel wie üblich zwischen treuer Hingabe und chronischem Pessimismus mit einer wilden Unentschlossenheit, die ihn aus der Bahn zu werfen drohte. Vor den anklagenden inneren Stimmen Bethanias floh er ins Asyl seines Ladens, und vor den anklagenden Stimmen des Ladens floh er ins Asyl seines Hauses, und das alles unter dem Vorwand, in Ruhe seine Möglichkeiten abzuwägen. Niemals – nicht einmal in seinen selbstkritischsten Momenten – erlaubte er sich den Gedanken, daß er dabei zwischen zwei Frauen hin- und herwechselte. Dich überwältigt, sagte er sich, jenes Triumphgefühl, das uns ergreift, wenn unsere schlimmsten Erwartungen in Erfüllung gehen. Deine großartigen Visionen sind auf dich zurückgefallen. Deine selbstgebastelte Welt fliegt dir um die Ohren, und du bist selber schuld, weil du den Tempel auf Sand gebaut hast. Aber kaum hatte er sich mit derlei Weltuntergangsprophezeiungen gegeißelt, als ihm aufmunternder Rat zu Hilfe kam:

»Ein paar bittere Wahrheiten sind also schon wie eine Nemesis.« – Bennys Stimme – »Ein trefflicher junger Diplomat bittet dich nur darum, dich für England einzusetzen, und du siehst dich gleich als Toten im Leichenschauhaus? Würde eine Nemesis anbieten, den verrückten Millionär für dich zu spielen, dir einen Packen Fünfziger in neutralem Umschlag zustecken und dir sagen, davon könnte es noch jede Menge mehr geben? Dich ein Geschenk Gottes nennen, Harry, was du auch nicht alle Tage zu hören bekommst? Ein Musterexemplar? Eine *Nemesis*?«

Dann brauchte Hannah den Großen Entscheider, um zu entscheiden, welches Buch sie für den Lesewettbewerb in der Schule nehmen sollte, und Mark mußte ihm unbedingt »Lazy Sheep« auf seiner neuen Geige vorspielen, damit sie entscheiden konnten, ob er die Prüfung schaffen würde, und Louisa wollte seine Meinung über den jüngsten Skandal in der Verwaltungszentrale hören, damit sie entscheiden konnten, was sie über die Zukunft des Kanals zu denken hätten, auch wenn sich Louisa bei diesem Thema längst entschieden hatte: der unvergleichliche Ernesto Delgado, dieser von den Amerikanern anerkannte Saubermann und Bewahrer der Goldenen Vergangenheit, war ohne Fehl und Tadel:

»Harry, ich verstehe das einfach nicht. Ernesto braucht nur mal für zehn Tage das Land zu verlassen, um seinen Präsidenten zu begleiten, und schon genehmigen seine Beamten die Ernennung von nicht weniger als fünf attraktiven panamaischen Frauen zu Pressesprecherinnen mit vollem amerikanischen Gehalt, und ihre Qualifikation besteht nur darin, daß sie jung und weiß sind, daß sie BMWs fahren, Designerkostüme tragen, große Brüste und reiche Väter haben und kein Wort mit den Festangestellten reden.«

»Schockierend«, entschied Pendel.

Dann zurück in den Laden, wo Marta überfällige Rechnungen und nicht abgeholte Bestellungen mit ihm durchgehen mußte, damit sie entscheiden konnten, auf wen sie Druck machen und wen sie noch einen Monat in Ruhe lassen sollten.

»Was machen die Kopfschmerzen?« fragte er besorgt, da sie noch blasser als gewöhnlich aussah.

»Nicht der Rede wert«, antwortete Marta hinter ihren Haaren hervor.

»Ist die optimistische Phase wieder vorbei?«

»Die optimistische Phase ist für immer vorbei« – sie gewährte ihm ein schiefes Lächeln – »der Optimismus ist offiziell als verloren erklärt.«

»Das tut mir leid.«

»Nicht doch, bitte. Du hast nichts damit zu tun. Wer ist Osnard?«

Pendel reagierte zunächst mit Entsetzen. Osnard? *Osnard?* Ein Kunde, Frau. Du kannst doch seinen Namen nicht so ausposaunen!

»Warum?« fragte er, schnell wieder nüchtern.

»Er ist böse.«

»Sind das nicht alle meine Kunden?« sagte er, scherzhaft auf ihre Vorliebe für die Leute auf der anderen Seite der Brücke anspielend.

»Sicher, aber die wissen es nicht«, gab sie zurück; jetzt lächelte sie nicht mehr.

»Und Osnard weiß es?«

»Ja. Osnard ist böse. Tu nicht, was er von dir verlangt.«

»Aber was verlangt er denn von mir?«

»Ich weiß es nicht. Wenn ich es wüßte, würde ich ihn daran hindern. Bitte.«

Sie hätte wohl gerne noch »Harry« hinzugesetzt, er sah schon, wie sich sein Name auf ihren aufgeplatzten Lippen formte. Aber im Laden war es ihr ganzer Stolz, nie auf seine Nachsicht zu setzen, sich nie durch Worte oder Gebärden anmerken zu lassen, daß sie für alle Ewigkeit zusammengehörten, daß sie, wann immer sie einander erblickten, dasselbe durch verschiedene Fenster sahen:

Marta in zerrissenem weißen Hemd und Jeans, wie nicht abgeholter Müll im Rinnstein liegend, über ihr stehen drei Mitglieder von Noriegas berüchtigter Elitetruppe, die sie, beim Gesicht anfangend, nacheinander mit einem blutbeschmierten Baseballschläger bearbeiten und so ihr Herz zu gewinnen versuchen. Pendel, dem zwei weitere dieser Männer die Arme auf den Rücken drehen, wie er auf sie niederstarrt und sich die Seele aus dem Leib schreit, zuerst vor Angst, dann vor Wut, dann um Gnade für Marta flehend.

Aber sie kennen keine Gnade. Sie zwingen ihn zuzusehen. Denn wozu sollte man an einer rebellischen Frau ein Exempel statuieren, wenn niemand da ist, dem es zur Warnung dienen könnte?

Das Ganze ist ein Irrtum, Captain. Es ist reiner Zufall, daß diese Frau das weiße Hemd des Widerstands anhat.

Beruhigen Sie sich, Señor. Gleich ist es nicht mehr weiß.

Marta auf dem Bett in dem Behelfskrankenhaus, wohin Mickie Abraxas die beiden mutig genug gebracht hat; Marta nackt, überall Blut und blaue Flecken; Pendel, wie er den

Arzt verzweifelt mit Dollars und Beteuerungen bedrängt; Mickie als Sicherheitsposten am Fenster.

»Wir sind besser als das«, flüstert Marta durch blutige Lippen und eingeschlagene Zähne.

Sie meint: es gibt ein besseres Panama. Sie spricht von den Leuten auf der anderen Seite der Brücke.

Am nächsten Tag wird Mickie verhaftet.

»Ich überlege, ob ich die Sportabteilung zu einem Clubraum umbauen soll«, erzählte Pendel Louisa, noch immer um eine Entscheidung ringend. »Vielleicht sogar mit einer Bar.«

»Harry, ich verstehe einfach nicht, wozu du eine Bar brauchst. Eure Treffen am Donnerstagabend sind auch so schon wüst genug.«

»Es geht darum, Leute anzulocken. Die Kundschaft zu vergrößern. Freunde bringen Freunde mit, die Freunde machen es sich bequem, fühlen sich wohl, beginnen, sich im Laden umzusehen: und schon ist das Auftragsbuch voll.«

»Und was wird aus dem Anproberaum?« wandte sie ein.

Gute Frage, dachte Pendel. Auch Andy konnte mir darauf keine Antwort geben. Entscheidung vertagt.

»Für die Kunden, Marta«, erklärte Pendel geduldig. »Für all die Leute, die hierherkommen und deine Sandwiches essen. Damit es immer mehr werden und sie immer mehr Anzüge bestellen.«

»Am liebsten würde ich sie mit meinen Sandwiches vergiften.«

»Und für wen soll ich dann arbeiten? Vielleicht für deine hitzköpfigen Studentenfreunde? Weltneuheit: Revolution in Maßanzügen von P & B. Vielen Dank.«

»Lenin ist schließlich auch Rolls Royce gefahren«, gab sie nicht minder schlagfertig zurück.

Ich habe ihn gar nicht nach den Taschen gefragt, dachte er, als er spät im Laden zu den Klängen von Bach eine Smokingjacke zuschnitt. Auch nicht, welche Beinweite er bevorzugt und ob er Aufschläge haben will. Außerdem habe ich ihm keinen Vortrag darüber gehalten, welche Vorteile Hosenträger gegenüber Gürteln haben, zumal in feuchtem Klima und für Herren, deren Taillenumfang ich als beweglichen Feiertag zu bezeichnen pflege. Mit diesem Vorwand ausgestattet, wollte er gerade zum Hörer greifen, als das Telefon von selber läutete – natürlich war es Osnard, er fragte, ob sie noch irgendwo was trinken gehen sollten.

Sie trafen sich im Executive Hotel, einem weißen Hochhaus, einen Sprung von Pendels Laden entfernt. In der modernen getäfelten Bar lief auf einem riesigen Fernsehschirm eine Basketballübertragung, die von zwei attraktiven Mädchen in kurzen Röcken verfolgt wurde. Pendel und Osnard setzten sich etwas abseits von ihnen und steckten die Köpfe zusammen, auch wenn die Rohrstühle eher dazu einluden, sich nach hinten zu lehnen anstatt nach vorne.

»Schon zu einem Entschluß gekommen?« fragte Osnard.

»Nicht direkt, Andy. Ich arbeite noch daran, könnte man sagen. Denke nach.«

»London ist sehr von Ihnen angetan. Die wollen den Handel perfekt machen.«

»Nun, das freut mich, Andy. Sie müssen mich ja sehr gelobt haben.«

»Die wollen Sie so bald wie möglich einsetzen. Sind fasziniert von der Stillen Opposition. Wollen die Namen der Beteiligten. Ihre finanzielle Situation. Ob sie Verbindung zu Studenten haben. Ob sie ein Manifest herausgebracht haben. Ziele und Vorgehensweisen.«

»Aha, ja, schön. Nun, also dann«, sagte Pendel, der bei seinen vielen anderen Sorgen Mickie Abraxas, den großen Freiheitskämpfer, und Rafi Domingo, seinen ungeheuerlichen Zahlmeister, beinahe vergessen hatte. »Freut mich, daß es ihnen gefallen hat«, fügte er höflich hinzu.

»Vielleicht können Sie Marta aushorchen: über studentische Aktivitäten. Bombenbasteleien in der Uni.«

»Aha. Schön. Ja.«

»Die wollen das Verhältnis auf eine offizielle Basis stellen, Harry. Das will ich auch. Einen Vertrag aufsetzen, Ihnen Instruktionen geben, Geld natürlich auch, und Ihnen ein paar Tricks beibringen. Solange die Fährte noch warm ist.«

»Es kann sich nur noch um Tage handeln, Andy. Wie gesagt. Ich überstürze nichts. Ich denke nach.«

»Man hat das Angebot um zehn Prozent erhöht. Damit Sie sich besser konzentrieren können. Soll ich's Ihnen noch mal verklickern?«

Osnard verklickerte es ihm noch einmal, flüsternd und die Hand vorm Mund wie jemand, der sich mit einem Zahnstocher in den Zähnen puhlt: soundso viel als Anzahlung, soundso viel als Ausgleich für Ihre monatlichen Verpflichtungen, Sonderprämien je nach Qualität der Informationen, wobei London die Bewertung vorbehalten bleibt, soundso viel Abfindung.

»Müßten in spätestens drei Jahren aus dem Schneider sein«, sagte er.

»Oder früher, mit etwas Glück, Andy.«

»Oder Verstand«, sagte Osnard.

»Harry.«

Eine Stunde später, doch Pendel fühlt sich zu entfremdet, um nach Hause gehen zu können; er sitzt wieder an der Smokingjacke im Zuschneidezimmer und hört Bach.

»Harry.«

Louisa spricht mit ihm, es ist ihre Stimme, nachdem sie das erstemal miteinander ins Bett gegangen sind, und zwar richtig, nicht bloß Finger- und Zungenspiele und verkrampftes Horchen, ob ihre Eltern schon aus dem Kino zurückkommen, sondern vollkommen nackt in Harrys Bett in seiner miesen Mansardenwohnung in Calidonia, wo er, nachdem er den ganzen Tag für einen syrischen Herrenausstatter namens Alto Konfektionskleidung verkauft hat, die Abende damit verbringt, Anzüge zu schneidern. Ihr erster Versuch ist nicht von Erfolg gekrönt gewesen. Beide sind schüchtern, beide sind Spätentwickler, gehemmt von allzu vielen Hausgespenstern.

»Harry.«

»Ja, Liebling.« Ein Wort wie Liebling kam ihnen niemals leicht von den Lippen. Weder am Anfang noch heute.

»Wenn Mr. Braithwaite dir deine erste Chance gibt und dich bei sich aufnimmt, wenn er dich auf die Abendschule schickt und dich von deinem schrecklichen Onkel Benny wegholt, bin ich voll und ganz auf seiner Seite.«

»Das freut mich sehr, Liebling.«

»Du solltest ihm auf den Knien danken und später unseren Kindern von ihm erzählen, damit sie erfahren, wie ein guter Samariter einem Waisenkind das Leben retten kann.«

»Arthur Braithwaite war der einzige gute Mensch, den ich kannte, bis ich deinen Vater kennengelernt habe, Lou«, versichert Pendel ihr inbrünstig.

Und es war mir ernst damit, Lou! fügt er in Gedanken verzweifelt hinzu, als er die Schere an der Schulter des linken Ärmels ansetzt. *Alles in der Welt ist wahr, man muß nur intensiv genug daran glauben und denjenigen lieben, für den man es erfindet!*

»Ich werde es ihr sagen«, verkündet Pendel laut, von Bach in eine Stimmung vollkommener Aufrichtigkeit versetzt. Und in einem furchtbaren Augenblick des Sichgehenlassens erwägt er allen Ernstes, sämtliche klugen Regeln, nach denen er bisher gelebt hat, über Bord zu werfen und der Gefährtin seines Lebens ein volles Geständnis seiner Sünden zu machen. Das heißt, ein halbwegs volles. Das Nötigste.

Louisa, ich muß dir etwas sagen, hoffentlich schockiert es dich nicht allzusehr. Was du von mir weißt, ist in manchen Einzelheiten nicht ganz koscher. Vieles davon ist eher so, wie ich es gern hätte, wie es hätte sein können, wenn das Leben etwas gerechter mit mir umgegangen wäre.

Mir fehlen die richtigen Worte, denkt er. Ich habe noch niemals ein Geständnis abgelegt, außer dieses eine Mal bei Onkel Benny. Wo soll ich aufhören? Und wird sie mir danach überhaupt noch irgend etwas glauben? Mit Entsetzen malt er sich das Kriegsgericht aus, eine von Louisas gottesfürchtigen Krisensitzungen, aber mit allen Schikanen: die

Dienstboten aus dem Haus geschickt, der engste Familienkreis mit gefalteten Händen um den Tisch versammelt, und Louisa mit steifem Rücken und angstvoll verkniffenem Mund, denn im Innersten schreckt die Wahrheit sie noch mehr als mich. Das letztemal war es Mark gewesen, der sich verantworten mußte, weil er an den Torpfosten der Schule »Alles Mist« gesprüht hatte. Davor Hannah, die eine Dose schnelltrocknender Farbe in die Spüle gekippt hatte, um sich an einem der Hausmädchen zu rächen.

Aber heute sitzt Harry persönlich auf dem heißen Stuhl und erklärt seinen geliebten Kindern, daß ihr Vater, in der ganzen Zeit seiner Ehe mit der Mutter und seit die Kinder alt genug zum Zuhören waren, ihnen allen ein paar kräftig ausgeschmückte Lügenmärchen über den großen Helden und das Vorbild der Familie aufgetischt hat, diesen nicht existierenden Mr. Braithwaite, Gott hab ihn selig. Und daß ihr Vater und Ehemann, weit entfernt davon, Braithwaites Lieblingssohn zu sein, neunhundertundzwölf entscheidende Tage und Nächte seines Lebens einem gründlichen Studium des Mauerwerks in der Erziehungsanstalt Ihrer Majestät gewidmet hat.

Entscheidung getroffen. Ich erzähl's euch später. Viel später. Praktisch erst in einem künftigen Leben. Einem Leben, in dem mir das Redetalent ausgegangen ist.

Pendel brachte den Geländewagen gerade noch hinter dem Wagen vor ihm zum Stehen und wartete, daß ihn das Auto hinter ihm rammte, aber aus irgendeinem Grund wollte es das nicht. Wie bin ich hierhergekommen? fragte er sich. Vielleicht hat es mich doch gerammt, und ich bin tot. Ich muß den Laden abgeschlossen haben, ohne es zu merken. Dann erinnerte er sich, daß er an der Smokingjacke gearbeitet und die fertigen Teile auf der Werkbank ausgebreitet hatte, um sie zu betrachten; das machte er immer so: schöpferisch Abschied von ihnen nehmen, bis sie, zu menschlichen Umrissen zusammengeheftet, das nächstemal vor ihn traten.

Schwarzer Regen prasselte auf die Motorhaube. Fünfzig

Meter vor ihm stand ein Lastwagen quer auf der Straße, seine Reifen hatte er wie Kuhfladen hinter sich verteilt. Sonst war durch den Wasserfall nichts zu sehen, außer endlosen stehenden Autoschlangen auf dem Weg in den Krieg oder auf der Flucht davor. Er machte das Radio an, konnte aber durch den Artilleriedonner nichts hören. Der Regen auf dem heißen Blechdach. Hier komm ich nicht mehr raus. Eingesperrt. Mitten drin. Die Zeit absitzen. Den Motor ausmachen, das Gebläse auch. Warten. Braten. Schwitzen. Die nächste Salve. Sich unterm Sitz verstecken.

Schweiß, schwer wie Regen, läuft ihm aus allen Poren. Unter ihm das Gurgeln des abfließenden Wassers. Pendel treibt flußaufwärts oder -abwärts. Die ganze Vergangenheit, die er zwei Meter tief begraben hat, stürzt über ihn herein: die unbereinigte, ungeschönte, Braithwaite-lose Version seines Lebens, beginnend mit dem Wunder seiner Geburt, wie es ihm Onkel Benny im Gefängnis erzählt hat, und endend mit dem absolut unversöhnlichen Versöhnungstag vor dreizehn Jahren, als er sich für Louisa erfunden hat, während sie auf einem tadellos gepflegten amerikanischen Rasen in der offiziell abgeschafften Kanalzone standen; das Sternenbanner flatterte im Rauch vom Grillfeuer ihres Vaters, die Band spielte Hope-and-Glory, und die Schwarzen sahen durch den Drahtzaun zu.

Er sieht das Waisenhaus, an das er sich nie mehr hatte erinnern wollen; sein Onkel Benny, ein vornehmer Herr mit Homburg auf dem Kopf, führt ihn an der Hand in die Freiheit. Er hatte noch nie einen Homburg gesehen und fragte sich, ob Onkel Benny Gott sei. Er sieht das nasse graue Pflaster von Whitechapel unter seinen Füßen schwanken, als er Rollständer mit wehenden Kleidern durch den brüllenden Verkehr zu Onkel Bennys Lagerhaus schiebt. Er sieht sich selbst zwölf Jahre später, noch dasselbe Kind, nur größer: gebannt steht er in eben diesem Lagerhaus inmitten gelbroter Rauchsäulen, und er sieht die Sommerkleider, aufgereiht wie Märtyrer, und die Flammen, die an ihren Füßen lecken.

Er sieht Onkel Benny, wie er, die Hände vor den Mund gewölbt, schreit: »Lauf, Harry, du blöder Idiot, hast du keine Fantasie?« Alarmglocken schrillen, und Bennys Schritte entfernen sich hastig. Er selbst steckt wie in Treibsand, er kann kein Glied mehr rühren. Er sieht blaue Uniformen auf sich zukommen, sie packen ihn und zerren ihn zum Wagen, und der nette Sergeant hält ihm den leeren Ölkanister vor die Nase und lächelt wie jeder anständige Vater: »Gehört das vielleicht Ihnen, Mr. Hymie, Sir, oder hatten Sie das nur rein zufällig in der Hand?«

»Ich kann die Beine nicht bewegen«, erklärt Pendel dem netten Sergeant. »Es geht nicht. Ich glaub, ich habe einen Krampf oder so was. Ich müßte eigentlich weglaufen, aber ich kann nicht.«

»Keine Sorge, mein Sohn. Das kriegen wir schon wieder hin«, sagt der nette Sergeant.

Er sieht sich klapperdürr und nackt an der kahlen Wand im Polizeigefängnis stehen. Und die endlos lange Nacht, in der die blauen Uniformen ihn abwechselnd zusammenschlagen, wie sie Marta geschlagen haben, jedoch mit mehr Überlegung und mit mehr Bier hinter den Kiemen. Antreiber ist der nette Sergeant, der so ein anständiger Vater ist. Bis das Wasser über ihm zusammenschlägt und er ertrinkt.

Der Regen hört auf. Als wäre nichts geschehen. Die Autos funkeln, alle sind froh, nach Hause zu kommen. Pendel ist todmüde. Läßt den Motor an, kriecht weiter, langsam, die Unterarme aufs Steuer gelegt. Weicht gefährlichen Trümmern aus. Fängt an zu lächeln, als er Onkel Benny hört.

»Es war ein Ausbruch, Harry«, flüsterte Onkel Benny unter Tränen. »Ein Ausbruch der Natur.«

Ohne die wöchentlichen Gefängnisbesuche hätte Onkel Benny niemals so viel über Pendels Herkunft verlauten lassen. Aber der Anblick seines Neffen, wie er da in Gefängniskluft mit seinem Namen auf der Tasche so aufmerksam vor ihm sitzt, ist mehr als Bennys gutes schuldbewußtes Herz ertragen kann, ganz gleich, wieviel Käsekuchen und Fitnessbücher er ihm von Tante Ruth mitbringt oder wie oft er Pendel mit erstickter Stimme dankt, daß er trotz allem sein Vertrauen nicht enttäuscht hat. Soll heißen, daß er geschwiegen hat.

Es war meine Idee, Sergeant ... Ich hab's getan, weil ich es in dem Lagerhaus nicht mehr aushalten konnte, Sergeant ... Ich war so wütend auf meinen Onkel Benny, weil er mich immer stundenlang dort hat arbeiten lassen und mir nichts dafür bezahlt hat, Sergeant ... Herr Richter, ich habe nichts zu sagen, außer daß ich meine schlimme Tat sehr bereue, und es tut mir leid, daß ich denen, die mich geliebt und die mich aufgezogen haben, besonders meinem Onkel Benny, soviel Kummer gemacht habe ...

Benny ist sehr alt – für ein Kind so uralt wie ein Weidenbaum. Er stammt aus Lwow, und als Pendel zehn Jahre alt ist, kennt er Lwow wie seine eigene Heimatstadt. Bennys Verwandte waren einfache Bauern und Handwerker, kleine Händler und Flickschuster. Viele von ihnen bekamen die Welt außerhalb des Stedtls und des Ghettos zum ersten- und auch zum letztenmal zu sehen, als sie mit Zügen in die Lager transportiert wurden. Nicht so Benny. Der Benny jener Tage ist ein kluger junger Schneider, der von großen Erfolgen träumt, und irgendwie gelingt es ihm, sich aus den Lagern heraus und bis nach Berlin zu reden, wo er für deutsche Soldaten Uniformen näht, auch wenn sein wahrer Ehrgeiz dahin geht, sich von Gigli zum Tenor ausbilden zu lassen und eine Villa in den Hügeln Umbriens zu erwerben.

»Diese Wehrmacht-Lumpen waren erstklassig, Harry«, sagt der Demokrat Benny, für den, unabhängig von der Qualität, alle Kleider *Lumpen* sind. »Du kannst den besten Ascot-Anzug nehmen, Jagdhosen feinster Qualität samt den Stiefeln dazu. Das ganze Zeug war nichts im Vergleich zu unseren Wehrmacht-Klamotten, jedenfalls bis Stalingrad, danach ist ja alles den Bach runtergegangen.«

Von Deutschland gelangt Benny in den Osten Londons, in die Leman Street, und baut dort mit seiner Familie eine Werkstatt auf; zu viert in einem Zimmer wollen sie die Bekleidungsindustrie im Sturm erobern, damit er nach Wien gehen und an der Oper singen kann. Schon jetzt ist Benny ein Anachronismus. Ende der vierziger Jahre sind die meisten jüdischen Schneider längst nach Stoke Newington und Edgware aufgestiegen und betreiben ein weniger bescheidenes Gewerbe. An ihre Stelle sind Inder, Chinesen und Pakistani gerückt. Benny läßt sich nicht abschrecken. Bald ist das East End sein Lwow und die Evering Street die beste Adresse Europas. Und dort, in der Evering Street, stößt ein paar Jahre später – soviel hat Pendel erfahren dürfen – Bennys älterer Bruder Leon mit seiner Frau Rachel und mehreren Kindern dazu, eben derselbe Leon, der aufgrund besagten Ausbruchs eine achtzehnjährige irische Hausangestellte schwängert, die den Bastard dann Harry nennt.

Pendel fährt in die Ewigkeit. Mit müden Augen folgt er den verwischten roten Sternen vor ihm, immer dicht hinter seiner Vergangenheit her. Beinahe lacht er im Schlaf. Die Entscheidung ist dem Vergessen übergeben, aber jede Silbe und jeder Ton von Onkel Bennys Monolog wird eifersüchtig im Gedächtnis aufbewahrt.

»Warum Rachel deine Mutter überhaupt ins Haus gelassen hat, wird mir immer ein Rätsel bleiben«, sagt Benny und schüttelt den Homburg. »Man mußte kein Schriftgelehrter sein, um zu sehen, daß sie das reine Dynamit war. Unschuldig oder tugendhaft, das stand nicht zur Debatte. Sie war einfach eine brünstige, ziemlich dumme Schickse kurz vor dem Erwachsenwerden. Der kleinste Schubs, und es war um sie geschehen. Das war alles schon abzusehen.«

»Wie hieß sie?« fragt Pendel.

»Cherry, die Kirsche«, stöhnt sein Onkel wie ein Sterbender, der sein letztes Geheimnis verrät. »Eine Kurzform von Cherida, glaube ich, aber ihre Geburtsurkunde habe ich nie gesehen. Teresa, Bernadette oder Carmel hätte besser zu ihr gepaßt, aber sie hieß nun einmal Cherida. Ihr Vater war ein Maurer aus dem County Mayo. Die Iren waren noch ärmer als wir, deshalb hatten wir irische Hausmädchen. Wir Juden werden nicht gerne alt, Harry. Bei deinem Vater war es nicht anders. Weil wir nicht an den Himmel glauben. Wir stehen schon lange in Gottes langem

Korridor, aber daß wir in Gottes Hauptsaal mit all seiner Pracht vorgelassen werden, darauf warten wir noch immer, und nicht wenige von uns bezweifeln, daß wir jemals vorgelassen werden.« Er beugt sich über den Eisentisch und packt Pendels Hand. »Harry, hör mir zu, mein Sohn. Juden bitten nicht Gott, sondern die Menschen um Verzeihung, und das ist hart für uns, denn der Mensch ist ein schlimmerer Gegner als Gott jemals sein kann. Und jetzt, Harry, bitte ich dich um Verzeihung. Erlösung kann ich noch auf dem Sterbebett erlangen. Verzeihung, Harry, kannst nur du allein mir gewähren.«

Pendel wird Benny alles geben, was er verlangt, wenn er nur die Sache mit dem Ausbruch genauer erklärt.

»Es war ihr Geruch, hat dein Vater mir erzählt«, fährt Benny fort. »Er hat sich vor Zerknirschung die Haare gerauft. Sitzt vor mir, wie du jetzt vor mir sitzt, nur ohne diese Gefängnissachen. ›Wegen ihres Geruchs habe ich den Tempel über mir zum Einsturz gebracht‹, sagt er. Dein Vater war ein frommer Mann, Harry. ›Sie hat vorm Kamin gekniet, und ich habe ihre reizende Weiblichkeit gerochen, keine Seife und ungewaschen, Benny, nichts als die natürliche Frau. Der Geruch ihrer Weiblichkeit hat mich überwältigt.‹ Wäre Rachel nicht bei den Töchtern der jüdischen Reinheit am Southend Pier zum Tanzkränzchen gewesen, wäre dein Vater nie zu Fall gekommen.«

»Aber er ist gefallen«, treibt Pendel ihn an.

»Harry, unter Tränen aus katholischen und jüdischen Schuldgefühlen, unter Ave Marias und Oi wejs und Was-wird-aus-mir-werden von allen Seiten hat dein Vater die Kirsche gepflückt. Betrachte es als einen Akt Gottes, ich kann es nicht, aber du besitzt die Chuzpe der Juden und die Schmeichelzunge der Iren, wenn du nur die Schuldgefühle loswerden könntest.«

»Wie hast du mich aus dem Waisenhaus bekommen?« will Pendel wissen, er schreit beinahe, so wichtig ist es ihm.

Irgendwo in seinen verschwommenen Erinnerungen an die Kindheit, an die Zeit, bevor Benny ihn da herausholte, gibt es das Bild einer dunkelhaarigen, Louisa nicht unähnlichen Frau, die auf allen Vieren einen spielplatzgroßen Steinfußboden schrubbt, unter den Augen einer Statue vom Guten Hirten in einem blauen Morgenmantel und mit Seinem Lamm.

Pendel auf der Zielgeraden. Vertraute Häuser, längst schlafen gegangen. Die Sterne vom Regen gewaschen. Der Vollmond vor seinem Gefängnisfenster. Sperrt mich wieder ein, denkt er. Ins Gefängnis geht man, wenn man sich vor Entscheidungen drücken will.

»Harry, ich war einfach großartig. Diese Nonnen waren hochnäsige Französinnen und hielten mich für einen Gentleman. Ich hatte mich in Schale geworfen, mit allem Pipapo: einen grauen Anzug aus dem Schaufenster, eine von Tante Ruth ausgewählte Krawatte, dazu passende Socken, handgefertigte Schuhe von Lobb in St. James', die schon immer mein kleines Laster waren. Aber ohne Großtuerei, die Hände an den Hosennähten, den Sozialismus säuberlich verpackt.« Denn abgesehen von seinen unzähligen anderen positiven Eigenschaften ist Benny ein leidenschaftlicher Kämpfer für die Sache des Proletariats und glaubt an die Menschenrechte. »›Verehrte Schwestern‹, sage ich, ›ich verspreche Ihnen: Der kleine Harry soll ein gutes Leben haben, und wenn ich dabei draufgehe. Harry soll unsere *Mizwa* sein. Sie sagen mir, bei welchen klugen Männern ich ihn unterrichten lassen soll, und ich kleide ihn in ein weißes Hemd und gebe ihn auf der Stelle dorthin. Ich zahle das Schulgeld für die Schule Ihrer Wahl, er bekommt ein Grammofon und nur die beste Musik zu hören und ein Familienleben, von dem ein Waisenkind nur träumen kann. Lachs zum Essen, idealistische Konversation, ein eigenes Zimmer, eine Daunenmatratze.‹ Damals war ich auf dem aufsteigenden Ast. Mit Lumpen wollte ich mich nicht mehr abgeben, es ging nur noch um Golfclubs und Fußbekleidung, und der Palast in Umbrien war schon in Reichweite. Wir glaubten, spätestens in einer Woche Millionäre zu sein.«

»Und wo war Cherry?«

»Weg, Harry, weg«, sagt Benny mit tragisch gesenkter Stimme. »Deine Mutter hatte sich aus dem Staub gemacht, und wer kann ihr einen Strick daraus drehen? Eine Tante im County Mayo schrieb uns, ihre arme Cherry sei völlig erschöpft von all den Gelegenheiten, die ihr die Schwestern geboten hätten, sich von ihren Sünden reinzuwaschen.«

»Und mein Vater?«

Benny gerät wieder in Verzweiflung. »Auf dem Friedhof, Junge«, sagt er und wischt sich die Tränen ab. »Dein Vater, mein Bruder. Dort wo ich liegen sollte, nach all dem, wozu ich dich angestiftet habe. Meiner Meinung nach vor Scham gestorben, so wie ich beinahe auch jedesmal, wenn ich dich hier sehe. Aber diese Sommerkleider haben mich ruiniert. Es gibt keinen deprimierenderen Anblick auf der Welt als fünfhundert unverkaufte Sommerkleider im Herbst, das kann dir jeder Schlemihl bestätigen. Tagtäglich hat mich der Teufel mit der Versicherungspolice in Versuchung geführt. Ich bin mir wie geknebelt vorgekommen, nicht anders, Harry, und schlimmer noch, ich habe dich mit der Fackel losgeschickt.«

»Ich werde die Lehre machen«, sagt Pendel beim Glokkenzeichen, um ihn aufzumuntern. »Ich werde der beste Schneider der Welt. Sieh dir das mal an.« Und er zeigt ihm ein Stück Gefängnistuch, das er im Lager geschnorrt und nach Maß zugeschnitten hat.

Beim nächsten Besuch schenkt ihm Benny, von Schuldgefühlen geplagt, eine in Zinn gerahmte Ikone der Jungfrau Maria, die ihn, wie er sagt, an seine Kindheit in Lwow erinnert, an die Tage, wenn er sich aus dem Ghetto schlich, um den Gojim beim Beten zuzusehen. Und noch heute steht sie bei Pendel in Bethania, neben dem Wecker auf dem Rattantisch an seinem Bett, und sieht mit ihrem verblaßten irischen Lächeln zu, wie er sich die schweißgetränkte Gefängniskluft vom Leib reißt und zu Louisa ins Bett kriecht, um ein wenig an ihrem schuldlosen Schlaf teilzuhaben.

Morgen, dachte er. Morgen sag ich's ihr.

»Harry, bist du das?«

Mickie Abraxas, der große Untergrundrevolutionär und heimliche Held der Studentenschaft, morgens um zehn vor drei bei klarem Verstand betrunken: Er schwört bei Gott, daß er sich umbringen wird, weil seine Frau ihn rausgeworfen hat.

»Wo bist du?« fragte Pendel, im Dunkeln lächelnd, denn trotz allem Ärger, den er verursachte, war Mickie auf immer sein Zellengenosse.

»Nirgendwo. Ich bin aufgeschmissen.«

»Mickie.«

»Was?«

»Wo ist Ana?«

Ana war Mickies derzeitige *chiquilla*, eine kräftige, praktisch denkende Kindheitsfreundin Martas aus la Cordillera, die Mickie so wie er war zu akzeptieren schien. Marta hatte sie miteinander bekannt gemacht.

»Hallo, Harry«, sagte Ana gutgelaunt, was Pendel ebenso gutgelaunt mit »Hallo« erwiderte.

»Wieviel hat er getrunken, Ana?«

»Das weiß ich nicht. Er sagt, er ist mit Rafi Domingo ins Kasino gegangen. Hat ein bißchen Wodka getrunken, ein bißchen Geld verloren. Vielleicht auch ein bißchen gekokst, er weiß es nicht mehr. Er schwitzt entsetzlich. Soll ich einen Arzt holen?«

Bevor Pendel ihr antworten konnte, war wieder Mickie am Apparat.

»Harry, ich liebe dich.«

»Das weiß ich, Mickie, und es freut mich sehr, ich liebe dich auch.«

»Hast du auf dieses Pferd gesetzt?«

»Ja, Mickie, ja, ich muß zugeben, ich habe auf dieses Pferd gesetzt.«

»Tut mir leid, Harry. Okay? Tut mir leid.«

»Schon gut, Mickie. Ist ja kein Beinbruch. Nicht jedes gute Pferd kann gewinnen.«

»Ich liebe dich, Harry. Du bist mein Freund, ja?«

»Und genau deshalb brauchst du dich auch nicht umzubringen, ist das klar, Mickie?« sagte Pendel liebevoll. »Nicht wenn du Ana und einen guten Freund hast.«

»Soll ich dir was sagen, Harry? Wir verbringen das Wochenende gemeinsam. Du und ich, Ana und Marta. Angeln und bumsen.«

»Nun schlaf dich erst mal gut aus, Mickie«, sagte Pendel fest, »und morgen früh kommst du zur Anprobe in den Laden, und dann können wir die Sache bei einem Sandwich besprechen. Ja? Also bis dann.«

»Wer war das?« fragte Louisa, als er aufgelegt hatte.

»Mickie. Seine Frau hat ihn mal wieder ausgesperrt.«

»Warum?«

»Weil sie eine Affäre mit Rafi Domingo hat«, sagte Pendel, mit der unentrinnbaren Logik des Lebens ringend.

»Warum haut er ihr nicht eins aufs Maul?«

»Wem?« fragte Pendel begriffsstutzig.

»Seiner *Frau,* Harry. Was dachtest du denn?«

»Er ist müde«, sagte Pendel. »Noriega hat ihm die Lebensgeister rausgeprügelt.«

Hannah stieg zu ihnen ins Bett, gefolgt von Mark und dem riesigen Teddybär, den er schon vor Jahren aufgegeben hatte.

Es war schon morgen, also erzählte er es ihr.

Ich habe es getan, damit man mir glaubt, erzählte er ihr, als sie wieder eingeschlafen war.

Damit du einen Halt hast, wenn du schwach wirst.

Damit du eine feste Schulter hast, an die du dich anlehnen kannst, und nicht bloß mich.

Damit ich ein besserer Mann für die Tochter eines Rauhbeins aus der Zone werde, die den Mund nicht halten kann und durchdreht, wenn sie sich bedroht fühlt, und die Politik der kleinen Schritte vernachlässigt, obwohl ihre Mutter ihr zwanzig Jahre lang eingeschärft hat, wenn sie das jemals täte, werde sie nie einen Mann wie Emily bekommen.

Und sich einbildet, zu häßlich und zu groß zu sein, während alle anderen bezaubernde Schönheiten sind und die richtige Größe haben, wie Emily.

Und die niemals, in Millionen Jahren nicht, nicht einmal im verletzlichsten und unsichersten Augenblick ihres Lebens, nicht einmal um Emily eins auszuwischen, Onkel Bennys Lagerhaus, beginnend bei den Sommerkleidern, ihm zu Gefallen in Brand stecken würde.

Pendel sitzt im Sessel, hüllt sich in eine Tagesdecke und überläßt das Bett denen, die reinen Herzens sind.

»Ich bin den ganzen Tag unterwegs«, sagt er zu Marta, als er am nächsten Morgen in den Laden kommt. »Du wirst die Kundschaft bedienen müssen.«

»Für elf ist der bolivianische Botschafter angemeldet.«

»Verleg den Termin. Ich muß dich unbedingt sprechen.«

»Wann?«

»Heute abend.«

Bis jetzt hatten sie Familienausflüge gemacht, im Schatten der Mangobäume gepicknickt, die träge im heißen Wind treibenden Falken, Fischadler und Geier beobachtet und den Reitern auf weißen Pferden zugesehen, die wie versprengte Reste von Pancho Villas Armee wirkten. Oder sie zogen das Gummiboot durch die überschwemmten Reisfelder, wobei Louisa immer am glücklichsten war, wenn sie in Shorts durchs Wasser waten und sich wie Katharine Hepburn in *African Queen* fühlen konnte – mit Pendel als Bogart, Mark, der dauernd flehentlich bat, vorsichtig zu sein, und Hannah, die schimpfte, er solle sich nicht so anstellen.

Oder sie fuhren mit dem Geländewagen staubige gelbe Pisten hinunter, und wenn diese wie üblich am Waldrand aufhörten, stieß Pendel zum Entzücken der Kinder das wunderbare Jammergeschrei Onkel Bennys aus und tat, als hätten sie sich verirrt. Und so war es auch, bis fünfzig Meter vor ihnen plötzlich die Silbertürme der Mühle zwischen den Palmen auftauchten.

Oder sie saßen in der Erntezeit jeweils zu zweien auf riesigen kettengetriebenen Mähdreschern und sahen zu, wie das Dreschwerk vor ihnen Körner und Wolken von Insekten aus dem Reis schlug. Stickig heiße Luft stand unter dem niedrigen Himmel. Brettflache Felder, die sich in den Mangrovensümpfen verloren. Mangrovensümpfe, die sich im Meer verloren.

Doch heute empfand der Große Entscheider auf seinem einsamen Pfad alles, was er sah, als Beunruhigung und schlechtes Vorzeichen: die abweisenden Stacheldrahtverhaue um die amerikanischen Munitionsdepots, die ihn an Louisas Vater erinnerten, die vorwurfsvollen Schilder mit Aufschriften wie »Jesus ist unser Herr«, die Pappkartonhütten der Zugewanderten auf allen Hängen: wartet nur, bald komme ich zu euch.

Und nach diesem Elend das verlorene Paradies von Pendels zehnminütiger Kindheit. Wogende Landstriche roter Devon-Erde wie beim Kinderheim in Okehampton. Englische Kühe, die ihn aus Bananenanpflanzungen anglotzten. Nicht einmal Haydn vom Kassettenspieler vermochte ihn vor ihrer Melancholie zu retten. Auf der Zufahrt zur Farm fragte er sich, wann er Angel das letztemal gesagt hatte, er solle endlich diese verdammten Schlaglöcher beseitigen. Der Anblick von Angel selbst, in Reitstiefeln, Strohhut und goldenen Halskettchen, steigerte seine Wut noch mehr. Sie fuhren zu der Stelle, wo der Nachbar, die Gesellschaft mit Sitz in Miami, mit einem Graben Pendels Fluß abgeleitet hatte.

»Soll ich Ihnen was sagen, Harry, mein Freund?«

»Nun?«

»Was dieser Richter getan hat, ist unmoralisch. Wenn wir hier in Panama jemanden bestechen, erwarten wir Loyalität von ihm. Und wissen Sie, was wir sonst noch erwarten, mein Freund?«

»Nein.«

»Abgemacht ist abgemacht, das erwarten wir. Keine Nachträge. Keine Repressalien. Keine weiteren Ansprüche. Der Kerl ist unsozial, sage ich.«

»Und was sollen wir nun machen?« fragte Pendel.

Angel hob zufrieden die Schultern wie jemand, der am liebsten schlechte Neuigkeiten verkündet.

»Sie wollen meinen Rat, Harry? Ganz offen? Als Ihr Freund?«

Sie hatten den Fluß erreicht. Die Helfershelfer des Nachbarn am Ufer gegenüber nahmen von Pendel keine Notiz. Der Graben war ein Kanal geworden. Das Flußbett unterhalb war ausgetrocknet.

»Verhandeln Sie, Harry, das ist mein Rat. Schreiben Sie Ihre Verluste ab, arrangieren Sie sich. Soll ich mich mal bei denen umhören? Mit ihnen ins Gespräch kommen?«

»Nein.«

»Dann gehen Sie zu Ihrer Bank. Ramón ist ein zäher Bursche. Der kann die Verhandlungen für Sie führen.«

»Woher kennen Sie denn Ramón Rudd?«

»Den kennt doch jeder. Hören Sie, ich bin nicht bloß Ihr Verwalter, okay? Ich bin Ihr Freund.«

Aber Pendel hat keine Freunde, außer Marta und Mickie und vielleicht noch Mr. Charlie Blüthner, der zehn Meilen weiter an der Küste lebt und ihn zum Schach erwartet.

»Blüthner, der mit dem Klavier?« fragte Pendel den lebenden Benny vor Jahrhunderten, als sie am Hafen von Tilbury im Regen standen und den rostigen Frachter betrachteten, der den entlassenen Sträfling zur nächsten Etappe seines mit Mühe beladenen Lebens bringen sollte.

»Ganz recht, Harry, und er steht in meiner Schuld«, antwortete Benny, und seine Tränen vermischten sich mit dem Regen. »Charlie Blüthner ist der Lumpenkaiser von Panama, und er wäre nicht da, wo er heute ist, wenn Benny nicht für ihn geschwiegen hätte, wie du für mich geschwiegen hast.«

»Hast du ihm seine Sommerkleider verbrannt?«

»Schlimmer, Harry. Und er hat es niemals vergessen.«

Zum ersten- und letztenmal in ihrem Leben nahmen sie einander in die Arme. Auch Pendel weinte, wußte aber nicht genau warum, denn als er die Gangway hochschlich, hatte er nur einen Gedanken: Ich bin raus, ich komme nie mehr zurück.

Und Mr. Blüthner hielt, was Benny versprochen hatte.

Kaum war Pendel in Panama an Land gegangen, brachte ihn ein Chauffeur in einem kastanienbraunen Mercedes von seiner erbärmlichen Unterkunft in Calidonia zu Blüthners stattlicher Villa; sie lag inmitten sorgfältig gepflegter Ländereien mit Blick auf den Pazifik, es gab dort Fliesenböden und Ställe mit Air-condition, Gemälde von Nolde und angeleuchtete Zeugnisse von nicht existierenden amerikanischen Universitäten mit imposanten Namen, die Mr. Blüthner zu ihrem hochverehrten Professor, Doktor, Verwaltungsratmitglied usw. ernannten. Und ein Klavier aus dem Ghetto.

Binnen Wochen war Pendel, so glaubte er jedenfalls, zu Mr. Blüthners Lieblingssohn geworden und hatte unter den lärmenden Kindern und Enkeln, den stattlichen Tanten und feisten Onkeln und den Dienstboten in ihren pastellgrünen Jacken wie selbstverständlich seinen Platz gefunden. Bei Familienfesten und zum *Kiddush* erwies sich Pendel als schlechter Sänger, aber niemand störte sich daran. Auf ihrem privaten Golfplatz spielte er wie ein Stümper, ohne sich dafür rechtfertigen zu müssen. Er planschte mit den Kindern am Strand und jagte mit dem Buggy halsbrecherisch über schwarze Dünen. Er tollte mit den schmutzigen Hunden herum und ließ sie Mangos apportieren, er sah den Pelikanen zu, die im Zickzack übers Meer flogen, und er zweifelte an nichts: am Glauben der Blüthners ebenso wenig wie an der Moralität ihres Reichtums, an den Bougainvilleas, an den tausend verschiedenen Grüns und an der allgegenwärtigen Ehrbarkeit, die bei weitem jeden kleinen Brand überstrahlte, den Onkel Benny vor Jahren in Mr. Blüthners schweren Zeiten gelegt haben mochte.

Und Mr. Blüthners freundliche Fürsorge ging weit über den häuslichen Rahmen hinaus, denn als Pendel seine ersten Schritte als Maßschneider wagte, stellte ihm die Blüthner Compania Limitada für sechs Monate ihr riesiges Textillagerhaus in Colón zur Verfügung, und Blüthner selbst verschaffte ihm die ersten Kunden und öffnete ihm manche Tür. Und als Pendel dem kleinen, runzligen, strahlenden Mr. Blüthner danken wollte, schüttelte der nur den

Kopf und sagte: »Bedanken Sie sich bei Ihrem Onkel Benny«, und ließ wie gewöhnlich den Rat folgen: »Suchen Sie sich ein braves Judenmädchen, Harry. Verlassen Sie uns nicht.«

Auch nach der Heirat mit Louisa hörte Pendel nicht auf, Mr. Blüthner zu besuchen, nun allerdings notwendigerweise heimlich. Blüthners Familie wurde sein verborgenes Paradies, ein Heiligtum, das er stets nur allein und unter irgendeinem Vorwand aufsuchen konnte. Im Gegenzug hielt Mr. Blüthner es für angebracht, die Existenz Louisas einfach zu ignorieren.

»Ich habe ein gewisses Liquiditätsproblem, Mr. Blüthner«, gestand Pendel, als sie beim Schach auf der Nordveranda saßen. Es gab auf jeder Seite der Landspitze eine Veranda, so daß Mr. Blüthner immer windgeschützt draußen sitzen konnte.

»Probleme mit der *Reisfarm*?« fragte Mr. Blüthner.

Sein schmales Kinn war wie aus Stein, außer wenn er lächelte. Und jetzt lächelte er nicht. Seine alten Augen schliefen oft. Sie schliefen auch jetzt.

»Und mit dem Laden«, sagte Pendel errötend.

»Haben Sie etwa eine Hypothek auf den Laden aufgenommen, um die *Reisfarm* zu finanzieren, Harry?«

»Nun ja, sozusagen, Mr. Blüthner.« Er versuchte es mit Humor. »Und deshalb bin ich jetzt auf der Suche nach einem verrückten Millionär.«

Mr. Blüthner ließ sich beim Nachdenken immer viel Zeit, egal ob er Schach spielte oder um Geld gefragt wurde. Er saß völlig regungslos da, schien nicht einmal zu atmen, während er überlegte. Pendel erinnerte sich an alte Zellengenossen, bei denen es genauso gewesen war.

»Man ist entweder verrückt, oder man ist Millionär«, antwortete Mr. Blüthner schließlich. »Das ist ein Naturgesetz, Harry. Ein Mann muß für seine Träume bezahlen.«

Auf dem Weg zu ihr war er nervös, wie immer; er fuhr die 4th July Avenue hinunter, die früher einmal die Grenze der

Kanalzone gebildet hatte. Links unten lag die Bucht. Rechts oben Ancón Hill. Dazwischen der wiederaufgebaute Stadtteil El Chorillo mit dem allzu grünen Flecken Gras an der Stelle, wo früher die *comandancia* gestanden hatte. Zur Wiedergutmachung hatte man hastig ein paar billige Hochhäuser hingestellt, die in Pastellfarben gestrichen waren. Marta wohnte im mittleren dieser Häuser. Während er behutsam die schmutzige Treppe hochstieg – beim letztenmal war er aus dem Stockdunkeln von oben angepinkelt worden –, bebte das Haus von schrillen Pfiffen und wildem Gelächter wie ein Gefängnis.

»Du kannst reinkommen«, sagte sie feierlich, nachdem sie die Tür aufgeschlossen hatte, alle vier Schlösser.

Sie lagen auf dem Bett, wo sie immer lagen, angekleidet und jeder für sich, Martas kleine trockene Finger lagen gekrümmt in Pendels Hand. Es gab keine Stühle, dazu war zu wenig Platz. Die Wohnung bestand aus einem einzigen winzigen Zimmer, durch braune Vorhänge aufgeteilt in eine Waschnische, eine Kochecke und den Winkel, wo sie jetzt lagen. Links neben Pendels Kopf stand eine Glasvitrine mit Porzellantieren, die Martas Mutter gehört hatten, und vor seinen bestrumpften Füßen stand ein meterhoher Keramiktiger, den ihr Vater ihrer Mutter zur Silberhochzeit geschenkt hatte, drei Tage bevor sie von einer Granate in Stücke gerissen wurden. Und wäre Marta an jenem Abend nicht im Bett geblieben, um ihr verwüstetes Gesicht und ihren zerschlagenen Körper zu pflegen, sondern mit den Eltern zu Besuch bei ihrer verheirateten Schwester gefahren, dann wäre auch sie in Stücke gerissen worden, denn ihre Schwester hatte in der Straße gelebt, die als erste unter Beschuß genommen wurde; freilich würde man diese Straße jetzt nicht mehr wiederfinden: ebenso wenig wie man Martas Eltern, ihre Schwester, ihren Schwager, ihre sechs Monate alte Nichte und den roten Kater Hemingway wiederfinden würde. Leichen, Schutt und die ganze Straße waren zu Amtsgeheimnissen erklärt worden.

»Du solltest in deine alte Wohnung zurückziehen«, sagte er wie jedesmal.

»Ich kann nicht.«

Kann nicht, weil ihre Eltern hier gelebt hatten, an der Stelle, wo jetzt dieses Gebäude stand.

Kann nicht, weil das hier ihr Panama war.

Kann nicht, weil ihr Herz bei den Toten war.

Sie sprachen wenig, sie dachten lieber an die schreckliche geheime Geschichte, die sie unauflöslich miteinander verbunden hatte:

Eine junge, idealistische, schöne Angestellte beteiligt sich an einer Demonstration gegen den Tyrannen. Atemlos und verängstigt kehrt sie an ihren Arbeitsplatz zurück. Am Abend bietet ihr Arbeitgeber ihr an, sie nach Hause zu fahren – zweifellos mit dem Hintergedanken, sie zu seiner Geliebten zu machen, denn die Anspannung der letzten Wochen hat sie einander immer näher gebracht. Der Traum von einem besseren Panama gleicht dem Traum von einem gemeinsamen Leben, und selbst Marta ist der Meinung, daß nur die Yanquis das Chaos beseitigen können, das die Yanquis angerichtet haben, und daß die Yanquis bald damit anfangen müssen. Unterwegs werden sie an einer Straßensperre von Soldaten der Eliteeinheit angehalten, die wissen wollen, warum Marta ein weißes Hemd anhat, denn das ist das Symbol des Widerstandes gegen Noriega. Da sie keine befriedigende Erklärung erhalten, schlagen sie ihr das Gesicht kaputt. Pendel legt die stark blutende Marta auf die Rückbank seines Wagens und rast in blinder Panik zur Universität – auch Mickie studiert dort in jenen Tagen; Mickie ist der einzige, dem Pendel vertrauen kann, und wie durch ein Wunder findet er ihn in der Bibliothek. Mickie kennt einen Arzt, er ruft ihn an, droht ihm, verspricht ihm Schweigegeld. Mickie fährt Pendels Geländewagen, Pendel sitzt hinten, hält Martas blutenden Kopf auf dem Schoß, ihr Blut läuft ihm auf die Hose und ruiniert für alle Zeiten das Polster des Familienautos. Der Arzt tut sein Schlimmstes, Pendel benachrichtigt Martas Eltern, gibt dem Arzt Geld, duscht und zieht sich im Laden um, fährt mit einem Taxi nach Hause zu Louisa und kann ihr vor lauter Angst und Schuldgefühlen drei Tage lang nicht erzählen, was geschehen ist; statt dessen tischt er ihr ein Märchen von irgendeinem Idioten auf, der ihn auf der Straße gerammt habe, Totalschaden, Lou, muß mir einen neuen Wagen kaufen, habe schon mit der Versicherung gesprochen, scheint kein Problem zu sein. Erst am fünften Tag findet er den Mut, ihr in mißbilligendem Ton zu erklären, Marta habe bei einer Studentendemo mitgemacht, Lou: Gesichtsverletzungen, die Heilung wird lange dauern, ich habe ihr versprochen, sie dann wieder einzustellen.

»Oh«, sagt Louisa.

»Und Mickie ist im Gefängnis«, setzt er unlogisch hinzu, erwähnt aber nicht, daß der feige Arzt ihn denunziert hat und auch Pendel denunziert hätte, wenn ihm dessen Name bekannt gewesen wäre.

»Oh«, sagt Louisa zum zweitenmal.

»Der Verstand funktioniert nur, wenn auch das Gefühl beteiligt ist«, erklärte Marta; sie führte Pendels Finger an ihre Lippen und küßte sie, einen nach dem anderen.

»Wie meinst du das?«

»Das habe ich gelesen. Du scheinst über etwas nachzudenken. Ich dachte, das könnte dir helfen.«

»Der Verstand soll doch logisch sein«, wandte er ein.

»Ohne Beteiligung des Gefühls gibt es keine Logik. Wenn man etwas tun will, dann tut man es. Das ist logisch. Wenn man etwas tun will und tut es nicht, hat der Verstand versagt.«

»Demnach stimmt es also?« sagte Pendel, der allen Abstraktionen außer seinen eigenen mißtraute. »Ich muß schon sagen, aus diesen Büchern lernst du ja wirklich eine Menge. Du hörst dich an wie eine richtige kleine Professorin, dabei hast du noch nicht mal Examen gemacht.«

Sie drängte ihn nie, deshalb hatte er auch keine Bedenken, zu ihr zu gehen. Sie schien zu wissen, daß er bei keinem die Wahrheit sagte, daß er aus Höflichkeit alles für sich behielt. Das wenige, das er ihr anvertraute, war daher für sie beide um so kostbarer.

»Was macht Osnard?«

»Was soll er machen?«

»Warum glaubt er, dich in der Hand zu haben?«

»Er weiß einiges«, antwortete Pendel.

»Über dich?«

»Ja.«

»Weiß ich das auch?«

»Wohl kaum.«

»Ist es etwas Schlimmes?«

»Ja.«

»Ich tue alles, was du willst. Ich helfe dir, wobei auch immer. Wenn ich ihn töten soll, töte ich ihn und gehe ins Gefängnis.«

»Für das andere Panama?«

»Für dich.«

Ramón Rudd besaß Anteile an einem Kasino in der Altstadt, und er ging gern dorthin, um sich zu entspannen. Sie hockten auf einer Plüschbank und beobachteten Frauen mit nackten Schultern und Croupiers mit verquollenen Augen, die an den leeren Roulettetischen saßen.

»Ich bezahle die Schulden, Ramón«, sagte Pendel. »Kapital, Zinsen, alles. Ich mache reinen Tisch.«

»Wie denn das?«

»Sagen wir, ich habe einen verrückten Millionär kennengelernt.«

Ramón trank mit einem Strohhalm etwas Zitronensaft.

»Ich kaufe Ihnen Ihre Farm ab, Ramón. Sie ist zu klein, sie wirft nichts ab, und Sie kümmern sich nicht darum. Sie kümmern sich nur darum, mich zu schröpfen.«

Rudd betrachtete sich eingehend im Spiegel und blieb ungerührt von dem, was er sah.

»Haben Sie irgendwo ein anderes Geschäft laufen? Etwas, wovon ich nichts weiß?«

»Wenn's nur so wäre, Ramón.«

»Etwas Inoffizielles?«

»Auch nichts Inoffizielles, Ramón.«

»Denn wenn es so wäre, müßte ich schon was Genaueres wissen. Ich leihe Ihnen Geld, und folglich sagen Sie mir, was für ein Geschäft das ist. Alles andere ist unmoralisch. Unfair.«

»Offen gesagt, Ramón, ich bin heut abend nicht gerade in moralischer Stimmung.«

Rudd dachte darüber nach, und es schien ihn wenig glücklich zu machen.

»Sie haben einen verrückten Millionär gefunden, also zahlen Sie mir dreitausend pro Acre«, sagte er, ein anderes unabänderliches Moralgesetz zitierend.

Pendel handelte ihn auf zweitausend runter und ging nach Hause.

Hannah hatte Fieber.

Mark wollte Tischtennis über zwei Gewinnsätze spielen.

Das für die Wäsche zuständige Dienstmädchen war mal wieder schwanger.

Die Putzfrau beklagte sich, der Gärtner habe ihr einen Antrag gemacht.

Der Gärtner behauptete hartnäckig, mit siebzig habe er ein verdammtes Recht darauf, jeder Frau, die er sich aussuche, einen Antrag zu machen.

Der heilige Ernesto Delgado war aus Tokio zurückgekehrt.

Als Harry Pendel am nächsten Morgen den Laden betritt, inspiziert er finster seine Reihen, zunächst die Kuna-Näherinnen, dann die italienischen Hosenschneiderinnen, die chinesischen Jackettschneiderinnen und schließlich Señora Esmeralda, eine ältere Mulattin mit roten Haaren, die von morgens bis abends nichts als Westen macht und damit zufrieden ist. Wie ein großer Kommandeur am Vorabend der Schlacht wechselt er mit allen ein paar ermutigende Worte, doch Ermutigung braucht nur er, nicht seine Truppe. Heute ist Zahltag, und sie sind alle gut gelaunt. Dann schließt Pendel sich im Zuschneidezimmer ein, rollt auf dem Tisch zwei Meter braunen Papiers aus, legt das aufgeschlagene Notizbuch auf den dafür vorgesehenen Ständer und skizziert, vom klagenden Gesang Alfred Dellers begleitet, sachte die Umrisse des ersten von Andrew Osnards zwei Alpaka-Anzügen aus dem Hause Pendel & Braithwaite Co., Limitada, Hofschneider, ehemals Savile Row.

Der in Affären gereifte Mann, groß im Abwägen von Argumenten und kühl im Bewerten von Situationen, nimmt die Abstimmung mit der Schere vor.

7

Botschafter Maltbys freudlose Ankündigung, daß demnächst ein Mister Andrew *Osnard* – hieß so nicht ein Vogel? fragte er sich – das Personal der Britischen Botschaft in Panama verstärken werde, löste bei Nigel Stormont, dem gutherzigen Leiter der Kanzlei, erst Zweifel, dann Befürchtungen aus.

Jeder normale Botschafter hätte seinen Kanzleichef natürlich vorher beiseite genommen. Schon aus Höflichkeit: »Ach, Nigel, ich denke, Sie sollten es als erster erfahren ...« Aber nach einem Jahr miteinander waren sie über das Stadium selbstverständlicher Höflichkeit längst hinaus. Außerdem bildete sich Maltby einiges auf seine komischen kleinen Überraschungen ein. Und daher verschwieg er die Neuigkeit bis zur montagmorgendlichen Dienstbesprechung, die allerdings für Stormont insgeheim den Tiefpunkt jeder Arbeitswoche darstellte.

Maltbys Zuhörer – eine schöne Frau und drei Männer, darunter Stormont – saßen im Halbkreis auf Chromstühlen vor seinem Schreibtisch. Maltby, ihnen gegenüber, wirkte wie der Angehörige einer größeren, ärmeren Rasse. Er war knapp fünfzig und über einsneunzig, hatte eine kümmerliche schwarze Stirnlocke, einen erstklassigen Abschluß in irgend etwas Nutzlosem und ein permanentes Grinsen, das man besser nicht mit einem Lächeln verwechselte. Jedesmal wenn sein Blick auf die schöne Frau fiel, merkte man, daß er sie gern länger angesehen hätte, es aber nicht wagte, denn kaum war sein Blick auf sie gefallen, sah er schon wieder hastig weg, und nur das Grinsen blieb. Das Jackett seines Anzugs hing über der Sessellehne, die Schuppen darauf schimmerten in der Morgensonne. Er trug mit Vorliebe knallbunte Hemden, heute ein quergestreiftes; neunzehn Streifen, schätzte Stormont, der es kaum ertragen konnte, in einem Zimmer mit ihm zu sein.

Maltby entsprach keineswegs dem imposanten Bild des britischen Beamtentums im Ausland, und die Botschaft auch nicht. Kein schmiedeeisernes Eingangstor, keine vergoldeten Säulengänge, keine großartigen Treppen, die unbedarftere Menschen ohne Rechtskenntnisse hätten einschüchtern können. Keine Porträts aus dem 18. Jahrhundert von bedeutenden Männern mit Schärpen. Maltbys Stück vom Britischen Weltreich befand sich im unteren Viertel eines Wolkenkratzers, der Panamas größter Anwaltskanzlei gehörte und mit den Insignien einer Schweizer Bank gekrönt war.

Die Eingangstür zur Botschaft war aus kugelsicherem, mit englischer Eiche furniertem Stahl. Man kam dorthin, indem man in einem geräuschlosen Lift einen Knopf betätigte. Das königliche Wappen in dieser klimatisierten Stille ließ eher an Silikon und Leichenhallen denken. Fenster und Türen waren gegen Angriffe der Iren verstärkt und gegen Angriffe der Sonne getönt. Die reale Welt drang mit keinem Laut hinein. Der stumme Verkehr, die Kräne, die Schiffe, die Altstadt und die Neustadt, die Frauenbrigade in orangefarbenen Jacken, die auf dem Grünstreifen der Avenida Balboa Laub aufsammelte – das alles waren bloß Schaustücke in der Reservatenkammer Ihrer Majestät. Sobald man den exterritorialen britischen Luftraum betreten hatte, blickte man nur noch nach innen, nicht mehr nach draußen.

Bei der Besprechung hatte man kurz über Panamas Chancen diskutiert, dem Nordamerikanischen Freihandelsabkommen beizutreten (für Stormont eine unerhebliche Frage), dann über Panamas Beziehungen zu Kuba (zwielichtige Handelsvereinbarungen, meinte Stormont, hauptsächlich Drogengeschäfte) und die Auswirkung der Wahlen in Guatemala auf die politische Psyche Panamas (Null, wie Stormont dem Ministerium bereits mitgeteilt hatte). Maltby hatte sich – wie jedesmal – über das unerfreuliche Thema Kanal verbreitet; über die Allgegenwart der Japaner und der als Vertreter Hongkongs auftretenden Festlandchinesen; und über gewisse bizarre Gerüchte in der panamaischen Presse, denen zufolge ein französisch-peruanisches Konsortium darauf aus war, den Kanal mit Hilfe französischer Experten und kolumbianischer Drogengelder aufzukaufen. Als man an diesem Punkt angekommen war, schaltete Stormont ab und verlor sich, teils aus Langeweile, teils aus Notwehr, in einer bekümmerten Rückschau auf sein bisheriges Leben:

Stormont, Nigel, geboren vor allzu langer Zeit, nicht sonderlich gute Ausbildung am Shrewsbury and Jesus College in Oxford. Mittelmäßige Noten in Geschichte, wie jeder andere auch; geschieden, wie jeder andere auch: nur daß mein kleiner Seitensprung es zufällig bis in die Sonntagszeitungen gebracht hat. Dann Paddy geheiratet, offiziell Patricia, die unvergleichliche Exfrau eines verehrten Kollegen von der Britischen Botschaft in Madrid, nachdem dieser bei der weihnachtlichen Hausparty versucht hatte, mich mit der silbernen Punschbowle umzubringen; momentan für drei Jahre in einem Kittchen namens Panama, Bevölkerung 2,6 Millionen, ein Viertel davon arbeitslos, die Hälfte unter dem Existenzminimum. Die Personalabteilung unentschlossen, was sie danach mit mir anfangen soll, falls ihr überhaupt etwas anderes vorschwebt als mich zum alten Eisen zu werfen; vergleiche ihre ausweichende Antwort von gestern auf mein Schreiben von vor sechs Wochen. Und Paddys Husten macht mir beträchtliche Sorgen – wann finden diese verdammten Ärzte endlich ein Mittel dagegen?

»Warum kann es zur Abwechslung nicht mal ein übles *britisches* Konsortium sein?« jammerte Maltby mit dünner Stimme, die hauptsächlich durch die Nase kam. »Ich würde es *genießen*, im Zentrum eines teuflischen britischen Komplotts zu stehen. Das war mir noch nie vergönnt. Ihnen, Fran?«

Die schöne Francesca Deane lächelte verbindlich und sagte: »Leider.«

»Leider *ja*?«

»Leider nein.«

Maltby war nicht der einzige Mann, den Francesca zum Wahnsinn trieb. Halb Panama war hinter ihr her. Sie hatte einen hinreißenden Körper und war auch im Kopf nicht ohne. Blond und hellhäutig, war sie genau der Typ, auf den lateinamerikanische Männer nun einmal abfahren. Stormont sah sie hin und wieder auf Partys, umringt von Panamas begehrtesten Weiberhelden, die alle nur darauf aus waren, sich mit ihr zu verabreden. Sie aber ging stets um elf nach Hause und legte sich mit einem Buch ins Bett, und am nächsten Morgen um neun saß sie wieder, in ihrem schwarzen Juristenoutfit und ungeschminkt am Schreibtisch, gerüstet für einen weiteren Tag im Paradies.

»Fänden Sie es nicht auch lustig, Gully, wenn es irgendein schrecklich geheimes britisches Angebot gäbe, den Kanal in eine Forellenfarm umzuwandeln?« fragte Maltby mit elefantöser Witzigkeit den kleinen, tadellos aufgetakelten Lieutenant Gulliver, vormals Königliche Marine, jetzt Beschaffungsreferent der Botschaft. »Die Jungfische in den Miraflores-Schleusen, die etwas größeren in denen bei Pedro Miguel, die Ausgewachsenen im Gatún-See? *Ich* halte das für eine ausgezeichnete Idee.«

Gully lachte laut auf. Beschaffung war das Letzte, womit er sich befaßte. Er hatte die Aufgabe, jedem, der genug Drogengeld für so etwas übrig hatte, so viele britische Waffen wie möglich anzudrehen. Seine Spezialität waren Landminen.

»Ausgezeichnete Idee, Botschafter, ausgezeichnet«, bestätigte er dröhnend mit der ihm eigenen Kasinoherzlichkeit; dann zog er ein fleckiges Taschentuch aus dem Ärmel und schnaubte kräftig hinein. »Habe übrigens am Wochenende einen prächtigen Lachs gefangen. Zweiundzwanzig Pfund. Mußte zwei Stunden fahren, um den Scheißkerl zu erwischen, aber es hat sich gelohnt.«

Gulliver hatte bei der Sache mit den Falkland-Inseln mitgemacht und dafür einen Orden erhalten. Seither war er, soweit Stormont wußte, nicht mehr von dieser Seite des Atlantik weggekommen. Gelegentlich, wenn er betrunken war, erhob er sein Glas auf »eine gewisse geduldige kleine

Dame auf der anderen Seite des Teichs« und stieß einen Seufzer aus, der freilich eher dankbar als sehnsuchtsvoll gemeint war.

»Als *Politischer* Referent?« echote Stormont.

Offenbar hatte er lauter gesprochen, als ihm bewußt war. Vielleicht war er eingenickt. Nachdem er die ganze Nacht an Paddys Bett gewacht hatte, wäre das auch nicht verwunderlich gewesen.

»*Ich* bin der *Politische* Referent, Botschafter. Die Kanzlei ist die *politische* Abteilung. Warum wird er nicht der Kanzlei unterstellt, wo er hingehört? Sagen Sie nein. Lassen Sie das nicht mit sich machen.«

»Es wird leider nicht möglich sein, dergleichen vorzubringen, Nigel. Die Sache ist längst beschlossen«, gab Maltby zurück. Sein belehrendes Kichern ging Stormont jedesmal durch Mark und Bein. »Selbstverständlich innerhalb eines gewissen Rahmens. Man hat der Personalabteilung per Fax vorsichtige Bedenken zukommen lassen. Über die öffentliche Leitung, da kann man nicht viel sagen. Die Kosten für kodierte Übertragungen sind heutzutage astronomisch. Muß an all diesen Apparaten und klugen Frauen liegen.« Sein Grinsen wich einem schnell unterdrückten Lächeln in Richtung Francesca. »Aber natürlich verteidigt man seine Ecke. Die Antwort fiel in etwa so aus, wie zu erwarten war. Voller Verständnis für unsere Auffassung, aber unnachgiebig. Was man in einer Hinsicht verstehen kann. Wäre man selbst in der Personalabteilung, würde man schließlich genauso reagieren. Die haben doch auch nicht mehr Spielraum als wir. In Anbetracht der Umstände.«

Es war das als Postskriptum angefügte Wort »Umstände«, das Stormont den ersten Hinweis auf die Wahrheit gab, aber der junge Simon Pitt kam ihm zuvor. Simon, groß und flachsblond und stets zu Scherzen aufgelegt, trug einen Pferdeschwanz, den abzuschneiden ihm Maltbys gestrenge Frau vergeblich befohlen hatte. Er war ein Neuzugang und zur Zeit für alles verantwortlich, was kein anderer haben wollte: Visa, Auskunft, defekte Botschaftscomputer, ortsansässige britische Staatsangehörige und noch unwichtigere Dinge.

»Er könnte mir doch einiges abnehmen, Sir«, erbot er sich forsch und hielt eine schlaffe Hand hoch, als böte er bei einer Versteigerung mit. »Als erstes vielleicht die ›Träume von Albion‹?« fügte er hinzu, auf eine Wanderausstellung früher englischer Aquarelle anspielend, die gegenwärtig zur hellen Verzweiflung des Londoner British Council in einem panamaischen Zollschuppen verrotteten.

Maltby wählte seine Worte noch penibler als sonst bei ihm üblich. »Nein, Simon, die ›Träume von Albion‹ wird er wohl leider *nicht* übernehmen können«, erwiderte er, dann griff er mit seinen Spinnenfingern nach einer Büroklammer und bog sie nachdenklich auseinander. »Streng genommen ist Osnard nicht einer von uns. Eher einer von *denen,* falls Sie mir folgen können.«

Erstaunlicherweise kam Stormont immer noch nicht auf das Naheliegende. »Entschuldigen Sie, Botschafter, aber ich verstehe Sie nicht. Einer von *wem*? Arbeitet er für eine Firma oder was?« Ihm kam ein furchtbarer Gedanke. »Doch nicht etwa im Auftrag der Industrie?«

Maltby hauchte einen nachsichtigen Seufzer auf seine Büroklammer. »Nein, Nigel, soweit ich weiß, arbeitet er nicht im Auftrag der Industrie. Aber ich *weiß* nichts. Ich weiß nichts über seine Vergangenheit und nur sehr wenig über seine Gegenwart. Auch seine Zukunft ist für mich ein Buch mit sieben Siegeln. Er ist ein *Freund.* Kein richtiger Freund, möchte ich betonen, obwohl wir alle natürlich hoffen wollen, daß er sich im Lauf der Zeit als einer erweisen wird. Er ist einer von *diesen* Freunden. Verstehen Sie mich *jetzt*?«

Er schwieg, gab schlichteren Gemütern Zeit, seine Worte nachzuvollziehen.

»Er ist von der anderen Seite des Parks, Nigel. Das heißt, jetzt vom Fluß. Sind umgezogen, wie man hört. Früher am Park, jetzt am Fluß.«

Stormont hatte die Sprache wiedergefunden. »Soll das heißen, die *Freunde* wollen hier einen Stützpunkt errichten? Hier in Panama? Das geht doch nicht.«

»Interessant. Und warum nicht?«

»Weil sie abgezogen sind. Als der Kalte Krieg vorbei war, haben sie den Laden dichtgemacht und den Amerikanern das Feld überlassen. Es gibt ein Beteiligungsabkommen, allerdings unter dem Vorbehalt, daß sie sich da raushalten. Ich selbst gehöre doch dem gemeinsamen Überwachungsausschuß an.«

»Allerdings, Nigel. Und recht erfolgreich, wenn ich so sagen darf«

»Also, was hat sich geändert?«

»Die Umstände, nehme ich an. Als der Kalte Krieg vorbei war, sind die *Freunde* gegangen. Jetzt fängt der Kalte Krieg wieder an, und die Amerikaner ziehen sich zurück. Ich äußere nur Vermutungen, Nigel. Ich *weiß* nichts. Nicht mehr als Sie. Dann haben sie um die alte Position gebeten. Und unsere Vorgesetzten haben entschieden, sie ihnen zu geben.«

»Wie viele?«

»Vorläufig einer. Bei Erfolg werden sie zweifellos mehr verlangen. Vielleicht erleben wir noch die Rückkehr jener berauschenden Zeiten, als der Diplomatische Dienst im wesentlichen die Aufgabe hatte, als Tarnung für ihre Aktivitäten herzuhalten.«

»Sind die Amerikaner informiert?«

»Nein, und das soll auch so bleiben. Außer uns soll niemand von Osnards eigentlicher Funktion erfahren.«

Stormont verdaute das noch, als Francesca das Wort ergriff. Fran war eine praktisch denkende Frau. Manchmal zu praktisch.

»Wird er hier in der Botschaft arbeiten? Ich meine, wird er körperlich hier anwesend sein?«

Für Francesca hatte Maltby eine andere Stimme und auch eine andere Miene, die irgendwo zwischen belehrend und zärtlich angesiedelt war.

»Ganz recht, Fran. Körperlich und auch sonst.«

»Wird er Mitarbeiter haben?«

»Man hat uns gebeten, ihm einen Assistenten beizustellen, Fran.«

»Männlich oder weiblich?«

»Ist noch zu entscheiden. Zwar nicht, nehme ich an, von der betreffenden Person selbst, aber das kann man heutzutage auch nicht so genau wissen.« Kichern.

»Welchen Rang bekleidet er?« Die Frage kam von Simon Pitt.

»Rang? Bei den *Freunden*, Simon? Sehr witzig. Ich sehe das so, daß ihre Stellung ein Rang für sich ist. Sie nicht? Da sind einmal *wir* alle. Und dann sind da *sie* alle. Wahrscheinlich sehen die das anders. Er ist Eton-Schüler. Komisch, was einem das Ministerium erzählt und was nicht. Aber wir sollten ihn nicht im Vorhinein verurteilen.«

Maltby war in Harrow zur Schule gegangen.

»Spricht er Spanisch?« Das war wieder Francesca.

»Angeblich fließend, Fran. Aber für mich besagen Sprachkenntnisse gar nichts, für Sie etwa? Einer, der sich in drei Sprachen zum Narren machen kann, ist für mich ein dreimal so großer Narr wie jemand, der mit einer Sprache auskommen muß.«

»Wann kommt er?« fragte Stormont.

»Freitag den dreizehnten natürlich. Soll heißen, der dreizehnte ist der Tag, den man mir für sein Eintreffen *genannt* hat.«

»Also heute in acht Tagen«, protestierte Stormont.

Der Botschafter reckte seinen langen Hals nach einem Kalender, auf dem die Queen in einem Federhut zu sehen war. »Tatsächlich? Nun ja. Sieht ganz so aus.«

»Ist er verheiratet?« fragte Simon Pitt.

»Nicht daß man wüßte, Simon.«

»Das heißt nein?« – wieder Stormont.

»Das heißt, man hat mir nicht gesagt, daß er es ist, und da er um eine Junggesellenwohnung gebeten hat, nehme ich an, daß er jedenfalls ohne irgendwelche Begleitung kommt.«

Maltby streckte die Arme zur Seite und knickte sie behutsam ein, bis seine Hände hinter dem Kopf zusammenfanden. Seine Gebärden waren oft bizarr, aber selten ohne Bedeutung. Mit dieser kündigte er das nahe Ende der Besprechung an; er wollte zum Golf.

»Es handelt sich übrigens um eine Dauerstellung, Nigel, also nichts Befristetes. Es sei denn, natürlich, er wird rausgeschmissen«, setzte er etwas lebhafter hinzu. »Fran, meine Liebe. Das Ministerium wird langsam nervös, man will den Entwurf für das Memorandum sehen, über das wir gesprochen haben. Könnten Sie wohl ein paar Überstunden dranhängen, oder sind die bereits verplant?«

Und wieder das gierige Lächeln, alt und traurig.

»Botschafter.«

»Ach, Nigel. Wie nett.«

Es war eine Viertelstunde später. Maltby legte gerade Papiere in seinen Safe. Stormont hatte ihn allein erwischt. Maltby war nicht sehr erfreut.

»Worüber soll Osnard eigentlich berichten? Das hat man Ihnen bestimmt gesagt. Sie können ihm doch keinen Blankoscheck ausgestellt haben.«

Maltby schloß den Safe, stellte die Kombination ein, erhob sich zu voller Größe und sah auf die Uhr.

»Doch, darauf läuft es so ziemlich hinaus. Wozu hätte ich mich weigern sollen? Die nehmen sich ja doch, was sie wollen. Das kann man nicht dem Außenministerium anlasten. Osnard wird von irgendeinem wichtigen interministeriellen Gremium unterstützt. Unmöglich, sich dem zu widersetzen.«

»Wie nennt sich das Gremium?«

»Planung & Anwendung. Ich hatte immer den Eindruck, wir beherrschen weder das eine noch das andere.«

»Wer führt den Vorsitz?«

»Niemand. Ich habe dieselbe Frage gestellt. Die Personalabteilung hat mir dieselbe Antwort gegeben. Ich soll ihn nehmen und dankbar sein. Und das empfehle ich Ihnen auch.«

Nigel Stormont sah in seinem Zimmer die eingegangene Post durch. Früher war er bekannt dafür gewesen, auch unter Druck Ruhe bewahren zu können. Nach dem Skandal in Madrid konnte man, wenn auch widerwillig, sein Verhalten nur als vorbildlich bezeichnen. Und es hatte ihm die Haut gerettet, denn als Stormont dem Leiter der Personalabteilung das obligatorische Rücktrittsgesuch übergab, war dieser durchaus geneigt, es anzunehmen, und konnte nur von noch höherer Stelle gebremst werden.

»Jaja. Neun Leben hat die Katze«, hatte der Personalchef in den Tiefen seines großen dunklen Palastes im ehemaligen India Office gemurmelt, weniger anerkennend als bereits mit Blick auf die Zukunft. »Dann werden Sie also nicht stempeln gehen. Sondern nach Panama. Sie Ärmster. Mit Maltby haben Sie bestimmt viel Spaß. Und in ein, zwei Jahren sprechen wir uns wieder, in Ordnung? Sind doch schöne Aussichten.«

Der Personalchef habe das Kriegsbeil zwar begraben, sagten die Witzbolde von Zimmer Drei, aber er habe sich genau gemerkt wo.

Andrew Osnard, wiederholte Stormont. Vogel. Zwei Osnarde flogen vorüber. Gully hat einen Osnard geschossen. Sehr witzig. Ein *Freund.* Einer *dieser* Freunde. Junggeselle. Spricht spanisch. Dauerstellung, falls er nicht wegen schlechten Benehmens vorzeitig entlassen wird. Rang unbekannt, alles unbekannt. Unser neuer Politischer Referent. Unterstützt von einem Gremium, das es nicht gibt. Beschlossene Sache, kommt in einer Woche mit geschlechtslosem Assistenten. Kommt, um was zu tun? Gegen wen? Um wen zu ersetzen? Einen gewissen Nigel Stormont? Das waren keine Hirngespinste, das war realistisch, auch wenn Paddys Husten ihm tatsächlich sehr große Sorgen machte.

Vor fünf Jahren wäre es undenkbar gewesen, daß man irgendeinen namenlosen Emporkömmling von der falschen Seite des Parks – ausgebildet, an Straßenecken herumzustehen und Briefumschläge mit Dampf zu öffnen – als geeigneten Ersatz für einen reinrassigen Botschaftsmitarbeiter von Stormonts Klasse angesehen hätte. Aber das war vor der Verschlankung des Staatshaushalts, vor der lautstark gepriesenen Rekrutierung von Managern aus der Wirtschaft, die den Auswärtigen Dienst am Kragen packen und ins 21. Jahrhundert zerren sollten.

Gott, wie er diese Regierung verabscheute. Klein England, AG. Geleitet von einem Team verlogener Hohlköpfe, die nicht mal in der Lage wären, eine Spielhalle in der hintersten Provinz zu leiten. Konservative, die, um ihre Macht zu konservieren, dem Land die letzte Glühbirne wegnehmen würden. Für die der Staatsdienst ein entbehrlicher Luxus war, entbehrlich wie das Überleben der Welt oder die Volksgesundheit, vom Auswärtigen Dienst schon ganz zu schweigen. Nein. Im gegenwärtigen Klima von Quacksalberei und Schnellschüssen war es ganz und gar nicht undenkbar, daß der Posten des Leiters der Kanzlei in Panama für überflüssig erklärt wurde, und Nigel Stormont gleich mit.

Warum zwei, wenn's auch einer tut? hörte er das Protestgeschrei der Berater von Planung & Anwendung, die selbst garantiert fünfunddreißigtausend im Jahr dafür einstrichen, daß sie einmal die Woche zusammenkamen. *Was brauchen wir einen für die saubere und einen anderen für die Drecksarbeit? Warum bringen wir nicht beides unter einen Hut? Wir fliegen diesen Osnard ein. Und sobald er die Sache im Griff hat, fliegen wir diesen Stormont aus. Eine Stelle eingespart! Einen Arbeitsplatz wegrationalisiert! Und dann leisten wir uns erst mal ein gutes Essen auf Kosten des Steuerzahlers.*

Die Personalabteilung wäre begeistert. Maltby auch.

Stormont durchstöberte die Regale in seinem Zimmer. Im *Who's Who* gab es keinen einzigen Osnard. Im *Debrett's* auch nicht. Und in *Die Vögel Großbritanniens,* nahm er an, schon gar nicht. Das Londoner Telefonbuch sprang von Osmotherly direkt zu Osner. Aber es war bereits vier Jahre alt. Er blätterte in ein paar alten Rotbüchern des Außenministeriums herum, suchte in den Einträgen der Botschaften spanischsprechender Länder nach einer Spur von Osnards

Vorleben. Nichts zu finden. Nichts Festes, nichts Flüchtiges. Er sah im Telefonverzeichnis von Whitehall unter Planung & Anwendung nach. Maltby hatte recht. Ein solches Gremium gab es nicht. Er rief Reg, den Verwaltungsreferenten, an und sprach mit ihm über die verflixte undichte Stelle im Dach seiner Mietwohnung.

»Immer wenn es regnet, muß Paddy mit Puddingschalen im Gästezimmer herumrennen, Reg«, beschwerte er sich. »Und es regnet verdammt oft.«

Reg lebte mit einer panamaischen Friseuse namens Gladys zusammen. Niemand hatte Gladys bisher gesehen, und Stormont vermutete, daß sie ein Junge war. Zum fünfzehntenmal diskutierten sie über den Bankrott der Baufirma, den anstehenden Prozeß und das wenig hilfreiche Verhalten der panamaischen Protokollabteilung.

»Reg, wie sieht es mit einem Büro für Mr. Osnard aus? Sollten wir das nicht mal besprechen?«

»Ich wüßte nicht, was es da noch zu besprechen gäbe, Nigel. Der Botschafter hat mir seine Anweisungen erteilt, und das wär's.«

»Und was für Anweisungen haben Seine Exzellenz zu erlassen geruht?«

»Er bekommt den Ostflügel, Nigel. Komplett. Gestern sind per Kurier die neuen Schlösser für seine Stahltür eingetroffen, die Schlüssel bringt Mr. Osnard selbst mit. In das alte Wartezimmer kommen Stahlschränke für seine Papiere, die Kombinationen stellt Mr. Osnard persönlich ein, schriftliche Aufzeichnungen werden nicht angefertigt, als ob wir das jemals tun würden. Und ich soll ihm jede Menge Mehrfachsteckdosen für seine ganze Elektronik besorgen. Er kann nicht zufällig kochen?«

»Ich weiß nicht, was er kann, Reg, aber Sie wissen's doch bestimmt.«

»Na ja, am Telefon macht er einen sehr netten Eindruck, Nigel, möchte ich mal sagen. Wie einer von der BBC, nur menschlicher.«

»Was soll das denn heißen?«

»Als erstes ging es um sein Auto. Er will einen Leihwagen nehmen, bis er seinen eigenen hat, und den soll ich ihm besorgen; er hat mir seinen Führerschein gefaxt.«

»Was für eine Marke?«

Reg kicherte. »Keinen Lamborghini, hat er gesagt, und auch kein Dreirad. Ein Auto, in dem er einen Bowler tragen könnte, falls er einen hätte, denn er ist ziemlich groß.«

»Was sonst noch?«

»Seine Wohnung, wie schnell wir sie für ihn fertighaben könnten. Wir haben was Wunderbares für ihn gefunden, jetzt muß ich nur noch zusehen, daß die Anstreicher pünktlich fertig werden. Oberhalb des Club Unión, habe ich ihm gesagt. Wenn Sie Lust haben, können Sie den Leuten auf die blaugetönten Haare und die Toupets spucken. Ich möchte nur wissen, wie's gestrichen werden soll. Weiß, sage ich, die Tönung können Sie sich aussuchen. Also? Jedenfalls weder rosa, sagt er, noch kanariengelb. Wie wär's mit einem schönen warmen Kamelkackbraun? Mußte lachen.«

»Wie alt ist er, Reg?«

»Du liebe Zeit, keine Ahnung. Alt, jung, was weiß ich.«

»Aber Sie haben doch jetzt seinen Führerschein, richtig?«

»*Andrew Julian Osnard*«, las Reg laut vor, er klang sehr aufgeregt. »*Geboren am 10. 1. 1970 in Watford.* Also, ich werd nicht mehr, da haben ja meine Eltern geheiratet.«

Stormont stand im Flur und zapfte sich einen Kaffee aus dem Automaten, als der junge Simon Pitt sich zu ihm schlich und ihm in der gewölbten Handfläche verschwörerisch ein Paßfoto hinhielt.

»Nun, was meinen Sie, Nigel? John Bull auf Safari oder eine übergewichtige Mata Hari in Männerkleidung?«

Das Foto zeigte einen wohlgenährten Osnard, beide Ohren sichtbar; Simon hatte es erhalten, damit er beim panamaischen Protokoll rechtzeitig zu Osnards Eintreffen dessen Diplomatenpaß ausstellen lassen konnte. Als Stormont das Foto betrachtete, schien für einen Augenblick seine ganze private Welt außer Kontrolle zu geraten: die Unterhaltszahlungen an seine Exfrau, viel zu hoch, aber er hatte darauf bestanden; Claires Studium, Adrians Wunsch, Jura zu studieren; sein heimlicher Traum von einem Bauernhaus auf einem Hügel an der Algarve, mit Olivenbäumen und Sonne im Winter und trockenem Klima für Paddys Husten. Und die volle Pension, ohne die sich dieser Traum nicht verwirklichen ließ.

»Macht doch einen ganz netten Eindruck«, gab er zu, wie es seinem angeborenen Anstand entsprach. »Die Augen sehen recht vielversprechend aus. Könnte lustig werden.«

Paddy hat recht, dachte er. Ich hätte nicht die ganze Nacht bei ihr wachen sollen. Ich hätte besser auch etwas geschlafen.

Montag mittag aß Stormont immer, als eine Art Trost nach dem Morgengebet, im Pavo Real mit Yves Legrand, seinem Kollegen von der Französischen Botschaft; beide debattierten gern und liebten gutes Essen.

»Ach, übrigens, erfreuliche Neuigkeiten: Wir bekommen endlich einen Neuen«, sagte Stormont, nachdem Legrand ihm ein paar vertrauliche Mitteilungen gemacht hatte, die aber an seine nicht herankamen. »Junger Bursche. Etwa in Ihrem Alter. Von der politischen Abteilung.«

»Werde ich mit ihm auskommen?«

»Das wird jeder«, sagte Stormont fest.

Stormont saß kaum wieder an seinem Schreibtisch, als Fran ihn über die Hausleitung anrief

»Nigel. Was ganz Erstaunliches. Raten Sie mal.«

»Muß das sein?«

»Sie kennen doch Miles, meinen verrückten Halbbruder?«

»Nicht persönlich, aber ich kann mir was drunter vorstellen.«

»Jedenfalls wissen Sie ja, daß Miles in Eton war.«

»Nein, aber jetzt weiß ich's.«

»Na ja, Miles hat heute Geburtstag, und da habe ich ihn angerufen. Und stellen Sie sich vor, er war im selben Haus wie Andy Osnard! Er sagt, er ist absolut *reizend,* ein bißchen dick, ein bißchen undurchsichtig, aber ein ungeheuer guter Sportler damals. Man hat ihn wegen unzüchtigen Verhaltens rausgeschmissen.«

»*Wes*wegen?«

»Weil er was mit Mädchen hatte, Nigel. Hätte er was mit Jungen gehabt, wäre er *wegen* perversen Verhaltens rausgeschmissen worden. Miles sagt, wahrscheinlich habe er auch sein Schulgeld nicht bezahlt. Er weiß nicht mehr, was ihn zuerst erwischt hat, die Mädchen oder der Zahlmeister.«

Im Aufzug traf Stormont Gulliver, der gravitätisch eine Aktentasche im Arm hielt.

»Heut abend was Ernstes vor, Gully?«

»Leicht knifflige Sache, Nigel. Werde sehr viel Fingerspitzengefühl brauchen, um ehrlich zu sein.«

»Na, dann passen Sie gut auf«, riet ihm Stormont entsprechend ernst.

Gulliver war kürzlich von einer von Phoebe Maltbys Bridge-Partnerinnen am Arm einer hinreißend schönen Bürgerin Panamas gesichtet worden. Höchstens zwanzig, hatte die Bridge-Spielerin geschätzt, und schwarz wie dein Hut, meine Liebe. Phoebe hatte sich vorgenommen, ihren Mann zu einem geeigneten Zeitpunkt davon in Kenntnis zu setzen.

Paddy lag schon im Bett. Stormont hörte sie husten, als er nach oben ging.

Klingt so, als würde ich allein zu den Schoenbergs müssen, dachte er. Die Schoenbergs waren Amerikaner und kultivierte Leute. Elsie, eine tüchtige Anwältin, flog ständig nach Miami und führte dramatische Prozesse. Paul war beim CIA, und einer von denen, die nicht wissen durften, daß Andrew Osnard ein *Freund* war.

8

»Pendel. Zum Präsidenten bestellt.«

»Wer?«

»Sein Schneider. Ich.«

Der Palast der Reiher steht im Herzen der Altstadt auf einer Landzunge gegenüber von Punta Paitilla. Wer von der anderen Seite der Bucht aus dorthin fährt, gerät aus einem Inferno von Neubauten in die verkommene Eleganz dreihundert Jahre alter spanischer Kolonialarchitektur. Der Palast ist von grauenhaften Slums umgeben, deren Existenz man jedoch durch sorgfältige Wahl der Fahrtroute ignorieren kann. An diesem Morgen spielte vor dem alten Eingangsportal eine feierliche Blaskapelle Melodien von Strauß, Zuhörer waren eine Reihe leerer Diplomatenautos und etliche Polizeimotorräder. Die Musiker trugen weiße Helme, weiße Uniformen und weiße Handschuhe. Ihre Instrumente schimmerten wie Weißgold. Von der unzulänglichen Markise, unter der sie standen, liefen ihnen Ströme von Regenwasser in den Kragen. Die Doppelturen wurden von schlechtgeschnittenen blaugrauen Anzügen bewacht.

Andere weißbehandschuhte Hände nahmen Pendels Koffer und schickten ihn durch einen elektronischen Scanner. Ihn selbst winkte man zu einem Gerüst, und als er darauf stand, fragte er sich, ob Spione in Panama erschossen oder gehängt wurden. Die behandschuhten Hände gaben ihm den Koffer zurück. Das Gerüst erklärte ihn für harmlos. Der große Geheimagent hatte Zutritt zur Zitadelle erhalten.

»Hier entlang, bitte«, sagte ein riesiger schwarzer Gott.

»Ich weiß«, sagte Pendel stolz.

Aus einem Marmorbrunnen in der Mitte einer weiten Marmorfläche stieg eine Fontäne auf. Milchweiße Reiher stelzten durch den Gischt und hackten nach allem, was ihnen gefiel. Andere blickten aus ebenerdigen Wandkäfigen finster auf die Vorübergehenden. Und das mit gutem Recht, fand Pendel, als er an die Geschichte dachte, die Hannah angeblich mehrmals die Woche zu hören bekam. Als Jimmy Carter 1977 nach Panama kam, um den neuen Kanalvertrag zu ratifizieren, sprühten Geheimdienstleute den Palast mit einem Desinfektionsmittel aus, das Präsidenten schützte, Reiher jedoch tötete. In einer streng geheimen Krisenoperation wurden die Kadaver beseitigt und im Schutz der Dunkelheit lebender Ersatz aus Chitré eingeflogen.

»Ihr Name, bitte?«

»Pendel.«

»Ihr Anliegen, bitte?«

Während er wartete, mußte er an die Bahnhöfe seiner Kindheit denken: zu viele große Leute, die in zu vielen Richtungen an ihm vorbeihasteten, und sein Koffer stand immer im Weg. Eine freundliche Dame sprach ihn an. Er drehte sich zu ihr um, dachte, es sei Marta, so schön war ihre Stimme. Dann fiel Licht auf ihr Gesicht, und es war nicht zerstört, und das Schildchen an ihrer Pfadfinderuniform sagte ihm, daß sie Helen hieß und dem Jungfrauenkorps des Präsidenten angehörte.

»Ist er schwer?« fragte sie.

»Leicht wie eine Feder«, versicherte er höflich und wies ihre jungfräuliche Hand von sich.

Pendel folgte ihr die breite Treppe hinauf und geriet aus dem Glanz des Marmors in tiefrotes Mahagonidunkel. Auch hier standen schlechte Anzüge mit Kopfhörern und musterten ihn aus säulengeschmückten Portalen. Die Jungfrau bemerkte, er habe einen hektischen Tag erwischt.

»Wenn der Präsident zurückkommt, geht es hier *immer* hektisch zu«, sagte sie und hob den Blick gen Himmel, wo sie lebte.

Fragen Sie nach den fehlenden Stunden in Hongkong, hatte Osnard gesagt. *Und was er in Paris getrieben hat. Männer vernascht oder Verschwörungen ausgeheckt?*

»Bis hierhin befinden wir uns unter kolumbianischer Herrschaft«, erklärte die Jungfrau und wies mit ihrer makellosen Hand auf Reihen von Porträts früherer panamaischer Gouverneure. »Von dort an unter den Vereinigten Staaten. Bald befinden wir uns unter uns selbst.«

»Großartig«, sagte Pendel begeistert. »Ist auch höchste Zeit.«

Sie kamen in eine holzvertäfelte Halle, die aussah wie eine Bibliothek ohne Bücher. Der süßliche Geruch von Bohnerwachs stieg ihm in die Nase. Am Gürtel der Jungfrau ertönte ein Piepser. Er war allein.

Riesige Lücken in seinem Programm. Finden Sie heraus, was er in den fehlenden Stunden gemacht hat.

Und blieb allein, stand da und klammerte sich an seinen Koffer. Die gelb bezogenen Stühle an den Wänden waren zu zierlich, als daß ein Sträfling darauf hätte Platz nehmen dürfen. Wenn einer kaputtginge! Sofort zurück ins Gefängnis! Tage werden zu Wochen, aber wenn Harry Pendel eines weiß, dann dies: wie man Zeit herumkriegt. Wenn es sein muß, wird er hier mit dem Koffer in der Hand für den Rest seines Lebens stehen und darauf warten, daß sein Name aufgerufen wird.

Hinter ihm wurde eine große Flügeltür aufgestoßen. Ein Sonnenstrahl fiel in den Raum, begleitet von hastigen Schritten und harten Männerstimmen. Sorgfältig bedacht, jede respektlose Bewegung zu vermeiden, duckte sich Pendel unter einen feisten Gouverneur aus der kolumbianischen Periode und machte sich klein, bis er einer Wand glich, von der sich ein Koffer abhob.

Der anrückende Haufen war zwölf Mann stark und polyglott. Spanische, japanische und englische Satzfetzen übertönten das Getrappel drängender Schritte auf dem Parkett. Der Trupp bewegte sich im Politikertempo: viel Hektik und Umstände, dazu ein Geschnatter wie von Schulkindern, die endlich aus der Stunde Nachsitzen entlassen sind. Einheitlich in dunkle Anzüge gekleidet, der Tonfall selbstbeweihräuchernd, wie Pendel bemerkte, als die Gruppe in Keilformation herandonnerte. An der Spitze, einen halben Meter über dem Boden, schwebte eine überlebensgroße Verkörperung des Sonnenkönigs persönlich, der Alles Erfüllende, der Leuchtende, der Göttliche Herr der Fehlenden Stunden, der ein schwarzes Jackett und gestreifte Hosen von P & B und ein Paar schwarze kalbslederne Straßenschuhe aus dem Hause Ducker trug.

Ein rosiger Hauch, teils heiligmäßig, teils gastronomisch, lag auf den Wangen des Präsidenten. Sein voller Haarschopf war silberweiß, die Lippen schmal und rosa und feucht, wie frisch von der Mutterbrust gerissen. Die hübschen kornblumenblauen Augen strahlten im Nachglanz erfolgreich geführter Verhandlungen. Vor Pendel angekommen, hielt der ganze Haufen ungeordnet an, und es kam zu einigem Hin und Her und Geschiebe in den Reihen, bis wieder eine gewisse Ordnung hergestellt war. Seine Erhabenheit tat einen Schritt nach vorn und drehte sich zu den Gästen um. Ein Berater mit dem Namensschild Marco stellte sich an die Seite seines Herrn. Zu ihnen trat eine Jungfrau in Pfadfinderuniform. Sie hieß nicht Helen, sondern Juanita.

Einer nach dem anderen wagten sich die Gäste vor und reichten dem Unsterblichen die Hand zum Abschied. Seine Prächtigkeit hatte für jeden ein aufmunterndes Wort. Wenn er jedem ein schön verpacktes Geschenk mit auf den Heimweg gegeben hätte, wäre Pendel nicht überrascht gewesen. Unterdessen wird der große Spion von Ängsten wegen des Inhalts seines Koffers gequält. Was, wenn die Näherinnen den falschen Anzug eingepackt haben? Er sieht sich, wie er den Deckel aufklappt und Hannahs Phantasiekostüm zum Vorschein kommt, das die Kuna-Frauen für Carlita Rudds Geburtstagsfeier zusammengestellt haben: ein geblümter Glockenrock, ein Rüschenhut und blaue Pantalons. Er möchte unbedingt noch einmal nachsehen, traut sich aber nicht. Die Verabschiedungen gingen weiter. Zwei der Gäste waren Japaner und entsprechend klein. Der Präsident war es nicht. Bei ihnen mußte er sich bücken.

»Also abgemacht. Am Samstag auf dem Golfplatz«, versprach Seine Hoheit in dem neutralen Tonfall, den seine Kinder so liebten. Ein japanischer Gentleman bog sich jäh vor Lachen.

Andere Glückliche wurden auserwählt – »Marcel, danke für Ihre Unterstützung, wir sehen uns dann in Paris! Paris im Frühling!« – »Don Pablo, vergessen Sie nicht, Ihren erlauchten Präsidenten von mir zu grüßen, und sagen Sie ihm, ich würde das Gutachten seiner Nationalbank zu schätzen wissen –«, bis der letzte der Gruppe gegangen, die Tür geschlossen, der Lichtstrahl verschwunden und außer Seiner Unermeßlichkeit niemand mehr übrig war als ein salbungsvoller Berater namens Marco und die Jungfrau Juanita. Und eine Wand mit einem Koffer.

Das Trio wandte sich um und schritt mit dem Sonnenkönig in der Mitte durch den Raum. Ziel war das Allerheiligste des Präsidenten. Die Türen dazu befanden sich keinen Meter von Pendel entfernt. Er setzte ein Lächeln auf und machte, den Koffer in der Hand, einen Schritt nach vorn. Das silberne Haupt hob sich und blickte in seine Richtung, aber die kornblumenblauen Augen sahen nur die Wand. Das Trio rauschte an ihm vorbei, die Tür des Allerheiligsten fiel zu. Marco kam zurück.

»Sind Sie der Schneider?«

»Das bin ich, Señor Marco, und stehe Seiner Exzellenz zu Diensten.«

»Warten Sie.«

Pendel wartete, wie alle es tun müssen, die nur auf Abruf zur Verfügung stehen. Jahre verstrichen. Dann ging die Tür wieder auf.

»Machen Sie schnell«, befahl Marco.

Fragen Sie nach den fehlenden Stunden in Paris, Tokio und Hongkong.

In einer Ecke des Zimmers hat man einen geschnitzten goldenen Wandschirm aufgestellt. Vergoldete Gipsleisten zieren die durchbrochenen Ecken. Goldene Rosen ranken sich um die Stangen. Im Gegenlicht des Fensters steht seine Transparenz königlich im schwarzen Jackett und der gestreiften Hose vor dem Wandschirm. Die Handfläche des Präsidenten ist so weich wie die einer alten Dame, nur größer. Als er die seidigen Polster berührt, muß Pendel an seine Tante Ruth denken, wie sie das Hühnerfleisch für die Sonntagssuppe hackte, während Benny am Klavier »Celeste Aida« sang.

»Willkommen daheim, Sir, nach Ihrer beschwerlichen Reise«, quetscht Pendel halb erstickt hervor.

Aber es bleibt ungewiß, ob der Größte Aller Staatenlenker die ganze Bedeutung dieser strangulierten Begrüßung überhaupt wahrnimmt, denn Marco hat ihm ein schnurloses rotes Telefon gereicht, in das er bereits hineinspricht.

»Franco? Lassen Sie mich damit in Ruhe. Sagen Sie ihr, sie soll sich einen Anwalt nehmen. Wir sehen uns heute abend auf dem Empfang. Sprechen Sie mich dann darauf an.«

Marco trägt das rote Telefon weg. Pendel öffnet seinen Koffer. Kein Phantasiekostüm, sondern ein halbfertiger Frack mit diskret verstärkten Brusteinsätzen, die das Gewicht der zwanzig Orden tragen sollen, ruht wohlgefaltet in dem mit parfümiertem Tuch ausgeschlagenen Sarg. Die Jungfrau zieht sich schweigend zurück, als der Herr der Welt hinter den goldenen Wandschirm mit den verspiegelten Innenseiten tritt. Der kunstvolle Gegenstand steht schon lange im Palast. Das von seinem Volk so geliebte Silberhaupt verschwindet und taucht wieder auf, als der Präsident die Hose auszieht.

»Wenn Seine Exzellenz die Güte hätten«, murmelt Pendel.

Eine Präsidentenhand erscheint am Rand des goldenen Wandschirms. Pendel legt die geheftete schwarze Hose über den Präsidentenarm. Arm und Hose verschwinden. Telefone klingeln. Fragen Sie nach den fehlenden Stunden.

»Der spanische Botschafter, Exzellenz«, ruft Marco vom Schreibtisch. »Er bittet um eine Privataudienz.«

»Sagen Sie ihm: morgen abend nach den Taiwanesen.«

Pendel steht dem Herrn des Universums auf Tuchfühlung gegenüber: dem Großmeister am politischen Schachbrett Panama, dem Mann, der die Schlüssel zu einem der zwei wichtigsten Verkehrswege der Welt in der Hand hält, der über die Zukunft des Welthandels und das globale Gleichgewicht der Kräfte im 21. Jahrhundert entscheiden kann. Als Pendel zwei Finger in den Hosenbund des Präsidenten schiebt, verkündet Marco den nächsten Anrufer, einen gewissen Manuel.

»Sagen Sie ihm: Mittwoch«, entgegnet der Präsident über den Wandschirm hinweg.

»Vor- oder nachmittags?«

»Nachmittags«, antwortet der Präsident.

Sein Taillenumfang ist schwer zu fassen. Wenn die Hose im Schritt richtig sitzt, ist sie zu lang. Als Pendel sie hochzieht, kommen die Unterschenkel über den Seidensöckchen des Präsidenten zum Vorschein, und einen Augenblick lang sieht der große Mann wie Charlie Chaplin aus.

»Manuel sagt, nachmittags geht, aber dann höchstens über neun Löcher«, gibt Marco seinem Gebieter streng zu bedenken.

Plötzlich regt sich nichts mehr. Mitten in der Hektik hat sich, wie Pendel es Osnard gegenüber formulierte, ein wundersamer Friede auf das Allerheiligste gesenkt. Niemand spricht. Weder Marco noch der Präsident noch eins seiner vielen Telefone. Der große Spion liegt auf den Knien und steckt das linke Hosenbein des Präsidenten ab, aber sein Kopf läßt ihn nicht im Stich.

»Gestatten Euer Exzellenz mir die Frage, ob Euer Exzellenz auf Ihrer so erfolgreichen Fernostreise auch Gelegenheit hatten, sich zu entspannen, Sir? Vielleicht ein wenig Sport? Ein Spaziergang? Ein bißchen Shopping, wenn ich mir die Frage erlauben darf?«

Und immer noch läutet kein Telefon, nichts stört den wundersamen Frieden, während der Hauptakteur im globalen Machtpoker seine Antwort bedenkt.

»Zu eng«, erklärt er. »Das ist viel zu eng, Mr. Braithwaite. Warum laßt ihr Schneider eurem Präsidenten keine Luft zum Atmen?«

»Harry«, sagt er zu mir, also diese Parks in Paris! Wenn es nach mir ginge, könnte es so was auch in Panama geben, wenn wir bloß nicht diese Immobilienmakler und Kommunisten hätten.«

»Moment.« Osnard blätterte in seinem Notizbuch um und schrieb hastig weiter.

Sie saßen im vierten Stock eines Stundenhotels, das Paraiso hieß und in einem belebten Stadtviertel lag. Eine Coca-Cola-Leuchtreklame auf der anderen Straßenseite tauchte das Zimmer abwechselnd in rotes Flackern und Finsternis. Auf dem Flur drängten sich Pärchen, die kamen und gingen. Durch die Zimmerwände drang wütendes oder lustvolles Stöhnen und das schneller werdende Stoßen gieriger Leiber.

»Das hat er nicht gesagt«, meinte Pendel vorsichtig. »Jedenfalls nicht wörtlich.«

»Bitte nichts ausschmücken. Geben Sie's genau so wieder, wie er's gesagt hat.« Osnard befeuchtete einen Daumen und blätterte um.

Pendel sah Dr. Johnsons Sommerhaus in Hampstead Heath, damals, als er mit Tante Ruth wegen der Azaleen dorthin gegangen war.

»›Harry‹, sagt er zu mir, ›dieser Park in Paris, wenn mir doch nur der Name einfiele. Da gab es eine kleine Hütte mit Holzdach, nur wir waren da und die Leibwächter und die Enten.‹ Der Präsident liebt die Natur. ›Und dort, in dieser Hütte, haben wir Geschichte gemacht. Und wenn alles nach Plan verläuft, wird eines Tages an der Holzwand eine Tafel angebracht, die der ganzen Welt verkündet, daß an dieser Stelle über den künftigen Wohlstand, das Wohlergehen und die Unabhängigkeit des dann endlich selbständigen Staates Panama entschieden wurde; dazu das Datum.‹«

»Mit wem hat er denn da gesprochen? Waren das Japaner, Franzosen, Chinesen? Er hat ja wohl nicht allein da gesessen und mit den Blumen geredet?«

»Nicht direkt, Andy. Es gab da gewisse Andeutungen.«

»Berichten Sie …«, wieder leckte er an seinem Daumen, man hörte ein leises Schmatzen.

»Harry, verstehen Sie mich nicht falsch, wenn ich so was sage, aber das klare Denken der Asiaten war wirklich eine Offenbarung für mich, und die Franzosen sind auch nicht ohne.«

»Hat er gesagt, was für Asiaten?«

»Nicht direkt.«

»Japaner? Chinesen? Malaien?«

»Andy, ich fürchte, Sie versuchen mir etwas einzuflüstern, woran ich vorher noch gar nicht gedacht hatte.«

Kein Geräusch, nur das Brüllen des Verkehrs, das Klappern und Rauschen der Klimaanlage und die Konservenmusik, die das übertönte. Und spanische Schreie, noch lauter als die Musik. Osnards Kugelschreiber jagte über die Seiten seines Notizbuchs.

»Und Marco hat was gegen Sie?«

»Schon immer, Andy.«

»Warum?«

»Die Höflinge im Palast sehen's nicht gern, wenn irgendwelche hergelaufenen Schneider intime Plauderstündchen mit ihren Chefs genießen, Andy. Oder wenn der Chef zu ihnen sagt: ›Marco, Mr. Pendel und ich haben seit Ewigkeiten nicht mehr miteinander gesprochen, wir haben eine Menge nachzuholen, also seien Sie so gut und warten Sie bitte draußen vor der Tür, bis ich Sie wieder reinrufe ...‹, so was hört niemand gern.«

»Ist er schwul?«

»Nicht daß ich wüßte, Andy, aber ich habe ihn nicht danach gefragt, und es geht mich auch nichts an.«

»Laden Sie ihn mal zum Essen ein. Verwöhnen Sie ihn, geben Sie ihm Rabatt auf einen neuen Anzug. So einen sollten wir besser auf unserer Seite haben. Hat er irgendwas von traditionellen antiamerikanischen Stimmungen gesagt, die unter den Japanern wieder wach werden?«

»Kein Wort, Andy.«

»Daß die Japaner die nächste Supermacht der Welt sind?«

»Nein, Andy.«

»Daß sie die natürlichen Führer der aufstrebenden Industrieländer sind? – auch nicht? Irgendwas über die Animosität zwischen Japanern und Amerikanern? – Daß Panama nur die Wahl zwischen dem Teufel und Beelzebub hat? – Daß der Präsident sich wie der Schinken im Sandwich vorkommt – irgendwas in der Richtung? – nein?«

»Nichts, was über das Übliche hinausgegangen wäre, Andy, nicht in bezug auf Japan. Nein. Oder doch, Andy, eine Anspielung fällt mir jetzt ein, wenn ich so darüber nachdenke.«

Osnard belebte sich.

»›Harry‹, sagt er zu mir, ›ich bete nur darum, daß ich niemals, niemals mehr gleichzeitig mit Japanern und Amis an einem Tisch sitzen muß, denn wie Sie leider an meinen grauen Haaren erkennen können, hat es mich Jahre meines Lebens gekostet, den Frieden zwischen den beiden Seiten aufrechtzuerhalten.‹ Dabei bin ich mir ehrlich gesagt nicht so sicher, ob das alles seine eigenen Haare sind. Ich nehme an, er hat da etwas nachgeholfen.«

»Er war wohl ziemlich redselig?«

»Andy, es ist nur so aus ihm rausgeströmt. Kaum war er hinter dem Wandschirm verschwunden, war er nicht mehr zu bremsen. Und wenn er erst einmal von Panama als dem Spielball der ganzen Welt anfängt, geht der ganze Vormittag dabei drauf.«

»Und was war mit den fehlenden Stunden in Tokio?«

Pendel schüttelte den Kopf. Bedächtig. »Tut mir leid, Andy. Davor müssen wir einen Schleier ziehen«, sagte er und wandte den Blick stoisch ablehnend zum Fenster.

Osnards Kuli hielt mitten im eifrigen Schreiben inne. Die Coca-Cola-Reklame gegenüber schaltete sich ein und aus.

»Was ist denn nun los?« fragte er.

»Er ist mein dritter Präsident, Andy«, sagte Pendel zum Fenster.

»Und?«

»Und deshalb tu ich's nicht. Ich kann nicht.«

»Scheiße, was können Sie nicht?«

»Es mit meinem Gewissen vereinbaren. Das auszuplaudern.«

»Sind Sie von Sinnen? Mann, das ist pures Gold wert. Das gibt eine dicke Extraprämie. Was hat der Präsident von den fehlenden Stunden in Japan erzählt, als er seine blöde Hose anprobiert hat? Raus damit!«

Pendel mußte lange in sich gehen, ehe er seine Skrupel überwinden konnte. Aber es gelang ihm. Seine Schultern sanken herab, er wurde locker, sein Blick kehrte ins Zimmer zurück.

»›Harry‹, sagt er zu mir, ›falls Ihre Kunden Sie jemals fragen, warum ich in Tokio so wenig auf dem Terminkalender hatte, können Sie ihnen gern erzählen, daß ich, während meine Frau in Begleitung der Kaiserin eine Seidenfabrik besichtigt hat, zum erstenmal in meinem Leben eine Japanerin flachgelegt habe‹ – ich selbst würde einen solchen Ausdruck, wie Sie sich denken können, niemals verwenden, Andy, weder im Laden noch zu Hause –, ›denn dadurch, Harry, mein Freund‹, sagt er zu mir, ›werden meine Aktien in gewissen Kreisen hier in Panama steigen und gleichzeitig andere Elemente auf die falsche Fährte gelockt, was die wahre Natur meiner Aktivitäten betrifft und die Geheimgespräche, die ich nebenher geführt habe, und zwar ausschließlich zum Besten Panamas, was auch immer manche Leute denken mögen.‹«

»Wie hat er das denn gemeint?«

»Es ging um gewisse gegen ihn gerichtete Drohungen, die man nicht publik gemacht hat, um die Öffentlichkeit nicht zu beunruhigen.«

»*Seine* Worte, Harry, mein Lieber, bitte! Sie reden ja wie der *Guardian* an einem verregneten Montag.«

Pendel blieb gelassen.

»Es gab keine *Worte,* Andy. Nicht direkt. *Worte* hat es dazu nicht gebraucht.«

»Erklären Sie das«, sagte Osnard, während er notierte.

»Der Präsident wünscht für jeden seiner Anzüge eine zusätzliche Spezialtasche, die innen links eingefügt werden soll, was natürlich absolut geheim bleiben muß. Marco wird mir die Länge des Laufs noch mitteilen. ›Harry‹, sagt er, ›glauben Sie nicht, daß ich mich aufspiele, und verraten Sie keinem was davon. Was ich für dieses junge aufstrebende Land, mein geliebtes Panama, zu unternehmen bereit bin, wird Blut kosten. Mehr will ich nicht sagen.‹«

Aus der Straße unten schallte wie zum Hohn das dämliche Gelächter von Betrunkenen zu ihnen hoch.

»Das gibt eine fette Sonderzahlung«, sagte Osnard und klappte das Notizbuch zu. »Was gibt's Neues von Bruder Abraxas?«

Dieselbe Bühne, andere Kulissen. Osnard hatte einen wackligen Schlafzimmerstuhl aufgetrieben und sich rittlings daraufgesetzt, die Rückenlehne zwischen den gespreizten dicken Oberschenkeln.

»Die sind schwer auszurechnen, Andy«, sagte Pendel bedeutsam. Die Hände auf dem Rücken, ging er auf und ab.

»Von wem reden Sie?«

»Von der Stillen Opposition.«

»Das kann man wohl sagen.«

»Die lassen sich nicht in die Karten blicken.«

»Was soll das bloß? Sind doch Demokraten, oder? Warum so schüchtern? Warum gehen sie nicht raus und trommeln die Studenten zusammen? Warum nennen die sich *still*?«

»Sagen wir einfach, Noriega hat ihnen eine heilsame Lektion erteilt, und das nächstemal nehmen sie so etwas nicht widerspruchslos hin. Mickie wird sich von niemand mehr ins Gefängnis werfen lassen.«

»Mickie ist der Anführer, richtig?«

»Moralisch und praktisch ist Mickie der Anführer, Andy, auch wenn er selbst das niemals zugeben würde, genau wie seine stillen Anhänger oder die Studenten niemals zugeben würde, daß er Kontakt zu ihnen oder seinen Leuten auf der anderen Seite der Brücke hat.«

»Und Rafi finanziert das alles.«

»Von Anfang an.« Pendel wandte sich ins Zimmer zurück.

Osnard nahm das Notizbuch vom Schoß, legte es auf die Stuhllehne und begann wieder zu schreiben. »Gibt's irgendwo eine Mitgliederkartei? Ein Manifest? Irgendwelche Prinzipien? Einen gemeinsamen Nenner?«

»Erstens, sie wollen das Land in Ordnung bringen.« Pendel ließ Osnard Zeit zum Schreiben. Er hörte Marta, er liebte sie. Er sah Mickie, nüchtern und wiederhergestellt in einem neuen Anzug. Vor loyalem Stolz schwoll ihm die Brust. »Zweitens, sie wollen Panamas Identität als unabhängige junge Demokratie für den Zeitpunkt festigen, wenn unsere amerikanischen Freunde endlich das Ruder aus der Hand geben und das Land verlassen, falls sie das jemals tun, was noch sehr zu bezweifeln ist. Drittens, sie wollen Bildung für die Armen und Notleidenden, Krankenhäuser, höhere Beihilfen für Studenten und eine Politik, die besonders die armen Reisbauern und Garnelenfischer unterstützt und die das Vermögen des Landes, vor allem den Kanal, nicht einfach an den Höchstbietenden verkauft.«

»Also richtige Linke, wie?« meinte Osnard, der jetzt, nachdem er das alles notiert hatte, mit seinem kleinen Kußmäulchen an der Plastikkappe seines Kulis lutschte.

»Nicht linker, als anständig und zuträglich ist, Andy. Gewiß, Mickie neigt ein wenig nach links. Aber er hat sich Mäßigung auf die Fahne geschrieben, und im übrigen hat er für Castros Kuba oder die Kommunisten überhaupt gar keine Zeit, und Marta auch nicht.«

Osnard schnitt Grimassen, während er schrieb. Pendel beobachtete ihn mit wachsender Besorgnis und überlegte, wie er ihn bremsen könnte.

»Ich habe einen ziemlich guten Witz über Mickie gehört, falls es Sie interessiert. Er ist *in vino veritas,* nur umgekehrt. Je mehr er trinkt, desto stiller wird seine Opposition.«

»Aber wenn er nüchtern ist, erzählt unser Mickie Ihnen eine ganze Menge, stimmt's? Mit manchen von den Sachen, die er Ihnen erzählt hat, könnten Sie ihn an den Galgen bringen.«

»Er ist mein Freund, Andy. Ich bringe meine Freunde nicht an den Galgen.«

»Ein *guter* Freund. Und Sie sind ihm auch ein *guter Freund* gewesen. Vielleicht sollten Sie da mal was draus machen.«

»Zum Beispiel?«

»Ihn anheuern. Einen ehrlichen Spion aus ihm machen. Ihn auf die Lohnliste setzen.«

»*Mickie?*«

»Ist doch keine große Sache. Erzählen Sie ihm, Sie hätten einen wohlhabenden Philanthropen kennengelernt, der seinen Kampf bewundert und ihm gern unter die Arme greifen würde, natürlich ganz diskret. Sie brauchen nicht zu sagen, daß er Brite ist. Sagen Sie, es sei ein Ami.«

»*Mickie,* Andy?« flüsterte Pendel ungläubig. »›Mickie, willst du als Spion arbeiten?‹ Ich soll zu Mickie gehen und ihn das fragen?«

»Warum nicht? Sie kriegen ja Geld dafür. Dicker Mann, dicke Prämie«, sagte Osnard, als verkünde er ein unwiderlegbares Gesetz der Spionage.

»Mit einem Ami würde Mickie nichts zu tun haben wollen«, sagte Pendel, dem Osnards ungeheuerliches Ansinnen sehr zu schaffen machte. »Die Invasion ist ihm schwer nahegegangen. Er nennt das Staatsterrorismus, und er spricht dabei nicht von Panama.«

Osnard benutzte den Stuhl als Schaukelpferd, bewegte ihn mit seinem breiten Hintern vor und zurück.

»London hat Sie ins Herz geschlossen, Harry. So was kommt nur selten vor. Daß Sie ein ausgewachsenes Netzwerk aufbauen, das alles abdeckt. Ministerien, Studenten, Gewerkschaften, die Nationalversammlung, den Präsidentenpalast, den Kanal und noch mal den Kanal. Für diese verantwortungsvolle Tätigkeit bekommen Sie Zuschüsse, Sonderzahlungen, großzügige Prämien und eine Gehaltserhöhung, damit Sie Ihre Schulden abzahlen können. Wenn Sie Abraxas und seine Gruppe an Bord holen, sind wir praktisch am Ziel.«

»*Wir,* Andy?«

Osnards Kopf blieb gyroskopisch unbewegt, während sein Oberkörper weiterschaukelte; und da er die Stimme jetzt gesenkt hatte, klang sie um so lauter.

»Wir beide, ich an Ihrer Seite. Als Ratgeber, Philosoph und Freund. Allein ist das nicht zu schaffen. Das kann kein Mensch. Einfach zu viel.«

»Ich danke Ihnen, Andy. Das ist sehr ehrenwert.«

»Die sekundären Quellen werden selbstverständlich auch bezahlt. Egal wie viele Sie anheuern. Wir könnten einen Haufen Geld kassieren. Das heißt: Sie. Solange das Kosten-Nutzen-Verhältnis stimmt. Was stört Sie da noch?«

»Ganz und gar nichts, Andy.«

»Und?«

Mickie ist mein Freund, dachte er. Mickie hat schon genug Widerstand geleistet, er hat das nicht mehr nötig. Weder heimlich noch sonstwie.

»Ich werde darüber nachdenken, Andy.«

»Fürs Denken werden wir nicht bezahlt, Harry.«

»Trotzdem, Andy, so bin ich nun mal.«

Osnard hatte sich für diesen Abend noch etwas vorgenommen, aber das bekam Pendel nicht gleich mit, denn er dachte jetzt an einen Gefängniswärter namens Friendly, der die hohe Kunst beherrscht hatte, einem den Ellbogen in die Eier zu rammen. An den erinnerst du mich, dachte er. Friendly.

»Donnerstags bringt Louisa doch immer Arbeit mit nach Hause, stimmt's?«

»Donnerstags, ganz recht, Andy.«

Osnard hob nacheinander die Schenkel von seinem Schaukelpferd, wühlte in einer Tasche und zog ein prunkvoll vergoldetes Feuerzeug hervor.

»Geschenk von einem reichen arabischen Kunden«, sagte er und hielt es Pendel hin, der in der Mitte des Zimmers stand. »Londons ganzer Stolz. Probieren Sie's mal aus.«

Pendel drückte auf den Hebel, und es ging an. Er ließ den Hebel los, und die Flamme ging aus. Er wiederholte den Vorgang zweimal. Osnard nahm das Feuerzeug wieder entgegen, fummelte an der Unterseite herum und gab es ihm zurück.

»Jetzt spinxen Sie mal durchs Objektiv«, verlangte er stolz wie ein Zauberer.

Martas winzige Wohnung war Pendels Dekompressionskammer auf dem Weg von Osnard nach Bethania. Marta lag neben ihm, das Gesicht von ihm abgewandt. Das machte sie manchmal.

»Was haben deine Studenten zur Zeit eigentlich vor?« fragte er ihren langen Rücken.

»*Meine* Studenten?«

»Die Jungs und Mädchen, mit denen ihr, du und Mickie, in den schlimmen Zeiten zusammengesteckt habt. Diese Bombenwerfer, in die du verliebt warst.«

»In die war ich nie verliebt. Immer nur in dich.«

»Was ist aus ihnen geworden? Wo sind sie jetzt?«

»Sind reich geworden, sind *keine* Studenten mehr. Zur Chase Manhattan gegangen. Mitglied im Club Unión geworden.«

»Triffst du dich noch mit ihnen?«

»Manchmal winken sie mir aus ihren teuren Autos zu.«

»Engagieren sie sich für Panama?«

»Nicht, wenn sie Konten im Ausland haben.«

»Und wer bastelt dann heute die Bomben?«

»Niemand.«

»Manchmal habe ich das Gefühl, irgendwo braut sich eine Stille Opposition zusammen. Fängt oben an, setzt sich langsam nach unten fort. Eine dieser bürgerlichen Revolutionen, die eines Tages aufflammen und das Land übernehmen werden, wenn niemand damit rechnet. Ein Offiziersputsch ohne Offiziere, falls du mir folgen kannst.«

»Nein«, sagte sie.

»Wie: nein?«

»Nein, es gibt keine Stille Opposition. Es gibt nur Profitdenken. Und Korruption. Und Macht. Und reiche Leute und verzweifelte Leute. Und gleichgültige Leute.« Wieder ihre dozierende Stimme. Ihr pedantischer, trockener Tonfall. Die Wortklauberei der Autodidakten. »Und Menschen, die so arm sind, daß sie nicht mehr ärmer werden können, ohne zu sterben. Und Politik. Politik ist doch nichts als Betrug. Ist das für Mr. Osnard bestimmt?«

»Das wäre es, wenn er so was hören wollte.«

Ihre Hand fand seine und führte sie an ihre Lippen, und sie küßte sie schweigend, einen Finger nach dem anderen.

»Zahlt er dir viel dafür?« fragte sie.

»Ich kann ihm nicht liefern, was er haben will. Ich weiß nicht genug.«

»Niemand weiß genug. Dreißig Leute entscheiden, wie es mit Panama weitergehen wird. Die anderen zweieinhalb Millionen läßt man im Ungewissen.«

»Was würden deine alten Studentenfreunde denn machen, wenn sie *nicht* zur Chase Manhattan gegangen wären und *nicht* mit dicken Autos rumfahren würden?« fragte Pendel. »Was würden sie machen, wenn sie militant geblieben wären? Was wäre die logische Fortsetzung? Angenommen, sie hätten heute noch dieselben Ziele für Panama wie damals?«

Sie dachte nach, es dauerte, bis sie seine Frage erfaßt hatte. »Du meinst: um Druck auf die Regierung auszuüben? Um sie in die Knie zu zwingen?«

»Ja.«

»Als erstes stürzen wir das Land ins Chaos. Willst du das?«

»Vielleicht. Wenn es nötig ist.«

»Und ob es nötig ist. Chaos ist eine Vorbedingung für demokratisches Bewußtsein. Wenn die Arbeiter erst einmal merken, daß sie führerlos sind, werden sie Führer aus den eigenen Reihen wählen, worauf die Regierung aus Angst vor einer Revolution zurücktritt. Willst du, daß die Arbeiter ihre Führer selbst wählen?«

»Am liebsten wäre mir, sie würden Mickie wählen«, sagte Pendel, aber sie schüttelte den Kopf

»Nicht Mickie.«

»Na gut, also ohne Mickie.«

»Als erstes würden wir zu den Fischern gehen. Das hatten wir immer geplant, aber nie getan.«

»Warum ausgerechnet zu den Fischern?«

»Damals, als Studenten, haben wir gegen Atomwaffen gekämpft. Es hat uns empört, daß nukleares Material durch den Panamakanal transportiert wurde. Wir haben geglaubt, solche Frachten seien für Panama gefährlich und außerdem eine Beleidigung für unsere nationale Souveränität.«

»Und was könnten die Fischer dagegen unternehmen?«

»Wir wollten zu ihren Gewerkschaften und zu ihren Vorarbeitern gehen. Falls sie uns abweisen würden, wollten wir uns an die kriminellen Elemente an der Küste wenden, die für Geld zu allem bereit sind. Manche unserer Studenten waren damals ziemlich reich. Reiche Studenten mit kritischem Bewußtsein.«

»Also Leute wie Mickie«, gab Pendel zu bedenken, aber wieder schüttelte sie den Kopf,

»Wir wollten ihnen sagen: ›Trommelt alles zusammen, alle Dampfer und Kutter und Jollen, die ihr kriegen könnt, nehmt Lebensmittel und Wasser an Bord und fahrt damit zur Bridge of the Americas. Geht unter der Brücke vor Anker und gebt öffentlich bekannt, daß ihr vorhabt, dort zu bleiben. Viele der großen Frachtschiffe brauchen eine volle Meile zum Bremsen. Nach drei Tagen gibt es vor dem Kanaleingang schon einen Stau von zweihundert Schiffen. Nach zwei Wochen sind es bereits tausend. Tausend weitere werden umgeleitet, bevor sie Panama erreichen, sie bekommen andere Fahrtrouten angewiesen oder werden nach Hause zurückgeschickt. Es kommt zu einer Krise, die Börsen geraten weltweit in Panik, die Yanquis drehen durch, die Schiffahrtsindustrie verlangt Taten, der Balboa stürzt in den Keller, die Regierung scheitert, und nie mehr wird nukleares Material durch den Kanal befördert werden.‹«

»Ehrlich gesagt, an nukleares Material habe ich jetzt eigentlich nicht gedacht, Marta.«

Sie stützte sich auf einen Ellenbogen, ihr zerschlagenes Gesicht war dicht neben dem seinen.

»Hör zu. Panama versucht der Welt schon heute zu beweisen, daß es den Kanal genauso gut verwalten kann wie die Gringos. Nichts darf den Kanalbetrieb stören. Keine Streiks, keine Unterbrechungen, keine Unzulänglichkeiten, keine Stümperei. Wenn die panamaische Regierung den

Kanalbetrieb nicht vernünftig aufrechterhalten kann, wie will sie dann abkassieren, die Gebühren erhöhen, Konzessionen verkaufen? Sobald die internationalen Banken es mit der Angst zu tun bekommen, geben uns die *rabiblancos* alles, was wir verlangen. Und wir werden *alles* verlangen. Für unsere Schulen, unsere Straßen, unsere Krankenhäuser, unsere Bauern und unsere Armen. Sollten sie versuchen, unsere Boote zu beseitigen, uns mit Waffengewalt oder Geld zur Aufgabe zu bewegen, dann wenden wir uns an die neuntausend panamaischen Arbeiter, die täglich für den reibungslosen Betrieb des Kanals gebraucht werden. Und dann fragen wir sie: Auf welcher Seite der Brücke steht ihr? Seid ihr Bürger von Panama, oder seid ihr Sklaven der Yanquis? Das Streikrecht ist in Panama heilig. Wer sich einem Streik widersetzt, ist ein Ausgestoßener. Manche Regierungsvertreter sind inzwischen der Meinung, das panamaische Arbeitsrecht dürfe nicht auf den Kanal angewendet werden. Das wollen wir ja mal sehen.«

Sie lag flach auf ihm, ihre braunen Augen waren so nahe vor den seinen, daß er nichts anderes mehr sah.

»Danke«, sagte er und küßte sie.

»Gern geschehen.«

9

Louisa Pendel liebte ihren Mann mit einer Inbrunst, die nur Frauen verstehen können, die selbst erfahren haben, was es heißt, in die umhätschelte Gefangenschaft bigotter Eltern hineingeboren zu sein und eine schöne ältere Schwester zu haben, die einen halben Kopf kleiner ist als man selbst, die immer alles richtig macht, zwei Jahre bevor man selbst es falsch macht, die einem die Freunde ausspannt, auch wenn sie nicht mit jedem ins Bett geht, aber doch mit den meisten, und die einen geradezu zwingt, den edlen Pfad des Puritanismus einzuschlagen, weil überhaupt keine andere Reaktion möglich ist.

Sie liebte ihn wegen seiner unentwegten Hingabe an sie und die Kinder, sie liebte ihn, weil er so strebsam war wie ihr Vater, weil er eine vornehme englische Firma, die von jedermann für tot erklärt worden war, wiederaufgebaut hatte, weil er sonntags in seiner gestreiften Schürze Hühnersuppe und *lockschen* zubereitete, weil er ein *kibitzer* war, ein stets zu Scherzen aufgelegter Mensch, und weil er den Tisch für die gemeinsamen Mahlzeiten mit dem Besten deckte, was das Haus zu bieten hatte: Silberbesteck, Porzellangeschirr und Stoffservietten, niemals Papierservietten. Und weil er die Wutanfälle ertrug, die sie wie unerwünschte Gäste aus der Vergangenheit heimsuchten; sie konnte nur abwarten, bis sie von selbst vorübergingen oder aber ihr Mann mit ihr schlief – das war bei weitem die beste Lösung, denn ihre Begierden standen denen ihrer Schwester kaum nach, auch wenn sie nicht so gut aussah und nicht so verworfen war, ihnen freien Lauf zu lassen. Und es erfüllte sie mit tiefer Scham, daß sie mit seinen Witzen nicht mithalten, ihm nicht das gelöste Lachen schenken konnte, nach dem er sich so sehnte; denn auch wenn Harry sich Mühe gab, es zu befreien, klang ihr Lachen doch stets noch so wie das ihrer

Mutter, und das galt auch für ihre Gebete, und ihre Wut glich der ihres Vaters.

Sie liebte in Harry das Opfer und den willensstarken Überlebenskämpfer, der lieber jede Entbehrung auf sich genommen hatte, als die kriminellen Machenschaften seines gemeinen Onkels Benny zu unterstützen, bis schließlich der große Mr. Braithwaite gekommen war und ihn gerettet hatte, so wie später Harry selbst gekommen war, um sie vor ihren Eltern und aus der Kanalzone zu retten und ihr ein neues, freies, anständiges Leben zu bieten, fern von allem, was sie bis dahin unterdrückt hatte. Und sie liebte den einsamen Entscheider in ihm, der mit widersprüchlichen Glaubensrichtungen kämpfte, bis Braithwaites kluger Rat die an keine Konfession gebundene Moralität in ihm weckte, die dem von ihrer Mutter verfochtenen Kooperativen Christentum so ähnlich war, das Louisa als Kind jahrelang von der Kanzel der Unions-Kirche in Balboa hatte predigen hören.

Für all diese Wohltaten dankte sie Gott und Harry Pendel und verfluchte ihre Schwester Emily. Louisa glaubte aufrichtig, daß sie ihren Mann in allen seinen Stimmungen und Eigenarten liebte, aber so hatte sie ihn noch nie erlebt, und ihr war ganz schlecht vor Angst.

Wenn er sie nur schlagen würde, wenn es das war, was er nötig hatte. Wenn er sie prügeln, sie anbrüllen, sie in den Garten zerren würde, wo die Kinder nichts mitbekämen, wenn er sagen würde: »Louisa, es ist aus mit uns, ich verlasse dich, ich hab eine andere.« Wenn es ihm darum ginge. Alles, absolut alles wäre besser als dieses fade Geheuchel, mit ihrem Leben sei alles in Ordnung, nichts habe sich geändert, außer daß er um neun Uhr abends mal eben losziehen und bei einem geschätzten Kunden Maß nehmen mußte, um drei Stunden später zurückzukommen und zu fragen, ob sie nicht mal die Delgados zum Essen einladen sollten? Und warum nicht auch gleich die Oakleys und Rafi Domingo? Jeder Idiot hätte mit einem Blick erkannt, daß so etwas nur in einer Katastrophe enden konnte, aber der Graben, der sich in letzter Zeit zwischen ihr und Harry aufgetan hatte, hielt sie davon ab, ihm das zu sagen.

Also hielt Louisa den Mund und lud Ernesto vorschriftsmäßig ein. Eines Abends, als er gerade nach Hause gehen wollte, drückte sie ihm den Umschlag in die Hand; er nahm ihn beiläufig an, glaubte wohl, sie wolle ihn damit an irgend etwas erinnern, Ernesto war ja immer so in seine Träume und Pläne vertieft, so mit seinem täglichen Kampf gegen die Lobbyisten und Intriganten beschäftigt, daß er manchmal kaum noch wußte, auf welchem Kontinent er gerade war, von der Tageszeit ganz zu schweigen. Doch als er am nächsten Morgen kam, war er die Höflichkeit selbst, wie stets ein echter spanischer Gentleman, und ja, er und seine Frau würden gerne kommen, sofern es Louisa nicht störte, daß sie nicht lange bleiben könnten; Isabel, seine Frau, mache sich Sorgen wegen ihres Sohnes Jorge und seiner Augenentzündung, die ihn manchmal nächtelang nicht schlafen lasse.

Danach schickte sie eine Karte an Rafi Domingo, wußte aber, daß seine Frau nicht mitkommen würde, denn das tat sie nie; in dieser Ehe stand es nicht zum Besten. Und natürlich kam am nächsten Tag ein riesiger Rosenstrauß, der mindestens fünfzig Dollar gekostet hatte, und auf die mit einem Rennpferd geschmückte Karte hatte Rafi persönlich geschrieben, er sei entzückt, ja hingerissen, meine liebe Louisa, nur seine Frau werde leider verhindert sein. Und Louisa wußte genau, was die Blumen sagen sollten, denn keine Frau unter achtzig war vor Rafis Avancen sicher, und es ging das Gerücht, er trage keine Unterhosen mehr, um seinen Zeit- und Bewegungsquotienten zu verbessern. Und schmachvoll genug: in ehrlichen Momenten, und die hatte sie nach zwei, drei Wodka nicht selten, fand auch Louisa ihn beunruhigend attraktiv. Und schließlich rief sie Donna Oakley an, eine unangenehme Aufgabe, die sie mit Bedacht bis zuletzt aufgeschoben hatte. »Ja, Scheiße, Louisa«, sagte Donna, »natürlich kommen wir gern.« Exakt Donnas Niveau. Was für eine Gesellschaft.

Der gefürchtete Tag war da, und Harry kam ausnahmsweise einmal früh nach Hause, bewaffnet mit einem Paar Porzellankerzenständer von Ludwig zu dreihundert Dollar und französischem Champagner von Motta und einem halben Räucherlachs von irgendwo anders. Eine Stunde später erschienen, angeführt von einem anmaßenden argentinischen Gigolo, die Angestellten einer noblen Partyfirma und übernahmen Louisas Küche, weil Harry die eigenen Dienstboten für unzuverlässig hielt. Dann machte Hannah ein gräßliches Theater, das Louisa sich nicht erklären konnte – willst du nicht nett zu Mr. Delgado sein, Liebes? Schließlich ist er Mamis Chef und ein guter Freund des Präsidenten von Panama. *Und* er wird den Kanal für uns retten, und, ja, auch Anytime Island. Und, *nein,* Mark, du wirst ihnen nicht »Lazy Sheep« auf der Geige vorspielen, das wäre einfach nicht angebracht. Mr. und Mrs. Delgado würden es vielleicht zu schätzen wissen, aber die anderen Gäste bestimmt nicht.

Dann kommt Harry dazu und sagt, ach Louisa, was soll das, laß es ihn doch vorspielen, aber Louisa ist unerbittlich und fängt einen ihrer Monologe an, es strömt nur so aus ihr heraus, sie hat keine Gewalt darüber, sie kann sich nur selbst zuhören und stöhnen: Harry, ich verstehe wirklich nicht, warum du mir jedesmal dazwischenfunken mußt, wenn ich meinen Kindern eine Anweisung gebe, bloß um zu zeigen, daß du hier der Herr im Hause bist. Worauf Hannah den nächsten Schreikrampf bekommt und Mark sich in sein Zimmer einschließt und so lange »Lazy Sheep« spielt, bis Louisa an seine Tür hämmert und sagt: »Mark, die Gäste müssen jetzt jeden Augenblick hier sein«, womit sie recht hat, denn da läutet es auch schon an der Haustür, und es tritt auf: Rafi Domingo mit seiner Bodylotion und seinem anzüglichen Grinsen und seinen Koteletten und Krokoschuhen – auch Harrys gesamte Schneiderkunst konnte ihn nicht davor bewahren, daß er wie der schmierigste Südländer aussieht; allein seine Pomade wäre für ihren Vater Grund genug gewesen, ihn auf der Stelle aus der Hintertür zu weisen.

Und unmittelbar nach Rafi erschienen die Delgados und die Oakleys, ein Beweis dafür, wie gezwungen die ganze Angelegenheit war, denn in Panama ist *niemand* pünktlich, es sei denn, es handle sich um einen formellen Anlaß, und plötzlich war man schon mittendrin, und Ernesto saß zu ihrer Rechten und gab sich ganz als der weise, gute Mandarin, der er war: Danke, nur Wasser, Louisa, meine Liebe, tut mir leid, aber ich trinke ja nicht viel; worauf Louisa, der es nach zwei heimlich im Bad genossenen Doppelten schon besser geht, antwortet, ehrlich gesagt, sie auch nicht, sie finde immer, Trinken verderbe jeden netten Abend. Aber Mrs. Delgado, die am anderen Ende des Tischs rechts neben Harry sitzt, bekommt das zufällig mit und setzt ein seltsames ungläubiges Lächeln auf, als habe sie sich verhört.

Unterdessen ist Rafi Domingo zu Louisas Linken mit zweierlei beschäftigt: entweder preßt er, wann immer sie ihn läßt, einen seiner seidenbestrumpften Füße auf ihren Fuß – er hat zu diesem Zweck den einen Krokodillederschuh abgestreift –, oder er starrt in den Ausschnitt von Donna Oakleys Kleid, das ähnlich geschnitten ist wie Emilys Kleider, die Brüste wie Tennisbälle hochgedrückt und das Dekolleté wie ein Pfeil nach Süden gerichtet, auf das, was ihr Vater, wenn er betrunken war, das Industriegebiet zu nennen pflegte.

»Wissen Sie, was Ihre Frau für mich bedeutet, Harry?« radebrecht Rafi in seinem abscheulichen Spanisch-Englisch über den Tisch hin. Den Oakleys zuliebe ist die Verkehrssprache des heutigen Abends Englisch.

»Hör nicht auf ihn«, befiehlt Louisa.

»Sie ist mein Gewissen!« Lärmendes Lachen, das seinen ganzen Mundinhalt sehen läßt. »Vor Louisa wußte ich gar nicht, daß ich eins hatte!«

Und findet das so herrlich komisch, daß jeder mit ihm auf sein Gewissen anstoßen muß, während er sich den Hals verrenkt, um Donna ins Dekolleté zu spähen, und mit den Zehen über Louisas Wade streicht, was sie gleichzeitig wütend und scharf macht, Emily, ich hasse dich, Rafi, laß mich in Ruhe, du Schleimscheißer, und glotz Donna nicht so an, und Gott, Harry, wirst du's mir heut nacht endlich mal wieder besorgen?

Warum Harry die Oakleys eingeladen hatte, war Louisa ebenfalls ein Rätsel, bis ihr einfiel, daß Kevin an irgendwelchen Spekulationsgeschäften im Zusammenhang mit dem Kanal beteiligt war, denn Kevin handelte mit Rohstoffen und anderen Dingen und war darüber hinaus ein, wie ihr Vater gesagt haben würde, verdammter Amigangster, während seine Frau zu Jane-Fonda-Videos Aerobic machte, in hautengen Shorts durch die Gegend joggte und für jeden hübschen panamaischen Jungen mit den Hüften wackelte, der ihr im Supermarkt den Einkaufswagen schob, und nicht nur den Einkaufswagen, wenn sie recht informiert war.

Und sie saßen kaum, da mußte Harry natürlich gleich vom Kanal anfangen; als erstes nahm er sich Delgado vor, der mit aristokratisch würdevollen Platitüden antwortete, dann zog er alle anderen in die Diskussion, ob sie etwas dazu beizutragen hatten oder nicht. Seine Fragen an Delgado waren so plump, daß es ihr peinlich war. Nur Rafis stromernder Fuß und die Erkenntnis, daß sie ein wenig benebelt war, hielten sie davon ab, ihm zu sagen: *Harry, Mr. Delgado ist mein Chef, verdammt, nicht deiner. Mußt du dich denn so zum Idioten machen, du Saftsack?* Aber so hätte die Hure Emily gesprochen, nicht die tugendhafte Louisa, die niemals fluchte, jedenfalls nicht vor Kindern und nie, wenn sie nüchtern war.

Nein, beantwortete Delgado höflich Harrys aufdringliche Fragen, man habe auf der Reise des Präsidenten keine Abkommen getroffen, aber es seien einige interessante Ideen aufgetaucht, Harry, es herrsche allgemein der Wille zur Kooperation, und der gute Wille sei ja erst einmal das Wichtigste.

Gut gemacht, Ernesto, dachte Louisa, stoß ihm ordentlich Bescheid.

»Aber jeder weiß doch, daß die Japaner hinter dem Kanal her sind, Ernie«, sagte Harry und ging damit zu hirnrissigen Verallgemeinerungen über, die er mangels Wissen niemals aufrechterhalten konnte. »Die Frage ist doch nur, *wie* sie sich an uns ranschleichen werden. Was sagen *Sie* denn eigentlich dazu, Rafi?«

Rafis Fußspitze steckte in Louisas Kniekehle, Donnas Dekolleté stand offen wie ein Scheunentor.

»Ich will Ihnen sagen, was ich von den Japanern denke, Harry. Sie wollen wissen, was ich von den Japanern halte«, sagte Rafi mit seiner ratternden Auktionatorstimme und trommelte sein Publikum zusammen.

»Ja, das würde mich interessieren«, sagte Harry salbungsvoll.

Doch Rafi mußte jeden zum Zuhörer haben.

»Ernesto, wollen Sie wissen, was ich von den Japanern denke?«

Delgado gab huldvoll zu verstehen, es interessiere ihn, was Rafi von den Japanern denke.

»Donna, wollen Sie hören, was ich von den Japanern denke?«

»Nun sagen Sie's schon, Rafi, Herrgott noch mal«, sagte Oakley gereizt.

Aber Rafi war noch nicht zufrieden.

»Louisa?« fragte er und wackelte mit den Zehen in ihrer Kniekehle.

»Ich glaube, wir alle hängen an Ihren Lippen, Rafi«, sagte Louisa in ihrer Rolle als charmante Gastgeberin und Hurenschwester.

Und dann rückte Rafi endlich mit seiner Meinung zu den Japanern heraus:

»Ich denke, daß diese verdammten Japsen letzte Woche vor dem großen Rennen meinem Pferd Dolce vita eine doppelte Dosis Valium gespritzt haben!« rief er und lachte mit so vielen glänzenden Goldzähnen so laut über seinen Witz, daß sein Publikum notgedrungen mitlachte: Louisa am lautesten, Donna knapp dahinter.

Aber Harry ließ sich nicht ablenken. Sondern warf sich auf das Thema, das, wie er wußte, seine Frau mehr aufregte als alle anderen: das Verfügungsrecht über die ehemalige Kanalzone.

»Seien wir doch mal ehrlich, Ernie, das ist ein sehr hübsches kleines Grundstück, daß ihr da unter euch aufteilt. Fünfhundert Quadratmeilen vom Garten Amerika, gepflegt und bewässert wie der Central Park, mehr Swimmingpools als im ganzen übrigen Panama – da muß man doch ins Grübeln kommen. Steht eigentlich das Projekt von der ›Stadt des Wissens‹ noch auf der Tagesordnung, Ernie? Einige meiner Kunden scheinen diese Idee für eine Totgeburt zu halten, eine Universität mitten im Dschungel. Kaum vorstellbar, daß irgendein superschlauer Professor das als den Gipfel seiner Karriere betrachten könnte, aber ich weiß nicht, ob die das richtig sehen.«

Ihm gingen die Worte aus, aber da niemand ihm zu Hilfe kam, machte er weiter:

»Vermutlich hängt alles davon ab, wie viele US-Militärbasen hier am Ende leerstehen, richtig? Und dazu müßten wir wohl ein bißchen im Kaffeesatz lesen können oder, mit Verlaub, die streng geheimen Leitungen zum Pentagon anzapfen, wenn wir dieses kleine Rätsel lösen wollten.«

»Blödsinn«, sagte Kevin ziemlich laut. »Die Schlaumeier haben das Land doch schon seit Jahren unter sich aufgeteilt, stimmt's, Ernie?«

Ein furchtbares Schweigen trat ein. Delgados feines Gesicht wurde bleich und hart. Niemand wußte etwas zu sagen, außer Rafi, der, unempfänglich für atmosphärische Schwingungen, Donna munter nach ihrem Make-up ausfragte, damit er seiner Frau auch so etwas kaufen könnte. Gleichzeitig versuchte er seinen Fuß Louisa zwischen die Beine zu schieben, die sie zur Selbstverteidigung übereinandergeschlagen hatte. Und plötzlich fand die unanständige Emily die Worte, die die anständige Louisa fromm für sich behalten hatte, die aber jetzt, zunächst in zusammenhanglosen Einzelheiten, dann in einem unaufhaltsamen, alkoholbedingten Schwall aus ihr hervorsprudelten.

»Kevin. Ich begreife nicht, was Sie damit sagen wollen. Dr. Delgado setzt sich für die Erhaltung des Kanals ein. Sollte Ihnen das entgangen sein, dann nur, weil Ernesto viel zu höflich und bescheiden ist, als daß er damit hausieren ginge. Im Gegensatz dazu hat Sie doch nur eins hier nach Panama gebracht, Sie wollen am Kanal nur Geld verdienen, und eben dafür ist er nicht gedacht. Geld verdient man am Kanal nur, wenn man ihn kaputtmacht.« Ihre Stimme geriet ins Schwanken, als sie die Verbrechen aufzählte, die Kevin im Sinne hatte. »Dazu muß man die Wälder roden, Kevin. Den Süßwasserzufluß abschneiden. Sich nicht darum kümmern, daß die Konstruktion und die Baulichkeiten auf dem von unseren Vorvätern gewünschten Stand erhalten werden.« Ihre Stimme klang belegt und wurde immer lauter. Sie hörte sich, konnte sich aber nicht mehr bremsen. »Und deshalb, Kevin, wenn Sie sich wirklich bemüßigt fühlen, Geld zu machen, indem Sie die Errungenschaften großer Amerikaner ausverkaufen, schlage ich vor, daß Sie nach San Francisco zurückgehen, wo Sie hergekommen sind, und den Japanern die Golden Gate Bridge verkaufen. Und Sie, Rafi, wenn Sie nicht auf der Stelle Ihre Pfote von meinem Oberschenkel nehmen, hau ich Ihnen eine Gabel rein.«

Worauf sämtliche Anwesenden zu dem Schluß kamen, daß sie nun aber wirklich nach Hause müßten – zu dem kranken Kind, dem Babysitter, dem Hund oder sonst irgend etwas, das sich in sicherer Entfernung von dem Ort befand, wo sie sich gegenwärtig aufhielten.

Aber was macht Harry, als er seine Gäste beschwichtigt hat, sie zu ihren Autos begleitet und ihnen von der Treppe aus nachgewinkt hat? Er hält eine Grundsatzrede.

»Es geht um Expansion, Lou« – er hält sie in den Armen und tätschelt ihr den Rücken – »und sonst gar nichts. Die Kunden wollen gestreichelt werden.« Er tupft ihr mit seinem Taschentuch aus irisch Leinen die Tränen weg. »Expandieren oder kaputtgehen, Lou, eine andere Wahl gibt es heute nicht mehr. Denk daran, was der gute alte Braithwaite erleben mußte. Erst war sein Geschäft hin, dann er selbst. Du willst doch nicht, daß es mir auch so geht? Also expandieren wir. Wir machen den Club auf. Wir kommen unter die Leute. Wir erweitern unsern Bekanntenkreis, denn anders geht das nicht. Was meinst du, Lou? Hab ich recht?«

Aber inzwischen ist sie durch sein herablassendes Zureden störrisch geworden, und sie entwindet sich seinen Armen.

»Harry, man kann auch auf andere Weise kaputtgehen. Denk nur mal an deine Familie. Ich kenne allzu viele Fälle, und du kennst sie auch, wo vierzigjährige Männer Herzinfarkte und andere Streßkrankheiten bekommen haben. Wenn dein Geschäft nicht expandiert, überrascht mich das, denn du hast mir in letzter Zeit oft von Verkaufserfolgen und steigenden Erträgen erzählt. Aber falls du dir wirklich Sorgen um die Zukunft machst und das für dich nicht nur ein Vorwand ist: wir können immer noch auf die Reisfarm zurückgreifen, und wir alle würden bestimmt lieber wie gute genügsame Christen in beschränkten Verhältnissen leben, als versuchen, mit deinen reichen sittenlosen Freunden Schritt zu halten, um den Preis, daß du uns stirbst.«

Worauf Pendel sie leidenschaftlich in die Arme nimmt und ihr verspricht, er werde morgen früher als sonst nach Hause kommen – und mit den Kindern vielleicht auf den Rummelplatz gehen, oder ins Kino. Und Louisa schluchzt, ja, das machen wir, Harry! Ja, wirklich! Aber es kommt nicht dazu. Denn am nächsten Tag fällt ihm der Empfang bei der brasilianischen Handelsdelegation ein – viele wichtige Leute, Lou, wir sollten das lieber auf morgen verschieben. Und wiederum am nächsten Tag heißt es, ich bin ein Lügner, Lou, du weißt doch, ich bin Mitglied in diesem Dinnerclub. Und heute gibt's da eine Fete für irgendwelche Bonzen aus Mexiko, und habe ich nicht auf deinem Schreibtisch die neue *Spillway* gesehen?

Spillway war das Mitteilungsblatt für den Kanal.

Und am Montag kam der übliche wöchentliche Anruf von Naomi. Louisa hörte schon an Naomis Stimme, daß sie wichtige Neuigkeiten hatte. Sie fragte sich, was es wohl diesmal wäre. Vielleicht: Rat mal, wen Pepe Kleeber letzte Woche auf seine Geschäftsreise nach Houston mitgenommen hat. Oder: Hast du schon von Jacqui Lopez und ihrem Reitlehrer gehört? Oder: Was glaubst du, zu wem Dolores

Rodríguez geht, wenn sie ihrem Mann erzählt, daß sie ihre Mutter nach deren Bypass-Operation versorgen muß? Aber diesmal gab Naomi nichts dergleichen zum besten, und das war Louisa auch recht, denn sonst hätte sie wahrscheinlich ohnehin gleich wieder aufgelegt. Naomi erkundigte sich bloß, wie geht's denn der lieben Familie, wie kommt Mark mit der Prüfung zurecht, und stimmt es, daß Harry Hannah ihr erstes Pony kaufen will? Tatsächlich? Louisa, Harry ist wirklich der großzügigste Mensch der Welt, mein schlimmer Mann sollte sich mal ein Beispiel an ihm nehmen! Erst nachdem sie gemeinsam das kitschige Bild von der wahnsinnig glücklichen Familie Pendel fertiggemalt hatten, ging Louisa auf, daß Naomi sie bedauerte:

»Ich *freue* mich ja so für dich, Louisa. Es freut mich so, daß ihr alle gesund seid, daß die Kinder so gut vorankommen, daß ihr euch alle so liebhabt, daß Gott auf eurer Seite ist und daß Harry das alles auch zu schätzen weiß. Und es freut mich *sehr*, daß ich sofort gewußt habe, daß unmöglich wahr sein kann, was Letti Hortensas mir eben von Harry erzählt hat.«

Louisa hielt erstarrt den Hörer fest, sie konnte vor Entsetzen weder sprechen noch auflegen. Letti Hortensas, reiche Erbin und liederliches Weib, die Frau von Alfonso. Alfonso Hortensas, Lettis Mann, Bordellbesitzer, Kunde von P & B, Gauner.

»Natürlich«, sagte Louisa, ohne zu wissen, was sie da bestätigte; im Grunde forderte sie Naomi damit nur auf, weiterzureden.

»Louisa, wir beide wissen ganz genau, Harry ist nicht der Typ, der irgendwelche schäbigen Hotels besucht, wo man die Zimmer stundenweise bezahlt. ›Letti‹, habe ich gesagt, ›ich glaube, du solltest dir mal eine neue Brille zulegen. Louisa ist meine Freundin. Harry und mich verbindet seit langer Zeit eine platonische Freundschaft, und Louisa hat das von Anfang an gewußt und akzeptiert. Ihre Ehe ist auf *Fels* gebaut‹, habe ich zu ihr gesagt. ›Es ist mir egal, ob dein Mann das Hotel Paraiso besitzt oder ob du gerade dort im Foyer auf ihn gewartet hast, als Harry mit einem Haufen Huren aus dem Aufzug gekommen ist. Viele panamaische Frauen sehen wie Huren aus. Viele Huren gehen ihrem Geschäft im Paraiso nach. Harry hat viele Kunden aus allen möglichen Gesellschaftsschichten.‹ Glaub mir, Louisa, ich war ganz auf deiner Seite. Ich bin für dich eingetreten. Ich habe das Gerücht im Keim erstickt. ›Verdächtig?‹ habe ich zu ihr gesagt. ›Harry sieht *nie* verdächtig aus. Er weiß überhaupt nicht, wie man das anstellt. Hast *du* Harry schon mal so gesehen? Völlig ausgeschlossen.‹«

Es dauerte lange, bis das Gefühl in Louisas Körper zurückkehrte. Sie wollte vehement widersprechen. Aber ihr Ausbruch bei der Dinnerparty hatte ihr eine Heidenangst eingejagt.

»Miststück!« schrie sie durch ihre Tränen.

Allerdings erst, nachdem sie aufgelegt und sich aus Harrys neuer Hausbar einen großen Wodka eingeschenkt hatte.

Alles hatte mit dem neuen Clubraum angefangen, glaubte sie zu wissen. Seit Jahren war das Obergeschoß von P & B der Gegenstand von Harrys phantastischsten Träumen.

Der Anproberaum kommt unter den Balkon, Lou, sagte er gelegentlich. Die Sportabteilung kommt neben die Boutique. Oder: Vielleicht lasse ich den Anproberaum, wo er ist, und baue eine Außentreppe an. Oder: Lou, ich hab's! Paß auf. Hinten ans Haus kommt ein freitragender Anbau, mit Fitnessraum und Sauna und einem kleinen Restaurant, nur für die Kunden von P & B, Suppe und Tagesgericht, wie findest du das?

Harry hatte sich sogar schon einen Entwurf anfertigen und einen Kostenplan aufstellen lassen, dann aber auch dieses Projekt zu den Akten gelegt. Und so war das Obergeschoß bis heute ein Luftschloß geblieben, immer wieder lustvoll geplant, aber nie verwirklicht. Und überhaupt – wohin dann mit dem Anproberaum? Stets lautete am Ende die Antwort: es geht nicht. Der Anproberaum mußte bleiben, wo er war. Aber die Sportabteilung, Harrys ganzer Stolz, könnte in Martas Glaskasten gequetscht werden.

»Und wo soll Marta dann hin?« fragte Louisa in der schändlichen Hoffnung, sie auf diese Weise vielleicht loswerden zu können, denn es gab einiges an Martas Verletzungen, das sie nie verstanden hatte. Zum Beispiel Harrys Gefühl, dafür verantwortlich zu sein; aber schließlich fühlte Harry sich für alles und jeden verantwortlich, das war ja eine der Eigenschaften, die sie an ihm liebte. Was er gelegentlich so durchblicken ließ. Was er alles wußte. Über radikale Studenten und die Lebensverhältnisse der Armen in El Chorillo. Jedenfalls schien Louisa der Einfluß, den Marta auf ihn ausübte, ein wenig zu sehr ihrem eigenen zu gleichen.

Ich bin auf jeden eifersüchtig, dachte sie und mixte sich einen trockenen Martini-Cocktail, den sie brauchte, um vom Wodka loszukommen. Ich bin eifersüchtig auf Harry, ich bin eifersüchtig auf meine Schwester und auf meine Kinder. Im Grunde bin ich eifersüchtig auf mich selbst.

Und jetzt die Bücher. Über China. Über Japan. Über die Tiger, wie er das nannte. Insgesamt neun Bände. Sie zählte nach. Sie waren unvermittelt eines Abends auf dem Tisch in seinem Arbeitszimmer aufgetaucht und seitdem dort liegen geblieben, eine stille, unheimliche Besatzungsmacht. Die Geschichte Japans. Die Wirtschaft. Der stetige Aufstieg des Yen. Vom Kaiserreich zur Parlamentarischen Monarchie. Südkorea – Bevölkerungsentwicklung, Wirtschaft und Verfassung. Malaysias ehemalige und zukünftige Rolle in der Weltpolitik, gesammelte Aufsätze großer Gelehrter. Traditionen, Sprache, Lebensart, Schicksal, vorsichtige ökonomische Zweckbündnisse mit China. China: Kommunismus, was nun? Der Verfall der chinesischen Oligarchie nach Mao; Menschenrechte, die demografische Zeitbombe, was ist zu tun? Muß mich endlich mal weiterbilden, Lou. Ich habe mich festgefahren. Der alte Braithwaite hatte wie immer recht. Ich hätte studieren sollen. In Kuala Lumpur? In Tokio? In Seoul? Das sind die Städte der Zukunft, Lou. Die Supermächte des nächsten Jahrhunderts, wart's nur ab. Noch zehn Jahre, und alle meine Kunden kommen von da.

»Harry, erklär mir doch bitte mal, was du unter Profit verstehst« – sie nahm den Rest ihres Muts zusammen – »Wer bezahlt denn eigentlich das kühle Bier, den Scotch und den Wein und die Sandwiches und Martas Überstunden? Kaufen deine Kunden Anzüge bei dir, weil sie bis elf Uhr abends mit dir reden und trinken können? Harry, ich verstehe dich einfach nicht mehr.«

Sie wollte ihm auch noch das Hotel Paraiso an den Kopf werfen, aber da hatte der Mut sie verlassen, sie brauchte erst noch einen Wodka aus dem obersten Regal im Badezimmer. Sie konnte Harry nicht sehr deutlich sehen und vermutete, daß es ihm mit ihr nicht anders ging. Ein heißer Nebelschleier hing ihr vor den Augen, und anstelle von Harry sah sie sich selbst: von Kummer und Wodka gealtert, stand sie, nachdem er gegangen war, hier im Wohnzimmer und sah die Kinder, die ihr durchs Fenster des Geländewagens zuwinkten, denn dieses Wochenende mußte Harry mit ihnen verbringen.

»Ich schaffe das schon, es wird alles wieder gut, Lou«, versprach er und klopfte der Leidenden tröstend auf die Schulter.

Aber was war schlecht, wenn er es wiedergutmachen mußte? Und wie, zum Teufel, wollte er das anstellen?

Wer trieb ihn an? Oder *was?* Wenn *sie* ihm nicht genügte, wer bekam dann das andere? Wer war Harry überhaupt, dieser Mann, der sie mal wie Luft behandelte und dann wieder mit Geschenken überhäufte und sich auf geradezu lächerliche Weise um die Kinder kümmerte? Der sich in der Stadt herumtrieb, als ob sein Leben davon abhinge? Der Einladungen von Leuten einnahm, die er früher, außer als Kunden, wie die Pest gemieden hatte – verkommene Geldsäcke wie Rafi, Politiker und Unternehmer aus dem Drogensumpf? Wie kam er dazu, plötzlich große Reden über den Kanal zu schwingen? Spät abends mit einer Horde Nutten aus dem Hotel Paraiso zu schleichen? Aber das Schlimmste war gestern abend vorgefallen.

Es war Donnerstag, und donnerstags brachte sie Arbeit

mit nach Hause, damit ihr Schreibtisch im Büro am Freitag leer wurde und sie das Wochenende für die Familie frei hatte. Sie hatte die Aktentasche ihres Vaters auf dem Schreibtisch in ihrem Arbeitszimmer gelassen und sich vorgestellt, zwischen dem Zubettbringen der Kinder und der Zubereitung des Abendessens ein Stündchen arbeiten zu können. Aber dann verfiel sie plötzlich auf die Idee, die Steaks könnten Rinderwahnsinn haben, und sie fuhr den Hügel hinunter, um ein Huhn zu kaufen. Als sie zurückkam, stellte sie erfreut fest, daß Harry schon da war: Da stand sein Geländewagen, wie immer schräg eingeparkt, so daß für den Peugeot kein Platz mehr in der Garage war; also stellte sie ihn, und sogar gern, weit unten am Hügel ab und trug ihre Einkäufe zu Fuß den Bürgersteig hoch.

Sie hatte Turnschuhe an. Die Haustür war unverschlossen. Harry, nachlässig wie immer. Ich werde ihn überraschen, ihn damit aufziehen, wie er mal wieder geparkt hat. Sie trat in den Flur, und durch die offene Tür ihres Zimmers sah sie ihn, er hatte ihr den Rücken zugewandt und die Aktentasche ihres Vaters *offen* vor sich auf *ihrem Schreibtisch* stehen. Er hatte alle Papiere herausgenommen und blätterte sie durch wie jemand, der weiß, was er sucht, es aber nicht finden kann. Zwei der Ordner waren geheim. Vertrauliche Personalakten. Das Exposé eines neuen Angestellten Delgados, es ging darin um Dienstleistungen für Schiffe, die auf die Durchfahrt warteten. Delgado machte sich Sorgen, weil der Verfasser kürzlich eine eigene Schiffsausrüsterfirma gegründet hatte und daher versuchen könnte, Aufträge für sich selbst an Land zu ziehen. Ob Louisa sich das mal ansehen und ihm ihre Meinung dazu sagen könnte?

»*Harry*«, sagte sie.

Oder vielleicht schrie sie. Aber wenn man Harry anschreit, zuckt er nicht zusammen. Er legt einfach hin, was er gerade tut, und wartet auf weitere Anweisungen. Genauso auch jetzt: Er erstarrte, und dann legte er sehr langsam, um keinen zu erschrecken, *ihre* Papiere auf *ihren* Schreibtisch. Dann trat er einen Schritt vom Schreibtisch zurück, nahm seine typische demutsvolle Haltung ein, richtete den Blick zwei Meter vor sich auf den Boden und lächelte ein Librium-Lächeln.

»Ich suche die Rechnung, Schatz«, erklärte er mit Verliererstimme.

»Was für eine Rechnung?«

»Du weißt doch. Von der Einstein-Schule. Marks zusätzlicher Musikunterricht. Die sie uns angeblich geschickt haben und die wir nicht bezahlt haben.«

»Harry, diese Rechnung habe ich vorige Woche bezahlt.«

»Das habe ich denen auch gesagt. Louisa hat vorige Woche bezahlt. Sie vergißt so etwas nie, habe ich gesagt. Aber die wollten mir nicht zuhören.«

»Harry, wir haben Kontoauszüge, wir haben Scheckdurchschriften, wir haben Überweisungsquittungen, wir haben eine Bank, die wir anrufen können, und wir haben Bargeld im Haus. Ich verstehe einfach nicht, wozu du *meine* Aktentasche in *meinem* Zimmer nach einer Rechnung durchsuchen mußt, die wir längst bezahlt haben.«

»Na schön, wenn das so ist, kann ich ja beruhigt sein. Danke für die Information.«

Den Beleidigten spielend, oder was auch immer er zu spielen glaubte, schritt er an ihr vorbei zu seinem eigenen Zimmer. Als er den Innenhof durchquerte, sah sie, wie er sich etwas in die Hosentasche schob, und zwar dieses scheußliche Feuerzeug, das er neuerdings immer mit sich herumschleppte – Geschenk von einem Kunden, hatte er gesagt und es ihr unter die Nase gehalten, es an- und ausgemacht, stolz wie ein Kind mit seinem neuen Spielzeug.

Jetzt geriet sie in Panik. Die Sehkraft versagte, die Ohren gellten, die Knie gaben nach. Brandgeruch. Der Schweiß der Kinder, der an ihrem Körper hinabströmte, alles war wieder da. Sie sah El Chorillo in Flammen, und Harrys Gesicht, als er vom Balkon ins Haus zurückkam, das ölig rote Leuchten noch in den Augen. Sie sah ihn auf sich zukommen, zum Besenschrank, wo sie sich verkrochen hatte. Er nahm sie in die Arme. Und Mark mit, weil sie ihn nicht loslassen wollte. Dann stammelte er ihr etwas ins Ohr, das sie bis zu diesem Augenblick nie verstanden, nie richtig zu ergründen versucht hatte, weil es ihr als Teil des verstörten Dialogs traumatisierter Zeugen einer Katastrophe nicht wichtig erschienen war:

»Wenn ich so eins gelegt hätte, hätte man mich für immer eingesperrt«, sagte er.

Dann ließ er den Kopf sinken und blickte auf seine Füße wie jemand, der im Stehen betet, die gleiche Geste wie jetzt eben, nur schlimmer.

»Ich konnte meine Beine nicht bewegen«, hatte er ihr erklärt. »Es ging einfach nicht. Das war wie ein Krampf. Ich hätte hinunterlaufen müssen, aber ich konnte nicht.«

Dann die Sorgen, was Marta zugestoßen sein könnte.

O Scheiße, Harry wollte das Haus anzünden! schrie sie sich zu, als sie zitternd einen Schluck Wodka nahm und seine edle Musik über den Hof schallen hörte. *Er hat ein Feuerzeug gekauft und will seine Familie verbrennen!* Als er ins Bett kam, vergewaltigte sie ihn, und er schien ihr dankbar. Am nächsten Morgen war das alles nicht geschehen. Morgens war gestern nie etwas geschehen. Für Harry nicht, für Louisa nicht. Nur so konnten sie zusammen durchhalten. Der Geländewagen sprang nicht an, und Harry mußte die Kinder mit dem Peugeot zur Schule bringen. Louisa fuhr mit dem Taxi zur Arbeit. Die für die Fliesen zuständige Putzfrau fand eine Schlange in der Speisekammer und bekam einen hysterischen Anfall. Hannah war ein Zahn ausgefallen. Es regnete. Harry war nicht für immer eingesperrt, und er brannte auch nicht mit seinem neuen Feuerzeug das Haus nieder. Aber er kam spät nach Hause, angeblich weil er wieder mal einen späten Kunden hatte.

»*Osnard?*« wiederholte Louisa, die ihren Ohren nicht traute. »*Andrew Osnard?* Wer um Himmels willen ist dieser Mr. Osnard, und warum hast du ihn eingeladen, am Sonntag mit uns zum Picknick auf die Insel zu kommen?«

»Er ist ein Brite, Lou, ich hab's dir schon erzählt. Ist seit ein paar Monaten bei der Botschaft. Der mit den zehn Anzügen, weißt du nicht mehr? Er ist ganz allein hier. Hat wochenlang im Hotel gelebt, bis er seine Wohnung bekommen hat.«

»In welchem Hotel?« fragte sie und dachte, bitte, lieber Gott, laß es das Paraiso sein.

»Im El Panama. Er möchte mal eine richtige Familie kennenlernen. Das verstehst du doch sicher?« – die geschlagene, immer treue Hündin verstand nie etwas.

Und als ihr dazu nichts einfiel:

»Er ist ein toller Bursche, Lou. Wart's nur ab. Lustig und munter. Die Kinder werden Feuer und Flamme sein, da mach ich jede Wette.« Der unglücklich gewählten Redensart folgte das falsche Lachen, das er sich neuerdings angewöhnt hatte. »Da schlagen meine alten englischen Wurzeln durch, nehme ich an. Patriotismus. Erwischt uns alle mal, sagt man. Dich auch.«

»Harry, ich verstehe nicht, was deine oder meine Heimatliebe damit zu tun haben soll, daß du Mr. Osnard zu einem intimen Familienausflug an Hannahs Geburtstag einladen mußt, wenn du sowieso schon, wie wir festgestellt haben, kaum noch Zeit für deine Kinder hast.«

Worauf sein Kopf nach vorne sank, und er sie wie ein alter Bettler vor der Haustür anflehte.

»Der alte Braithwaite hat Andys Vater die Anzüge geschneidert, Lou. Ich war dabei und habe das Band gehalten.«

Hannah wollte an ihrem Geburtstag die Reisfarm besuchen. Louisa auch, nur aus anderen Gründen; sie verstand nämlich nicht, warum die Reisfarm plötzlich aus Harrys Gesprächsrepertoire verschwunden war. In ihren schlimmsten Augenblicken redete sie sich ein, er habe dort eine Frau untergebracht – dieser schmierige Angel würde für jeden den Zuhälter machen. Aber kaum schlug sie die Farm als Ausflugsziel vor, nahm Harry eine arrogante Haltung an und erklärte, dort täten sich gerade große Dinge, und bis die Sache geregelt sei, sollte man sie lieber den Anwälten überlassen.

Also fuhren sie mit dem Geländewagen nach Anytime, einem Haus ohne Wände, das wie eine hölzerne Bühne auf einer runden, diesigen Insel von sechzig Metern Durchmesser stand, und die wiederum lag im Lake Gatún, einem ausgedehnten, glühend heißen, überfluteten Tal, zwanzig Meilen landeinwärts vom Atlantik am höchsten Punkt des Kanals, dessen Verlauf hier durch eine gewundene Doppelreihe farbiger Bojen bezeichnet wird, die sich rasch im triefenden Dunst verlieren. Die Insel lag am Westufer des Sees in einem zerklüfteten Gebiet aus dampfenden Dschungelbuchten und Flußmündungen und Mangrovensümpfen und anderen Inseln, von denen Barro Colorado die größte war und Anytime die unbedeutendste, von Pendels Kindern nach der Paddington-Bear-Marmelade getauft und seinerzeit von Louisas Vater von seinen Arbeitgebern für ein paar vergessene Dollars im Jahr gemietet; inzwischen hatte er sie ihr freundlicherweise überlassen.

Der Kanal dampfte zu ihrer Linken, der Nebel darüber kräuselte sich wie ewiger Tau. Pelikane tauchten durch den Dunst, die Luft im Wagen roch nach Schiffsöl, nichts in der Welt hatte sich verändert, und so würde es auch bleiben, Amen. Dieselben Boote, die hier durchgefahren waren, als Louisa in Hannahs Alter gewesen war, fuhren auch jetzt hier durch; dieselben schwarzen Gestalten lehnten mit nackten Ellbogen auf den schwitzenden Schiffsgeländern, dieselben nassen Flaggen hingen schlaff an ihren Masten, und immer noch wußte kein Mensch auf der Welt, was sie bedeuteten – wie ihr Vater zu witzeln pflegte –, außer einem blinden alten Piraten in Portobelo. Pendel, der in Mr. Osnards Gegenwart seltsam befangen wirkte, fuhr mürrisch und schweigend. Louisa saß neben ihm, weil Mr. Osnard darauf bestanden hatte; er sitze lieber hinten, hatte er geschworen.

Mr. Osnard, dachte sie schläfrig. Der *stattliche* Mr. Osnard. Mindestens zehn Jahre jünger als ich, trotzdem werde ich niemals Andy zu ihm sagen können. Sie hatte vergessen – falls sie es je gewußt hatte –, wie entwaffnend höflich ein Engländer sein konnte, wenn er sich das in den unaufrichtigen Kopf gesetzt hatte. Humor und Höflichkeit, pflegte ihre Mutter sie zu warnen, machen einen Menschen gefährlich charmant. Das gilt auch, wenn jemand ein guter Zuhörer ist, dachte Louisa, während sie, den Kopf nach hinten gelehnt, lächelnd verfolgte, wie Hannah ihm die Sehenswürdigkeiten erklärte, als ob sie ihr gehörten, und Mark sie, weil es ihr Geburtstag war, gewähren ließ – zumal Mark auf seine Weise von ihrem Gast genauso begeistert war wie Hannah.

Einer der alten Leuchttürme kam in Sicht.

»Wie *kann* man nur so dämlich sein und einen Leuchtturm auf einer Seite *schwarz* und auf der anderen *weiß* anstreichen?« fragte Mr. Osnard, nachdem er sich Hannahs endlosen Bericht über den erschreckenden Appetit von Alligatoren angehört hatte.

»Hannah, nun sei aber mal etwas höflicher zur Mr. Osnard«, mahnte Louisa, als Hannah ihn prustend für einen Blödmann erklärte.

»Erzählen Sie ihr vom alten Braithwaite, Andy«, schlug Harry mißmutig vor. »Erzählen Sie ihr von Ihren Kindheitserinnerungen an ihn. Das gefällt ihr.«

Er will ihn mir anpreisen, dachte sie. Warum macht er das?

Doch schon glitt sie in die Nebel ihrer eigenen Kindheit zurück, ein außerkörperliches Erlebnis wie immer, wenn sie nach Anytime fuhren: zurück in die tödliche Berechenbarkeit des Alltagslebens in der Kanalzone, in die uns von unseren träumenden Vorvätern hinterlassene Krematoriumsfrische, in der uns nichts anderes mehr zu tun bleibt, als uns mit den ganzjährig blühenden Blumen, die die Company für uns anpflanzt, und mit den immergrünen Rasen, die die Company für uns mäht, treiben zu lassen und in den Swimmingpools der Company zu schwimmen und Haß auf unsere schönen Schwestern zu entwickeln und die Zeitungen der Company zu lesen und uns in dieses Hirngespinst von einem zur Vollkommenheit gebrachten Gemeinwesen amerikanischer Frühsozialisten zu fügen, dieser Siedler, Kolonisatoren und Prediger inmitten der in der Welt außerhalb der Kanalzone lebenden gottlosen Eingeborenen, wobei wir in Wirklichkeit nie über unsere kleinlichen Streitereien und Eifersüchteleien, die das Los jeder Garnison sind, hinauskommen, nie die ethnischen, sexuellen oder sozialen Maßstäbe der Company in Frage stellen, nie auf die Dreistigkeit verfallen, das uns zugewiesene Gehege zu verlassen, sondern mit unerbittlichem Gehorsam Stufe für Stufe die gezeitenlose schmale Gasse unseres vorbestimmten Lebenswegs auf- und niedersteigen, und das in dem Wissen, daß jede Schleuse, jeder See und jede Fahrrinne, jeder Tunnel, jeder Roboter, jeder Damm und jeder begradigte Hügel links und rechts das unveränderliche Werk der Toten ist, und daß unsere Pflicht und Schuldigkeit hier auf Erden nur darin besteht, Gott und die Company zu preisen, uns strikt zwischen den Mauern zu halten, uns den Glauben und die Keuschheit trotz unserer promiskuitiven Schwester zu bewahren, uns zu Tode zu masturbieren und das Achte Weltwunder seiner Zeit zu preisen.

Wer bekommt die Häuser, Louisa? Wer bekommt das Land, die Swimmingpools und Tennisplätze, die handgeschnittenen Hecken und die von der Company zu Weihnachten überreichten Plastikrentiere? *Louisa, Louisa, sag uns, wie wir die Einnahmen steigern, die Kosten senken, die heilige Kuh der Gringos melken können!* Wir wollen es jetzt, Louisa! Jetzt, solange wir an der Macht sind, jetzt, solange die ausländischen Bieter uns den Hof machen, jetzt, bevor uns diese blauäugigen Ökologen mit ihren kostbaren Regenwäldern auf die Nerven gehen.

Auf den Korridoren Getuschel von Schmiergeldern, Machenschaften, heimlichen Absprachen. Der Kanal wird modernisiert, für die Passage größerer Schiffe verbreitert … neue Schleusen sind in Planung … multinationale Unternehmen bieten enorme Summen für Beratertätigkeit, Einfluß, Aufträge, Kontrakte … Und unterdessen: neue Akten, die Louisa nicht bearbeiten darf, und neue Bosse, die verstummen, wenn sie irgendein anderes Zimmer als das von

Delgado betritt: ihr armer, anständiger, ehrenwerter Ernesto, der sich vergeblich der Flut ihrer unersättlichen Gier entgegenwirft.

»Ich bin doch viel zu jung!« schrie sie. »Ich bin zu *jung* und zu *lebendig*, mir die Kindheit vor meinen Augen zertrümmern zu lassen!«

Sie fuhr erschreckt auf. Ihr Kopf mußte an Pendels verständnislose Schulter gerollt sein.

»Was habe ich gesagt?« fragte sie besorgt.

Sie hatte nichts gesagt. Gesprochen hatte nur der diplomatische Mr. Osnard hinter ihr. Mit seiner grenzenlosen Höflichkeit erkundigte er sich, ob Louisa es genieße, hautnah mitzuerleben, wie die Panamaer den Kanal übernähmen.

Im Hafen von Gamboa zeigte Mark Mr. Osnard, wie man die Plane vom Motorboot abnehmen mußte, und warf die Maschine ganz alleine an. Harry war am Ruder, bis sie die Fahrrinne des Kanals durchquert hatten, Mark aber setzte das Boot auf den Strand und machte es fest, lud das Gepäck aus und zündete mit tatkräftiger Hilfe des munteren Mr. Osnard den Grill an.

Wer ist dieser einnehmende junge Mann, so jung, so hübsch-häßlich, so sinnlich, so amüsant, so höflich? Wie steht dieser sinnliche Mensch zu meinem Mann und wie mein Mann zu ihm? Warum ist dieser sinnliche Mensch wie ein neues Leben für uns – auch wenn Harry jetzt, nachdem er ihn uns aufgedrängt hat, das anscheinend am liebsten wieder rückgängig machen würde? Woher weiß er so viel über uns, wieso gibt er sich uns gegenüber so locker, so familiär, wieso weiß er so gut Bescheid mit dem Laden und Marta und Abraxas und Delgado und allen unseren anderen Bekannten – nur weil sein Vater ein Freund von Mr. Braithwaite war?

Warum gefällt er Harry so viel weniger als mir? Schließlich ist er Harrys Freund, nicht meiner. Warum hängen meine Kinder so begeistert an seinen Lippen, während Harry ihm finster den Rücken zukehrt und über keinen seiner vielen Witze eine Miene verzieht?

Ihr erster Gedanke war, Harry sei eifersüchtig, und das gefiel ihr. Ihr zweiter Gedanke wurde unmittelbar zum Alptraum, zu einem furchtbaren, schändlichen Triumphgefühl: *O Gott, o Mutter und Vater, Harry will, daß ich mich in Mr. Osnard verliebe, damit wir quitt sind.*

Pendel und Hannah grillen Rippchen. Mark macht die Angeln zurecht. Louisa verteilt Bier und Apfelsaft und sieht ihre Kindheit zwischen den Bojen dahintuckern. Mr. Osnard fragt sie nach panamaischen Studenten aus – ob sie welche kennen würde, ob sie militant seien? – und nach Leuten, die auf der anderen Seite der Brücke leben.

»Nun, wir besitzen ja die Reisfarm«, sagt Louisa gewinnend. »Aber ich glaube nicht, daß wir dort irgendwelche *Leute* kennen.«

Harry und Mark sitzen Rücken an Rücken im Boot. Die Fische ergeben sich, um Mr. Osnard zu zitieren, im Geiste freiwilliger Euthanasie. Hannah liegt auf dem Bauch im Schatten des Anytime-Hauses und blättert demonstrativ in dem kostspieligen Buch über Ponys, das Mr. Osnard ihr zum Geburtstag geschenkt hat. Und Louisa, beflügelt von seinen behutsamen Erkundigungen und einem diskreten Schluck Wodka, beglückt ihn mit der Geschichte ihres Lebens, dargeboten in der koketten Sprache ihrer Hurenschwester Emily, wenn diese, bevor sie sich langlegte, ihre Scarlett-O'Hara-Nummer abzog.

»Mein Problem – und das muß ich einfach loswerden – darf ich *wirklich* Andy zu Ihnen sagen? Dann sagen Sie Lou zu mir – nun ja, ich liebe ihn von ganzem Herzen, so vieles an ihm – und Gott sei Dank habe ich nur dieses eine Problem, denn fast alle Frauen, die *ich* in Panama kenne, haben für jeden Tag der *Woche* ein Problem – aber trotzdem, wenn ich *eins* habe, dann ist es mein Vater.«

10

Louisa bereitete ihren Mann auf die Pilgerfahrt zum General genauso engagiert vor wie die Kinder auf den Religionsunterricht, nur mit noch größerer Begeisterung. Gerötete Wangen. Angeregter Tonfall. Eine Begeisterung, die allerdings hauptsächlich aus der Flasche kam.

»Harry, wir müssen den Geländewagen waschen. Schließlich sollst du einen leibhaftigen Helden unserer Tage einkleiden. Der General hat mehr Orden als jeder General der US-Army in seinem Rang und Alter. Mark, du holst ein paar Eimer heißes Wasser. Hannah, du kümmerst dich bitte um Schwamm und Putzmittel, und hör *sofort* mit der Flucherei auf.«

Pendel hätte den Wagen durch die Waschanlage der nächsten Tankstelle fahren können, doch hatte Louisa heute und dem General zuliebe ein Bedürfnis nach Anstand und Reinlichkeit. Nie war sie so stolz gewesen, Amerikanerin zu sein. Und das sagte sie auch mehrmals. Sie war so aufgeregt, daß sie stolperte und beinahe hinfiel. Nach der Wagenwäsche prüfte sie Pendels Krawatte. Prüfte sie, wie Tante Ruth Bennys Krawatten geprüft hatte. Erst aus der Nähe, dann von weitem, wie ein Gemälde. Und war erst zufrieden, als Pendel sie gegen eine etwas gedämpftere ausgetauscht hatte. Ihr Atem roch streng nach Zahnpasta. Pendel fragte sich, warum sie sich in letzter Zeit so häufig die Zähne putzte.

»Harry, soweit ich weiß, bist du kein Angeklagter. Und deshalb solltest du auch nicht wie ein Angeklagter *aussehen*, wenn du zum Oberbefehlshaber des Kommando Süd der Vereinigten Staaten gehst.« Dann rief sie den Friseur an und machte mit ihrer besten Delgado-Sekretärinnenstimme einen Termin für zehn Uhr. »Kein Schnickschnack, keine Koteletten, José. Schneiden Sie Mr. Pendel die Haare bitte ganz kurz und ordentlich. Er will dem Oberbefehlshaber des Kommando Süd der Vereinigten Staaten seine Aufwartung machen.«

Danach erklärte sie Pendel, wie er aufzutreten habe: »Harry, du machst keine Witze, du bist respektvoll« – sie strich ihm liebevoll die Jackettschultern glatt, die freilich auch so schon perfekt saßen – »du grüßt den General von mir und vergißt nicht ihm auszurichten, daß die *ganze* Familie Pendel und nicht nur Milton Jennings Tochter sich darauf freut, wie jedes Jahr auch diesmal am Thanksgiving-Grillfest der amerikanischen Familien und dem anschließenden Feuerwerk teilzunehmen. Und bevor du aus dem Laden gehst, putz dir noch einmal gründlich die Schuhe. Es gibt keinen Soldaten auf der Welt, der seine Mitmenschen nicht nach den Schuhen beurteilt, und der Oberbefehlshaber des Kommando Süd macht da keine Ausnahme. Und fahr vorsichtig, Harry. Bitte.«

Ihre Ermahnungen waren überflüssig. Auf dem gewundenen Dschungelpfad den Ancón Hill hinauf hielt Pendel gewissenhaft wie immer das vorgeschriebene Tempo ein. Am Kontrollpunkt der US Army nahm er stramme Haltung an und zeigte dem Wachposten ein entschlossenes Lächeln, denn inzwischen war er selbst schon halb zum Soldaten geworden. Als er an den gepflegten weißen Villen vorbeifuhr, wurden die auf die Fassaden gemalten Rangbezeichnungen immer höher, und er fühlte sich gewissermaßen selbst von Haus zu Haus immer eine Stufe höher befördert bis zur höchsten. Und als er die prächtige Treppe zum Eingang des Hauses Nummer 1 auf Quarry Heights emporstieg, verfiel er trotz seines Koffers in den eigentümlichen amerikanischen Soldatengang, bei dem der Oberkörper unbeweglich seinen Kurs verfolgt, während Hüften und Knie ihre davon unabhängigen Funktionen erfüllen.

Aber kaum hatte er das Haus betreten, war Harry Pendel hoffnungslos verliebt, wie jedesmal, wenn er hierherkam.

Dies war mehr als Macht. Es war der Lohn der Macht: der Palast eines Prokonsuls auf einem eroberten fremden Hügel, bemannt mit höflichen römischen Wächtern.

»Sir. Der General wird Sie jetzt empfangen, Sir«, erklärte ihm der Sergeant und nahm ihm mit einer geübten Bewegung den Koffer ab.

In der strahlend weißen Vorhalle hingen Messingtafeln für jeden General, der hier bisher gedient hatte. Pendel begrüßte sie wie alte Freunde, sah sich aber gleichzeitig nervös nach unwillkommenen Anzeichen für Veränderungen um. Seine Befürchtungen waren grundlos. Bloß eine wenig gelungene Verglasung der Veranda, ein paar unansehnliche Ventilatoren. Ein paar Teppiche zuviel. In einer früheren Phase seiner Karriere hatte der General den Orient unterworfen. Im übrigen sah das Haus noch ziemlich so aus, wie Teddy Roosevelt es angetroffen haben mochte, als er hierhergekommen war, um die Fortschritte seiner neuesten Errungenschaft zu begutachten. Schwerelos, sein eigenes Dasein zählte nicht mehr, folgte Pendel dem Sergeant durch Verbindungsflure, Salons, Bibliotheken und Empfangszimmer. Jedes Fenster zeigte ihm eine andere Welt: hier der Kanal, der sich, beladen mit Schiffen, grandios durchs Talbecken schwang; hier die mit Fiebernebeln verhangenen Hügel, malvenfarben und bewaldet; hier die Bögen der Bridge of the Americas, die sich wie ein riesiges, sich windendes Seeungeheuer über die Bucht schwangen, und weiter hinten die drei Inseln, die wie Kegel vom Himmel hingen.

Und die Vögel! Die Tiere! Auf diesem einen Hügel – so hatte Pendel aus einem der Bücher von Louisas Vater erfahren – existierten mehr Arten als in ganz Europa zusammen. Auf den Ästen einer großen Eiche lagen ausgewachsene Leguane nachdenklich in der Vormittagssonne. Aus einer anderen Eiche hangelten sich braunweiße Krallenaffen hinunter und holten sich die Mangostücke, die von der freundlichen Frau des Generals dort hingelegt worden waren. Dann huschten sie, einander tretend, wieder den Stamm hinauf in Sicherheit. Und auf dem perfekt gepflegten Rasen tummelten sich braune *Ñeques,* die wie riesige Hamster aussahen. Es war schlicht eins der Häuser, in denen Pendel schon immer gern gewohnt hätte.

Pendels Koffer quer vor der Brust, stieg der Sergeant in Präsentierhaltung die Treppe empor. Pendel folgte ihm. Auf alten Stichen prunkten uniformierte Krieger mit ihren Schnauzbärten. Rekrutierungsplakate forderten ihn zur Teilnahme an vergessenen Kriegen auf. Der Teakschreibtisch im Arbeitszimmer des Generals war so glänzend poliert, daß Pendel überzeugt war, er könne hindurchsehen. Aber vollends ins Schweben geriet Pendel dann im Ankleidezimmer. Neunzig Jahre war es her, daß die besten Architekten und Soldaten Amerikas mit vereinten Kräften Panamas erstes Heiligtum der Schneiderzunft geschaffen hatten. In jenen Tagen waren die Tropen der Kleidung des Gentleman nicht günstig gesinnt. Selbst die bestgeschnittenen Anzüge konnten über Nacht verschimmeln. Hing man sie in enge Schränke, steigerte sich das Problem der Feuchtigkeit noch. Und deshalb hatte man sich für das Ankleidezimmer des Generals etwas anderes einfallen lassen: eine hohe luftige Kapelle, deren Oberfenster sinnreich so angebracht waren, daß sie jeden kleinsten Windhauch einfingen. Und dann das Wunderwerk einer mächtigen Mahagonistange, die an Flaschenzügen von der Decke hing und sich auch von zarter Frauenhand mühelos von oben nach unten bewegen ließ. Und an dieser Stange hatten die vielen Tagesanzüge, Morgenröcke, Smokingjacken, Fräcke, Parade- und Gesellschaftsuniformen des ersten Generals gehangen, der hier das Kommando geführt hatte. Dort hingen sie frei und beweglich, umweht vom sanften Wind, der durch die Fenster strich. Auf der ganzen Welt kannte Pendel keine phantastischere Huldigung seiner Kunst als diese Vorrichtung.

»Und Sie *erhalten* diesen Raum, General, Sir! Sie *benutzen* ihn!« rief er leidenschaftlich. »Und das ist etwas, das wir Briten, mit Verlaub gesagt, gemeinhin nicht mit unseren verehrten amerikanischen Freunden in Verbindung bringen.«

»Nun, Harry, wir alle sind nie ganz das, was wir zu sein scheinen«, sagte der General mit argloser Zufriedenheit, während er sich im Spiegel betrachtete.

»Gewiß, Sir, so ist es. Aber was aus all dem werden soll, wenn es in die Hände unserer tapferen panamaischen Gastgeber fällt, kann wohl niemand im voraus wissen«, ergänzte er nicht ungeschickt in seiner Rolle als Horchposten. »Anarchie und Schlimmeres erwarten uns, wenn ich meinen sensationsgierigeren Kunden glauben darf.«

Der General war geistig jung geblieben und nahm ein offenes Wort nicht übel. »Harry, das geht hin und her. Gestern wollten sie uns loswerden, weil wir schlechte Kolonialherren und Spekulanten sind und sie keine Luft bekommen, solange wir auf ihren Köpfen sitzen. Heute wollen sie uns dabehalten, weil wir der größte Arbeitgeber im Lande sind und weil sie, wenn Uncle Sam sie im Stich läßt, auf den internationalen Geldmärkten in eine Vertrauenskrise geraten. Packen und auspacken. Auspacken und packen. Großartiges Gefühl, Harry. Wie geht's Louisa?«

»Danke, General, Louisa geht es bestens, und noch besser wird es ihr gehen, wenn sie erfährt, daß Sie sich nach ihr erkundigt haben.«

»Milton Jenning war ein ausgezeichneter Pionier in seiner Einheit und ein guter Amerikaner. Ein großer Verlust für uns.«

Sie probierten einen einreihigen blaugrauen Alpaka-Dreiteiler an, Preis 500 Dollar; denselben Betrag hatte Pendel neun Jahre zuvor schon seinem ersten General berechnet. Die Taille mußte noch enger gemacht werden. Der General hatte kein Gramm Fett am Leib und die Figur eines Starathleten.

»Ich nehme an, der nächste Bewohner dieses Hauses wird ein Japaner sein«, lamentierte der Horchposten und winkelte den Arm des Generals an, wobei beide in den Spiegel sahen. »Dazu seine Familie und der ganze Anhang einschließlich Köchin. Mich würde das nicht wundern. Man sollte meinen, manche von denen hätten noch nie etwas von Pearl Harbor gehört. Ehrlich gesagt, General, mich bedrückt das, wie die alte Ordnung abgelöst wird, wenn Sie mir die Bemerkung gestatten.«

Die Antwort des Generals, falls er denn überhaupt soweit kam, sich eine auszudenken, ging im lebhaften Auftritt seiner Frau unter.

»Harry Pendel, Sie lassen *sofort* meinen Mann in Ruhe«, rief sie temperamentvoll, mit einer großen Vase voller Lilien aus dem Nichts auftauchend. »Er gehört mir allein, und Sie ändern an diesem Anzug kein bißchen mehr. Der ist ja so sexy, so was hab ich noch nie gesehen. Ich werde auf der *Stelle* noch einmal mit ihm durchbrennen. Wie geht's Louisa?«

Sie trafen sich in einem 24-Stunden-Café mit Neonbeleuchtung in der Nähe des heruntergekommenen Bahnhofs, der jetzt als Ausgangspunkt für Tagesausflüge auf dem Kanal diente. Osnard saß zusammengesunken an einem Ecktisch; er trug einen Panamahut, neben ihm stand ein leeres Glas. Er hatte in der Woche, seit Pendel ihn das letztemal gesehen hatte, an Gewicht und Jahren zugelegt.

»Tee, oder auch so einen?«

»Ich nehme Tee, bitte, Andy, wenn's recht ist.«

»Tee«, rief Osnard grob der Kellnerin zu und fuhr sich schwerfällig mit der Hand durchs Haar. »Und noch so einen.«

»Schlimme Nacht gehabt, Andy?«

»Immer im Dienst.«

Durch das Fenster konnten sie das verrottende Inventar aus Panamas goldenem Zeitalter betrachten. Alte Eisenbahnwaggons, die Polstersitze von Ratten und Landstreichern herausgerissen, die Messinglampen auf den Tischen noch unversehrt. Rostige Dampflokomotiven, Drehscheiben, Güterwaggons, Kohlewagen, alles verwitterte wie Spielzeug, das ein verwöhntes Kind weggeworfen hat. Unter den Markisen auf dem Bürgersteig drängten sich Rucksacktouristen und wimmelten Bettler ab, zählten durchweichte Dollarscheine und versuchten spanische Schilder zu entziffern. Es hatte fast den ganzen Vormittag geregnet. Es regnete immer noch. Im Restaurant stank es nach warmem Benzin. Schiffssirenen stöhnten durch den allgemeinen Lärm.

»Wir haben uns zufällig getroffen«, sagte Osnard und rülpste diskret. »Sie waren einkaufen, ich habe mich nach den Abfahrtszeiten der Boote erkundigt.«

»Ich war einkaufen? Was denn?« fragte Pendel verwirrt.

»Mir doch egal.« Osnard nahm einen großen Schluck Brandy, Pendel nippte an seinem Tee.

Pendel am Steuer. Wegen der CD-Kennzeichen an Osnards Auto hatten sie sich auf den Geländewagen geeinigt. Kleine Kapellen am Straßenrand bezeichneten Stellen, an denen Spione und andere Autofahrer zu Tode gekommen waren. Geduldige Indiofamilien mit Bündeln auf den Köpfen trieben unruhige Ponys mit riesigen Lasten vor sich her. An einer Kreuzung lag eine tote Kuh. Ein Schwarm schwarzer Geier zankte sich um die besten Stücke. Ein Platter in einem Hinterreifen machte durch betäubendes MG-Geknatter auf sich aufmerksam. Während Pendel den Reifen wechselte, hockte Osnard in seinem Panamahut mürrisch am Straßenrand. Dann ein Restaurant außerhalb der Stadt, Holztische unter Plastikmarkisen, Hühner auf dem Grill. Der Regen hörte auf. Grelle Sonne auf einem smaragdgrünen Rasen. In einer glockenförmigen Voliere kreischten Papageien grünrot Zeter und Mordio. Pendel und Osnard waren allein, abgesehen von zwei dicken Männern in blauen Hemden, die an einem Tisch auf der anderen Seite der hölzernen Terrasse saßen.

»Kennen Sie die?«

»Nein, Andy, erfreulicherweise nicht.«

Und zwei Gläser weißen Hausweins, um das Huhn runterzuspülen – na schön, eine Flasche, aber dann verpißt euch und laßt uns in Frieden.

»Ich glaube, sie sind ziemlich nervös«, fing Pendel an.

Osnard stützte den Kopf auf die gespreizten Finger einer Hand, mit der anderen machte er Notizen.

»Um den General ist ständig ein halbes Dutzend Leute herum, keine Chance, ihn allein zu sprechen. Unter anderem war ein Colonel da, großer Bursche, hat ihn dauernd beiseite genommen. Um irgendwas unterschreiben zu lassen, oder ihm was ins Ohr zu flüstern.«

»Gesehen, was er unterschrieben hat?« Osnard bewegte behutsam den Kopf, um den Schmerz zu lindern.

»Bei der Anprobe? Unmöglich, Andy.«

»Gehört, was sie geflüstert haben?«

»Nein, und ich glaube, Sie hätten auch nicht viel mitbekommen, wenn Sie da unten auf den Knien gelegen hätten.« Er nahm einen Schluck Wein. »›General‹, sage ich, ›falls ich ungelegen komme, falls ich Dinge hören könnte, die ich nicht hören sollte, dann sagen Sie es nur frei heraus. Das macht mir nichts, ich kann jederzeit wiederkommen.‹ Aber davon wollte er nichts wissen. ›Harry, ich bitte Sie, bleiben Sie hier. Sie sind ein verläßliches Floß in sturmgepeitschter See.‹ ›Na gut‹, sage ich, ›ich bleibe.‹ Dann kommt seine Frau herein, und niemand sagt etwas. Aber es gibt Blicke, die mehr sagen als tausend Worte, Andy, und das war so einer. Ich würde sagen, es war ein höchst bedeutungsschwerer Blick zwischen zwei Leuten, die sich sehr gut kennen.«

Osnard notiert nicht besonders eilig. »›Der Oberbefehlshaber des Kommando Süd tauschte einen bedeutungsschweren Blick mit seiner Frau.‹ Da werden in London aber die Alarmglocken schrillen«, bemerkte er säuerlich. »Hat der General denn kein bißchen auf dem Außenministerium rumgehackt?«

»Nein, Andy.«

»Mit keinem Wort über diesen lahmen Haufen gemekkert, alle schwul und überqualifiziert, diese vertrockneten spießigen CIA-Studenten, die ihm direkt aus Yale auf den Hals geschickt werden?«

Pendel sammelt seine Erinnerungen. Umsichtig.

»Ein *bißchen*, Andy. Es lag sozusagen in der Luft.«

Osnard notiert mit etwas mehr Begeisterung.

»Hat er über Amerikas Machtverlust gejammert, über die zukünftigen Besitzverhältnisse am Kanal spekuliert?«

»Die Atmosphäre war angespannt, Andy. Es wurde von den Studenten gesprochen, und nicht gerade respektvoll.«

»Nur seine Worte, wenn's geht, ja? Zitieren Sie, das Ausschmücken überlassen Sie mir.«

Pendel zitierte wie gewünscht. »›Harry‹, sagt er zu mir – und zwar ganz leise – ich stehe vor ihm und beschäftige mich mit seinem Kragen –, ›ich gebe Ihnen einen guten Rat, Harry, verkaufen Sie Ihren Laden und Ihr Haus, und schaffen Sie Frau und Familie aus diesem Höllenloch von einem Land, solange noch Zeit ist. Milton Jenning war ein großartiger Pionier. Seine Tochter hat etwas Besseres verdient.‹ Ich war wie betäubt. Ich konnte nicht sprechen. Ich war zu bewegt. Dann hat er gefragt, wie alt unsere Kinder sind, und war richtig erleichtert, daß sie noch lange nicht studieren, denn die Vorstellung, Milton Jennings Kinder könnten mit einem Haufen langhaariger Kommunistenschweine durch die Straßen rennen, sagte ihm überhaupt nicht zu.«

»Warten Sie.«

Pendel wartete.

»Gut. Weiter.«

»Dann hat er gesagt, ich soll auf Louisa aufpassen; sie sei ihres Vaters würdig, sie verdiene Respekt, weil sie es mit diesem doppelzüngigen Arschloch aushalte, diesem Dr. Ernesto Delgado von der Kanalkommission, den Gott strafen möge. Und der General läßt sich sonst nie zu solchen Ausdrücken hinreißen, Andy. Ich war erschüttert. Sie wären es auch gewesen.«

»*Delgado* ein Arschloch?«

»Richtig, Andy«, sagte Pendel und dachte an die wenig hilfreiche Haltung dieses Gentleman beim Abendessen in seinem Haus, aber auch an all die Jahre, in denen man ihn gezwungen hatte, Delgado als moderne Version Braithwaites zu betrachten.

»Und wieso doppelzüngig?«

»Das hat der General nicht gesagt, Andy, und fragen konnte ich ihn ja wohl schlecht.«

»Hat er was über die US-Militärbasen gesagt, ob die bleiben oder verschwinden?«

»Nicht direkt, Andy.«

»Was, zum Teufel, soll das heißen?«

»Es gab ein paar Witze. Galgenhumor. Bemerkungen in der Richtung, es werde nicht mehr lange dauern, bis die Toiletten überlaufen.«

»Sicherheit der Schiffahrt? Drohungen von arabischen Terroristen, den Kanal lahmzulegen? Daß die Yankees einfach bleiben müssen, um den Drogenkrieg weiterzuführen, die Waffenhändler zu kontrollieren, den Frieden zu erhalten?«

Pendel schüttelte zu jedem dieser Vorschläge bescheiden den Kopf. »Andy, Andy, ich bin Schneider, schon vergessen?« – und schenkte einem am blauen Himmel kreisenden Schwarm Fischadler ein tugendhaftes Lächeln.

Osnard bestellte zwei Gläser Flugzeugsprit. Davon beflügelt, verhielt er sich konzentrierter, und seine kleinen schwarzen Augen begannen wieder zu funkeln.

»Na schön. Zeit zum Beten. Was hat Mickie gesagt? Will er mitmachen oder nicht?«

Aber Pendel ließ sich nicht hetzen. Nicht, wenn es um Mickie ging. Wenn er von seinem Freund erzählte, nahm er sich Zeit. Er verfluchte sein Redetalent und wünschte sehr, es wäre nicht zu Mickies Auftritt an jenem Abend im Club Unión gekommen.

»Es *kann* sein, daß er mitmacht, Andy. Wenn ja, dann aber unter Bedingungen. Er will erst noch mit sich zu Rate gehen.«

Osnard schrieb wieder. Sein Schweiß tröpfelte auf die Plastiktischdecke. »Wo haben Sie ihn getroffen?«

»Im Caesar Park, Andy. In dem langen breiten Flur vor dem Kasino. Dort hält Mickie Hof, wenn es ihm egal ist, mit wem er gesehen wird.«

Die Wahrheit hatte kurz ihr gefährliches Haupt erhoben. Erst tags zuvor hatten Mickie und Pendel genau an der beschriebenen Stelle gesessen, hatte Mickie seine Frau mit Liebe und Schmähungen überhäuft und den Kummer seiner Kinder beklagt. Und Pendel, sein treuer Zellengenosse, hatte mit ihm gefühlt und sehr darauf geachtet, nichts zu sagen, das Mickie in die eine oder andere Richtung hätte beeinflussen können.

»Haben Sie ihm die Sache mit dem stinkreichen exzentrischen Philanthropen aufgetischt?«

»Ja, Andy, er hat sich das angehört.«

»Ihm irgendeine Nationalität genannt?«

»Nur vage, Andy. Wie Sie mir geraten haben. ›Mein Freund ist aus dem Westen, ein guter Demokrat, aber kein Amerikaner‹, habe ich gesagt. ›Weitere Auskünfte kann ich nicht geben.‹ ›Harry, Junge‹ – so spricht er mich häufig an: Harry, Junge – ›wenn er Engländer ist, bin ich schon fast dabei. Vergiß bitte nicht, daß ich in Oxford studiert und ein hohes Amt im englisch-panamaischen Kulturverein bekleidet habe.‹ ›Mickie‹, habe ich gesagt, ›vertrau mir, ich darf dir nicht mehr sagen. Mein exzentrischer Freund besitzt eine ziemliche Menge Geld, und er ist bereit, es dir zur Verfügung zu stellen, vorausgesetzt, er ist von der Rechtmäßigkeit deines Anliegens überzeugt. Und ich rede hier nicht von Kleingeld. Wenn jemand versuchen sollte, Panama den Kanal runtergehen zu lassen‹, habe ich gesagt, ›wenn die Knobelbecher wieder auftauchen und in den Straßen dem Führer zugebrüllt wird, wenn die Chancen einer kleinen, jungen, tapferen Nation, die sich gerade auf die Jungfernfahrt zur Demokratie begibt, zunichte gemacht werden, dann wird mein exzentrischer Freund mit seinen Millionen helfen, so gut er kann.‹«

»Wie hat er darauf reagiert?«

»›Harry, Junge‹, hat er gesagt. ›Ich will ganz ehrlich sein. Das mit dem Geld interessiert mich schon sehr, denn ich bin praktisch abgebrannt. Nicht die Kasinos haben mich ruiniert, oder was ich meinen geliebten Studenten zukommen lasse und den Menschen, die auf der anderen Seite der Brücke leben. Sondern meine bewährten Quellen, die Schmiergelder, die ich diesen Leuten zahle, meine Barauslagen. Nicht bloß in Panama, sondern auch in Kuala Lumpur, Taipeh und Tokio und wer weiß wo sonst noch. Ich bin pleite, so sieht die Sache aus.‹«

»Wem muß er Schmiergelder zahlen? Wozu? Versteh ich nicht.«

»Das hat er mir nicht gesagt, Andy, und ich habe nicht danach gefragt. Er hat nur Andeutungen gemacht, das ist so seine Art. Hat mir eine Menge von Spekulanten an der Hintertür erzählt, und von Politikern, die sich mit dem Erbe des panamaischen Volkes die Taschen füllen.«

»Und was ist mit Rafi Domingo?« fragte Osnard mit der verspäteten Gereiztheit, wie sie Menschen überkommt, die jemandem Geld angeboten haben und plötzlich erkennen müssen, daß ihr Angebot akzeptiert wird. »Ich denke, Domingo finanziert ihn.«

»Nicht mehr, Andy.«

»Und warum nicht?«

Wieder kam die Wahrheit Pendel vorsichtig zu Hilfe.

»Señor Domingo ist seit einigen Tagen, wie ich's mal ausdrücken will, kein gerngesehener Gast mehr an Mickies Tisch. Was allen anderen längst klar gewesen ist, ist schließlich auch Mickie klargeworden.«

»Sie meinen, er hat seine Alte mit Rafi erwischt?«

»Genau das, Andy.«

Osnard mußte das erst einmal verdauen. »Diese Kerle machen mich fertig«, schimpfte er. »Intrigen hier, Intrigen da, Geschwafel vom großen Ausverkauf, von drohenden Putschen, stillen Oppositionen und Studenten im Widerstand. Gegen wen, zum Teufel, richtet sich diese Opposition? Was wollen diese Leute? Warum rücken die nicht mit der Sprache raus?«

»Genau das habe ich ihm auch gesagt, Andy. ›Mickie‹, habe ich gesagt, ›mein Freund investiert sein Geld nicht in ein Rätsel. Solange es da draußen ein großes Geheimnis gibt, über das du Bescheid weißt und mein Freund nicht‹, habe ich gesagt, ›wird er das Geld in der Brieftasche behalten.‹ Ich bin hart geblieben, Andy. Das muß man bei Mickie sein. Er ist ein zäher Bursche. ›*Du* lieferst deine Pläne, Mickie‹, habe ich gesagt, ›und *wir* liefern unsere Philanthropie.‹ Wortwörtlich«, setzte er hinzu, während Osnard schnaufend mitschrieb und der Schweiß auf den Tisch tropfte.

»Wie hat er darauf reagiert?«

»Er hat sich kleingemacht, Andy.«

»*Was* hat er?«

»Sich in Schweigen gehüllt. Ich mußte ihm alles aus der Nase ziehen, wie bei einem Verhör. ›Harry, Junge‹, sagt er, ›wir sind doch beide Ehrenmänner, also will ich auch kein Blatt vor den Mund nehmen.‹ Er kam ziemlich in Wallung. Wenn du mich fragst: *wann*, dann sage ich: *nie. Niemals.*‹« Der Eifer in Pendels Stimme war äußerst lebensecht. Man spürte sofort, daß er dabeigewesen war, daß er Abraxas' Leidenschaft mitempfand. »›Weil ich *niemals* auch nur die allerkleinste Einzelheit von dem preisgeben werde, was mir aus streng geheimen Quellen zugänglich gemacht wurde, solange ich das nicht mit jedem einzelnen von ihnen abgesprochen habe.‹« Er senkte die Stimme zu einem feierlichen Versprechen. »›Erst dann erfährt dein Freund von mir den Operationsplan meiner Bewegung, dazu eine Erklärung über ihre Ziele und Träume, unser Grundsatzprogramm für den Fall, daß wir tatsächlich einmal den ersten Preis in der großen Lotterie des Lebens gewinnen sollten, und sämtliche nötigen Daten und Fakten über die heimlichen Machenschaften dieser Regierung, die ich geradezu für diabolisch halte – vorausgesetzt, mir werden gewisse absolut feste Zusagen gemacht.‹«

»Zum Beispiel?«

»›Zum Beispiel, daß meine Organisation mit sehr viel Umsicht und Respekt behandelt wird, daß jeder Schritt im voraus mit Harry Pendel abgeklärt wird, jedes noch so geringfügige Detail, das meine Sicherheit betrifft und die Sicherheit derer, für die ich verantwortlich bin, und zwar ohne jede Ausnahme.‹ Punkt.«

Schweigen. Osnards starrer, finsterer Blick. Und Harry Pendels konfuse Miene, als er Mickie vor den Folgen seiner falsch eingeschätzten Liebesgabe zu schützen suchte.

Osnard sprach als erster.

»Harry, alter Freund.«

»Was gibt's, Andy?«

»Kann es sein, daß Sie mir was verheimlichen?«

»Ich erzähle Ihnen, wie es sich abgespielt hat, was Mickie und ich gesagt haben.«

»Das ist ungeheuer wichtig, Harry.«

»Darüber bin ich mir durchaus im klaren, Andy.«

»Das ist die ganz große Nummer. Das, wozu wir zwei überhaupt auf der Welt sind. Wovon London seit langem träumt: eine weitverzweigte, bürgerlich radikale Freiheitsbewegung, durchorganisiert und bereit, auf Kommando für die Demokratie in den Kampf zu ziehen.«

»Mir ist nicht ganz klar, wohin uns das eigentlich führen soll, Andy.«

»Jetzt ist nicht die Zeit, daß Sie in Ihrem eigenen Kanal herumpaddeln. Kapiert?«

»Nicht direkt, Andy.«

»Vereint sind wir stark. Getrennt sind wir am Arsch. Sie liefern mir Mickie, ich liefere Ihnen London, so einfach ist das.«

Pendel hatte eine Idee. Eine wunderbare Idee.

»Er hat noch eine weitere Bedingung gestellt, Andy, die ich Ihnen unbedingt nennen sollte.«

»Und, das wäre?«

»Ehrlich gesagt, etwas sehr Lächerliches; ich fand es wenig sinnvoll, Ihnen das mitzuteilen. ›Mickie‹, habe ich zu ihm gesagt, ›damit kommst du niemals durch. Jetzt hast du den Bogen überspannt. Jetzt hast du wahrscheinlich für lange Zeit zum letztenmal von meinem Freund gehört.‹«

»Weiter.«

Pendel lachte, aber nur innerlich. Er hatte einen Ausweg gefunden, ein riesengroßes Tor in die Freiheit. Das Redetalent strömte ihm durch den ganzen Körper, kitzelte ihn an den Schultern, pochte in seinen Schläfen und brauste ihm in den Ohren. Er holte Luft und formulierte den nächsten langen Absatz:

»›Es geht um die Modalitäten bei der Auszahlung des Geldes, das dein verrückter Millionär in meine Stille Opposition pumpen möchte, um sie zu einem ebenbürtigen Werkzeug der Demokratie für eine kleine Nation auf der

Schwelle zur Selbstbestimmung und allem, was das mit sich bringt, zu machen.‹«

»Also was denn nun?«

»Das Geld ist im voraus zu zahlen, Andy. Die vollständige Summe in bar oder in Gold«, antwortete Pendel zerknirscht. »Banken dürfen aus Sicherheitsgründen nicht eingeschaltet werden, also keine Überweisungen, keine Schecks. Das Geld ist ausschließlich zum Gebrauch seiner Bewegung bestimmt, das heißt auch für Fischer und Studenten, korrekt ausgezahlt und koscher, mit Quittungen und allem Drum und Dran«, schloß er mit dankbarer Verneigung vor seinem Onkel Benny.

Doch Osnard reagierte nicht so, wie Pendel erwartet hatte. Im Gegenteil, sein aufgedunsenes Gesicht schien während Pendels Rede aufzuleuchten.

»Das wird sich machen lassen«, sagte er vollkommen einsichtig, nachdem er gebührend lange über dieses interessante Ansinnen nachgedacht hatte. »London dürfte auch nichts einzuwenden haben. Ich werde es ihnen schmackhaft machen, und dann sehen wir weiter. Die meisten da sind gar nicht so unvernünftig. Engagiert. Wenn nötig auch flexibel. Fischer kann man nicht mit Scheck bezahlen. Wäre ziemlich blödsinnig. Kann ich sonst noch was für Sie tun?«

»Ich denke, das reicht erst mal. Danke, Andy«, erwiderte Pendel brav und versuchte, sich seine Verblüffung nicht anmerken zu lassen.

Marta stand am Herd und kochte griechischen Mokka, den Pendel besonders gern trank. Er lag auf ihrem Bett und studierte ein komplexes Diagramm aus Linien und Kreisen und Kombinationen von Großbuchstaben und Ziffern.

»Das ist eine Schlachtordnung«, erklärte sie. Wie wir sie auch schon als Studenten entworfen haben. Kodenamen, Zellen, Kommunikationswege, dazu eine spezielle Verbindungsgruppe für Gespräche mit den Gewerkschaften.«

»Und wo ist Mickie darin zu finden?«

»Nirgends. Mickie ist unser Freund. Das wäre nicht angebracht.«

Der Kaffee siedete auf und setzte sich wieder. Sie füllte zwei Tassen.

»Und der Bär hat angerufen.«

»Was hat er gewollt?«

»Er sagt, er plant einen Artikel über dich.«

»Ist doch prima.«

»Er will wissen, wieviel der neue Clubraum dich gekostet hat.«

»Wieso interessiert ihn das denn?«

»Weil er ein schlechter Mensch ist.«

Sie nahm ihm die Schlachtordnung aus der Hand, reichte ihm den Kaffee und setzte sich dicht neben ihn aufs Bett.

»Und Mickie will noch einen Anzug. Alpaka mit Hahnentritt-Muster, so einen, wie du für Rafi gemacht hast. Ich habe ihm gesagt, den bekommt er erst, wenn er den letzten bezahlt hat. War das in Ordnung?«

Pendel nippte an seinem Mokka. Er hatte Angst, wußte aber nicht, warum.

»Wenn's ihn glücklich macht, soll er ihn haben«, sagte er, ihrem Blick ausweichend. »Er hat es verdient.«

11

Alle waren begeistert, wie gut es sich mit dem jungen Andy anließ. Selbst Botschafter Maltby, bei dem man Begeisterungsfähigkeit im herkömmlichen Sinn gar nicht vermutet hätte, ließ die Bemerkung fallen, daß ein junger Mann, der beim Golf mit Handicap Acht antritt und zwischen den Schlägen den Mund hält, kein ganz schlechter Mensch sein könne. Nigel Stormont hatte seine bösen Befürchtungen nach wenigen Tagen vergessen. Osnard erhob keinen Anspruch auf seine Stellung als Leiter der Kanzlei, bewies gebührenden Respekt vor den Empfindlichkeiten seiner Kollegen und machte bei den diversen gesellschaftlichen Anlässen einen guten, wenn auch nicht glänzenden Eindruck.

»Haben Sie irgendwelche Vorschläge, wie ich Ihre Anwesenheit hier in der Stadt erklären soll?« fragte Stormont ihn bei ihrer ersten Begegnung nicht allzu freundlich. »Ganz zu schweigen von der Botschaft«, fügte er noch hinzu.

»Wie wär's mit Kanalbeobachter?« meinte Osnard. »Großbritanniens Handelswege im postkolonialen Zeitalter. Stimmt doch sogar in gewisser Weise. Kommt nur drauf an, wie man beim Beobachten vorgeht.«

Stormont fand an diesem Vorschlag nichts auszusetzen. Jede bedeutende Botschaft in Panama hatte ihren Kanalexperten, nur die Briten nicht. Aber kannte Osnard sich überhaupt damit aus?

»Wie steht es denn mit den US-Basen?« Mit dieser Frage wollte Stormont Osnards Befähigung für seinen neuen Posten prüfen.

»Kann Ihnen nicht folgen.«

»Bleiben die US-Soldaten oder nicht?«

»Ist noch völlig offen. Viele in Panama wollen die Basen noch behalten, als Sicherheit für ausländische Investoren. Kurzsichtige Leute. Sehen das als Übergangsstadium.«

»Und die anderen?«

»Für die ist jeder weitere Tag zuviel. Müssen die Amis seit 1904 als Kolonialmacht ertragen, Schande für die Region, sollen endlich abhauen. Von hier aus sind US-Marines in den zwanziger Jahren über Mexiko und Nicaragua hergefallen, 1925 haben sie die Streiks in Panama niedergeschlagen. Seit dem Bau des Kanals sind die US-Soldaten hier. Das gefällt keinem außer den Bankleuten. Zur Zeit dient Panama den USA als Basis für Schläge gegen die Drogenbarone in den Anden und in Mittelamerika und als Ausbildungslager für lateinamerikanische Soldaten, die von ihren Regierungen in den Kampf gegen Feinde geschickt werden sollen, die erst noch gefunden werden müssen. Auf den US-Basen sind viertausend Panamaer beschäftigt, weitere elftausend Jobs hängen zusätzlich dran. Offizielle Truppenstärke der USA siebentausend Mann, aber vieles wird verschwiegen, jede Menge ausgehöhlte Berge, vollgestopft mit Kriegsgerät und so weiter. Angeblich entfallen vier Komma fünf Prozent des Bruttosozialprodukts auf die militärische Präsenz der USA, aber das ist natürlich Quatsch, wenn man Panamas versteckte Gewinne mit einbezieht.«

»Und die Verträge?« fragte Stormont, insgeheim beeindruckt.

»Nach dem Vertrag von 1904 gehört die Kanalzone für alle Zeiten den Amis, der Torrijos-Carter-Vertrag von '77 schreibt vor, daß der Kanal mit allem, was dazugehört, zur Jahrhundertwende unentgeltlich an Panama zurückzugeben ist. Amerikas Rechte sieht das immer noch als Ausverkauf. Das Protokoll läßt die weitere Anwesenheit von US-Militär zu, falls beide Seiten damit einverstanden sind. Die Frage, wer wem wann wofür wieviel bezahlt, hat man ausgeklammert. Hab ich bestanden?«

Er hatte bestanden. Osnard, der offizielle Kanalbeobachter, bezog pünktlich seine Wohnung, gab Einstandspartys, drückte tausend Hände und hatte sich binnen weniger Wochen zu einer erfreulichen kleinen Bereicherung der diplomatischen Landschaft entwickelt. Und ein paar Wochen später galt er schon als feste Größe. Er spielte nicht nur Golf mit dem Botschafter, sondern auch Tennis mit Simon Pitt, er beteiligte sich an den fröhlichen Strandpartys der jüngeren Botschaftsangestellten ebenso wie an den regelmäßigen hektischen Aktivitäten der diplomatischen Gemeinde, wenn es darum ging, zur Beruhigung des eigenen Gewissens Geld für die unterprivilegierten Bürger Panamas zu sammeln, von denen es erfreulicherweise einen unerschöpflichen Vorrat gab. Als die Botschaft eine Pantomimenaufführung plante, wurde Osnard einstimmig die Rolle des Freifräuleins zugewiesen.

»Darf ich Sie mal was fragen?« wandte sich Stormont an ihn, als sie sich etwas besser kennengelernt hatten. »Was macht eigentlich dieser Ausschuß Planung & Anwendung, wenn er zusammenkommt?«

Osnard drückte sich undeutlich aus. Absichtlich, vermutete Stormont.

»Weiß ich nicht genau. Untersteht dem Finanzminister. Bunte Mischung aus diversen Ämtern. Dazu Leute aus allen möglichen Lebensbereichen. Frischer Wind, der die Spinnweben vertreiben soll. Unabhängige und Gesalbte des Herrn.«

»Irgendwelche bestimmten Bereiche?«

»Parlament. Presse. Hier und da. Mein Chef hält das für eine Riesensache, spricht aber kaum davon. Den Vorsitz hat ein gewisser Cavendish.«

»*Cavendish?*«

»Vorname Geoff.«

»*Geoffrey* Cavendish?«

»So eine Art Freischaffender. Zieht die Fäden von außerhalb. Büro in Saudi-Arabien, Häuser in Paris und im West End, Schloß in Schottland. Mitglied im Boodles-Club.«

Stormont starrte Osnard ungläubig an. Cavendish, der Vitamin-B-Händler, dachte er. Cavendish, der Rüstungslobbyist. Cavendish, der selbsternannte Freund der Staatenlenker. Cavendish, der Zehn-Prozent-Mann: Stormont kannte ihn aus seiner Dienstzeit im Londoner Außenministerium. Kanonen-Cavendish, Waffenmakler. Geoff der Ölscheich. Wer mit Obengenanntem in Beziehung tritt, hat vor jedem weiteren Schritt unverzüglich die Personalabteilung zu informieren.

»Wer noch?« fragte Stormont.

»Ein gewisser Tug. Nachname unbekannt.«

»Vielleicht Kirby?«

»Nur Tug«, sagte Osnard mit einer Gleichgültigkeit, die Stormont ziemlich sympathisch war. »Zufällig am Telefon mitbekommen. Mein Chef hatte sich vor der Sitzung mit Tug zum Essen verabredet. Mein Chef hat bezahlt. War wohl so üblich.«

Stormont biß sich auf die Lippe und fragte nicht weiter. Er wußte bereits mehr als er wollte und wahrscheinlich auch mehr als er sollte. Statt dessen wandte er sich dem heiklen Problem von Osnards künftigen Erkenntnissen zu, worüber sie unter vier Augen in einem neuen schweizerischen Restaurant diskutierten, in dem es Kirsch zum Kaffee gab. Osnard hatte das Lokal ausgesucht, Osnard bestand darauf, die Rechnung aus seinem, wie er es nannte, Reptilienfonds zu bezahlen, Osnard schlug vor, sie sollten Cordon bleu und Gnocchi essen, das Ganze mit einem chilenischen Roten runterspülen und dann den Kirsch nehmen.

Zu welchem Zeitpunkt würde die Botschaft von Osnards Erkenntnissen erfahren? fragte Stormont. Bevor sie nach London übermittelt würden? Danach? Niemals?

»Mein Chef sagt, hiesige Instanzen dürfen nur mit seiner Zustimmung einbezogen werden«, antwortete Osnard mit vollem Mund. »Heidenangst vor Washington. Will Informationen nur persönlich weitergeben.«

»Können Sie damit leben?«

Osnard nahm einen Schluck Roten und schüttelte den Kopf »Unternehmen Sie was dagegen, rate ich Ihnen. Gründen Sie eine botschaftsinterne Arbeitsgruppe. Sie, der Botschafter, Fran und ich. Gully ist vom Verteidigungsministerium, gehört also nicht zu uns. Pitt ist bloß auf Probe da. Stellen Sie eine Unterweisungsliste auf, alle Beteiligten erklären sich damit einverstanden, Treffen nur außerhalb der Dienststunden.«

»Wird Ihr Chef das tolerieren, wer auch immer er ist?«

»Sie schieben, ich ziehe. Er heißt Luxmore, soll ein Geheimnis sein, nur jeder weiß es. Sagen Sie dem Botschafter, er soll auf den Tisch hauen. ›Der Kanal ist eine Zeitbombe. Es muß unbedingt sofort hier vor Ort reagiert werden können.‹ Irgend so einen Scheiß. Er wird's schon schlucken.«

»Der Botschafter haut nie auf den Tisch«, sagte Stormont.

Aber auf irgend etwas mußte Maltby gehauen haben, denn nach einer Flut ablehnender Telegramme, die in der Regel spät nachts per Hand dekodiert werden mußten, erhielten Osnard und Stormont von ihren jeweiligen Dienstherren widerwillig die Erlaubnis, gemeinsame Sache zu machen. In der Botschaft wurde eine Arbeitsgruppe mit dem harmlos klingenden Namen Isthmus gegründet. Aus Washington flog ein Trio mißmutiger Techniker ein, die drei Tage lang die Wände abhorchten und sie schließlich für taub erklärten. Und an einem turbulenten Freitagabend um sieben war es soweit: Im trüben Licht einer scheußlichen Lampe versammelten sich die vier Verschwörer um den Tropenteak-Konferenztisch der Botschaft; sie hatten es schriftlich, daß ihnen die Geheimakte BUCHAN zugänglich gemacht würde und sie von der Quelle BUCHAN im Rahmen einer Operation mit dem Decknamen BUCHAN unterrichtet werden sollten. Die Feierlichkeit des Augenblicks wurde etwas gedämpft von einem humoristischen Ausbruch Maltbys, den er hinterher dem vorübergehenden Aufenthalt seiner Frau in England zuschrieb:

»Von jetzt an ist BUCHAN amtlich, die Sache läuft, Sir«, erklärte Osnard leichthin, als er wie ein Croupier, der die Chips zusammenharkt, die unterschriebenen Formulare einsammelte. »Die Quelle sprudelt reichlich. Vielleicht sollten wir uns öfter als einmal die Woche treffen.«

»*Was* tut die Sache, Andrew?« fragte Maltby und legte geräuschvoll seinen Kugelschreiber hin.

»Sie läuft.«

»Sie läuft?«

»Sag ich doch, Botschafter. Sie läuft.«

»Ja. Ganz recht. Vielen Dank. Nun, von jetzt an, wenn Sie gestatten, Andrew, hat sich die *Sache* – um mich Ihrer Ausdrucksweise zu bedienen – *ausgelaufen.* BUCHAN mag sich in Gang befinden. Er mag sogar in *vollem* Gange sein. Er mag in Betrieb oder notfalls auch auf Touren sein. Aber solange ich Botschafter bin, wird er niemals *laufen,* wenn ich bitten darf. Das wäre mir zu stressig.«

Hinterher lud Maltby, Wunder über Wunder, die ganze Mannschaft zu Eiern mit Schinken und einer Runde im Swimmingpool in die Residenz; nach einem Toast auf »die Buchanianer« führte er die Gäste in den Garten, wo sie seine Schildkröten bewunderten, deren Namen er ihnen durch den Verkehrslärm zubrüllte: »Na komm, Herkules, hopphopp! – glotz die Dame nicht so an, Galileo, hast du noch nie ein hübsches Mädchen gesehen?« Und als sie schwammen, herrlich bei einbrechender Dämmerung, verblüffte Maltby die Anwesenden ein weiteres Mal, indem er Fran mit dem Jubelruf »Gott, was für eine schöne Frau!« hochleben ließ. Zur Krönung des Abends bestand er darauf, Tanzmusik zu spielen, und ließ von seinen Hausdienern die Teppiche aufrollen, wobei Stormont nicht entging, daß Fran mit jedem tanzte, nur nicht mit Osnard, der sich demonstrativ den Büchern des Botschafters widmete, deren Titel er, die Hände auf dem Rücken wie ein englischer Prinz beim Abschreiten der Ehrengarde, einen nach dem anderen entzifferte.

»Findest du nicht auch, daß Andy ein wenig seltsam ist?« fragte er Paddy bei einem letzten Drink. »Soweit man weiß, geht er niemals mit Mädchen aus. Und Fran behandelt er, als ob sie die Pest hätte.«

Stormont dachte, sie bekäme wieder einen Hustenanfall, aber sie lachte nur.

»Darling«, murmelte Paddy und verdrehte die Augen. *»Andy Osnard?«*

Eine Ansicht, der Francesca Deane, hätte sie sie in Osnards Bett in dessen Wohnung in Paitilla hören können, aus vollem Herzen zugestimmt hätte.

Wie sie dort hingekommen war, war ihr ein Rätsel, freilich schon seit zehn Wochen.

»Es gibt nur zwei Möglichkeiten, wie man sich in dieser Situation verhalten kann, Mädchen«, hatte Osnard ihr mit der ihm eigenen Selbstsicherheit bei Grillhähnchen und kühlem Bier am Pool des El Panama erklärt. »Möglichkeit A. Sechs Monate lang verkrampft abwarten, dann einander brünstig in die Arme sinken. ›Liebling, warum haben wir das nicht schon viel früher getan, keuch, keuch?‹ Möglichkeit B, die bessere, auf der Stelle losvögeln, absolutes Stillschweigen bewahren, sehen, wie's uns gefällt. Gefällt es uns, na prima. Wenn nicht, lassen wir's bleiben, und keiner hat was gemerkt. ›Hab's probiert, hat keinen Spaß gemacht, danke für die Auskunft. Das Leben geht weiter. Basta.‹«

»Es gibt auch noch Möglichkeit C.«

»Die wäre?«

»Enthaltung zum Beispiel.«

»Ich soll mir also einen Knoten reinmachen, und du nimmst den Schleier?« Er wies mit einer gutgepolsterten Hand über die Hotelterrasse, wo zur Musik einer Live-Band alle möglichen jungen Luxusgeschöpfe mit ihren Verehrern flirteten. »Wir sind hier auf einer einsamen Insel, Mädchen. Der nächste weiße Mann ist tausend Meilen weit weg. Nur du und ich und unser Dienst für England, bis nächsten Monat meine Frau nachkommt.«

Francesca war halb aufgesprungen. Sie schrie ihn an: »Deine Frau!«

»Hab gar keine. Nie eine gehabt, und will auch keine«, sagte Osnard, sich ebenfalls erhebend. »Demnach dürfte unserem Glück jetzt nichts mehr im Weg stehen, also was zierst du dich noch?«

Während sie noch nach einer Antwort suchte, tanzten sie schon, und gar nicht schlecht. Sie hätte nie gedacht, daß ein so massig gebauter Mann sich so leichtfüßig bewegen konnte. Oder daß so kleine Augen so unwiderstehlich sein konnten. Und wenn sie ehrlich war, hätte sie auch nie gedacht, daß ihr ein Mann gefallen konnte, der, um das mindeste zu sagen, nicht gerade wie ein Adonis aussah.

»Dir ist wohl gar nicht erst in den Sinn gekommen, daß mir ein anderer *wesentlich* lieber sein könnte?« fragte sie.

»In Panama? Ausgeschlossen, Mädchen. Hab mich nach dir erkundigt. Die Männer hier nennen dich den englischen Eisberg.«

Sie tanzten eng umschlungen. Es schien sich ganz von selbst zu verstehen.

»Kein Mensch nennt mich so!«

»Wollen wir wetten?«

Sie tanzten noch enger.

»Und zu Hause?« hakte sie nach. »Woher willst du wissen, daß ich in Shropshire keinen Geliebten habe? Oder von mir aus auch in London?«

Er küßte ihre Schläfe, es hätte aber auch jeder andere Körperteil sein können. Seine Hand lag vollkommen reglos auf ihrem Rücken, und ihr Rücken war nackt.

»Das nützt dir hier draußen auch nicht viel, Mädchen. Befriedigung über fünftausend Meilen hinweg? Das glaubst du doch selbst nicht.«

Es war nicht so, daß sie sich von Osnards Argumenten hatte überzeugen lassen, versuchte Fran sich einzureden, als sie den gutgenährten Schläfer neben sich betrachtete. Oder daß er der beste Tänzer der Welt war. Oder daß er sie öfter und lauter zum Lachen gebracht hatte als jeder andere, den sie kannte. Es war einfach so, daß sie sich nicht vorstellen konnte, ihm auch nur einen Tag, geschweige denn drei Jahre, Widerstand zu leisten.

Sie war vor sechs Monaten nach Panama gekommen. In London hatte sie die Wochenenden mit einem beängstigend gutaussehenden Börsenmakler namens Edgar verbracht. Als sie dann versetzt wurde, betrachteten sie die Affäre in beiderseitigem Einvernehmen als beendet. Bei Edgar geschah alles in beiderseitigem Einvernehmen.

Aber wer *war* Andy eigentlich?

Fran, die nur soliden Quellen vertraute, hatte noch nie mit jemandem geschlafen, über den sie sich nicht vorher informiert hatte.

Sie wußte, daß er in Eton gewesen war, aber nur weil Miles es ihr erzählt hatte. Osnard, der sein altes College zu hassen schien, sprach in diesem Zusammenhang nur von »Gefängnis« oder »Tretmühle«. Im übrigen vermied er jeden Hinweis auf seine Ausbildung. Sein Wissen war durchaus fundiert, aber eigenwillig, wie man es bei jemandem erwarten würde, dessen schulische Laufbahn abrupt geendet hatte. Wenn er betrunken war, berief er sich gern auf Pasteur: *»Das Glück begünstigt nur den Vorbereiteten.«*

Er war entweder reich oder, falls er das nicht war, verschwenderisch beziehungsweise mehr als großzügig. Fast jede Tasche seiner teuren Maßanzüge – jemand wie Andy fand natürlich den besten Schneider in der Stadt, sobald er hier ankam – schien mit 20- und 50-Dollar-Scheinen vollgestopft zu sein. Aber wenn sie ihn darauf hinwies, erklärte er bloß achselzuckend, das bringe der Job so mit sich. Und wenn er sie zum Essen ausführte oder ein heimliches Wochenende mit ihr auf dem Lande verbrachte, warf er mit Geld nur so um sich.

Er hatte einen Windhund besessen, den er an Rennen im White-City-Stadion hatte teilnehmen lassen, bis – nach seinen Worten – ein paar von den Jungs ihn aufgefordert hatten, mit dem Köter woanders hinzugehen. Das ehrgeizige Projekt einer Go-Kart-Bahn in Oman war auf ähnliche Weise fehlgeschlagen. Dann hatte er am Shepherd Market Silber verkauft. Keins dieser Intermezzi konnte lange gedauert haben, denn er war erst siebenundzwanzig.

Über seine Herkunft verweigerte er jede Auskunft, er behauptete lediglich, seinen ungeheuren Charme und Reichtum habe er einer entfernten Tante zu verdanken. Er sprach auch nie von seinen früheren Eroberungen, dabei hatte sie erstklassige Gründe zu der Annahme, daß es eine beträchtliche Zahl sein mußte. Seinem Schweigeversprechen getreu, stellte er in der Öffentlichkeit keinerlei Ansprüche an sie, und gerade das fand sie sehr erregend: Eben noch war sie in seinen überaus fähigen Armen auf dem Höhepunkt der Ekstase, und im nächsten Augenblick saß sie ihm bei einer Kanzleibesprechung züchtig gegenüber und tat so, als ob sie einander kaum kennen würden.

Und er war ein Spion. Und er hatte den Auftrag, einen anderen Spion mit Namen BUCHAN zu führen. Beziehungsweise mehrere, denn BUCHANs Informationen waren so vielfältig und aufregend, daß sie unmöglich von einer einzigen Person stammen konnten.

Und BUCHAN hatte Zugang zum Präsidenten und zum US-General des Kommando Süd. BUCHAN kannte Gauner und Geschäftemacher, Leute, wie Andy sie gekannt haben mußte, als er noch seinen Windhund hatte, dessen Namen sie kürzlich erfahren hatte: Vergeltung. Sie maß dem Bedeutung bei: Andy hatte feste Vorstellungen.

Und BUCHAN stand in Kontakt mit einer heimlichen demokratischen Opposition, die nur darauf wartete, daß die alten Faschisten in Panama ihr wahres Gesicht zeigten. Er sprach mit militanten Mitgliedern der Studentenbewegung, mit Fischern und heimlichen Aktivisten in den Gewerkschaften. Er verschwor sich mit ihnen, wartete mit ihnen auf den Tag X. Er nannte sie – sehr reizvoll, dachte sie – die Leute von der anderen Seite der Brücke. Zu BUCHANs Bekannten zählte auch Ernie Delgado, die graue Eminenz des Kanals. Und Rafi Domingo, der als Geldwäscher für die Kartelle tätig war. BUCHAN kannte Mitglieder der Gesetzgebenden Versammlung, und zwar viele. Er kannte Anwälte und Bankdirektoren. BUCHAN kannte offenbar jeden, den man in Panama kennen mußte, und Fran fand es außerordentlich, ja *unheimlich*, daß es Andy in so kurzer Zeit gelungen war, mitten ins Herz eines Panama einzudringen, von dessen Existenz sie nie etwas geahnt hatte. Aber schließlich hatte er auch *ihr* Herz ziemlich im Sturm erobert.

Und BUCHAN witterte eine große Verschwörung, wenngleich niemand so recht begriff, wer genau dahinterstecken sollte: nur daß die Franzosen und vermutlich die Japaner und Chinesen und die Tiger Südostasiens daran beteiligt waren oder sein könnten, vielleicht auch die mittel- und südamerikanischen Drogenkartelle. Und bei der

Verschwörung ging es darum, den Kanal durch die Hintertür zu verkaufen, wie Andy das ausdrückte. Aber wie? Und wie, ohne daß die Amerikaner es mitbekamen? Immerhin hatten die Amerikaner fast das ganze Jahrhundert über faktisch dieses Land regiert, und sie hatten auf dem ganzen Isthmus, ja in ganz Mittelamerika die erstaunlichsten und raffiniertesten Abhörsysteme installiert.

Aber seltsam, die Amerikaner wußten von all dem nichts, und das machte die Sache nur um so aufregender. Beziehungsweise, falls sie davon wußten, haben sie es uns verschwiegen. Oder sie wußten es, haben es aber einander verschwiegen; denn wenn man heutzutage von amerikanischer Außenpolitik redete, mußte man erst einmal fragen welche, und welcher Botschafter: der in der US-Botschaft oder der auf Ancón Hill, weil die amerikanischen Militärs sich immer noch nicht daran gewöhnt hatten, daß sie in Panama keine Köpfe mehr einschlagen konnten.

Und London war aufs äußerste erregt, dort wurden an allen möglichen befremdlichen Orten und aus längst vergangenen Zeiten Belegmaterial ausgegraben, und man stellte kuriose Betrachtungen darüber an, wessen Ambitionen auf globale Macht den Sieg davontragen würden, denn über dem armen kleinen Panama versammelten sich, wie BUCHAN es ausdrückte, sämtliche Geier der Welt, und wer schließlich die Beute wegschleppen würde, sei noch völlig offen. Und London verlangte unablässig nach *mehr, mehr,* was Andy wütend machte, denn man könne, sagte er, ein Netzwerk ebenso überfordern wie einen Windhund: am Ende müssen beide dafür bezahlen, der Hund und man selbst. Aber das war auch schon alles, was er ihr erzählte. Im übrigen war er die Verschwiegenheit selbst, und das bewunderte sie.

Und all das in zehn kurzen Wochen und ohne Anlauf, genau wie ihre Liebesaffäre. Andy war ein Zauberer, er faßte Dinge an, die seit Jahren herumlagen, und erweckte sie zu faszinierendem Leben. Auch Fran faßte er auf diese Weise an. Aber wer war BUCHAN? Wenn Andy durch BUCHAN definiert wurde, wer definierte dann BUCHAN?

Warum sprachen BUCHANs Freunde so offen mit ihm? War BUCHAN Psychiater? Arzt? Oder gar eine Frau? Irgendeine raffinierte Schnepfe, die ihren Liebhabern mit lüsternen Tricks Geheimnisse aus der Nase zog? Wer war das, der immer schon nach fünfzehn Sekunden auflegte, wenn er Andy anrief, so daß er kaum noch »Ich komme« sagen konnte? War es BUCHAN selbst, oder ein Mittelsmann, ein Student, ein Fischer, ein Kontaktagent, irgendeine besondere Verbindungsperson im Netzwerk? Wo ging Andy hin, wenn er, wie von einer übernatürlichen Stimme gelenkt, mitten in der Nacht aufstand, sich in seine Kleider warf, aus dem Wandtresor hinterm Bett einen Packen Dollarscheine nahm und sie ohne ein Abschiedswort dort liegen ließ, um dann im Morgengrauen, verärgert oder in bester Stimmung, nach Zigarrenqualm und Weiberparfüm stinkend, wieder zu ihr hereinzuschleichen? Und dann, immer noch ohne ein Wort, mit ihr zu schlafen, endlos, wunderbar, unermüdlich, stundenlang, jahrelang, sein dicker Leib schwerelos über ihr, neben ihr, überall, ihr einen Höhepunkt nach dem andern schenkend, etwas, das Fran bis dahin nur in ihrer Schulmädchenfantasie erlebt hatte?

Und welchen alchimistischen Übungen gab sich Andy hin, wenn ihm an der Haustür ein ganz gewöhnlich aussehender brauner Umschlag übergeben wurde und er sich damit für eine halbe Stunde im Badezimmer einschloß und es dann hinterher nach Kampfer stank, oder war es Formaldehyd? Was *sah* Andy, wenn er mit einem feuchten Filmstreifen, nicht breiter als ein Bandwurm, aus der Besenkammer zurückkehrte, damit an seinen Schreibtisch ging und ihn in das Microfiche-Lesegerät einlegte?

»Solltest du das nicht besser in der Botschaft machen?« fragte sie ihn.

»Keine Dunkelkammer, keine Fran«, antwortete er in dem gelangweilten, verächtlichen Tonfall, den sie so unwiderstehlich fand. Was für ein perfekter Grobian er nach diesem Edgar war! – wie einfallsreich, wie hemmungslos, wie *unerschrocken*!

Sie beobachtete ihn auf den BUCHAN-Sitzungen: unser Ober-Buchanianer, selbstbewußt an den langen Tisch gelümmelt, eine verträumte Stirnlocke über dem rechten Auge, teilte er seine grell gestreiften Aktendeckel aus und starrte dann ins Leere, während alle außer ihm selbst zu lesen anfingen – BUCHANs Panama auf frischer Tat ertappt:

Antonio Soundso vom Außenministerium hat kürzlich gestanden, seine kubanische Mätresse habe ihm so den Kopf verdreht, daß er sich allen US-amerikanischen Einwänden zum Trotz mit ganzer Kraft für die Verbesserung der panamaisch-kubanischen Beziehungen einzusetzen gedenke …

Wem hatte er das gestanden? Seiner kubanischen Mätresse? Und die hatte es BUCHAN verraten? Oder hatte sie es unmittelbar Andy verraten – im Bett womöglich? Sie mußte wieder an das Parfüm denken und stellte sich vor, wie es von nackten Leibern auf ihn übertragen wurde. Ist Andy BUCHAN? *Nichts* war unmöglich.

Soundso hat auch Beziehungen zur libanesischen Mafia in Colón, von der es heißt, sie habe für den Status als »begünstigte Nation« innerhalb der Verbrecherwelt von Colón zwanzig Millionen Dollar bezahlt …

Und nach kubanischen Mätressen und libanesischen Gangstern macht BUCHAN einen Sprung in den Kanal:

Das Chaos innerhalb der neu eingesetzten Kanalverwaltung nimmt täglich größere Ausmaße an, da aufgrund der herrschenden Vetternwirtschaft und zur Verzweiflung Ernesto Delgados die altgedienten Mitarbeiter gegen unqualifizierte Angestellte ausgetauscht werden; ein besonders krasser Fall ist die Ernennung von José-María Fernandez zum Direktor der Öffentlichen Versorgungsbetriebe, nachdem er gerade erst eine 30prozentige Beteiligung an der chinesischen Fast-food-Kette Lee Lotus erworben hat, an der auch Gesellschaften, die dem von Rodríguez kontrollierten brasilianischen Drogenkartell gehören, mit 40 Prozent beteiligt sind …

»Ist das der Fernandez, der sich am Nationalfeiertag an mich ranmachen wollte?« erkundigte sich Fran mit ausdrucksloser Miene bei Andy, als sie wieder einmal spät abends in Maltbys Büro zu einem Buchanianer-Treffen versammelt waren.

Sie hatte mit ihm in seiner Wohnung zu Mittag gegessen und den ganzen Nachmittag mit ihm im Bett verbracht. Nicht nur die wohlige Erinnerung daran, auch Neugier trieb sie zu dieser Frage.

»Krummbeiniger Glatzkopf«, antwortete Andy sorglos. »Brille, Pickel, Achselschweiß und Mundgeruch.«

»Genau, das ist er. Er wollte mich zu einem Festival nach David mitnehmen.«

»Wann geht's los?«

»Andy, wir sind hier nicht vor Gericht«, sagte Nigel Stormont, ohne von seiner Akte aufzublicken, und Fran mußte sich schwer zusammennehmen, um nicht laut loszukichern.

Und nach den Sitzungen sah sie aus den Augenwinkeln zu, wie Andy die Akten wieder zusammenpackte und damit in sein geheimes Reich hinter der neuen Stahltür im Ostflügel stapfte, gefolgt von seinem unheimlichen Sekretär, der immer Strickwesten trug und sich die Haare mit Pomade anklatschte – Shepherd nannte er sich, und ständig hatte er Schraubenschlüssel, Schraubenzieher, Verlängerungskabel und dergleichen in der Hand.

»Was macht dieser Shepherd eigentlich für dich?«

»Die Fenster putzen.«

»Dazu ist er nicht groß genug.«

»Ich hebe ihn hoch.«

Mit ähnlich gedämpfter Erwartung fragte sie Osnard jetzt, warum er sich wieder einmal anziehen müsse, wenn alle anderen schlafen wollten.

»Muß jemand sprechen, geht um einen Hund«, antwortete er knapp. Er war den ganzen Abend nervös gewesen.

Oben: Harry Pendel *(Geoffrey Rush)*, der *Schneider von Panama*, vor seiner Schneiderei Pendel & Braithwaite.
Unten: Eines Tages betritt der Brite Andrew Osnard *(Pierce Brosnan)* die Schneiderei.

Osnard möchte mehr als nur einen feinen Anzug vom Schneider.

Mit Entsetzen muß Harry feststellen, daß Osnard ein britischer Spion ist, der über seine dunkle Vergangenheit bestens Bescheid weiß.

Osnard zwingt Harry gegen Geld dazu,
seine einflußreichen Kunden auszufragen
und die Informationen an den britischen Geheimdienst weiterzugeben.

Die Familie des Schneiders: (Oben) Harrys Frau Louisa Pendel *(Jamie Lee Curtis)* und (unten) die Kinder Mark *(Daniel Radcliffe)* und Sarah *(Lola Boorman)*.

Osnard versucht die mißtrauische Louisa
mit seinem Charme auf seine Seite zu ziehen.

Harrys versoffener Freund Mickie Abraxas *(Brendan Gleeson)*
wird völlig ahnungslos zum Anführer der »Schweigenden Opposition«.

Oben: Osnard fühlt sich in Panama sichtlich wohl.
Unten: Der Spion an der Seite von Francesca *(Catherine McCormack)* in der Botschaft

»Einen Windhund?«

Keine Antwort.

»Das ist ja ein sehr *später* Hund«, sagte sie in der Hoffnung, ihn aus der Versenkung zu locken.

Keine Antwort.

»Wahrscheinlich derselbe Hund, der in dem dringenden kodierten Telegramm, das du heute nachmittag bekommen hast, so eine wichtige Rolle spielt.«

Osnard, der sich gerade das Hemd über den Kopf zog, erstarrte mitten in der Bewegung. »Woher weißt du das denn?« fragte er nicht allzu freundlich.

»Ich habe vorhin im Aufzug Shepherd getroffen. Er wollte wissen, ob du noch im Hause bist, und da habe ich natürlich gefragt warum. Er habe eine scharfe Nummer für dich, hat er gesagt, aber die müßtest du persönlich knakken. Erst bin ich für dich rot geworden, dann ist mir aufgegangen, daß er von einer dringenden Nachricht sprach. Willst du nicht deine Beretta mit Perlmuttgriff mitnehmen?«

Keine Antwort.

»Wo triffst du dich mit ihr?«

»Im Puff«, sagte er barsch, schon auf dem Weg zur Tür.

»Hab ich dich irgendwie beleidigt?«

»Noch nicht. Aber du schaffst's schon noch.«

»Vielleicht hast du mich beleidigt. Ich geh wohl besser in meine Wohnung. Muß unbedingt mal richtig ausschlafen.«

Aber sie blieb, und bei ihr blieb der Geruch seines starken Körpers und sein Abdruck in der Matratze neben ihr und die Erinnerung an seine wachsam glühenden Augen, die sie im Halbdunkel anstarrten. Selbst seine Wutanfälle erregten sie. Nicht minder seine böse Seite, in den seltenen Augenblicken, in denen er sie herausließ: zum Beispiel im Bett, wenn sie ihn bei ihren Spielchen fast bis zur Gewalttätigkeit reizte, und wenn er dann den verschwitzten Kopf hob, als ob er zuschlagen wollte, und gerade noch darauf verzichtete. Oder bei den BUCHAN-Sitzungen, wenn Maltby ihn mit der ihm eigenen Hartnäckigkeit wegen irgendeines Berichts piesackte – »Ihre Quelle scheint mir nicht nur allwissend, sondern auch ein Analphabet zu sein, Andrew, oder haben wir diese Grammatikfehler Ihnen zu verdanken?« –, wenn sich dann seine unsteten Züge allmählich verhärteten und es in seinen Augen gefährlich zu funkeln begann, und sie mit einemmal begriff, warum er seinen Windhund »Vergeltung« getauft hatte.

Ich verliere die Kontrolle, dachte sie. Nicht über ihn, die hatte ich nie. Sondern über mich. Und was noch beunruhigender war, sie, die Tochter eines unsäglich aufgeblasenen Oberhausmitglieds und die ehemalige Partnerin des makellosen Edgar, mußte erkennen, daß ihr das Anrüchige ausgesprochene Lustgefühle verschaffte.

12

Osnard parkte sein Diplomatenauto vor dem Einkaufszentrum am Fuß des hohen Gebäudes, grüßte die diensthabenden Sicherheitsbeamten und fuhr in die vierte Etage. Im fahlen Licht von Neonröhren boxten ewig der Löwe und das Einhorn. Er drückte eine Kombination, betrat den Empfangsraum der Botschaft, schloß eine Panzerglastür auf, erklomm eine Treppe, ging in einen Flur, schloß eine Gittertür auf und betrat sein Reich. Eine letzte Tür blieb noch verschlossen, sie war aus Stahl. Er klaubte den Steckschlüssel aus dem Bund in seiner Tasche, schob ihn verkehrt herum hinein, sagte Scheiße, zog ihn heraus und schob ihn richtig hinein. Wenn er allein war, bewegte er sich ein wenig anders, als wenn er beobachtet wurde. Etwas hastiger, ungestümer. Er reckte das Kinn, seine Schultern hoben sich, seine Augen sahen unter gesenkten Brauen hervor, er schien sich auf irgendeinen unsichtbaren Feind zu stützen.

Der Tresorraum bestand aus den letzten zwei Metern des Flurs, die zu einer Art Speisekammer umgebaut waren. Rechts von Osnard befanden sich Schubfächer. Zu seiner Linken, neben diversen Gegenständen wie Insektenspray und Klopapier, ein grüner Wandsafe. Vor ihm stand auf einem Stapel elektronischer Geräte ein überdimensionales rotes Telefon. Im Jargon wurde es als seine digitale Verbindung zu Gott bezeichnet. Auf dem Sockel der Hinweis: »Gespräche auf diesem Apparat kosten pro Minute £ 50,00.« Darunter hatte Osnard »Viel Spaß« geschrieben. Und in diesem Geist nahm er jetzt den Hörer ab, ignorierte die Automatenstimme, die ihm befahl, bestimmte Knöpfe zu drücken und gewisse Vorschriften einzuhalten, wählte die Nummer seines Londoner Buchmachers und setzte jeweils 500 Pfund auf zwei Windhunde, deren Namen und Renntermine er offenbar genauso gut kannte wie den Buchmacher.

»Nein, Sie Volltrottel, auf Sieg«, sagte er. Wann hatte Osnard jemals bei einem Hund auf Platz gesetzt?

Danach widmete er sich den Unbilden seines Handwerks. Er zog einen gewöhnlichen Aktenordner aus einem mit STRENG GEHEIM BUCHAN beschrifteten Schubfach, trug ihn in sein Büro, machte Licht, setzte sich an den Schreibtisch, rülpste und studierte, den Kopf in die Hände gestützt, noch einmal die vier Seiten mit Instruktionen, die er heute nachmittag von seinem Gebietsleiter Luxmore erhalten und unter beträchtlichem Aufwand an Geduld selbst dechiffriert hatte. Mit Luxmores schottischem Akzent, den er leidlich nachzumachen verstand, las er den Text laut vor:

»Die folgenden Anweisungen werden Sie auswendig lernen« – er saugte an den Zähnen – »Diese Mitteilung ist nicht, ich wiederhole: nicht, für die Akten bestimmt und binnen 72 Stunden nach Erhalt zu vernichten, junger Mr. Osnard … Sie werden BUCHAN unverzüglich von folgendem in Kenntnis setzen« – er saugte an den Zähnen – »Sie dürfen BUCHAN die folgenden Schritte nur unternehmen lassen … Sie werden die folgende dringende Warnung aussprechen … Aber sicher!«

Mit einem wütenden Grunzen faltete er das Telegramm wieder zusammen, dann suchte er aus einer Schreibtischschublade einen gewöhnlichen weißen Umschlag heraus, steckte das Telegramm hinein und schob den Umschlag in die rechte Gesäßtasche der Pendel-&-Braithwaite-Hose, die er London als für seinen Einsatz unerläßlich auf die Spesenrechnung gesetzt hatte. Dann ging er in den Tresorraum, nahm eine abgewetzte lederne Aktentasche, die vorsätzlich das genaue Gegenteil von amtlich war, stellte sie aufs Regal und öffnete mit einem anderen Schlüssel an seinem Bund den Wandsafe, in dem ein gewichtiges Hauptbuch und dicke Bündel von 50-Dollar-Scheinen lagen – Hunderter waren seinem Erlaß an London gemäß zu auffällig, damit konnte man sich nur verdächtig machen.

Im Licht der Deckenlampe schlug er die aktuelle Seite des Hauptbuchs auf. Sie war in drei Spalten unterteilt, in die handschriftlich Zahlen eingetragen waren. Die linke war mit H wie Harry überschrieben, die rechte mit A wie Andy. Die mittlere Spalte mit den größten Beträgen trug die Überschrift »Einnahmen«. Sauber gezeichnete Kreise und Linien von der Art, wie sie von Sexologen benutzt werden, verwiesen die Gelder nach links oder rechts. Nachdem er die drei Spalten in bedrücktem Schweigen studiert hatte, nahm Osnard einen Bleistift aus der Tasche und schrieb schweren Herzens eine 7 in die Mittelspalte, zog einen Kreis darum und von dort eine Linie nach links in die Spalte H wie Harry. Dann schrieb er eine 3 und wies sie, etwas froher gestimmt, der Spalte A wie Andy zu. Er zählte siebentausend Dollar aus dem Safe ab und packte sie in die schäbige Aktentasche. Dann warf er das Insektenspray und einige andere Sachen vom Regal dazu. Geringschätzig. Als ob er diese Dinge verachtete, und das tat er auch wirklich. Er machte die Tasche zu, verschloß den Safe, dann den Tresorraum und schließlich die Eingangstür.

Als er auf die Straße trat, lächelte der Vollmond auf ihn nieder. Über der Bucht spannte sich ein Himmel voller Sterne, die sich in den am schwarzen Horizont aufgereihten Lichtern der wartenden Schiffe zu spiegeln schienen. Osnard winkte ein freies Pontiac-Taxi heran und nannte eine Adresse. Wenig später holperte er über den Flughafenzubringer und schaute nervös nach einem violetten Neon-Cupido aus, der mit seinem phallischen Pfeil in Richtung der Liebestempel zeigte, für die er Reklame machte. Osnards Züge, von den Scheinwerfern entgegenkommender Autos bloßgelegt, hatten sich verhärtet. Seine kleinen dunklen Augen ließen die Rückspiegel nicht aus dem Blick und funkelten im Licht jedes vorbeirauschenden Wagens. Das Glück *begünstigt nur den Vorbereiteten,* sagte er sich. Das war der Lieblingsspruch seines Physiklehrers, wenn er ihm, nachdem er ihn grün und blau geschlagen hatte, das Angebot machte, den Streit zu begraben, indem sie die Kleider ablegten.

Irgendwo in der Nähe von Watford im Norden Londons gibt es eine Osnard Hall. Der Weg dorthin führt über eine hektische Umgehungsstraße, dann durch eine heruntergekommene Wohnsiedlung, die nach den uralten Ulmen, die hier einmal standen, Elm Glade genannt ist. Dieses Haus hatte in den letzten fünfzig Jahren mehr erlebt als in den vier Jahrhunderten davor: es war ein Altersheim gewesen, eine Erziehungsanstalt für jugendliche Straftäter, ein Stall für Windhunde und, in jüngster Zeit, verwaltet von Osnards schwermütigem älteren Bruder Lindsay, eine Meditationsstätte für die Anhänger einer fernöstlichen Sekte.

In den ersten Phasen dieser Veränderungen teilten die Osnards, in Indien und Argentinien lebend, die Miete unter sich auf, stritten sich über Instandhaltungsmaßnahmen und ob ein noch lebendes Kindermädchen eine Pension erhalten sollte. Aber nach und nach fielen sie wie das Haus, das sie hervorgebracht hatte, auseinander, beziehungsweise gaben sie schlicht den Kampf ums Überleben auf. Ein Osnard-Onkel ging mit seinem Anteil nach Kenia und verlor ihn. Ein Osnard-Vetter glaubte, den Australiern etwas vormachen zu können, kaufte eine Straußenfarm und ging damit baden. Ein Osnard-Anwalt plünderte das Familienvermögen, stahl, was er noch nicht durch Fehlinvestitionen verschleudert hatte, und schoß sich dann eine Kugel in den Kopf. Die Osnards, die nicht mit der *Titanic* untergegangen waren, gingen mit Lloyd unter. Der schwermütige Lindsay, der ungern halbe Sachen machte, legte das safrangelbe Gewand eines Buddhistenmönchs an und erhängte sich an dem einzigen gesunden Kirschbaum, der in dem von einer Mauer umgebenen Garten übriggeblieben war.

Nur Osnards Eltern, verarmt aus eigener Schuld, blieben aufreizend am Leben: sein Vater auf einem verschuldeten Familiensitz in Spanien, wo er sich mit den Resten seines Vermögens durchschlug und seiner spanischen Verwandtschaft auf der Tasche lag; seine Mutter in Brighton, wo sie mit einem Chihuahua und einer Flasche Gin standesgemäß verwahrloste.

Andere wären angesichts derart kosmopolitischer Lebensperspektiven vielleicht zu neuen Ufern oder wenigstens ins sonnige Spanien aufgebrochen. Aber Andrew hatte bereits in jungen Jahren festgestellt, daß er für England und, noch präziser, England für ihn geschaffen war. Eine entbehrungsreiche Kindheit und die abscheulichen Internate, die ihn für alle Zeiten gezeichnet hatten, hinterließen bei dem Zwanzigjährigen das Gefühl, England mehr Tribut gezahlt zu haben, als irgendein Land von ihm zu fordern berechtigt war, und daß er von jetzt an nicht mehr zahlen, sondern einstreichen sollte.

Die Frage war: Wie? Er hatte keinen Beruf, keinen Schulabschluß, keine erwiesenen Fähigkeiten außerhalb des Golfplatzes und des Schlafzimmers. Was er von Grund auf kannte, war die englische Fäulnis, und was er brauchte, war eine vermodernde englische Institution, die ihm zurückgeben würde, was andere vermodernde Institutionen ihm genommen hatten. Sein erster Gedanke war die Fleet Street. Er konnte halbwegs lesen und schreiben und wurde von keinerlei Prinzipien behindert. Er hatte alte Rechnungen zu begleichen. Oberflächlich betrachtet, war er der ideale Mann für die neureiche Mediengesellschaft. Aber nach zwei verheißungsvollen Jahren als Jungreporter beim *Loughborough Evening Messenger* endete seine Karriere mit einem Knall, als herauskam, daß ein verquaster Artikel mit der Überschrift »Die Sexspiele unserer Ratsherren« auf Bettgeflüster der Frau des Chefredakteurs beruhte.

Dann entdeckte er seine Tierliebe, und eine Zeitlang glaubte er, seinen wahren Beruf gefunden zu haben. In eleganten Räumlichkeiten unweit von Theatern und Restaurants wurde mit leidenschaftlicher Hingabe über die Bedürfnisse der Tiere Großbritanniens gepredigt. Keine Galapremiere, kein vornehmer Empfang, keine Auslandsreise zur Beobachtung der Tiere anderer Nationen – nichts war den hochbezahlten Tierschutzfunktionären zu beschwerlich. Und beinahe hätte das alles auch Früchte getragen. Das Soforthilfeprogramm (Organisator: A. Osnard) und das Landheim für Altgediente Windhunde (Schatzmeister: A. Osnard) hatten enormen Zulauf, bis schließlich zwei seiner Vorgesetzten sich wegen schweren Betrugs vor einem Untersuchungsausschuß verantworten mußten.

Danach lief er eine Woche lang wie betäubt herum und überlegte, ob er es mit der Anglikanischen Kirche versuchen sollte, die zungenfertigen, sexuell aktiven Agnostikern traditionell rasche Beförderung anbot. Seine fromme Anwandlung verflog, als er nach einigen Nachforschungen herausfand, daß sich die Kirche durch katastrophale Fehlinvestitionen in unerfreuliche christliche Armut begeben hatte. Verzweifelt stürzte er sich in eine Reihe schlecht geplanter Abenteuer auf der Überholspur des Lebens. Jedes dieser Abenteuer war von kurzer Dauer, jedes endete mit einem Fehlschlag. Mehr denn je sehnte er sich nach einem richtigen Beruf.

»Wie wär's mit der BBC?« fragte er den Sekretär der Stellenvermittlung bei der Universität, als er dort zum fünften- oder fünfzehntenmal auftauchte.

Der Sekretär, grauhaarig und vor seiner Zeit gealtert, zuckte zusammen.

»Zu spät«, sagte er.

Osnard schlug die Nationalstiftung vor.

»Mögen Sie alte Gebäude?« fragte der Sekretär, als fürchtete er, Osnard könnte sie in die Luft sprengen.

»Ungeheuer. Bin süchtig danach.«

»Tatsächlich.«

Mit zitternden Fingerspitzen hob der Sekretär einen Aktenordner und spähte hinein.

»Vielleicht sind Sie genau der Richtige. Sie haben einen schlechten Ruf. Sie haben einen gewissen Charme. Sie sind zweisprachig, falls die was mit Spanisch anfangen können. Wir können's ja mal versuchen, möchte ich meinen.«

»Bei der Nationalstiftung?«

»Nein, nein. Beim Service. Hier. Gehen Sie damit in eine dunkle Ecke und füllen Sie das mit unsichtbarer Tinte aus.«

Endlich hatte Osnard seinen Gral gefunden. Seine wahre Kirche von England, seine vermodernde Burg mit ansehnlichem Etat. Hier wurden die heimlichsten Gebete der Nation aufbewahrt wie in einem Museum. Hier gab es Skeptiker, Träumer, Zeloten und verrückte Äbte. Und das Geld, sie real werden zu lassen.

Nicht daß seine Rekrutierung eine Selbstverständlichkeit gewesen wäre. Immerhin war dies der neue verschlankte Service, frei von den Fesseln der Vergangenheit, klassenlos in der hehren Tradition der Tories, besetzt mit demokratisch handverlesenen Männern und Frauen aus allen Schichten des weißen, in Privatschulen ausgebildeten Mittelstandes. Und Osnard wurde unter die Lupe genommen wie alle anderen:

»Diese betrübliche Sache mit Ihrem Bruder Lindsay – daß er sich das Leben genommen hat; wie glauben Sie, hat Sie das berührt?« fragte ihn ein hohläugiger Schreibtischspion mit schmerzverzerrter Miene über den polierten Tisch hinweg.

Osnard hatte Lindsay immer verachtet. Er zog ein tapferes Gesicht.

»Es hat mir sehr weh getan«, sagte er.

»In welcher Weise?« Wieder dieses schmerzliche Gesicht.

»Da fragt man sich, wo es noch Werte gibt. Was einem noch am Herzen liegt. Wozu man überhaupt in die Welt gesetzt worden ist.«

»Und die Antwort wäre – angenommen, Sie würden eingestellt – unser Service?«

»Zweifellos.«

»Und Sie haben nicht das Gefühl – nachdem Sie so viel in der Welt herumgekommen sind – die Familie so weit verstreut ist – Sie doppelte Staatsangehörigkeit haben –, daß sie für diese Art von Arbeit vielleicht ein wenig zu unenglisch sein könnten? Zu sehr Weltbürger und nicht so sehr einer von *uns*?«

Patriotismus war ein heikles Thema. Wie würde Osnard damit umgehen? Würde er abwehrend reagieren? Würde er unhöflich werden? Oder, schlimmer noch, mit Gefühlsduseleien aufwarten? Sie hätten nichts zu befürchten brauchen. Er verlangte von ihnen nur einen Ort, wo er sein amoralisches Wesen gewinnbringend einsetzen konnte.

»In England bewahre ich meine Zahnbürste auf«, antwortete er zu erleichtertem Gelächter.

Schon fing er an, das Spiel zu durchschauen. Nicht was er sagte, war wichtig, sondern wie er es sagte. Denkt der Bursche beim Reden? Gerät er leicht aus der Fassung? Beherrscht er Tricks, ist er ängstlich, wirkt er überzeugend? Kann er die Lüge denken und die Wahrheit aussprechen? Kann er die Lüge denken und sie aussprechen?

»Wir haben die Liste Ihrer amourösen Beziehungen der letzten fünf Jahre überprüft, junger Mr. Osnard«, sagte ein bärtiger Schotte und zwinkerte, um noch pfiffiger zu wirken. »Und diese Liste ist reichlich lang« – er saugte an den Zähnen – »für ein relativ kurzes Leben.«

Lachen, in das Osnard einstimmte, wenn auch nicht allzu sehr.

»Ich denke, eine Liebesaffäre kann man am besten danach beurteilen, wie sie endet«, antwortete er mit freundlicher Bescheidenheit. »Bei mir scheinen die meisten recht gut geendet zu haben.«

»Und die anderen?«

»Na ja, wie soll ich sagen? Sind wir alle nicht schon mal im falschen Bett aufgewacht?«

Und da dies für die sechs um den Tisch sitzenden Gestalten und insbesondere für den bärtigen Frager höchst unwahrscheinlich war, erntete Osnard ein weiteres verhaltenes Lachen.

»Und Sie haben Familie, wußten Sie das?« sagte der Personalchef und gratulierte ihm mit einem gichtigen Händedruck.

»Ja, ich hab's jetzt wohl geschafft«, sagte Osnard.

»Nein, nein, *alte* Familie. Eine Tante, einen Vetter. Oder haben Sie das wirklich nicht gewußt?«

Zur enormen Befriedigung des Personalchefs hatte er es tatsächlich nicht gewußt. Und als er vernahm, um wen es sich handelte, wollte er schon in dröhnendes Gelächter ausbrechen, das er aber gerade noch rechtzeitig zu einem freundlich verblüfften Grinsen umzubiegen vermochte.

»Mein Name ist Luxmore«, sagte der bärtige Schotte

mit einem Händedruck, der dem des Personalchefs seltsam ähnlich war. »Ich bin für die iberische Halbinsel und Südamerika und noch ein paar andere Gegenden zuständig. Vielleicht haben Sie auch in Zusammenhang mit einer gewissen kleinen Angelegenheit auf den Falklandinseln von mir gehört. Sie werden von mir hören, sobald Sie die Grundausbildung absolviert haben, junger Mr. Osnard.«

»Kann's kaum erwarten, Sir«, sagte Osnard eifrig.

Und wie gespannt er war. In der Epoche nach dem Kalten Krieg, hatte er bemerkt, hatten die Spione überaus gute, aber auch überaus schlechte Zeiten. Die Geheimdienste hatten Geld wie Heu; aber wo waren die Esel, die sie damit füttern konnten? Eingepfercht im sogenannten Spanischen Keller, der als die Redaktion des Madrider Telefonbuchs hätte durchgehen können, auf Tuchfühlung mit nicht mehr ganz taufrischen Debütantinnen, die Kette rauchten und Haarreifen trugen, notierte der junge Novize eine bissige Bewertung des Ansehens seiner Arbeitgeber in den Gefilden von Whitehall:

Irland bevorzugt: Regelmäßiges Einkommen, ausgezeichnete langfristige Aussichten, aber schmaler Profit, wenn zwischen rivalisierenden Organisationen aufgeteilt.
Islamische Militanz: Gelegentliche Turbulenzen, im wesentlichen ineffektiv. Als Ersatz für Roten Terror ein totaler Flop.
Waffen für Drogen: Fehlschlag. Unklarheit beim Service, ob man Wildhüter oder Wilderer spielen soll.

Was jene vielgepriesene Errungenschaft der heutigen Zeit angeht, die Industriespionage, meinte er, wenn man erst einmal ein paar taiwanesische Kodes geknackt und ein paar koreanische Tippsen bestochen habe, könne man für die britische Industrie kaum noch etwas anderes tun als sie bemitleiden. Das jedenfalls hatte er sich eingeredet, bis Scottie Luxmore ihn zu sich winkte.

»*Panama,* junger Mr. Osnard« – er schritt auf seinem blauen Teppichboden auf und ab, schnippte mit den Fingern, ruckte mit den Ellbogen, alles an ihm war in Bewegung – »das ist der ideale Ort für einen jungen Beamten mit Ihren Fähigkeiten. Der ideale Ort für uns alle, wenn die Idioten vom Finanzministerium nur mal über ihren Tellerrand sehen könnten. Dasselbe Problem hatten wir schon mit den Falklandinseln, wenn ich Sie daran erinnern darf. Taube Ohren bis zur allerletzten Sekunde.«

Luxmores Zimmer ist groß und dem Himmel nahe. Durch die getönten Panzerglasfenster sieht man den Palast von Westminster tapfer jenseits der Themse stehen. Luxmore selbst ist klein. Auch sein schicker Bart und der forsche Gang können ihn nicht größer machen. Er ist ein alter Mann in einer jugendlichen Welt, und wenn er aufhört zu laufen, wird er fallen. Denkt Osnard jedenfalls. Luxmore saugt an seinen schottischen Schneidezähnen, als habe er ständig einen Bonbon im Mund.

»Aber wir kommen voran. Das Handelsministerium und die Bank von England rennen uns die Türen ein. Das Außenministerium, wo man sonst wenig hysterisch ist, hat vorsichtig Besorgnis geäußert. Ich erinnere mich, daß man dort so ziemlich das gleiche geäußert hat, als ich das Vergnügen hatte, ihnen von General Galtieris Absichten in bezug auf die fälschlich so genannten Malwinen zu berichten.«

Osnard sinkt der Mut.

»Aber, Sir ...«, protestiert er mit der sorgfältig modulierten Stimme des atemlosen Anfängers, auf die er sich verlegt hat.

»Ja, Andrew?«

»Welches *Interesse* hat *Großbritannien* an Panama? Oder bin ich begriffsstutzig?«

Luxmore freut sich über die Unschuld des Jungen. Junge Menschen für den Dienst an der Front zu formen, ist immer eins seiner größten Vergnügen gewesen.

»Überhaupt keins, Andrew. An Panama als Nation haben die Briten nun wirklich keinerlei Interesse«, antwortet er mit durchtriebenem Lächeln. »Ein paar gestrandete Seeleute, ein paar hundert Millionen britische Investitionen, eine schrumpfende Schar assimilierter Altbriten, ein paar todgeweihte Beratergremien – mehr hat es mit unserem Interesse an der Republik Panama nicht auf sich.«

»Was soll dann ...«

Luxmore bringt Osnard mit einer Handbewegung zum Schweigen. Er redet zu seinem Spiegelbild in der Panzerglasscheibe.

»Wenn Sie Ihre Frage jedoch ein wenig anders formulieren würden, junger Mr. Osnard, bekämen Sie eine völlig andere Antwort. O ja.«

»Wie denn, Sir?«

»Welches *geopolitische* Interesse haben wir an Panama? *Das* sollten Sie sich fragen, wenn Sie wollen.« Er sprach wie für sich. »Welches *lebenswichtige* Interesse haben wir? Wo ist der Lebensnerv unserer großen Handelsnation am stärksten bedroht? Wo erblicken wir, wenn wir unser Teleobjektiv auf das künftige Wohlergehen dieser unserer Inseln richten, die schwärzesten Gewitterwolken, junger Mr. Osnard?« Er hatte sich warmgeredet. »Wo auf dem Globus sehen wir das nächste Hongkong, dessen Zeit abgelaufen ist, wo erwartet uns die nächste Katastrophe?« Offenbar am anderen Flußufer, auf das sein visionärer Blick gerichtet war. »Die Barbaren stehen vor den Toren, junger Mr. Osnard. Aus allen Himmelsrichtungen stürzen sich die Plünderer auf das kleine Panama. Die große Uhr da draußen zählt schon die Minuten bis zum großen Zapfenstreich. Und was macht unser Finanzministerium? Es hält sich wieder einmal die Ohren zu. Wer erringt den wertvollsten Besitz des neuen Jahrtausends? Die Araber? Wetzen die Japaner schon ihre *katanas*? Aber natürlich! Die Chinesen, die Tiger, oder ein lateinamerikanisches Konsortium, das auf Milliarden von Drogendollars zurückgreifen kann? Oder Europa ohne uns? Mal wieder die Deutschen, oder die verschlagenen Franzosen? Die Briten jedenfalls nicht, Andrew. Das steht schon mal fest. Nein, nein. Nicht unsere Hemisphäre. Nicht unser Kanal. Wir haben kein *Interesse* an Panama. Panama, diese Bananenrepublik. Panama, junger Mr. Osnard, das ist ein Punkt auf der Landkarte, und jetzt gehen wir lieber was Anständiges essen!«

»Die sind verrückt«, flüstert Osnard.

»Nein, sind sie nicht; sie haben recht. Das ist nicht unser Revier. Das ist der Hinterhof.«

Osnard versteht erst nicht, dann fällt es ihm wie Schuppen von den Augen. Der Hinterhof! Wie oft hatte er diesen Ausdruck während der Ausbildung gehört? Der Hinterhof! Das Eldorado aller britischen Schreibtischspione! Macht und Einfluß im amerikanischen Hinterhof! Die besondere Beziehung wieder zum Leben erweckt! Die ersehnte Rückkehr ins Goldene Zeitalter, als die in Tweed gewandeten Söhne von Yale und Oxford Seite an Seite in getäfelten Sälen saßen und gemeinsam ihre imperialistischen Fantasien verwirklichten! Luxmore, der Osnards Anwesenheit einmal mehr vergessen hat, spricht zu sich selbst:

»Die Amerikaner haben es wieder getan. O ja. Eine überwältigende Demonstration ihrer politischen Unreife. Ihres feigen Ausweichens vor internationaler Verantwortung. Der durchschlagenden Wirkung falsch angebrachter liberaler Bedenklichkeiten in der Außenpolitik. Wir hatten das gleiche Problem in der Falkland-Krise, wie ich Ihnen im Vertrauen sagen darf. O ja.« Er schnitt eine sonderbare Grimasse, verschränkte die Hände auf dem Rücken und hob sich auf die Spitzen seiner kleinen Füße. »Den Amerikanern reicht es nicht, daß sie mit Panama einen absolut hirnrissigen Vertrag unterzeichnet haben – den Laden einfach verschenkt haben, vielen Dank, Mr. Jimmy Carter! –, jetzt wollen sie den Vertrag auch noch *einhalten*! Anders gesagt, sie wollen sich selbst und, noch schlimmer, ihren Verbündeten ein *Vakuum* hinterlassen. Unsere Aufgabe ist es, das auszufüllen. *Sie* zu überreden, es auszufüllen. Ihnen klarzumachen, daß sie sich falsch verhalten. Den uns gebührenden Platz am oberen Tischende wieder einzunehmen. Das ist die älteste Geschichte der Welt, Andrew. Wir sind die letzten Römer. Wir haben das Wissen, aber sie haben die Macht.« Ein listiger Blick in Osnards Richtung, ein Blick freilich, der auch die hintersten Winkel des Zimmers erfaßte – es hätte sich ja unbemerkt ein Barbare hineinschleichen können. »Unsere Aufgabe – Ihre Aufgabe – wird darin bestehen, die *Gründe* zu liefern, junger Mr. Osnard, die *Argumente,* die *Beweise,* die nötig sind, um unsere amerikanischen Verbündeten zur Vernunft zu bringen. Können Sie mir folgen?«

»Nicht ganz, Sir.«

»Das liegt daran, daß es Ihnen bis jetzt an den großen Visionen fehlt. Aber die kommen noch. Glauben Sie mir, die kommen noch.«

»Ja, Sir.«

»Zu einer großen Vision, Andrew, gehören gewisse Komponenten. Gut fundierte Informationen aus erster Hand sind nur einer davon. Der geborene Geheimdienstler ist ein Mensch, der weiß, was er sucht, bevor er es findet. Prägen Sie sich das ein, junger Mr. Osnard.«

»Jawohl, Sir.«

»Er hat Intuition. Er wählt aus. Er probiert. Er sagt ›Ja‹ – oder ›Nein‹ –, aber er ist kein Allesfresser. Und er wählt nicht bloß aus, er ist sogar wählerisch. Ist das verständlich ausgedrückt?«

»Ich fürchte nein, Sir.«

»Gut. Denn wenn die Zeit reif ist, wird Ihnen alles – nein, nicht alles, aber einiges – enthüllt werden.«

»Ich kann's kaum erwarten.«

»Warten müssen Sie können. Geduld ist eine weitere Tugend des geborenen Geheimdienstlers. Sie müssen die Geduld des Indianers haben. Und auch seinen sechsten Sinn. Sie müssen lernen, über den Horizont hinauszublicken.«

Zur Illustration richtet Luxmore seinen Blick wieder flußaufwärts, in Richtung der massigen Bollwerke von Whitehall, und runzelt die Stirn. Aber dann zeigt sich, daß sich sein Stirnrunzeln gegen Amerika richtet.

»*Gefährliche Zaghaftigkeit* nenne ich das, junger Mr. Osnard. Die einzige Supermacht der Welt, durch puritanische Prinzipien eingeschränkt, Gott steh uns bei. Haben die denn nie vom Suezkanal gehört? Es gibt dort einige Gespenster, die sich aus ihren Gräbern erheben müssen! In der Politik gibt es keinen größeren Verbrecher, junger Mr. Osnard, als den, der davor zurückschreckt, rechtmäßige Macht auch anzuwenden. Amerika muß zum Schwert greifen, oder es geht unter und reißt uns mit in den Abgrund. Sollen wir einfach zusehen, wie unser kostbares westliches Erbe den Heiden auf einem Tablett serviert wird? Zusehen, wie der Lebensnerv unseres Handels, unsere Handelsmacht, immer mehr geschwächt wird, während die japanische Wirtschaft aus der Sonne auf uns niederstürzt und die südostasiatischen Tiger uns zerfleischen? Ist das unsere Rolle? Denkt so die Generation von heute, junger Mr. Osnard? Schon möglich. Vielleicht verschwenden wir nur unsere Zeit. Klären Sie mich bitte auf. Ich scherze nicht, Andrew.«

»*Ich* denke *nicht* so, bestimmt nicht, Sir«, sagt Osnard inbrünstig.

»Braver Junge. Ich auch nicht, ich auch nicht.« Luxmore unterbricht sich, sieht Osnard kritisch an und überlegt, wieviel mehr er ihm noch anvertrauen kann.

»Andrew.«

»Sir.«

»Gott sei Dank sind wir nicht allein.«

»Gut, Sir.«

»Sie sagen ›gut‹. Wieviel wissen Sie?«

»Nur was Sie mir gesagt haben. Und was ich seit langer Zeit empfunden habe.«

»Während der Ausbildung hat man Ihnen nichts davon erzählt?«

Nichts wovon? fragt sich Osnard.

»Nichts, Sir.«

»Von einem gewissen hochgeheimen Gremium, das Planung & Anwendung genannt wird, ist nie die Rede gewesen?«

»Nein, Sir.«

»Und von dessen Vorsitzenden, einem gewissen Geoff Cavendish, einem Mann mit bemerkenswertem Weitblick, der sich in den Künsten der Einflußnahme und der friedlichen Überredung bewährt hat?«

»Nein, Sir.«
»Ein Mann, der Amerika kennt wie kein zweiter?«
»Nein, Sir.«
»Und es war nie die Rede davon, daß sich ein neuer Realismus in den Fluren des Geheimdienstes ausbreitet? Daß die Basis verdeckter politischer Maßnahmen erweitert wird? Gute Männer und Frauen aus allen Lebensbereichen um die Fahne der Geheimdienste geschart werden sollen?«
»Nein.«
»Daß dafür zu sorgen ist, daß diejenigen, die unsere Nation groß gemacht haben, auch bei ihrer Rettung mitwirken sollen, seien es nun Minister ihrer Majestät, Industriebarone, Pressezaren, Bankiers, Reeder oder andere erfahrene Männer und Frauen?«
»Nein.«
»Daß wir gemeinsam *planen* und, wenn die Pläne fertig sind, sie auch *ausführen?* Daß man künftig, durch behutsame Hinzuziehung erfahrener Außenstehender, in solchen Fällen auf Skrupel verzichtet, bei denen Handeln den Verfallsprozeß eindämmen könnte? Nichts?«
»Nichts.«
»Dann muß ich den Mund halten, junger Mr. Osnard. Und Sie auch. Künftig reicht es unserem Service nicht mehr, Länge und Stärke des Seils zu kennen, an dem man uns aufhängen wird. Mit Gottes Hilfe werden wir auch das Schwert schwingen, mit dem man dieses Seil zerschneiden kann. Vergessen Sie, was ich eben gesagt habe.«
»Jawohl, Sir.«
Damit ist die Betstunde beendet, und Luxmore kommt mit neu belebter Selbstherrlichkeit auf das Thema zurück, das er vorübergehend hat fallenlassen.
»Kümmert es unser tapferes Außenministerium oder die hochgesinnten Liberalen vom Capitol eigentlich im geringsten, daß die Panamaer nicht einmal fähig sind, eine Kaffeebude zu betreiben, geschweige denn den bedeutendsten Handelsweg der Welt? Daß sie korrupt und vergnügungssüchtig sind und käuflich bis zur Unbeweglichkeit?« Er dreht sich um, als wolle er einen Einwand aus den hinteren

Reihen zurückweisen. »An wen werden sie sich verkaufen, Andrew? Wer wird sie kaufen? Zu welchem Zweck? Und mit welchen Auswirkungen auf unsere lebenswichtigen Interessen? Katastrophal ist ein Wort, das ich nicht leichtfertig in den Mund nehme, Andrew.«

»Wie wär's dann mit kriminell?« schlägt Osnard hilfsbereit vor.

Luxmore schüttelt den Kopf. Der Mann muß erst noch geboren werden, der Scottie Luxmores Adjektive ungestraft korrigieren darf. Osnards selbsternannter Mentor und Führer hat noch eine Karte auszuspielen, und Osnard muß ihm dabei zusehen, denn real sind Luxmores Handlungen meist nur dann, wenn sie von anderen beobachtet werden. Er greift zu dem grünen Telefon, das ihn mit anderen Unsterblichen auf dem Olymp von Whitehall verbindet, und verzieht ebenso schelmisch wie bedeutsam das Gesicht.

»Tug!« ruft er entzückt – und Osnard hält dieses Wort zunächst für eine saloppe Grußformel und nicht für den Spitznamen, der es letztlich ist. »Sagen Sie, Tug, gehe ich richtig in der Annahme, daß die Planer & Anwender am nächsten Donnerstag im Haus einer gewissen Person eine kleine Zusammenkunft haben? – Also doch. Gut, gut. So zuverlässig arbeiten meine Spione nicht immer, hm, hm. Tug, erweisen Sie mir die Ehre, Sie an diesem Tag zum Lunch einladen zu dürfen, damit Sie, haha, desto besser auf die Tortur vorbereitet sind? Und falls unser Freund Geoff sich uns anschließen könnte, darf ich davon ausgehen, daß Sie nichts dagegen hätten? Nein, Tug, ich bestehe darauf, diesmal bin ich an der Reihe. Fragt sich nur noch, wo wir uns treffen sollen. Ich schlage vor, irgendwo abseits vom Getümmel. Also nicht in den üblichen Lokalitäten. Ich denke da an ein kleines italienisches Restaurant am Embankment – haben Sie was zum Schreiben da, Tug?«

Unterdessen schwenkt er auf dem Absatz herum, wippt auf den Zehenspitzen und hebt, langsam von einem Fuß auf den andern tretend, die Knie, um nicht über die am Boden liegende Telefonschnur zu stolpern.

»*Panama?*« rief der Personalchef erheitert. »Als *erster Posten? Sie?* In *Ihrem* zarten Alter da draußen auf sich allein gestellt? All die verführerischen Prachtweiber da? Drogen, Sünden, Spione, Gauner? Scottie muß den Verstand verloren haben!«

Und nachdem er seinen Spaß gehabt hatte, tat der Personalchef das, was Osnard von Anfang an erwartet hatte. Er versetzte ihn nach Panama. Osnards Unerfahrenheit war kein Hindernis. Daß er in den schwarzen Künsten bewandert war, hatten ihm seine Ausbilder bescheinigt. Er war zweisprachig und, was Einsätze betraf, jungfräulich.

»Sie werden sich einen Kontaktmann suchen müssen«, fügte der Personalchef noch klagend hinzu. »Schließlich haben wir da unten noch keinen am Haken. Sieht aus, als hätten wir das Land den Amerikanern überlassen. Andere führen uns an der Nase rum. Sie berichten direkt an Luxmore, ist das klar? Bis auf weiteres keine Meldungen an die Analytiker.«

Angeln Sie uns einen Bankmenschen, junger Mr. Osnard – er saugte hinterm Bart an den schottischen Schneidezähnen – *einen, der sich in der Welt auskennt! Diese modernen Bankmenschen kommen viel herum, ganz anders als die vom alten Schlag. Ich weiß noch, damals während der Falkland-Unruhen hatten wir zwei davon in Buenos Aires.*

Unterstützt von einem Zentralcomputer, dessen Existenz von Westminster und Whitehall rundweg geleugnet worden ist, besorgt sich Osnard die Daten sämtlicher britischer Bankleute in Panama, findet aber nur eine Handvoll und keinen einzigen, von dem sich nach näherer Erkundigung sagen ließe, daß er sich in der Welt auskennt.

Dann suchen Sie uns eben irgendeinen dieser neumodischen Alleskönner – er zwinkert mit den klugen schottischen Augen – *einen, der überall seine Finger drin hat!*

Osnard besorgt sich die Daten sämtlicher britischer Geschäftsleute in Panama; einige davon sind zwar jung, aber niemand hat überall seine Finger drin, so sehr er sich das auch gewünscht hätte.

Dann suchen Sie uns einen Zeitungsfritzen, junger Mr. Osnard. Zeitungsleute können Fragen stellen, ohne Aufsehen zu erregen; die kommen überallhin, die gehen Risiken ein! Irgendwo muß es doch einen Brauchbaren geben. Finden Sie ihn. Bringen Sie ihn mir, und zwar umgehend, wenn ich bitten darf!

Osnard besorgt sich die Daten sämtlicher britischer Journalisten, die gelegentlich aus Panama berichten und Spanisch sprechen. Ein wohlgenährter Mann mit Schnauzbart und Fliege wird eines Versuchs für wert befunden. Sein Name ist Hector Pride, und er schreibt für eine unbekannte englischsprachige Monatszeitschrift namens *The Latino,* die in Costa Rica erscheint. Sein Vater exportiert Wein aus Toledo.

Genau so einen brauchen wir, junger Mr. Osnard! – er stapft auf dem Teppich auf und ab – *Verpflichten Sie ihn. Kaufen Sie ihn. Geld spielt keine Rolle. Wenn die Geizhälse vom Finanzministerium ihre Tresore zumachen, werden eben die Institute in der Threadneedle Street ihre aufmachen. Das hat man mir von höchster Stelle zugesichert. Das ist schon ein komisches Land, junger Mr. Osnard, das seine Industriellen verpflichtet, die Geheimdienste zu bezahlen, aber so rauh geht es in unserer kostenbewußten Welt nun einmal zu …*

Unter falschem Namen lädt Osnard, sich als Rechercheur des Außenministeriums ausgebend, Hector Pride zum Lunch bei Simpson's ein, wobei er doppelt soviel ausgibt wie Luxmore ihm dafür bewilligt hat. Wie viele seines Gewerbes spricht und ißt und trinkt Pride eine ganze Menge, ist aber kein guter Zuhörer. Osnard verschiebt die entscheidende Frage bis zum Pudding, dann bis zum Gorgonzola, und dann verliert Pride offenbar die Geduld, denn zu Osnards Bestürzung beendet er seinen Monolog über die Auswirkungen der Inkakultur auf das Denken des heutigen Peru und bricht in wildes Gelächter aus.

»Warum machen Sie sich nicht an mich ran?« dröhnt er, so daß die Gäste an den Nachbartischen erschreckt aufhorchen. »Stimmt was nicht mit mir? Verdammt, jetzt haben Sie die Kleine im Taxi, also schieben Sie ihr schon die Hand unter den Rock!«

Pride, so kommt heraus, arbeitet für einen anderen, verhaßten Zweig des britischen Geheimdienstes, dem auch seine Zeitung gehört.

»Bleibt noch dieser Pendel, von dem ich Ihnen erzählt habe«, meint Osnard, der sich Luxmores finstere Stimmung zunutze machen will. »Das ist der, dessen Frau bei der Kanalkommission arbeitet. Für mich sind die beiden schlichtweg ideal.«

Er hat tage- und nächtelang darüber nachgedacht, aber niemand sonst ist ihm eingefallen. *Das Glück begünstigt nur den Vorbereiteten.* Er hat sich Pendels Vorstrafenregister besorgt, über Pendels Verbrecherfotos gegrübelt, Vorder- und Seitenansicht, er hat dessen Aussagen vor der Polizei studiert, wenngleich die meisten offensichtlich von seinen Zuhörern erfunden waren, er hat die Gutachten der Psychiater und Sozialhelfer und die Berichte über Pendels Verhalten im Gefängnis gelesen, er hat alles Erreichbare über Louisa und die winzige Binnenwelt der Kanalzone ausgegraben. Wie ein Geisterbeschwörer hat er sich für Pendels psychische Ausstrahlungen und Schwingungen geöffnet, hat ihn so intensiv studiert wie ein Medium die Karte eines undurchdringlichen Dschungels, in dem ein Flugzeug verschwunden sein soll: Ich werde dich finden, ich kenne dich, warte auf mich, *das Glück begünstigt nur den Vorbereiteten.*

Luxmore denkt nach. Erst vor einer Woche hat er entschieden, daß eben dieser Pendel für die große Mission, die ihm vorschwebt, nicht geeignet ist:

Als mein wichtigster Kontaktmann, Andrew? Als Ihrer? An einem so brisanten Standort? Ein Schneider? Die Obere Etage lacht sich über uns schief!

Und als Osnard, diesmal nach dem Lunch, wenn Luxmore großmütiger gestimmt zu sein pflegt, ihn von neuem bedrängt:

Ich kenne keine Vorurteile, junger Mr. Osnard, und ich respektiere Ihr Urteilsvermögen. Aber diese Burschen aus dem East End sind fähig, einem in den Rücken zu fallen. Das liegt ihnen im Blut. Großer Gott, noch sind wir nicht so tief gesunken, daß wir Knastbrüder rekrutieren müssen!

Aber das war vor einer Woche, und die panamaische Uhr tickt immer lauter.

»Vielleicht haben wir ja doch das große Los gezogen«, erklärt Luxmore, als er, an den Zähnen saugend, ein zweitesmal Pendels umfangreiche Akte durchblättert. »Daß wir uns erst einmal anderswo umgesehen haben, war nur vernünftig, o ja. Dafür gibt uns die Obere Etage bestimmt eine gute Note« – das unglaubwürdige Geständnis des jungen Pendel huscht ihm noch einmal durch den Kopf: wie er alles zugegeben und niemanden belastet hat – »wenn man unter die Oberfläche sieht, ist der Mann goldrichtig, genau der Typ, den wir für eine kleine kriminelle Nation brauchen« – er saugt – »während der Falkland-Sache hatten wir mal einen ganz ähnlichen im Hafenviertel von Buenos Aires.« Sein Blick ruht kurz auf Osnard, aber nichts in seinen Augen weist darauf hin, daß er meint, sein Untergebener sei in vergleichbarer Weise für den Umgang mit Kriminellen qualifiziert. »Sie werden ihm hart zusetzen müssen, Andrew. Das sind sehr eigenwillige Burschen, diese Herrenausstatter aus dem East End. Sind Sie dem gewachsen?«

»Ich glaube schon, Sir. Wenn Sie mir hier und da einen Tip geben.«

»Ein Schurke kann uns in diesem Spiel nur nützlich sein, vorausgesetzt, es ist *unser* Schurke« – Einwanderungspapiere des Vaters, den Pendel nie gekannt hat – »Und seine Frau ist zweifellos von großem Wert« – er saugt – »schon ein Fuß in der Kanalkommission, mein Gott. Und ist die Tochter eines amerikanischen Offiziers, Andrew, das könnte ein stabilisierender Faktor sein. Obendrein ist sie Christin. Unser Gentleman aus dem East End hat sich wahrlich gut versorgt. Unbeeinflußt von religiösen Dingen, hm hm. Eigennutz stets an erster Stelle, wie üblich« – er saugt – »Andrew, allmählich sehe ich hier etwas Gestalt annehmen. Sie werden sich jede seiner Erklärungen dreimal ansehen müssen, den Tip gebe ich Ihnen gratis. Er wird sich ins Zeug legen, einen Riecher und das Geschick haben, aber werden Sie mit ihm fertigwerden? Wer führt wen? Das ist doch das Problem« – kurzer Blick auf Pendels Geburtsurkunde mit dem Namen der davongelaufenen Mutter – »diese Burschen verstehen sich darauf, in die Salons anderer Leute vorzudringen, ganz zweifellos, o ja. *Und* dabei selbst nicht zu kurz zu kommen. Ich fürchte, Sie werden gleich ins eiskalte Wasser springen müssen. Werden Sie damit fertigwerden?«

»Doch, ich glaube schon.«

»Ich auch, Andrew. Ja. Ein richtig schwieriger Kunde, aber einer von uns, das ist das Entscheidende. Ein geborener Mitläufer, im Knast gestählt, kennt sich aus mit der dunklen Seite des Lebens« – er saugt – »und in den Niederungen des menschlichen Denkens. Es gibt hier Risiken, aber das gefällt mir. Die Obere Etage wird das genauso sehen.« Luxmore klappt den Ordner zu und beginnt wieder, diesmal mit großen Schritten, auf und ab zu gehen. »Wenn wir nicht an seinen Patriotismus appellieren können, machen wir ihm die Hölle heiß und appellieren an seine Habgier. Ich will Ihnen mal was über Kontaktleute erzählen, Andy.«

»Bitte tun Sie das, Sir.«

Das *Sir,* traditionsgemäß eigentlich dem Chef des Service vorbehalten, ist Osnards Beitrag zu Luxmores bereitwilligen Offenbarungen.

»Sie können einen *schlechten* Kontaktmann haben, junger Mr. Osnard. Sie können ihn vor den Safe der Gegenseite stellen, und obwohl ihm die Kombination in den dummen Ohren dröhnt, wird er mit leeren Händen zu Ihnen zurückkommen. Ich habe so etwas selbst erlebt. Wir hatten so einen während der Falkland-Krise. Aber wenn Sie einen *guten* haben, können Sie ihn mit verbundenen Augen in der Wüste absetzen, und trotzdem wird er sein Ziel nach einer Woche ausgeschnüffelt haben. Warum? Weil er zum Dieb geboren ist« – er saugt. »Ich kenne viele solcher Leute. Merken Sie sich das, Andy. Wer nicht zum Dieb geboren ist, ist überhaupt nichts.«

»Ich merk' es mir«, sagt Osnard.

Schaltet in einen anderen Gang. Läßt sich jäh hinterm Schreibtisch nieder. Greift nach dem Hörer. Läßt ihn liegen. »Rufen Sie im Archiv an«, befiehlt er Osnard. »Die sollen uns irgendeinen Kodenamen aus dem Hut zaubern. Ein Kodename zeugt von Entschlossenheit. Entwerfen Sie mir eine Vorlage, nicht länger als eine Seite. Die da oben sind beschäftigte Leute.« Greift nun doch zum Hörer. Tippt eine Nummer. »Unterdessen führe ich ein paar Privatgespräche mit einigen einflußreichen Personen des öffentlichen Lebens, die zur Verschwiegenheit verpflichtet sind und ewig namenlos bleiben werden« – er saugt – »diese Amateure vom Finanzministerium werden überall ihre Knüppel dazwischenwerfen. Denken Sie immer nur an den Kanal, Andrew. Alles dreht sich um den Kanal.« Unterbricht sich, legt den Hörer wieder auf. Sein Blick richtet sich auf das Rauchglasfenster, hinter dem gefilterte schwarze Wolken das Parlament der Parlamente bedrohen. Sekunde. »Das werde ich Ihnen sagen, Andrew«, flüstert er. *»Alles dreht sich um den Kanal.* Das soll unser Slogan sein, wenn wir mit Leuten aus allen Lebensbereichen zu tun bekommen.«

Doch Osnards Gedanken bleiben bei irdischen Dingen. »Wir werden uns ziemlich komplizierte Zahlungsmodalitäten für ihn ausdenken müssen, oder, Sir?«

»Wozu? Unsinn. Regeln sind dazu da, daß man sie bricht. Hat man Ihnen das nicht beigebracht? Natürlich nicht. Diese Ausbilder leben alle hinter dem Mond. Ich sehe, Sie wollen noch was loswerden. Raus damit.«

»Nun ja, Sir.«

»Ja, Andrew.«

»Ich wüßte gern Genaueres über seine derzeitige finanzielle Lage. In Panama. Falls er nämlich einen Haufen Geld verdient ...«

»Ja?«

»Nun, dann werden wir ihm schon eine Menge anbieten müssen, richtig? Angenommen, er macht eine Viertelmillion Dollar netto im Jahr, und wir bieten ihm noch mal fünfundzwanzigtausend, dann wird ihn das wohl kaum vom Hocker reißen. Falls Sie mir folgen können.«

»Und?« – amüsiert, den Jungen reden lassend.

»Nun, Sir, ich frage mich, ob einer Ihrer Freunde in der Stadt sich unter einem Vorwand an Pendels Bank wenden und den Kontostand ermitteln könnte.«

Luxmore ist bereits am Telefon, die freie Hand stramm an der Hosennaht.

»Miriam, meine Liebe. Verbinden Sie mich mit Geoff Cavendish. Wenn der nicht da ist, versuchen Sie's bei Tug. Und, Miriam. Es ist dringend.«

Erst nach weiteren vier Tagen wurde Osnard das nächstemal vorgeladen. Pendels jämmerliche Bankauszüge lagen mit freundlicher Genehmigung von Ramón Rudd auf Luxmores Schreibtisch. Luxmore selbst stand reglos am Fenster und genoß den historischen Augenblick.

»Er hat sich die Ersparnisse seiner Frau unter den Nagel gerissen, Andrew. Bis auf den letzten Penny. Kann es nicht lassen, dicke Schulden zu machen. Das können die nie. Jetzt haben wir ihn bei den Eiern.«

Er wartete, während Osnard die Zahlen las.

»Ein Gehalt würde ihm demnach nichts nützen«, sagte Osnard, der in Geldangelegenheiten weitaus erfahrener war als sein Vorgesetzter.

»Ach. Und warum nicht?«

»Weil es direkt in die Tasche seines Bankdirektors wandern würde. Wir werden ihn vom ersten Tag an mit Bargeld füttern müssen.«

»Wieviel?«

Inzwischen hatte Osnard einen Betrag errechnet. Er verdoppelte ihn, da es ja nur vorteilhaft war, so anzufangen, wie er weiterzumachen beabsichtigte.

»Mein Gott, Andrew. So viel?«

»Es könnte auch mehr sein, Sir«, sagte Osnard düster. »Ihm steht das Wasser bis zum Hals.«

Luxmores Blick richtete sich trostsuchend auf die Londoner Skyline.

»Andrew?«

»Sir?«

»Ich habe Ihnen einmal gesagt, zu einer großen Vision gehören gewisse Komponenten.«

»Ja, Sir.«

»Eine davon ist Augenmaß. Schicken Sie mir kein wertloses Zeug. Keinen faulen Zauber. Kein ›Hier, Scottie, nehmen Sie diesen Sack voll Knochen und sehen Sie zu, was Ihre Analytiker daraus machen‹. Können Sie mir folgen?«

»Nicht ganz, Sir.«

»Unsere Analytiker sind Idioten. Betrachten nichts im Zusammenhang. Sehen nicht, wenn sich etwas abzeichnet. Man erntet nur, was man gesät hat. Das verstehen Sie doch? Ein guter Agent ertappt Geschichte auf frischer Tat. Von irgendeinem kleinen Angestellten in der dritten Etage, dem seine Hypothek Kopfschmerzen macht, können wir nicht erwarten, daß er Geschichte auf frischer Tat ertappt. Hab ich recht? Wer Geschichte auf frischer Tat ertappen will, muß Visionen haben. Richtig?«

»Ich werde mein Bestes tun, Sir.«

»Enttäuschen Sie mich nicht, Andrew.«

»Ich werde mir Mühe geben, Sir.«

Aber hätte Luxmore sich in diesem Augenblick zufällig umgedreht, würde er zu seiner Überraschung bemerkt haben, daß Osnards Haltung durchaus nicht der Demut in seiner Stimme entsprach. Ein triumphierendes Lächeln lag auf dem treuherzigen jungen Gesicht, und seine Augen funkelten vor Gier. Koffer packen, das Auto verkaufen, einem halben Dutzend Freundinnen ewige Treue schwören: von all diesen Dingen im Zusammenhang mit seiner Abreise einmal abgesehen, unternahm Andrew Osnard auch etwas, was man von einem jungen Engländer, der auszieht, seiner Königin in fernen Landen zu dienen, normalerweise nicht erwartet. Über einen entfernten Verwandten in Westindien eröffnete er, nachdem er sich vergewissert hatte, daß die betreffende Bank eine Filiale in Panama City hatte, ein Nummernkonto auf Grand Cayman.

13

Osnard bezahlte den schrottreifen Pontiac und trat in die Nacht hinaus. Die prickelnde Stille und die gedämpfte Beleuchtung erinnerten ihn an das Ausbildungslager. Er schwitzte. Wie immer in diesem verfluchten Klima. Die Unterhose klebte ihm im Schritt. Sein Hemd war naß wie ein Spüllappen. Scheußlich. Auf der nassen Einfahrt knirschten unbeleuchtete Autos an ihm vorbei. Hohe gestutzte Hecken sorgten für zusätzliche Diskretion. Es hatte geregnet und wieder aufgehört. Die Tasche in der Hand, schritt er über den geteerten Vorplatz. Eine zwei Meter große nackte Plastikvenus, von irgendwo innerhalb ihrer Vulva beleuchtet, verbreitete fahles Licht. Er stieß mit dem Fuß an einen Pflanzkübel, fluchte, diesmal auf Spanisch, und gelangte zu einer Reihe Garagen; vor den Eingängen hingen Vorhänge aus Plastikbändern, schwache Glühbirnen erhellten die einzelnen Nummern. Bei Nummer 8 angekommen, schob er die Bänder beiseite, tastete sich zu einem roten Lichtpunkt an der Wand gegenüber vor und drückte darauf: der berühmte Knopf. Eine geschlechtslose Stimme aus dem Jenseits dankte ihm fur seinen Besuch.

»Mein Name ist Colombo. Ich habe bestellt.«

»Möchten Sie lieber ein Spezialzimmer, Señor Colombo?«

»Nein, das, was ich bestellt habe. Drei Stunden. Wieviel?«

»Wirklich kein Spezialzimmer, Señor Colombo? Wilder Westen? Arabische Nächte? Tahiti? Fünfzig Dollar mehr?«

»Nein.«

»Einhundertundfünf Dollar, bitte. Angenehmen Aufenthalt.«

»Geben Sie mir eine Quittung über dreihundert«, sagte Osnard.

Ein Summer ertönte, und neben ihm öffnete sich ein beleuchteter Briefkasten. Er legte einhundertundzwanzig Dollar in das rote Maul, dann schnappte es zu. Pause, während das Geld durch einen Detektor geschleust, der Mehrbetrag registriert und die falsche Quittung ausgestellt wurde.

»Beehren Sie uns bald wieder, Señor Colombo.«

Von einem weißen Lichtstrahl halb geblendet, sah er einen knallroten Fußabtreter vor sich auftauchen; die elektronische Tudortür öffnete sich mit einem Klicken. Der Gestank von Desinfektionsmitteln schlug ihm entgegen wie Hitze aus einem Hochofen. Eine unsichtbare Kapelle spielte »O sole mio«. Schweißüberströmt wollte er sich eben nach der Klimaanlage umsehen, als er sie auch schon anspringen hörte. Rosa Spiegel an Wänden und Decke. Eine Versammlung von Osnards, die sich finster anstarrten. Auch der Kopfteil des Bettes war verspiegelt, in der abscheulichen Beleuchtung schimmerte eine knallrote Velours-Tagesdecke. Ein Gratis-Toilettenbeutel mit Kamm, Zahnbürste, drei Parisern und zwei Täfelchen amerikanischer Milchschokolade. Auf dem Bildschirm tummelten sich in irgendeinem Wohnzimmer zwei nackte Matronen und ein fünfundvierzigjähriger Latino mit behaartem Hintern. Osnard suchte nach einem Knopf, um das abzustellen, aber das Stromkabel verschwand einfach in der Wand.

Mist. Typisch.

Er setzte sich aufs Bett, machte die schäbige Aktentasche auf und verteilte den Inhalt auf der Decke. Ein Paket unbenutztes Kohlepapier, verpackt wie landesübliches Schreibmaschinenpapier. Sechs Rollen Mikrofilm, versteckt in einer Insektenspraydose. Warum sehen die Tarnvorrichtungen der Zentrale immer so aus, als stammten sie aus Restbeständen der russischen Armee? Ein Mini-Kassettenrecorder, ungetarnt. Eine Flasche Scotch, zum Gebrauch für Kontaktleute und ihre Agentenführer. Siebentausend Dollar in Zwanzigern und Fünfzigern. Ein Jammer, das Geld wegzugeben, man mußte es eben als Startkapital betrachten.

Und aus seiner Jackentasche zog er das in seiner ganzen

unzerstörten Pracht vier Seiten lange Telegramm von Luxmore und breitete es zur bequemen Lektüre vor sich aus. Dann saß er davor, stirnrunzelnd und mit offenem Mund, las einzelne Sätze und lernte sie widerwillig auswendig, wie ein sensibler Schauspieler seinen Text lesen mag: Ich sage *das*, aber anders; und *das* sage ich überhaupt nicht; ich tue zwar *das*, aber auf meine Weise, nicht auf seine. Er hörte ein Auto in Garage Nummer 8 einfahren. Er stand auf, stopfte die vier Seiten des Telegramms in die Tasche zurück und baute sich in der Mitte des Zimmers auf. Er hörte eine Blechtür zuklappen und dachte »Geländewagen«. Er hörte Schritte nahen und dachte »geht wie ein blöder Kellner«; gleichzeitig versuchte er jenseits davon Geräusche zu erhorchen, die möglicherweise feindlich waren. Hat Harry mich verraten? Bringt er ein paar Gorillas mit, die mich festnehmen sollen? Natürlich nicht, aber die Ausbilder haben gesagt, der Klügere denkt nach, also denke ich nach. Es klopfte an die Tür: dreimal kurz, einmal lang. Osnard löste den Riegel und zog die Tür auf, aber nicht ganz. Auf der Schwelle stand Pendel, eine modische Reisetasche im Arm.

»Du liebe Zeit, was machen *die* denn da, Andy? Erinnert mich an die Drei Tolinos im Bertram-Mills-Zirkus, wohin mich Onkel Benny manchmal mitgenommen hat.«

»Herrgott!« zischte Osnard, als er ihn ins Zimmer zerrte. »Konnten Sie das P & B nicht noch größer auf Ihre blöde Tasche malen?«

Stühle gab es nicht, also setzten sie sich aufs Bett. Pendel trug eine *panabrisa*. Vor einer Woche hatte er Osnard anvertraut, *panabrisas* würden ihn noch mal ins Grab bringen: Kühl, schick und bequem, Andy, und kosten nur fünfzig Dollar, ich weiß gar nicht, warum ich mich noch bemühe. Osnard kam gleich zur Sache. Das hier war keine zufällige Begegnung zwischen Schneider und Kunde. Es war eine ausgewachsene, erdumspannende Operation, durchgeführt nach dem klassischen Handbuch der Spionageschule.

»Irgendwelche Schwierigkeiten gehabt, hierherzukommen?«

»Danke, Andy, alles in Butter. Und wie sieht's bei Ihnen aus?«

»Irgendwelches Material dabei, das bei mir besser aufgehoben wäre?«

Pendel fischte aus einer Tasche seiner *panabrisa* das verzierte Feuerzeug, dann tastete er nach einer Münze, schraubte damit den Boden ab und schüttelte einen schwarzen Zylinder heraus, den er übers Bett reichte.

»Es sind nur die zwölf da drauf, Andy, leider, aber ich dachte, Sie sollten sie trotzdem haben. Früher haben wir gewartet, bis ein Film voll war, ehe wir ihn in der Drogerie abgegeben haben.«

»Ist Ihnen jemand gefolgt, hat Sie jemand erkannt? Ein Motorrad? Ein Auto? Jemand, der Ihnen irgendwie verdächtig vorgekommen ist?«

Pendel schüttelte den Kopf

»Was machen Sie, wenn wir gestört werden?«

»Die Erklärungen überlasse ich Ihnen, Andy. Ich verziehe mich bei frühestmöglicher Gelegenheit und sage meinen Quellen, sie sollen die Köpfe einziehen oder Urlaub im Ausland machen, und Sie warten, daß ich mich mit Ihnen in Verbindung setze, wenn die Operation weitergehen kann.«

»Wie?«

»Nach den Vorschriften für den Notfall. Zu den vereinbarten Zeiten von Telefonzelle zu Telefonzelle.«

Osnard nötigte ihn, die vereinbarten Zeiten aufzusagen.

»Und wenn das nicht klappt?«

»Dann haben wir immer noch den Laden, oder, Andy? Wir hätten eigentlich *längst* einmal die Tweedjacke anprobieren sollen – wenn das kein hieb- und stichfester Vorwand ist! Ist übrigens fantastisch geworden«, fügte er hinzu. »Ich spüre das immer sofort, wenn mir ein Jackett besonders gelungen ist.«

»Wie viele Briefe haben Sie mir geschickt, seit wir uns das letztemal getroffen haben?«

»Nur die drei, Andy. Mehr konnte ich in der Zeit nicht schaffen. Ich bekomme unglaublich viele Aufträge. Der neue Clubraum tut wirklich was für die Bilanz, finde ich.«

»Was für Briefe waren das?«

»Zwei Rechnungen und eine Einladung zu einer Vorschau auf neue Attraktionen in der Boutique. Die sind doch gut geworden, oder? Manchmal bin ich mir da nämlich nicht so sicher.«

»Sie drücken nicht kräftig genug auf. Die Schrift kommt auf den Kopien nicht gut raus. Benutzen Sie Kuli oder Bleistift?«

»Bleistift, Andy, wie Sie mir geraten haben.«

Osnard wühlte in den Tiefen seiner Aktentasche und zog schließlich einen normalen Holzbleistift hervor. »Versuchen Sie's das nächstemal mit dem hier. H2. Ist härter.«

Die zwei Frauen auf dem Bildschirm hatten den Mann verabschiedet und spendeten sich gegenseitig Trost.

Material. Osnard gab Pendel die Insektenspraydose mit den Reservefilmen. Pendel schüttelte sie, drückte oben drauf und grinste, als sie funktionierte. Pendel äußerte sich besorgt über die Haltbarkeit seines Kohlepapiers, womöglich tauge es nichts mehr, Andy? Osnard gab ihm für alle Fälle ein neues Paket und sagte, was er von dem alten noch übrig habe, könne er wegschmeißen.

Das Netzwerk. Osnard ließ sich über die Fortschritte jeder einzelnen Quelle unterrichten und schrieb alles in sein Notizbuch. Quelle Sabina, Martas Meisterschöpfung und Alter ego, systemkritische Politologiestudentin und Leiterin des maoistischen Geheimkaders in El Chorillo, bat um eine neue Druckerpresse, da ihre alte defekt war. Anschaffungskosten etwa fünftausend Dollar, aber vielleicht könnte Andy ja auch eine gebrauchte besorgen?

»Die kauft sie selbst«, bestimmte Osnard knapp, während er »Druckerpresse« und »zehntausend Dollar« notierte. »Soll auf Distanz bleiben. Glaubt sie immer noch, daß sie ihre Informationen an die Yankees verkauft?«

»Ja, Andy, solange Sebastian ihr nichts anderes erzählt.«

Sebastian, auch er ein Geschöpf Martas, war Sabinas Liebhaber, ein verbitterter Anwalt des Volkes und ehemaliger Kämpfer gegen Noriega, der dank seiner verarmten Klientel Hintergrundinformationen über Merkwürdigkeiten wie das Innenleben der moslemischen Gemeinde Panamas liefern konnte.

»Und was ist mit Alpha Beta?« fragte Osnard.

Quelle Beta gehörte Pendel: Mitglied des Kanal-Beratungsausschusses der Nationalversammlung und nebenher Vermittler von ehrbaren Schlupflöchern für gewisse Bankkonten. Betas Tante Alpha war Sekretärin bei der panamaischen Handelskammer. In Panama hat jeder eine Tante, die irgendeinen nützlichen Job hat.

»Beta ist auf dem Lande und streichelt seine Wähler, Andy, deshalb kommt zur Zeit nichts von ihm. Aber am Donnerstag hat er eine hübsche Sitzung mit der panamaischen Industrie- und Handelskammer und am Freitag ein Essen mit dem Vizepräsidenten, da gibt's also Licht am Ende des Tunnels. Und seine letzten Informationen haben London doch gefallen, oder? Er hat manchmal das Gefühl, daß seine Arbeit nicht richtig gewürdigt wird.«

»Doch, das war soweit nicht schlecht.«

»Nur daß Beta sich gefragt hat, ob er eine Sonderprämie bekommen könnte.«

Osnard schien sich das auch zu fragen, denn er machte sich eine Notiz, kritzelte eine Zahl dazu und kreiste sie ein.

»Sag ich Ihnen beim nächstenmal«, meinte er. »Und Marco?«

»Marco, will ich mal sagen, macht einen guten Eindruck, Andy. Wir sind zusammen ausgegangen, ich habe seine Frau kennengelernt, wir haben seinen Hund ausgeführt und waren im Kino.«

»Und wann wollen Sie ihm die entscheidende Frage stellen?«

»Nächste Woche, Andy, falls ich in der richtigen Stimmung bin.«

»Dann seien Sie mal in der richtigen Stimmung. Anfangsgehalt fünfhundert die Woche, Überprüfung nach drei Monaten, zahlbar im voraus. Zusätzlich fünftausend in bar, wenn er sich schriftlich verpflichtet.«

»Für Marco?«

»Für Sie, Sie Esel«, sagte Osnard und reichte ihm in allen rosa Spiegeln auf einmal ein Glas Scotch.

Osnard verfiel jetzt in die Körpersprache einer Autoritätsperson, die etwas Unangenehmes zu sagen hat. Seine elastischen Züge legten sich in unzufriedene Falten, und er warf einen finsteren Blick auf die Akrobaten, die sich auf dem Bildschirm tummelten.

»Sie sind ja heute anscheinend gut aufgelegt«, begann er vorwurfsvoll.

»Gewiß, Andy, und das habe ich nur Ihnen und London zu verdanken.«

»Was für ein Glück, daß Sie Schulden gemacht haben. Stimmt's? Ich sagte: *Stimmt's?*«

»Andy, ich danke meinem Schöpfer jeden Tag dafür, und die Vorstellung, daß ich meine Schulden abarbeite, beflügelt mich. Stimmt denn irgend etwas nicht?«

Osnard sprach jetzt mit der Stimme eines Aufsehers, dabei war er bisher auch immer nur gegängelt, meist noch verprügelt worden.

»Ja, allerdings. Da stimmt eine ganze *Menge* nicht.«

»Du liebe Zeit.«

»Ich fürchte, London ist längst nicht so zufrieden mit Ihnen, wie Sie es mit sich zu sein scheinen.«

»Und wie kommt das, Andy?«

»Einfach so. Eigentlich nichts Schlimmes. Nur daß man dort inzwischen meint, Superspion H. Pendel sei ein überbezahlter, heimtückischer, verlogener, doppelzüngiger Betrüger.«

Pendels Lächeln erlebte eine langsame aber totale Sonnenfinsternis. Seine Schultern sanken herab, seine Hände, die ihn bis dahin auf dem Bett abgestützt hatten, schoben sich unterwürfig nach vorn, zum Zeichen, daß sie dem Polizisten nichts Böses antun wollten.

»Wurden irgendwelche besonderen Gründe genannt, Andy? Oder hat man sich ganz allgemein so geäußert?«

»Des weiteren ist man auch mit Mr. Mickie Abraxas sehr unzufrieden.«

Pendels Kopf fuhr hoch.

»Warum? Was hat Mickie denn getan?« fragte er unerwartet heftig – das heißt, unerwartet von ihm selbst. »Mikkie hat damit nichts zu tun«, fügte er aggressiv hinzu.

»*Womit* nicht?«

»Mickie hat nichts getan.«

»Richtig. Das ist es ja eben. Er hat schon viel zu lange nichts getan. Abgesehen davon, daß er als Zeichen seines guten Willens gnädigerweise zehntausend Dollar in bar und im voraus von uns akzeptiert hat. Und was haben *Sie* getan? Auch nichts. Zugesehen, wie Mickie sich im Nabel gebohrt hat.« Er sprach jetzt mit dem schneidenden Sarkasmus eines Schuljungen. »Und was habe *ich* getan? Ihnen eine sehr stattliche Prämie für *produktiven* – haha – Einsatz verschafft; und der, um es mal deutlich zu sagen, ist darauf hinausgelaufen, daß Sie mit diesem Abraxas, dem Tyrannenmörder und Fürsprecher des kleinen Mannes, eine geradezu sensationell unproduktive Quelle rekrutiert haben. London hat sich schiefgelacht. Dort fragt man sich, ob der *Agentenführer* – also ich – nicht doch noch ein wenig zu feucht hinter den Ohren ist, ein wenig zu *einfältig* für die Zusammenarbeit mit trägen, geldgierigen Schmarotzern wie Abraxas und Ihnen.«

Osnards Tirade war auf taube Ohren gestoßen. Anstatt sich kleinzumachen, schien Pendels körperliche Anspannung nachzulassen, als ob alle seine Befürchtungen plötzlich vorüber waren, als ob alles, womit sie beide jetzt noch zu tun hatten, im Vergleich zu seinen Alpträumen nurmehr eine Lappalie war. Seine Hände sanken auf die Bettdecke zurück, er schlug die Beine übereinander und lehnte sich wieder am Kopfende des Bettes an.

»Und was hat London nun mit ihm vor, frage ich mich, Andy?« erkundigte er sich teilnahmsvoll.

Osnard wechselte vom einschüchternden Tonfall zu dem blasierter Entrüstung.

»Dauernd jammert er über seine Ehrenschulden. Und was ist mit den Ehrenschulden, die er *uns* gegenüber hat? Dauernd hält er uns hin – ›kann ich heute nicht sagen, nächsten Monat vielleicht‹ –, macht uns ganz scharf mit einer Verschwörung, die es gar nicht gibt: Studenten, mit denen nur er reden kann; Fischer, die nur mit den Studenten reden wollen, und so weiter, blabla. Wofür hält er sich eigentlich? Wofür hält er *uns?* Für dämliche Idioten?«

»Das liegt an seiner Loyalität, Andy. An seinen hochsensiblen Quellen, genau wie bei Ihnen. An den Leuten, von denen er seine Weisungen erhält.«

»Scheiß auf seine Loyalität! Wir warten jetzt seit drei verdammten Wochen auf seine tolle Loyalität! Wenn er wirklich so loyal ist, hätte er Ihnen nie etwas von seiner Bewegung ausgeplaudert. Hat er aber. Jetzt haben Sie ihn in der Hand. Und wenn man in unserem Gewerbe jemand in der Hand hat, dann macht man auch was daraus. Man läßt nicht alles und jeden auf die Antwort warten, was der Sinn des Lebens ist, bloß weil irgendein altruistisches versoffenes Wrack noch drei Wochen braucht, bis er von seinen Freunden die Erlaubnis bekommt, sie einem zu sagen.«

»Was werden Sie jetzt machen, Andy?« fragte Pendel ruhig.

Wäre Osnards Gehör oder Gespür fein genug gewesen, hätte er in Pendels Stimme denselben Unterton vernehmen können, der auch vor einigen Wochen angeklungen war, als sie beim Lunch zum erstenmal über die Rekrutierung von Mickies Stiller Opposition gesprochen hatten.

»Ich sage Ihnen, was Sie machen werden«, fuhr er ihn an, wieder den autoritären Tonfall annehmend. »Sie gehen zu diesem Abraxas und sagen ihm: ›Mickie. Unangenehme Neuigkeiten. Mein verrückter Millionär will nicht mehr warten. Wenn du also nicht wegen einer Verschwörung mit Leuten, von denen keine Sau weiß, wofür oder wogegen sie sich eigentlich verschwören, in den panamaischen Knast zurückwandern willst, dann spuck's endlich aus. *Wenn* du es tust, wartet ein Sack voll Geld auf dich, aber ein sehr hartes Bett in einer sehr kleinen Zelle, wenn du es *nicht* tust.‹ Ist das Wasser in dieser Flasche?«

»Ja, Andy, ich glaube schon. Sie möchten sicher gern etwas trinken.«

Pendel reichte ihm die von der Geschäftsführung zur Wiederbelebung erschöpfter Gäste bereitgestellte Flasche. Osnard trank, fuhr sich mit dem Handrücken über die Lippen und wischte mit seinem dicken Zeigefinger den Flaschenhals ab. Dann gab er Pendel die Flasche zurück. Doch Pendel war offenbar nicht durstig. Ihm war schlecht, und es war nicht die Art von Übelkeit, die sich mit Wasser vertreiben läßt. Eher hatte es mit seiner brüderlichen Freundschaft mit seinem Leidensgefährten Abraxas zu tun und mit Osnards Ansinnen, diese zu besudeln. Und aus einer Flasche zu trinken, die noch naß von Osnards Spucke war, war das allerletzte, wonach Pendel momentan der Sinn stand.

»Wir haben nur Bruchstücke«, beklagte sich Osnard, immer noch auf seinem hohen Roß. »Und was ergeben die? Geschwafel. Genaueres morgen. Abwarten und Tee trinken. Uns fehlt's an der großen Vision, Harry. Aber die ist immer hinter der nächsten Ecke. London will sie *jetzt.* Die können nicht mehr warten. Wir auch nicht. Haben Sie gehört?«

»Laut und deutlich, Andy. Laut und deutlich.«

»Na schön«, sagte Osnard; es klang widerwillig, aber schon halb versöhnlich, denn er wollte ihr gutes Verhältnis wiederherstellen.

Und von Abraxas wechselte Osnard zu einem Thema, das Pendel noch mehr am Herzen lag, nämlich zu seiner Frau Louisa.

»Delgado ist auf dem Weg nach oben, ist Ihnen das klar?« fing Osnard unbekümmert an. »Die Presse hat ihn zum obersten Dingsda des Lenkungsausschusses für den Kanal hochgejubelt. Viel höher kann er nicht mehr steigen, sonst versengt er sich das Toupet.«

»Ich habe davon gelesen«, sagte Pendel.

»Wo?«

»In der Zeitung. Wo sonst?«

»Tatsächlich in der Zeitung?«

Jetzt war Osnard an der Reihe, den Lächelnden zu spielen, und Pendel hielt sich nun zurück.

»Louisa hat Ihnen also nichts davon erzählt?«

»Erst als es öffentlich bekannt war. Vorher nicht.«

Laß meinen Freund in Ruhe, sagten Pendels Augen. Laß meine Frau in Ruhe.

»Und warum nicht?« fragte Osnard.

»Weil sie verschwiegen ist. Weil sie Pflichtgefühl hat. Das habe ich Ihnen schon einmal gesagt.«

»Weiß sie, daß wir uns heute abend treffen?«

»Natürlich nicht. Halten Sie mich für verrückt?«

»Aber sie weiß, daß da irgendwas im Busch ist? Muß doch bemerkt haben, daß sich in Ihrem Leben was geändert hat? Ist doch nicht blind.«

»Ich erweitere mein Geschäft. Mehr braucht sie nicht zu wissen.«

»Aber es gibt viele Möglichkeiten, sein Geschäft zu erweitern, richtig? Nicht alles davon wird gern gesehen. Jedenfalls nicht von Ehefrauen.«

»Sie macht sich keine Sorgen.«

»Den Eindruck hatte ich aber gar nicht, Harry. Damals auf Anytime Island. Kam mir ein bißchen zu angespannt vor. Hat nicht viel Wind darum gemacht. Ist nicht ihre Art. Wollte bloß von mir wissen, ob das in Ihrem Alter normal sei.«

»Was?«

»Daß man dauernd Gesellschaft braucht. Vierundzwanzig Stunden am Tag. Nur nicht die eigene Frau. Daß man immer in der Stadt herumrennt.«

»Was haben Sie ihr geantwortet?«

»Daß ich warten würde, bis ich vierzig bin, dann würde ich's ihr sagen. Tolle Frau, Harry.«

»Ja. Das ist sie. Also lassen Sie sie in Ruhe.«

»Mir kam nur eben der Gedanke, daß sie vielleicht glücklicher wäre, wenn Sie sie beruhigen könnten.«

»Da machen Sie sich mal keine Sorgen.«

»Ich möchte ja bloß, daß wir ein bißchen näher an die Quelle rankommen, das ist alles.«

»Was für eine Quelle?«

»*Die* Quelle. Den Born alles Wissens. Delgado. Louisa hat Mickie gern. Sie bewundert ihn. Hat sie mir selbst gesagt. Sie betet Delgado an. Verabscheut die Vorstellung, daß der Kanal durch die Hintertür verscherbelt werden könnte. Scheint mir eine todsichere Sache. Von hier aus betrachtet.«

Pendel hatte wieder seine Gefängnisaugen, finster und verschlossen. Doch von diesem Rückzug ins Innere bekam Osnard nichts mit, er zog es vor, seine Schlüsse über Louisa vorzutragen.

»Ein absolutes Naturtalent, wenn Sie mich fragen.«

»Wer?«

»›Zielobjekt ist der Kanal‹«, grübelte er. »›Um den Kanal dreht sich alles.‹ London kann an gar nichts anderes mehr denken. Wer ihn bekommt. Was man damit anfängt. Ganz Whitehall macht sich in die gestreiften Hosen, um rauszukriegen, mit wem Delgado in dem Holzschuppen redet.« Er schloß nachdenklich die Augen. »*Wunderbares* Mädchen. Ein echter Volltreffer. Solide wie ein Fels, anhänglich wie eine Klette, treu bis ins Grab. Fabelhaftes Material.«

»Wofür?«

Osnard ließ sich den Scotch auf der Zunge zergehen. »Mit etwas Unterstützung von Ihnen, und wenn man es ihr auf die richtige Weise und mit den richtigen Worten schmackhaft macht, läuft die Sache von selbst«, überlegte er weiter. »Sie müssen nicht direkt aktiv werden. Soll ja keine Bombe in den Palast der Reiher schmuggeln oder sich mit den Studenten in deren Bruchbuden treffen oder mit diesen Fischern zur See fahren. Sie braucht nur Augen und Ohren offen zu halten.«

»Wozu?«

»Ihren Freund Andy brauchen Sie nicht zu erwähnen. Das war schon bei Abraxas und den anderen überflüssig.

Also kein Wort von mir. Pochen Sie auf die ehelichen Bande, immer am besten. In Ehren halten und gehorchen. Louisa gibt Ihnen ihr Material. Sie geben es mir. Ich bring's nach London rüber. Und los geht's.«

»Sie liebt den Kanal, Andy. Sie würde ihn niemals verraten. Das wäre nicht ihre Art.«

»Sie soll ihn nicht *verraten,* Sie Esel! Sondern ihn retten, verdammt noch mal! Sie himmelt dieses Wundertier Delgado doch an!«

»Sie ist Amerikanerin, Andy. Sie achtet Delgado, aber sie liebt auch Amerika.«

»Amerika soll sie auch nicht verraten, verdammt noch mal! Sondern Uncle Sam für sich arbeiten lassen. Er soll seine Truppen am Ort behalten. Die Militärstützpunkte behalten. Kann sie noch mehr verlangen? Wenn sie den Kanal vor den Gangstern rettet, hilft sie Delgado; und wenn sie uns sagt, wie die Panamaer herummurksen und daß die US-Truppen deshalb erst recht bleiben müssen, hilft sie Amerika. Haben Sie was gesagt? Hab's nicht mitgekriegt.«

Pendel hatte tatsächlich etwas gesagt, aber mit so erstickter Stimme, daß es kaum zu hören war. Also setzte er sich aufrecht, wie Osnard, und versuchte es noch einmal.

»Ich glaube, ich habe Sie schon einmal gefragt, wieviel Louisa auf dem freien Markt wert sein mag, Andy.«

Osnard begrüßte diese praktische Frage. Er hatte selbst vorgehabt, sie demnächst aufzuwerfen.

»Genauso viel wie Sie, Harry. Das ist sich gleich«, sagte er aufrichtig. »Dasselbe Grundgehalt, dieselben Prämien. Das ist für mich eine Frage des Prinzips. Mädchen sind genauso gut wie wir. Besser. Hab ich London erst gestern noch gesagt. Gleiche Bezahlung, oder die Sache läuft nicht. Wir können Ihr Geld verdoppeln. Einen Fuß in der Stillen Opposition, den andern im Kanal. Prost.«

Auf dem Bildschirm hatte die Szene gewechselt. In einem Canyon entkleideten zwei Westernmädchen einen Cowboy, die angepflockten Pferde standen abgewandten Blicks daneben.

Pendel sprach wie im Schlaf, langsam und mechanisch, eher mit sich selbst als mit Osnard.

»Das würde sie niemals tun.«

»Warum nicht?«

»Sie hat Prinzipien.«

»Die kaufen wir ihr ab.«

»Die sind nicht verkäuflich. Sie ist wie ihre Mutter, je mehr man sie bedrängt, um so sturer wird sie.«

»Wozu sie bedrängen? Warum können wir sie das nicht aus freien Stücken machen lassen?«

»Sehr witzig.«

Osnard wurde theatralisch. Er warf einen Arm hoch und preßte den andern an die Brust. »›Ich bin ein Held, Louisa! Du kannst eine Heldin sein! Marschier an meiner Seite! Schließ dich dem Kreuzzug an! Rette den Kanal! Rette Delgado! Mach Front gegen die Korruption!‹ Soll ich's mal bei ihr versuchen?«

»Nein. Das wäre alles andere als klug.«

»Wieso?«

»Ehrlich gesagt, sie hat was gegen Engländer. Mit mir hält sie es aus, weil ich gut erzogen bin. Aber wenn es um die englische Oberschicht geht, neigt sie zur Ansicht ihres Vaters, daß diese Leute ohne jede Ausnahme verlogene und absolut skrupellose Schweine sind.«

»Hatte den Eindruck, ich wäre ihr ganz sympathisch.«

»Und sie würde niemals ihren Chef verpfeifen. Niemals.«

»Auch nicht für einen hübschen Batzen Kleingeld?«

Pendel, immer noch mit mechanischer Stimme: »Geld bedeutet ihr nichts. Sie meint, wir hätten genug; im übrigen ist sie ziemlich fest davon überzeugt, daß Geld etwas Böses ist und eigentlich abgeschafft werden sollte.«

»Dann zahlen wir ihr Gehalt eben an ihren geliebten Gatten aus. In bar. Muß ja nicht unbedingt mit dem Kredit verrechnet werden. Sie kümmern sich um die Finanzen, sie kümmert sich ums Allgemeinwohl. Sie braucht's ja nicht zu erfahren.«

Doch Pendel ging auf dieses glückliche Porträt eines

spionierenden Ehepaars nicht ein. Mit steinerner Miene starrte er die Wand an; er konnte warten.

Auf dem Bildschirm hatte sich der Cowboy auf einer Pferdedecke ausgestreckt. Die Westernmädchen hatten Hüte und Stiefel angelassen und standen an beiden Enden über ihm, als überlegten sie, wie sie ihn am besten packen könnten. Aber weder Osnard, der in seiner Aktentasche wühlte, noch Pendel, der noch immer düster die Wand anstarrte, bekamen etwas davon mit.

»Ach – fast hätt ich's vergessen«, rief Osnard.

Er zog ein Bündel Banknoten hervor, dann noch eins, bis insgesamt siebentausend Dollar neben Insektenspray und Kohlepapier und Feuerzeug auf dem Bett lagen.

»Prämien. Entschuldigen Sie die Verzögerung. Alles Lahmärsche in der Finanzabteilung.«

Nur mit Mühe gelang es Pendel, den Blick aufs Bett zu richten. »Mir stehen keine Prämien zu. Keinem.«

»Doch, doch. Sabina für ihre Bereitschaft, sich bei den älteren Studenten zu engagieren. Alpha für Informationen über Delgados Privatgeschäfte mit den Japanern. Marco für seine Berichte über die nächtlichen Sitzungen des Präsidenten. Bingo.«

Pendel schüttelte verwirrt den Kopf.

»Drei Sterne für Sabina, drei Sterne für Alpha, einen für Marco, macht insgesamt sieben Riesen«, beharrte Osnard. »Zählen Sie nach.«

»Das ist nicht nötig.«

Osnard schob ihm eine Quittung und einen Kugelschreiber hin. »Zehntausend. Sieben in bar, drei wie üblich für Ihren Witwen-und-Waisen-Fonds.«

Instinktiv gab Pendel die Unterschrift. Aber das Geld ließ er auf dem Bett liegen, es war zum Ansehen, nicht zum Anfassen da; als Osnard sich dann mit blinder Gier von neuem in den Feldzug zur Rekrutierung Louisas stürzte, zog Pendel sich wieder ins Dunkel seiner Gedanken zurück.

»Sie ißt gern Meeresfrüchte, stimmt's?«

»Was soll das denn nun schon wieder?«

»Gibt es irgendein Restaurant, wohin Sie öfter mal mit ihr hingehen?«

»La Casa del Marisco. Garnelen mit Béchamelsauce und Heilbutt. Bestellt sie jedesmal.«

»Stehen die Tische schön weit auseinander? Kann man dort ungestört reden?«

»Wir gehen dorthin, wenn wir Hochzeitstag oder Geburtstag haben.«

»Irgendein bestimmter Tisch?«

»In der Ecke am Fenster.«

Osnard spielte den liebevollen Ehemann: die Augenbrauen hochgezogen, den Kopf gewinnend schräggelegt. »›Ich habe dir was zu sagen, Darling. Wird allmählich Zeit, daß du's erfährst. Dienst am Volk. Leute, die etwas dran ändern können, müssen die Wahrheit erfahren.‹ Geht das?«

»Möglich.«

»›Damit dein lieber Vater im Grab seine Ruhe hat. Und deine Mutter auch. Es geht doch um deine Ideale. Mickies Ideale. Und meine, auch wenn ich die aus Sicherheitsgründen unter den Scheffel stellen mußte.‹«

»Und was soll ich ihr wegen der Kinder erzählen?«

»Daß es um ihre Zukunft geht.«

»Schöne Zukunft, wenn wir beide im Kittchen sitzen. Haben Sie mal gesehen, wie die Insassen die Arme aus den Fenstern strecken? Ich habe sie mal gezählt. So was tut jeder, der mal gesessen hat. Vierundzwanzig an einem Fenster, die Wäsche nicht mitgerechnet, und es gibt nur ein Fenster pro Zelle.«

Osnard seufzte, als ob ihm das größere Schmerzen bereiten würde als Pendel.

»Sie zwingen mich zu drastischeren Maßnahmen, Harry.«

»Ich zwinge Sie nicht. Niemand zwingt Sie.«

»Ich will Ihnen das nicht antun, Harry.«

»Dann lassen Sie's.«

»Habe versucht, es Ihnen schonend beizubringen, Harry. Hat nicht funktioniert, also mach ich's jetzt kurz.«

»Das schaffen Sie nie.«

»In dem Vertrag sind Sie beide namentlich aufgeführt. Sie und Louisa. Sie stecken beide in derselben Klemme. Sie wollen die Sache rückgängig machen – Laden und Farm zurückhaben –, und London verlangt von Ihnen beiden einen soliden Beitrag. Wird der nicht geliefert, kühlt die Liebe ab, und dann wird der Geldhahn zugedreht, und Sie kommen unter den Hammer. Laden, Farm, Golfschläger, Geländewagen, Kinder, die ganze Bescherung.«

Pendel hob nur zögernd den Kopf, als dauerte es eine Zeitlang, bis die vom Richter verhängte Haftstrafe zu ihm durchgedrungen war.

»Das ist doch Erpressung, Andy.«

»Die Kräfte des Marktes, lieber Freund.«

Pendel stand langsam auf und blieb dann reglos stehen; die Füße dicht zusammen und den Kopf gesenkt, starrte er die Banknoten auf dem Bett an, schließlich schob er sie in den Umschlag zurück und den Umschlag zusammen mit dem Kohlepapier und dem Insektenspray in seine Reisetasche.

»Ich werde ein paar Tage brauchen.« Er redete den Boden an. »Ich muß doch mit ihr reden, oder?«

»Sie haben es selbst in der Hand, Harry.«

Pendel schlurfte mit gesenktem Kopf zur Tür.

»Bis dann, Harry. Nächster Termin, nächster Treffpunkt, okay? Machen Sie's gut. Viel Glück.«

Pendel blieb stehen und drehte sich um, seine Miene zeigte nichts als die ergebene Hinnahme des Urteils.

»Sie auch, Andy. Und danke für die Prämie und den Whisky, und daß Sie mir Ihre Eindrücke von Mickie und meiner Frau mitgeteilt haben.«

»War mir ein Vergnügen, Harry.«

»Und vergessen Sie nicht, mal vorbeizukommen und Ihr Tweedjackett anzuprobieren. Es ist, wenn ich so sagen darf, robust, aber geschmackvoll. Höchste Zeit, daß wir einen neuen Menschen aus Ihnen machen.«

Eine Stunde später hatte Osnard sich in dem Käfig am hinteren Ende des Tresorraums eingeschlossen; er sprach in den übergroßen Hörer des geheimen Telefons und stellte sich vor, wie seine Worte digital in Luxmores pelzigem Ohr wieder zusammengesetzt wurden. Luxmore saß in London schon früh am Schreibtisch, weil er Osnards Anruf erwartete.

»Habe ihm Zuckerbrot gegeben und ihm dann mit der Peitsche gedroht, Sir«, berichtete er mit der Stimme des jugendlichen Helden, die er nur seinem Meister gegenüber anschlug. »Ziemlich kräftig, fürchte ich. Aber er zaudert immer noch. Sie will, sie will nicht, sie will vielleicht. Er sagt einfach nichts.«

»Blöder Hund!«

»Das habe ich auch gedacht.«

»Er hält uns hin, weil er noch mehr Geld haben will, was?«

»Sieht so aus.«

»Man kann ein Arschloch nicht tadeln, wenn es sich wie eins verhält, Andrew.«

»Behauptet, er braucht Zeit, sie zu überreden.«

»Schlaues Kerlchen. Nehme eher an, er braucht Zeit, uns zu überreden. Für wieviel ist sie zu haben, Andy? Sagen Sie's einfach. Mein Gott, danach werden wir ihn hart an die Kandare nehmen!«

»Er hat keine Zahl genannt, Sir.«

»Natürlich nicht. Er ist der Vermittler. Er hat uns bei den Eiern, und er weiß es. Was schätzen Sie denn so? Sie kennen ihn doch. Was könnte schlimmstenfalls auf uns zukommen?«

Osnard legte ein Schweigen ein, um gründliches Nachdenken anzudeuten.

»Er ist ein harter Brocken«, sagte er vorsichtig.

»Harter Brocken! Das weiß ich selbst! Das sind sie alle! *Sie* wissen es! Die Obere Etage weiß es. Geoff weiß es. Und gewisse mit mir befreundete Privatermittler wissen es auch. Er war von Anfang an ein harter Brocken. Und er wird noch härter werden, wenn's erst mal richtig losgeht. Mein Gott, wenn ich was Besseres wüßte, würde ich's ja machen! Bei der Falkland-Sache hatten wir einen, der hat uns ein Vermögen abgeknöpft und nie die kleinste Gegenleistung geliefert.«

»Die Bezahlung muß an Ergebnisse geknüpft sein.«

»Weiter.«

»Noch höhere Vorschüsse würden ihn nur ermutigen, sich auf seinen Lorbeeren auszuruhen.«

»Sehe ich auch so. Natürlich. Er würde uns auslachen. Typisch für diese Leute. Erst schröpfen sie uns, dann lachen sie uns aus.«

»Höhere Prämien hingegen bringen ihn auf Trab. Das haben wir schon mehrmals beobachtet und heute abend wieder einmal.«

»Ach ja?«

»Sie hätten mal sehen sollen, wie er das Zeug in seine Tasche geschaufelt hat.«

»O mein Gott.«

»Andrerseits *hat* er uns Alpha und Beta und die Studenten vermittelt, er *hat* den Bären mehr oder weniger auf unsere Seite gezogen, er *hat* Abraxas so gut wie rekrutiert, und er *hat* Marco rekrutiert.«

»Und wir haben ihn für jedes Fitzelchen bezahlt. Und zwar großzügig. Und was haben wir bis jetzt davon? Versprechen. Leere Sprüche. ›Die große Nummer kommt noch.‹ Das macht mich krank, Andrew. Krank.«

»Ich habe ihm das sehr nachdrücklich klargemacht, wenn ich so sagen darf, Sir.«

Luxmores Stimme wurde plötzlich weich. »Davon bin ich überzeugt, Andrew. Sollten Sie einen anderen Eindruck bekommen haben, tut es mir aufrichtig leid. Erzählen Sie weiter. Bitte.«

»Meine *persönliche* Meinung – fuhr Osnard völlig verschüchtert fort –

»Alles andere zählt nicht, Andrew!«

»... ist die, daß wir nur mit Leistungsprämien arbeiten sollten. Also nur zahlen, wenn er was liefert. Genau das hat er sich selbst auch ausbedungen, wenn er uns seine Frau liefert.«

»Andrew, das gibt's doch nicht! Das hat er Ihnen gesagt? Er hat Ihnen seine Frau verkauft?«

»Noch nicht, aber er hat sie auf den Markt gebracht.«

»Weder in den letzten zwanzig Jahren, Andrew, noch überhaupt jemals in der Geschichte des Service hat uns ein Mann seine Frau für Geld verkauft.«

Für Geldangelegenheiten hatte Osnard eine spezielle Tonlage, er sprach dann gedämpfter, flüssiger, ruhiger.

»Ich schlage vor, wir zahlen ihm regelmäßig Prämien für jede Quelle, die er rekrutiert, einschließlich seiner Frau. Wobei sich die Prämie nach der Zahlung an die jeweilige Quelle richten sollte. Als Pauschale. Wenn sie eine Prämie verdient hat, bekommt er einen Teil davon ab.«

»Zusätzlich?«

»Selbstverständlich. Und dann ist immer noch nicht geklärt, wieviel Sabina ihren Studenten zahlen soll.«

»Diese Leute sollte man nicht verwöhnen, Andrew! Was ist mit Abraxas?«

»Falls Abraxas' Organisation uns über die Verschwörung informieren sollte, muß Pendel dieselbe Provision erhalten wie er, und zwar fünfundzwanzig Prozent von dem, was wir Abraxas und seiner Gruppe an Prämien zahlen.«

Jetzt legte Luxmore ein Schweigen ein.

»Habe ich richtig gehört? Falls und sollte? Was genau soll das heißen, Andrew?«

»Entschuldigen Sie, Sir. Aber ich werde einfach den Verdacht nicht los, daß Abraxas uns an der Nase herumführt. Beziehungsweise Pendel. Verzeihen Sie. Es ist schon spät.«

»Andrew.«

»Ja, Sir.«

»Hören Sie genau zu, Andrew. Das ist ein Befehl. Es gibt eine Verschwörung. Verlieren Sie nicht den Mut, nur weil Sie müde sind. *Natürlich* gibt es eine Verschwörung. Sie glauben daran, ich glaube daran. Einer der größten Meinungsmacher der *Welt* glaubt daran. Persönlich. Aus tiefster Überzeugung. Die besten Köpfe in der Fleet Street glauben daran, oder werden es jedenfalls bald glauben. Es gibt da draußen eine Verschwörung, und die ist von üblen Kreisen innerhalb der panamaischen Elite angezettelt worden, von Leuten, die sich den Kanal unter den Nagel reißen wollen, und wir werden sie enttarnen! Andrew?« Plötzlich alarmiert. »Andrew!«

»Sir?«

»Sagen Sie Scottie. Den Sir brauchen wir nicht mehr. Sind Sie mit sich im Reinen, Andrew? Stehen Sie unter Streß? Fühlen Sie sich wohl? Meine Güte, ich komme mir vor wie ein Scheusal, weil ich mich niemals nach Ihrem persönlichen Wohlergehen bei all dem erkundige. Ich bin heutzutage nicht ohne Einfluß in den höheren Etagen, auch bei den Leuten auf der anderen Seite des Flusses. Es macht mich traurig, wenn ein fleißiger und loyaler junger Mann wie Sie in diesen materialistischen Zeiten nie etwas für sich verlangt.«

Osnard lachte verlegen, wie loyale und fleißige junge Männer lachen, wenn sie verlegen sind.

»Ich hätte gern ein wenig Schlaf, falls Sie mir was davon abgeben könnten.«

»Aber sicher, Andrew. Sofort. So lange Sie wollen. Das ist ein Befehl. Wir brauchen Sie.«

»In Ordnung, Sir. Gute Nacht.«

»Guten Morgen, Andrew. Es ist mir ernst damit. Und wenn Sie aufwachen, dann hören Sie wieder die Verschwörung, laut und deutlich wie ein Jagdsignal, und dann springen Sie aus dem Bett und brechen auf, um danach zu suchen. Das weiß ich. Ich kenne das. Ich habe dieses Signal auch schon gehört. Wir sind dafür in den Krieg gezogen.«

»Gute Nacht, Sir.«

Aber der Tag des fleißigen jungen Agentenführers war noch längst nicht vorbei. *Schreiben Sie Ihre Berichte, solange die Erinnerung noch frisch ist,* hatten die Ausbilder ihm bis zum Überdruß eingebleut. Er ging in den Tresorraum zurück, schloß eine merkwürdige Metallschatulle auf, deren Kombination nur ihm bekannt war, entnahm ihr einen Band, der nach Gewicht und Bedeutung einem Logbuch nicht unähnlich war: rot und handgebunden und von einer Art eisernem Keuschheitsgürtel umschlungen, dessen Enden sich in einem zweiten Schloß trafen, das Osnard ebenfalls öffnete. Er nahm das Buch mit ins Büro und legte es neben die Leselampe auf den Schreibtisch, zu der Flasche Scotch, seinen Notizen und dem Kassettenrecorder aus der schäbigen Aktentasche.

Das rote Buch war ein unentbehrliches Hilfsmittel für ihn beim Verfassen kreativer Berichte. Auf seinen hochgeheimen Seiten waren Bereiche, von denen die Zentrale absolut keine Ahnung hatte und die von den Analytikern Schwarze Löcher genannt werden, sorgfältig zum Gebrauch von Nachrichtensammlern aufgelistet. Und was die Analytiker nicht wußten, konnten sie nach Osnards simpler Logik auch nicht überprüfen. Und was sie nicht überprüfen konnten, daran konnten sie auch nicht herumnörgeln. Wie so mancher moderne Autor hatte Osnard festgestellt, daß er auf Kritik unerwartet empfindlich reagierte. Zwei Stunden lang schliff und polierte er ohne Pause, schrieb und formulierte er um, bis BUCHANs neueste Erkenntnisse wie perfekt gedrechselte Pflöcke in die Schwarzen Löcher der Analytiker paßten. Ein lapidarer Tonfall, eine stets wachsame Skepsis, ein hier und da eingestreuter Zweifel steigerten den Eindruck des Authentischen. Bis Osnard schließlich, von seinem Werk überzeugt, seinen Verschlüßler Shepherd anrief, ihn unverzüglich in die Botschaft bestellte und ihm nach dem Grundsatz, daß zu nachtschlafender Zeit abgesandte Nachrichten eindrucksvoller sind als alle anderen, ein per Hand kodiertes STRENG GEHEIMES & BUCHAN-Telegramm zur sofortigen Übermittlung aushändigte.

»Ich würde Ihnen nur zu gern sagen, was da drinsteht, Shep«, sagte Osnard mit seiner Bei-Tagesanbruch-geht's-los-Stimme, als er bemerkte, wie sehnsüchtig Shepherd die unverständlichen Zahlengruppen anstarrte.

»Ich auch, Andy, aber wenn's nicht geht, dann geht's eben nicht.«

»Richtig«, antwortete Osnard.

Wir schicken den alten Shep, hatte die Personalabteilung gesagt. Der hält den Osnard auf Kurs.

Osnard war mit dem Auto unterwegs, aber nicht zu seiner Wohnung. Er hatte ein Ziel, aber das Ziel lag weit vor ihm, noch unbestimmt. Ein dickes Bündel Dollarscheine rieb sich an seiner linken Brustwarze. Was kriege ich? Zuckende Lichter, Farbfotos von nackten schwarzen Mädchen in beleuchteten Rahmen, vielsprachige Schilder verkündeten LIVE EROTIC SEX. Nichts dagegen, aber heut abend ist mir nicht danach. Er fuhr weiter. Zuhälter, Dealer, Polizisten, ein paar Stricher, alle auf der Suche nach einem Dollar. Uniformierte GIs in Dreiergruppen. Der Costa Brava Club, Spezialität junge chinesische Huren. Nichts für ungut, ihr Lieben, ich ziehe ältere vor, die sind dankbarer. Er fuhr weiter, ließ sich von seinen Sinnen leiten, dafür waren die Sinne schließlich da. Der alte Adam regte sich. Alles ausprobieren, anders ging's nicht. Ob man etwas haben will, weiß man erst, wenn man es gekauft hat. Seine Gedanken wanderten zu Luxmore zurück. *Der größte Meinungsmacher der Welt glaubt daran …* Das war doch wohl Ben Hatry. Luxmore hatte seinen Namen in London ein paarmal fallenlassen. Wortspiele damit gemacht. Unser *Benefiz-Onkel*, haha. Ein gewisser patriotischer Medienzar, das *Benzin* in unserem Tank. *Das haben Sie nicht gehört, junger Mr. Osnard. Der Name Hatry wird mir nie über die Lippen kommen.* Und dann saugte er an den Zähnen. Was für ein Arschloch.

Osnard steuerte den Wagen an den Straßenrand, stieß an den Bordstein, fuhr hinauf und parkte auf dem Bürgersteig. Ich bin Diplomat, ihr könnt mich alle mal. *Casino & Club,* stand auf dem Schild, und an der Tür: SCHUSSWAFFEN SIND ABZUGEBEN. Zwei riesige Rausschmeißer in Umhängen und spitzen Hüten bewachten den Eingang. Mädchen in Miniröcken und Netzstrümpfen scharwenzelten am Fuß einer roten Treppe herum. Genau das Richtige für mich.

Es war sechs Uhr morgens.

»Verdammt, Andy Osnard, ich hatte solche Angst um dich«, gestand Fran nicht ohne Gefühl, als er zu ihr ins Bett stieg. »Wo, zum Teufel, hast du so lange gesteckt?«

»Sie hat mich fix und fertig gemacht«, sagte er.

Aber schon zeigte sich, daß er wieder bereit war.

14

Als Pendel das Haus verließ, in dem es Liebe auf Knopfdruck gab, überkam ihn ein Zorn, der sich lange nicht legen wollte, weder als er in den Geländewagen stieg, noch als er durch rote Nebelschleier hastig nach Hause fuhr, noch als er mit pochendem Herzen auf seiner Seite des Bettes in Bethania lag oder am nächsten und übernächsten Morgen aufwachte. »Ich werde ein paar Tage brauchen«, hatte er Osnard zugemurmelt. Aber er zählte nicht die Tage. Er zählte die Jahre. Und jeden falschen Weg, den er dienstfertig eingeschlagen hatte. Und jede Beleidigung, die er um des größeren Vorteils willen geschluckt hatte, indem er sich lieber kleinmachte als das heraufzubeschwören, was Onkel Benny Gewalt genannt hatte. Und jeden Schrei, der ihm erst einmal in der Kehle steckengeblieben war, ehe er endlich herauskam. Mit einem Schwarm von Gestalten, die mangels genauerer Bestimmung alle unter dem Namen Harry Pendel auftraten, offenbarte sich ihm uneingeladen ein ganzes Leben voll enttäuschter Wut.

Und es weckte ihn wie ein Hornsignal, kurierte und attackierte ihn mit einem gewaltigen Fanfarenstoß und rief die anderen Gefühle Pendels zur Fahne. Liebe, Angst, Empörung und Rachgier gehörten zu den ersten Freiwilligen. Es fegte die armselige Mauer beiseite, die in Pendels Seele zwischen Wahrheit und Dichtung gestanden hatte. Es sagte »Genug!« und »Attacke!« und duldete keine Deserteure. Aber was galt es anzugreifen? Und womit?

Wir wollen Ihren Freund kaufen, sagt Osnard. *Und wenn das nicht geht, schicken wir ihn ins Gefängnis zurück. Schon mal im Gefängnis gewesen, Pendel?*

Ja. Und Mickie auch. Und ich habe ihn dort gesehen. Und er hatte kaum Puste, um Hallo zu sagen.

Wir wollen Ihre Frau kaufen, sagt Osnard. *Und wenn das*

nicht geht, schmeißen wir sie und Ihre Kinder auf die Straße. Schon mal auf der Straße gewesen, Pendel?

Ich komme von da.

Und diese Drohungen waren keine Träume, sondern Pistolen. Die ihm Osnard an den Kopf hielt. Na schön, Pendel hatte ihn belogen, falls »lügen« das richtige Wort war. Er hatte Osnard erzählt, was er hören wollte, und er hatte sich enorm angestrengt, es ihm zu beschaffen, und sich unter anderem auch einiges ausgedacht. Manche Leute logen, weil sie das Lügen erregend fanden, weil sie sich dann mutiger und klüger vorkamen als all die demütigen Anpasser, die auf dem Bauch krochen und die Wahrheit sagten. Nicht so Pendel. Pendel log, eben weil er sich anpassen wollte. Weil er immer das Richtige sagen wollte, auch wenn das Richtige und die Wahrheit weit auseinander lagen. Weil er sich vom Druck mitreißen lassen wollte, bis er abspringen und nach Hause gehen konnte.

Nur daß es bei Osnards Druck nicht möglich war abzuspringen.

Mit sich selbst hadernd, ging Pendel die üblichen Punkte durch. Als geübter Selbstankläger raufte er sich die Haare und rief Gott zum Zeugen seiner Zerknirschung an. Ich bin ruiniert! Verurteilt! Ich bin wieder im Gefängnis! Das ganze Leben ist ein Gefängnis! Es spielt keine Rolle, ob ich drinnen oder draußen bin! Und ich habe mir das alles selbst zuzuschreiben! Aber sein Zorn verrauchte nicht. Louisas Kooperativem Christentum aus dem Weg gehend, nahm er Zuflucht zu der furchtsamen Sprache von Bennys vage erinnerten Bußgebeten, wie er sie im Wink & Nod in seinen leeren Bierkrug gemurmelt hatte: *Wir haben Schaden, Verderben und Ruin verursacht … Wir sind schuldig, wir haben Verrat geübt … Wir haben geraubt, wir haben verleumdet … Wir haben gefälscht, wir haben in die Irre geführt … Wir haben betrogen … Wir haben uns von der Wahrheit losgesagt, die Wirklichkeit existiert nur zu unserer Unterhaltung. Wir verstecken uns hinter Zerstreuungen und Spielzeug.* Die Wut wollte immer noch nicht weichen. Sie begleitete Pendel überall hin, wie eine Katze in einer schwachen Pantomime. Und als er sich an eine gnadenlose historische Analyse seines verabscheuungswürdigen Verhaltens von Anbeginn der Zeiten bis zum heutigen Tage machte, nahm ihm die Wut das Schwert von der Brust und richtete es nach außen auf die, die seine Menschlichkeit pervertierten.

Am Anfang war das Harte Wort, dachte er. Andy hat es gebraucht, als er in meinen Laden geplatzt ist, und es hat einen Druck ausgeübt, dem ich nichts entgegensetzen konnte, weder damals, als es um die Sommerkleider ging, noch einem gewissen Arthur Braithwaite gegenüber, der Louisa und den Kindern als Gott bekannt ist. Sicher, genaugenommen existierte Braithwaite gar nicht. Wozu auch? Nicht jeder Gott muß existieren, um seine Aufgabe zu erfüllen.

Ergebnis all dessen war, daß ich mich als Horchposten verdingt habe. Also habe ich gehorcht. Und ein paar Dinge gehört. Und was ich nicht direkt gehört habe, habe ich im Kopf gehört; bei dem Druck, dem ich ausgesetzt war, war das doch nur natürlich. Ich arbeite im dienstleistenden Gewerbe, also habe ich Dienste geleistet. Was soll daran falsch sein? Und dann ist eingetreten, was ich eine gewisse Blütezeit nennen würde; ich habe wesentlich mehr und auch besser gehört, denn soviel habe ich vom Spionieren inzwischen begriffen: es ist ein Handwerk, es ist wie Sex, wenn es nicht immer besser wird, wird gar nichts draus.

Also habe ich mich auf ein Gebiet begeben, das man *positives Hören* nennen könnte; dabei werden den Leuten gewisse Worte in den Mund gelegt, die sie vielleicht gesagt hätten, wenn sie ihnen zum richtigen Zeitpunkt eingefallen wären. Das macht sowieso jeder. Und dann habe ich ein paar Kleinigkeiten aus Louisas Aktentasche fotografiert, was mir durchaus widerstrebt hat, aber Andy wollte es schließlich so, der Kerl ist ja ganz vernarrt in seine Fotos. Aber das war kein Diebstahl. Es war nur ein Ansehen. Und ansehen darf doch jeder was, will ich meinen. Mit oder ohne Feuerzeug in der Tasche.

Und was danach passiert ist, war vollkommen Andys Schuld. Ich habe ihn nicht dazu ermutigt, ich habe nicht einmal daran gedacht, bis er es getan hat. Andy hat verlangt, daß ich Quellen auftun sollte, aber Quellen sind nun einmal etwas völlig anderes als ahnungslose Informanten und erfordern gewissermaßen einen Quantensprung und eine weitreichende Veränderung, was die innere Einstellung des Lieferanten betrifft. Aber um mal über Quellen zu sprechen. Lernt man Quellen erst einmal kennen, sind das sehr nette Menschen, wesentlich netter als manche andere, die ich hier nennen könnte und die sozusagen fester in der Wirklichkeit verankert waren; Quellen sind eine heimliche Familie, sie widersprechen nicht und haben nur dann Probleme, wenn man ihnen welche aufgibt. Quellen machen Freunde zu etwas, das sie schon fast gewesen sind oder gern wären, aber genaugenommen niemals sein werden. Oder überhaupt nicht sein wollen, aber angesichts dessen, was sie sind, durchaus hätten sein können.

Zum Beispiel Sabina – die Marta lose, aber nicht vollständig, nach sich selbst gestaltet hat. Oder irgendein durchschnittlicher Bombenbastler, ein hitziger Student, der die Stunde seiner bösen Tat herbeisehnt. Oder Alpha und Beta und gewisse andere, die aus Sicherheitsgründen namenlos bleiben müssen. Oder Mickie mit seiner Stillen Opposition und seiner Verschwörung, auf die niemand den Finger legen kann, eine für meinen Geschmack schlichtweg geniale Idee, nur daß ich wohl infolge des gnadenlosen Drucks, den Andy auf mich ausübt, eher früher als später den Finger so darauf werde legen müssen, daß alle Seiten zufrieden sind. Oder die Leute auf der anderen Seite der Brücke und das wahre Herz von Panama, das außer Mickie und ein paar Studenten mit Stethoskopen niemand finden kann. Oder Marco, der erst zum Mitmachen bereit war, nachdem ich seine Frau veranlaßt hatte, mit ihm ein sehr ernstes Wort über die neue Tiefkühltruhe und den Zweitwagen zu sprechen, und auch darüber, daß sie ihren Sprößling auf die Einstein-Schule schicken sollten, wobei ich ihnen behilflich sein könnte, falls Marco sich entschließen würde, an einer gewissen anderen Front mitzukämpfen – und vielleicht sollte sie das auch diesmal bei ihm anklingen lassen?

Ja, sein Redetalent. Lose Fäden, aus der Luft gepflückt, verwoben und nach Maß zugeschnitten.

Jedenfalls baut man seine Quellen auf und spitzt für sie die Ohren, man macht sich ihre Sorgen zu eigen und übernimmt die Nachforschungen für sie, man liest für sie und läßt sich von Marta von ihnen erzählen, man plaziert sie zur richtigen Zeit an den richtigen Orten und läßt sie mit allen ihren Idealen und Problemen und kleinen Eigenheiten im besten Licht erscheinen, genauso wie ich es auch im Laden mache. Und man bezahlt sie, das ist doch nur fair. Einen Teil bar, direkt in die Tasche, der Rest wird für sie auf die hohe Kante gelegt, damit sie nicht dumm damit herumprahlen und sich verdächtig machen und die ganze Härte des Gesetzes zu spüren bekommen. Die einzige Schwierigkeit dabei ist nur, daß meine Quellen das Geld nicht in die Tasche stecken können, da sie ja nicht einmal wissen, daß sie es verdient haben, und manche haben ohnehin keine Taschen, so daß ich es eben in meine stecken muß. Aber genau betrachtet ist das nur fair, denn sie haben es ja tatsächlich nicht verdient, stimmt's? Nicht sie haben's verdient, sondern ich. Also nehme ich das Geld. Beziehungsweise Andy zahlt es für mich auf das Witwen- und Waisenkonto ein. Und die Quellen merken von all dem nichts – Benny hätte in dem Zusammenhang von einem unblutigen Schwindel gesprochen. Und ist nicht das ganze Leben eine Erfindung? Fängt schon damit an, daß man sich selbst erfindet.

Gefangene, das ist bekannt, haben ihre eigene Moral. Pendel war ein Beispiel dafür.

Und nachdem er sich hinreichend gegeißelt und freigesprochen hatte, war er mit sich in Frieden: Die schwarze Katze starrte ihn freilich immer noch an, und der Friede, den er empfand, war allerdings ein bewaffneter, eine schöpferische Wut, die kraftvoller und hellsichtiger war als alles, was er in seinem an Ungerechtigkeiten reichen Leben jemals empfunden hatte. Er spürte die Wut in seinen Händen, wie sie brannten und anschwollen. Im Rücken, vor allem in den Schultern. In Hüften und Fersen, wenn er durch Haus und Laden schritt. In solcher Hochstimmung konnte er die Fäuste ballen und an die Holzwände der Anklagebank hämmern, in der er gefühlsmäßig immer noch saß, und seine Unschuld herausbrüllen, oder etwas, das Unschuld so nahekam, daß es keinen Unterschied mehr machte:

Und ich will Ihnen noch was sagen, Herr Richter, wenn wir schon mal dabei sind und falls Sie mal dieses oberdämliche Grinsen sein lassen könnten: *Es gehören immer zwei dazu.* Und Mr. Andrew Osnard von Ihrer Majestät Wasweißich gehört dazu. Das spüre ich. Ob er es spürt, ist eine ganz andere Frage, aber ich glaube schon, daß er es spürt. Es soll vorkommen, daß Leute etwas tun, ohne es zu wissen. Aber Andy treibt mich regelrecht an. Er macht mehr aus mir als ich bin, zählt alles zweimal und tut so, als sei es nur einmal da, und obendrein verhält er sich nicht koscher, denn damit kenne ich mich aus, und London ist sogar noch schlimmer als er.

An dieser Stelle seiner Überlegungen angekommen, gab Pendel es auf, seinen Schöpfer, den Herrn Richter oder sich selbst anzureden, und fixierte wütend die Wand seiner Werkstatt, wo er gerade wieder einmal für Mickie Abraxas einen lebensverbessernden Anzug zuschnitt, der ihm die Frau zurückerobern sollte. Nach so vielen solcher Anzüge hätte Pendel diesen nun mit geschlossenen Augen zuschneiden können. Aber seine Augen standen ebenso weit offen wie sein Mund. Er schien nach Sauerstoff zu schnappen, dabei war seine Werkstatt dank der hohen Fenster gut durchlüftet. Er hatte Mozart gehört, doch Mozart paßte längst nicht mehr zu seiner Stimmung. Mit einer Hand, blindlings, schaltete er ihn aus. Mit der anderen legte er die Schere hin, aber noch immer blieb sein Blick starr auf denselben Fleck an der Wand geheftet, die anders als andere Wände, die er kennengelernt hatte, weder Mühlsteingrau noch Schleimgrün gestrichen war, sondern in einem besänftigenden Gardenienrot, das er und sein Anstreicher mit großer Sorgfalt gemischt hatten.

Dann sprach er. Laut. Ein Wort.

Nicht, wie Archimedes es gesprochen haben mochte. Nicht mit irgendeinem erkennbaren Gefühl. Eher im Ton jener sprechenden Personenwaagen, die die Bahnhöfe seiner Kindheit belebt hatten. Mechanisch, aber mit Überzeugungskraft.

»*Jonah*«, sagte er.

Endlich hatte Harry Pendel seine große Vision. Genau in dieser Minute schwebte sie ihm vor, unversehrt, prächtig, leuchtend, vollständig. Er hatte sie, wie er jetzt erkannte, von Anfang an gehabt, ähnlich wie ein Bündel Banknoten in der Gesäßtasche – wie lange hatte er gehungert und sich für pleite gehalten, hatte gekämpft, gestrebt und sich nach einem Wissen abgemüht, das nie ganz in seinem Besitz gewesen war. Und dennoch besaß er es! Es war dagewesen, hatte ihm die ganze Zeit als heimlicher Vorrat zur Verfügung gestanden! Und er hatte es bis zu diesem Augenblick nicht bemerkt! Und nun lag es in seiner ganzen Farbenpracht vor ihm. Meine große Vision, in Gestalt einer Mauer. Meine Verschwörung, jetzt hat sie ihren Anlaß. Die ursprüngliche, ungeschnittene Fassung. Jetzt wegen der riesigen Nachfrage auf Ihrem Bildschirm. Und strahlend erhellt von Zorn.

Und der Name der Vision ist Jonah.

Es ist ein Jahr her, doch Pendels Gedächtnis schafft mühelos die Grätsche von damals nach heute: Die Szene spielt sich unmittelbar auf der Wand vor ihm ab. Vor einer Woche ist Benny gestorben. Mark hat zwei Tage seines ersten Schuljahres an der Einstein-Schule hinter sich, Louisa hat am Tag zuvor wieder die einträgliche Arbeit für die Kanalkommission aufgenommen. Pendel fährt seinen ersten Geländewagen. Sein Ziel ist Colón, die Fahrt dient zweierlei

Zwecken: Er will Mr. Blüthners Stofflager seinen monatlichen Besuch abstatten, und er will endlich Mitglied der Bruderschaft werden.

Er fährt schnell, wie jeder, der nach Colón fährt – teils aus Angst vor Straßenräubern, teils in Vorfreude auf die Reichtümer, die ihn in der Freihandelszone am Ende der Straße erwarten. Er trägt einen schwarzen Anzug, den er, um Auseinandersetzungen zu Hause aus dem Weg zu gehen, im Laden angezogen hat; und er hat einen Sechstagebart. Wenn Benny das Ableben eines Freundes betrauerte, rasierte er sich nicht. Es ist das Geringste, was Pendel für Benny tun kann. Er hat sogar einen schwarzen Homburg dabei, den er jedoch auf dem Rücksitz liegen lassen will.

»Eine Allergie«, erklärt er Louisa, die um ihres Seelenfriedens willen nicht von Bennys Tod unterrichtet worden ist, nachdem ihr vor einigen Jahren der Eindruck vermittelt wurde, Benny sei im Dunkel des Alkoholismus gestorben und stelle demnach keine Bedrohung mehr dar. »Ich glaube, das kommt von diesem neuen schwedischen Aftershave, das ich für die Boutique getestet habe«, fügt er hinzu, um ihre Anteilnahme zu wecken.

»Harry, schreib diesen Schweden und sag ihnen, ihr Rasierwasser ist bedenklich. Nichts für empfindliche Haut. Lebensgefährlich für unsere Kinder, unvereinbar mit schwedischen Hygienevorstellungen. Und daß du sie verklagen wirst, bis sie schwarz werden, wenn die Allergie nicht bald wieder weggeht.«

»Ich habe den Brief bereits entworfen«, sagt Pendel.

Die Bruderschaft ist Bennys letzter Wunsch, zittrig notiert in einem Schreiben, das nach seinem Tod im Laden abgegeben wurde:

Harry, Du bist mir zweifellos eine Perle von sehr großem Wert gewesen, um so bedauerlicher ist die Sache mit Charlie Blüthners Bruderschaft. Du hast ein schönes Geschäft, zwei Kinder und wer weiß was sonst noch alles. Aber das Beste hast Du immer noch vor Dir, und daß Du es in all diesen Jahren verschmäht hast, kann ich einfach nicht begreifen. Wen Charlie in Panama nicht kennt, den braucht man auch nicht zu kennen; überdies sind gute Taten und Einfluß schon immer Hand in Hand gegangen, und wer die Bruderschaft hinter sich hat, dem wird es nie an Aufträgen oder sonstiger Unterstützung mangeln. Charlie sagt, Du seist jederzeit willkommen, überdies steht er in meiner Schuld. Wenn auch nicht so sehr wie ich in Deiner, mein Sohn, jetzt, da die Reihe an mich gekommen ist, darauf gehe ich jede Wette ein, aber sag das nicht Deiner Tante Ruth. Hier läßt es sich gut aushalten, wenn man Rabbis mag.

Gott segne Dich
Benny

Mr. Blüthner herrscht in Colón über 2000 Quadratmeter Großraumbüros voller Computer und zufriedener Sekretärinnen in hochgeschlossenen Blusen und schwarzen Rökken und ist nach Arthur Braithwaite in Pendels Welt die Nummer zwei an Ehrbarkeit. Jeden Morgen um sieben besteigt er das Firmenflugzeug und läßt sich die zwanzig Minuten nach Colón fliegen, wo er auf dem France Field Airport zwischen den buntbemalten Fliegern kolumbianischer Import-Export-Manager landet, die hier zum zollfreien Einkaufen vorbeikommen, falls sie nicht zu beschäftigt sind und statt dessen ihre Frauen schicken. Jeden Abend um sechs fliegt er wieder nach Hause, freitags schon um drei, desgleichen an Jom Kippur, wenn die Firma ihren jährlichen Feiertag begeht und Mr. Blüthner sich der Buße für Sünden unterzieht, von denen niemand weiß außer ihm selbst und, bis vor einer Woche, Onkel Benny.

»Harry.«

»Mr. Blüthner, Sir, wie schön, Sie wiederzusehen.«

Es ist jedesmal dasselbe. Das rätselhafte Lächeln, der förmliche Händedruck, die undurchdringliche Ehrbarkeit, und kein Wort über Louisa. Nur daß an diesem Tag das Lächeln trauriger ist, der Händedruck länger dauert und Mr. Blüthner eine schwarze Krawatte aus seinem Warenlager trägt.

»Ihr Onkel Benjamin war ein großartiger Mensch«, sagt

er und klopft Pendel mit seiner fleckigen kleinen Hand auf die Schulter.

»Er war der Größte, Mr. B.«

»Ihr Geschäft geht gut, Harry?«

»Erfreulicherweise, Mr. B.«

»Es macht Ihnen keine Sorgen, daß sich die Erde ständig erwärmt? Daß bald niemand mehr Ihre Jacketts kaufen wird?«

»Als Gott die Sonne erfand, Mr. Blüthner, war er klug genug, auch die Klimaanlage zu erfinden.«

»Und Sie möchten also ein paar Freunde von mir kennenlernen«, sagt Mr. Blüthner mit zwinkerndem Lächeln.

Der Mr. Blüthner in Colón ist um einiges geistreicher als der von der Pazifikküste.

»Ich weiß auch nicht, warum ich das immer hinausgezögert habe«, sagt Pendel.

An anderen Tagen wären sie jetzt über die Hintertreppe ins Stofflager gegangen, und Pendel hätte die neuen Alpakas bewundert. Heute jedoch stürzen sie sich ins Gewühl der Straßen; Mr. Blüthner schreitet forsch voran, bis sie, schwitzend wie Schauerleute, eine Haustür ohne Namensschild erreichen. Mr. Blüthner hat einen Schlüssel in der Hand, aber vorher muß er Pendel noch schalkhaft zublinzeln.

»Sie haben doch nichts dagegen, eine Jungfrau zu opfern, Harry? Es stört Sie nicht, wenn wir ein paar Schwarze teeren und federn müssen?«

»Nicht, wenn Benny dergleichen für mich vorgesehen hat, Mr. Blüthner.«

Nachdem er verschwörerisch die Straße auf und ab geblickt hat, dreht Mr. Blüthner den Schlüssel um und stößt energisch die Tür auf. Es ist ein Jahr oder etwas länger her, doch geschieht es hier und jetzt. Pendel sieht es auf der gardenienroten Wand vor sich: die sich öffnende Tür, das lokkende Pechdunkel dahinter.

15

Aus grellem Tageslicht folgte Pendel seinem Gastgeber in finstere Nacht, verlor ihn und blieb stehen, wartete, bis seine Augen sich umgestellt hatten, und lächelte, falls er beobachtet wurde. Wem würde er hier begegnen, in was für einem sonderbaren Aufzug? Er schnupperte, aber statt Weihrauch oder warmem Blut roch er abgestandenen Tabakqualm und Bier. Erst allmählich machten sich die Werkzeuge der Folterkammer den Sinnen bemerkbar: Flaschen hinter einer Theke, ein Spiegel hinter den Flaschen, ein asiatischer Barkeeper von beträchtlichem Alter, ein cremefarbenes Klavier, auf dessen aufgeklapptem Deckel hüpfende Mädchen gepinselt waren, träge unter der Decke kreisende Holzventilatoren, ein hohes Fenster mit einer Schnur zum Öffnen, die allerdings weit oben abgerissen war. Und schließlich, weil sie am wenigsten leuchteten, jene, die wie Pendel nach dem Licht suchten; jedoch trugen sie keine mit Tierkreiszeichen bedruckten Gewänder und keine hohen kegelförmigen Hüte, sondern die triste Arbeitskleidung der panamaischen Geschäftswelt: weiße kurzärmelige Hemden, ausgebeulte Hosen unter Maurerbäuchen, gelockerte Krawatten mit rotem Blumenkohlmuster.

Einige Gesichter kannte er aus dem bescheideneren Umfeld des Club Unión: Henk der Holländer, dessen Frau kürzlich mit seinen Ersparnissen und einem chinesischen Schlagzeuger nach Jamaica durchgebrannt war, trippelte, in jeder Hand einen beschlagenen Zinnkrug, feierlich auf ihn zu – »Harry, unser Bruder, wir sind stolz, daß Sie endlich den Weg zu uns gefunden haben« –, als ob Pendel, um ihn aufzusuchen, von weither über die Polder marschiert sei. Olaf, der schwedische Schiffsmakler und Säufer, mit dicker Brille und borstigem Toupet, schrie in seinem geliebten Oxford-Akzent, der keiner war: »Bruder Harry, alter Freund, bravo, Prost!« Hugo der Belgier, Schrotthändler von eigenen Gnaden und vormals im Kongo tätig, bot Pendel aus einem zitternden silbernen Flachmann ›etwas ganz Besonderes aus Ihrer alten Heimat‹ an.

Keine gefesselten Jungfrauen, keine blubbernden Teerfässer, keine angstschlotternden Schwarzen: bloß all die anderen Gründe, weshalb Pendel bis jetzt nie hierhergekommen war, bloß dieselbe Besetzung in immer demselben Stück, einschließlich »Was wollen Sie trinken, Bruder Harry?« und »Darf ich Ihnen nachschenken, Bruder?« und »Warum kommen Sie erst so spät zu uns, Harry?«. Bis Mr. Blüthner, geschmückt mit Beefeaters-Cape und Bürgermeisterkette, auf einem verbeulten englischen Jagdhorn zwei heisere Töne blies und eine Doppeltür aufgetreten wurde, durch die im Eiltempo eine Kolonne asiatischer Dienstboten mit hochgehaltenen Tabletts in den Raum marschierte; sie riefen »Halt ihn nieder, alter Zulukrieger« und wurden von keinem Geringeren als Mr. Blüthner persönlich angeführt, der, wie Pendel allmählich aufging, gewisse verlorene Teile seines früheren Lebens, wie zum Beispiel Straftaten im Jugendalter, wiedergutmachen wollte.

Denn nachdem er alle zu Tisch gerufen hatte, stellte sich Mr. Blüthner mitten an die Tafel; Pendel trat neben ihn und wartete frohgemut und aufmerksam wie alle anderen, während Henk der Holländer ein langes, unverständliches Tischgebet sprach, das in etwa darauf hinauslief, daß die Gesellschaft, wenn sie das aufgetragene Essen verspeisen würde, noch tugendhafter wäre als sie es ohnehin schon war – ein Gedanke, an dem Pendel einige Zweifel kamen, als er den ersten fatalen Happen des bewußtseinsveränderndsten Currys schmeckte, das er jemals verzehrt hatte, seit Benny ihn das letztemal in Mr. Khans Restaurant um die Ecke mitgenommen hatte – essen wir eine Kleinigkeit, während deine Tante Ruth bei den Töchtern Zions fromme Werke tut.

Aber kaum hatten sie Platz genommen, als Mr. Blüthner bereits wieder aufsprang und zum Entzücken der Gesellschaft zwei Neuigkeiten verkündete: Unser Bruder Pendel weilt heute zum ersten Male unter uns – donnernder Beifall, in den sich, da man inzwischen leicht angeheitert war, zotige Scherze mischten –, und gestatten Sie mir, Ihnen einen Bruder vorzustellen, den man im Grunde nicht vorzustellen braucht; ich bitte um freundlichen Beifall für unsern wandernden Weisen und langgedienten Diener des Lichts, unsern Taucher im Tiefen und Erforscher des Unbekannten, der in weitaus mehr dunkle Orte eingedrungen ist – schmutziges Lachen – als jeder andere von uns hier am Tisch: der unvergleichliche, der unverwüstliche, der unsterbliche Jonah, soeben zurück von einer erfolgreichen Wrackbergungs-Expedition in Niederländisch-Indien, von der einige von Ihnen wahrscheinlich gelesen haben (Laute Rufe: »Woher?«).

Und Pendel, der seine gardenienrote Wand anstarrte, erblickte, wie auch ein Jahr zuvor, Jonah: kauernd und knurrig, mit gelblichem Teint und Reptilienaugen, belud er sich den Teller systematisch mit dem Besten von allem, was vor ihm aufgetragen stand – höllisch scharfe Pickles, würzige Papadams und Chapattis, gehackte Chilis, Naan-Brot und eine schleimige, klumpige, rotbraun gefleckte Substanz, die Pendel für sich bereits als Roh-Napalm identifiziert hatte. Hören konnte Pendel ihn auch. Jonah, unser wandernder Weiser. Das Lautsprechersystem der gardenienroten Wand funktioniert einwandfrei, auch wenn Jonah einige Schwierigkeiten hat, sich über das Stimmengewirr aus Zoten und albernen Trinksprüchen verständlich zu machen.

Der nächste Weltkrieg, erklärte Jonah den Anwesenden mit starkem australischen Akzent, *findet in Panama statt, der Termin steht bereits fest, und ihr Schweinebande solltet euch lieber darauf einstellen.*

Der erste, der diese Behauptung in Frage stellte, war ein ausgemergelter südafrikanischer Ingenieur mit Namen Piet.

»Das hatten wir schon, Jonah, alter Freund. Kleines Scharmützel, genannt Operation Just Cause. George Bush hat uns mal kurz gezeigt, wer hier der Schlappschwanz ist. Gab ein paar tausend Tote.«

Dies wiederum provozierte verschwommene Fragen nach dem Motto »Und was hatten *Sie* bei der Invasion zu tun?« sowie Antworten ähnlich tiefsinniger Art.

Darauf entspann sich ein heftiges Hin und Her von Angriffen und Gegenangriffen, das Mr. Blüthner mit kindlicher Freude zu genießen schien: Sein Lächeln wechselte begeistert von einem Sprecher zum andern, als verfolgte er ein großartiges Tennismatch. Doch Pendel bekam durch den Aufruhr in seinen Eingeweiden nur wenig mit, und als er wieder halbwegs bei Bewußtsein war, hatte Jonah sich bereits den Mängeln des Kanals zugewandt.

»Moderne Schiffe können mit dem Scheißding nichts anfangen. Erzfrachter, Supertanker, Containerschiffe – alles viel zu groß dafür«, verkündete er. »Der Kanal ist total veraltet.«

Olaf der Schwede erinnerte die Gesellschaft an die Pläne zum Bau weiterer Schleusen. Jonah strafte diese Mitteilung mit der Verachtung, die sie offensichtlich verdiente.

»Na prima, Meister, tolle Idee. Noch mehr von diesen Scheißschleusen. Fantastisch. Unglaublich. Möcht wissen, was den Ingenieuren als nächstes einfällt. Vielleicht versuchen wir's ja mal mit der alten französischen Rinne, wenn wir schon mal dabei sind. Oder mit einem Durchstich durch die Rodman Navy Base. Und im Jahr 2020 haben wir, so Gott will und dank der Wunder der modernen Technik, einen nur etwas breiteren Kanal und eine *wesentlich* längere Durchfahrtszeit. Ich trinke auf Sie, Meister. Ich erhebe mich und mein Glas auf den Fortschritt im einundzwanzigsten Jahrhundert.«

Und wahrscheinlich tat Jonah jenseits des Rauchs genau das, denn als Pendel sich auf der gardenienroten Wand die Wiederholung anschaut, erinnert er sich in Hifi-Qualität daran, wie Jonah, ohne dabei einen einzigen Zentimeter größer zu werden, aufspringt, mit übertrieben feierlicher Geste seinen Krug hebt und sein gelbes Gesicht hineintaucht, samt Reptilienaugen und allem anderen, so daß Pendel sich schon fragt, ob er jemals wieder auftauchen wird; aber diese Taucher kennen ihr Metier.

»Uncle Sam interessiert es natürlich einen Scheißdreck, ob wir bloß eine Schleuse haben oder sechs«, fuhr Jonah im selben schartigen Tonfall grenzenloser Verachtung fort. »Die Amis haben nur eins im Kopf. Je mehr desto besser. Für unsere tapferen Yankee-Freunde ist der Kanal schon lange gestorben. Es würde mich nicht überraschen, wenn es welche gäbe, die das Scheißding am liebsten in die Luft sprengen würden. Was brauchen die überhaupt einen leistungsfähigen Kanal? Die haben schließlich ihre schnelle Güterzugstrecke von San Diego nach New York. Ihren *trokkenen Kanal,* wie sie gern sagen, der von anständigen schwachsinnigen Amerikanern und nicht von einem Haufen Latinos geführt wird. Soll der Rest der Welt doch sehen, wo er bleibt. Der Kanal ist bloß noch ein veraltetes Symbol. Sollen die anderen damit fertigwerden – Ihre dummen Sprüche können Sie sich sparen, Sie dösiger Sauerkrautfresser«, fuhr er Henk den verschlafenen Holländer an, der es gewagt hatte, seine Weisheit in Zweifel zu ziehen.

Doch woanders am Tisch hoben sich Köpfe, wandten sich verwirrte Gesichter der fragwürdigen Sonne Jonah zu. Und Mr. Blüthner, begierig, nichts von dem köstlichen Schlagabtausch zu verpassen, hatte sich halb von seinem Stuhl erhoben und weit über den Tisch gebeugt, um nur ja jedes Wort von Jonah mitzubekommen. Unterdessen wies der wandernde Weise jede Kritik zurück:

»Nein, ich ziehe mir das nicht aus dem Hintern, Sie irischer Pfeifenkopf, ich rede von *Öl,* von *japanischem* Öl. Öl, das einmal schwer war und jetzt leicht gemacht worden ist. Ich rede von der Weltherrschaft der Gelben, vom Ende der Scheißzivilisation, wie wir sie kennen, auch auf Ihrer bescheuerten grünen Insel.«

Ein Witzbold fragte, ob Jonah damit sagen wolle, die Japaner hätten vor, den Kanal mit Öl zu fluten, aber diese Bemerkung wurde überhört.

»Die Japaner, meine lieben Freunde, haben schon nach Schweröl gebohrt, als sie noch gar nicht wußten, was sie mit dem Zeug anfangen sollten. Sie haben im ganzen Land riesige Lagertanks damit gefüllt, und gleichzeitig haben ihre besten Wissenschaftler Tag und Nacht nach der Scheißformel gesucht, mit der sie es aufspalten können. Und jetzt haben sie sie gefunden, also seht euch vor. Ich kann euch nur raten, rafft alles zusammen, was ihr noch habt und falls ihr's noch finden könnt, und dreht eure Ärsche zur aufgehenden Sonne, bevor ihr euch von all dem verabschieden müßt. Denn die Japaner haben ihre magische Emulsion gefunden. Und damit ist eure Zeit hier im Paradies abgelaufen, ihr habt noch ungefähr fünf Minuten auf der Bahnhofsuhr. Man gießt das Zeug rein, schüttelt ein bißchen, und zack hat man ein Öl wie alle anderen auch. Und zwar in rauhen Mengen. Und wenn die erst mal ihren eigenen Panamakanal gebaut haben, und das wird schneller gehen als ein Reiher kotzen kann, sind sie in der glücklichen Lage, die ganze Welt damit zu überfluten. Was Uncle Sam ganz schön auf die Palme bringen wird.«

Pause. Mißbilligendes Gemurmel von verschiedenen Seiten des Tischs, bis der trockene Olaf sich die Vollmacht erteilt, die naheliegende Frage zu stellen.

»Was wollen Sie bitte damit sagen Jonah? – ›wenn die erst mal ihren eigenen Panamakanal gebaut haben‹? Aus welcher Körperöffnung ziehen Sie das jetzt, das wüßte ich gerne? Seit der Invasion sind sämtliche Pläne für einen neuen Kanal gestorben. Vielleicht haben Sie zu viel Zeit unter Wasser verbracht und deshalb nicht mitbekommen, was sich oben abspielt. Vor der Invasion hat es eine hochkarätige und sehr intelligente trilaterale Kommission gegeben, die sich mit den Alternativen zum Kanal beschäftigt hat, einschließlich einem neuen Durchstich. Beteiligt waren die Vereinigten Staaten, Japan und Panama. Inzwischen hat die Kommission ihre Arbeit eingestellt. Das freut die Amerikaner mächtig. Die konnten sich nämlich gar nicht damit anfreunden. Sie haben so getan als ob, aber in Wahrheit hat ihnen die Kommission nicht gepaßt. Ihnen ist es viel lieber, wenn alles so bleibt wie es ist, von ein paar neuen Schleusen vielleicht abgesehen. Hauptsache, ihre Schwerindustrie hat weiter die Abfertigungshäfen unter Kontrolle, weil damit große Profite zu erzielen sind. Ich weiß das alles. Das ist mein Job. Die Sache ist gestorben. Also reden Sie nicht so einen Scheiß.«

Jonah holte unbeeindruckt zum Gegenschlag aus.

Pendel, in die gardenienrote Wand versunken, spannt wie Mr. Blüthner alle Kräfte an, auf daß ihm kein Wort der Prophezeiung entgehe, die von den Lippen des großen Mannes strömt.

»Natürlich hat ihnen die Scheißkommission nicht gefallen, Sie nordischer Korinthenkacker! Gefressen hatten sie die. Und natürlich wollen sie ihre eigene Schwerindustrie in Colón und Panama City installieren und die Abfertigungshäfen verwalten. Was glauben Sie, warum die Amis die Kommission boykottiert haben, nachdem sie ihr beigetreten waren? Was glauben Sie, warum die überhaupt in dieses blöde Land einmarschiert sind? Und es nach Strich und Faden zu Klump gehauen haben? Etwa um den ungezogenen General daran zu hindern, sein Kokain weiter an Uncle Sam zu verhökern? Daß ich nicht lache! Sie haben es getan, um die panamaische Armee zu vernichten und der panamaischen Wirtschaft den Hahn abzudrehen, damit die Japaner kein Interesse mehr haben konnten, dieses Land zu kaufen und dort einen eigenen Kanal zu bauen, den dann sie selbst ausgebeutet hätten. Woher kriegen die Japaner denn ihr Aluminium? Sie wissen es nicht, also sag ich's Ihnen: aus Brasilien. Woher kriegen sie ihr Bauxit? Auch aus Brasilien. Und ihren Ton? Aus Venezuela.« Er zählte andere Stoffe auf, von denen Pendel noch nie gehört hatte. »Wollen Sie mir erzählen, die Japaner würden ihre wichtigsten industriellen Rohstoffe nach New York verfrachten, von dort mit dem Scheißgüterzug nach San Diego und dann per Schiff nach Japan, bloß weil ihnen der Kanal jetzt zu eng und zu langsam geworden ist? Glauben Sie etwa den Scheiß, daß die ihre riesigen Öltanker um Kap Horn herumschicken würden? Oder ihr neues Öl quer durch den Isthmus pumpen, auch wenn das eine Ewigkeit dauert? Daß die sich nicht rühren, wenn auf den Preis jedes einzelnen japanischen Kleinwagens, der in Philadelphia ankommt, fünfhundert Dollar draufgeschlagen werden, bloß weil der Scheißkanal zu *klein* geworden ist? Wer ist der Hauptbenutzer des Kanals?«

Pause, in der nach einem Freiwilligen gesucht wurde.

»Die Amis«, sagte jemand kühn, worauf ihm prompt der Kopf gewaschen wurde:

»Quatsch, die Amis! Nie davon gehört, daß die Scheißbilligflaggen jetzt unter dem herrlich harmlosen Namen Offenes Register firmieren dürfen? Wem gehören die Billigflaggen? Den Japanern und Chinesen. Wer baut wohl die nächste Generation kanaltauglicher Schiffe?«

»Die Japsen«, flüsterte jemand.

Ein Strahl göttlichen Sonnenlichts bahnt sich seinen Weg durch das Fenster von Pendels Zuschneidezimmer und setzt sich ihm wie eine weiße Taube auf den Kopf. Jonahs Stimme wird sonor. Die albernen Kraftausdrücke werden wie nutzlose Töne ausgeblendet. »Wer hat die modernste Technologie, die billigste, die schnellste? Von wegen die tollen Amerikaner. Die Japsen natürlich. Wer hat die besten Maschinen, die verschlagensten Unterhändler? Die erfinderischsten Köpfe, die fähigsten Arbeitskräfte und Organisatoren?« deklamiert er in Pendels Ohr. »Wer träumt Nacht und Tag davon, den berühmtesten Verkehrsweg der Welt zu beherrschen? Wessen Landvermesser und Techniker bohren in *diesem Augenblick* dreihundert Meter unter der Mündung des Caimito nach Öl? Glauben Sie, die hätten aufgegeben, bloß weil die Amis hier aufgekreuzt sind und alles plattgemacht haben? Glauben Sie, die würden vor Uncle Sam den Kotau machen und um Verzeihung bitten, weil sie auf die freche Idee kamen, die Herrschaft über den Welthandel zu erstreben? Die *Japsen?* Glauben Sie, die zerreißen sich die Kimonos wegen des ökologischen Wahnsinns, zwei inkompatible Ozeane zusammenzuführen, die man einander niemals vorgestellt hat? Die *Japsen,* wenn es um ihr eigenes Überleben geht? Glauben Sie, die werden abschwirren, bloß weil man es ihnen gesagt hat? Die Japsen? Das ist keine Geopolitik, sondern der Weltbrand. Und wir sitzen hier rum und warten auf den Knall.«

Jemand fragt schüchtern an, wie denn die Chinesen in dieses Szenario passen, Bruder Jonah. Wieder ist es Olaf mit seinem ungedämpften Oxford-Englisch: »Ich meine, großer Gott, Jonah, alter Freund, ist es nicht so, hassen denn nicht die Japaner die Chinesen und umgekehrt? Warum sollten die Chinesen ruhig zusehen, wenn sich die Japaner die ganze Macht unter den Nagel reißen?«

In Pendels Erinnerung ist Jonah inzwischen die Toleranz und Freundlichkeit in Person.

»Weil die blöden Chinesen dasselbe wollen wie die Japsen, Olaf, mein lieber Freund. Sie wollen expandieren. Sie wollen Reichtum. Ansehen. Anerkennung in den Welträten. Respekt für den gelben Mann. Was wollen die Japaner von den Chinesen? fragen Sie mich. Erlauben Sie, daß ich das erkläre. Zunächst einmal wollen sie sie als ihre Nachbarn. Danach als Käufer japanischer Waren. Und schließlich als Lieferanten billiger Arbeitskräfte zur Herstellung besagter Waren. Die Japaner halten die Chinesen für eine Unterart, und die Chinesen erwidern dieses Kompliment. Aber fürs erste sind Chinesen und Japaner Blutsbrüder, und wir, Olaf, die betrogenen Langnasen, werden als die Gelackmeierten dastehen.«

Was Jonah sonst noch an jenem Nachmittag sagte, war für Pendel nicht mehr entwirrbar. Nicht einmal die gardenienrote Wand war zur Behebung des Schadens ausgerüstet, den die Kombination von Napalm und alkoholischen Getränken in seinem Gedächtnis angerichtet hatte. Erst Bennys Geist, der neben ihm stand, vermochte die fehlende Botschaft zu improvisieren:

... Harry, mein Junge, ich sag's dir ganz offen, wie immer. Wir haben es hier mit einem riesigen Betrugsmanöver zu tun, wie bei dem Burschen, der den Eiffelturm an interessierte Kunden verhökert hat, das ist ein gewaltiges Komplott, so weitgespannt, daß dein Freund Andy gleich zu seinem Bankdirektor rennen muß, kein Wunder, daß Mickie Abraxas für seine Freunde stillgeschwiegen hat, denn das ist eine ganz heiße Sache, und außerdem ist er ihnen was schuldig. Harry, mein Junge, ich habe

es schon oft gesagt und sag's noch einmal, du hast mehr Redetalent als Paganini und Gigli zusammen. Gefehlt hat dir nur immer der richtige Bus zur richtigen Zeit an der richtigen Haltestelle, wenn der gekommen wäre, wärst du im Handumdrehen auf dem richtigen Weg gewesen und hättest nicht wie wir anderen draußen auf dem Flur warten müssen. Nun, der Bus ist da. Es geht um einen Kanal von Küste zu Küste, eine Viertelmeile breit, auf Meereshöhe, hochmodern, gebaut von den Japanern, Harry, mein Junge, geplant unter höchster Geheimhaltung, während die Amis noch von neuen Schleusen blöken und ihre Großkonzerne rücksichtslos ins Geschäft bringen wollen, genau wie in den alten Zeiten, nur daß sie den falschen Kanal im Auge haben. Und die Topanwälte und Politiker in Panama und der Club Unión stecken wie üblich unter einer Decke, die hängen bis zu den Ellbogen in der Ladenkasse, drehen Uncle Sam eine lange Nase und nehmen gleichzeitig auch noch die Japaner aus wie die Weihnachtsgänse. Nimm noch die hinterlistigen Franzosen dazu, von denen Andy dir dauernd was vorerzählt, und als weitere finstere Zutat ein bißchen kolumbianisches Drogengeld, und, Harry, mein Junge, der Gunpowder Plot ist nicht dabei, aber wer wird dich diesmal mit den Zündhölzern in der Hand erwischen? Antwort: niemand. Du fragst mich nach dem Preis, Harry, mein Junge? Du sagst mir, diese Japsen können sich das nicht leisten? Die Japsen können sich ihren eigenen Kanal nicht leisten? Was hat denn der Flughafen von Osaka gekostet? Dreißig Milliarden in gebrauchten Scheinen, hab ich aus zuverlässiger Quelle erfahren. Ein Schnäppchen. Weißt du, was ein Kanal auf Meereshöhe kostet? Soviel wie drei Osaka-Flughäfen, einschließlich Anwaltsgebühren und Stempelsteuer. Harry, so was zahlen die aus der Portokasse. Verträge, fragst du? Die Panamaer hätten bindende Verpflichtungen, den Amis den Kanal nicht kaputtzumachen? Harry, mein Junge, da ging es um den alten Kanal. Und genau da hinein schmeißen die Panamaer ihre bindenden Verpflichtungen.

Die gardenienrote Wand bietet ihm noch eine letzte kleine Szene.

Pendel und sein Gastgeber stehen vor Mr. Blüthners Warenhaus und verabschieden sich mehrmals voneinander.

»Harry, wissen Sie was?«

»Ja, bitte, Mr. B.?«

»Dieser Jonah ist ein fürchterlicher Schwätzer. Er hat von Ölraffination keine Ahnung, und von der japanischen Industrie schon gar nicht. Was deren Expansionsträume angeht: na ja, da stimme ich ihm zu. Beim Thema Panamakanal waren die Japaner schon immer ziemlich irrational. Das Problem dabei ist nämlich: wenn die mit ihrem Kanal fertig sind, schickt niemand mehr Supertanker über die Meere, und überhaupt benutzt niemand mehr Öl, weil es bis dahin bessere, sauberere, billigere Energieformen gibt. Und was er von Erzen gesagt hat« – er schüttelte den Kopf – »wenn die Japaner so was brauchen, finden sie die gleich vor der Haustür.«

»Aber, Mr. B., Sie haben doch vorhin so einen glücklichen Eindruck gemacht!«

Mr. Blüthner grinste boshaft. »Harry, ich sag Ihnen was. Die ganze Zeit, als ich Jonah zugehört habe, habe ich Ihren Onkel Benny gehört und daran denken müssen, wie gern er hochgestapelt hat. Also, wie sieht's aus? Wollen Sie unserer kleinen Bruderschaft beitreten?«

Aber diesmal bringt Pendel es nicht fertig zu sagen, was Mr. Blüthner hören will.

»Ich bin noch nicht soweit, Mr. B.«, antwortet er ernst. »Ich muß noch wachsen. Ich arbeite daran, es wird schon werden. Und wenn ich dann soweit bin, melde ich mich auf der Stelle bei Ihnen.«

Aber jetzt war er soweit. Seine Verschwörung war in vollem Gang, mit oder ohne Ölraffination. Die schwarze Katze der Wut putzte sich die Pfoten für die Schlacht.

16

Tage, hatte Pendel zu Osnard gesagt. Ich werde ein paar Tage brauchen. Tage gegenseitiger Rücksichtnahme und ehelicher Regeneration, in denen Pendel der Ehemann und Liebhaber die eingestürzten Brücken zur Gemahlin wieder aufbaut und sie rückhaltlos in seine geheimsten Sphären einführt und zur Vertrauten macht, zur Gefährtin und Mitspionin im Dienst seiner großen Vision.

Wie Pendel sich für Louisa neu geschaffen hat, so erschafft er jetzt Louisa für die Welt. Es gibt keine Geheimnisse mehr zwischen ihnen. Sie teilen alles Wissen, sie wirken endlich zusammen, Kontaktmann und Quelle, einander und Osnard verpflichtet, ehrliche und feste Partner in einem großen Unternehmen. Sie haben so viel gemeinsam. Delgado ist ihre gemeinsame Informationsquelle, was das Schicksal des tapferen kleinen Panama betrifft. London ist ihr gemeinsamer anspruchsvoller Auftraggeber. Die angelsächsische Zivilisation steht auf dem Spiel, es gilt die Kinder zu schützen, ein Netzwerk hervorragender Quellen zu pflegen, eine heimtückische japanische Verschwörung zu vereiteln, einen gemeinsamen Kanal zu retten. Welche Frau, die etwas taugt, welche Mutter, welche Erbin der Konflikte ihrer Eltern würde diesem Ruf nicht folgen, würde nicht zu den Fahnen eilen, zum Schwert greifen und die Usurpatoren des Kanals nach Strich und Faden ausspionieren? Von nun an wird die große Vision ihrer beider Leben vollständig beherrschen. Alles wird sich dieser Vision unterordnen, und in den himmlischen Bildteppich wird jedes beiläufige Wort und jede zufällige Begebenheit eingewebt werden, alles, was Jonah wahrnimmt und Pendel restauriert, aber fortan mit Louisa als Vestalin. Louisa, unterstützt von Delgado, wird davorstehen und tapfer die Lampe halten.

Und wenn Louisa auch nicht direkt von ihrem neuen

Status weiß, kommt sie zumindest nicht umhin, von den damit verbundenen kleinen Vorteilen beeindruckt zu sein.

Abends, nachdem er unwichtige Termine abgesagt und den Clubraum geschlossen hat, eilt Pendel nach Hause; dort umhegt und beobachtet er seine diensttuende Agentin, studiert ihre Verhaltensweisen und trägt die Details ihres beruflichen Alltags zusammen, mit Schwerpunkt auf den Beziehungen zu ihrem verehrten, hochgesinnten, angebeteten und – für Pendels eifersüchtigen Blick – maßlos überschätzten Chef Ernesto Delgado.

Bis jetzt, fürchtet er, hat er seine Frau nur als Ideal geliebt, als ein Muster an Geradlinigkeit, als Ergänzung seiner komplizierten Persönlichkeit. Nun gut, von heute an wird er die idealistische Liebe beiseite lassen und in ihr nur noch sie selbst sehen. Bis jetzt hat er, wenn er an den Gitterstäben der Ehe rüttelte, nur zu entkommen getrachtet. Von nun an trachtet er hineinzukommen. Keine Einzelheit ihres Alltags ist ihm zu gering: Er registriert jede Bemerkung über ihren unvergleichlichen Arbeitgeber, über sein Kommen und Gehen, seine Telefonate, Termine, Konferenzen, Launen und Eigenheiten. Die kleinste Abweichung von seinem Alltagstrott, Name und Rang jedes noch so zufälligen Besuchers, der auf dem Weg zur Audienz bei dem großen Mann Louisas Büro passieren muß – all die Bagatellen, denen Pendel bis jetzt nur höflich mit halbem Ohr gelauscht hatte –, all diese Dinge werden für ihn nun zu Angelegenheiten von so heftigem Interesse, daß er seine Neugier stark bezähmen muß, um nicht ihren Argwohn zu erregen. Aus dem gleichen Grund fertigt er seine fortlaufenden Notizen unter Einsatzbedingungen an: in seinem Zimmer hockend – muß ein paar Rechnungen schreiben, meine Liebe – oder auf der Toilette – ich weiß auch nicht, was ich da gegessen habe, meinst du, es könnte der Fisch gewesen sein?

Und am Morgen eine persönlich abgelieferte Rechnung für Osnard.

Ihr gesellschaftliches Leben fasziniert ihn fast so sehr wie das Delgados. Die lahmen Treffen mit den Zonenbewohnern, die jetzt Exilanten im eigenen Land sind; ihre

Mitgliedschaft bei einem Radikalen Forum, das Pendel bis jetzt etwa so radikal vorgekommen ist wie warmes Bier, eine Kooperative Christliche Gruppe, der sie aus Treue zu ihrer verstorbenen Mutter angehört – all das interessiert ihn plötzlich sehr, ihn und sein Schneider-Notizbuch, in dem er das alles in einem unergründlichen selbsterfundenen Kode verzeichnet, einer Mischung aus Abkürzungen, Initialen und absichtlich schlechter Handschrift, die sich nur dem geübten Auge erschließt. Denn von ihr selbst unbemerkt, ist Louisas Leben jetzt untrennbar mit dem Mickies verflochten. In Pendels Kopf, sonst freilich nirgendwo, sind Frau und Freund schicksalhaft verbunden, während die Stille Opposition ihre geheimen Grenzen weiter vorschiebt und systemkritische Studenten, christliches Bewußtsein und sympathisierende Panamaer von der anderen Seite der Brücke zu sich heranzieht. Eine Gruppe ehemaliger Zonenbewohner formiert sich unter größter Geheimhaltung, man trifft sich zu zweit oder dritt nach Einbruch der Dunkelheit in Balboa.

Wenn sie getrennt sind, ist Pendel ihr nie so nahe gewesen, und nie so entfremdet, wenn sie zusammen sind. Manchmal erschreckt ihn sein Gefühl der Überlegenheit ihr gegenüber, bis er darin etwas ganz Natürliches erkennt, denn er weiß so viel mehr über ihr Leben als sie selbst und ist ja tatsächlich der einzige Beobachter ihrer anderen magischen Rolle als unerschrockene Geheimagentin mitten im feindlichen Hauptquartier, die auf die Ungeheure Verschwörung angesetzt ist, zu der die Stille Opposition mit ihrem Netzwerk aufopferungsvoller Agenten den Schlüssel hält.

Gewiß, manchmal läßt Pendel die Maske fallen, und die künstlerische Eitelkeit geht mit ihm durch. Er sagt sich, daß er Louisa einen Gefallen tut, wenn er alles, was sie tut, mit dem Zauberstab seiner heimlichen Kreativität berührt. Er rettet sie. Nimmt ihre Last auf sich. Schützt sie physisch und moralisch vor Betrug und all seinen furchtbaren Folgen. Bewahrt sie vor dem Gefängnis. Erspart ihr die tägliche Schinderei vielschichtigen Denkens. Läßt ihre Gedanken und Handlungen sich frei zu einem gemeinschaftlichen, heilsamen Leben zusammenschließen, statt sich in einzelnen verriegelten Kammern wie der seinen abzuschuften und allenfalls im Flüsterton miteinander zu reden. Doch hat er die Maske wieder zurechtgerückt, sieht er in ihr einmal mehr seine unerschrockene Agentin, seine Waffengefährtin im verzweifelten Kampf für die Erhaltung der Zivilisation, wie wir sie kennen, notfalls unter Anwendung ungesetzlicher, um nicht zu sagen unsauberer Mittel.

Gepackt vom überwältigenden Gefühl des Dankes, den er Louisa schuldet, bringt Pendel sie dazu, sich von Delgado für einen Tag beurlauben zu lassen, und unternimmt mit ihr ein frühmorgendliches Picknick: nur wir zwei, Lou, ganz allein, wie damals vor den Kindern. Er bittet die Oakleys, die Kinder zur Schule zu bringen, und fährt mit ihr nach Gamboa, zu einem Hügel namens Plantation Loop, den sie früher, als sie noch in Calidonia lebten, oft und gern besucht hatten; dic Straße, eine gewundene Schotterpiste der amerikanischen Armee, führt durch dichten Wald auf einen Bergrücken, der ein Teil der Kontinentalscheide zwischen Atlantik und Pazifik ist. Das Symbolhafte seiner Wahl entgeht ihm nicht: wir, die Hüter des Isthmus, die Schutzengel des kleinen Panama. Es ist ein unirdisches, wechselvolles Fleckchen Erde, gezaust von widrigen Winden und näher dem Garten Eden als dem einundzwanzigsten Jahrhundert, trotz der schmutzigen, zwanzig Meter hohen cremefarbenen Kugelkopfantenne, deretwegen die Straße damals gebaut worden ist: Ursprünglich dort aufgestellt, um Chinesen, Russen, Japaner, Nicaraguaner und Kolumbianer abzuhören, ist die Antenne jetzt offiziell für taub erklärt worden – was freilich nicht bedeutet, daß sie, aus einem überlebenden Instinkt für Intrigen, ihr Gehör nicht reaktivieren könnte, wenn zwei englische Spione zu ihr kommen, die nach der Mühsal täglicher Aufopferung ein wenig Trost brauchen.

Am farblosen, unbewegten Himmel über ihnen kreisen Schwärme von Geiern und Adlern. Durch eine Lücke zwischen den Bäumen blicken sie in ein Tal mit grünen Hängen, das sich bis zur Bucht von Panama hinzieht. Es ist erst acht Uhr morgens, dennoch sind sie schweißüberströmt, als sie zum Geländewagen zurückgehen, um sich an Eistee aus der Thermoskanne und Hackfleischpasteten gütlich zu tun, die Pendel am Abend zuvor zubereitet hat, weil Louisa sie so gerne mag.

»Besser kann das Leben nicht sein, Lou«, versichert er tapfer, als sie nebeneinander und händchenhaltend vor dem Geländewagen sitzen, dessen Klimaanlage auf Hochtouren läuft.

»Wie meinst du das?«

»Ich meine unser Leben. Alles, was wir getan haben, hat sich ausgezahlt. Die Kinder. Wir. Es geht uns bestens.«

»Solange du zufrieden bist, Harry.«

Pendel befindet, die Zeit sei reif, sie mit seinem großen Plan bekanntzumachen.

»Neulich im Laden habe ich eine komische Geschichte gehört«, sagt er im Tonfall amüsierter Erinnerung. »Es ging um den Kanal. Dieses alte japanische Projekt, von dem früher so viel die Rede war, steht angeblich wieder auf der Tagesordnung. Ich weiß nicht, ob dir bei der Kommission was davon zu Ohren gekommen ist.«

»Was für ein japanisches Projekt?«

»Eine neue Rinne. Auf Meereshöhe. Unter Einbeziehung der Caimito-Mündung. Es ist von Investitionen in Höhe von hundert Milliarden die Rede, falls ich das richtig mitbekommen habe.«

Louisa reagiert ungehalten. »Harry, ich verstehe nicht, warum du mich auf einen Berg schleppen mußt, wenn du mir bloß von Gerüchten über einen neuen japanischen Kanal erzählen willst. Dieses Projekt ist unmoralisch und ökologisch verheerend, es ist gegen Amerika und gegen den Vertrag gerichtet. Und deshalb erwarte ich von dir, daß du demjenigen, der dir diesen Unsinn erzählt hat, den guten Rat gibst, nicht weiter solche Gerüchte zu verbreiten, die die Zukunft unseres Kanals nur noch schwieriger machen.«

Für eine Sekunde überkommt Pendel ein schreckliches

Gefühl des Scheiterns, und er bricht beinahe in Tränen aus. Dann überkommt ihn Empörung. Ich habe es versucht, ich habe sie mitnehmen wollen, aber sie will nicht. Sie bleibt lieber im alten Trott. Weiß sie denn nicht, daß die Ehe etwas Gegenseitiges ist? Entweder man stützt einander, oder man fällt hin. Er nimmt einen arroganten Tonfall an.

»Nach dem, was ich gehört habe, wird diesmal nur hinter vorgehaltener Hand davon gesprochen, und deshalb überrascht es mich nicht sonderlich, daß du noch nichts davon gehört hast. Die höchsten Kreise Panamas sind daran beteiligt, aber natürlich bewahren sie Stillschweigen und treffen sich nur heimlich. Wenn es um den Kanal geht, sind die Japsen für Argumente nicht zugänglich. Dein geliebter Ernie Delgado ist angeblich auch mit von der Partie, was mich weitaus weniger erstaunt, als es eigentlich sollte. Ich habe mich nie so mit Ernie anfreunden können wie du. Und euer feiner Präsident steckt bis zum Hals mit drin. Was meinst du, was er in den fehlenden Stunden seiner Fernostreise getrieben hat?«

Lange Pause. Eine ihrer längsten. Anfangs vermutet er, sie verarbeite die Ungeheuerlichkeit seiner Mitteilung.

»Unser feiner *Präsident*?« fragt sie.

»Ganz recht.«

»Von *Panama*? Wie *redest* du von diesem Mann? Du sprichst ja wie Mr. Osnard. Harry, ich begreife nicht, warum du Mr. Osnard alles nachplappern mußt.«

»Sie ist kurz davor«, gab Pendel noch am selben Abend telefonisch durch; er sprach sehr leise, für den Fall, daß die Leitung abgehört wurde. »Es ist eine schwere Entscheidung. Sie fragt sich, ob sie dem gewachsen ist. Es gibt Dinge da draußen, die sie lieber nicht wissen möchte.«

»Was für Dinge?«

»Das hat sie nicht gesagt, Andy. Sie ringt mit dem Entschluß. Sie macht sich Sorgen wegen Ernie.«

»Hat sie Angst, daß er sie durchschauen könnte?«

»Nein. Daß sie *ihn* durchschauen könnte. Ernie hält die

Hand auf wie alle anderen, Andy. Sein Saubermann-Image ist doch bloß Fassade. ›Ich möchte da lieber nicht so genau hinsehen‹, hat sie gesagt. Wortwörtlich. Sie muß ihren ganzen Mut zusammennehmen.«

Osnards Rat befolgend, führte er sie am nächsten Abend ins La Casa del Marisco zum Essen aus; sie nahmen den Tisch am Fenster. Zu seiner Verblüffung bestellte sie Hummer Thermidor.

»Harry, ich bin doch nicht aus Stein. Ich habe Launen. Ich verändere mich. Ich bin ein fühlendes menschliches Wesen. Möchtest du, daß ich Garnelen und Heilbutt esse?«

»Lou, ich möchte, daß du dich auf jeden Fall so entfaltest, daß du dich wohl fühlst.«

Sie ist soweit, befand er, als er sah, wie sie sich den Hummer schmecken ließ. Sie ist in die Rolle hineingewachsen.

»Mr. Osnard, Sir, es freut mich sehr, Ihnen mitteilen zu können, daß der zweite, von Ihnen sehnlich erwartete Anzug fertig ist«, verkündete Pendel am nächsten Morgen, diesmal am Telefon in seinem Zuschneidezimmer. »Schön gefaltet und in Seidenpapier verpackt in einer Schachtel. Sie können ihn abholen, sobald ich Ihren Scheck erhalten habe.«

»Großartig. Wann treffen wir alle uns dann mal? Ich würde mich zu gerne darin blicken lassen.«

»Das wird leider nicht gehen, Sir. Jedenfalls nicht wir alle. Das ist nicht im Angebot. Wie gesagt. Ich nehme Maß, ich schneide, ich mache die Anprobe, ich mache alles allein.«

»Was soll das heißen?«

»Daß ich auch zustelle. Ohne Mitwirkung anderer. Jedenfalls nicht direkt. Nur Sie und ich, keine direkte Beteiligung Dritter. Ich habe immer wieder mit ihnen geredet, aber sie wollten nicht nachgeben. Die Sache läuft entweder über mich oder gar nicht. Davon wollen sie nicht abweichen, auch wenn wir das noch so bedauerlich finden.«

Sie trafen sich in Coco's Bar im El Panama. Pendel mußte schreien, um die Band zu übertönen.

»Wie gesagt, Andy, sie hat eine strenge Moral. Da läßt sie nicht mit sich spaßen. Sie achtet Sie, sie mag Sie. Andererseits ist für sie bei Leuten wie Ihnen Schluß. Den Ehemann in Ehren halten und ihm gehorchen ist eine Sache; eine ganz andere ist es für sie als Amerikanerin, ihren Arbeitgeber für einen britischen Diplomaten auszuspionieren, selbst wenn der Arbeitgeber seine heilige Pflicht verrät. Ob Sie das nun Heuchelei nennen oder typisch Frau, ist gleichgültig. ›Erwähne Mr. Osnard nie wieder‹, hat sie gesagt, und es war ihr sehr ernst damit. ›Bring ihn nicht mehr hierher, laß ihn nicht mit den Kindern reden, er verdirbt sie sonst noch. Sag ihm nie, daß ich bereit bin, diese schreckliche Sache für dich zu machen, oder daß ich der Stillen Opposition beigetreten bin.‹ Ich sag's Ihnen ohne Umschweife, Andy, so schmerzlich es auch sein mag. Wenn Louisa sich auf die Hinterbeine stellt, kriegt man sie höchstens noch mit einem Kran vom Fleck.«

Osnard nahm sich eine Handvoll Cashewnüsse, legte den Kopf zurück, gähnte und warf sie sich in den Mund.

»Das wird London aber gar nicht gefallen.«

»Die werden sich damit abfinden müssen, Andy.«

Osnard dachte kauend darüber nach. »Ja, das müssen sie«, stimmte er zu.

»Und sie wird auch nichts Schriftliches liefern«, setzte Pendel noch nachträglich hinzu. »Mickie ebenfalls nicht.«

»Kluges Mädchen«, sagte Osnard, immer noch mampfend. »Sie bekommt ihr Gehalt rückwirkend ab Anfang dieses Monats. Und rechnen Sie sorgfältig ihre Spesen ab. Auto, Heizung, Licht, Strom, alles mit Datum. Möchten Sie noch so einen oder lieber einen Schnaps?«

Louisa war rekrutiert.

Als Harry Pendel am nächsten Morgen aufstand, fühlte er sich gespaltener als je zuvor in all den Jahren seines Strebens und Fantasierens. Noch nie war er so viele Personen auf einmal gewesen. Einige davon waren ihm fremd, andere kamen ihm vor wie Wärter und alte Knastbrüder, die ihm aus früheren Zeiten bekannt waren. Aber alle waren auf seiner Seite, marschierten mit ihm in dieselbe Richtung und teilten seine große Vision.

»Sieht aus, als hätten wir eine schwere Woche vor uns, Lou«, rief er zur Eröffnung des neuen Feldzugs seiner Frau durch den Duschvorhang zu. »Eine Menge Hausbesuche, neue Aufträge im Anrollen.« Sie wusch sich die Haare. Das machte sie seit einiger Zeit häufig, zuweilen zweimal am Tag. Und die Zähne putzte sie sich mindestens fünfmal täglich. »Gehst du heute abend zum Squash, Schatz?« fragte er absolut beiläufig.

Sie drehte die Dusche ab.

»Squash, Schatz. Ob du heut abend spielen gehst?«

»Soll ich?«

»Heute ist Donnerstag. Club-Abend im Laden. Ich dachte, du gehst donnerstags immer Squash spielen. Feste Verabredung mit Jo-Ann.«

»Möchtest du, daß ich mit Jo-Ann Squash spielen gehe?«

»War nur eine Frage, Lou. Kein Wunsch. Eine Frage. Du willst dich doch fit halten. Und es wirkt ja auch, wie man sieht.«

Bis fünf zählen. Zweimal.

»Ja, Harry, ich habe in der Tat vor, heute abend mit Jo-Ann Squash zu spielen.«

»Na also. Großartig.«

»Wenn ich von der Arbeit nach Hause komme, ziehe ich mich um, fahre zum Club und treffe mich mit Jo-Ann zum Squash. Wir haben von sieben bis acht einen Court gebucht.«

»Na, dann grüß sie von mir. Sie ist eine nette Frau.«

»Jo-Ann spielt am liebsten zweimal eine halbe Stunde hintereinander. Eine, um ihre Rückhand zu trainieren, und eine für ihre Vorhand. Für ihre Partner gilt dabei natürlich jeweils das Gegenteil. Falls man nicht Linkshänder ist, aber das bin ich ja nicht.«

»Aha. Verstehe.«

»Und die Kinder sind bei den Oakleys«, setzte sie ihre Bekanntmachung fort. »Dort essen sie Chips, von denen sie dick werden, trinken Cola, wovon sie Karies kriegen, sehen gewaltverherrlichende Sendungen im Fernsehen und kampieren auf dem unhygienischen Fußboden der Oakleys, alles im Interesse der Versöhnung unserer Familien.«

»Na schön. Vielen Dank.«

»Keine Ursache.«

Die Dusche ging wieder an, sie schäumte sich noch einmal die Haare ein. Die Dusche ging aus.

»Und nach dem Squash widme ich mich, denn heute ist Donnerstag, meiner Arbeit; ich muß noch Señor Delgados Termine für die nächste Woche planen und aufeinander abstimmen.«

»Das hast du bereits gesagt. Offenbar hat er ja einen reichlich vollen Terminkalender. Sehr beeindruckend.«

Den Vorhang aufreißen. Ihr versprechen, daß er sich künftig nur noch an die Realität halten werde. Aber Realität war längst nicht mehr Pendels Thema, falls es das je gewesen war. Auf dem Weg zur Schule sang er alle Strophen von »My object all sublime«; die Kinder dachten, er sei wahnsinnig gut gelaunt. Als er seinen Laden betrat, wurde er zum verzauberten Fremden. Die neuen blauen Läufer und das elegante Mobiliar überraschten ihn, ebenso die Sportabteilung in Martas Glaskasten und der glänzende neue Rahmen um Braithwaites Porträt. Wer hat das bloß alles angeschafft? Ich selbst. Der Duft von Martas Kaffee, der von oben aus dem Clubraum wehte, entzückte ihn ebenso wie der Anblick eines neuen Berichts über studentische Protestaktionen in der Schublade seines Arbeitstischs. Bereits um zehn Uhr begann verheißungsvoll die Ladenglocke zu läuten.

Als erstes mußte er sich um den amerikanischen Geschäftsträger und seinen blassen Adjutanten kümmern und ihm den neuen Smoking anprobieren, den der Geschäftsträger einen Tuxedo nannte. Vor dem Laden stand sein gepanzerter Lincoln Continental, in dem ein finsterer Fahrer mit Bürstenschnitt wartete. Der Geschäftsträger war ein komischer, wohlhabender Bostoner, der sein Leben damit verbracht hatte, Proust zu lesen und Krocket zu spielen. Sein heutiges Thema war das verflixte Thanksgiving-Grillfest der amerikanischen Familien samt anschließendem Feuerwerk, eine Angelegenheit, die auch Louisa alljährlich Kopfschmerzen bereitete.

»Wir haben keine kultivierte Alternative, Michael«, beteuerte der Geschäftsträger mit seinem Bostoner Akzent, während Pendel mit Kreide eine Linie auf den Kragen zog.

»Genau«, sagte der blasse Adjutant.

»Entweder behandeln wir sie wie stubenreine Erwachsene, oder wir bezeichnen sie als böse Kinder, denen wir nicht trauen können.«

»Genau«, wiederholte der blasse Adjutant.

»Die Leute mögen es, wenn man sie respektiert. Wenn ich davon nicht überzeugt wäre, hätte ich nicht meine besten Jahre der Komödie der Diplomatie gewidmet.«

»Wenn wir freundlicherweise ein wenig den Arm beugen würden, Sir«, murmelte Pendel, die Handkante sacht an die Innenseite des geschäftsträgerlichen Ellbogens legend.

»Die Militärs werden uns verabscheuen«, sagte der Adjutant.

»Beult das Revers auch nicht aus, Harry? Sieht mir ein wenig zu üppig aus. Was meinen Sie, Michael?«

»Einmal bügeln, und das Problem ist ein für allemal behoben, Sir.«

»Sieht doch großartig aus«, sagte der blasse Adjutant.

»Und die Ärmellänge, Sir? Etwa so, oder ein klein wenig kürzer?«

»Ich weiß nicht so recht«, sagte der Geschäftsträger.

»Wegen der Militärs oder wegen der Ärmel?« fragte der Adjutant.

Der Geschäftsträger wedelte mit den Handgelenken und beobachtete sich dabei kritisch.

»So ist es gut, Harry. Genau so. Wenn es nach den Jungs von Ancón Hill gehen würde, Michael, würden zweifellos fünftausend von ihnen in Kampfausrüstung die Straße bewachen; die würden sich in Panzerwagen dort hin- und wieder abtransportieren lassen.«

Der Adjutant lachte grimmig auf.

»Aber wir sind schließlich keine Barbaren, Michael. Nietzsche ist nicht gerade das richtige Vorbild für die einzige Supermacht der Welt auf dem Weg ins einundzwanzigste Jahrhundert.«

Pendel drehte den Geschäftsträger halb herum, damit der seinen Rücken besser bewundern konnte.

»Und die Rocklänge, Sir, ganz allgemein? Darf's ein wenig länger sein, oder sind wir so zufrieden?«

»Harry, wir sind zufrieden. Erstklassige Arbeit. Verzeihen Sie, wenn ich heute etwas *zerstreut* bin. Wir versuchen gerade, einen Krieg zu verhindern.«

»Bei solchem Bemühen können wir Ihnen nur Erfolg wünschen, Sir«, sagte Pendel ernst, als der Geschäftsträger und sein Adjutant, von dem katzbuckelnden Fahrer begleitet, die Treppe hinabschritten.

Er hatte es kaum erwarten können, daß sie endlich gingen. Himmlische Chöre sangen ihm in den Ohren, als er die heimlichen hinteren Seiten seines Schneider-Notizbuchs aufschlug und hastig notierte:

Die Spannungen zwischen US-Militärs und diplomatischem Personal haben nach Ansicht des US-Geschäftsträgers einen äußerst kritischen Punkt erreicht; Zankapfel ist die Frage, wie mit der Studentenrevolte umzugehen sei, falls diese ihr häßliches Haupt erheben sollte. Nach den unter dem Siegel absoluter Verschwiegenheit dem Informanten mitgeteilten Äußerungen des Geschäftsträgers …

Was hatten sie ihm mitgeteilt? Wertloses Zeug. Was hatte er gehört? Erstaunliche Neuigkeiten. Und das war erst die Probe gewesen.

»Dr. Sancho«, rief Pendel und breitete entzückt die Arme aus. »Lange nicht mehr gesehen, Sir. Señor Lucullo, welch ein Vergnügen. Marta, wo haben wir das gemästete Kalb?«

Sancho: plastischer Chirurg, Besitzer diverser Kreuzfahrtschiffe, verheiratet mit einer reichen Frau, die er nicht ausstehen konnte. Lucullo: Friseur mit guten Karriereaussichten. Beide aus Buenos Aires. Letztesmal ging es um Mohairanzüge mit zweireihigen Westen für Europa. Diesmal brauchen wir unbedingt weiße Smokingjacken für die Yacht.

»Und an der Heimatfront ist alles ruhig?« begann Pendel oben bei einem Gläschen, sie kunstfertig auszufragen.

»Nirgendwo ein großer Putsch in Planung? Ich sage immer, Südamerika ist der einzige Ort der Welt, wo es passieren kann, daß man heute einem Gentleman einen Anzug schneidert und morgen seine Statue damit bekleidet sieht.«

Keine großen Putsche, bestätigten sie kichernd.

»Aber, Harry, haben Sie gehört, was *unser* Präsident zu Eurem Präsidenten gesagt hat, als die beiden sich unbelauscht glaubten?«

Pendel hatte es nicht gehört.

»Also, drei Präsidenten sitzen in einem Zimmer, ja? Panama, Argentinien, Peru. ›Nun‹, sagt der Präsident von Panama. ›*Ihr* habt es gut. *Ihr* werdet für eine zweite Amtszeit wiedergewählt. Aber bei uns in Panama ist eine Wiederwahl durch die Verfassung verboten. Das ist doch einfach nicht fair.‹ Worauf *unser* Präsident ihm antwortet: ›Tja, mein Lieber, vielleicht liegt das daran, daß ich zweimal machen kann, was *Sie* nur einmal machen können!‹ Und dann sagt der peruanische Präsident ...«

Doch was der peruanische Präsident sagte, hatte Pendel nicht mitbekommen. Wieder sangen himmlische Chöre in seinen Ohren, als er pflichtgemäß in sein Notizbuch eintrug, daß der ebenso hinterhältige wie heuchlerische Ernie Delgado seiner bewährten Privatsekretärin und unentbehrlichen Assistentin Louisa, auch als Lou bekannt, im Vertrauen mitgeteilt habe, der pro-japanische Präsident von Panama verfolge insgeheim die Absicht, seine Macht ins einundzwanzigste Jahrhundert auszudehnen.

»Gestern abend haben die Schweine von der Opposition eine Frau in die Sitzung geschickt, die mich geschlagen hat«, berichtet Juan Carlos von der Gesetzgebenden Versammlung stolz, während Pendel die Schulterpartie seines Tagesanzugs mit Kreidelinien markiert. »Ich hatte das Weibsbild vorher noch nie gesehen. Löst sich aus der Menge und läuft mir strahlend entgegen. Fernsehkameras, Zeitungsreporter. Und ehe ich mich versehe, hat sie mir auch schon einen rechten Haken verpaßt. Was soll ich da wohl machen? Ihr vor den Kameras auch eine reinhauen? Juan

Carlos, der Frauenschläger? Wenn ich nichts tue, werd ich als Weichei ausgelacht. Wissen Sie, was ich getan habe?«

»Ich kann es mir nicht vorstellen« – die Taille nachmessen und einen Zoll hinzufügen, damit Juan Carlos bei seinem Aufstieg zum Ruhm auch weiterhin genügend Platz hat.

»Ich habe sie auf den Mund geküßt. Ihr meine Zunge in den dreckigen Schlund gesteckt. Grauenhafter Mundgeruch. Jetzt beten sie mich an.«

Pendel perplex. Pendel außer sich vor Bewunderung.

»Was ist eigentlich an den Gerüchten Juan Carlos, daß Sie Vorsitzender irgendeines besonderen Sonderausschusses werden sollen?« fragt er ernst. »Demnächst werde ich Sie wohl noch für die Amtseinführung als Präsident einkleiden müssen.«

Juan Carlos brach in schallendes Gelächter aus.

»Besonders? Der Armutsausschuß? Ausschuß! Das kann man wohl sagen! Kein Geld, keine Zukunft. Wir sitzen da und glotzen uns an; wir sagen, das ist schon ein Jammer mit der Armut; und dann gehen wir erstmal anständig was essen.«

In einem weiteren vertraulichen, hinter verschlossenen Türen geführten Gespräch unter vier Augen mit seiner bewährten persönlichen Assistentin machte Ernesto Delgado, treibende Kraft der Kanalkommission und engagierter Forderer des streng geheimen Japanisch-panamaischen Abkommens, die Bemerkung, daß man dem Armutsausschuß bzw. Juan Carlos eine gewisse Geheimakte über die Zukunft des Kanals zur Kenntnisnahme zukommen lassen sollte. Auf die Frage, was denn der Armutsausschuß mit der Kanalpolitik zu tun habe, antwortete Delgado mit vielsagendem Grinsen, man dürfe in dieser Welt nicht alles nach dem äußeren Anschein beurteilen.

Sie saß an ihrem Schreibtisch. Er sah es genau vor sich, als er ihre Durchwahlnummer wählte: den eleganten Flur oben im Hauptquartier mit seinen Türen, deren Belüftungsklappen die Luft in Umlauf hielten; ihr großes luftiges Büro mit der Aussicht auf den alten Bahnhof, der entweiht war von einem McDonald's-Logo, das sie jeden Tag auf die Palme brachte; ihren hypermodernen Schreibtisch mit dem Computerbildschirm und dem flachen Telefon. Ihr kurzes Zögern, ehe sie den Hörer abnimmt.

»Möchte nur wissen, ob du heut abend irgendwas Bestimmtes essen willst, Liebste.«

»Warum?«

»Dachte, ich könnte auf dem Heimweg noch über den Markt gehen.«

»Salat.«

»Jaja, nach dem Squash lieber was Leichtes, stimmt's?«

»Ja, Harry. Nach dem Squash brauche ich was Leichtes, Salat zum Beispiel. Wie immer.«

»Viel zu tun heute? Der alte Ernie rotiert mal wieder?«

»Was willst du?«

»Ich wollte nur deine Stimme hören, Liebes.«

Ihr Lachen machte ihn nervös. »Na, dann beeil dich mal, denn in zwei Minuten wird diese Stimme für eine Abordnung von Hafenmeistern aus Kyoto dolmetschen müssen, und diese Leute sprechen kein Spanisch und auch nur wenig Englisch und wollen bloß den Präsidenten von Panama kennenlernen.«

»Ich liebe dich, Lou.«

»Das will ich auch hoffen, Harry. Und jetzt entschuldige mich.«

»Aus Kyoto, ja?«

»Ja, Harry. Aus Kyoto. Bis dann.«

KYOTO notierte er überschwenglich in Großbuchstaben. Was für eine Quelle. Was für eine Frau. Was für ein Volltreffer. *Und wollen bloß den Präsidenten kennenlernen.* Und das werden sie auch. Und Marco wird zur Stelle sein und sie in die heiligen Gemächer Seiner Herrlichkeit einführen. Und Ernie wird seinen Heiligenschein aufsetzen und sie begleiten. Und Mickie wird, dank seiner hochbezahlten Quellen in Tokio, Timbuktu oder wo auch immer er seine Schmiergelder investiert, davon erfahren. Und Superagent Pendel wird Wort für Wort darüber berichten.

Pause, die Pendel nutzt, um in der Abgeschiedenheit seines Zuschneidezimmers die örtlichen Tageszeitungen zu durchforsten – neuerdings liest er sie alle; er schlägt das tägliche Hofbulletin auf, Überschrift: *Heute zu Gast beim Präsidenten.* Kein Wort von seriösen Hafenmeistern aus Kyoto, überhaupt keine Japaner auf der Speisekarte. Ausgezeichnet. Ein inoffizielles Treffen. Ein heimliches Geheimtreffen. Marco läßt sie durch die Hintertür ins Haus, eine Gruppe schmallippiger japanischer Banker, die sich als Hafenmeister ausgeben und angeblich kein Spanisch sprechen, tatsächlich aber doch. Das Ganze ein zweitesmal mit Zauberfarbe überpinseln und das Ergebnis mit Unendlich multiplizieren. Wer war sonst noch dabei – außer dem verschlagenen Ernie? Guillaume natürlich! Der gerissene Franzose! Und da steht er auch schon vor mir und zittert wie Espenlaub!

»Monsieur Guillaume, Sir, ich grüße Sie, pünktlich wie immer! Marta, ein Glas von dem Schottischen für den Monsieur.«

Guillaume stammt aus Lille. Ein umtriebiger Mann. Geologischer Gutachter, der Bodenproben für Spekulanten untersucht. Er ist gerade von einem fünfwöchigen Aufenthalt in Medellin zurück, und in dieser Zeit war die Stadt, wie er Pendel atemlos berichtet, Schauplatz von zwölf bekanntgewordenen Entführungen und einundzwanzig bekanntgewordenen Morden. Pendel macht ihm einen rehbraunen Alpaka-Einreiher mit Weste und einem zweiten Paar Hosen. Kunstvoll lenkt er das Gespräch auf die Politik der Kolumbianer.

»Ehrlich gesagt, ich begreife einfach nicht, wie deren Präsident es überhaupt noch wagen kann, sich in der Öffentlichkeit zu zeigen«, bemerkt er kritisch. »Bei all den Skandalen und Drogengeschäften.«

Guillaume nimmt einen großen Schluck Scotch und zwinkert ihm zu.

»Harry, ich danke Gott jeden Tag, den ich leben darf, daß ich bloß Wissenschaftler bin. Ich fahre da hin. Untersuche den Boden. Schreibe mein Gutachten. Fahre wieder nach Hause. Gehe was essen. Schlafe mit meiner Frau. Ich lebe.«

»Und Sie kassieren ein fettes Honorar«, erinnert Pendel ihn freundlich.

»Und zwar im voraus«, bestätigt Guillaume, der sich soeben mit Hilfe des hohen Spiegels vergewissert, daß er überlebt hat. »Als erstes bringe ich das Geld zur Bank. Damit man weiß, daß es sich nicht lohnt, mich zu erschießen.«

Der einzige andere Teilnehmer an dem Treffen war der äußerst zurückhaltende französische Topgeologe und freie internationale Gutachter Guillaume Delassus; er hat gute Verbindungen zur politischen Entscheidungsebene des Medellin-Kartells und gilt in gewissen Kreisen als Drahtzieher ersten Ranges und als einer der fünf gefährlichsten Männer Panamas.

Die anderen vier Auszeichnungen werden demnächst verliehen, nahm er sich beim Schreiben vor.

Ansturm zur Mittagszeit. Heftige Nachfrage nach Martas Thunfisch-Sandwiches. Marta selbst überall und nirgends, mit Bedacht Pendels Blick ausweichend. Dichter Zigarettenqualm und lautes Männerlachen. In Panama hat man gern seinen Spaß, auch bei P & B. Ramón Rudd hat einen schönen Knaben mitgebracht. Bier aus dem Eiskübel, Wein aus bereiften Flaschenkühlern, lokale und ausländische Zeitungen, effektvoll benutzte Handys. Pendel dreifach in seinem Element als Schneider, Gastgeber und Meisterspion: zwischen Anprobe- und Clubraum hin und her eilend, trägt er ab und zu mit Unschuldsmiene etwas hinten in sein Notizbuch ein, hört mehr, als gesagt wird, und erinnert sich an mehr, als er gehört hat. Die alte Garde mit neuen Rekruten im Schlepptau. Man spricht von Skandalen, Pferden und Geld. Man spricht von Frauen und gelegentlich auch vom Kanal. Die Eingangstür fliegt auf, der Geräuschpegel sinkt und schwillt an, man ruft »Rafi!« und »Mickie!«, als die Abraxas-Domingo-Show ihren wie immer imposanten Einzug hält: das berühmte Playboy-Duo, wieder einmal versöhnt, Rafi geschmückt mit Goldkette, goldenen Ringen, goldenen Zähnen, italienischen Schuhen und einem knallbunten Jackett von P & B, das er locker um die Schultern gehängt hat, denn er haßt Einfarbiges, er haßt Jacketts, die nicht ausgesprochen geschmacklos sind, und er liebt das Lachen, die Sonne und Mickies Frau.

Mickie wirkt finster und unglücklich, aber er klammert sich an Rafi, als ob sein Leben davon abhinge, als ob Rafi sein letzter Strohhalm wäre, nachdem er alles andere im Rausch verloren hat. Die zwei Männer schreiten ins Getümmel und gehen auseinander; während Rafi die Anwesenden um sich schart, begibt sich Mickie in den Anproberaum und zieht zum zigstenmal den neuen Anzug an, der besser und bunter, teurer und kühler und verführerischer als der von Rafi sein soll – Rafi, wollen Sie am Sonntag den Goldpokal der First Lady gewinnen?

Dann reißt das Stimmengewirr plötzlich ab, und man hört nur noch einen Sprecher: Mickie, der niedergeschlagen aus dem Anproberaum kommt und der versammelten Mannschaft lauthals verkündet, sein neuer Anzug sei der letzte Scheiß.

Er sagt das erst so, dann mit anderen Worten Pendel direkt ins Gesicht: eine Provokation, die er lieber an Domingo richten würde, aber da er das nicht wagt, muß Pendel eben dran glauben. Dann sagt er dasselbe mit anderen Worten ein drittesmal, denn inzwischen wartet sein Publikum schon darauf. Und Pendel, versteinert einen halben Meter vor ihm stehend, wartet ebenfalls. An jedem anderen Tag wäre Pendel der Attacke ausgewichen, hätte einen freundlichen Scherz gemacht, Mickie einen Drink angeboten und ihm vorgeschlagen wiederzukommen, wenn er besserer Laune wäre, hätte ihn die Treppe hinunter geleitet und in ein Taxi gepackt. Die Zellengenossen haben solche Szenen auch durchgestanden, und Mickie hat es ihnen tags darauf mit teuren Geschenken vergolten: mit Orchideen, Wein, kostbarem Huaka-Schmuck und kriecherischen, persönlich überreichten Dank- und Entschuldigungsschreiben.

Aber wer dergleichen heute von Pendel erwartet, rechnet nicht mit der schwarzen Katze, die jetzt die Leine zerreißt und sich mit Klauen und Zähnen auf Mickie stürzt, um mit einer Wildheit auf ihn loszugehen, die kein Mensch in Pendel vermutet hätte. Alle Schuldgefühle, die ihm jemals gekommen waren, weil er Mickies Schwäche ausgenutzt, ihn verleumdet, ihn ausgebeutet, ihn verkauft, ihn in der Grube seiner plärrenden Unterwürfigkeit aufgesucht hatte – das alles hat sich in Wut verwandelt und schießt jetzt in einem einzigen Schwall aus ihm hervor.

»*Warum ich nicht Anzüge wie Armani machen kann?*« sagte er dem verdutzten Mickie mehrmals ins Gesicht. »*Warum ich keine Armani-Anzüge machen kann?* Gratuliere, Mickie. Du hast soeben tausend Dollar gespart. Also tu mir einen Gefallen. Geh zu Armani und kauf dir einen Anzug und verschon mich mit weiteren Besuchen. Weil nämlich Armani bessere Armani-Anzüge macht als ich. Dort ist die Tür.«

Mickie rührte sich nicht von der Stelle. Er war wie gelähmt. Wie käme ein Mann von seinen gewaltigen Ausmaßen dazu, sich einen Armani-Anzug von der Stange zu kaufen? Aber Pendel konnte sich nicht mehr bremsen. In seiner Brust tobte ein nicht mehr beherrschbares Chaos aus Scham, Wut und schrecklichen Vorahnungen. Mickie, mein Geschöpf. Mickie, mein Versager, mein Mitgefangener, mein Spion – kommt in mein eigenes sicheres Haus und macht mir Vorwürfe!

»Mickie, weißt du was? Ein Anzug von mir, der wirbt nicht für den Träger, der *definiert* ihn. Vielleicht willst du dich nicht definieren lassen. Vielleicht hast du nicht genug, das man definieren könnte.«

Gelächter aus den Sitzgruppen. Mickie hatte so viel, daß man ihn mühelos mehrfach definieren konnte.

»Ein Anzug von mir, Mickie, das ist nicht das Gebrüll eines Betrunkenen. Das ist Linie, das ist Form, das ist meisterliche Intuition, das ist Kontur. Das ist das Understatement, das der Welt verkündet, was sie über dich wissen muß, und sonst gar nichts. Der alte Braithwaite nannte das Dezentheit. Wenn jemand einen Anzug von mir *bemerkt*, ist mir das peinlich, denn dann muß ich was falsch gemacht haben. Meine Anzüge sind nicht dazu da, deine äußere Erscheinung zu verbessern oder dich zum elegantesten Mann im Zimmer zu machen. Meine Anzüge wollen keine Vergleiche provozieren. Sie deuten an. Sie geben zu verstehen. Sie machen den Menschen Mut, auf dich zuzugehen. Sie helfen dir, deine Lebensqualität zu steigern, deine Schulden zu bezahlen, Einfluß auf die Welt zu nehmen. Wenn die Reihe an mir ist, dem alten Braithwaite in die himmlische Tretmühle zu folgen, möchte ich nämlich glauben können, daß Leute, die hier unten auf der Straße in meinen Anzügen herumlaufen, eben deshalb eine bessere Meinung von sich haben.«

Das mußte jetzt einfach raus, Mickie. Wurde Zeit, etwas von der Last bei dir abzuladen. Er holte Luft, schien sich jedoch, wie ein schluckaufartiges Geräusch andeutete, zurückhalten zu wollen. Und dann kam ihm Mickie glücklicherweise zuvor.

»Harry«, flüsterte er. »Ich schwöre bei Gott. Es geht nur um die Hose. Sonst nichts. Ich sehe darin aus wie ein alter Mann. Vorzeitig gealtert. Verschon mich mit diesem philosophischen Gefasel. Das weiß ich doch alles selbst.«

Dann muß in Pendels Kopf ein Signal ertönt sein. Er blickte um sich in die erstaunten Gesichter seiner Kunden; er sah Mickie an, der ihn anstarrte und krampfhaft die umstrittene Alpaka-Hose festhielt, genau wie er selbst einmal die viel zu große orangefarbene Hose seiner Gefängniskluft festgehalten hatte, als habe er Angst, man könnte sie ihm wegnehmen. Er sah Marta, reglos wie eine Statue, ihr zerstörtes Gesicht spiegelte zugleich Mißfallen und Beunruhigung. Er ließ die Fäuste sinken und richtete sich zu voller Größe auf, um schließlich eine bequemere Haltung einzunehmen.

»Mickie. Die Hose wird tadellos sitzen«, versicherte er in einem verbindlicheren Ton. »Ich war gegen das Hahnentrittmuster, aber du hast darauf bestanden, und du hast recht daran getan. In dieser Hose wird dir die ganze Welt zu Füßen liegen. Das gilt auch für das Jackett. Mickie, hör mir zu. Irgend jemand muß für diesen Anzug die Verantwortung übernehmen, du oder ich. Also, wer soll's sein?«

»Meine Güte, flüsterte Mickie und schlich an Rafis Arm davon.

Der Laden leerte sich, Zeit für den Nachmittagsschlaf. Die Kunden gingen, sie mußten Geld verdienen, Geliebte und Ehefrauen beschwichtigen, Geschäfte machen, auf Pferde setzen, Gerüchte austauschen. Auch Marta war verschwunden. Sie mußte studieren. Den Kopf in ihre Bücher stecken. Pendel war im Zuschneidezimmer und hatte Strawinsky aufgelegt; er räumte die Schnittmuster aus braunem Papier, Stoff, Kreide und Scheren vom Tisch. Dann schlug er die hinteren Seiten seines Schneider-Notizbuchs auf und strich es an der Stelle glatt, wo seine kodierten Eintragungen anfingen. Falls die Attacke auf seinen alten Freund ihn ernüchtert hatte, gestattete er sich nicht, daß ihm das bewußt wurde. Die Muse rief ihn.

Aus einer Ringkladde mit Rechnungsvordrucken zog er ein Blatt linierten Papiers mit dem königlich anmutenden Hauswappen von Pendel & Braithwaite im Briefkopf; darauf stand in Pendels gestochener Handschrift eine an Mr. Andrew Osnard ausgestellte Rechnung in Höhe von zweieinhalbtausend Dollar, adressiert an dessen Privatwohnung in Paitilla. Nachdem er die Rechnung auf dem Arbeitstisch ausgebreitet hatte, nahm er einen alten Füller, den die Legende Braithwaite zuschrieb, und fügte in einer altmodischen Schrift, die er seit langem für geschäftliche Mitteilungen gebrauchte, die Worte »ich bitte höflich um pünktliche Begleichung« hinzu, was verschlüsselt besagen sollte, daß diese Rechnung mehr bedeute als nur eine Geldforderung. Dann entnahm er einer Mappe aus der mittleren Schublade seines Schreibtischs ein Blatt weißen, unlinierten Papiers ohne Wasserzeichen, das aus dem ihm von Osnard ausgehändigten Paket stammte, und schnüffelte daran, wie er es immer tat. Es roch nach nichts Bekanntem, allenfalls sehr entfernt nach Desinfektionsmitteln, die in Gefängnissen gebraucht werden.

Getränkt mit magischen Substanzen, Harry. Kohlepapier ohne Kohle, zum einmaligen Gebrauch bestimmt.

Und was machen Sie dann damit, wenn Sie es bekommen?

Es entwickeln, Sie Esel, was haben Sie denn gedacht?

Wo, Andy? Wie?

Kümmern Sie sich um Ihren eigenen Mist. In meinem Badezimmer. Und jetzt lassen Sie mich in Ruhe.

Er legte das Kohlepapier auf die Rechnung, nahm den H2-Bleistift, den Osnard ihm zu diesem Zweck gegeben hatte, und begann unter schallenden Strawinsky-Klängen zu schreiben, bis Strawinsky ihm plötzlich auf die Nerven ging und er ihn abschaltete. Der Teufel weiß immer die besten Lieder, pflegte Tante Ruth zu sagen. Er legte Bach auf, aber für Bach schwärmte Louisa, also schaltete er Bach wieder aus und arbeitete in für ihn ungewohnter freudloser Stille. Er hatte die Augenbrauen zusammengezogen, die Zungenspitze zwischen den Lippen, Mickie entschlossen aus den Gedanken verbannt, und kam allmählich in Fahrt. Sein Ohr horchte auf verdächtige Schritte, auf das verräterische Rascheln eines feindlichen Lauschers hinter der Tür. Sein Blick wanderte unablässig zwischen den Hieroglyphen in seinem Notizbuch und dem Kohlepapier hin und her. Erfinden und verbinden. Sortieren und ausbessern. Vervollkommnen. Bis zur Unkenntlichkeit vergrößern. Verzerren. Aus Chaos Ordnung schaffen. So viel zu sagen. So wenig Zeit. Hinter jeder Ecke ein Japaner. Unterstützt von den Festlandchinesen. Pendel in Hochform. Mal über seinem Stoff schwebend, mal ihm unterworfen. Mal Schöpfergeist, mal sklavischer Bearbeiter seiner Eingebungen; Herr seines Wolkenkuckucksheims, Fürst und Knecht zugleich. Die schwarze Katze immer an seiner Seite. Und wie üblich stecken die Franzosen auch irgendwie mit drin. Ein Ausbruch, Harry, mein Junge, ein Ausbruch der Natur. Ein rasendes Machtgefühl, ein Anschwellen, ein Loslassen, ein Freisetzen. Ein Beherrschen der Welt, ein Erweis der Gnade Gottes, ein Begleichen von Schulden. Ein sündhafter Taumel der Schöpferkraft, des Plünderns und Stehlens, des Entstellens und Neuerfindens, vollführt von einem verzückten, ekstatisch sich hingebenden, zornberauschten Erwachsenen, dessen Buße noch aussteht. Und die Katze schlägt mit dem Schwanz. Nimm ein neues Blatt, zerknüll das alte, schmeiß es in den Papierkorb. Lade nach und feure noch einmal aus allen Rohren. Reiß die Seiten aus dem Notizbuch, verbrenn sie im Kamin.

»Möchtest du einen Kaffee?« fragte Marta.

Der größte Verschwörer der Welt hatte vergessen, die Tür abzuschließen. Im Kamin hinter ihm schlugen die Flammen hoch. Verkohltes Papier wartete, zusammenzufallen.

»Einen Kaffee nehm ich gern. Danke.«

Sie machte die Tür hinter sich zu. Steif und ohne zu lächeln.

»Kann ich dir helfen?«

Ihr Blick wich ihm aus. Er holte Luft.

»Ja.«

»Wie?«

»Angenommen, die Japaner würden in aller Stille den Plan verfolgen, einen neuen Kanal auf Meereshöhe zu bauen, und sie hätten heimlich die panamaische Regierung gekauft, und die Studenten hätten davon Wind bekommen – was würden sie dann machen?«

»Die Studenten von heute?«

»Deine. Die, die mit den Fischern reden.«

»Einen Aufruhr veranstalten. Auf die Straße gehen. Den Präsidentenpalast angreifen, die Gesetzgebende Versammlung stürmen, den Kanal blockieren, einen Generalstreik ausrufen, sich Unterstützung von anderen Ländern der Region holen, in ganz Lateinamerika einen antikolonialistischen Kreuzzug führen. Ein freies Panama fordern. Außerdem würden wir alle japanischen Geschäfte niederbrennen und die Verräter aufhängen, den Präsidenten als ersten. Reicht das?«

»Danke. Das macht sich bestimmt ganz ausgezeichnet. Die Leute von der anderen Seite der Brücke würdet ihr natürlich auch dazu aufrufen«, fiel ihm noch ein.

»Selbstverständlich. Die Studenten sind ja nur die vorderste Reihe der proletarischen Bewegung.«

»Das mit Mickie tut mir leid«, murmelte Pendel nach einer Pause. »Ich konnte mich einfach nicht beherrschen.«

»Wenn wir unseren Feinden nicht schaden können, schaden wir unseren Freunden. Hauptsache, man erkennt das.«

»Das tue ich.«

»Der Bär hat angerufen.«

»Wegen seines Artikels?«

»Von dem Artikel hat er nichts gesagt. Er will dich unbedingt sehen. Bald. Er wartet am üblichen Ort. Es klang beinahe wie eine Drohung.«

17

Die Brasserie Boulevard Balboa an der Avenida Balboa bestand aus einem niedrigen, karg eingerichteten Raum mit Styropordecke und Neonröhren, die wie Gefangene hinter hölzerne Gitter gesperrt waren. Vor einigen Jahren hatte es einen Bombenanschlag auf das Lokal gegeben, kein Mensch wußte mehr warum. Die großen Fenster blickten über die Avenida Balboa aufs Meer hinaus. An einem langen Tisch, geschützt von Bodyguards in schwarzen Anzügen und Sonnenbrillen, predigte ein Mann mit Hängebacken in eine Fernsehkamera. Der Bär saß abseits davon und las seine eigene Zeitung. Die Tische um ihn herum waren leer. Er trug einen gestreiften Blazer von P & B und einen Panamahut zu sechzig Dollar aus der Boutique. Sein pechschwarzer Piratenbart glänzte wie frisch gewaschen. Er paßte gut zum tiefschwarzen Gestell seiner Brille.

»Sie haben angerufen, Teddy«, erinnerte ihn Pendel, nachdem er eine Minute lang unbemerkt auf der falschen Seite der Zeitung gesessen hatte.

Die Zeitung sank widerwillig herab.

»Weswegen?« fragte der Bär.

»Sie haben angerufen, und ich bin gekommen. Die Jacke steht Ihnen ausgezeichnet.«

»Wer hat die Reisfarm gekauft?«

»Ein Freund von mir.«

»Abraxas?«

»Natürlich nicht.«

»Wieso *natürlich nicht?*«

»Weil er kein Geld mehr hat.«

»Wer sagt das?«

»Er selbst.«

»Vielleicht bezahlen Sie Abraxas. Vielleicht arbeitet er für Sie. Haben Sie irgendwas mit Abraxas laufen? Drogengeschäfte, wie sein Vater?«

»Teddy, Sie sind wohl nicht ganz bei Trost!«

»Womit haben Sie Rudd ausbezahlt? Wer ist dieser verrückte Millionär, mit dem Sie immer so dicke tun, ohne Rudd ein Stück vom Kuchen abzugeben? Das war ein echter Affront. Was soll auf einmal dieser lächerliche Clubraum über Ihrem Laden? Haben Sie sich an jemand verkauft? Was soll das alles?«

»Ich bin Schneider, Teddy. Für Herrenanzüge, und ich möchte expandieren. Wollen Sie nicht etwas Gratisreklame für mich machen? Kürzlich gab es einen Artikel im *Miami Herald*, ich weiß nicht, ob Sie den zufällig gelesen haben.«

Der Bär seufzte. Seine Stimme war gleichgültig. Anteilnahme, Menschlichkeit, Neugier – dergleichen schwang schon lange nicht mehr darin mit, falls er überhaupt jemals so etwas empfunden hatte.

»Ich will Ihnen mal ein paar journalistische Grundsätze erklären«, sagte er. »Ich kann auf zweierlei Weise zu Geld kommen. Erstens, die Leute bezahlen mich dafür, daß ich Artikel schreibe, also schreibe ich welche. Ich hasse das Schreiben, aber auch ich muß mein Essen bezahlen, von gewissen anderen Neigungen ganz zu schweigen. Zweitens, die Leute geben mir Geld, damit ich bestimmte Artikel nicht schreibe. Ich selbst ziehe diese Variante vor, denn dann brauche ich nichts zu schreiben und komme trotzdem an mein Geld. Wenn ich meine Trümpfe richtig einsetze, bekomme ich fürs Nichtschreiben mehr als fürs Schreiben. Es gibt noch eine dritte Möglichkeit, die mir allerdings nicht zusagt. Sozusagen die letzte Zuflucht. Ich gehe zu gewissen Leuten in der Regierung und biete an, ihnen meine Informationen zu verkaufen. Aber das ist nicht sehr befriedigend.«

»Warum?«

»Ich verkaufe nicht gern im Dunkeln. Wenn ich es mit gewöhnlichen Leuten zu tun habe – mit Ihnen zum Beispiel, oder mit dem da drüben –, wenn ich weiß, daß ich seinen Ruf, sein Geschäft, seine Ehe kaputtmachen kann, und wenn auch der Betreffende das weiß, dann hat der Artikel einen bestimmten Preis, und wir können uns einigen wie bei einem ganz normalen Verkaufsgespräch. Aber wenn ich zu gewissen Leuten von der Regierung gehe« – kaum merklich schüttelte er mißbilligend den länglichen Kopf –, »kann ich nicht wissen, was ihnen meine Informationen wert sind. Manche von diesen Leuten sind clever. Andere sind Dummköpfe. Man kann sich nie sicher sein, ob sie tatsächlich nichts wissen oder ob sie einem bloß nichts sagen. Also wird geblufft und gegengeblufft, und das ist ein zeitraubendes Verfahren. Oder sie versuchen, mich mit der Drohung einzuschüchtern, sie besäßen auch gewisse Informationen über meine Person. Ich will aber mein Leben nicht auf diese Weise vergeuden. Wenn Sie ein Geschäft machen wollen, wenn Sie mir schnell Antwort geben und mir Schwierigkeiten ersparen wollen, zahle ich Ihnen einen guten Preis. Da Ihnen ein verrückter Millionär zur Verfügung steht, muß der natürlich in eine objektive Bewertung Ihrer Mittel einbezogen werden.«

Pendel hatte das Gefühl, als müsse er sein Lächeln stückweise zusammensetzen, erst die eine Seite, dann die andere, dann die Wangen und schließlich, als er sie scharfgestellt hatte, die Augen. Zuletzt die Stimme.

»Teddy, ich glaube, Sie versuchen hier ein uraltes Täuschungsmanöver. Sie wollen mir weismachen, ich sei durchschaut, müsse fliehen, und glauben, Sie könnten mein Haus übernehmen, wenn ich das Land verlasse.«

»Arbeiten Sie für die Amerikaner? Das würde gewissen Leuten in der Regierung aber gar nicht gefallen. Ein Engländer, der ihnen ins Handwerk pfuscht? Da würden sie hart durchgreifen. Anders sieht die Sache aus, wenn sie es selber machen. Dann verraten sie ihr eigenes Land. Das steht ihnen frei, sie wurden hier geboren, das Land gehört ihnen, sie können damit machen, was sie wollen, sie haben sich das erarbeitet. Aber wenn Sie als Ausländer einen solchen Verrat begehen, ist das eine schlimme Provokation für sie. Kaum auszudenken, was die mit Ihnen machen würden.«

»Teddy, Sie haben recht. Ich kann voller Stolz sagen, daß ich tatsächlich für die Amerikaner arbeite. Der Oberbefehlshaber des Kommando Süd hat bei mir einen schlichten Einreiher mit zwei Hosen und Weste in Auftrag gegeben. Und der Geschäftsträger hat einen Mohairsmoking und ein Tweedjackett für seinen Urlaub in North Haven bestellt.«

Als Pendel aufstand, merkte er erst, wie ihm die Knie zitterten.

»Sie wissen gar nichts Nachteiliges über mich, Teddy. Sonst würden Sie nicht solche Fragen stellen. Und daß Sie nichts wissen, liegt einfach daran, daß es da nichts zu wissen gibt. Und wo wir schon mal beim Thema Geld sind, ich wäre Ihnen sehr verbunden, wenn Sie endlich das schöne Jackett bezahlen würden, das Sie da anhaben, damit Marta endlich die Bücher in Ordnung bringen kann.«

»Ist mir unbegreiflich, wie Sie mit dieser gesichtslosen Mulattin ins Bett steigen können.«

Pendel verließ den Bären, wie er ihn angetroffen hatte: den Kopf zurückgelegt, den Bart hochgestreckt, irgendeinen der eigenen Artikel lesend.

Als Pendel nach Hause kommt, trifft er dort zu seinem Leidwesen niemanden an. Und das ist mein Lohn für einen harten Arbeitstag? fragt er die leeren Wände. Ein Mann, der sich in zwei Berufen aufreibt, muß sich abends auch noch selbst etwas zu essen kaufen? Aber es gibt auch Trost. Wieder einmal hat Louisa die Aktentasche ihres Vaters auf dem Schreibtisch liegen lassen. Er klappt sie auf und holt einen gewichtigen Terminkalender heraus: *Dr. E. Delgado* steht in schwarzer Frakturschrift auf dem Umschlag. Daneben ruht ein mit »Termine« beschrifteter Briefordner. Entschlossen, sich von nichts ablenken zu lassen, auch nicht von der Drohung des Bären, ihn zu entlarven, zwingt Pendel sich einmal mehr dazu, ganz Spion zu werden. Die Deckenlampe läßt sich mit einem Dimmer regeln. Er dreht ihn voll auf. Dann hält er Osnards Feuerzeug vors eine Auge, drückt das andere zu, blinzelt durch die winzige Öffnung und achtet gleichzeitig darauf, daß Nase und Finger nicht vors Objektiv kommen.

»Mickie hat angerufen«, sagte Louisa im Bett.

»Angerufen? Wo?«

»Bei mir. Im Büro. Er will sich mal wieder umbringen.«

»Ach so.«

»Er sagt, du bist verrückt geworden. Er sagt, jemand hat dich um den Verstand gebracht.«

»Dann ist's ja gut.«

»Ich habe ihm gesagt, daß er recht hat«, erklärte sie und machte das Licht aus.

Es war Sonntag abend und ihr drittes Kasino, aber Andy hatte Gott noch immer nicht auf die Probe gestellt, wie er es Fran eigentlich versprochen hatte. Sie hatte ihn an diesem Wochenende kaum gesehen, abgesehen von ein paar Stunden zwischendurch und einem wilden Bettgerangel, frühmorgens, bevor er wieder zur Arbeit eilte. Den Rest des Wochenendes hatte er in der Botschaft verbracht, zusammen mit Shepherd, der, in Strickweste und schwarzen Turnschuhen, ihn mit heißen Handtüchern und Kaffee versorgte. So jedenfalls hatte Fran sich das ausgemalt. Es war wenig freundlich von ihr, Shepherd in schwarze Turnschuhe zu stecken, denn sie hatte ihn noch nie welche tragen sehen. Aber Shepherd mit seinem unterwürfigen Diensteifer erinnerte sie an einen Sportlehrer in der Grundschule, und der hatte solche Schuhe getragen.

»Dicke Ladung BUCHAN-Material«, hatte Andy geheimnisvoll erklärt. »Muß einen Bericht draus basteln. Die hätten das am liebsten schon gestern gehabt.«

»Und wann werden die Buchanianer unterrichtet?«

»London hat die Schotten dicht gemacht. Zu heiß zum sofortigen Verzehr hier bei uns, die Analytiker müssen das Zeug erst mal durchs Reinigungsbad schicken.«

Und daher hatte der Fall bis vor zwei Stunden geruht, als Andy sie in ein erstaunlich teures Restaurant an der Uferstraße entführt und dort bei einer Flasche teuren Champagners den Entschluß gefaßt hatte, Gott auf die Probe zu stellen.

»Habe vorige Woche was von einer Tante geerbt. Lächerlich wenig. Nutzt keinem was. Gott soll's mir verdoppeln. Anders geht's nicht.«

Er war in äußerst leichtsinniger Stimmung. Der Blick ruhelos suchend, streitsüchtig flackernd.

»Spielen Sie auch nach Wunsch?« schrie er dem Bandleader zu, als er mit ihr tanzte.

»Alles, was die Dame wünscht, Señor.«

»Dann sollten wir uns die Nacht freinehmen«, schlug Andy vor, als Fran ihn geschickt außer Hörweite bugsierte.

»Andy, das heißt nicht, Gott versuchen, sondern uns Mörder auf den Hals wünschen«, sagte sie streng, als er das Essen mit feuchten 50-Dollar-Scheinen aus der Innentasche eines neuen Jacketts seines hiesigen Schneiders bezahlte.

Im ersten Kasino saß er am großen Tisch und beobachtete nur, ohne zu spielen, während Fran schützend hinter ihm stand.

»Was ist deine Lieblingsfarbe?« fragte er sie über die Schulter.

»Sollte das nicht Gott entscheiden?«

»Wir kümmern uns um die Farbe, Gott kümmert sich um das Glück. Das ist die Spielregel.«

Er trank noch mehr Champagner, setzte aber nicht. Als sie gingen, dachte sie plötzlich: Man kennt ihn hier. Er ist schon öfter hier gewesen. Das sagten ihr die Mienen der Leute, ihr wissendes Lächeln und Beehren-Sie-uns-bald-wieder.

»Gehört alles zum Plan«, sagte er knapp, als sie ihm Vorhaltungen machte.

Im zweiten Kasino beging ein Wachmann den Fehler, sie filzen zu wollen. Es wäre zu einer häßlichen Szene gekommen, hätte Fran nicht ihren Diplomatenpaß gezückt. Wieder sah Andy nur zu, ohne aktiv am Spiel teilzunehmen; zwei Mädchen am Ende des Tischs versuchten seine Aufmerksamkeit zu erregen, und eine von ihnen rief ihm sogar zu: »Hallo, Andy.«

»Gehört alles zum Plan«, wiederholte er.

Das dritte Kasino befand sich in einem Hotel, von dem sie noch nie gehört hatte; es lag in einem verrufenen Viertel, man hatte ihr geraten, nicht dorthin zu gehen. Dritte Etage, Zimmer 303, anklopfen und warten. Ein Gorilla tastete Andy von oben bis unten ab, und diesmal protestierte er nicht. Er gab sogar Fran den Rat, den Mann ihre Handtasche durchsuchen zu lassen. Die Croupiers erstarrten, als Fran und Andy das zweite Zimmer betraten, in dem es sogleich bedenklich still wurde; Köpfe wandten sich, Gespräche wurden unterbrochen: nicht sonderlich überraschend, wenn man bedenkt, daß Andy sich Chips für fünfzigtausend Dollar in 500ern und 1000ern geben ließ, das Kleinzeug brauch ich nicht, danke, tun Sie's dahin zurück, wo Sie's hergeholt haben.

Und als nächstes sah Fran ihn neben dem Croupier sitzen und stellte sich wieder hinter ihn; der Croupier war eine Frau, eine schwammige, lüsterne Hure mit dicken Lippen und tief ausgeschnittenem Kleid, die Fingernägel ihrer kleinen flattrigen Hände waren wie Krallen manikürt. Schon drehte sich das Rad. Und als es zum Stillstand kam, war Andy um zehntausend Dollar reicher, denn er hatte auf Rot gesetzt. Insgesamt spielte er, soweit Fran das hinterher noch sagen konnte, acht- oder neunmal. Statt Champagner trank er nun Scotch. Schließlich hatte er seine fünfzigtausend Dollar verdoppelt und damit offenbar erreicht, was er Gott als Ziel gesetzt hatte; danach genehmigte er sich zum Schluß nur so aus Spaß noch ein Spielchen und strich weitere zwanzigtausend ein. Er ließ sich eine Tragetasche geben und ein Taxi vor den Eingang rufen, weil er es für töricht hielt, mit hundertzwanzigtausend Dollar in bar zu Fuß nach Hause zu gehen. Shepherd könne den verdammten Wagen morgen abholen oder auch gleich verschenken, sagte er, die Karre sei ihm sowieso zuwider.

Aber Fran konnte diese Ereignisse auch später in keine geordnete Reihenfolge bringen, denn während das alles sich abspielte, mußte sie immerzu an ihr allererstes Gymkhana denken – damals war ihr Pony, das wie alle Ponys der Welt auf den Namen Misty hörte, nach müheloser Bewältigung des ersten Hindernisses plötzlich durchgegangen und vier Meilen weit die Hauptstraße nach Shrewsbury runtergaloppiert, während Fran sich an seinen Hals klammerte, Autos in beide Richtungen rasten und kein Mensch, außer ihr selbst, sich darüber aufzuregen schien.

»Gestern abend war der Bär bei mir in der Wohnung«, sagte Marta, nachdem sie die Tür von Pendels Zuschneidezimmer hinter sich zugemacht hatte. »Mit einem Freund von der Polizei.«

Es war Montag morgen. Pendel saß an seinem Arbeitstisch und legte gerade letzte Hand an die Schlachtordnung der Stillen Opposition. Er legte den H2-Bleistift beiseite.

»Warum? Was sollst du denn angestellt haben?«

»Sie haben Fragen wegen Mickie gestellt.«

»Was denn?«

»Warum er so oft in den Laden kommt, warum er dich immer zu so seltsamen Zeiten besucht.«

»Was hast du ihnen erzählt?«

»Sie wollen, daß ich dich ausspioniere«, sagte sie.

18

Das Eintreffen des ersten Materials von Station Panama unter dem Kodenamen BUCHAN ZWEI hatte Scottie Luxmore, den Londoner Initiator der Aktion, auf nie dagewesene Höhen der Selbstbewunderung geführt. Doch an diesem Morgen war seine Euphorie einer gereizten Nervosität gewichen. Doppelt so schnell wie üblich stapfte er hin und her. Seine aufmunternde schottische Stimme hatte einen Sprung bekommen. Sein Blick schwenkte unruhig über den Fluß, nach Norden und Westen, wo jetzt seine Zukunft lag.

»*Cherchez la femme, Johnny*«, empfahl er einem hageren Jüngling namens Johnson, dem Nachfolger Osnards auf dem undankbaren Posten von Luxmores persönlichem Referenten. »In unserem Gewerbe ist ein einziges Weibchen mindestens soviel wert wie fünf Männer.«

Johnson, der wie sein Vorgänger die unentbehrliche Kunst des Kriechens beherrschte, beugte sich auf seinem Stuhl nach vorn, um zu zeigen, wie eifrig er zuhörte.

»Frauen verfügen über die nötige Heimtücke, Johnny. Sie sind nervenstark, sie sind die geborenen Heuchler. Was glauben Sie, warum sie darauf besteht, ausschließlich durch die Vermittlung ihres Mannes mit uns zu arbeiten?« Er sprach abwehrend wie jemand, der im voraus um Vergebung bittet. »Sie weiß ganz genau, daß sie ihn in den Schatten stellen wird. Und was wird dann aus *ihm*? Er landet auf der Straße. Wird abserviert. Ausgemustert. Warum sollte sie es dazu kommen lassen?« Er strich sich mit den Handflächen über die Hosenbeine. »Statt zwei Gehältern nur eins beziehen und ihren Mann als Tölpel hinstellen, wenn sie schon mal dabei ist? Louisa doch nicht. BUCHAN ZWEI doch nicht!« Er kniff die Augen zusammen, als ob er in einem fernen Fenster jemanden erkannt habe, unterbrach aber nicht seine Ausführungen. »Ich weiß, was ich getan habe. Für sie gilt dasselbe. Unterschätzen Sie niemals den weiblichen Instinkt, Johnny. Er hat den Gipfel überschritten. Er ist nicht mehr zu gebrauchen.«

»Osnard?« fragte Johnson hoffnungsvoll. Es war sechs Monate her, seit man ihn zu Luxmores Schatten bestimmt hatte, und noch immer war kein Auslandsposten für ihn in Sicht.

»Ihr Mann, Johnny«, entgegnete Luxmore gereizt und schabte sich mit den Fingerspitzen die bärtige Wange. »BUCHAN EINS. Sicher, er hat sich verheißungsvoll genug angelassen. Aber ihm fehlt die große Vision, die fehlt solchen Leuten immer. Ihm fehlt das rechte Maß. Das historische Bewußtsein. Er hat uns bloß Geschwätz und aufgewärmte Reste geliefert und im übrigen nur für sich selbst gesorgt. Wie ich es jetzt sehe, hätten wir ihn niemals halten können. Sie sieht das auch so. Sie kennt ihren Mann, diese Frau. Kennt seine Grenzen besser als wir. Und kennt natürlich ihre Stärken.«

»Die Analytiker sind leicht beunruhigt, weil es keine Belege gibt«, wagte Johnson zu bemerken; er nutzte jede Gelegenheit, an Osnards Sockel zu kratzen. »Sally Morpurgo hält das BUCHAN-ZWEI-Material für zu dick aufgetragen und zu dünn belegt.«

Der Schlag traf Luxmore, als er eben wendete, um zum fünftenmal den Teppich abzuschreiten. Er zeigte das breite, ausdruckslose Lächeln eines völlig humorlosen Mannes.

»Ach tatsächlich? Miß Morpurgo ist zweifellos eine höchst intelligente Frau.«

»Ja, das finde ich auch.«

»Und Frauen urteilen härter über andere Frauen, als wir Männer das tun. Und mit Recht.«

»Das stimmt. Darüber habe ich noch nie nachgedacht.«

»Außerdem sind sie anfällig für gewisse Eifersüchteleien – Neid wäre hier vielleicht das bessere Wort –, gegen die wir Männer von Natur aus immun sind. Stimmt's, Johnny?«

»Schon möglich. Nein. Ich meine: Ja.«

»Was genau hat Miß Morpurgo zu beanstanden?« fragte Luxmore im Ton eines Mannes, der faire Kritik durchaus zu schätzen weiß.

Johnson wünschte, er hätte den Mund gehalten.

»Nun, sie meint eben, es gebe überhaupt keine Belege. Nichts in der ganzen täglichen Flut, wie sie das genannt hat. Null. Keine Abhörprotokolle, keine Berichte befreundeter Verbindungsleute, kein Sterbenswörtchen von den Amerikanern. Keine Erkenntnisse über Reisebewegungen, keine Satellitenbeobachtungen, keine ungewöhnlichen diplomatischen Aktivitäten. Als ob das Material aus einem Schwarzen Loch käme. Sagt *sie.*«

»Ist das alles?«

»Na ja, noch nicht ganz.«

»Weiter, nur keine Skrupel, Johnny.«

»Sie sagt, niemals in der Geschichte der Nachrichtendienste sei für so wenig so viel bezahlt worden. Ist natürlich als Witz gemeint.«

Falls Johnson gehofft hatte, Luxmores Vertrauen auf Osnard und seine Arbeit zu erschüttern, wurde er jetzt enttäuscht. Luxmore warf sich in die Brust, seine Stimme fand zum belehrenden schottischen Schwung zurück.

»Johnny.« Er saugte an den Schneidezähnen. »Ist Ihnen jemals der Gedanke gekommen, daß ein erwiesenes Minus von heute das genaue Gegenstück zu einem erwiesenen Plus von gestern ist?«

»Nein, eigentlich nicht.«

»Dann denken Sie mal kurz drüber nach, ich flehe Sie an. Jemand, der seine Spuren vor den Ohren und Augen der modernen Technik so gut zu verwischen weiß, muß doch wohl ziemlich gerieben sein, Johnny, oder? Kreditkarten, Reisetickets, Telefonate, Faxgeräte, Banken, Hotels – nirgends eine Spur. Heutzutage kann man nicht mal mehr eine Flasche Whisky im Supermarkt kaufen, ohne daß die ganze Welt davon erfährt. Unter solchen Umständen kommt der Befund ›Keine Spur‹ einem Schuldbeweis gleich. Erfahrene Leute haben das begriffen. Die wissen, wie man es anstellt, nicht gesehen, nicht gehört, nicht erkannt zu werden.«

»Ganz gewiß, Sir«, sagte Johnny.

»Erfahrene Leute leiden nicht an berufsbedingten Deformierungen, wie sie die eher introvertierten Mitarbeiter unseres Service befallen, Johnny. So etwas wie Bunkermentalität ist ihnen unbekannt, Details und Informationsüberfluß sind für sie kein Klotz am Bein. Sie sehen den Wald, nicht die Bäume. Und hier sehen sie ein Ost-Süd-Komplott von gefährlichen Ausmaßen.«

»Sally nicht«, widersprach Johnson halsstarrig; er hatte A gesagt, nun mußte er B sagen, egal was dabei herauskam. »Moo übrigens auch nicht.«

»Wer ist *Moo*?«

»Ihr Assistent.«

Luxmores Lächeln blieb tolerant und freundlich. Auch er, wollte er damit sagen, sah Wälder und nicht Bäume.

»Stellen Sie Ihre Frage mal andersrum, Johnny, dann kommen Sie von allein auf die Antwort. Warum sollte es in Panama eine verdeckte Opposition geben, wenn es in Panama nichts gibt, gegen das man opponieren könnte? Warum sollten Dissidentengruppen – kein Gesindel, Johnny, sondern engagierte Menschen aus wohlhabenden Kreisen – im Untergrund warten, wenn sie nicht wissen, worauf sie warten? Warum sind die Fischer so aufsässig? – kluge Männer, Johnny, unterschätzen Sie mir die Seeleute nicht. Warum vertritt der Vertreter des panamaischen Präsidenten bei der Kanalkommission in der Öffentlichkeit eine bestimmte Politik, verfolgt aber privat eine ganz andere? Warum führt er ein Leben nach außen hin und ein anderes im Verborgenen, wozu diese Heimlichtuerei, was sollen diese Gespräche mit unechten japanischen Hafenmeistern zu den unmöglichsten Zeiten? Was macht die Studenten so unruhig? Wovon haben sie Wind bekommen? Wer hat ihnen in ihren Cafés und Diskotheken was ins Ohr geflüstert? Wie kommt es, daß allenthalben das Wort *Ausverkauf* die Runde macht?«

»Das ist mir ganz neu«, sagte Johnson, der in letzter Zeit mit zunehmender Verwirrung feststellen mußte, wie sich das nachrichtendienstliche Rohmaterial aus Panama auf dem Schreibtisch seines Vorgesetzten immer weiter aufblähte.

Andererseits besaß Johnson keine unbeschränkte Zugangsberechtigung – am allerwenigsten zu Luxmores Inspirationsquellen. Wenn Luxmore eine seiner berüchtigten knappen Zusammenfassungen zur Vorlage bei seinen geheimnisvollen Planern & Anwendern formulierte, ließ er sich aus dem Archiv einen Berg streng geheimer Akten kommen und schloß sich damit in seinem Zimmer ein, bis das Dokument geschrieben war – dabei bezogen sich diese Akten, wie Johnson feststellte, als er sich durch raffinierte Manöver Zugang verschaffte, lediglich auf längst vergangene Ereignisse wie etwa die Suezkrise von 1956 und keineswegs auf irgendwelche Dinge, die jetzt geschahen oder für die Zukunft erwartet wurden.

Luxmore benutzte Johnson als Testpublikum. Manche Menschen, lernte Johnson, können ohne Zuhörer nicht denken.

»Das Schwierigste, Johnny, womit sich ein Dienst wie der unsere zu befassen hat, ist die öffentliche Meinung, bevor sie sich gerührt hat, die *vox populi*, bevor sie gesprochen hat. Denken Sie an den Iran und den Ajatollah. Denken Sie an Ägypten im Vorfeld der Suezkrise. Denken Sie an die Perestroika und den Zusammenbruch des Reichs des Bösen. Denken Sie an Saddam, einen unserer besten Kunden. Wer hat sie kommen sehen, Johnny? Wer hat sie wie schwarze Wolken am Horizont aufgehen sehen? Wir nicht. Denken Sie an Galtieri und die Falkland-Krise, mein Gott. Es ist immer wieder dasselbe: unser nachrichtendienstlicher Vorschlaghammer knackt jede Nuß, nur nicht die eine, auf die alles ankommt: das menschliche Rätsel.« Er ging wieder im gewohnten Tempo hin und her, im Takt zu seinen schwülstigen Worten. »Aber genau das werden wir jetzt knacken. Diesmal können wir schneller sein. Wir haben die Basare verkabelt. Wir kennen die Stimmung der Massen, ihre unbewußten Pläne, ihre verborgenen Siedepunkte. Wir können Vorsorge treffen. Wir können die Geschichte austricksen. Sie aus dem Hinterhalt überfallen ...«

Er griff so schnell zum Telefon, daß es kaum Zeit zum Klingeln hatte. Aber es war nur seine Frau, die wissen wollte, ob er wieder einmal ihre Autoschlüssel eingesteckt habe. Luxmore gestand die Tat kurz und bündig, legte auf, zog sich an den Rockschößen und begann wieder auf- und abzugehen.

Man entschied sich für Geoffs Haus, weil Ben Hatry es empfohlen hatte, und schließlich war Geoff Cavendish ja Ben Hatrys Geschöpf, auch wenn die beiden es für klug hielten, das nicht auszuposaunen. Und daß man sich für Geoffs Haus entschied, war auch deshalb berechtigt, weil die Idee ursprünglich von ihm stammte, jedenfalls in dem Sinne, daß Geoff Cavendish den ersten Schlachtplan entworfen und Ben Hatry dazu nur gesagt hatte: Dann machen wir den Scheiß halt so – solcher Ausdrucksweise befleißigte sich Ben Hatry gern; als großer britischer Medienzar und Arbeitgeber zahlloser verschüchterter Journalisten hatte er eine natürliche Abneigung gegen seine Muttersprache.

Denn Cavendish hatte Hatrys Fantasie beflügelt, falls Ben Hatry so etwas wie Phantasie besaß; Cavendish hatte die Sache mit Luxmore eingefädelt, ihn ermutigt, seinen Etat und sein Ego gestärkt; Cavendish hatte mit Zustimmung Hatrys die ersten kleinen Essen und inoffiziellen Besprechungen in teuren, unweit des Parlaments gelegenen Restaurants organisiert, die richtigen Abgeordneten, freilich nie in Hatrys Namen, bearbeitet, er hatte die Karte ausgebreitet und ihnen gezeigt, wo dieses verdammte Land überhaupt lag und wo und wie der Kanal verlief, weil die Hälfte von ihnen nur nebelhafte Vorstellungen davon hatte; Cavendish hatte in London und bei den Ölgesellschaften dezent Alarm geschlagen und sich, was für ihn kein Kunststück war, an die vertrottelte konservative Rechte herangemacht und all die Weltreichträumer, Eurogegner, Negerhasser, pauschalen Fremdenfeinde und verirrten, ungebildeten Kinder umworben.

Cavendish hatte die Vision von einem Kreuzzug in letzter Minute vor der Wahl heraufbeschworen, von einem Tory-Phönix aus der Asche, einem neuen Kriegsgott, einem Führer in glänzender Rüstung, die diesem bis jetzt aber scheinbar stets zu groß gewesen war; Cavendish hatte sich mit derselben Masche, nur mit einer anderen Sprache an die Opposition herangemacht – keine Sorge, liebe Leute, ihr sollt weder opponieren noch Position beziehen, drückt einfach ein Auge zu und sagt euch, das ist jetzt nicht die Zeit, das Tapfere Britische Boot zum Kentern zu bringen, auch wenn es, von Irren gesteuert und leck wie ein Sieb, mit Volldampf in die falsche Richtung fährt.

Cavendish hatte die Multis in zweckdienliche Unruhe versetzt und Gerüchte von verheerenden Auswirkungen für Industrie und Handel Großbritanniens und das britische Pfund in Umlauf gebracht; Cavendish hatte uns aufgerüttelt, wie er das nannte: womit gemeint war, daß er durch den sinnreichen Einsatz unverfänglicher Leitartikler, die nicht zu Hatrys Imperium gehörten und daher, theoretisch jedenfalls, nicht von seinem furchtbaren Ruf beeinträchtigt waren, Gerüchte in allgemein anerkannte Tatsachen verwandelt hatte; Cavendish hatte in finanzschwachen, abhängig gemachten Fachzeitschriften Artikelserien lanciert, die dann wiederum von größeren Zeitschriften marktschreierisch nachgebetet wurden, bis sie, die ganze Leiter rauf oder runter, auf den Innenseiten der Boulevardblätter landeten und von den Kommentatoren der degenerierten spätabendlichen Fernsehmagazine in die sogenannte öffentliche Diskussion eingebracht wurden, und zwar nicht nur von Hatrys Haussendern, sondern auch auf den Konkurrenzkanälen – denn nichts ist vorhersehbarer, als daß die Medien ihre eigenen Märchen nachplappern und sämtliche Wettbewerber in Panik darüber geraten, von den jeweils anderen ausgestochen zu werden, ob die Geschichte nun wahr ist oder nicht, denn mal ganz ehrlich, meine Lieben, im heutigen Nachrichtengeschäft haben wir doch gar nicht die Leute, wir haben weder Zeit noch Interesse, Leistungswillen, Bildung und Verantwortungsgefühl, das heißt, wir können unsere Meldungen schlichtweg nicht mehr überprüfen, sondern bloß noch aufgreifen, was andere Schmocks über irgendein Thema geschrieben haben, und es dann nachbeten.

Und Cavendish, dieser grobschlächtige, stets in Tweed gekleidete englische Naturbursche mit der Stimme eines distinguierten Cricket-Kommentators an einem heiteren Sommernachmittag, hatte, durchweg über fürstlich bewirtete Mittelsmänner, Ben Hatrys Lieblingsmaxime *Lieber heute als morgen* so überzeugend propagiert, jenen Grundsatz, der seinem transatlantischen Hetzen und Drahtziehen und Intrigieren zugrunde lag und darauf abzielte, daß die Vereinigten Staaten unmöglich länger als ein weiteres Jahrzehnt die einzige Supermacht der Welt bleiben könnten, danach sei wirklich Schluß; wenn also, besagte diese Maxime, irgendwo auf der Welt größere chirurgische Eingriffe nötig sein sollten, gleichgültig, wie brutal oder selbstbedienerisch das von außen oder auch von innen aussehen mochte, dann müssen wir das für unser Überleben und das Überleben unserer Kinder und das Überleben von Hatrys Imperium und seines immer festeren Würgegriffs um die dritte und vierte Welt *jetzt tun, jetzt, solange wir noch die Macht dazu haben, verdammte Scheiße! Schluß mit der Zimperlichkeit! Nehmt euch, was ihr haben wollt, und schlagt den Rest kaputt! Aber was auch immer ihr tun oder lassen wollt, hört endlich auf, euch als Schlappschwänze, Weicheier, Kriecher und Feiglinge aufzuführen!*

Und wenn Ben Hatry damit der wahnsinnigen amerikanischen Rechten und ihren Blutsbrüdern auf dieser Seite des großen Teichs gefährlich nahe kam und obendrein auch noch zum Liebling der Rüstungsindustrie wurde – na, scheiß drauf, pflegte er dazu in seiner liebreizenden Muttersprache zu sagen, er sei kein Politiker, er hasse diese Schweine, er sei Realist, es sei ihm völlig egal, wer oder was seine Verbündeten seien, Hauptsache, sie hätten vernünftige Ansichten und sagten nicht zu jedem Japsen, Nigger oder sonstigen Kaffer, der ihnen auf den internationalen Korridoren über den Weg laufe: »Verzeihen Sie, Sir, daß ich ein liberaler weißer Amerikaner bin, und entschuldigen Sie bitte, daß wir so groß und stark und reich und mächtig sind, aber wir glauben an die Würde und Gleichheit aller Geschöpfe Gottes, und würden Sie mir wohl freundlicherweise erlauben, daß ich auf die Knie falle und Ihnen den Hintern küsse?«

Das war also das Bild, das Ben Hatry zum Wohle seiner Vasallen unermüdlich an die Wand malte, jedoch stets unter der Voraussetzung, daß wir das im heiligen Interesse objektiver Berichterstattung für uns behalten, meine Lieben, denn dafür sind wir auf der Welt, sonst kriegt ihr niemals ein Bein auf die Erde.

»Ohne mich«, hatte Ben Hatry tags zuvor tonlos zu Cavendish gesagt.

Manchmal sprach er, ohne die Lippen zu bewegen. Manchmal hatte er seine eigenen Machenschaften satt und die ganze menschliche Mittelmäßigkeit obendrein.

»Sie beide werden das mit denen allein abwickeln«, setzte er boshaft hinzu.

»Wie Sie wünschen, Chef. Schade, aber bitte sehr«, sagte Cavendish.

Ben Hatry war, wie Cavendish vorausgesehen hatte, mit dem Taxi gekommen, weil er seinem Fahrer mißtraute, ja er war sogar zehn Minuten zu früh gekommen, um sich eine Zusammenfassung von dem Scheiß durchzulesen, den Cavendish in den letzten Monaten an Vans Leute geschickt hatte – mit Scheiß pflegte er jede Art von Prosa zu bezeichnen – und der mit einem Bericht, brandheiß, eine Seite lang, von diesen Wichsern auf der anderen Seite des Flusses endete – ohne Unterschrift, ohne Quellenangabe, ohne Überschrift –, ein echter Hammer, Chef, hatte Cavendish gesagt, der reine Wein, die Kronjuwelen, Vans Leute drehten durch, daher die heutige Zusammenkunft.

»Welcher Schwachkopf hat das geschrieben?« fragte Hatry, der stets Wert darauf legte, jedem die gebührende Ehre zukommen zu lassen.

»Luxmore, Chef.«

»Der Scheißkerl, der uns im Alleingang die Falkland-Operation vermasselt hat?«

»Genau der.«

»Sieht mir verteufelt nach einer Rohfassung aus.«

Trotzdem las Ben Hatry den Bericht zweimal, was er sonst niemals tat.

»Ist das alles wahr?« fragte er Cavendish.

»Wahr schon, Chef«, sagte Cavendish mit jener klugen Mäßigung, die für seine Urteile typisch war. »*Teilweise* wahr. Zur Haltbarkeitsdauer will ich lieber nichts sagen. Vans Leute hatten es wohl ziemlich eilig.«

Hatry warf ihm den Bericht wieder hin.

»Na, diesmal kennen sie wenigstens den Weg«, sagte er und nickte freudlos zu Tug Kirby hin, dem dritten Mörder, wie Cavendish ihn geistreicherweise getauft hatte; er war gerade ins Zimmer gestürmt, ohne sich die großen Schuhe abzuputzen, und hielt jetzt finster nach Feinden Ausschau.

»Die Amis schon da?« brüllte er.

»Müssen jeden Augenblick eintreffen, Tug«, versuchte Cavendish ihn zu beschwichtigen.

»Die kommen zu spät zu ihrer eigenen Beerdigung«, sagte Kirby.

Ein besonderer Vorteil von Geoffs Haus war die ideale Lage im Zentrum von Mayfair, nahe dem Nebeneingang von Claridges in einer gesperrten und bewachten Sackgasse, die von Diplomaten und Lobbyisten und anderen hohen Tieren bewohnt wurde und in der sich auch die italienische Botschaft befand. Dennoch war alles erfreulich anonym. Ob die Leute, die hier aus- und eingingen, Fensterputzer, Lieferanten, Kuriere, Butler, Bodyguards, Lustknaben oder Großmeister der Galaxis waren, interessierte niemanden. Und Geoff war jemand, der überall Zutritt hatte. Er wußte, wie man an die Entscheidungsträger herankam und wie man sie zusammenbrachte. Wenn man Geoff hatte, konnte man sich zurücklehnen und die Sache einfach laufen lassen, und genau das taten sie jetzt: drei Briten und ihre zwei amerikanischen Gäste, die sich offiziell nicht kannten, während sie sich ohne Kellner als Zeugen über eine Mahlzeit hermachten, die nach allgemeiner Übereinkunft gar nicht stattfand; es gab Lachs tiède, von Cavendishs Landsitz in Schottland eingeflogen, dazu Wachteleier, Obst und Käse und zur Krönung des Ganzen einen phantastischen Butter-Pudding, den Geoffs betagte Großmutter zubereitet hatte.

Zum Trinken gab es Eistee und Artverwandtes, denn Alkohol zum Lunch, so meinte Geoff Cavendish, werde im heutigen fundamental-christlichen Washington als Erfindung des Teufels betrachtet.

Man saß an einem runden Tisch, niemand sollte den Vorsitz haben. Viel Platz für die Beine. Polsterstühle. Die Telefone ausgestöpselt. Cavendish sorgte hervorragend für seine Leute. Mädchen, soviel Sie wollen. Fragen Sie Tug.

»Erträglichen Flug gehabt, Elliot?« fragte Cavendish.

»Ach, ganz wunderbar, Geoff. Ich *liebe* diese holpernden kleinen Jets. Northolt war klasse. Ich *liebe* Northolt. Und dann der Hubschrauber nach Battersea, einfach Spitze. Ein tolles Kraftwerk haben die da.«

Bei Elliot wußte man nie, ob er bloß sarkastisch war oder ob er immer so redete. Er war einunddreißig Jahre alt, ein Südstaatler aus Alabama. Anwalt und Journalist, ein flapsiger Typ, falls er nicht gerade auf Angriff geschaltet hatte. Er hatte eine eigene Kolumne in der *Washington Times*, wo er sich demonstrativ mit Leuten anlegte, die bis vor kurzem bekannter gewesen waren als er selbst. Er war leichenblaß und hager, gefährlich und bebrillt. Sein Gesicht war nur Haut und Knochen.

»Bleiben Sie über Nacht, oder geht's gleich wieder nach Hause, Elliot?« knurrte Tug Kirby und machte deutlich, daß er die letztere Variante vorziehen würde.

»Wir müssen leider umgehend zurück, sobald die Party hier vorbei ist, Tug«, sagte Elliot.

»Nicht mal in der Botschaft guten Tag sagen?« fragte Tug mit einfältigem Grinsen.

Das sollte ein Scherz sein. Tug riß andauernd Witze. Die Leute vom Außenministerium waren nämlich die allerletzten, die von der Visite Elliots und des Colonels erfahren sollten.

Neben Elliot saß der Colonel und kaute seinen Lachs mit der vorgeschriebenen Zahl von Kaubewegungen.

»Wir haben dort keine *Freunde,* Tug«, erklärte er naiv. »Nur Schwule.«

In Westminster wurde Tug Kirby »der Minister mit Riesigem Geschäftsbereich« genannt. Dieser Titel ging teils auf seine sexuellen Abenteuer zurück, vor allem aber auf seine beispiellose Sammlung von Berater- und Vorstandsposten. Es gab, behaupteten Schlauköpfe, im ganzen Land sowie im Mittleren Osten kein einziges Rüstungsunternehmen, in dem Tug Kirby nicht irgendwie seine Finger hatte. Ein mächtiger, bedrohlich wirkender Mann, genau wie seine Gäste. Er hatte fette runde Schultern und buschige schwarze Augenbrauen, die wie angeklebt aussahen. Sein Blick wirkte dumm und niederträchtig. Und seine großen Fäuste blieben sogar beim Essen in Alarmbereitschaft.

»He, Dirk – was macht Van?« rief Hatry fröhlich über den Tisch. Ben Hatry hatte seinen legendären Charme angeschaltet, dem niemand widerstehen konnte. Und wie erfreulich sein Lächeln, nachdem man so lange in den Wolken gesteckt hatte. Der Colonel wurde sofort vergnügter. Auch Cavendish war entzückt, seinen Chef plötzlich so guter Laune zu sehen.

»Sir«, bellte der Colonel, als rede er vor einem Kriegsgericht, »General Van läßt Sie grüßen und möchte Ihnen, Ben, und Ihren Mitarbeitern seinen Dank aussprechen für die unschätzbare tatkräftige Unterstützung und Ermutigung, welche sie ihm in den vergangenen Monaten und bis zum gegenwärtigen Zeitpunkt haben angedeihen lassen.«

Schultern zurück, Kinn runter. *Sir.*

»Nun, richten Sie ihm aus, wir alle sind ungeheuer enttäuscht, daß er sich nicht um die Präsidentschaft bewirbt«, sagte Hatry, ebenfalls vergnügt lächelnd. »Es ist eine verdammte Schande, daß der einzige gute Mann in Amerika nicht den Mumm hat, sich als Kandidat aufstellen zu lassen.«

Der Colonel ließ sich von Hatrys launigen Provokationen nicht beeindrucken. Er war das von früheren Begegnungen her gewohnt.

»General Van ist noch jung, Sir. Der General plant langfristig. Der General ist ein hervorragender Stratege.« Zwischen diesen gedämpften, besorgten Sätzen nickte er sich selbst bestätigend zu, aber seine Augen blieben groß und verletzlich. »Der General liest sehr viel. Er ist ein gründlicher Mensch. Er kann warten. Andere hätten längst ihr Pulver verschossen. Nicht der General. Nein, Sir. Wenn die Zeit gekommen ist, den Präsidenten umzustimmen, wird der General zur Stelle sein. Er ist der einzige Mann in Amerika, dem man das zutrauen kann. Meine Meinung, Sir.«

Ich gehorche, sagten die Hundeaugen des Colonels, aber sein Kinn sagte, verdammt, laß mich in Ruhe. Sein Haar war kurzgeschoren. Seine straffe Haltung machte vergessen, daß er keine Uniform trug. Man fragte sich unwillkürlich, ob er nicht ein wenig verrückt sei. Beziehungsweise sie alle nicht verrückt seien. Die Formalitäten waren erledigt. Elliot sah auf die Uhr, zog die Brauen hoch und warf Tug Kirby einen herausfordernden Blick zu. Der Colonel nahm die Serviette vom Hals, tupfte sich pedantisch den Mund damit ab und legte sie dann auf den Tisch wie ein unerwünschtes Sträußchen, das Cavendish wegräumen sollte. Kirby zündete sich eine Zigarre an.

»Könnten Sie das Scheißding bitte ausmachen, Tug?« bat Hatry höflich.

Kirby drückte die Zigarre wieder aus. Manchmal vergaß er Hatrys Eigenheiten. Cavendish fragte, ob jemand Süßstoff oder vielleicht Milchpulver für den Kaffee brauche? Endlich fand die Besprechung statt, das Festmahl war beendet. Fünf Männer saßen um einen glänzend polierten Tisch aus dem 18. Jahrhundert; sie verachteten einander von Herzen, aber es verband sie ein hehres Ideal.

»Wollt ihr nun einmarschieren oder nicht?« fragte Ben Hatry, der nichts von langwierigen Einleitungen hielt.

»Natürlich *wollen* wir das, Ben«, sagte Elliot; seine Miene war verschlossen wie ein Schott.

»Scheiße, was hält euch dann noch auf? Ihr habt die Beweise. Ihr schmeißt den ganzen Laden. Worauf wartet ihr noch?«

»Van würde am liebsten sofort einmarschieren. Dirk auch. Stimmt's, Dirk? Mit Pauken und Trompeten? Stimmt's, Dirk?«

»Allerdings«, brummte der Colonel und faltete kopfschüttelnd die Hände.

»Dann *tut's* doch, verdammt noch mal!« rief Tug Kirby.

Elliot überhörte ihn geflissentlich. »Das amerikanische Volk will ebenfalls, daß wir einmarschieren«, sagte er. »Die Leute wissen es vielleicht noch nicht, aber das wird sich bald ändern. Das amerikanische Volk will zurückhaben, was ihm rechtmäßig zusteht und was man gar nicht erst hätte weggeben dürfen. Niemand *hindert* uns, Ben. Wir haben das Pentagon, wir haben den *Willen,* wir haben ausgebildete Leute und die entsprechende Technologie. Wir haben den Senat, wir haben den Kongreß. Wir haben die Republikaner. Wir bestimmen die Außenpolitik. Wir haben die Medien, wenn's um Krieg geht, fest in der Hand. Schon beim letztenmal hat uns niemand reingepfuscht, diesmal wird man uns noch weniger reinpfuschen. Niemand hält uns auf, nur wir selbst, Ben. Niemand, lassen Sie sich das gesagt sein.«

Kurzes allgemeines Schweigen. Kirby brach es als erster.

»Für den ersten Schritt braucht man immer etwas Mut«, sagte er schroff. »Thatcher war niemals unentschlossen. Andere sind's immer.«

Erneutes Schweigen.

»So geht ein Kanal den Bach runter, nehme ich an«, bemerkte Cavendish, aber keiner lachte, und wieder trat Schweigen ein.

»Wissen Sie, was Van neulich zu mir gesagt hat, Geoff?« fragte Elliot.

»Nein, was denn, mein Freund?« fragte Cavendish.

»Jeder Nichtamerikaner sieht Amerika in einer bestimmten Rolle. Meist sind das Leute, die selbst keine Rolle spielen. Schlappschwänze.«

»General Van ist ein gründlicher Mensch«, sagte der Colonel.

»Weiter«, sagte Hatry.

Aber Elliot ließ sich Zeit; er legte nachdenklich die Hände auf die Brust, als trüge er eine Weste und rauchte auf seiner Plantage behaglich einen Stumpen.

»Ben, wir haben keinen *Aufhänger* dafür«, gestand er von Journalist zu Journalist. »Keinen *Vorwand.* Wir haben einen *Zustand.* Aber keine unwiderlegbaren Beweise. Keine vergewaltigten amerikanischen Nonnen. Keine toten amerikanischen Babys. Wir haben Gerüchte. Eventualitäten. Wir haben die Berichte von *Ihren* Spionen, die von *unseren* Spionen zur Zeit nicht bestätigt sind, weil wir es nun einmal so haben wollen. Fürs Außenministerium ist der Zeitpunkt nicht günstig, es will jetzt keine Krokodilstränen vergießen oder das Weiße Haus mit ›Hände weg von Panama!‹-Plakaten bekleben. Es gilt jetzt, entschieden zu handeln, und das nationale Bewußtsein muß dazu gebracht werden, sich rückwirkend anzupassen. Und das nationale Bewußtsein kann das. Wir können ihm dabei helfen. Und Sie auch, Ben.«

»Sag ich doch. Selbstverständlich.«

»Nur eins können Sie uns nicht liefern: einen *Vorwand*«, sagte Elliot. »Sie können für uns keine Nonnen vergewaltigen oder Babys massakrieren.«

Kirby lachte reichlich unangemessen auf. »Da seien Sie mal nicht so sicher, Elliot«, rief er. »Da kennen Sie unseren Ben aber schlecht. Oder? Oder?«

Doch statt Applaus erntete er bloß ein gequältes Stirnrunzeln des Colonels.

»Natürlich habt ihr einen Vorwand«, erwiderte Ben Hatry bissig.

»Und der wäre?« fragte Elliot.

»Die Dementis, verdammt noch mal.«

»Was für Dementis?« fragte Elliot.

»Von allen Seiten. Die Panamaer dementieren, die Franzosen dementieren, die Japaner dementieren. Also lügen sie, genauso wie Castro gelogen hat. Castro hat seine russischen Raketen dementiert, also seid ihr einmarschiert. Die Kanalverschwörer dementieren ihre Verschwörung, also marschiert ihr wieder ein.«

»Ben, diese Raketen gab es *tatsächlich*«, sagte Elliot. »Wir hatten Fotos von diesen Raketen. Wir hatten Beweise. Aber hier haben wir keine Beweise. Das amerikanische Volk verlangt Gerechtigkeit. Die gibt es nicht durch Gerede. Niemals. Wir brauchen einen Beweis. Der Präsident braucht einen Beweis. Solange er keinen hat, wird er sich nicht umstimmen lassen.«

»Ben, wir haben nicht zufällig ein paar nette Schnappschüsse von japanischen Ingenieuren mit falschen Bärten, die beim Schein von Taschenlampen einen zweiten Kanal buddeln?« fragte Cavendish kichernd.

»Nein, haben wir nicht«, erwiderte Hatry; er hob niemals die Stimme, aber das hatte er auch nicht nötig. »Also, was wollt ihr machen, Elliot? Warten, bis euch die Japaner am Mittag des 31. Dezember im Jahre des Herrn 1999 einen Fototermin geben?«

Elliot blieb unbewegt. »Ben, wir haben nicht ein einziges zu Herzen gehendes Argument, womit wir uns vor die Fernsehkameras stellen könnten. Letztesmal hatten wir Glück. Da wurden amerikanische Frauen auf den Straßen von Panama City von Noriegas Elitetruppen mißhandelt. Bis dahin konnten wir nichts machen. Wir hatten außerdem noch das Drogenproblem. Also haben wir das ausgeschlachtet. Und wir hatten das Problem mit Noriegas Einstellung. Auch das konnten wir ausschlachten. Ebenso seine Häßlichkeit. Viele Leute finden Häßlichkeit unmoralisch. Das haben wir ausgenutzt. Und sein Sexualleben und seinen Voodoozauber. Wir haben Castro ins Spiel gebracht. Aber erst als anständige Amerikanerinnen von Latinosoldaten belästigt wurden, fühlte sich der Präsident verpflichtet, unsere Jungs da hinzuschicken, damit denen mal Manieren beigebracht wurden.«

»Wie ich höre, haben Sie das arrangiert«, sagte Hatry.

»Ein zweitesmal würde das nicht funktionieren«, antwortete Elliot, und damit war auch dieser Vorschlag vom Tisch.

Ben Hatry implodierte. Ein unterirdischer Test. Es gab keinen Knall, alle Bohrlöcher waren verstopft. Er stieß nur ein scharfes Zischen aus, als Luft, Enttäuschung und Wut gleichzeitig entwichen.

»Verflucht. Dieser Kanal *gehört* doch euch, Elliot.«

»Und euch hat auch mal Indien gehört, Ben.«

Hatry verzichtete auf eine Antwort. Er starrte durch die Gardinen, aber dahinter gab es nichts für ihn zu sehen.

»Wir brauchen einen Vorwand«, wiederholte Elliot. »Ohne Vorwand kein Krieg. Da macht der Präsident nicht mit. Basta.«

Geoff Cavendish mit seinen Manieren und seinem robusten guten Aussehen gelang es schließlich, die Wogen wieder einigermaßen zu glätten.

»Meine Herren, mir scheint doch, daß wir eine Menge gemeinsam haben. Über den Zeitplan hat General Van zu entscheiden. Das bestreitet niemand. Könnten wir das jetzt mal beiseite lassen? Tug, Sie sind ja kaum noch zu halten, wie ich sehe.«

Hatry hatte das Fenster mit der Gardine davor für sich beschlagnahmt. Die Vorstellung, Kirby zuhören zu müssen, hatte seine Verzweiflung noch gesteigert.

»Diese Stille Opposition«, sagte Kirby. »Die Gruppe Abraxas. Haben Sie sich darüber informiert, Elliot?«

»Sollte ich das?«

»Und Van?«

»Dem sind diese Leute sympathisch.«

»Ziemlich seltsam, oder?« sagte Kirby. »Wenn man bedenkt, daß der Kerl gegen Amerika ist?«

»Abraxas ist keine Marionette, er ist von niemand abhängig«, erwiderte Elliot gelassen. »Wenn wir in Panama eine provisorische Regierung installieren, bis dort wieder gewählt werden kann, könnte Abraxas uns einen Haufen Pluspunkte einbringen. Und weder die Liberalen noch die Panamaer selbst können uns als Kolonialisten beschimpfen.«

»Und wenn er nichts taugt, könnt ihr ja immer noch sein Flugzeug abstürzen lassen«, sagte Hatry gehässig.

Wieder Kirby: »Ich sage nur eins, Elliot: Abraxas ist unser Mann. Nicht eurer. *Unser* Mann aufgrund *seiner* freien Entscheidung. Damit gehört uns auch seine Widerstandsbewegung. *Wir* lenken sie, wir liefern Rat und Ausrüstung. Das wollen wir doch mal festhalten. Vor allem Van sollte das nicht vergessen. General Van würde sehr schlecht dastehen, falls sich einmal herausstellen sollte, daß Abraxas Geld von Uncle Sam genommen hat. Oder daß seine Leute mit amerikanischen Waffen beliefert worden sind. Wir wollen den Ärmsten doch nicht von Anfang an als Kollaborateur der Yankees abstempeln.«

Der Colonel hatte eine Idee. Seine Augen glänzten auf. Er lächelte verzückt.

»Ich hab's: Wir machen das unter falscher Flagge, Tug! Wir haben doch *Mitarbeiter* da draußen! Wir können es so aussehen lassen, als ob Abraxas das Material aus Peru, Guatemala oder Castros Kuba bezieht. Oder sonstwoher! Das ist doch überhaupt kein Problem!«

Aber Tug Kirby beharrte auf seinem Standpunkt. »Wir haben Abraxas entdeckt, wir rüsten ihn aus«, sagte er eisig. »Wir haben einen erstklassigen Lieferanten vor Ort. Wenn Sie Geld dazu beisteuern wollen, sind wir für jedes Angebot dankbar. Aber Sie überlassen die Sache *uns*. Keine direkte Einmischung. Abraxas wird von uns kontrolliert, wir beliefern ihn. Er gehört uns. Und seine Studenten und Fischer und alle anderen ebenfalls. Die Heimmannschaft wird ausschließlich von uns beliefert«, sagte er und klopfte zur Bekräftigung mit den mächtigen Knöcheln auf den Tisch aus dem 18. Jahrhundert.

»Ja, wenn«, sagte Elliot etwas später.

»Wenn was?« fragte Kirby.

»Wenn wir einmarschieren«, sagte Elliot.

Hatry riß sich von der Betrachtung der Gardine los und wandte sich Elliot zu.

»Ich verlange die Exklusivrechte«, sagte er. »Meine Kameras und meine Reporter begleiten die erste Angriffswelle, meine Leute berichten über die Fischer und Studenten, und zwar exklusiv. Alle anderen kommen erst mit der Nachhut.«

Elliot gab sich kühl amüsiert. »Vielleicht solltet ihr auch gleich die Invasion für uns machen, Ben. Vielleicht könnt ihr auf diese Weise die nächste Wahl doch noch gewinnen. Wie wär's mit einer Aktion zur Rettung britischer Bürger im Ausland? Ihr habt doch sicher ein paar in Panama rumlaufen.«

»Freut mich, daß Sie davon anfangen, Elliot«, sagte Kirby.

Die Achse hatte sich verschoben. Kirby war stark angespannt, alle starrten ihn an, auch Hatry.

»Wieso, Tug?« fragte Elliot.

»Weil wir endlich darüber reden müssen, was unser Mann eigentlich davon hat«, erwiderte Kirby errötend. Unser Mann, das hieß: unser Führer. Unsere Marionette. Unser Maskottchen.

»Sie verlangen, daß er neben Van im Planungsstab des Pentagon sitzt, Tug?« meinte Elliot grinsend.

»Seien Sie nicht albern.«

»Sie wollen britische Soldaten auf amerikanischen Schlachtschiffen? Aber gern!«

»Nein, wollen wir nicht, vielen Dank. Das ist euer Hinterhof. Aber wir verlangen Rückendeckung.«

»Ach, wollen Sie etwa Geld? Wieviel, Tug? Sie sollen ja ziemlich harte Forderungen stellen.«

»Nein, nein. Ich meine *moralische* Rückendeckung.«

Elliot lächelte. Hatry ebenfalls. Über Moral, sagten ihre Mienen, ließe sich reden.

»Unser Mann muß sichtbar und hörbar in vorderster Front auftreten«, erklärte Tug Kirby; er zählte die Bedingungen an seinen riesigen Fingern auf. »Unser Mann schreibt sich den Sieg auf die Fahne, euer Mann jubelt ihm zu. Britannien über alles, scheiß auf Brüssel. Unsre besonderen Beziehungen müssen als völlig intakt erscheinen – nicht wahr, Ben? Besuche in Washington, Händeschütteln, offensive Berichterstattung, unser Mann wird mit Lob überschüttet. Und euer Mann kommt nach London, sobald ihr ihn umgestimmt habt. Er ist seit langem überfällig, das ist schon unangenehm aufgefallen. Und es muß in die seriöse Presse durchsickern, welche Rolle der britische Nachrichtendienst bei der Sache gespielt hat. Wir geben Ihnen den Text – in Ordnung, Ben? Das übrige Europa bleibt außen vor, und die Franzosen sind mal wieder angeschmiert.«

»Überlassen Sie das mir«, sagte Hatry. »Er verkauft keine Zeitungen. Sondern ich.«

Sie trennten sich wie unversöhnte Liebende, voller Sorge, etwas Falsches gesagt, das Richtige nicht gesagt zu haben, nicht verstanden worden zu sein. Wir richten es Van aus, sobald wir zurück sind, sagte Elliot. Mal sehen, was er dazu meint. General Van denkt langfristig, sagte der Colonel. General Van ist ein echter Visionär. Der General hat den Blick auf sein Jerusalem gerichtet. Der General kann warten.

»Scheiße, ich brauch was zu trinken«, sagte Hatry.

Die drei Engländer waren unter sich, sie hatten sich mit ihrem Whisky zurückgezogen.

»Nette kleine Besprechung«, sagte Cavendish.

»Arschlöcher«, sagte Kirby.

»Kauft euch die Stille Opposition«, befahl Hatry. »Sorgt dafür, daß diese Leute reden und schießen können. Kann man sich auf diese Studenten verlassen?«

»Das möchte ich bezweifeln, Chef. Maoisten, Trotzkisten, Kriegsgegner, und viele sind nicht mehr die Jüngsten. Die können sich so oder so entscheiden.«

»Wen interessiert's schon, wofür die sich entscheiden? Kauft euch die Kerle und hetzt sie auf. Van braucht einen Vorwand. Er träumt davon, wagt aber nicht, darum zu bitten. Was glaubt ihr, warum der Hund seine Handlanger schickt und selbst zu Hause bleibt? Vielleicht können die Studenten den Vorwand liefern. Wo ist Luxmores Bericht?«

Cavendish reichte ihn ihm, Hatry las ihn zum drittenmal und gab ihn wieder zurück.

»Wie heißt die Tussi, die unsere Katastrophenmeldungen schreibt?« fragte er.

Cavendish nannte einen Namen.

»Geben Sie ihr das«, befahl Hatry. »Sagen Sie ihr, sie soll das mit den Studenten ein bißchen ausschmücken, sie als Kämpfer für die Armen und Unterdrückten darstellen, den Kommunismus weglassen. Und die Stille Opposition blickt auf Großbritannien als demokratisches Vorbild für das Panama des 21. Jahrhunderts. Es soll dramatisch klingen. In den Straßen von Panama herrscht der Terror und so weiter. Sonntags in der Morgenausgabe. Rufen Sie Luxmore an. Sagen Sie ihm, er soll seine Scheißstudenten aus den Betten jagen.«

Einen so gefährlichen Auftrag hatte Luxmore noch nie gehabt. Er war begeistert, er hatte Angst. Freilich hatte er im Ausland immer Angst. Er war ein furchtbar einsamer Held. Ein imposanter Ausweis in seinem Jackett, das er auf keinen Fall ausziehen durfte, verpflichtete sämtliche Ausländer, dem hochgeschätzten Kurier der Königin – Mellors mit Namen – freies Geleit über ihre Grenzen zu gewähren. Auf dem Erster-Klasse-Sitz neben ihm standen zwei unförmige, mit breiten Schultergurten versehene schwarze Aktenkoffer; sie waren mit Wachs versiegelt und trugen das königliche Wappen. Die Vorschriften seines angeblichen Amtes erlaubten ihm weder zu schlafen noch zu trinken. Die Aktenkoffer mußten jederzeit in Sicht- und Reichweite bleiben. Profanen Händen war es nicht gestattet, die Taschen eines Kuriers der Königin zu entweihen. Er durfte sich niemandem nähern, hatte jedoch aus operativer Notwendigkeit eine matronenhafte Stewardeß von British Airways von diesem Erlaß ausnehmen müssen. Mitten über dem Südatlantik wandelte ihn nämlich ein unvorhergesehenes Bedürfnis an. Zweimal war er schon aufgestanden, um seinen Anspruch anzumelden, aber jedesmal war ihm ein gepäckloser Passagier zuvorgekommen. In höchster Not hatte er schließlich die Stewardeß gebeten, vor einer freigewordenen Toilette für ihn Wache zu halten, während er, dösende Araber anrempelnd und gegen Getränkewagen torkelnd, sich mit den Aktenkoffern durch den Gang zwängte.

»Sie schleppen wohl große Geheimnisse mit sich rum«, bemerkte die Stewardeß unbekümmert, als sie ihn zu seinem Ziel lotste.

Luxmore hörte entzückt, daß sie wie er aus Schottland stammte.

»Wo genau kommen Sie her, meine Liebe?«

»Aus Aberdeen.«

»Das ist ja wunderbar! Die silberne Stadt, mein Gott!«

»Und Sie?«

Luxmore wollte gerade mit einer ausführlichen Schilderung seiner schottischen Herkunft aufwarten, als ihm einfiel, daß Mellors seinem falschen Paß zufolge in Clapham geboren war. Seine Verlegenheit nahm noch zu, als sie ihm die Tür aufhielt, während er die Taschen herummanövrierte, um sich irgendwie hineinzuschieben. Auf dem Rückweg zu seinem Platz suchte er die Sitzreihen nach potentiellen Flugzeugentführern ab und sah niemanden, dem er vertraut hätte.

Die Maschine setzte zum Sinkflug an. Mein Gott, stell dir das vor! dachte Luxmore, während Ehrfurcht vor seinem Auftrag und Abscheu vor dem Fliegen sich mit dem Alptraum des Entdecktwerdens abwechselten – das Flugzeug stürzt ins Meer, die Taschen mit ihm. Bergungsboote aus Amerika, Kuba, Rußland und Großbritannien rasen zur Absturzstelle! Wer ist der geheimnisvolle Mellors? Warum sind seine Taschen bis auf den Meeresgrund gesunken? Warum hat man keine Papiere auf dem Wasser schwimmend gefunden? Warum bekennt sich niemand zu ihm? Keine Witwe, kein Kind, keine Verwandtschaft! Die Taschen werden geborgen. Wird die Regierung ihrer Majestät freundlicherweise einer atemlosen Welt erklären, was es mit dem ungewöhnlichen Inhalt auf sich hat?

»Sie müssen bestimmt weiter nach Miami, stimmt's?« fragte die Stewardeß, als er die Taschen schulterte und sich zum Aussteigen anschickte. »Ich wette, Sie nehmen erst mal ein schönes heißes Bad, wenn Sie hier raus sind.«

Luxmore sprach leise, falls zufällig Araber mithörten.

Sie war eine brave Schottin und hatte die Wahrheit verdient.

»Panama«, murmelte er.

Aber sie war bereits weg. Sie mußte jetzt die Passagiere bitten, die Sitze in aufrechte Position zu bringen und die Sicherheitsgurte anzulegen.

19

»Die Platzgebühr wird nach dem Dienstgrad berechnet«, erklärte Maltby und wählte für den Annäherungsschlag ein mittleres Eisen. Die Fahne war noch achtzig Meter entfernt, für Maltby eine Tagesreise. »Gemeine Soldaten zahlen praktisch gar nichts. Je höher es dann die Leiter raufgeht, desto mehr muß gezahlt werden. Der General kann es sich angeblich nicht mehr leisten, hier zu spielen.« Er grinste schief. »Ich hab' was für mich ausgehandelt«, gestand er stolz. »Ich bin Sergeant.«

Er schlug den Ball. Der sauste erschreckt sechzig Meter weit durch triefnasses Gras in Sicherheit und versteckte sich. Maltby sprang hinterher. Stormont folgte ihm. Ein alter Indio-Caddie mit Strohhut trug ihnen ein Sammelsurium uralter Schläger in einer verschimmelten Tasche nach.

Der gepflegte Platz von Amador ist der Traum jedes schlechten Golfers, und Maltby war ein schlechter Golfer. Die Bahnen liegen zwischen einer ehemaligen Basis der US Army aus den goldenen zwanziger Jahren und dem Uferstreifen des Kanaleingangs. Es gibt ein Wachhäuschen und eine leere, gerade, von einem gelangweilten amerikanischen Soldaten und einem gelangweilten panamaischen Polizisten bewachte Straße. Außer Soldaten und ihren Frauen kommt hier so gut wie niemand her. In einer Richtung sieht man El Chorillo und dahinter die höllischen Hochhäuser von Punta Paitilla, die an diesem Morgen von wehenden Wolkenschichten gemildert werden. Hinten auf dem Meer sieht man die Inseln und den Damm und die obligatorische Schlange bewegungsloser Schiffe, die darauf warten, die Bridge of the Americas passieren zu dürfen.

Aber den schlechten Golfer reizen hier vor allem die schnurgeraden, zehn Meter unter Meereshöhe sich hinziehenden grasbewachsenen Gräben, die, früher einmal Bestandteile der Kanalanlagen, heutzutage schwach geschlagenen Bällen als Führungsrinnen dienen. Gleichgültig, ob der schlechte Golfer einen Hook schlägt oder einen Slice: die Gräben verzeihen ihm alles, solange er sich ihnen nur anvertraut. Hauptsache, er trifft den Ball und schlägt ihn nicht zu hoch.

»Und Paddy geht es gut und so weiter«, meinte Maltby und korrigierte mit der Spitze seines rissigen Golfschuhs unauffällig die Lage des Balls. »Ihr Husten hat sich gebessert?«

»Nicht so richtig«, sagte Stormont.

»Du liebe Zeit. Was sagen die Ärzte dazu?«

»Nicht viel.«

Maltby tat den nächsten Schlag. Der Ball schoß übers Grün hinaus und verschwand aufs neue. Maltby rannte hinterher. Es regnete. Es regnete in Abständen von zehn Minuten, aber Maltby schien das nicht zu merken. Der Ball lag aufsässig mitten auf einer nassen Sandinsel. Der alte Caddie reichte Maltby einen geeigneten Schläger.

»Sie sollten mal irgendwo mit ihr hinfahren«, empfahl er Stormont leichthin. »In die Schweiz, oder was sonst gerade aktuell ist. Panama ist schlecht für die Gesundheit. Hier weiß man nie, woher die Bazillen kommen. Scheiße.«

Sein Ball verzog sich wie ein urzeitliches Insekt in ein Büschel saftig grünen Pampasgrases. Stormont sah durch Regenschleier zu, wie sein Botschafter mit gewaltigen Schwüngen herumhackte, bis der Ball mißmutig aufs Grün kroch. Spannung, als Maltby zu einem langen Putt ansetzte. Triumphgeschrei, als er einlochte. Der spinnt, dachte Stormont. Völlig irre. Höchste Zeit. Ein Wort, Nigel, wenn Sie so freundlich sein wollen, hatte Maltby heute nacht um eins am Telefon gesagt, als Paddy gerade eingeschlafen war. Vielleicht mal an der frischen Luft, Nigel, wenn's Ihnen recht ist. Wie Sie wünschen, Botschafter.

»*Ansonsten* ist die Stimmung in der Botschaft zur Zeit ja recht *erfreulich*«, fuhr Maltby fort, als sie zum nächsten Graben schritten. »Von Paddys Husten und der armen alten Phoebe einmal abgesehen.« Phoebe, seine Frau, war weder sonderlich arm noch sonderlich alt.

Maltby war unrasiert. Ein schäbiger grauer Pullover hing ihm durchnäßt von den Schultern wie ein Kettenhemd, zu dem er die passende Hose verlegt hatte. Warum legt sich der blöde Kerl nicht endlich mal eine Regenjacke zu? fragte sich Stormont, dem selbst der Regen in den Kragen lief.

»Phoebe ist *nie* zufrieden«, sagte Maltby. »Verstehe wirklich nicht, warum sie zurückgekommen ist. Ich hasse sie. Sie haßt mich. Die Kinder hassen uns beide. Das Ganze hat doch überhaupt keinen Sinn. Geschlafen haben wir seit Jahren nicht mehr miteinander, Gott sei Dank.«

Stormont verharrte in entsetztem Schweigen. Kein einziges Mal in den achtzehn Monaten ihrer Bekanntschaft hatte Maltby so vertraulich mit ihm gesprochen. Und jetzt kannte ihre furchtbare Vertrautheit aus unerfindlichen Gründen plötzlich keine Grenzen mehr.

»*Sie* sind geschieden«, klagte Maltby. »Bei Ihnen hat man auch ziemlich herumgetratscht, wenn ich mich recht erinnere. Aber Sie haben's überstanden. Ihre Kinder reden mit Ihnen. Das Ministerium hat Sie nicht auf die Straße gesetzt.«

»Nicht direkt.«

»Es wäre mir lieb, wenn Sie mal mit Phoebe darüber reden würden. Das täte ihr bestimmt sehr gut. Erzählen Sie ihr, daß Sie das auch durchgemacht haben und daß es nicht so schlimm ist, wie immer behauptet wird. Sie kann nicht richtig mit den Leuten reden, das gehört mit zum Problem. Sie kommandiert lieber herum.«

»Vielleicht wäre es besser, wenn Paddy mit ihr reden würde«, sagte Stormont.

Maltby legte den Ball aufs Tee. Wie Stormont bemerkte, beugte er dabei nicht die Knie. Er knickte einfach in der Mitte ab, klappte wieder hoch und redete dabei die ganze Zeit.

»Nein, ganz ehrlich, ich finde, *Sie* sollten das tun«, meinte er und schwang einige bedrohliche Finten über den Ball hinweg. »Sie macht sich Sorgen um *mich.* Daß sie allein zurechtkommt, weiß sie. Aber sie bildet sich ein, ich würde ständig bei ihr anrufen und sie fragen, wie man Eier kocht.

Das ist natürlich Unsinn. Ich würde mit einer scharfen Mieze zusammenziehen und ihr den ganzen Tag Eier kochen.« Er schlug ab, und der Ball schoß hoch aus dem schützenden Graben hinaus. Kurze Zeit schien er mit seinem geraden Flug zufrieden zu sein, überlegte es sich dann aber anders, schwenkte nach links und verschwand im strömenden Regen.

»Furz, verfluchter«, sagte der Botschafter, einen Sprachschatz offenbarend, den Stormont nie bei ihm vermutet hätte.

Der Wolkenbruch nahm unvorstellbare Ausmaße an. Die beiden überließen den Ball seinem Schicksal und zogen sich unter einen Musikpavillon zurück, der vor einem Halbkreis von Wohnhäusern für verheiratete Offiziere stand. Aber der alte Caddie mochte den Pavillon nicht. Er zog den zweifelhaften Schutz einer Palmengruppe vor, wo ihm ein Sturzbach vom Strohhut pladderte.

»*Ansonsten*«, sagte Maltby, »sind wir, soweit *ich* das beurteilen kann, eine recht *muntere* Truppe. Keine Feindseligkeiten, alle gut drauf, unsere Aktien in Panama stehen so gut wie nie, von allen Seiten strömen uns die faszinierendsten Nachrichten zu. Da fragt man sich, ob unsre Dienstherren wirklich noch mehr verlangen können.«

»Wieso? Was *verlangen* sie denn?«

Aber Maltby ließ sich nicht drängen. Er ging lieber seinen eigenen seltsam krummen Weg.

»Habe gestern abend an Osnards Geheimtelefon lange Gespräche mit allen möglichen Leuten geführt«, berichtete er mit leicht verklärter Stimme. »Haben *Sie* das schon mal ausprobiert?«

»Leider nein«, sagte Stormont.

»Scheußlich roter Kasten, mit einer Waschmaschine aus dem Burenkrieg verkabelt. Aber man kann alles sagen, was man will. Hat mich ungeheuer beeindruckt. Und was für nette Leute. Nicht daß man die je persönlich kennengelernt hätte. Aber sie haben sich nett *angehört*. Konferenzschaltung. Eigentlich hat man sich bloß die ganze Zeit entschuldigt, daß man die anderen unterbrochen hat. Jemand namens Luxmore ist auf dem Weg zu uns. Ein Schotte. Wir sollen ihn Mellors nennen. Ich soll Ihnen das nicht erzählen, also tu ich's natürlich. Luxmore-Mellors wird uns lebensverändernde Neuigkeiten bringen.«

Der Regen hatte mit einem Schlag aufgehört, aber Maltby schien es nicht bemerkt zu haben. Der Caddie stand immer noch unter die Palmen geduckt, er rauchte jetzt eine dicke Rolle aus Marihuanablättern.

»Lassen Sie den Alten doch gehen«, meinte Stormont. »Falls Sie nicht mehr spielen wollen.«

Also legten sie ein paar feuchte Dollars zusammen und schickten den Caddie mit Maltbys Schlägern ins Clubhaus zurück; dann setzten sie sich auf eine trockene Bank am Rand des Pavillons und sahen einen reißenden Strom durch Eden rauschen und die Sonne in der Herrlichkeit Gottes auf jedem Blatt und jeder Blüte erstrahlen.

»Es ist beschlossen worden – die passivische Formulierung stammt nicht von mir, Nigel –, es ist beschlossen worden, daß die Regierung Ihrer Majestät der Stillen Opposition Panamas Hilfe und Unterstützung gewährt. Offiziell wissen wir natürlich nichts davon. Luxmore, den wir Mellors nennen sollen, kommt eigens her und sagt uns, was wir zu tun haben. Angeblich gibt es ein Handbuch zu dem Thema. *Wie man die Regierung seines Gastlandes stürzt* oder so was in der Richtung. Da sollten wir alle mal einen Blick reinwerfen. Ich weiß noch nicht, ob man mich beauftragen wird, die Herren Domingo und Abraxas im Schutz der Nacht in meinem Gemüsegarten zu empfangen, oder ob man Sie damit betrauen wird. Nicht daß ich einen Gemüsegarten hätte, aber, wenn ich mich recht erinnere, der selige Lord Halifax hatte einen und hat sich dort mit allen möglichen Leuten getroffen. Sie rümpfen die Nase? Sehe ich Sie tatsächlich die Nase rümpfen?«

»Warum kann sich Osnard nicht darum kümmern?« fragte Stormont.

»Als sein Botschafter habe ich mich nicht dafür starkgemacht, ihn dabei einzusetzen. Der Bursche hat auch so schon so genug am Hals. Er ist jung. Er ist Anfänger. Diese Oppositionellen fühlen sich wohler, wenn sie mit erfahrenen Kräften zusammenarbeiten können. Manche von denen sind Leute wie wir, aber es gibt auch andere, ergraute Proletarier, Schauerleute, Fischer, Bauern und dergleichen. Wesentlich besser, wenn wir selbst die Last auf uns nehmen. Zumal wir auch eine nebulöse Gruppe bombenbastelnder Studenten betreuen sollen, immer eine heikle Sache. Die Studenten übernehmen wir also auch. Mit denen werden Sie bestimmt gut zurechtkommen. Sie sehen so besorgt aus, Nigel. Habe ich sie erschreckt?«

»Warum schickt man uns nicht mehr Agenten rüber?«

»Ach, das wird wohl nicht nötig sein. Vielleicht schaut mal irgendein hohes Tier vorbei, Leute wie dieser Luxmore-Mellors, aber niemand, der auf Dauer bleibt. Wir dürfen die Zahl der Botschaftsangehörigen nicht unnatürlich aufblähen, das würde nur zu Gerede führen. Ich selbst habe darauf hingewiesen.«

»Sie selbst?« sagte Stormont ungläubig.

»Ja sicher. Bei zwei so erfahrenen Köpfen wie Ihnen und mir, habe ich gesagt, sei zusätzliches Personal vollkommen überflüssig. Ich bin festgeblieben. Das würde bei uns alles durcheinander bringen, habe ich gesagt. Unannehmbar. Ich habe mein ganzes Gewicht in die Waagschale geworfen. Wir seien erfahrene Leute, habe ich gesagt. Sie wären stolz auf mich gewesen.«

Stormont glaubte in den Augen seines Botschafters ein ungewohntes Funkeln zu sehen, das sich am ehesten mit dem Erwachen von Begierde vergleichen ließ.

»Wir werden eine *Unmenge* Material brauchen«, fuhr Maltby mit der Begeisterung eines Schuljungen fort, der sich auf eine neue Eisenbahn freut. »Funkgeräte, Autos, sichere Häuser, Kuriere, ganz zu schweigen von Kriegsmaterial – Maschinengewehre, Minen, Raketenwerfer, tonnenweise Sprengstoff, Zündkapseln, alles wovon Sie schon immer geträumt haben. Keine Stille Opposition unserer Zeit kann ohne dieses Zeug auskommen, hat man mir versichert. Und *Ersatzteile* sind ungeheuer wichtig, heißt es.

Nun, Sie wissen ja, wie unbekümmert Studenten sind. Gibt man ihnen morgens ein Funkgerät, haben sie's mittags mit Graffiti beschmiert. Und Stille Oppositionen sind bestimmt nicht besser. Die Waffen stammen ausschließlich aus Großbritannien, wie Sie erleichtert vernehmen werden. Ein bewährtes britisches Unternehmen steht schon bereit, sie zu liefern. Ist das nicht schön? Minister Kirby hält viel von dieser Firma. Hat sich ihre Sporen im Iran verdient, oder war's im Irak? Wahrscheinlich in beiden Ländern. Gully hält zu meiner Freude ebenfalls viel davon, und das Ministerium hat meinen Vorschlag akzeptiert, ihn mit unmittelbarer Wirkung in den Rang eines Buchanianers zu erheben. Osnard vereidigt ihn just in diesem Augenblick.«

»Ihr Vorschlag«, wiederholte Stormont betäubt.

»Ja, Nigel, ich habe beschlossen, daß Sie und ich für ein Intrigenspiel wie geschaffen sind. Ich habe Ihnen schon oft gesagt, wie sehr ich mich danach sehne, einmal an einem britischen Komplott teilzunehmen. Und jetzt ist es so weit. Das geheime Signal wurde gegeben. Ich hoffe, keiner von uns wird es an Eifer fehlen lassen – und ich wünschte mir sehr, Sie würden ein wenig glücklicher dreinschauen, Nigel. Die Tragweite dessen, was ich Ihnen sage, scheint Ihnen nicht klar zu sein. Unsere Botschaft wird einen erstaunlichen Schritt nach vorne tun. Wir werden aus der tiefsten diplomatischen Provinz zum tollsten Standort der Welt aufsteigen. Beförderung, Orden, Anerkennung der schmeichelhaftesten Art – das alles werden wir über Nacht erlangen. Erzählen Sie mir nicht, Sie zweifelten etwa an der Weisheit unserer Vorgesetzten. Das käme zu einem sehr schlechten Zeitpunkt.«

»Mir kommt's halt nur so vor, als ob da eine ganze Menge Zwischenschritte fehlen würden«, sagte Stormont schwach; der Botschafter wirkte wie ausgewechselt, und das machte ihm zu schaffen.

»Unsinn. Was meinen Sie überhaupt?«

»Ich sehe da keine Logik.«

»Ach wirklich?« – kühl. »Wo genau sehen Sie einen Mangel an Logik?«

»Nun, na ja, nehmen wir die Stille Opposition. Außer uns hat niemals ein Mensch etwas davon gehört. Warum hat sie nie was unternommen – irgendwas an die Presse durchsickern lassen – sich zu Wort gemeldet?«

Maltby schnaubte spöttisch. »Aber mein lieber Freund! So heißt sie doch! Das ist ihr Programm! Sie ist still. Sie behält ihre Meinung für sich. Wartet auf ihre Stunde. Abraxas ist kein Säufer. Er ist ein bravouröser Held, ein heimlicher Revolutionär für Gott und Vaterland. Domingo ist kein Drogenhändler mit übergroßer Libido, sondern ein selbstloser Kämpfer für die Demokratie. Und was die Studenten betrifft – was gibt es da zu wissen? Sie erinnern sich doch noch, wie wir selber waren. Wirr im Kopf. Unausgeglichen. Heute so, morgen so. Ich fürchte, Sie werden alt, Nigel. Panama macht Sie fertig. Höchste Zeit, daß Sie mit Paddy in die Schweiz gehen. Ach, übrigens ...«, bemerkte er, als hätte er noch etwas ausgelassen, »... fast hätt ich's vergessen. Mr. Luxmore-Mellors bringt Goldbarren mit«, ergänzte er im Ton eines Mannes, der einen letzten administrativen Knoten bindet. »In solchen Fällen kann man Banken und Kurierdiensten nicht trauen, nicht in der finsteren Welt der Intrige, die Sie und ich nun betreten, Nigel. Deshalb gibt er sich als Kurier der Königin aus und bringt das Zeug im Diplomatenkoffer mit.«

»Das *Zeug*?«

»Goldbarren, Nigel. So was gibt man Stillen Oppositionen heutzutage anscheinend lieber als Dollar, Pfund oder Schweizer Franken. Ich muß schon sagen, das leuchtet mir ein. Oder können Sie sich vorstellen, eine Stille Opposition mit englischen Pfund zu betreiben? Das Pfund würde abgewertet, bevor man auch nur den ersten gescheiterten Putsch inszeniert hätte. Und Stille Oppositionen sind nicht gerade billig, wie ich gehört habe«, setzte er im gleichen wegwerfenden Tonfall hinzu. »Ein paar Millionen, das ist heutzutage gar nichts, nicht wenn man vorhat, eine künftige Regierung zu kaufen. Studenten, nun ja, die lassen sich in gewisser Weise lenken, aber wissen Sie noch, was für Schulden wir immer hatten? Ohne gute Logistik wird an beiden Fronten nichts laufen. Aber ich denke, wir sind dem gewachsen, Nigel. Ich selbst sehe das als Herausforderung an. Von so etwas träumt man in der Mitte seiner Karriere. Ein diplomatisches Eldorado, bloß ohne die schweißtreibende Goldwäscherei im Dschungel.«

Maltby versank in Gedanken. Stormont, wortkarg neben ihm, hatte ihn noch nie so entspannt gesehen. Doch von sich selbst sah er gar nichts mehr. Jedenfalls nichts, das er erklären konnte. Die Sonne schien immer noch. Im Schatten des Pavillons hockend, kam er sich vor wie ein Lebenslänglicher, der nicht glauben kann, daß die Tür seiner Zelle offen steht. Er sollte Farbe bekennen – aber was für eine? Wen, wenn nicht sich selbst, hatte er zum Narren gehalten, als er die Botschaft unter Osnards Pseudoalchimie hatte aufblühen sehen? »Verurteile eine gute Sache nicht«, hatte er Paddy eindringlich ermahnt, als sie anzumerken wagte, BUCHAN sei ihr ein wenig zu großspurig, um wahr zu sein, besonders wenn man Andy etwas besser kennengelernt habe.

Maltby philosophierte:

»Eine Botschaft hat nicht das Rüstzeug zum *Auswerten*, Nigel. Mag sein, daß wir gewisse *Meinungen* haben, aber das ist etwas anderes. Mag sein, daß wir über Ortskenntnisse verfügen. Das versteht sich ja von selbst. Und manchmal geraten die in Konflikt mit dem, was unsere Vorgesetzten uns erzählen. Wir haben Sinnesorgane. Wir können sehen und hören und riechen. Aber wir haben weder tonnenweise Aktenmaterial noch haben wir Computer und Analytiker, und Scharen hinreißend junger Debütantinnen stöckeln leider auch nicht durch unsere Flure. Wir haben keinen Überblick. Wir kennen die globalen Zusammenhänge nicht. Am allerwenigsten in einer Botschaft, die so klein und unbedeutend ist wie unsere. Wir sind Deppen. Ich nehme an, Sie stimmen mir zu?«

»Haben Sie denen das auch gesagt?«

»Allerdings, und zwar über Osnards Zauberkasten. Wenn man etwas in aller Heimlichkeit sagt, wiegt es gleich viel schwerer, finden Sie nicht auch? Wir *kennen unsere Grenzen,* habe ich gesagt. Unsere Arbeit ist *langweilig.* Ab und zu wird uns ein Blick in die größere Welt gewährt. BUCHAN ist so ein Blick. Und wir sind *dankbar,* wir sind stolz. Es ist, habe ich gesagt, weder richtig noch angemessen, daß eine winzige Botschaft, die den Auftrag hat, die Stimmung im Lande zu sondieren und die Ansichten ihrer Regierung zu verbreiten, darum gebeten wird, ein objektives Urteil über Angelegenheiten abzugeben, die weit über ihren Horizont hinausgehen.«

»Wieso haben Sie das gesagt?« fragte Stormont. Er hatte lauter sprechen wollen, aber irgend etwas schnürte ihm die Kehle zu.

»Wegen BUCHAN natürlich. Das Ministerium hat mir vorgeworfen, ich hätte das neue Material ruhig mit etwas mehr Anerkennung zur Kenntnis nehmen können. Auch Ihnen hat man implizit den gleichen Vorwurf gemacht. ›Anerkennung?‹ habe ich gesagt. ›Und ob ich das anerkenne. Andrew Osnard ist ein charmanter Bursche und äußerst gewissenhaft, die Operation BUCHAN hat uns ein Licht aufgesteckt und mit Stoff zum Nachdenken versorgt. Wir sind hingerissen. Wir machen mit. Das hat unsere kleine Gemeinschaft sehr belebt. Aber wir erdreisten uns nicht, dieser Sache einen Platz im großen Ganzen zuzuweisen. Das ist Aufgabe Ihrer Analytiker und unserer Vorgesetzten.‹«

»Und damit war man zufrieden?«

»Man hat es verschlungen. Andy ist wirklich ein sehr netter Kerl, wie ich ihnen gesagt habe. Kommt fantastisch bei den Frauen an. Eine Zierde unserer Botschaft.« Er brach ab, ließ ein Fragezeichen zwischen ihnen, und setzte etwas gedämpfter noch einmal an. »Na schön, vielleicht hat er nicht wirklich Handicap Acht. Vielleicht mogelt er ab und zu. Wer tut das nicht? Ich finde nur, es hat doch absolut nichts mit Ihnen oder mir oder sonstwem in der Botschaft zu tun – den jungen Andy möglicherweise ausgenommen –, daß das BUCHAN-Material schlichtweg hanebüchener Unsinn ist.«

Stormont hatte seinen Ruf als Fels in der Brandung zu Recht. Eine Zeitlang, quälend lange, saß er unbewegt da – die Bank war aus Teak, und er hatte es am Rücken, besonders bei feuchter Witterung. Er betrachtete die Reihe wartender Schiffe, die Bridge of the Americas, die Altstadt und ihre häßliche moderne Schwester jenseits der Bucht. Er verlagerte umständlich die Beine. Und er fragte sich, ob er gerade aus noch nicht offenbarten Gründen das Ende seiner Karriere erlebte oder aber eine neue anfing, deren Konturen er noch nicht erkennen konnte.

Maltby hingegen erging sich in rückhaltloser Aufrichtigkeit. Er saß, den länglichen Ziegenkopf an einen Eisenträger des Pavillons gelegt, behaglich zurückgelehnt und sprach im Tonfall schierer Großmütigkeit.

»Also, ich weiß es nicht«, sagte er, »und Sie wissen es auch nicht, wer von denen sich das ausdenkt. Ist es BUCHAN? Oder Mrs. BUCHAN? Oder die Quellen, wer auch immer das sein mag – Abraxas, Domingo, Sabina oder dieser widerliche Journalist, dieser Teddy Soundso, den man überall sieht? Oder ist es Andrew selbst, der gute Mann, und alles andere ist null und nichtig? Er ist jung. Man *könnte* ihn zum Narren halten. Andererseits ist er ziemlich pfiffig und ein Gauner obendrein. Nein, stimmt nicht. Er ist durch und durch verdorben. Er ist ein mieses Schwein.«

»Ich dachte, Sie mögen ihn.«

»Aber ja doch, ich mag ihn sehr. Ich nehme ihm seine Mogeleien kein bißchen übel. Viele Leute mogeln, aber meist sind das schlechte Spieler wie ich. Manche entschuldigen sich dafür. Ich selbst habe mich schon ein paarmal entschuldigt.« Er sah mit schiefem Grinsen zwei großen gelben Schmetterlingen zu, die beschlossen hatten, an dem Gespräch teilzunehmen. »Aber Andy ist ein Siegertyp. Und Siegertypen, die mogeln, sind Schweine. Wie kommt er mit Paddy aus?«

»Paddy betet ihn an.«

»Du liebe Zeit, doch hoffentlich nicht allzu sehr? Mit Fran treibt er's ja leider schon lange.«

»Unsinn«, widersprach Stormont heftig. »Die beiden reden ja kaum miteinander.«

»Weil sie's heimlich treiben. Schon seit Monaten. Hat ihr offenbar völlig den Kopf verdreht.«

»Woher wollen Sie das wissen?«

»Mein lieber Mann, ich verschlinge diese Frau mit den Augen, das *muß* Ihnen aufgefallen sein. Ich beobachte jeden ihrer Schritte. Ich bin ihr gefolgt. Ich glaube nicht, daß sie das gemerkt hat. Aber das hoffen wir Spanner natürlich immer. Sie ist aus ihrer Wohnung zu Osnard gegangen. Und nicht mehr rausgekommen. Am nächsten Morgen um sieben Uhr habe ich ein dringendes Telegramm vorgetäuscht und bei ihr in der Wohnung angerufen. Niemand hat abgenommen. Noch eindeutiger geht's ja wohl nicht.«

»Und Sie haben Osnard nichts davon gesagt?«

»Wozu denn? Fran ist ein Engel, er ist ein Schwein, ich bin ein Lustmolch. Was könnte dabei schon rauskommen?«

Der Pavillon krachte und klapperte unter dem nächsten Wolkenbruch, und sie mußten ein paar Minuten auf die Sonne warten.

»Also, was unternehmen Sie?« sagte Stormont schroff, alle Fragen abwehrend, die er sich selbst nicht stellen wollte.

»*Unternehmen,* Nigel?« Das war nun wieder Maltby, wie Stormont ihn kannte: trocken, pedantisch, distanziert. »Wogegen denn?«

»BUCHAN, Luxmore. Die Stille Opposition. Die Studenten. Die Leute von der anderen Seite dieser Brücke da, wer auch immer das eigentlich ist. Osnard. Die Tatsache, daß BUCHAN eine Erfindung ist. Falls er das ist. Daß die Berichte hanebüchener Unsinn sind, wie Sie gesagt haben.«

»Mein lieber Mann. Niemand verlangt, daß wir etwas *unternehmen.* Wir sind bloß Diener einer höheren Sache.«

»Aber wenn London das alles ohne weiteres schluckt und Sie das für absoluten Mist halten ...«

Maltby beugte sich vor, wie er sich normalerweise über seinen Schreibtisch vorgebeugt hätte, die Fingerspitzen in stummer Obstruktion aneinandergestellt. »Weiter.«

»... dann müssen Sie es ihnen sagen«, sagte Stormont tapfer.

»Warum?«

»Damit sie sich nicht weiter für dumm verkaufen lassen. Was da alles passieren könnte!«

»Aber, Nigel. Waren wir uns vorhin nicht einig, daß wir uns keinerlei Urteil erlauben sollten?«

Ein graziöser olivfarbener Vogel war in ihr Revier eingedrungen und bettelte um ein paar Brocken.

»Ich hab nichts für dich«, versicherte Maltby nervös. »Wirklich nicht. So was Dummes«, rief er, in den Taschen wühlend und sie vergeblich nach irgend etwas abklopfend. »Später«, sagte er zu dem Vogel. »Komm morgen noch mal wieder. Nein, übermorgen, etwa um die gleiche Zeit. Wir werden grade von einem Topspion heimgesucht.«

»Wir von der Botschaft haben unter diesen Umständen die Pflicht, Nigel, für logistische Unterstützung zu sorgen«, fuhr Maltby knapp und geschäftsmäßig fort. »Einverstanden?«

»Mag sein«, sagte Stormont zweifelnd.

»Wir müssen helfen, wo Hilfe gebraucht wird. Lob spenden, Mut zusprechen, Ruhe verbreiten. Den Leuten auf dem Feuersitz die Last erleichtern.«

»Fahrersitz«, sagte Stormont zerstreut. »Beziehungsweise Feuerlinie, falls Sie das gemeint haben sollten.«

»Vielen Dank. Wieso komme ich eigentlich jedesmal durcheinander, wenn ich mal eine moderne Metapher verwenden will? Ich habe mir wohl gerade einen Panzer vorgestellt. Einen von Gullys, mit Goldbarren bezahlt.«

»Durchaus möglich.«

Maltbys Stimme gewann an Kraft, als wollte er das Publikum vor dem Pavillon an seiner Rede teilhaben lassen; aber da war niemand. »Jedenfalls habe ich in diesem Geiste engagierter Zusammenarbeit den Herrschaften in London erklärt – und da werden Sie mir sicher beipflichten –, daß Andrew Osnard ungeachtet seiner hervorragenden Talente zu unerfahren sei, um mit derart großen Geldbeträgen umzugehen, ob nun in Form von Scheinen oder Goldbarren. Und daß es sowohl ihm als auch den Empfängern des Geldes gegenüber nur fair sei, ihm einen Zahlmeister zur Seite zu stellen. Als sein Botschafter habe ich mich selbstlos für dieses Amt zur Verfügung gestellt. In London hält man das durchaus für sinnvoll. Ob Osnard das auch so sieht, darf bezweifelt werden, aber er kann wohl kaum etwas dagegen einwenden, zumal ja ohnehin wir beide – Sie und ich, Nigel – die Verbindung mit der Stillen Opposition und den Studenten zu gegebener Zeit übernehmen werden. Die Herkunft von Geld aus Geheimfonds liegt naturgemäß im dunkeln, und sobald es einmal in falsche Hände geraten ist, läßt sich kaum noch nachprüfen, was daraus geworden ist. Um so wichtiger ist es daher, gewissenhaft damit hauszuhalten, solange wir noch die Kontrolle darüber haben. Ich habe beantragt, daß die Kanzlei mit einem Safe gleichen Typs ausgestattet wird, wie Osnard ihn in seinem Tresorraum hat. Das Gold – und was sonst noch – wird dort gelagert, und Sie und ich werden gemeinsam die Schlüssel hüten. Wenn Osnard eine größere Summe zu brauchen glaubt, kann er zu uns kommen und den Fall vortragen. Vorausgesetzt, die Summe liegt innerhalb der vereinbarten Richtlinien, werden Sie und ich das Geld gemeinsam entnehmen und in die geeigneten Hände legen. Sind Sie reich, Nigel?«

»Nein.«

»Ich auch nicht. Hat die Scheidung Sie zum armen Mann gemacht?«

»Ja.«

»Das habe ich mir gedacht. Und mir wird es nicht anders gehen, wenn es mal soweit ist. Phoebe ist nicht leicht zufriedenzustellen.« Er bat Stormont mit einem Blick um Zustimmung, aber der sah auf den Pazifik hinaus und verzog keine Miene.

»Wie unsinnig das Leben ist«, versuchte Maltby Konversation zu machen. »Da sind wir beide in den besten Jahren, gesunde Männer mit gesunden Ansprüchen. Wir haben Fehler begangen, wir haben uns ihnen gestellt und daraus gelernt. Und wir haben noch ein paar kostbare, herrliche Jährchen vor uns, bevor der Deckel zuklappt. Unsere ansonsten wunderbaren Aussichten haben nur einen Schönheitsfehler. Wir sind pleite.«

Stormonts Blick verlagerte sich vom Ozean auf eine Reihe wattiger Wolken, die sich draußen über den Inseln gebildet hatten. Und sie kamen ihm wie Schnee vor, und Paddy, von ihrem Husten geheilt, schlenderte mit ihren Einkäufen aus dem Dorf gutgelaunt den Pfad zum Chalet hinauf.

»Man verlangt, daß ich die Amerikaner aushorche«, sagte er mechanisch.

»Wer verlangt das?« fragte Maltby hastig.

»London«, sagte Stormont mit derselben tonlosen Stimme.

»Zu welchem Zweck?«

»Ich soll herausfinden, wieviel sie wissen. Über Stille Oppositionen. Studenten. Geheimtreffen mit den Japanern. Ich soll ihnen auf den Zahn fühlen, aber selbst nichts sagen. Versuchsballons steigen lassen, sie ein wenig provozieren. Das ganze alberne Zeug, das einem Leute empfehlen, die in London auf ihren fetten Ärschen hocken. Anscheinend ist Osnards Material weder dem Außenministerium noch der CIA bekannt. Ich soll herausfinden, ob sie unabhängig davon eigene Erkenntnisse besitzen.«

»Das heißt: ob sie Bescheid wissen?«

»Wenn Ihnen das lieber ist«, sagte Stormont.

Maltby war empört. »Also wie ich diese Amerikaner hasse! Erwarten, daß alle anderen mit derselben Hektik zum Teufel gehen wie sie selbst. Um das richtig zu machen, braucht man Jahrhunderte. Wir machen's doch vor.«

»Angenommen, die Amerikaner wissen nichts von alledem. Angenommen, das Material ist tatsächlich sauber. Und sie wären es auch.«

»Angenommen, es gibt nichts zu wissen. Das ist *wesentlich* wahrscheinlicher.«

»*Einiges* davon könnte schon wahr sein«, sagte Stormont mit verstockter Tapferkeit.

»Ja, so wie eine kaputte Uhr immerhin alle zwölf Stunden die Wahrheit sagt, könnte einiges davon auch wahr sein«, sagte Maltby verächtlich.

»Und angenommen, die Amerikaner glauben das. Ob es wahr ist oder nicht«, fuhr Stormont verbissen fort. »Wenn sie also darauf reinfallen. Wie London.«

»*Welches* London? Nicht *unser* London, das steht fest. Und *natürlich* glauben die Amerikaner das nicht. Nicht die richtigen. Deren Systeme sind unseren doch haushoch überlegen. Die haben schnell heraus, daß das Unsinn ist; dann sagen sie danke schön, wir haben's zur Kenntnis genommen, und werfen es in den Reißwolf.«

Stormont blieb hartnäckig. »Man vertraut doch den eigenen Systemen nicht. Informationsgewinnung ist so was ähnliches wie ein Examen. Man denkt immer, der Nebenmann weiß mehr als man selbst.«

»Nigel«, sagte Maltby mit der ganzen Autorität seines Amtes, darf ich Sie daran erinnern, daß wir uns kein Urteil erlauben sollen? Das Leben hat uns die seltene Möglichkeit gegeben, in unserer Arbeit Erfüllung zu finden und gleichzeitig Menschen, die wir schätzen, einen Dienst zu erweisen. Vor uns liegt eine goldene Zukunft. In einem solchen Fall zu zaudern, ist geradezu frevelhaft.«

Immer noch vor sich hinstarrend, jedoch ohne den Trost der Wolken, sieht Stormont seine Zukunft, wie sie sich ihm bis jetzt dargeboten hat. Paddy wird von ihrem Husten dahingerafft. Mehr als das verfallende britische Gesundheitswesen können sie sich nicht leisten. Vorzeitiger Ruhestand in Sussex, abgespeist mit einem Hungerlohn. Das endgültige Aus für alle seine Träume. Und das einst so geliebte England zwei Meter unter der Erde.

20

Sie lagen im Arbeitszimmer der Näherinnen auf dem Fußboden, auf einem Stapel Teppiche, die die Kunafrauen für ihre zahllosen Vettern und Kusinen, Tanten und Onkel aus San Blas bereithielten. Über ihnen hingen reihenweise Maßanzüge, an denen noch die Knopflöcher fehlten. Licht fiel nur durch das eine hohe Fenster, das rosa gefärbt war vom Widerschein der Stadt. Zu hören war nur der Verkehr auf der Vía España und Martas Wimmern. Sie waren angezogen. Ihr zerschlagenes Gesicht lag an seinen Hals geschmiegt. Sie zitterte. Pendel auch. Sie bildeten einen einzigen kalten, angsterfüllten Körper. Sie waren Kinder in einem leeren Haus.

»Erst behaupten sie, du betrügst bei deiner Steuererklärung«, sagte sie. »Ich sage, du hast deine Steuern bezahlt. ›Ich führe die Bücher‹, habe ich gesagt. ›Ich muß es wissen.‹« Sie unterbrach sich, falls er etwas dazu sagen wollte, aber er hatte nichts zu sagen. »Dann behaupten sie, du betrügst bei der Betriebshaftpflichtversicherung für deine Angestellten. Ich habe gesagt: ›Für die Versicherung bin ich zuständig. Die Versicherung ist in Ordnung.‹ Darauf raten sie mir, ich soll keine Fragen stellen, sie hätten eine Akte über mich, und ich solle mir ja nicht einbilden, nur weil ich einmal geschlagen worden sei, sei ich jetzt immun.« Sie rieb ihren Kopf an seinem. »Dabei hatte ich gar keine Fragen gestellt. Dann behaupteten sie, sie würden in die Akte eintragen, daß ich Bilder von Castro und Che Guevara im Schlafzimmer hängen habe. Und daß ich mich wieder mit extremistischen Studenten herumtreiben würde. Das stimmt nicht, habe ich gesagt, und das ist nicht mal gelogen. Dann haben sie dich als Spion bezeichnet. Und Mickie auch. Seine Trinkerei sei bloß ein Trick, seine Spionagetätigkeit zu verschleiern. Die sind verrückt.«

Sie war fertig, aber Pendel brauchte Zeit, das zu verarbeiten, und so verging eine Weile, ehe er sich auf sie wälzte und mit beiden Händen ihre Wange an die seine drückte und ihre Gesichter zu einem einzigen Gesicht machte.

»Haben sie gesagt, was für eine Art Spion?«

»Was gibt es denn noch für Arten?«

»Echte, zum Beispiel.«

Das Telefon klingelte.

Es klingelte über ihnen, was Telefone in Pendels Leben gewöhnlich nicht taten, und zwar auf einem Apparat, den er immer für ein Haustelefon gehalten hatte, bis er sich daran erinnerte, daß das Telefon geradezu der Lebensinhalt seiner Kunafrauen war, daß sie mit ihm lachten, mit ihm weinten und ihm andächtig lauschten, wenn sie ihren Männern, Liebhabern, Vätern, Häuptlingen, Kindern, Anführern und sonstigen unzähligen Verwandten mit unlösbaren Problemen ihre ganze Aufmerksamkeit schenkten. Und nachdem das Telefon eine Zeitlang geklingelt hatte – nach dem willkürlichen Maßsystem seiner Existenz eine Ewigkeit lang, für den Rest der Welt hingegen genau viermal –, bemerkte Pendel, daß Marta nicht mehr in seinen Armen lag, sondern aufgestanden war und sich bereits die Bluse zuknöpfte, um den Anruf in geziemender Aufmachung entgegenzunehmen. Und daß sie, wie immer, wenn ein Anruf ungelegen kam, von ihm wissen wollte, ob er da sei oder nicht. Aber nun wurde er eigensinnig und stand ebenfalls auf, mit dem Ergebnis, daß sie einander wieder so nahe waren wie zuvor, als sie auf dem Boden gelegen hatten.

»Ich bin da, du nicht«, flüsterte er ihr eindringlich ins Ohr.

Kein Trick, keine Heuchelei: nur der Beschützer in ihm sprach diese Worte. Vorsichtshalber postierte er sich zwischen Marta und dem Telefon, und im rötlichen Licht des Fensters über ihm – ein paar Sterne hatten es geschafft, durch den Dunstschleier zu schimmern – betrachtete er den immerzu weiterläutenden Apparat, als versuchte er, dessen Zweck zu ergründen. Denken Sie als erstes immer an das Schlimmste, hatte Osnard ihm bei den Einsatzbesprechungen eingeschärft. Er hielt sich daran, und das

Schlimmste schien ihm Osnard selbst zu sein, also dachte er an ihn. Dann dachte er an den Bären. Dann dachte er an die Polizei. Und schließlich dachte er, da er schon die ganze Zeit an sie gedacht hatte, an Louisa.

Aber Louisa war nichts Schlimmes. Sie war ein Opfer, das er vor langer Zeit in Zusammenarbeit mit ihrer Mutter und ihrem Vater und Braithwaite und Onkel Benny und den barmherzigen Schwestern und all den anderen, aus denen er selbst sich zusammensetzte, erschaffen hatte. Sie stellte keine Bedrohung dar, erinnerte ihn allenfalls an das grundsätzlich Falsche ihrer Beziehung, wie trotz der Sorgfalt, die er auf die Planung verwendet hatte, alles schiefgelaufen war – eben das war ja sein Fehler gewesen: Man sollte Beziehungen nicht *planen*, aber wenn man das nicht macht, was macht man dann?

Als es dann nicht mehr viel zu denken gab, griff Pendel endlich nach dem Hörer und hob ihn im selben Augenblick ans Ohr, als Marta seine andere Hand an ihre Lippen führte, um zärtlich und beruhigend an seinen Knöcheln zu knabbern. Und irgendwie rüttelte diese Geste ihn wach, denn nun, mit dem Hörer am Ohr, machte er sich nicht klein, sondern stand plötzlich kerzengerade und meldete sich tapfer, um nicht zu sagen aufgeräumt, in deutlichem Spanisch, womit er zeigen wollte, daß er noch lange nicht geschlagen war, daß er sich keineswegs den Umständen zu unterwerfen gedachte.

»Pendel & Braithwaite! Guten Abend, womit können wir dienen?«

Aber falls er mit seiner Munterkeit unbewußt darauf abzielte, dem Angriff die Spitze zu nehmen, scheiterte der Versuch kläglich, denn die Schießerei hatte bereits angefangen. Die ersten Salven schlugen schon bei ihm ein, bevor er den Satz zu Ende gesprochen hatte: eine Folge einzelner, sich langsam steigernder Explosionen, durchsetzt vom Rattern der Maschinenpistolen, dem Krachen der Granaten und dem kurzen triumphierenden Jaulen der Querschläger. Ein paar Sekunden lang glaubte Pendel, es gebe eine neue Invasion; nur daß er sich diesmal bereit erklärt habe, bei Marta in El Chorillo zu bleiben, und sie ihm deshalb jetzt die Hand küßte. Und wie vorauszusehen, versank der Geschützlärm allmählich im Wimmern der Opfer, es hallte wie aus irgendeinem behelfsmäßigen Schutzraum, anklagend und protestierend, fluchend und fordernd, erstickt vor Wut und Entsetzen, um Schadenersatz und Gottes Gnade flehend, bis nach und nach all diese Stimmen zu einer einzigen wurden, und die gehörte Ana, der *chiquilla* von Mickie Abraxas, Martas Kindheitsfreundin, der einzigen Frau in Panama, die es noch mit Mickie aufnahm, die ihn noch saubermachte, wenn er mal wieder zu viel getrunken und sich besudelt hatte, und die sich sein endloses Gefasel noch anhören konnte.

Und sobald Pendel die Stimme Anas erkannte, wußte er genau, was sie ihm zu erzählen hatte, auch wenn sie, wie alle guten Geschichtenerzähler, das Beste bis zum Schluß aufsparte. Und deshalb gab er Marta den Hörer nicht, sondern ließ die Schläge auf den eigenen Körper niedergehen, nicht auf ihren, wie er es hatte geschehen lassen müssen, als die Elitesoldaten nicht zuließen, daß er sie daran hinderte, Marta halb tot zu prügeln.

Gleichwohl ging Anas Monolog so verschlungene Pfade, daß Pendel, um sich da hindurchzufinden, praktisch eine Landkarte gebraucht hätte.

»Es ist nicht einmal das Haus meines Vaters, mein Vater hat es mir nur widerwillig überlassen, weil ich ihn angelogen habe, weil ich ihm erzählt habe, ich würde hier mit meiner Freundin Estella sein und mit sonst niemand, Estella, mit der ich und Marta zur Klosterschule gegangen sind, aber das war gelogen, jedenfalls nicht Mickie, es gehört einem Vorarbeiter von der Feuerwerkfabrik La Negra Vieja in Guararé, wo das ganze Feuerwerk für alle Feste in Panama hergestellt wird, aber das hier ist jetzt Guararés eigenes Festival, und mein Vater ist mit dem Vorarbeiter befreundet und war Trauzeuge bei seiner Hochzeit, und der Vorarbeiter hat zu ihm gesagt, du kannst mein Haus für das Fest haben, solange ich in Aruba Flitterwochen mache, aber mein Vater findet Feuerwerk nicht gut und hat gesagt, er verzichtet drauf, aber ich kann es haben, nur diesen blöden Mickie, den durfte ich nicht einladen, also habe ich gelogen und gesagt, nein, den lade ich nicht ein, nur meine Freundin Estella, die ich von der Klosterschule kenne und die zur Zeit die *chiquilla* von einem Holzhändler in David ist, weil es nämlich in Guararé fünf Tage lang Stierkämpfe und Tanzgruppen und Feuerwerk gibt, das gibt es sonst nirgendwo in Panama oder sonstwo auf der ganzen Welt. Aber ich habe nicht Estella eingeladen, sondern Mickie, und Mickie hat mich wirklich gebraucht, er hatte solche Angst und war so deprimiert und ausgelassen, alles auf einmal, er hat gesagt, die Polizei, das sind alles Idioten, die würden ihm drohen und ihn einen britischen Spion nennen, genau wie zu Noriegas Zeiten, bloß weil er sich ein paar Semester lang in Oxford betrunken hat und sich hat überreden lassen, in Panama einen britischen Club aufzumachen.«

Hier begann Ana so laut zu lachen, daß Pendel sich die Geschichte nur noch bruchstückweise und mit viel Geduld zusammensetzen konnte, aber der eigentliche Kern war deutlich genug: nämlich daß sie Mickie noch nie so enthusiastisch und niedergeschlagen zugleich erlebt hatte, daß er im einen Augenblick weinte und im nächsten ausgelassen herumalberte, und Gott im Himmel, was brachte ihn dazu? Und noch einmal Gott im Himmel, was sollte sie jetzt ihrem Vater erzählen? Wer sollte die Wände und die Zimmerdecke saubermachen? Gott sei Dank war es Fliesenboden, kein Holzboden, immerhin war er so anständig gewesen, es in der Küche zu machen, tausend Dollar für einen neuen Anstrich waren noch vorsichtig geschätzt, als strenger Katholik hat ihr Vater so seine Ansichten über Selbstmörder und Ketzer, na schön, er hat getrunken, das hätten sie alle, was soll man denn sonst bei so einem Fest machen außer trinken und tanzen und bumsen und sich das Feuerwerk ansehen, und genau letzteres hat sie gerade getan, als sie hinter sich den Knall gehört hat, wo er das Ding her hatte, war ihr ein Rätsel, er trägt sonst nie eine Pistole bei sich, auch wenn er dauernd davon geredet hatte, sich eine Kugel in den Kopf zu jagen, wahrscheinlich hat er sie gekauft, nachdem die Polizei bei ihm aufgekreuzt war, um ihn als großen Spion zu bezeichnen und daran zu erinnern, was ihm beim vorigen Mal im Gefängnis passiert war, und genau das würde ihm wieder passieren, hatten sie gesagt, auch wenn er jetzt nicht mehr so ein hübscher Knabe war, die alten Häftlinge waren da nicht so wählerisch, und sie hat bloß geschrien und gelacht und den Kopf eingezogen und die Augen zugemacht, und erst als sie sich umgedreht hatte, um zu sehen, wer die Rakete oder was auch immer geworfen hatte, hat sie die Schweinerei gesehen, einiges davon auf ihrem neuen Kleid, und Mickie selbst verkehrt herum auf dem Fußboden.

Aus all dem schälte sich für Pendel schließlich die Frage heraus, auf welche Weise die explodierte Leiche seines Freundes und Mitgefangenen und des gewählten Führers von Panamas nun für immer Stiller Opposition denn wohl richtig herum liegen könnte.

Er legte den Hörer auf, die Invasion war beendet, das Jammern der Opfer verstummte. Jetzt mußte nur noch aufgewischt werden. Die Adresse in Guararé hatte er mit einem H2-Bleistift aus seiner Tasche notiert. Harte, dünne Schriftzüge, aber lesbar. Seine nächste Sorge galt Marta; sie mußte Geld haben. Dann fiel ihm das Bündel von Osnards Fünfzigern in seiner rechten Gesäßtasche ein. Er gab es ihr, und sie nahm es, vermutlich ohne zu wissen, was sie da tat.

»Das war Ana«, sagte er. »Mickie hat sich umgebracht.«

Aber das wußte sie natürlich schon. Sie hatte ihr Gesicht an seins gedrückt, während sie beide zusammen zuhörten, sie hatte die Stimme ihrer Freundin sofort erkannt, und nur Pendels große Freundschaft mit Mickie hatte sie davon abgehalten, ihm den Hörer aus der Hand zu reißen.

»Es ist nicht deine Schuld«, sagte sie hitzig. Sie wiederholte den Satz mehrmals, um ihn in seinen dicken Schädel zu treiben. »Das hätte er sowieso getan, ob du ihm den Kopf zurechtgesetzt hättest oder nicht, hörst du? Er hat dazu keinen Vorwand gebraucht. Er hat sich jeden Tag umgebracht. Hörst du mich.«

»Ja doch. Ja doch.«

Aber er sagte nicht: Doch, es *ist* meine Schuld, weil ihm das sinnlos erschien.

Dann begann sie zu zittern wie eine Malariakranke, und hätte er sie nicht festgehalten, wäre sie wie Mickie zu Boden gesunken, verkehrt herum.

»Ich möchte, daß du morgen nach Miami fliegst«, sagte er. Er erinnerte sich an ein Hotel, von dem Rafi Domingo ihm erzählt hatte. »Geh ins Grand Bay. Am Coconut Grove. Die haben ein fantastisches Lunchbüffet«, setzte er wie ein Idiot hinzu. Und auch die Ausweichmöglichkeit, wie Osnard es ihm beigebracht hatte: »Falls man dir kein Zimmer gibt, frag die Empfangsdame, ob du wenigstens deine Post dort hinschicken lassen kannst. Das sind nette Leute. Erwähne Rafis Namen.«

»Es ist nicht deine Schuld«, wiederholte sie, jetzt unter Tränen. »Man hat ihn im Gefängnis zu oft verprügelt. Er war noch ein Kind. Erwachsene kann man schlagen. Kinder nicht. Er war dick. Er hatte empfindliche Haut.«

»Ich weiß«, stimmte Pendel zu. »Das haben wir alle. Wir sollten einander so etwas nicht antun. Niemand sollte das.«

Sein Blick war zu der Reihe fast fertiger Anzüge gewandert – der größte und auffälligste davon war Mickies Alpaka, Hahnentrittmuster, mit einem zweiten Paar Hosen, von denen er gesagt hatte, sie machten ihn vorzeitig alt.

»Ich gehe mit dir«, sagte sie. »Ich kann dir helfen. Ich werde mich um Ana kümmern.«

Er schüttelte den Kopf. Heftig. Er packte sie bei den Armen und schüttelte noch einmal den Kopf. Ich habe ihn verraten. Nicht du. Ich habe ihn zum Anführer gemacht, nachdem du mir davon abgeraten hast. Er versuchte, das irgendwie auszusprechen, aber seine Miene mußte es ihr bereits gesagt haben, denn sie wich vor ihm zurück, riß sich von ihm los, als ob ihr nicht gefiele, was sie da sah.

»Marta, hörst du mir zu? Sieh mich nicht so an.«

»Ja«, sagte sie.

»Danke für die Studenten und alles«, beteuerte er. »Danke für alles. Danke. Es tut mir so leid.«

»Du brauchst Benzin«, sagte sie und gab ihm hundert Dollar zurück.

Und dann standen sie da, zwei Menschen, die Banknoten austauschten, während um sie herum ihre Welt unterging.

»Es war nicht nötig, mir zu danken«, sagte sie, und plötzlich klang ihre Stimme hart und wie in Erinnerung versunken. »Ich liebe dich. Sonst ist kaum etwas wichtig für mich. Nicht einmal Mickie.«

Offenbar hatte sie das gut durchdacht, denn ihr Körper entspannte sich, und die Liebe war in ihren Blick zurückgekehrt.

Dieselbe Nacht, exakt dieselbe Uhrzeit in der Britischen Botschaft, Calle 53 in Marbella, Panama City. Die eilig einberufene Konferenz der verstärkten Buchanianer tagt seit einer Stunde, wenngleich Francesca Deane sich in Osnards freudlosem, luftlosen, fensterlosen Kabuff im Ostflügel ständig daran erinnern muß, daß die Welt draußen ihren gewöhnlichen Gang weitergeht: Außerhalb des Raums ist es dieselbe Zeit wie hier drin, gleichgültig, ob wir hier, so ruhig und nüchtern wie möglich, unsere Pläne aushecken oder nicht – Pläne zur Bewaffnung und Finanzierung einer Gruppe supergeheimer panamaischer Dissidenten aus der herrschenden Klasse, bekannt als Stille Opposition, Pläne zur Aufwiegelung und Rekrutierung militanter Studenten, zum Sturz der rechtmäßigen Regierung von Panama und zur Einsetzung einer Vorläufigen Verwaltungskommission, die den Kanal aus den arglistigen Fängen einer Ost-Süd-Verschwörung reißen soll.

Auf geheimen Sitzungen sind Männer plötzlich ganz anders, dachte Fran als einzige anwesende Frau, während sie unauffällig die um den zu kleinen Tisch gedrängten Gesichter musterte. Man sieht es an ihren Schultern, wie sie sie hochziehen. Man sieht es an den gespannten Kiefermuskeln und an den schmutzigen Schatten um die unruhig lüsternen Augen. Ich bin die einzige Schwarze in einem Raum voller Weißer. Ihr Blick huschte über Osnard hinweg, und sie mußte an den Gesichtsausdruck der Frau denken, die im dritten Kasino als Croupier arbeitete: *Also du bist sein Mädchen, hatte ihre Miene gesagt. Dann will ich dir mal was sagen, Schätzchen. Dein Macker und ich, wir treiben Sachen, die du dir nicht mal in deinen wildesten Träumen vorstellen kannst.*

Auf geheimen Sitzungen behandeln dich Männer wie eine Frau, die sie aus den Flammen retten, dachte sie. Was auch immer sie dir angetan haben, sie erwarten von dir, daß du sie für vollkommen hältst. Ich sollte auf der Schwelle ihrer Hütte stehen. Ich sollte ein langes weißes Kleid tragen, ihre Kinder an meinen Busen drücken und ihnen nachwinken, wenn sie in den Krieg ziehen. Ich sollte sagen: Hallo, ich bin Fran, ich bin der erste Preis, wenn ihr siegreich nach Hause kommt. Auf geheimen Sitzungen haben Männer käsige, schuldbewußte Gesichter, aber das kommt nur von dem miesen weißen Licht und dem unheimlichen grauen Stahlschrank, der auf seinen staksigen Beinen vor sich hinsummt wie ein unmusikalischer Anstreicher auf einer Leiter, um unsere Worte vor neugierigen Ohren abzuschirmen. Auf geheimen Sitzungen riechen Männer anders als sonst. Weil sie brünstig sind.

Und Fran war nicht weniger erregt, jedoch machte ihre Erregung sie skeptisch, während die Männer von der Erregung beflügelt wurden und sich einem grausameren Gott zuwandten, selbst wenn der Gott der Stunde ein kleiner bärtiger Mr. Mellors war, der wie ein nervöser einsamer Gast ihr gegenüber am entgegengesetzten Ende des Tisches hockte und mit starkem schottischen Akzent immer wieder »meine Herren« sagte – als sei Fran für diese Nacht in den Stand eines Mannes erhoben worden. Er könne es nicht glauben, meine Herren, sagte er, daß er seit zwanzig Stunden kein Auge mehr zugemacht habe! Aber er schwor, daß er noch weitere zwanzig dranhängen könne.

»Meine Herren, ich kann gar nicht genug betonen, welch enorme nationale und, wie ich sagen darf, geopolitische

Bedeutung dieser Operation von den höchsten Rängen der Regierung Ihrer Majestät beigemessen wird«, versicherte er ein ums andere Mal, während diverse Fragen erörtert wurden wie etwa die, ob die Regenwälder von Darién ein brauchbares Versteck für ein paar tausend halbautomatische Gewehre darstellten oder ob man nicht lieber an etwas denken sollte, das zentraler zu Wohnungen und Büro gelegen sei? Und die Männer verschlangen es gierig. Sie schluckten es ohne Widerrede, weil es ungeheuerlich, aber geheim und deshalb ganz und gar nicht ungeheuerlich war. Rasiert ihm den blöden schottischen Bart ab, rät sie ihnen. Schafft ihn hier raus. Reißt ihm die Maske runter. Laßt ihn das alles im Bus nach Paitilla noch einmal sagen. Und dann seht, ob ihr ihm noch immer glaubt.

Aber sie schafften ihn nicht raus und rissen ihm nicht die Maske runter. Sie glaubten ihm. Bewunderten ihn. Hingen an seinen Lippen. Maltby zum Beispiel! *Ihr* Maltby! – ihr dubioser, komischer, pedantischer, schlauer, verheirateter, unglücklicher Botschafter, der sich überall bedroht fühlt, in Taxis und auf Korridoren, ein Skeptiker wie er im Buche steht, hatte sie immer gedacht, und doch hatte er *Gott, was für eine schöne Frau* gerufen, als sie in seinen Pool gesprungen war: Und dieser Maltby saß nun wie ein braver Schuljunge zu Mellors' Rechter, grinste ölig und aufmunternd, streckte ruckartig den langen schiefen Kopf vor und zurück wie einer dieser Kneipenvögel, die Wasser aus schmierigen Plastikbechern trinken, und drängte den schmollenden Nigel Stormont, ihm beizupflichten.

»Dem stimmen Sie doch zu, Nigel?« rief er. »Ja, das tut er. Abgemacht, Mellors.«

Oder: »*Wir* geben ihnen das Gold, *sie* kaufen die Waffen über Gully. Viel einfacher, als sie ihnen direkt zu liefern. *Und* es läßt sich leichter vertuschen – einverstanden, Nigel? – ja, Gully? – abgemacht, Mellors.«

Oder: »Nein nein, Mr. Mellors, vielen Dank, eine weitere Arbeitsgruppe ist absolut überflüssig. So eine kleine Gaunerei schaffen Nigel und ich auch alleine, stimmt's, Nigel? Und unser Gully ist sowieso Experte. Was sind unter

Freunden schon ein paar hundert Tretminen, was, Gully? Hergestellt in Birmingham. Beste Qualität.«

Und Gully bearbeitet blöde grinsend seinen Schnurrbart mit dem Taschentuch und kritzelt gierig Notizen in sein Auftragsbuch, während Mellors ihm etwas, das wie eine Einkaufsliste aussieht, über den Tisch zuschiebt und die Augen verdreht, damit er sich selbst dabei nicht zusehen kann.

»Mit *begeisterter* Zustimmung des Ministers«, flüstert er. Soll heißen: Ich habe damit nichts zu tun.

»Problematisch ist dabei nur *eins,* Mellors, wir müssen den Kreis der Eingeweihten so klein wie möglich halten«, bemerkt Maltby scharfsinnig. »Das heißt, wir müssen jeden vergattern, der aus Versehen dahinterkommen könnte, zum Beispiel unseren jungen Simon hier« – hämischer Seitenblick zu Simon Pitt, der wie betäubt neben Gully sitzt –, »und ihnen mit lebenslänglicher Galeerenstrafe drohen, falls sie auch nur ein einziges unbedachtes Wort ausplappern. Verstanden, Simon? Verstanden? Verstanden?«

»Verstanden«, stimmt Simon unter Folter zu.

Ein anderer Maltby, einer, den Fran noch nicht kannte, aber immer in ihm vermutet hatte, weil er so unterschätzt und unterfordert auf sie wirkte. Außerdem ein anderer Stormont, der immer, wenn er spricht, mit finsterem Blick ins Leere starrt und alles gutheißt, was Maltby vorbringt.

Auch ein anderer Andy? Oder war er schon immer so, nur daß ich es nicht gemerkt habe?

Verstohlen läßt sie ihren Blick auf ihm ruhen.

Er war anders. Nicht größer oder dicker oder dünner. Nur weiter weg. Tatsächlich so weit weg, daß sie ihn am Tisch kaum wiedererkannte. Sein Rückzug, das wurde ihr jetzt klar, hatte im Kasino begonnen und sich mit der dramatischen Nachricht von Mellors' bevorstehendem Eintreffen beschleunigt.

»Wer braucht diesen Blödmann überhaupt?« hatte er sie wütend gefragt, als ob er sie dafür verantwortlich machte, den Schuft herbeizitiert zu haben. »BUCHAN will ihn nicht sehen. BUCHAN ZWEI will ihn nicht sehen. Sie will ja nicht mal *mich* sehen. Keiner will ihn sehen. Das habe ich ihm bereits gesagt.«

»Dann sag's ihm noch einmal.«

»Scheiße, das ist *mein* Revier. Nicht seins. *Meine* Operation. Was hat der Arsch sich da einzumischen?«

»Könntest du deine Ausdrucksweise etwas mäßigen? Er ist dein Chef, Andy. Er hat dich hierhergeschickt. Nicht ich. Gebietsleiter haben nun mal das Recht, ihren Leuten persönlich auf die Finger zu sehen. Auch in deinem Dienst, nehme ich an.«

»Unsinn«, schnaubte er, und als nächstes sah sie sich in aller Ruhe ihre Habseligkeiten packen und hörte Andy rufen, sie solle ihre ekelhaften Haare aus der Badewanne entfernen.

»Wovor hast du Angst, was könnte er denn herausfinden?« fragte sie eisig. »Er ist doch nicht dein Geliebter? Du hast doch kein Keuschheitsgelübde abgelegt? Oder doch? Du hast hier eine Frau gehabt, na und? Was ist daran verkehrt? *Ich* muß es ja nicht gewesen sein.«

»Vollkommen richtig.«

»Andy!«

Er zeigte sich zerknirscht, aber nur kurz und wenig überzeugend.

»Ich mag's einfach nicht, wenn man hinter mir herschnüffelt«, sagte er mürrisch.

Doch als sie über diesen guten Witz erleichtert auflachte, nahm er ihren Autoschlüssel von der Anrichte, drückte ihn ihr in die Hand und brachte sie mit ihrem Gepäck zum Lift. Den ganzen Tag war es ihnen gelungen, einander aus dem Weg zu gehen; aber jetzt ging es nicht anders, sie mußten sich in diesem düsteren weißen Gefängnis gegenüber sitzen – Andy mit frostigem Blick, Fran verschlossen, und wenn sie einmal lächelte, dann nur in Richtung des Fremden – der zu ihrer heimlichen Entrüstung Andy geradezu hofierte und sich auf höchst widerwärtige Weise seinen Wünschen unterwarf:

»Aber finden *Sie* diese Vorschläge sinnvoll, Andrew?«

hakt Mellors nach und saugt an den Zähnen. »Heraus mit der Sprache, junger Mr. Osnard. *Sie* haben das aufgebaut, gütiger Himmel! *Sie* leiten das Ganze hier, *Sie* sind der Star – mit Verlaub, Euer Exzellenz. Sollte ein Mann im Einsatz – an der Front, mein Gott – nicht besser von lästigen Verwaltungsaufgaben befreit sein, Andrew? Reden Sie ganz offen. Niemand hier am Tisch will Ihre *beispielhafte* Arbeit schmälern.«

Eine Meinung, der Maltby begeistert Beifall spendet; Stormont folgt einige Sekunden später und weniger begeistert – es geht um das Zwei-Schlüssel-System zur Kontrolle der Finanzen der Stillen Opposition, eine Aufgabe, die nach einhelliger Meinung am besten ranghohen Beamten anvertraut werden sollte.

Warum also ist Andy deprimiert, nachdem ihm eine so schwere Last von den Schultern genommen wurde? Warum ist er nicht dankbar, daß Maltby und Stormont sich jede erdenkliche Mühe geben, ihn von dem Job zu befreien?

»Wie ihr wollt«, brummt er patzig und sieht Maltby finster von der Seite an. Dann verzieht er sich wieder in seinen Schmollwinkel.

Und als sich die Frage erhebt, wie man Abraxas und Domingo und die anderen Stillen Opponenten überreden könnte, über Geld und Logistik direkt mit Stormont zu verhandeln, verliert Andy beinahe vollends die Beherrschung.

»Warum übernehmt ihr nicht gleich das ganze Netzwerk, wenn ihr schon mal dabei seid?« schimpft er mit hochrotem Kopf. »Am besten von der Kanzlei aus, zu den üblichen Dienststunden, Funftagewoche, das wär's dann. Nur zu.«

»Andrew, Andrew, ganz ruhig, nicht in diesem Ton hier, bitte!« ruft Mellors und gluckst wie ein altes schottisches Huhn. »Wir sind ein Team, Andrew, stimmt doch, oder? Wir bieten Ihnen lediglich ein wenig Unterstützung an – den Rat kluger Köpfe –, ein stabilisierendes Element in einer glänzend geleiteten Operation. Stimmt's, Botschafter?« Er saugt an den Zähnen, setzt die betrübte Miene des besorgten Vaters auf, steigert den versöhnlichen Tonfall ins

Flehentliche. »Diese Typen von der Opposition, die werden harte Forderungen stellen, Andrew. Man wird aus dem Handgelenk heraus verbindliche Zusagen geben müssen. Man wird jede Menge blitzschnelle Entscheidungen treffen müssen. Heikles Gelände, Andrew, für jemand in Ihrem zarten Alter. Solche Angelegenheiten sollte man besser erfahrenen Leuten überlassen.«

Andy schmollt. Stormont starrt ins Leere. Aber der liebe nette Maltby fühlt sich genötigt, noch ein paar eigene Trostworte hinzuzufügen.

»Mein Lieber, Sie können unmöglich die ganze Sache allein weitertreiben, stimmt's, Nigel? In meiner Botschaft werden die Lasten auch gerecht verteilt – stimmt's, Nigel? Niemand will Ihnen Ihre Spione wegnehmen. Sie werden Ihr Netzwerk auch künftig betreuen – Informationen geben und abrufen, Zahlungen leisten und so weiter. Wir wollen nur Ihre Opposition. Wenn das kein faires Angebot ist?«

Aber zu Frans Beklemmung stößt Andy noch immer die Hand zurück, die ihm so liebenswürdig hingehalten wird. Seine glänzenden kleinen Augen huschen zwischen Maltby und Stormont hin und her. Er murmelt etwas Unverständliches, und das ist wahrscheinlich auch gut so. Er lächelt bitter und nickt wie jemand, der grausam betrogen worden ist.

Bleibt eine letzte symbolische Förmlichkeit. Mellors steht auf, taucht unter den Tisch und kommt, über jeder Schulter eine schwarze Ledertasche, wie Kuriere der Königin sie zu tragen pflegen, wieder zum Vorschein.

»Andrew, seien Sie so nett und schließen Sie den Tresorraum auf«, befiehlt er.

Inzwischen sind alle aufgestanden. Auch Fran. Shepherd baut sich vor dem Tresorraum auf, öffnet das Gitter mit einem länglichen Messingschlüssel und zieht es zurück; dahinter befindet sich eine massive Stahltür mit einem schwarzen Zahlenschloß in der Mitte. Mellors nickt, und Andy tritt mit einem derart haßerfüllten Ausdruck vor, daß Fran zutiefst froh ist, ihn vorher noch nie so gesehen zu haben; er dreht das Schloß nach links und rechts, bis es nachgibt. Und dann bedarf es einer weiteren aufmunternden Bemerkung Maltbys, bevor Andy die Tür aufzieht und seinem Botschafter und dem Leiter der Kanzlei mit höhnischer Verneigung bekundet, daß er ihnen den Vortritt läßt. Fran, die am Tisch stehengeblieben ist, erkennt neben einem überdimensionalen roten Telefon, das an eine Art umgebauten Staubsauger angeschlossen ist, einen Stahltresor mit zwei Schlüssellöchern. Ihr Vater, der Richter, hat so einen in seinem Ankleidezimmer.

»Jeder einen«, hört sie Mellors flöten.

Plötzlich sieht Fran sich in ihre alte Schulkapelle zurückversetzt, sie kniet in der vordersten Bank und beobachtet eine dichtgedrängte Gruppe hübscher junger Priester, die ihr keusch den Rücken zugewandt haben und sich mit irgendwelchen aufregenden Dingen beschäftigen, um ihr gleich die erste heilige Kommunion zu spenden. Nach und nach hellt sich ihr Blickfeld auf, und sie sieht, wie Andy unter Mellors' väterlichem Blick Maltby und Stormont je einen langstieligen versilberten Schlüssel aushändigt. Englische Belustigung, an der Andy nicht teilnimmt, kommt auf, als die beiden Männer jeweils das falsche Schlüsselloch versuchen, bis dann Maltby erleichtert ›*Na bitte*‹ ausruft, und die Tresortür mit einem Klicken aufschwingt.

Inzwischen aber sieht Fran den Tresor nicht mehr. Ihr Blick ist auf Andy gerichtet, der sprachlos die Goldbarren anstarrt, die Mellors einen nach dem anderen aus seinen schwarzen Schultertaschen nimmt und von Shepherd kreuzweise wie Dominosteine in den Tresor stapeln läßt. Ein letztes Mal schlägt Andys schlaffes Gesicht sie in Bann, denn es sagt ihr alles, was sie jemals über ihn wissen beziehungsweise nicht wissen wollte. Sie weiß, man hat ihn ertappt, und sie ahnt auch schon scharfsinnig, wobei man ihn ertappt hat, auch wenn sie keine Vorstellung hat, ob die, die ihn ertappt haben, sich dessen überhaupt bewußt sind. Sie weiß, er ist ein Lügner, mit oder ohne berufliche Lizenz. Sie kennt die Quelle der fünfzigtausend Dollar, die er auf Rot gesetzt hat. Die Tür dazu steht geöffnet vor ihr. Sie versteht nur zu gut, warum er so wütend ist, daß man ihn zur Herausgabe der Schlüssel gezwungen hat. Und dann sieht sie nichts mehr, teils weil ihr Blick sich vor Beschämung und Selbstekel getrübt hat, teils weil Maltbys plumpe Gestalt nun vor ihr aufgetaucht ist, und er sie mit piratenhaftem Grinsen fragt, ob sie es für einen Frevel an der Schöpfung halte, wenn er sie zu einem gekochten Ei im Pavo Real einladen würde.

»Phoebe will mich verlassen«, erklärt er stolz. »Die Scheidung ist schon so gut wie gelaufen. Nigel wird sein Herz in beide Hände nehmen und es ihr mitteilen. Wenn ich es ihr sage, glaubt sie's sowieso nicht.«

Fran zögerte mit einer Antwort, denn instinktiv wäre sie am liebsten zurückgewichen und hätte das Angebot dankend abgelehnt. Aber bei weiterem Nachdenken wurden ihr einige Dinge klar, die sie auch schon früher hätte sehen können. Zum Beispiel, daß Maltbys Zuneigung zu ihr sie schon seit Monaten nicht mehr kaltließ; daß sie Dankbarkeit für die Nähe eines Mannes empfand, der sich so verzweifelt nach ihr verzehrte; und daß Maltbys schüchterne Verehrung ihr ein unschätzbarer Rückhalt gewesen war, als sie mit der Erkenntnis gerungen hatte, daß sie ihr Leben mit einem unmoralischen Menschen teilte, dessen Scham- und Skrupellosigkeit sie anfangs angezogen hatte, jetzt jedoch abstieß, dessen Interesse an ihr nie anders als eigennützig und sexuell motiviert gewesen war und der in ihr letztlich nur ein heftiges Verlangen nach der unbeholfenen Zuneigung des Botschafters geweckt hatte.

Und am Ende dieser rationalen Überlegungen stellte sie fest, daß sie schon lange nicht mehr so dankbar für eine Einladung gewesen war.

Marta kauerte auf der Arbeitsbank der Näherinnen, betrachtete das Geldbündel, das er ihr aufgedrängt hatte, und dachte: sein Freund Mickie ist tot, er glaubt, er habe ihn umgebracht, und vielleicht stimmt das sogar; die Polizei überwacht ihn, aber ich soll in Miami am Strand sitzen, das Lunchbüfett im Grand Bay essen, mir Kleider kaufen und warten, bis er nachkommt. Und glücklich sein und an ihn glauben und in der Sonne liegen und mir das Gesicht operieren lassen. Und mir einen Jungen nehmen, wenn's geht, denn einen hübschen Jungen, den gönnt er mir, einen stellvertretenden Harry Pendel, der mich an seiner Statt liebt, während er selbst seiner Louisa treu bleibt. So ist er nun mal, und du kannst das so oder so sehen, kompliziert oder ganz simpel. Harry hat für jeden einen Traum. Harry erträumt sich für jeden von uns ein Leben und träumt jedesmal das Falsche. Denn erstens will ich nicht aus Panama weg. Ich will hierbleiben, für ihn bei der Polizei lügen, an seinem Bett sitzen, wie er an meinem gesessen hat, und ich will herausfinden, was schiefgegangen ist, und es in Ordnung bringen. Ich will ihm sagen, steh auf und humple durchs Zimmer, denn solange du liegenbleibst, kannst du an nichts anderes denken, als daß du noch einmal zusammengeschlagen wirst. Aber wenn du aufstehst, wirst du wieder ein Mensch und findest deine Würde wieder. Und zweitens kann ich Panama gar nicht verlassen, weil die Polizei mir den Paß abgenommen hat, als kleinen Ansporn, ihn auszuspionieren.

Siebentausend Dollar.

Sie hatte das Geld auf dem Arbeitstisch gezählt, im schwachen Licht des Fensters über ihr. Siebentausend Dollar aus seiner Gesäßtasche, er hatte sie ihr wie heißes Geld in die Hand gedrückt, als er von Mickies Tod erfahren hatte – hier, nimm das, es ist Osnards Geld, Judasgeld, Mikkies Geld, jetzt gehört es dir. Man sollte meinen, daß ein Mann, der vorhat, was Harry vorhat, sein Geld lieber für alle Fälle für sich behält. Geld für die Beerdigung. Geld für die Polizei. Geld für *chiquillas.* Aber Harry hatte kaum den Hörer aufgelegt, als er auch schon das Bündel aus der Tasche zog, um jeden einzelnen dieser schmutzigen Dollars loszuwerden. Wo hat er das Geld her? hatte die Polizei sie gefragt.

»Sie sind doch nicht dumm, Marta. Sie können lesen, studieren, Bomben basteln, Aufruhr anzetteln, Demonstrationen anführen. Wer hat ihm das Geld gegeben. Hat er es von Abraxas? Arbeitet er für Abraxas, und arbeitet Abraxas für die Briten? Was gibt er Abraxas dafür?«

»Ich weiß es nicht. Mein Arbeitgeber sagt mir nie etwas. Verlassen Sie meine Wohnung.«

»Er schläft mit Ihnen, oder?«

»Nein, er schläft nicht mit mir. Ab und zu besucht er mich, wenn ich Kopfschmerzen und Brechanfälle habe, und weil er mein Arbeitgeber ist und weil er dabei war, als ich zusammengeschlagen wurde. Das ist doch nur menschlich, und im übrigen ist er glücklich verheiratet.«

Nein, er schläft nicht mit mir, das zumindest entsprach der Wahrheit, auch wenn ihr die Preisgabe dieser kostbaren Wahrheit schwerer fiel als irgendwelche bequemen Lügen. Nein, Kommissar, er schläft nicht mit mir. Nein, Kommissar, ich fordere ihn nicht dazu auf. Wir liegen auf meinem Bett, ich lege ihm meine Hand zwischen die Beine, aber nur von außen, er schiebt mir seine Hand in die Bluse, aber mehr als eine Brust erlaubt er sich nicht, obwohl er weiß, daß er mich jederzeit ganz haben kann, denn im Grunde hat er mich bereits ganz, aber er kann nicht, weil er Schuldgefühle hat, noch mehr Schuldgefühle hat als Sünden. Und ich erzähle ihm Geschichten, wer wir sein könnten, wenn wir noch einmal jung und mutig wären und zurückversetzt in die Zeit, bevor man mir mit Knüppeln das Gesicht weggenommen hat. Und das ist Liebe.

Marta hatte wieder schlimme Kopfschmerzen, und ihr war schlecht. Sie stand auf, hielt das Geld mit beiden Händen umklammert. Sie konnte es keine Minute mehr im Arbeitsraum der Kunafrauen aushalten. Sie ging durch den Flur bis vor die Tür ihres Büros, blieb wie eine Touristin, die in hundert Jahren hier herumgeführt werden würde, auf der Schwelle stehen, sah hinein und sprach zu sich selbst den erläuternden Kommentar:

Hier hat die Mulattin Marta gesessen und dem Schneider Pendel die Bücher geführt. Dort auf den Regalen sehen Sie die soziologischen und historischen Werke, die Marta in ihrer Freizeit gelesen hat, um in der Gesellschaft voranzukommen und die Träume ihres verstorbenen Vaters zu erfüllen, der Zimmermann war. Als Autodidakt legte der Schneider Pendel Wert darauf, daß auch seine Angestellten, insbesondere aber die Mulattin Marta, sich weiterbildeten und ihre Möglichkeiten maximal ausschöpften. In dieser Kochnische hat Marta ihre berühmten Sandwiches gemacht, sämtliche Prominenten von Panama haben mit angehaltenem Atem von Martas Sandwiches gesprochen, auch der berühmte Spion und Selbstmörder Mickie Abraxas; ihre Spezialität war Thunfisch, aber im Grunde ihres Herzens hätte sie das ganze Pack am liebsten vergiftet, ausgenommen Mickie und ihren Arbeitgeber Pendel. Und dort, in der Ecke hinter dem Schreibtisch, sehen wir die Stelle, wo im Jahre 1989 der Schneider Pendel, nachdem er die Tür zugemacht hatte, sich hat hinreißen lassen, Marta in seine Arme zu schließen und ihr seine unsterbliche Liebe zu beteuern. Der Schneider Pendel schlug vor, ein Stundenhotel aufzusuchen, doch Marta zog es vor, ihn mit in ihre Wohnung zu nehmen, und auf der Fahrt dorthin erlitt Marta jene Gesichtsverletzungen, von deren Narben sie zeitlebens gezeichnet war; und es war ihr Kommilitone Abraxas, der den feigen Arzt dazu anstiftete, sie für immer zu entstellen – der Arzt hatte solche Angst, seine gutgehende Praxis zu verlieren, daß er die Hände nicht stillhalten konnte. Hinterher war dieser Arzt so klug, Abraxas zu denunzieren, eine Tat, die letztlich dessen Untergang herbeiführte.

Marta schloß die Tür vor ihrem toten Ich und ging weiter durch den Flur zu Pendels Zuschneidezimmer. Ich lege ihm das Geld in die Schublade oben links. Die Tür war angelehnt. Im Zimmer brannte Licht. Marta war nicht überrascht. Noch bis vor kurzem hatte ihr Harry eine schier unmenschliche Disziplin geübt, aber in den letzten Wochen war das Vernähen seiner allzu vielen Leben einfach über seine Kräfte gegangen. Sie stieß die Tür auf. Wir befinden uns jetzt im Zuschneidezimmer des Schneiders Pendel, Kunden und Angestellten gleichermaßen als das Allerheiligste bekannt. Niemand durfte hier ohne anzuklopfen eintreten, oder gar in seiner Abwesenheit – seine Frau Louisa offenbar ausgenommen, denn die saß dort am Schreibtisch ihres Mannes, eine Brille auf der Nase und einen Stapel seiner alten Notizbücher neben sich, und vor sich etliche Bleistifte, ein Auftragsbuch und eine Dose Insektenspray, die unten geöffnet war; sie spielte gerade mit dem reichverzierten Feuerzeug, das Harry angeblich von einem reichen Araber bekommen hatte, nur daß in den Büchern von P & B keine reichen Araber verzeichnet waren.

Sie trug einen dünnen roten Baumwollmorgenmantel, darunter anscheinend nichts, denn als sie sich vorbeugte, kamen ihre Brüste vollständig zum Vorschein. Das Feuerzeug an- und ausklickend, lächelte sie Marta durch die Flamme an.

»Wo ist mein Mann?« fragte Louisa.

Klick.

»Er ist nach Guararé gefahren«, antwortete Marta. »Mickie Abraxas hat sich beim Feuerwerk umgebracht.«

»Das tut mir leid.«

»Mir auch. Ihrem Mann auch.«

»Andererseits überrascht es mich nicht. Wir haben das seit fünf Jahren kommen sehen«, erklärte Louisa recht vernünftig.

Klick.

»Er war entsetzt«, sagte Marta.

»Mickie?«

»Ihr Mann«, sagte Marta.

»Warum führt mein Mann für Mr. Osnards Anzüge ein besonderes Rechnungsbuch?«

Klick.

»Das weiß ich nicht. Mich wundert das auch«, sagte Marta.

»Sind Sie seine Geliebte?«

»Nein.«

»Hat er eine?«

Klick.

»Nein.«

»Ist das sein Geld, was Sie da in der Hand haben?«

»Ja.«
»Warum?«
Klick.
»Er hat es mir gegeben«, sagte Marta.
»Fürs Bumsen?«
»Weil ich es für ihn verwahren soll. Er hatte es in der Tasche, als er die Nachricht bekam.«
»Woher stammt es?«
Klick, und eine Flamme, die Louisas linkes Auge so nah beleuchtete, daß Marta sich fragte, warum die Braue und der dünne rote Morgenmantel nicht Feuer fingen.
»Ich weiß es nicht«, antwortete Marta. »Manche Kunden zahlen in bar. Er weiß nicht immer, was er damit anfangen soll. Er liebt Sie. Er liebt seine Familie mehr als alles auf der Welt. Auch Mickie hat er geliebt.«
»Liebt er sonst noch jemanden?«
»Ja.«
»Wen?«
»Mich.«
Sie betrachtete ein Stück Papier. »Ist das Mr. Osnards korrekte Adresse? Torre del Mar? Punta Paitilla?«
Klick.
»Ja«, sagte Marta.
Das Gespräch war beendet, aber Marta merkte es noch nicht, denn Louisa klickte weiter mit dem Feuerzeug herum und lächelte in die Flamme. Und sie klickte und lächelte noch ziemlich oft, bevor Marta erkannte, daß Louisa betrunken war, wie Martas Bruder sich zu betrinken pflegte, wenn er mit dem Leben nicht mehr fertig wurde. Nicht beschwipst oder benebelt, sondern im Gegenteil hellsichtig und vollkommen klar im Kopf. Betrunken von all dem Wissen, das sie mit ihrer Trinkerei hatte loswerden wollen. Und splitternackt in ihrem Morgenrock.

21

Es war zwanzig nach eins in derselben Nacht, als es an Osnards Haustür klingelte. Er befand sich seit einer Stunde im Zustand fortgeschrittener Nüchternheit. Zuvor hatte er, noch wütend über seine Niederlage, von grausamen Methoden geträumt, wie er sich seinen verhaßten Gast vom Hals schaffen könnte: Er wollte ihn vom Balkon werfen, so daß er durchs zwölf Stockwerke tiefer gelegene Dach des Club Unión krachte und der ganzen Gesellschaft den Abend verdarb; wollte ihn in der Dusche ertränken; ihm Gift in den Whisky schütten – »Na schön, Andrew, wenn Sie darauf bestehen, aber nur ein winziges Schlückchen, wenn ich bitten darf« – und noch beim letzten Atemzug würde er an den Zähnen saugen. Aber Osnards Wut war nicht allein auf Luxmore beschränkt:

Maltby! Mein Botschafter und Golfpartner, so ein Mist! Dieser verfluchte Vertreter der Königin, diese welke Blüte der blöden britischen Diplomatie – zieht mich über den Tisch wie ein Profi!

Stormont! Muster der Redlichkeit, geborener Verlierer, letzter der weißen Männer, Maltbys treuer Pudel mit Bauchschmerzen – treibt sein Herrchen mit Nicken und Knurren an, und mein erhabener Bischof Luxmore gibt den beiden seinen Segen!

Verschwörung oder Schlamperei? fragte sich Osnard immer wieder. Hatte Maltby ihm einen Wink gegeben, als er von »gerechter Lastenverteilung« und »einer allein kann die Sache unmöglich weiterbearbeiten« gesprochen hatte? Wollte etwa *Maltby,* dieser grinsende Pedant, in die Ladenkasse greifen? Das würde der Trottel niemals fertigbringen. Vergiß es. Und Osnard vergaß es tatsächlich bis auf weiteres. Sein angeborener Pragmatismus setzte sich wieder durch, er gab die Rachegedanken auf und konzentrierte sich statt dessen darauf zu retten, was von seinem großen

Unternehmen noch zu retten war. Das Schiff ist angeschlagen, aber nicht gesunken, sagte er sich. Ich bin noch immer BUCHANs Zahlmeister. Maltby hat recht.

»Möchten Sie jetzt mal was anderes, Sir, oder wollen Sie lieber beim Scotch bleiben?«

»Andrew, bitte. Ich beschwöre Sie. Scottie, wenn's recht ist.«

»Werd mir Mühe geben«, versprach Osnard, der durch die offene Balkontür getreten war, ihm nun an der Anrichte im Eßzimmer einen weiteren abgemessenen Schluck Malt-Whisky einschenkte und damit auf den Balkon zurückkehrte. Jetlag, Whisky und Schlaflosigkeit begannen sich nun doch bei Luxmore auszuwirken, diagnostizierte Osnard nach eingehender Betrachtung der in den Liegestuhl gestreckten Gestalt seines Vorgesetzten. Und dann die Luftfeuchtigkeit – sein Flanellhemd war klatschnaß, der Schweiß troff ihm aus dem Bart. Und die Panik angesichts der Vorstellung, ohne eine Frau, die sich um ihn kümmerte, hier draußen im Feindesland festzusitzen – der gehetzte Blick, das Zucken seiner Augen bei jedem plötzlichen Geräusch von Schritten, bei jeder Polizeisirene, bei jedem Gebrüll, das durch die häßlichen Schluchten von Punta Paitilla zu ihnen hinaufschallte. Der Himmel war klar wie Wasser und mit kalten Sternen übersät. Der wildernde Mond grub einen hellen Pfad zwischen den im Kanaleingang ankernden Schiffen, aber von See her kam kein Lüftchen. Wie üblich.

»Sie haben mich gefragt, ob die Zentrale irgend etwas tun könnte, das der hiesigen Station das Leben ein wenig leichter macht, Sir«, bemerkte Osnard schüchtern.

»Habe ich das gesagt, Andrew? Also wirklich.« Luxmore fuhr mit einem Ruck hoch. »Schießen Sie los, Andrew, schießen Sie los. Auch wenn ich mit Freuden bemerke, daß Sie sich schon ganz nett hier draußen eingerichtet haben«, fügte er eher leicht unfreundlich hinzu und machte eine fahrige Armbewegung, die sowohl die Aussicht als auch die Wohnung umschloß. »Betrachten Sie das nur nicht als Kritik. Auf Ihr Wohl. Auf Ihren Mut. Ihren Scharfsinn. Ihre

Jugend. Eigenschaften, die wir alle bewundern. Prost!« Schlürf. »Sie haben eine großartige Karriere vor sich, Andrew. Wissen Sie eigentlich, was das Zeug jetzt zu Hause kostet? Wenn Sie Glück haben, kriegen Sie auf einen 20-Pfund-Schein noch ein bißchen raus.«

»Es geht um das von mir erwähnte sichere Haus, Sir«, erinnerte ihn Osnard mit dem Gebaren eines besorgten Erben am Bett seines sterbenden Vaters. »Höchste Zeit, daß wir von Stundenhotels Abschied nehmen. Ich habe an einen der renovierten Altbauten in der Altstadt gedacht, vielleicht würde uns so etwas eine breitere operative Basis verschaffen.«

Aber Luxmore hatte auf Sendung, nicht auf Empfang geschaltet. »Wie diese Wichtigtuer Sie heute abend unterstützt haben, Andrew. Mein Gott, das sieht man nicht alle Tage, daß einem Jüngeren soviel Respekt entgegengebracht wird. Sie können jetzt schon mit einem Orden rechnen, wenn die Sache hier vorbei ist. Eine gewisse kleine Lady auf der anderen Seite des Flusses könnte sich verpflichtet fühlen, sich Ihnen erkenntlich zu zeigen.«

Pause. Er sah verwirrt in die Bucht hinaus und schien sie mit der Themse zu verwechseln.

»Andrew!« – sagte er plötzlich wieder wach.

»Sir?«

»Dieser Stormont.«

»Was ist mit ihm?«

»Ist in Madrid auf die Nase gefallen. Hat sich mit einem Flittchen eingelassen. Hat sie geheiratet, wenn ich mich recht erinnere. Hüten Sie sich vor ihm.«

»Okay.«

»Und vor ihr, Andrew.«

»Okay.«

»Haben Sie eine Frau hier?« – er sah sich scherzend um, blickte frivol und munter unters Sofa, hinter die Vorhänge. »Keine scharfe Tropenmieze irgendwo versteckt? Sie brauchen nicht zu antworten. Noch mal auf Ihr Wohl. Verschwiegener Bursche. Sehr klug.«

»Dazu war ich etwas zu beschäftigt, Sir«, gestand Osnard mit bedauerndem Lächeln. Aber er wollte sich nicht abwimmeln lassen. Vielleicht ließ sich etwas in Luxmores Unterbewußtsein schmuggeln, worauf man dann später zurückgreifen konnte. »Ich finde allerdings, um es ganz vollkommen zu machen, sollten wir gleich *zwei* sichere Häuser nehmen. Eins für das Netzwerk, und dafür wäre ich natürlich allein verantwortlich. Beste Lösung wäre die Cayman Islands Holding Company – und ein *zweites* Haus – Zugang nur für einen stark begrenzten, ausgewählten Personenkreis, und eher repräsentativ eingerichtet – als Treffpunkt für Abraxas und seine Leute und – immer vorausgesetzt, wir schaffen damit keine wechselseitigen Abhängigkeiten, was ich in diesem Stadium eher bezweifle – für die Studenten. Und ich denke, auch dafür sollte wohl eher ich zuständig sein – jedenfalls was den Kauf und die Schutzmaßnahmen betrifft –, auch wenn das Haus am Ende ausschließlich dem Botschafter und Stormont zur Verfügung steht. Denn offen gesagt, dürfte es den beiden wohl an unserer Erfahrung fehlen. Ein solches Risiko brauchen wir nicht einzugehen. Würde gern Ihre Meinung dazu hören. Nicht unbedingt jetzt. Aber später mal.«

Aus einem verzögerten Schnalzlaut seines Gebietsleiters konnte Osnard schließen, daß dieser ihm noch zuhörte, freilich nur noch gerade so. Er nahm Luxmore das leere Glas aus der Hand und stellte es auf den Keramiktisch.

»Also, was meinen Sie, Sir? Eine Wohnung wie diese hier für die Opposition – modern, anonym, in Reichweite der Banken, niemand braucht seine gewohnte Umgebung zu verlassen – und ein *zweites* Haus in der Altstadt, das wir gemeinsam betreiben?« Er dachte schon seit einiger Zeit daran, in den boomenden Immobilienmarkt Panamas einzusteigen. »Zunächst einmal bekommt man in der Altstadt was für sein Geld. Der ideale Standort schlechthin. Eine anständige, professionell renovierte Maisonette in einem Altbau kostet zur Zeit etwa fünfzigtausend. In der oberen Preisklasse gibt's Zwölf-Zimmer-Villen mit Garten, Hintereingang und Meerblick – wenn Sie da eine halbe Million bieten, rennt man Ihnen die Türen ein. In ein paar Jahren haben Sie Ihr Geld verdoppelt, jedenfalls solange niemand was Drastisches mit dem alten Club Unión anstellt, wie Torrijos damals, der den Club aus reiner Gehässigkeit zu einem Soldatenpuff gemacht hat, bloß weil man ihn dort nicht als Mitglied aufnehmen wollte. Bevor wir da was unternehmen, sollten wir uns noch mal auf den neuesten Stand bringen. Das könnte ich übernehmen.«

»Andrew!«

»Zur Stelle.«

Er saugte an den Zähnen. Er schloß die Augen und riß sie wieder auf.

»Hm, eine Frage, Andrew.«

»Nur zu, Scottie.«

Luxmore drehte das bärtige Haupt soweit herum, bis er seinen Untergebenen voll im Blickfeld hatte. »Diese züchtige englische Jungfrau mit der großen Oberweite und dem Schlafzimmerblick, die unsere kleine Versammlung heut abend geziert hat ...«

»Ja, Sir?«

»Diese Frau hat es nicht zufällig dringend nötig, wie wir das in meiner Jugend genannt haben? Ich jedenfalls habe noch nie eine junge Frau gesehen, die so scharf darauf war, die ungeteilte Aufmerksamkeit eines zwei Meter großen – Andrew! Um Gottes willen! Zu dieser nachtschlafenden Zeit! Wer kann das sein?«

Luxmore kam nicht mehr dazu, seine Ausführungen über Fran zu beenden. Das Läuten der Türglocke schwoll ohrenbetäubend an. Luxmore samt Bart verzog sich wie eine verschreckte Maus in den hintersten Winkel des Sessels.

Die Ausbilder hatten Osnards Fähigkeiten in den schwarzen Künsten durchaus zu recht gelobt. Ein paar Gläser Malt-Whisky beeinträchtigten seine Reaktion nicht im mindesten, und die Aussicht, Fran eins reinzuwürgen, ließ ihn noch konzentrierter zu Werke gehen. Falls sie gekommen war, um sich wieder mit ihm zu vertragen, hatte sie den falschen Mann und den noch falscheren Zeitpunkt gewählt.

Und genau das würde er ihr jetzt ohne großes Herumgerede klarmachen. Und daß sie endlich die Pfote von seiner Klingel nehmen sollte.

Nachdem er Luxmore überflüssigerweise gebeten hatte zu bleiben, wo er war, schlich er durchs Eßzimmer auf den Flur, machte die Tür hinter sich zu und blinzelte durch den Spion der Eingangstür. Die Linse war beschlagen. Er wischte sie mit einem Taschentuch auf seiner Seite sauber und starrte in ein verschwommenes Auge undefinierbaren Geschlechts, das wiederum ihn anstarrte, während die Klingel weiterschrillte wie bei Feueralarm. Dann zog sich das Auge zurück, und er erkannte Louisa Pendel: bekleidet mit einer Hornbrille und kaum sonst etwas, balancierte sie auf einem Bein und zog sich den Schuh aus, zweifellos um damit die Tür einzuschlagen.

Louisa konnte sich nicht mehr genau erinnern, welcher Tropfen das Faß zum Überlaufen gebracht hatte. Es war ihr auch egal. Als sie vom Squash zurückgekommen war, hatte sie das Haus leer vorgefunden. Die Kinder waren bei den Rudds zu Besuch und blieben über Nacht. Sie hielt Ramón für eins der großen Scheusale von Panama und hätte die Kinder am liebsten überhaupt nicht in seine Nähe gelassen. Nicht weil Ramón etwas gegen Frauen hatte, sondern weil er immer wieder durchblicken ließ, daß er mehr über Harry wußte als sie selbst, und zwar nur Schlechtes. Und weil er, wie Harry, jedesmal verstummte, wenn sie von der Reisfarm anfing, obwohl die von ihrem Geld gekauft worden war.

Aber das alles erklärte nicht, warum ihr, als sie vom Squash nach Hause kam, so elend zumute war, warum sie ohne jeden Grund in Tränen ausbrach, nachdem sie zehn Jahre oft genug Grund dazu gehabt, das Weinen aber stets unterdrückt hatte. Sie vermutete daher, die Verzweiflung müsse sich in ihr aufgestaut haben; und dann kam vor dem Duschen noch ein großer Wodka mit Eis dazu, worauf sie plötzlich Lust hatte. Nach dem Duschen besah sie sich nackt im Schlafzimmerspiegel, von Kopf bis Fuß.

Sei mal sachlich. Vergiß, daß du eins-achtzig bist. Vergiß deine schöne Schwester Emily mit den goldblonden Locken und den hinreißenden *Playmate*-Titten und ihrer Liste von Eroberungen, die länger ist als das Telefonbuch von Panama City. Würde ich, wenn ich ein Mann wäre, mit einer solchen Frau schlafen wollen oder nicht? Vermutlich schon, aber wie kann ich das wissen? Harry ist ja mein einziger Anhaltspunkt.

Sie stellte die Frage anders. Würde ich an Harrys Stelle nach einem Dutzend Ehejahren noch mit mir schlafen wollen? Und die Antwort lautete: nein, nicht nach dem, was in letzter Zeit vorgefallen ist. Zu müde. Zu spät. Zu beschwichtigend. Zu schuldbewußt. Aber weswegen? Sicher, schuldbewußt war er schon immer. Das war das Beste an ihm. Aber neuerdings trägt er das wie ein Plakat vor sich her: Ich bin fehl am Platz, ich bin unberührbar, ich bin schuldig, ich verdiene dich nicht, gute Nacht.

Mit einer Hand die Tränen abwischend, das Glas in der anderen, ging sie weiter im Schlafzimmer auf und ab, betrachtete sich, haderte mit sich und dachte an Emily, der immer alles perfekt gelang – egal wobei, ob beim Tennisspielen oder Reiten, beim Schwimmen oder Abwaschen, Emily konnte einfach keine häßliche Bewegung machen, selbst wenn sie wollte. Wenn man ihr zusah, konnte man sogar als Frau glatt einen Orgasmus kriegen. Louisa versuchte sich lasziv zu räkeln, die schlimmste Hure aller Zeiten. Von wegen. Krumm und schief. Plump. Kein Hüftschwung. Zu alt. Schon immer gewesen. Zu groß. Angewidert stapfte sie in die Küche und goß sich, noch immer nackt, entschlossen den nächsten Wodka ein, diesmal ohne Eis.

Und zwar einen richtigen, nicht »vielleicht ein kleines Schlückchen«, denn sie mußte erst noch ein Messer suchen und die Versiegelung einer neuen Flasche aufschlitzen, bevor sie sich etwas einschenken konnte, und so etwas tut man nicht, wenn man sich nur beiläufig, eher zufällig einen Schluck eingießt, um nicht den Mut zu verlieren, während der Ehemann gerade seine Geliebte vögelt.

»Scheißkerl«, sagte sie laut.

Die Flasche stammte aus Harrys neuem Gästevorrat. Absetzbar, sagte er.

»Absetzbar? Bei wem?« wollte sie wissen.

»Bei der Steuer«, sagte er.

»Harry, ich will nicht, daß mein Haus als steuerfreie Kneipe benutzt wird.«

Schuldbewußtes Grinsen. Bedaure, Lou. So läuft das nun mal. Wollte dich nicht beunruhigen. Soll nicht wieder vorkommen. Was für ein Kriecher.

»Scheißkerl«, wiederholte sie und fühlte sich gleich besser.

Und scheiß auch auf Emily, denn ohne Emily als Konkurrentin hätte ich niemals die Rolle der Moralapostelin übernommen, hätte niemals so getan, als würde ich alles verurteilen, wäre niemals, alle Rekorde brechend, so lange Jungfrau geblieben, bloß um allen zu beweisen, was für ein reines und ernstes Wesen ich im Gegensatz zu meiner bescheuerten schönen Schwester war! Und ich hätte mich nie in jeden Pfarrer unter neunzig verliebt, der in Balboa auf die Kanzel stieg und uns predigte, wir müßten unsere und vor allem Emilys Sünden bereuen; und ich hätte mich niemals als frommen Tugendbold und Richterin über jedermanns schlechtes Betragen aufgespielt, wo ich im Grunde doch auch nur angefaßt und bewundert, verwöhnt und gefickt werden wollte wie alle anderen Frauen.

Und scheiß auch auf die Reisfarm. *Meine* Reisfarm, zu der Harry mich nicht mehr mitnehmen will, weil er seine verfluchte *chiquilla* dort untergebracht hat – hier, Darling, stell dich ans Fenster und wart auf mich, bis ich wiederkomme. Scheißkerl. Großer Schluck Wodka. Noch einer. Dann ein riesengroßer Schluck – ah, wie er mir da unten reinfährt! So gestärkt, rauschte sie ins Schlafzimmer zurück, um ihre Verrenkungen um so hemmungsloser fortzusetzen – ist das erotisch? – los, sag's mir! – oder *das*? – na schön, wie wär's dann *damit*? Aber niemand antwortete. Niemand klatschte, niemand lachte, niemand ließ sich von ihr aufgeilen. Niemand trank mit ihr, niemand entbrannte für sie, niemand küßte sie auf den Hals, niemand redete sie nieder. Kein Harry.

Trotzdem, die Brüste sind für eine Vierzigjährige nicht übel. Besser als die von Jo-Ann, wenn die mal alles auszieht. Nicht so gut wie die von Emily, aber wer kann da schon mithalten? Prost. Prost auf meine Titten. Steht auf, Titten, ich trinke auf euch. Plötzlich setzte sie sich aufs Bett, stützte das Kinn in die Hände und starrte das Telefon an, das auf Harrys Seite klingelte.

»Fick dich ins Knie«, sagte sie zu dem Apparat.

Und um dem größeren Nachdruck zu verleihen, hob sie den Hörer kurz an, schrie »Fick dich ins Knie« und legte wieder auf.

Aber wer Kinder hat, nimmt am Ende doch immer ab.

»Ja? *Wer ist denn da?*« schreit sie, als es wieder klingelt.

Es ist Naomi, Panamas Fehlinformationsministerin, die ihr die neueste Skandalgeschichte mitteilen will. Gut. Dieses Gespräch ist schon seit langem überfällig.

»Naomi, freut mich, daß du anrufst, ich wollte dir eigentlich schreiben, aber jetzt kann ich mir die Briefmarke sparen. Naomi, verschwinde aus meinem Leben. Nein nein, du hörst mir jetzt zu, Naomi. Naomi, solltest du zufällig durch den Vasco Nuñez de Balboa Park kommen und dort meinen Mann auf dem Rücken liegen sehen, wie er sich grade von Barnums kleinen Elefanten oral befriedigen läßt, kannst du das gern deinen zwanzig besten Freundinnen erzählen, aber nicht mir! Ich will deine Stimme nicht mehr hören, nie, nie mehr, du Miststück! Gute Nacht, Naomi.«

Das Wasserglas in der Hand, zieht Louisa einen roten Morgenrock an, den Harry ihr kürzlich mitgebracht hat – drei große Knöpfe, der Ausschnitt nach Lust und Laune verstellbar –, dann holt sie Hammer und Meißel aus der Garage und geht über den Hof zu Harrys Arbeitszimmer, das er neuerdings immer abgeschlossen hat. Großartiger Himmel. Einen so schönen Himmel hat sie seit Wochen nicht mehr gesehen. Sterne, von denen wir unseren Kindern früher erzählt haben. Das ist Orions Gürtel mit dem

Schwert, Mark. Und das sind deine Sieben Schwestern, Hannah, von denen du immer geträumt hast. Der Neumond, anmutig wie ein Fohlen.

Hier schreibt er ihr also, denkt sie, als sie sich der Tür seines Heiligtums nähert. An meine geliebte *chiquilla,* wohnhaft auf der Reisfarm meiner Frau. Louisa hat ihn stundenlang durch das beschlagene Fenster ihres Badezimmers beobachtet, seine Silhouette am Schreibtisch, den Kopf schräg zur Seite und die Zunge zwischen den Lippen, wie er Liebesbriefe schrieb – dabei ist ihm das Schreiben nie leichtgefallen, das war eins der Dinge, die Arthur Braithwaite, der größte Heilige seit Laurentius, in der Erziehung seines Pflegekindes vernachlässigt hatte.

Die Tür ist, wie sie vorausgesehen hat, abgeschlossen, stellt aber kein Problem dar. Wenn man mit einem guten schweren Hammer darauf einschlägt, wenn man mit dem Hammer schön weit ausholt und ihn auf Emilys Kopf niederkrachen läßt, wovon Louisa ihre ganze Jugend über geträumt hat – dann ist die Tür wie fast alles auf der Welt bloß ein Stück Dreck.

Nachdem sie die Tür zertrümmert hatte, steuerte Louisa auf den Schreibtisch ihres Mannes zu und sprengte mit Hammer und Meißel die oberste Schublade auf – drei kräftige Hiebe, ehe sie merkte, daß die Schublade gar nicht verschlossen war. Sie durchwühlte den Inhalt. Rechnungen. Architektenentwürfe für die Sportabteilung. Man kann nicht gleich beim erstenmal Glück haben. Ich jedenfalls nicht. Also die zweite Schublade. Verschlossen, gibt aber bei der ersten Attacke nach. Das sieht doch schon vielversprechender aus. Unfertige Aufsätze über den Kanal. Fachzeitschriften, Zeitungsausschnitte, Zusammenfassungen davon in Harrys schnörkeliger Schneiderschrift.

Wer ist sie? Für wen macht er das alles, verdammte Scheiße? Harry, ich rede mit dir. Hör mir bitte zu. Wer ist diese Frau, die du ohne meine Zustimmung auf *meiner* Reisfarm untergebracht hast und die du mit deiner nicht vorhandenen Gelehrsamkeit beeindrucken zu müssen glaubst? Wem gilt dieses verträumte dämliche Lächeln, mit dem du neuerdings herumläufst – ich bin auserwählt, ich bin selig, ich wandle auf Wasser. Und deine Tränen – ach Scheiße, Harry, wem gelten diese grauenhaften Tränen, die dir in den Augen stehen und niemals richtig fließen?

Wieder stiegen Wut und Enttäuschung in ihr auf, sie sprengte die nächste Schublade und erstarrte. Ach du Scheiße! Geld! Jede Menge Geld! Eine ganze Schublade vollgestopft mit Geld! Hunderter, Fünfziger, Zwanziger. Liegen da lose in der Schublade rum wie alte Parkscheine. Tausend. Zwei-, dreitausend. Er hat Banken überfallen. Für wen?

Für seine Mätresse? Sie macht es für Geld? Für seine Mätresse, damit er sie zum Essen ausführen kann, ohne daß es in der Haushaltsbuchführung auffällt? Damit er ihr auf meiner, der von meiner Erbschaft gekauften Reisfarm den Lebensstil bieten kann, den sie nicht gewöhnt ist? Louisa rief mehrmals seinen Namen, erst um ihn höflich zu fragen, dann um ihn zurechtzuweisen, weil er nicht antwortete, dann um ihn zu verfluchen, weil er nicht da war.

»Scheißkerl, Harry Pendel! Scheißkerl, Scheißkerl, Scheißkerl! Wo auch immer du steckst. Du widerlicher *Betrüger*!«

Und von da an war alles Scheiße. Das war die Ausdrucksweise ihres Vaters, wenn er einen sitzen hatte, und Louisa empfand töchterlichen Stolz darüber, daß sie, wenn sie selbst einen sitzen hatte, genauso gut fluchen konnte wie ihr Alter.

»He, Lou, Kleines, komm doch mal her. Titan, wo steckst du denn?« – er nennt seine Tochter Titan nach dem riesigen deutschen Kran im Hafen von Gamboa – *»Hat ein alter Mann nicht ein bißchen Zuwendung von seiner Tochter verdient? Kannst du deinem alten Herrn nicht mal ein Küßchen geben? Das soll ein Küßchen sein? Scheiße! Scheiße! Scheiße!«*

Notizen, hauptsächlich über Delgado. Verzerrte Darstellungen von Dingen, über die Harry sie beim Essen ausgefragt hatte, früher, als er noch gern für sie kochte. *Mein* Delgado. *Meine* geliebte Vaterfigur, Ernesto, die Verkörperung der Tugendhaftigkeit, und *mein* Mann macht schmutzige Aufzeichnungen über ihn. Warum? Weil er eifersüchtig auf ihn ist. Das war er schon immer. Er denkt, ich liebe Ernesto mehr als ihn. Er denkt, ich will mit Ernesto ins Bett. Überschriften: *Delgados Frauen – was* für Frauen? So was tut Ernesto nicht! *Delgado und der Präsident* – was soll das? *Delgados Ansichten über Japaner* – Ernesto hat Angst vor ihnen. Meint, sie wollen ihm den Kanal wegnehmen. Und er hat recht. Wieder explodierte sie. Diesmal laut: »Du Scheißkerl, Harry Pendel, das habe ich nie gesagt, das hast du dir ausgedacht! Für wen? *Warum?*«

Ein Brief, nicht zu Ende geschrieben, ohne Adresse. Ein Zettel, den er wohl wegwerfen wollte:

Vielleicht interessiert Sie eine aufschlußreiche Bemerkung über unseren Ernie, die Louisa gestern bei der Arbeit aufgeschnappt hat; sie hielt es für richtig, mir davon Mitteilung zu machen –

Hielt es für richtig? Ich habe nichts *für richtig* gehalten. Ich habe ihm bloß ein bißchen Bürotratsch erzählt! Warum, zum Teufel, muß eine *Ehefrau es für richtig* halten, wenn sie ihrem Mann in ihrem eigenen Haus ein bißchen Bürotratsch über einen freundlichen, aufrechten Mann erzählt, der nichts anderes im Sinn hat, als sich für Panama und den Kanal einzusetzen? *Für richtig halten!* Du Scheißkerl – das hättest du wohl gerne, daß wir erst noch *für richtig* halten müssen, was wir uns in unserem eigenen Haus erzählen wollen! Du Hure. Du stinkendes Miststück, du hast mir den Mann und die Reisfarm gestohlen.

Sabina!

Endlich wußte Louisa den Namen der Hure. Da stand er in sorgfältig gemalten Schneider-Großbuchstaben, denn Großbuchstaben fielen ihm am leichtesten: Sabina, zärtlich mit einem Ballon umrandet. Sabina, und dahinter in Klammern Rad Stud. Du heißt also Sabina, du bist eine radikale Studentin, du kennst andere Studenten, du arbeitest für

Dollarzeichen aus den USA – glaubst du jedenfalls, denn *arbeitet für die USA* steht in Gänsefüßchen, und du bekommst fünfhundert Dollar im Monat plus Prämien für besondere Leistungen. Alles akkurat in einem Flußdiagramm, wie Harry es von Mark gelernt hatte. Flußdiagramme müssen nicht linear sein, Dad. Die können wie Luftballons an Schnüren in jeder beliebigen Verknüpfung angeordnet werden. Man kann sie einzeln oder zusammen nehmen. Das ist ganz schön raffiniert. Die Schnur von Sabinas Luftballon führte geradewegs zu einem H, Harrys napoleonischem Namenskürzel, das er in grandiosen Momenten zu benutzen pflegte. Alphas Schnur hingegen – denn inzwischen hatte sie Alpha entdeckt – führte zu Beta, dann weiter zu Marco (Präsident) und erst dann zu H zurück. Auch die Schnur des Bären führte zu H, nur daß um dessen Ballon straffe Wellenlinien gezeichnet waren, als ob er jederzeit explodieren könnte.

Mickie hatte einen Ballon für sich allein; er wurde als *Boß der SO* beschrieben, und seine Schnur verband ihn in alle Ewigkeit mit Rafis Ballon. *Unser* Mickie? *Unser Mickie* ist der Boß der SO? Und insgesamt *sechs* Schnüre verbinden ihn mit *Waffen, Informanten, Schmiergeldern, Kommunikationswegen, Bargeld* und *Rafi? Unser* Rafi? *Unser Mickie,* der einmal wöchentlich mitten in der Nacht anruft, um uns seinen zigsten Selbstmord anzukündigen?

Sie stöberte weiter. Sie suchte nach den Briefen dieser Hure Sabina an Harry. Falls es Briefe von ihr gab, hätte Harry sie aufbewahrt. Harry konnte nicht mal eine leere Streichholzschachtel oder einen übriggebliebenen Eidotter wegwerfen. Da kam mal wieder seine arme Kindheit durch. Sie wühlte alles durch, irgendwo mußten doch Sabinas Briefe sein. Unter ihrem Geld? Unter einer Bodendiele? In einem Buch?

Großer Gott, Delgados Terminkalender. Geführt von Harry, nicht von Delgado. Nicht der echte Kalender, sondern eine Fälschung, die Linien mit einem harten Bleistift gezogen; das muß er aus meinen Papieren abgeschrieben haben. Delgados richtige Termine waren korrekt eingetragen. Falsche

Termine standen in den Leerräumen dazwischen, wo er keine gehabt hatte:

Mitternächtliches Treffen mit jap. ›Hafenmeistern‹, an dem der Präsident heimlich teilnahm … geheime Autofahrt mit dem frz. Botschafter, Übergabe eines Geldkoffers … Um 11 Uhr abends in Ramóns neuem Kasino Treffen mit einem Kurier des kolumbianischen Drogenkartells … Privates Abendessen außerhalb der Stadt mit jap. ›Hafenmeistern‹, pan. Beamten und dem Präsidenten …

Mein Delgado soll so etwas tun? Mein Ernesto Delgado nimmt Geld vom französischen Botschafter? Hat Kontakt zu den *kolumbianischen Drogenkartellen?* Harry, bist du denn total von Sinnen? Was für üble Verleumdungen erfindest du über meinen Chef? Was für schmutzige Lügen erzählst du da? Und wem? Wer bezahlt dich für diese Schweinerei?

»Harry!« schrie sie empört und verzweifelt. Aber sein Name wurde zu einem Flüstern, als das Telefon von neuem zu klingeln begann.

Diesmal gewitzter, nahm Louisa nur ab und lauschte, sie sagte kein Wort, nicht einmal »Verschwinde aus meinem Leben«.

»Harry?« Eine Frauenstimme, erstickt, schleppend, flehend. Das ist sie. Ferngespräch. Ruft von der Reisfarm aus an. Krachender Lärm im Hintergrund. Reißen wohl grade die Mühle ab.

»Harry! Sag doch was!« schreit die Frauenstimme.

Eine Spanierin. Daddy hat immer gesagt, denen darf man nicht trauen. Winselnd. Das ist sie. Sabina. Sie braucht Harry. Wer tut das nicht?

»Harry, hilf mir, ich brauche dich!«

Warte. Sag nichts. Sag ihr nicht, daß du nicht Harry bist. Hör dir an, was sie als nächstes sagt. Die Lippen zusammengekniffen. Den Hörer ans rechte Ohr gepreßt. *Red schon,* du Miststück! Spuck's aus! Die Hure atmet, laut und keuchend. Los, los, Sabina, *sprich.* Sag: »Komm und fick mich, Harry.« Sag: »Ich liebe dich, Harry.« Sag: »Scheiße, wo bleibt mein Geld, warum behältst du's in der Schublade, ich bin's, Sabina, die radikale Studentin, ich hänge einsam und allein auf dieser blöden Reisfarm rum.«

Noch mehr Lärm. Krachen und Knattern, wie Motorräder mit Fehlzündung. Rums. Peng. Stell das Wodkaglas hin. Schrei so laut du kannst, im klassisch-amerikanischen Spanisch deines Vaters.

»Wer ist da? Antworte!«

Warten. Nichts. Winseln, keine Worte. Louisa versucht's auf Englisch.

»Laß meinen Mann in Ruhe, hörst du mich, Sabina, du dreckige Hure! *Sabina, du Miststück!* Und verschwinde von meiner Reisfarm!«

Immer noch nichts.

»Ich bin in seinem Zimmer, Sabina. Ich suche grade nach deinen Briefen an ihn! Ernesto Delgado ist *nicht* korrupt! Hast du gehört? Das ist eine Lüge. Ich arbeite für ihn. Die anderen sind alle korrupt, aber *nicht* Ernesto! Sag endlich was!«

Nichts als Donnern und Krachen im Hörer. Gott, was ist das bloß? Die nächste Invasion? Die Hure schluchzt erbärmlich, legt auf. Louisa sieht sich selbst den Hörer auf die Gabel knallen, wie in jedem besseren Film. Setzt sich. Starrt das Telefon an, wartet, daß es wieder klingelt. Es bleibt stumm. Endlich habe ich meiner Schwester den Kopf eingeschlagen. Oder jemand anders hat es getan. Arme kleine Emily. Miststück. Louisa steht auf. Ohne zu schwanken. Nimmt einen ernüchternden Schluck Wodka. Vollkommen klar im Kopf. Pech für dich, Sabina. Mein Mann ist durchgedreht. Und dir geht's offenbar auch ganz schön dreckig. Geschieht dir recht. Auf Reisfarmen kann's ziemlich einsam sein.

Bücherregale. Geistige Nahrung. Genau das Richtige für konfuse Gemüter. Sieh in den Büchern nach, ob da die Briefe der Hure an Harry stecken. Neue Bücher an alten Stellen. Alte Bücher an neuen Stellen. Erklär mir das. Harry, um Gottes willen, erklär mir das. *Sag's mir,* Harry. *Sprich* mit mir, Harry. Wer ist Sabina? Wer ist Marco? Warum erfindest du Geschichten über Rafi und Mickie? Warum ziehst du Ernesto in den Dreck?

Pause der Besinnung und des Nachdenkens, in der Louisa Pendel, Brust und Hintern herausgestreckt, in ihrem roten Morgenmantel mit drei Knöpfen und nichts darunter, prüfend an den Bücherregalen ihres Mannes entlanggeht. Sie kommt sich extrem nackt vor. Mehr als nackt. Nackt und stark erregt. Sie würde gern noch ein Kind haben. Am liebsten hätte sie alle von Hannahs Sieben Schwestern, solange keine von ihnen sich als eine zweite Emily entpuppt. Da sind die Bücher ihres Vaters über den Kanal, als erstes die aus der Zeit, als die Schotten in Darién eine Kolonie anzulegen versuchten und dabei die Hälfte ihres Reichtums einbüßten. Sie schlägt eins nach dem andern auf, schüttelt sie so heftig, daß die Einbände knacken, wirft sie gleichgültig beiseite. Keine Liebesbriefe.

Bücher über Captain Morgan und seine Piraten, die Panama City geplündert und niedergebrannt hatten – bis auf die Ruinen, wo wir mit den Kindern zum Picknick hinfahren. Aber keine Liebesbriefe von Sabina oder sonstwem. Keine Briefe von Alpha, Beta, Marco oder dem Bären. Und auch keine von irgendeiner kurvenreichen radikalen Studentin mit verdächtigem Geld aus Amerika. Bücher über die Zeit, als Panama den Kolumbianern gehörte. Aber keine Liebesbriefe, auch wenn sie die Bände noch so fest an die Wand schmeißt.

Louisa Pendel, künftige Mutter von Hannahs Sieben Schwestern, kauert nackt im Innern des Morgenrocks, in dem er's nie mit mir getrieben hat; die Waden an die Schenkel geschmiegt, stöbert sie in den Büchern über den Bau des Kanals herum und verflucht sich, daß sie diese arme Frau so angebrüllt hat, deren Liebesbriefe sie nicht finden kann und die wahrscheinlich sowieso nicht Sabina gewesen war und nicht von der Reisfarm angerufen hatte. Berichte über reale Männer wie George Goethals und William Crawford Gorgas, Männer, die ebenso solide und konsequent wie übergeschnappt waren, Männer, die ihren Frauen treu waren und keine Briefe schrieben, in denen irgendwer irgend etwas für richtig hielt, Männer, die nicht das Ansehen ihres Arbeitgebers in den Schmutz zogen oder Geldbündel in verschlossenen Schreibtischen aufbewahrten, und erst recht keine Briefbündel, die ich nicht finden kann. Bücher, die ihr Vater ihr in der Hoffnung zu lesen gegeben hatte, daß sie eines Tages ihren eigenen Scheißkanal bauen würde.

»Harry?« Um ihn einzuschüchtern, schreit sie so laut sie kann. »Harry? Wo hast du die Briefe dieser miesen Hure versteckt? Harry, sag es mir!«

Bücher über die Kanalverträge. Bücher über Drogen und »Lateinamerika, was nun?«. »Mein Mann, ein Schwein, was nun?« trifft's schon eher. Und »Armer Ernesto, was nun?«, falls Harry irgendwas damit zu tun hat. Louisa setzt sich hin und redet ruhig und vernünftig auf Harry ein, in einem Tonfall, der ihm nicht den Mut nehmen soll. Schreien hat keinen Zweck mehr. Sie spricht mit ihm, wie Erwachsene miteinander sprechen sollten, und sitzt dabei in dem Teaksessel, in dem ihr Vater saß, wenn er sie zu überreden versuchte, sich auf sein Knie zu setzen.

»Harry, ich verstehe nicht, was du, egal wann du nun von deinen undurchsichtigen Geschäften nach Hause kommst, Nacht für Nacht in deinem Zimmer machst. Falls du einen Roman über Korruption schreiben solltest, eine Autobiografie oder eine Geschichte des Schneiderhandwerks, kannst du's mir ruhig verraten, schließlich sind wir verheiratet.«

Harry macht sich klein, wie er das nennt, wenn er über die falsche Demut des Schneiders scherzt.

»Lou, ich führe die Bücher. Tagsüber, wenn dauernd die Türglocke geht, komme ich einfach nicht dazu.«

»Die Bücher der *Farm?*«

Schon ist sie wieder gehässig. Die Reisfarm ist zwischen ihnen zum Tabuthema geworden, und das sollte sie lieber respektieren: Ramón ist gerade dabei, die Finanzen umzustrukturieren, Lou. Angel scheint nicht mehr ganz zuverlässig zu sein, Lou.

»Meine Geschäftsbücher«, murmelt Harry mit Büßerstimme.

»Harry, ich bin nicht unbegabt. Ich hatte in Mathe eine Eins. Ich kann dir jederzeit helfen, wenn du willst.«

Er schüttelt bereits den Kopf. »Um solche Zahlen geht es nicht, Lou. Das ist eher eine schöpferische Tätigkeit. Es geht um frei erfundene Zahlen.«

»Hast du dir deswegen so viele Randnotizen in McCulloughs *Path Between The Seas* gemacht, daß außer dir jetzt keiner mehr das Buch lesen kann?«

Harrys Augen leuchten auf – gekünstelt. »O ja, sicher, da hast du recht, Lou. Wie klug du das bemerkt hast. Ich denke ernsthaft darüber nach, ob ich mir einige von den alten Stichen vergrößern lassen sollte; die würden dem Clubraum etwas mehr Kanalatmosphäre verleihen, besonders wenn ich dazu noch ein paar Kunstgegenstände finden könnte.«

»Harry, du hast immer gesagt, und da stimme ich dir zu, daß sich die Panamaer mit wenigen löblichen Ausnahmen wie Ernesto Delgado gar nichts aus dem Kanal machen. Sie haben ihn nicht gebaut. Sondern wir. Sie haben nicht einmal die Arbeitskräfte gestellt. Die sind aus China und Afrika und Madagaskar gekommen, aus Indien und aus der Karibik. Und Ernesto ist ein guter Mann.«

Gott, dachte sie. Warum rede ich so? Warum bin ich so eine streitsüchtige, fromme Xanthippe? Klar doch. Weil Emily eine Hure ist.

Sie saß, den Kopf in die Hände gestützt, an seinem Schreibtisch und bereute, daß sie die Schubladen aufgebrochen hatte, bereute, daß sie diese unglückliche weinende Frau angebrüllt hatte, bereute, daß sie wieder einmal schlecht von ihrer Schwester Emily gedacht hatte. So werde ich niemals mehr zu irgendwem reden, nahm sie sich vor. Ich werde mich niemals mehr an anderen Menschen abreagieren. Ich bin nicht meine blöde Mutter und auch nicht mein blöder Vater, und ich bin keine perfekte, fromme, gottesfürchtige Zonenhure. Und es tut mir sehr leid, daß ich unter Streß und Alkohol so weit gegangen bin, eine Mitsünderin zu beschimpfen, auch wenn sie Harrys Geliebte ist – und wenn sie's ist, bringe ich sie um. In einer Schublade wühlend, die sie bis jetzt ausgelassen hatte, stieß sie auf ein weiteres unvollendetes Meisterwerk:

Andy, es wird Sie sehr freuen zu erfahren, daß unsere neue Abmachung bei allen Beteiligten, insbesondere bei den Damen, auf breiteste Zustimmung stößt. Da nun alles in meiner Hand bleibt, braucht L keine Gewissensbisse wegen des bösen Ernies zu haben, und auch die Familie als Ganzes ist weniger gefährdet, wenn wir beide das allein machen.

Fortsetzung folgt im Laden.

Die kannst du haben, dachte Louisa in der Küche, wo sie sich noch einen für unterwegs genehmigte. Alkohol wirkte bei ihr nicht mehr, hatte sie festgestellt. Was aber wirkte, war der Gedanke an Andy alias Andrew Osnard, der, als sie dieses Fragment las, Sabina als Gegenstand ihrer Neugier plötzlich vom ersten Platz verdrängt hatte.

Aber das war nicht neu.

Mr. Osnard hatte sie seit jenem Ausflug nach Anytime Island neugierig gemacht, als sie zu dem Schluß gekommen war, daß Harry, um sein Gewissen zu beruhigen, sie mit ihm ins Bett schicken wollte, obgleich nach dem, was sie von Harrys Gewissen wußte, ein einziger Fick das Problem wohl kaum lösen konnte.

Anscheinend hatte sie telefonisch ein Taxi bestellt, denn draußen vorm Haus stand eins, und jetzt lautete die Türglocke.

Osnard wandte dem Guckloch den Rücken zu und ging durchs Eßzimmer zum Balkon, wo Luxmore, der vor Panik weder sprechen noch handeln konnte, noch immer in embryonaler Haltung saß. Seine blutunterlaufenen Augen waren weit aufgerissen, die Angst verzerrte seine Oberlippe zu einem höhnischen Grinsen. Zwischen Schnäuzer und Kinnbart waren zwei gelbe Vorderzähne erschienen, offenbar die beiden, an denen er zu saugen pflegte, wenn er eine gelungene Redewendung unterstreichen wollte.

»Ich bekomme unplanmäßigen Besuch von BUCHAN ZWEI«, erklärte Osnard ruhig. »Das bringt uns in eine unangenehme Lage. Sie sollten möglichst schnell von hier verschwinden.«

»Andrew. Ich bin ein ranghoher Beamter. Mein Gott, was ist das für ein Lärm? Damit kann sie ja Tote aufwekken.«

»Ich verstecke Sie zwischen den Mänteln. Wenn Sie hören, daß ich die Eßzimmertür hinter ihr schließe, fahren Sie mit dem Lift nach unten, geben dem Pförtner einen Dollar und bitten ihn, Ihnen ein Taxi zum El Panama zu besorgen.«

»Mein Gott, Andrew.«

»Was denn noch?«

»Werden Sie damit auch fertig? Hören Sie doch nur. Schießt sie jetzt mit einer Pistole? Wir sollten die Polizei rufen. Andrew. Noch eins.«

»Was denn?«

»Kann ich dem Taxifahrer trauen? Man hört ja alles mögliche über diese Kerle. Leichen im Hafen. Und ich spreche nicht ihr Spanisch, Andrew.«

Osnard zog Luxmore auf die Füße, führte ihn in den Flur, verfrachtete ihn in die Garderobe und schloß die Tür. Dann nahm er die Kette von der Wohnungstür, schob die Riegel beiseite, drehte den Schlüssel um und öffnete. Das Hämmern hörte auf, aber das Klingeln ging weiter.

»Louisa«, sagte er, als er ihren Finger vom Klingelknopf zerrte. »Wunderbar. Wo ist Harry? Willst du nicht reinkommen?«

Er verlagerte den Griff auf ihr Handgelenk, zerrte sie in den Flur und stieß die Tür zu, jedoch ohne wieder abzuschließen. Sie standen dicht voreinander, und Osnard hielt, als wollten sie zu einem altmodischen Walzer ansetzen, ihre Hand hoch, die Hand mit dem Schuh. Sie ließ den Schuh fallen. Kein Laut kam aus ihrer Kehle, nur ihr Atem, und der roch wie der Atem seiner Mutter, wenn er sich einen Kuß von ihr geben lassen mußte. Ihr Kleid war sehr dünn. Er fühlte unter dem roten Gewebe ihre Brüste und die Wölbung ihres Schamdreiecks.

»Verdammt, was haben Sie mit meinem Mann gemacht?« sagte sie. »Was soll der Mist, den er Ihnen über Delgado erzählt hat – daß er Schmiergeld von den Franzosen nimmt und sich mit den Drogenkartellen einläßt? Wer ist Sabina? Wer ist Alpha?«

Aber trotz aller Erregung klang ihre Stimme unsicher, und sie sprach so leise und verzagt, daß nichts davon durch die Garderobentür drang. Und Osnard mit seinem Instinkt für Schwäche spürte sofort, daß sie Angst hatte: Angst vor ihm, Angst um Harry, Angst vor dem Verbotenen und die Angst, und die war am größten, etwas so Schreckliches zu erfahren, daß sie es nie mehr würde verdrängen können. Doch Osnard wußte es bereits. Ihre Fragen waren die Antwort auf alles, was sich in den letzten Wochen wie unverstandene Signale in den Geheimkammern seines Bewußtseins angesammelt hatte:

Sie weiß nichts. Harry hat sie nicht eingeweiht. Das Ganze ist ein Betrug.

Offenbar wollte sie ihre Frage wiederholen oder präzisieren oder eine andere stellen, aber das konnte Osnard nicht riskieren, solange Luxmore womöglich etwas davon mitbekam. Also drückte er ihr eine Hand auf den Mund, drehte ihr den Arm auf den Rücken, bugsierte sie auf ihrem einen Schuh ins Eßzimmer und stieß dann mit dem Fuß die Tür hinter sich zu. Erst mitten im Zimmer blieb er stehen, ließ sie aber noch immer nicht los. Bei dem Gerangel waren zwei Knöpfe ihres Morgenrocks aufgegangen, und jetzt lagen ihre Brüste frei. Ihr Herz pochte spürbar unter seiner Hand. Ihr Atem ging jetzt ruhiger, in langgezogenen, keuchenden Zügen. Er hörte die Wohnungstür hinter Luxmore zufallen. Gleich darauf hörte er das Ping des ankommenden Aufzugs und das asthmatische Ächzen der Automatiktür. Dann hörte er den Aufzug hinunterfahren. Er nahm die Hand von Louisas Mund und spürte Speichel auf der Handfläche. Er umfaßte ihre nackte Brust und spürte, wie die Brustwarze hart wurde und sich in seine Hand schmiegte. Er stand noch immer hinter ihr, ließ aber ihren Arm los und sah, daß er schlaff herabsank. Als sie den anderen Schuh wegschleuderte, hörte er sie etwas flüstern.

»Wo ist Harry?« fragte er, ohne ihren Körper freizugeben.

»Abraxas suchen. Er ist tot.«

»Wer ist tot?«

»Abraxas. Wer denn sonst? Wenn Harry tot wäre, könnte er wohl kaum zu ihm gehen, oder?«

»Wo ist er gestorben?«

»In Guararé. Ana sagt, er hat sich erschossen.«

»Wer ist Ana?«

»Mickies Frau.«

Er legte die rechte Hand auf ihre andere Brust und bekam ihr festes braunes Haar in den Mund, als sie ihren Kopf an seinem Gesicht rieb und ihm das Gesäß in die Leistengegend schob. Er drehte sie halb zu sich herum, küßte sie auf Schläfe und Wange und leckte den Schweiß ab, der ihr in Strömen übers Gesicht lief; ihr Zittern wurde stärker, bis sie ihm endlich Lippen und Zähne auf den Mund preßte und ihre Zunge die seine suchte. Er sah ihre fest geschlossenen Augen und die aus den Winkeln hervorquellenden Tränen und hörte, wie sie den Namen Emily flüsterte.

»Wer ist Emily?« fragte er.

»Meine Schwester. Ich habe Ihnen auf der Insel von ihr erzählt.«

»Und woher weiß die das alles?«

»Sie lebt in Dayton, in Ohio, und sie hat mit allen meinen Freunden geschlafen. Haben Sie eigentlich kein Schamgefühl?«

»Leider nein. Nur früher, als Kind.«

Dann zerrte sie mit einer Hand an seinem Hemd und wühlte gleichzeitig mit der anderen unbeholfen im Bund seiner Pendel-&-Braithwaite-Hose herum, wobei sie Dinge flüsterte, die er nicht verstand und die ihn sowieso nicht interessierten. Er tastete nach dem dritten Knopf, aber sie schlug seine Hand ungeduldig beiseite und zog sich mit einer einzigen Bewegung den Morgenrock über den Kopf. Er stieg aus den Schuhen und streifte die Hose ab, Unterhosen und Socken folgten in einem feuchten Knäuel. Dann zog er sich das Hemd über den Kopf. Einander nackt gegenüber stehend, musterten sie sich wie zwei Ringer kurz vor dem Kampf. Dann umschlang Osnard sie mit beiden Armen, hob sie kurzerhand vom Boden, trug sie über die Schwelle seines Schlafzimmers und warf sie aufs Bett, wo sie ihn sogleich heftig mit den Schenkeln umfing.

»Warte, verdammt«, befahl er und stieß sie von sich weg.

Und dann nahm er sie, ganz langsam und bedächtig, unter Einsatz aller seiner und ihrer Fähigkeiten. Um ihr den Mund zu stopfen. Um ein loses Geschütz an Deck festzuzurren. Um sie sicher in mein Lager zu bringen, bevor die Schlacht, welche auch immer, losgeht. Weil es zu meinen Grundsätzen gehört, kein vernünftiges Angebot auszuschlagen. Weil sie mir schon immer gefallen hat. Weil es immer reizvoll ist, die Frau eines Freundes zu vögeln.

Louisa wandte ihm den Rücken zu; den Kopf unterm Kissen, die Knie angezogen, das Laken an die Nase gedrückt, suchte sie Geborgenheit. Sie hatte die Augen geschlossen, eher zum Sterben als zum Schlafen. Sie war zehn Jahre alt und lag bei zugezogenen Vorhängen in ihrem Schlafzimmer in Gamboa, wo sie ihre Sünden bereuen sollte – sie hatte Emilys neue Bluse, die sie für schamlos hielt, mit einer Schere zerschnitten. Sie wollte aufstehen, seine Zahnbürste benutzen, sich anziehen, die Haare kämmen und verschwinden, aber damit hätte sie die Realität von Zeit und Ort hier eingestanden, die Realität von Osnards nacktem Körper im Bett neben ihr, die Realität der Tatsache, daß sie nichts anderes anzuziehen hatte als einen dünnen roten Morgenrock, dessen Knöpfe abgerissen waren – wo steckte er überhaupt? – und ein Paar flache Schuhe, die von ihrer Größe ablenken sollten – wo waren die eigentlich gelandet? –, und sie hatte so furchtbare Kopfschmerzen, daß sie sich am liebsten ins Krankenhaus hätte bringen lassen, um dort den vorigen Abend noch einmal von vorn zu beginnen, ohne Wodka, ohne Harrys Schreibtisch zu zertrümmern, falls sie das tatsächlich getan hatte, ohne Marta und den Laden, ohne Mickies Tod, ohne mitansehen zu müssen, wie Delgados Ruf von Harry in den Schmutz gezogen wurde, und ohne Osnard und überhaupt ohne das alles. Zweimal war sie schon ins Bad gegangen, einmal um sich zu übergeben, war dann aber jedesmal wieder ins Bett zurückgekrochen und hatte versucht, alles, was geschehen war, ungeschehen zu machen, und als Osnard jetzt keinen halben Meter von ihrem Ohr entfernt ins Telefon sprach, war es ihr vollkommen unmöglich, über sein abscheuliches Englisch hinwegzuhören, und wenn sie sich noch so viele Kissen über den Kopf gezogen hätte, ja sie hörte sogar die verschlafen wirre Stimme mit schottischem Akzent am anderen Ende der Leitung wie letzte Durchsagen aus einem defekten Radio.

»Es haben sich leider einige beunruhigende Neuigkeiten ergeben, Sir.«

»Beunruhigend? Was denn?« Die schottische Stimme klang jetzt munterer.

»Es geht um unser griechisches Schiff.«

»Griechisches *Schiff*? Was für ein griechisches Schiff? Wovon reden Sie eigentlich, Andrew?«

»Unser Flaggschiff, Sir. Das Flaggschiff der Stillen Linie.«

Lange Pause.

»Verstehe, Andrew! Der Grieche, mein Gott! Schon kapiert. Und wo ist das Problem?«

»Anscheinend ist es gesunken, Sir.«

»Gesunken? Wie das?«

»Untergegangen.« Pause, um das Wort wirken zu lassen. »Totalschaden. Irgendwo im Westen. Die näheren Umstände sind noch unklar. Ich habe einen Schriftsteller hingeschickt, der das recherchieren soll.«

Verdutztes Schweigen an beiden Enden der Leitung.

»Schriftsteller?«

»Einen berühmten.«

»Verstehe! Schon kapiert. Der Bestsellerautor aus vergangenen Zeiten. Genau. Sagen Sie nichts mehr. Untergegangen. Wie denn, Andrew? Richtig untergegangen oder was?«

»Nach ersten Berichten wird das Schiff nie wieder in See stechen.«

»Gott! Gott! Wer hat das getan, Andrew? Ich wette, das war diese Frau. Der würde ich alles zutrauen. Nach gestern abend.«

»Auf nähere Einzelheiten werden wir leider noch warten müssen. Sir.«

»Und die Mannschaft? – die Schiffskameraden, verdammt – die Stillen Freunde – sind die mit untergegangen?«

»Das wird sich noch herausstellen. Am besten fliegen Sie wie geplant nach London zurück, Sir. Ich melde mich dann bei Ihnen.«

Er legte auf und riß ihr das Kissen vom Kopf. Und obwohl sie die Augen fest zugekniffen hatte, sah sie seinen fülligen jungen Körper unbekümmert neben sich liegen, sah sie seinen trägen aufgedunsenen Penis schon wieder zum Leben erwachen.

»Dieses Gespräch hat nie stattgefunden«, sagte er zu ihr. »Ist das klar?«

Sie wandte sich entschlossen von ihm ab. Gar nichts war klar.

»Dein Mann ist ein tapferer Bursche. Er hat Befehl, dir kein Wort davon zu erzählen. Er wird sich dran halten. Ich auch.«

»Tapfer? Wieso?«

»Irgendwelche Leute erzählen ihm was. Er erzählt es uns. Was er nicht direkt erfährt, versucht er herauszufinden, oft mit erheblichem Risiko. Vor kurzem ist er auf eine große Sache gestoßen.«

»Hat er deswegen meine Papiere fotografiert?«

»Wir haben Delgados Terminkalender gebraucht. Es gibt gewisse Lücken in seiner Biografie.«

»Da gibt's überhaupt keine Lücken. Höchstens wenn er zur Messe geht oder sich um Frau und Kinder kümmert. Eins seiner Kinder ist im Krankenhaus. Sebastian.«

»Hat Delgado dir erzählt.«

»Aber das stimmt. Hör auf mit diesem Quatsch. Macht Harry das für England?«

»Für England, Amerika, Europa. Für die zivilisierte freie Welt. Und so weiter.«

»Dann ist er bescheuert. Und England auch. Und die zivilisierte freie Welt auch.«

Es kostete sie einige Zeit und Mühe, aber schließlich gelang es ihr. Sie stützte sich auf den Ellbogen, drehte sich um und sah auf ihn hinunter.

»Ich glaube dir kein einziges Wort«, sagte sie. »Du bist ein schmieriger englischer Gauner, lügst mir die Hucke voll, und Harry hat den Verstand verloren.«

»Du brauchst mir nicht zu glauben. Aber halt wenigstens den Mund.«

»Das ist doch alles Unsinn. Er denkt sich das nur aus. Du auch. Ihr wollt uns alle bloß verarschen.«

Das Telefon klingelte, ein anderes Telefon, das sie bis dahin nicht bemerkt hatte, obwohl es an einen Minikassettenrecorder angeschlossen war und auf ihrer Seite des Betts neben der Leselampe stand. Osnard wälzte sich ruppig über sie hinweg und packte den Hörer, und sie hörte ihn nur noch »Harry« sagen, bevor sie sich hastig die Ohren zuhielt und die Augen zukniff, und ihr Gesicht zu einer starren abweisenden Grimasse gefror. Aber eine Hand hielt nicht ganz dicht. Und so hörte sie durch das Protestgeschrei in ihrem Kopf die Stimme ihres Mannes:

»Mickie ist ermordet worden, Andy«, teilte Harry ihm mit. Er sprach bedächtig und gut vorbereitet, aber wie unter Zeitdruck. »Allem Anschein nach von Profis erschossen, mehr kann ich noch nicht sagen. Aber wie ich höre, sind weitere derartige Aktionen geplant, und deshalb sollten sich alle Beteiligten vorsehen. Rafi ist bereits nach Miami abgereist, die anderen werde ich wie besprochen benachrichtigen. Die Studenten machen mir Sorge. Ich weiß nicht, wie wir sie aufhalten können, die Flottille zu alarmieren.«

»Wo sind Sie?« fragte Osnard.

Es folgte eine Pause, in der Louisa selbst ein paar Fragen an Harry hätte richten können – etwa: »Liebst du mich noch?« – oder »Kannst du mir verzeihen?« – oder »Wirst du es mir auch anmerken, wenn ich dir nichts davon erzähle?« – oder »Wann kommst du heute abend nach Hause, und soll ich was einkaufen, damit wir zusammen essen können?« Aber während sie sich noch für eine dieser Fragen zu entscheiden versuchte, brach die Verbindung ab, und dann sah sie Osnard, der, sich auf die Ellbogen stützend, über ihr schwebte: seine Wangen hingen schlaff herab, sein kleiner feuchter Mund stand offen, aber er hatte offenbar nicht die Absicht, mit ihr zu schlafen, denn zum erstenmal in ihrer kurzen Bekanntschaft schien er nicht mehr weiter zu wissen.

»Was war das denn?« fragte er, als sei sie zumindest teilweise dafür verantwortlich.

»Harry«, sagte sie benommen.

»Welcher?«

»Deiner, nehme ich an.«

Er ließ sich keuchend neben ihr auf den Rücken fallen und verschränkte die Hände hinterm Kopf, als sei er auf einem Nudistenstrand und lege eine kurze Pause ein. Dann griff er von neuem zum Telefon, nahm aber nicht das, an dem er mit Harry gesprochen hatte, sondern das andere, wählte und verlangte dann einen Señor Mellors in Zimmer soundso zu sprechen.

»Anscheinend handelt es sich um Mord«, sagte er ohne Einleitung, woraus sie schloß, daß er wieder mit diesem Schotten von vorhin sprach. »Sieht aus, als könnten die Studenten aus der Reihe tanzen ... sind eine Menge Emotionen im Spiel ... sehr angesehener Mann ... Professionelle Arbeit. Einzelheiten folgen. Unser Vorwand? Wie meinen Sie das? Versteh ich nicht, Sir. Vorwand wofür? Nein, natürlich nicht. Verstehe. Sobald ich kann, Sir. Auf der Stelle.«

Dann sortierte er offenbar erst einmal seine Gedanken, er schnaubte und lachte ein paarmal grimmig auf, und dann saß er plötzlich auf der Bettkante. Schließlich erhob er sich, ging ins Eßzimmer und kam mit seinen zusammengeknüllten Kleidern wieder zurück. Er zog das Hemd vom vorigen Abend aus dem Knäuel und streifte es über.

»Wo willst du hin?« fragte sie. Und als er nicht antwortete: »Was hast du vor? Andrew, du kannst doch nicht einfach aufstehen, dich anziehen und mich ohne Kleider hier sitzenlassen. Wo soll ich denn jetzt hin, ich weiß ja nicht mal ...«

Sie verstummte.

»Ja, schade eigentlich, Mädchen. Bißchen abrupt. Muß leider weg. Das heißt wir beide. Zeit nach Hause zu gehen.«

»Nach Hause? Wohin?«

»Du nach Bethania. Ich ins schöne England. Erste Regel unseres Hauses. Geht ein Agent im Einsatz drauf, sucht der Agentenführer schleunigst das Weite. Gehe nicht über Los, ziehe nicht zweihundert Pfund ein. Schnell zurück zu Muttern, auf dem kürzesten Weg.«

Er band sich vorm Spiegel die Krawatte. Das Kinn hochgereckt, wieder quicklebendig. Und flüchtig, kaum einen Moment lang, glaubte Louisa, so etwas wie Gefaßtheit bei ihm zu sehen, daß er eine Niederlage hinnahm, was bei schlechtem Licht betrachtet als Edelmut hätte gelten können.

»Grüß bitte Harry von mir, ja? Ein großer Künstler. Mein Nachfolger wird sich bei ihm melden. Oder auch nicht.« Immer noch in Hemdsärmeln, zog er eine Schublade auf und warf ihr einen Trainingsanzug hin. »Zieh dir das fürs Taxi an. Wenn du nach Hause kommst, verbrenn das Ding und verstreu die Asche. Und bleib für ein paar Wochen in Deckung. Unsere Leute zu Hause rühren die Kriegstrommel.«

Hatry, der große Pressezar, war gerade beim Lunch, als ihn die Nachricht ereilte. Er saß an seinem gewohnten Tisch im Connaught, aß Nieren mit Speck, trank Rotwein des Hauses und trug seine Ansichten über das neue Rußland vor, die darauf hinausliefen, daß er sich um so mehr freute, je mehr diese Schweinehunde sich gegenseitig zerfleischten.

Sein Zuhörer war, welch glücklicher Zufall, Geoff Cavendish, und Überbringer der Neuigkeit war kein Geringerer als der junge Johnson, Osnards Ersatzmann in Luxmores Büro. Zwanzig Minuten zuvor hatte er die dringende Meldung der Britischen Botschaft – verfaßt von Botschafter Maltby persönlich – aus dem Stapel von Papieren gefischt, die sich während Luxmores überstürzter Reise nach Panama in dessen Postkorb angesammelt hatten. Als ambitionierter Nachrichtendienstler ließ Johnson es sich natürlich nicht nehmen, Luxmores Post bei jeder sich bietenden Gelegenheit zu durchstöbern.

Und das Wunderbare dabei war, daß Johnson niemanden wegen dieser Meldung konsultieren konnte als sich selbst. Die gesamte Obere Etage war irgendwo zum Essen, Luxmore befand sich auf dem Heimflug, und damit war außer Johnson kein Mensch im Haus, der Zugang zu BUCHAN hatte. Von Ehrgeiz und Erregung getrieben, rief er sogleich in Cavendishs Büro an, wo man ihm sagte, Cavendish sei mit Hatry zum Lunch ausgegangen. Durch einen Anruf in Hatrys Büro erfuhr er, daß Hatry ins Connaught gegangen war. Alles auf eine Karte setzend, forderte er gleich den einzigen verfügbaren Wagen mit Fahrer für sich an. Eine Anmaßung, für die Johnson später, wie auch für andere, zur Rechenschaft gezogen wurde.

»Ich bin Scottie Luxmores Assistent, Sir«, teilte er Cavendish atemlos mit, das sympathischere der beiden Gesichter ansprechend, die von dem Tisch in der Nische zu ihm aufsahen. »Ich habe eine sehr wichtige Nachricht aus Panama für Sie, Sir, ich fürchte, das duldet keinen Aufschub. Und eine telefonische Übermittlung habe ich nicht für angebracht gehalten.«

»Nehmen Sie Platz«, sagte Hatry. Und zum Kellner: »Einen Stuhl.«

Johnson nahm Platz und wollte Cavendish gerade den vollständig dechiffrierten Text von Maltbys Meldung aushändigen, als Hatry ihm das Papier aus der Hand riß und so heftig auseinanderfaltete, daß etliche andere Gäste sich neugierig nach ihm umdrehten. Hatry überflog die Meldung und reichte sie dann an Cavendish weiter. Cavendish las sie, und wahrscheinlich auch mindestens ein Kellner, denn inzwischen herrschte ein wahres Gedränge am Tisch, wo man ein drittes Gedeck für Johnson auftrug: Offenbar wollte man ihn als gewöhnlichen Gast und nicht als verschwitzten jungen Jogger in Sportsakko und grauer Flanellhose erscheinen lassen – der Geschäftsführer sah einen solchen Aufzug ganz und gar nicht gern, aber schließlich war Freitag, und Johnson hatte sich bereits für ein Wochenende in Gloucestershire bei seiner Mutter zurechtgemacht.

»Genau darauf haben wir gewartet, stimmt's?« fragte Hatry Cavendish mit einer halb zerkauten Niere im Mund. »Wir können loslegen.«

»Genau«, bestätigte Cavendish mit stillem Behagen. »Jetzt haben wir unsern Vorwand.«

»Sollten wir nicht Van unterrichten?« fragte Hatry und wischte seinen Teller mit einem Stück Brot ab.

»Nun, *ich* denke, Ben – in diesem Fall ist es das *Beste* – wenn Bruder Van die Sache aus der Zeitung erfährt«, sagte Cavendish in abgehackten kurzen Sätzen. »*Bitte* entschuldigen Sie, *darf* ich mal stören«, bat er Johnson, indem er bereits über ihn hinwegstieg. »Aber ich muß mal eben telefonieren.«

Er entschuldigte sich auch beim Kellner und vergaß in der Eile, seine Damastserviette abzunehmen. Wenig später wurde Johnson gefeuert; warum, hat man nie genau erfahren. Angeblich, weil er mit einem dechiffrierten Text in London herumgefahren war, einem Text, der sämtliche Symbole und operativen Kodenamen enthielt. Inoffiziell galt er als ein wenig zu nervenschwach für nachrichtendienstliche Arbeit. Doch als gravierendster Verstoß galt wahrscheinlich, daß er im Sportsakko ins Connaught gestürmt war.

22

Der Weg zum Feuerwerkfest in Guararé in der panamaischen Provinz Los Santos, die auf einer kargen Halbinsel an der Südwestseite des Golfs von Panama liegt, führte für Harry Pendel über Onkel Bennys Haus in der Leman Street, wo es nach Kohleöfen roch, über das Waisenhaus der Barmherzigen Schwestern, mehrere Synagogen im East End und eine Reihe völlig überfüllter britischer Strafanstalten unter der edelmütigen Schirmherrschaft Ihrer Majestät der Königin. Alle diese und andere Einrichtungen lagen im schwarzen Dschungel links und rechts von ihm, an der gewundenen, mit Schlaglöchern bedeckten Straße vor ihm, auf den Hügeln, deren Konturen sich vor dem sternenübersäten Himmel abzeichneten, und auf dem stahlgrauen spiegelglatten Pazifik, über dem ein blanker Neumond schwebte.

Die schwierige Fahrt mit dem Geländewagen wurde für ihn noch anstrengender, weil hinter ihm ständig seine Kinder quengelten, er solle ihnen etwas vorsingen oder komische Stimmen imitieren, und neben ihm seine unglückliche Frau ihn mit wohlgemeinten Ermahnungen bedrängte, die ihm auf den einsamsten Abschnitten seiner Reise in den Ohren klangen: Fahr langsamer, paß auf, da ist ein Hirsch, ein Affe, ein Bock, ein totes Pferd, ein meterlanger grüner Leguan, eine sechsköpfige Indiofamilie auf einem Fahrrad, Harry, ich verstehe überhaupt nicht, warum du mit hundert Sachen zu einer Verabredung mit einem Toten fahren mußt, und falls du Angst hast, du könntest das Feuerwerk verpassen, dann laß dir gesagt sein, daß das Fest fünf Nächte und fünf Tage lang dauert, und heute ist gerade mal die erste Nacht, und wenn wir's bis morgen nicht schaffen, haben die Kinder volles Verständnis dafür.

Zu all dem kamen Anas unaufhörliche Wehklagen und die furchtbare Nachsicht von Marta, die nichts von ihm erbat, was er nicht geben konnte; und Mickie, riesenhaft und finster, saß zusammengesackt auf dem Beifahrersitz, und wann immer sie in eine Kurve gingen oder über ein Schlagloch rumpelten, sank er mit seiner schwammigen Schulter gegen ihn, und immer wieder fragte er bekümmert, warum Pendel nicht Anzüge wie Armani schneidern könne.

Wenn er an Mickie dachte, übermannten ihn seine Gefühle. Er wußte, daß er in seinem ganzen Leben nur einen einzigen Freund gehabt hatte, und jetzt hatte er ihn umgebracht. Er sah keinen Unterschied mehr zwischen dem Mickie, den er geliebt, und dem, den er erfunden hatte, nur daß der Mickie, den er geliebt hatte, besser gewesen war, und der Mickie, den er erfunden hatte, so etwas wie eine mißlungene Huldigung gewesen war, ein Akt der Eitelkeit seinerseits: Er hatte seinen besten Freund zum Helden hochstilisiert, um Osnard zu zeigen, was für großartige Bekannte er hatte. Denn Mickie war ohnehin ein Held gewesen. Er hätte Pendels Redetalent gar nicht nötig gehabt. Mickie hatte sich, wenn es drauf ankam, offen als Gegner der Gewaltherrschaft bekannt. Er hatte sich Schläge und Inhaftierung reichlich verdient, nicht minder das Recht, danach zum Säufer zu werden. Und sich so viele Anzüge zu kaufen, wie er brauchte, um das Kratzen und den Gestank der Häftlingskleidung loszuwerden. Es war nicht Mickies Schuld, daß er schwach war, wo Pendel ihn als stark geschildert hatte, daß er den Kampf längst aufgegeben hatte, als er ihn nach Pendels Darstellung noch weiterführte. Hätte ich ihn doch nur in Ruhe gelassen, dachte er. Hätte ich doch niemals an ihm herumgepfuscht und ihn dann abgekanzelt, weil ich plötzlich Schuldgefühle hatte.

Irgendwo am Fuß des Ancón Hill hatte er den Geländewagen mit soviel Benzin betankt, daß es für den Rest seines Lebens reichte, und dann einem schwarzen Bettler einen Dollar gegeben, einem Mann mit weißem Haar und nur noch einem Ohr, das andere mochte der Lepra, einem wilden Tier oder seiner ernüchterten Frau zum Opfer gefallen sein. In Chame durchfuhr er aus purer Unaufmerksamkeit eine Straßensperre des Zolls, und in Penonomé sah er vor seinem linken Scheinwerfer plötzlich zwei Luchse – Luchse sind junge, sehr schlanke, in Amerika ausgebildete Polizisten in schwarzen Lederuniformen, die zu zweit auf einem Motorrad fahren; sie tragen Maschinenpistolen und haben den Ruf, Touristen gegenüber höflich zu sein und Straßenräuber, Drogensüchtige und Attentäter zu töten; aber in dieser Nacht hatten sie es offenbar auch auf mörderische britische Spione abgesehen. Der vorn sitzende Luchs hält den Lenker, der auf dem Sozius erschießt die Opfer, hatte Marta ihm erklärt, und daran mußte er jetzt denken, als sie neben ihm herfuhren und er zwischen den Straßenlaternen sein verzerrtes Gesicht im Spiegel ihrer glänzenden schwarzen Visiere auftauchen sah. Dann fiel ihm ein, daß Luchse nur in Panama City operierten, und er fragte sich, ob sie vielleicht bloß eine Spritztour machten oder ob sie ihm tatsächlich bis hierher gefolgt waren, um ihn in der Einsamkeit zu erschlagen. Aber er bekam nie eine Antwort auf diese Frage, denn als er noch einmal hinsah, waren sie schon wieder in der Finsternis verschwunden, aus der sie gekommen waren, und er war wieder allein auf der holprigen, gewundenen Piste, allein mit den toten Hunden im Scheinwerferlicht und dem Busch, der auf beiden Seiten so dicht war, daß man keine einzelnen Baumstämme sah, sondern nur schwarze Wände und die Augen von Tieren, deren wütendes Geschrei durchs offene Schiebedach in seine Ohren drang. Einmal sah er eine Eule, die man an einem Strommast gekreuzigt hatte: Die Innenseiten der Flügel und die Brust waren weiß wie die eines Märtyrers, und ihre Augen standen offen. Aber ob das Tier in einen seiner ständigen Alpträume gehörte oder letztlich ihre Verkörperung war, blieb ihm ein Rätsel.

Danach war Pendel anscheinend für eine Zeitlang eingenickt, und wahrscheinlich hatte er auch noch eine falsche Abzweigung erwischt, denn als er wieder aufsah, befand er sich auf dem Picknick mit Louisa und den Kindern in Parita vor zwei Jahren, sie saßen auf einem Rasenviereck, umgeben von einstöckigen Häusern mit erhöhten Veranden und großen Steinen davor, die dazu dienten, aufs Pferd zu steigen, ohne daß man sich die hübschen sauberen Schuhe schmutzig machte. In Parita hatte eine alte Hexe mit schwarzer Kapuze Hannah erzählt, die Ortsbewohner hielten unter ihren Dächern junge Boas, die ihnen die Mäuse fangen sollten, und Hannah hatte sich daraufhin geweigert, irgendein Haus dieses Orts zu betreten, weder um ein Eis zu kaufen noch um Pipi zu machen. Ihre Panik ging so weit, daß sie nicht einmal wie geplant die Messe besuchen konnten, sondern draußen vor der Kirche bleiben mußten; dort hatten sie einem alten Mann oben in dem weißen Glockenturm zugewinkt, und der hatte ihnen, während er mit einer Hand die große Glocke läutete, mit der anderen zurückgewinkt, und hinterher waren sie sich alle einig, daß das noch besser als die Messe gewesen war. Nach dem Läuten hatte er ihnen in Zeitlupe eine erstaunliche Vorstellung eines Orang-Utans gegeben: Erst hatte er sich von einem eisernen Querträger herabgeschwungen, dann hatte er sich Kopf, Achseln und Schritt nach Läusen abgesucht und seine Beute kurzerhand aufgegessen.

Als er an Chitré vorbeifuhr, erinnerte sich Pendel an die Garnelenfarm, wo Garnelen ihre Eier in die Stämme von Mangroven legten und Hannah gefragt hatte, ob sie dazu vorher schwanger werden müßten. Und nach den Garnelen dachte er an eine freundliche schwedische Blumenzüchterin, die ihnen von einer Orchidee erzählt hatte, die Kleine Prostituierte der Nacht genannt wurde, weil sie tagsüber nach gar nichts roch, nachts hingegen so, daß kein anständiger Mensch sie ins Haus nehmen würde.

»Harry, es ist nicht nötig, unseren Kindern das zu erklären. Sie sind auch so schon genug Freizügigkeiten ausgesetzt.«

Aber Louisas Kritik konnte es nicht verhindern, daß Mark eine volle Woche lang seine Schwester *putita de noche* nannte, bis Pendel es ihm schließlich ausdrücklich untersagte.

Und nach Chitré kam das Kampfgebiet: erst der heranrückende rote Himmel, dann der Donner der Geschütze, dann das Lodern der Leuchtraketen, als er auf dem Weg nach Guararé durch eine Polizeisperre nach der andern gewinkt wurde.

Pendel ging zu Fuß, Leute in Weiß gingen neben ihm her und führten ihn zum Galgen. Daß er sich auf einmal mit dem Tod versöhnt hatte, war eine angenehme Überraschung für ihn. Falls er sein Leben noch einmal leben sollte, beschloß er, würde er für die Hauptrolle einen anderen Darsteller verlangen. Er schritt zum Galgen, und die Engel an seiner Seite waren Martas Engel, wie er sogleich erkannte, das wahre Herz Panamas, die Leute von der anderen Seite der Brücke, Menschen, die weder bestachen noch sich bestechen ließen, die nur mit denen schliefen, die sie liebten, Menschen, die schwanger wurden und nicht abtrieben, und bestimmt würde auch Louisa sie bewundern, könnte sie nur über die Mauern springen, von denen sie umgeben war – aber wer kann das schon? Wir sind im Gefängnis geboren, jeder von uns, zu lebenslänglicher Haft verurteilt, sobald wir die Augen aufschlagen; eben das machte ihn beim Anblick seiner Kinder so traurig. Aber diese Kinder hier waren anders, sie waren Engel, und er freute sich sehr, ihnen in den letzten Stunden seines Lebens zu begegnen. Er hatte nie bezweifelt, daß es in Panama mehr Engel pro Quadratkilometer gab, mehr weiße Krinolinen und Blumen im Haar und vollkommene Schultern, mehr Küchendüfte, Musik, Tanz und Lachen, mehr Betrunkene, heimtückische Polizisten und tödliche Feuerwerke als in jedem anderen vergleichbaren, zwanzigmal so großen Paradies, und hier hatten sich nun alle versammelt, um ihn zu begleiten. Und wie ihn die Musikkapellen und die wetteifernden Volkstanzgruppen erfreuten schlanke, schwärmerisch dreinblickende Schwarze in Cricketblazern und weißen Schuhen, die mit flachen Händen liebevoll die kreisenden Hüften ihrer Partnerinnen in der Luft nachformten. Und wie er sich freute, daß das Kirchenportal geöffnet worden war, um der Heiligen Jungfrau einen ausgezeichneten Blick auf das Bacchanal draußen zu gewähren, ob sie das wollte oder nicht. Die Engel jedenfalls glaubten offensichtlich, daß sie den Kontakt zum gewöhnlichen Leben mit all seinen Fehlern und Schwächen nicht verlieren sollte.

Er ging langsam wie jeder Verurteilte, er hielt sich in der Mitte der Straße und lächelte. Er lächelte, weil alle anderen lächelten, und weil ein unhöflicher Gringo, der inmitten einer feiernden Menge geradezu lachhaft schöner spanisch-indianischer *Mestizos* nicht mitlächelt, eine gefährdete Spezies ist. Und Marta hatte recht, es waren, wie auch Pendel längst bemerkt hatte, tatsächlich die schönsten und tugendhaftesten und reinsten Menschen der Welt. Unter ihnen zu sterben, wäre eine Auszeichnung. Er würde darum bitten, auf der anderen Seite der Brücke begraben zu werden.

Zweimal fragte er nach dem Weg. Jedesmal wies man ihn in eine andere Richtung. Das erstemal schickte ihn eine Gruppe von Engeln treuherzig quer über den Platz, wo er ein bewegliches Ziel für die Salven von Raketen mit Mehrfachsprengköpfen abgab, die von allen vier Seiten in Kopfhöhe aus Fenstern und Hauseingängen abgefeuert wurden. Und wenn er auch lachend hin und her sprang und deutlich zeigte, daß er den Scherz nicht übel nahm, war es im Grunde ein Wunder, daß er das andere Ufer erreichte, ohne irgendeine Verletzung oder Verbrennung an Augen, Ohren und Eiern davonzutragen, denn diese Raketen waren alles andere als ein Scherz, und es sagte auch niemand lachend, sie seien einer. Es waren rotglühende Hochgeschwindigkeitsgeschosse, die flüssiges Feuer spuckten. Sie wurden aus kürzester Entfernung und unter dem Kommando einer x-beinigen, sommersprossigen, rothaarigen Amazone in ausgefransten Shorts abgefeuert, die als selbsternannte Befehlshaberin einer schwerbewaffneten Einheit einen Strang tödlicher Raketen hinter sich herschleifte, während sie mit lüsternem Blick und wild gestikulierend einherstolzierte. Sie rauchte – was für ein Kraut, konnte man sich denken –, und zwischen den einzelnen Zügen schrie sie ihren Soldaten über den Platz Befehle zu: »Schneidet ihm den Schwanz ab, zwingt den Gringo in die Knie …«, dann wieder ein Zug an der Zigarette und das nächste Kommando. Aber Pendel war ein gutmütiger Bursche, und diese Menschen waren Engel.

Und als er das zweitemal nach dem Weg fragte, schickte man ihn zu einer Häuserreihe, die eine Seite des Platzes säumte und auf deren Veranden sich protzig gekleidete *rabiblancos* aufhielten, die mit ihren glänzenden BMWs alles zugeparkt hatten; und als Pendel an diesen lärmenden Veranden entlangschritt, dachte er immer wieder: Ich kenne dich, du bist der Sohn, du bist die Tochter von dem und dem, meine Güte, wie die Zeit vergeht. Aber genauer betrachtet ging ihn die Anwesenheit dieser Typen hier gar nichts an, und es war ihm egal, ob auch sie ihn erkannten, denn das Haus, in dem Mickie sich erschossen hatte, war nur noch wenige Türen von ihm entfernt, und das war ein sehr guter Grund, seine Gedanken ausschließlich auf einen sexbesessenen Mitgefangenen mit dem Spitznamen Spider zu konzentrieren, der sich in seiner Zelle erhängt hatte, während Pendel kaum einen Meter neben ihm schlief. Spiders Leiche war bisher die einzige gewesen, mit der Pendel sich aus nächster Nähe hatte befassen müssen. Und so war es gewissermaßen Spiders Schuld, daß Pendel sich, aufgewühlt wie er war, plötzlich mitten in einer ungeordneten Absperrkette der Polizei wiederfand: ein Polizeiauto, ein Kreis von Zuschauern und etwa zwanzig Polizisten, die unmöglich alle in das Auto gepaßt haben konnten, aber, angezogen wie Möwen von einem Fischerboot, aufgetaucht waren, wie Polizisten in Panama es zu tun pflegen, sobald sie irgendwo Profit und Abenteuer wittern.

Ihr Interesse galt einem alten Bauern, der wie betäubt auf dem Bordstein saß; er hielt seinen Strohhut zwischen den Knien und die Hände vorm Gesicht und stieß zwischen gorillahaften Wutausbrüchen schauderhafte Klagerufe aus. Um ihn herum standen ein Dutzend Ratgeber und Gaffer und Sprücheklopfer, darunter etliche Betrunkene, die einander gegenseitig stützen mußten, und eine alte Frau, vermutlich seine Ehefrau, die dem alten Mann lautstark zustimmte, wann immer er eine Pause machte. Und da die Polizisten gar nicht daran dachten, einen Weg durch diese

Gruppe und schon gar nicht durch ihre eigenen Reihen freizumachen, blieb Pendel nichts anderes übrig, als sich zu den Zuschauern zu stellen, ohne jedoch aktiv in die Debatte einzugreifen. Der alte Mann hatte ziemlich schlimme Verbrennungen. Das wurde jedesmal deutlich sichtbar, wenn er die Hände vom Gesicht nahm, um etwas zu sagen oder Widerspruch anzumelden. An seiner linken Wange fehlte ein großes Stück Haut, und die Wunde erstreckte sich bis in den offenen Ausschnitt seines kragenlosen Hemds. Und die Polizisten wollten ihn wegen dieser Verletzung ins örtliche Krankenhaus bringen, wo er eine Spritze bekäme, weil das, darin waren sich alle einig, genau die richtige Arznei bei einer Verbrennung war.

Aber der alte Mann wollte weder Spritze noch Arznei. Er wollte lieber die Schmerzen als die Spritze ertragen, er wollte lieber eine Blutvergiftung und jede andere schlimme Nebenwirkung riskieren, als mit der Polizei zum Krankenhaus zu fahren. Und er begründete das damit, daß er ein alter Säufer sei und dies wahrscheinlich das letzte Fest seines Lebens, und überhaupt wisse doch jeder, daß man nach einer Spritze für den Rest des Fests nichts mehr trinken könne. Nach reiflicher Überlegung – hier rief er seinen Schöpfer und seine Frau als Zeugen an – erkläre er deshalb hiermit, die Polizei könne sich ihre Spritze in den Arsch schieben, denn er ziehe es vor, sich bis zur Besinnungslosigkeit zu betrinken, womit dann auch gleich für die Schmerzen gesorgt sei. Er wäre daher allen Umstehenden, auch den Polizisten, sehr verbunden, wenn sie sich nun bitte endlich allesamt zum Teufel scheren würden; und wenn sie ihm wirklich etwas Gutes tun wollten, könnten sie ihm und seiner Frau was zu trinken bringen, am besten eine Flasche *seco.*

Pendel hörte sich das alles genau an, denn er vermutete dahinter eine geheime Botschaft, auch wenn ihm deren Bedeutung verborgen blieb. Polizisten und Gaffer gingen nach und nach auseinander. Die alte Frau hockte sich neben ihren Mann und legte ihm einen Arm um den Hals, und als Pendel die Treppe des einzigen Hauses in der Straße hochstieg, in dem kein Licht brannte, sagte er sich: Ich bin bereits tot, ich bin genauso tot wie du, Mickie, also glaub nur nicht, daß dein Tod mir Angst machen könnte.

Er klopfte an, es kam aber niemand. Sein Klopfen bewirkte lediglich, daß man sich auf der Straße nach ihm umdrehte, denn wer klopft schon während der Festzeit bei jemandem an die Haustür? Also hörte er damit auf und blieb mit dem Gesicht im Schatten des Vorbaus. Die Tür war zu, aber nicht abgeschlossen. Er drückte die Klinke und trat ein, und als erstes wähnte er sich wieder im Waisenhaus: Es war kurz vor Weihnachten, er war einer der Weisen aus dem Morgenland im alljährlichen Krippenspiel, er hielt eine Laterne und einen Stock und trug einen alten braunen Filzhut, den jemand den Armen geschenkt hatte – nur daß die Schauspieler in dem Haus, das er jetzt betrat, an den falschen Stellen standen und irgendwer das Christkind geklaut hatte.

Hier war der Stall ein kahles gefliestes Zimmer. Vom Feuerwerk draußen auf dem Platz fiel flackerndes Licht herein. Eine Frau mit Kopftuch wachte über der Krippe, sie hatte die Hände unterm Kinn gefaltet und betete; es war Ana, die offenbar das Bedürfnis hatte, in Gegenwart des Todes ihren Kopf zu verhüllen. Aber die Krippe war keine Krippe. Sondern Mickie: verkehrt herum, wie sie gesagt hatte. Mickie, mit dem Gesicht auf dem Küchenboden und dem Hintern nach oben, und dort, wo ein Ohr und eine Wange hätten sein sollen, sah sein Kopf wie eine Landkarte von Panama aus. Die Waffe, mit der er es getan hatte, lag neben ihm, sie zeigte anklagend auf den Eindringling und verkündete aller Welt recht überflüssig, was alle Welt längst wußte: daß Harry Pendel, Schneider, Traumlieferant, Erfinder von Menschen und Fluchtorten, sein eigenes Geschöpf ermordet hatte.

Als Pendels Augen sich an das unruhige Licht des Feuerwerks, der Leuchtraketen und Straßenlaternen gewöhnt hatten, erkannte er nach und nach das ganze Ausmaß der Schweinerei, die Mickie hinterlassen hatte, als er sich den halben Schädel weggeschossen hatte: Spuren fanden sich auf dem Fliesenboden und an den Wänden und an überraschenden Stellen wie einer Kommode, die mit einer primitiven Zeichnung feiernder Piraten und ihrer Bräute geschmückt war. Und diese Spuren lösten die ersten Worte aus, die er zu Ana sagte, Worte, die eher praktischer als tröstender Natur waren.

»Wir sollten etwas vor die Fenster hängen«, sagte er.

Aber sie antwortete nicht, regte sich nicht, wandte nicht den Kopf – was ihn vermuten ließ, daß sie auf ihre Weise ebenso tot war wie Mickie; Mickie hatte auch sie umgebracht, hatte sie mit in den Tod gerissen. Sie hatte versucht, ihn glücklich zu machen, sie hatte ihn gesäubert und das Bett mit ihm geteilt, und jetzt hatte er sie erschossen: Nimm das für deine Mühe. Einen Augenblick lang war Pendel auf Mickie wütend, er beschuldigte ihn einer grausamen Tat, nicht nur gegen sich selbst, sondern auch gegen seine Frau, seine Geliebte, seine Kinder und nicht zuletzt gegen seinen Freund Harry Pendel.

Dann freilich erinnerte er sich an seine eigene Verantwortung in dieser Sache, an seine Darstellung von Mickie als großem Spion und Widerstandskämpfer; und er versuchte, sich vorzustellen, was Mickie empfunden haben mochte, als die Polizei beim ihm auftauchte und sagte, er müsse ins Gefängnis zurück; und die Tatsache seiner Schuld fegte mit einemmal jeden bequemen Gedanken an Mickies unerhebliche Stümperei als Selbstmörder beiseite.

Er berührte Ana an der Schulter, und als sie sich immer noch nicht bewegte, flackerte ein Restgefühl seiner Verantwortung als guter Unterhalter in ihm auf: Diese Frau muß ein wenig aufgemuntert werden. Er schob ihr die Hände unter die Achseln, zog sie hoch und drückte sie an sich, und sie war so starr und kalt, wie wohl auch Mickie es war. Offenbar hatte sie so lange und ohne die Haltung zu verändern über Mickie gewacht, daß seine Stille und Gelassenheit sich irgendwie auf sie übertragen hatten. Sie war von Natur aus eine sprunghafte, heitere, übermütige Person, soweit Pendel das nach den wenigen Begegnungen mit ihr beurteilen konnte, und wahrscheinlich hatte sie in ihrem ganzen Leben noch nie so lange reglos auf einen Fleck gestarrt. Zuerst hatte sie geschrien, getobt und gejammert – vermutete Pendel, der an ihren Anruf dachte –, und als sie alles losgeworden war, hatte sie nur noch still vor sich hinsehen können. Und mit zunehmender Ruhe war sie erstarrt, und deswegen fühlte sie sich jetzt so steif an, deswegen klapperte sie mit den Zähnen, deswegen konnte sie seine Frage wegen der Fenster nicht beantworten.

Er sah sich nach etwas um, das er ihr zu trinken geben könnte, fand aber nur drei leere Whiskyflaschen und eine halbleere Flasche *seco* und entschied von sich aus, daß *seco* nicht das Richtige war. Also führte er sie zu einem Korbsessel und setzte sie hinein, dann nahm er Streichhölzer, machte den Gasherd an und setzte einen Topf mit Wasser auf, und als er sich zu ihr umwandte, sah er, daß ihre Augen wieder zu Mickie gefunden hatten; er ging daher ins Schlafzimmer, nahm die Tagesdecke vom Bett und legte sie über Mickies Kopf. Dabei bekam er zum erstenmal den warmen rostigen Geruch seines Bluts in die Nase – trotz der Schwaden von Pulverdampf und Küchendünsten und beißendem Rauch, die von der Veranda hereinwehten, während draußen auf dem Platz knallend und zischend das Feuerwerk weiterging und die Jungen die Mädchen zum Kreischen brachten, wenn sie die Kracher bis zum allerletzten Augenblick festhielten und sie ihnen erst dann vor die Füße warfen. Pendel und Ana hätten sich das alles jederzeit ansehen können, sie brauchten nur den Blick von Mikkie abzuwenden und aus den Verandafenstern zu sehen, um an dem Spaß teilzuhaben.

»Schaff ihn hier weg«, stieß sie aus dem Korbsessel hervor. Und dann viel lauter: »Mein Vater bringt mich um. Schaff ihn weg. Er ist ein britischer Spion. Das hat man mir gesagt. Du bist auch einer.«

»Ganz ruhig«, sagte Pendel zu seiner eigenen Überraschung.

Und plötzlich ging mit Harry Pendel eine Veränderung vor. Er war kein neuer Mensch, sondern endlich er selbst, ein Mann, der sich im vollen Besitz seiner Kräfte sah. In einem glorreichen Lichtstrahl der Offenbarung erblickte er jenseits von Melancholie, Tod und Passivität eine großartige Bestätigung seines Lebens als Künstler, es war ein einziger harmonischer Akt des Widerstands, der Rache und der Versöhnung, ein majestätischer Sprung in ein Reich, in dem alle nachteiligen Beschränkungen durch die Realität von der größeren Wahrheit des Schöpfertraums hinweggefegt werden.

Und irgendein Anzeichen von Pendels Wiederauferstehung mußte sich Ana mitgeteilt haben, denn nach einigen Schlukken Kaffee setzte sie die Tasse ab und half ihm: erst füllte sie das Becken mit Wasser und rührte ein Desinfektionsmittel hinein, dann holte sie einen Besen, einen Gummischrubber, ein paar Rollen Küchenpapier, Geschirrtücher, Putzmittel und Bürste, dann zündete sie eine Kerze an und stellte sie auf den Boden, damit man die Flamme vom Platz aus nicht sehen konnte – draußen wurde gerade ein neues Feuerwerk abgebrannt, das diesmal nicht auf vorbeikommende Gringos, sondern in die Luft geschossen wurde; es verkündete die erfolgreiche Wahl einer Schönheitskönigin, die jetzt, geschmückt mit einer weißen Mantille und einem weißen Kranz aus Pfirsichblüten, mit weißen Schultern und stolz funkelnden Augen, auf ihrem Festwagen über den Platz schwebte, ein Mädchen von solch glühender Schönheit und Vitalität, daß zuerst Ana und dann auch Pendel ihr Tun unterbrachen, um sie vorbeiziehen zu sehen, mit dem Gefolge aus Prinzessinnen und dünkelhaften jungen Burschen und all den Blumen, die für tausend Begräbnisse von Mickie ausgereicht hätten.

Dann wieder an die Arbeit, schrubben und wischen, bis das desinfizierte Wasser im Waschbecken bei der schummrigen Beleuchtung schwarz geworden war und erneuert werden und dann noch einmal erneuert werden mußte, doch Ana schuftete mit der Bereitwilligkeit, die Mickie ihr immer nachgesagt hatte – mit ihr kann man Pferde stehlen, hatte er oft gesagt, sie ist im Bett genauso unersättlich wie im Restaurant, und bald wurde das Schrubben und Wischen für sie zu einer Katharsis, und sie plauderte wieder so munter daher, als habe sich Mickie nur mal eben verdrückt, um eine neue Flasche zu holen oder schnell mal einen Scotch bei den Nachbarn auf einer der erleuchteten Veranden nebenan zu trinken, wo die Feiernden eben jetzt der Schönheitskönigin mit Klatschen und Jubelrufen huldigten – als läge Mickie nicht mit dem Gesicht nach unten auf dem Fußboden, die Decke überm Kopf, den Hintern in der Luft und eine Hand noch immer nach der Pistole ausgestreckt, die Pendel, von Ana unbemerkt, zur späteren Verwendung in einer Schublade hatte verschwinden lassen.

»Da, sieh mal, der Minister«, sagte Ana aufgekratzt.

Auf der Mitte des Platzes war eine Gruppe hoher Herrschaften in weißen *panabrisas* eingetroffen, um sie her standen Männer mit schwarzen Brillen. Das ist die Lösung, dachte Pendel. Ich trete als Amtsperson auf, wie diese Leute.

»Wir brauchen Verbandszeug. Such mal einen Erste-Hilfe-Kasten«, sagte er.

Es gab keinen, also zerschnitten sie ein Laken.

»Eine neue Tagesdecke muß ich auch kaufen«, sagte sie.

Auf einem Stuhl hing Mickies magentarotes P & B-Jakkett. Pendel griff hinein, zog Mickies Brieftasche heraus und gab Ana ein Bündel Banknoten, genug für eine neue Tagesdecke und ein paar schöne Stunden.

»Wie geht's Marta?« fragte Ana, die sich das Geld in den Ausschnitt schob.

»Großartig«, sagte Pendel aufrichtig.

»Und deiner Frau?«

»Danke, der geht's auch gut.«

Um den Verband um Mickies Kopf zu wickeln, mußten sie ihn in den Korbsessel setzen, in dem vorher Ana gesessen hatte. Als erstes legten sie Handtücher auf den Sessel, dann drehte Pendel Mickie herum, und diesmal schaffte Ana es gerade noch rechtzeitig zur Toilette, wo sie sich, eine Hand nach hinten hochgestreckt, die Finger vornehm gespreizt, bei offener Tür erbrach. Unterdessen stand Pendel über

Mickie gebeugt und dachte wieder an Spider, wie er ihn von Mund zu Mund beatmet hatte, obwohl er wußte, daß er nicht mehr ins Leben zurückzuholen war, egal wie laut die Wärter Pendel anbrüllten, er solle sich gefälligst ein bißchen mehr Mühe geben, Mann.

Doch Spider war nie ein so guter Freund wie Mickie gewesen, kein erstklassiger Kunde, kein Gefangener der Vergangenheit seines Vaters, auch nicht aus Gewissensgründen ein Häftling Noriegas, und niemand hatte ihm im Knast das Gewissen ausgeprügelt. Spider war im Gefängnis nie als Frischfleisch für die Psychopathen herumgereicht worden, damit sie sich an ihm gütlich tun konnten. Spider war durchgedreht, weil er es gewöhnt war, täglich zwei und sonntags drei Mädchen zu vernaschen, und die Aussicht, fünf Jahre ohne ein einziges Mädchen auskommen zu müssen, ihm wie ein langsamer Hungertod erschienen war. Und Spider hatte sich erhängt und sich eingesaut und dabei die Zunge herausgestreckt, was die Mund-zu-Mund-Beatmung noch lächerlicher hatte erscheinen lassen. Mickie hingegen hatte sich ausgelöscht: Eine Hälfte, einmal abgesehen von dem schwarzen Loch, war zwar noch gut erhalten, aber die andere sah so furchtbar aus, daß man sie einfach nicht außer acht lassen konnte.

Aber als Zellengenosse und als Opfer von Pendels Verrat hatte Mickie die ganze Störrischkeit seiner Körpergröße. Als Pendel ihm die Hände unter die Achseln schob, machte Mickie sich nur noch schwerer; Pendel mußte sich gewaltig anstrengen, um ihn hochzuheben, und noch mehr, damit er ihm nicht auf halbem Weg wieder zusammenbrach. Und es war eine Menge Polster- und Verbandsmaterial nötig, bis beide Kopfhälften einigermaßen ebenmäßig aussahen. Aber irgendwie konnte Pendel das alles bewältigen, und als Ana zurückkam, sagte er ihr unverzüglich, sie müsse Mickie die Nase zuhalten, und wickelte den Verband darüber und darunter, damit Mickie noch Luft zum Atmen bekam – ein Unterfangen, das auf seine Weise ebenso aussichtslos war wie der Wiederbelebungsversuch bei Spider, aber in Mickies Fall immerhin einem bestimmten Zweck diente. Pendel schlang ihm die Bandagen schräg um den Kopf und achtete darauf, das verbliebene Auge freizulassen, damit Mickie noch etwas sehen konnte, denn was auch immer Mickie getan haben mochte, als er den Schuß auslöste, gestorben war er jedenfalls mit diesem einen, vor Entsetzen weit aufgerissenen Auge. Und als Pendel endlich mit dem Verband fertig war, ließ er sich von Ana dabei helfen, den Sessel samt Mickie bis an die Haustür zu schleppen.

»Die Leute in meinem Heimatort haben ein echtes Problem«, vertraute Ana ihm an, die offenbar ein Bedürfnis nach Nähe hatte. »Ihr Priester ist schwul, und sie hassen ihn; der Priester im Nachbarort vögelt jedes Mädchen, und den lieben sie. In kleinen Orten hat man nun mal solche menschlichen Probleme.« Sie unterbrach sich und holte Luft, bevor sie sich wieder mit dem Sessel abmühte. »Meine alte Tante ist da sehr streng. Sie hat sich schriftlich beim Bischof beschwert, daß Priester, die vögeln, keine richtigen Priester sind.« Sie lachte gewinnend. »Der Bischof hat ihr geantwortet: ›Versuchen Sie das mal meiner Gemeinde zu erklären; dann werden Sie schon sehen, was die mit Ihnen machen.‹«

Auch Pendel lachte. »Hört sich nach einem guten Bischof an«, sagte er.

»Könntest *du* Priester sein?« fragte sie, den Sessel weiterschiebend. »Mein Bruder ist *echt* religiös. ›Ana‹, sagt er, ›ich glaube, ich werde Priester.‹ ›Du spinnst ja‹, sage ich. Er hat noch nie ein Mädchen gehabt, das ist sein Problem. Vielleicht ist er schwul.«

»Schließ die Tür hinter mir ab und mach erst wieder auf, wenn ich zurückkomme«, sagte Pendel. »Okay?«

»Okay. Ich schließe die Tür ab.«

»Ich klopfe dreimal leise, einmal laut. In Ordnung?«

»Ob ich mir das merken kann?«

»Aber sicher.«

Und da sie schon sehr viel gefaßter wirkte, meinte er, sie weiter stabilisieren zu können, indem er sie umdrehte und ihre große gemeinsame Leistung bewundern ließ: Wände,

Fußboden und Möbel wieder schön sauber, und statt eines toten Geliebten bloß ein weiteres Opfer des Feuerwerks von Guararé, ein Verletzter, der mit einem improvisierten Verband und einem unverletzten Auge stoisch neben der Tür saß und darauf wartete, daß sein alter Freund ihn zum Geländewagen brachte.

Pendel hatte den Geländewagen im Schneckentempo durch die Engel gesteuert, und die Engel hatten dem Wagen Klapse verpaßt wie einem Pferd und Hühott, Gringo! gerufen und Knallkörper darunter geworfen, und zwei Burschen waren auf die hintere Stoßstange gesprungen, und man hatte erfolglos versucht, eine Schönheitskönigin auf die Kühlerhaube zu setzen, aber sie hatte Angst, sich den weißen Rock schmutzig zu machen, und Pendel ermutigte sie auch nicht weiter, denn jetzt war nicht die Zeit, Anhalter mitzunehmen. Ansonsten war es eine ereignislose Fahrt gewesen, die ihm die Möglichkeit gegeben hatte, seinen Plan genauer zu durchdenken, wie Osnard es ihm in den Unterweisungsstunden eingehämmert hatte: Vorbereitungszeit ist niemals vergeudete Zeit, der große Trick dabei ist, daß man eine verdeckte Operation vom Standpunkt jedes einzelnen Beteiligten betrachtet und sich jedesmal fragt: Was macht er? Was macht *sie*? Wohin verziehen sich alle hinterher? Und so weiter.

Er klopfte dreimal leise und einmal laut, aber es tat sich nichts. Er klopfte noch einmal und hörte ein munteres »Komme!«, und als Ana die Tür aufmachte – nur halb, weil Mickie noch dahinter saß –, sah er in dem von draußen hereinfallenden Licht, daß sie die Haare nach hinten gekämmt und eine saubere Bluse angezogen hatte, schulterfrei wie die der anderen Engel, und daß die Verandatüren offenstanden, damit der Pulverdampf hinein- und der Geruch von Blut und Desinfektionsmitteln abziehen konnte.

»Im Schlafzimmer steht ein Schreibtisch«, sagte er.

»Und?«

»Sieh nach, ob Schreibpapier in der Schublade ist. Und

ein Bleistift oder so was. Schreib ›Ambulanz‹ auf einen Zettel, den ich aufs Armaturenbrett legen kann.«

»Du willst dich als *Ambulanz* ausgeben? Echt cool.«

Sie hüpfte wie ein Mädchen auf einer Party zum Schlafzimmer, und er nahm Mickies Pistole aus der Schublade und steckte sie sich in die Hosentasche. Er kannte sich mit Pistolen nicht aus, und diese hier war zwar nicht groß, aber ziemlich wirkungsvoll, wie das Loch in Mickies Kopf gezeigt hatte. Dann fiel ihm ein, daß er auch ein Messer gebrauchen könnte; er nahm sich aus der Küchenschublade eins mit gezackter Schneide, wickelte es in Papierhandtücher und steckte es ein. Ana kam triumphierend zurück: Sie hatte ein Malbuch und ein paar Buntstifte gefunden, und der einzige Schönheitsfehler an ihrem Schild war, daß sie in der Begeisterung das »l« von Ambulancia vergessen hatte. Ansonsten war es in Ordnung, und er ging damit die Stufen zu seinem Geländewagen runter, legte es aufs Armaturenbrett und schaltete die Warnblinkanlage ein, um die Leute zu beschwichtigen, die sich hinter ihm stauten und mit wildem Gehupe verlangten, daß er den Weg freimachte.

Nun kam Pendel auch sein Humor zu Hilfe, denn auf der Treppe wandte er sich zu seinen Kritikern herum, faltete wie zum Gebet die Hände und bat lächelnd um Nachsicht; nur noch eine Minute von ihnen erflehend, hob er einen Finger, dann stieß er die Tür auf und knipste die Eingangslampe an, damit jeder Mickies bandagierten Kopf und sein eines Auge sehen konnte. Das Hupen und Schreien wurde daraufhin merklich leiser.

»Leg ihm die Jacke um die Schultern, wenn ich ihn hochgehoben habe«, sagte er zu Ana. »Halt. Moment noch.«

Pendel ging wie ein Gewichtheber in die Hocke und erinnerte sich daran, daß er nicht nur ein mörderischer Verräter, sondern auch ein kräftiger Mann war, und daß die Kraft in Schenkeln und Gesäß und Bauch und Schultern saß, und daß er in der Vergangenheit oft genug Gelegenheit gehabt hatte, Mickie nach Hause zu tragen; und jetzt war es kaum anders, nur schwitzte Mickie nicht, noch konnte er sich übergeben und bettelte auch nicht darum, ins Gefängnis zurückgebracht zu werden, womit er freilich nur seine Frau gemeint hatte.

Mit diesen Gedanken im Kopf umschlang Pendel Mikkies Rücken und stellte ihn auf die Füße, aber Mickies Beine waren nicht stark genug, und schlimmer noch, er war nicht ins Gleichgewicht zu bringen, weil Mickie in der feuchten Hitze der Nacht kaum steif geworden war. Um so steifer mußte sich Pendel machen, als er seinem Freund über die Schwelle half und ihn, mit einem Arm auf dem Eisengeländer und aller Kraft, die ihm die Götter je verliehen hatten, die erste der vier Stufen zum Geländewagen hinunterbugsierte. Mickies Kopf lag jetzt auf seiner Schulter, er konnte das Blut durch die Streifen des Bettlakens riechen. Ana hatte Mickie die Jacke über den Rücken gehängt, und Pendel wußte selbst nicht mehr genau, warum er sie das hatte tun lassen, vielleicht, weil es eine wirklich gute Jacke war und er die Vorstellung nicht ertragen konnte, daß Ana sie dem erstbesten Bettler auf der Straße schenkte, oder vielleicht auch, weil er wollte, daß die Jacke an Mickies Ruhm teilhaben sollte, denn jetzt brechen wir auf, Mickie – dritte Stufe –, wir sind auf dem Weg zum Ruhm, du wirst der schönste Junge im Saal sein, der bestgekleidete Held, den die Mädchen je gesehen haben.

»Geh vor, mach die Autotür auf«, sagte er zu Ana, worauf Mickie wieder einmal, ebenso vertraut wie unvorhersehbar, auf seinem eigenen Willen bestand und die Sache selbst in die Hand zu nehmen beschloß: diesmal, indem er von der untersten Stufe in freiem Fall auf das Auto zustürzte. Aber Pendel hätte sich keine Sorgen zu machen brauchen. Zwei Jungen, von Ana herbeigerufen, fingen Mickie mit ausgebreiteten Armen auf – Ana war eins dieser Mädchen, die, wenn sie nur auf die Straße treten, die Jungen automatisch anziehen.

»Seid vorsichtig«, befahl sie ihnen streng. »Wahrscheinlich ist er ohnmächtig.«

»Er hat die Augen offen«, sagte einer der Jungen in der klassischen falschen Annahme, daß, wo ein Auge zu sehen ist, das andere auch nicht fehlen kann.

»Legt ihn mit dem Kopf nach hinten«, befahl Pendel.

Aber dann machte er es unter ihren unbehaglichen Blikken selbst. Er stellte die Kopfstütze des Beifahrersitzes tiefer und lehnte Mickies Kopf dagegen, zerrte ihm den Gurt über den dicken Bauch und ließ das Schloß einrasten, schlug die Tür zu, dankte den Jungen, dankte mit einer Handbewegung den hinter ihm wartenden Autos und schwang sich auf den Fahrersitz.

»Und du feierst jetzt weiter«, sagte er zu Ana.

Aber sie stand nicht mehr unter seinem Bann. Sie war wieder sie selbst und beteuerte unter herzzerreißenden Tränen, in seinem ganzen Leben habe Mickie nie etwas getan, das von der Polizei verfolgt werden müsse.

Er fuhr langsam, ihm war danach. Und Mickie hatte sich, wie Onkel Benny sagen würde, Anspruch auf Respekt erworben. Mickies bandagierter Kopf schwankte in den Kurven und ruckte in den Schlaglöchern auf und ab, und nur der Gurt bewahrte ihn davor, an Pendels Schulter zu sinken, kurz, Mickie benahm sich nicht viel anders als auf der Hinfahrt, nur daß Pendel ihn sich da nicht mit einem offenen Auge vorgestellt hatte. Die Warnblinker eingeschaltet, folgte er den Wegweisern zum Krankenhaus; er saß kerzengerade wie die Fahrer der Krankenwagen, die durch die Leman Street preschten und sich nicht einmal in den Kurven zur Seite neigten.

Also, wer sind Sie *genau?* überprüfte Osnard noch einmal Pendels Tarnung. Ich bin ein Gringo-Arzt vom örtlichen Krankenhaus, antwortete er. Ich habe einen schwerkranken Patienten im Wagen, also halten Sie mich nicht auf.

An Kontrollpunkten machten ihm die Polizisten den Weg frei. Ein Beamter hielt sogar aus Rücksicht auf den Verletzten den entgegenkommenden Verkehr an. Die Geste erwies sich jedoch als überflüssig, denn Pendel fuhr an der Abzweigung zum Krankenhaus vorbei und weiter geradeaus nach Norden, den Weg zurück, den er gekommen war, Richtung Chitré, wo die Garnelen ihre Eier in die Stämme der Mangroven legten, und Sarigua, wo Orchideen kleine Prostituierte waren. Auf der Hinfahrt hatte dichter Verkehr geherrscht, erinnerte er sich, jetzt, als er Guararé verließ, überhaupt keiner. Sie fuhren allein unterm Neumond und einem klaren Himmel, nur Mickie und er. Als er rechts nach Sarigua abbog, rannte plötzlich eine Schwarze ohne Schuhe und mit panischer Miene neben ihm her und bat flehentlich, mitgenommen zu werden, und er fühlte sich sehr gemein, weil er sie nicht einsteigen ließ. Aber wie er bereits in Guararé festgestellt hatte, nehmen Spione mit gefährlichen Aufträgen keine Anhalter mit, und so fuhr er weiter und sah, je höher er kam, daß der Boden immer heller wurde.

Er kannte die Stelle genau. Mickie hatte wie Pendel das Meer geliebt. Und als Pendel auf sein Leben zurückblickte, kam ihm jetzt reichlich spät die Erkenntnis, daß in der Tat das Meer der beruhigende Einfluß auf seine zahlreichen kriegführenden Götter gewesen war – deshalb war Panama so besonders zuträglich für ihn gewesen, jedenfalls in seinem Leben vor Osnard. »Harry, mein Junge, was ist schon Hongkong, was ist London, was ist Hamburg«, hatte Benny feierlich erklärt, als er ihm an einem Besuchstag in einem Taschenatlas den Isthmus gezeigt hatte: »Wo sonst in der Welt kannst du in einen Bus steigen und auf der Hinfahrt die Chinesische Mauer und auf der Rückfahrt den Eiffelturm sehen?« Aber Pendel hatte aus seinem Zellenfenster weder das eine noch das andere gesehen. Sondern nur, in unterschiedlichem Blau, auf jeder Seite ein Meer, und Fluchtmöglichkeiten in beide Richtungen.

Eine Kuh stand mit gesenktem Kopf auf der Straße vor ihm. Pendel bremste. Mickie rutschte blöde nach vorn und blieb mit dem Hals im Gurt hängen. Pendel befreite ihn und ließ ihn auf den Boden gleiten. Mickie, ich rede mit dir. Ich habe doch gesagt, es tut mir leid. Die Kuh gab widerwillig den Weg frei. Grüne Schilder wiesen ihn in ein Naturschutzgebiet. Dort gab es diese alte Indiosiedlung, erinnerte er sich, dort gab es hohe Dünen und diese weißen Felsen, die, wie Hannah erzählt hatte, aus an Land gespülten Muscheln bestanden. Und dann kam der Strand. Die Straße wurde zum Pfad, der Pfad verlief schnurgerade wie eine Römerstraße, von hohen Hecken gesäumt, die Mauern glichen. Manchmal legten die Hecken über ihm die Hände zusammen und beteten. Manchmal wichen sie zurück und zeigten ihm einen stillen Himmel, wie er nur über einem ruhigen Meer zu sehen ist. Der Neumond gab sich Mühe, größer zu erscheinen als er wirklich war. Zwischen den Spitzen der hauchdünnen Sichel hatte sich ein züchtiger weißer Schleier gebildet. Die zahllosen Sterne sahen aus wie Staub.

Der Pfad war zu Ende, aber Pendel fuhr weiter. Wunderbar, was so ein Geländewagen alles schafft. Gigantische Kakteen erhoben sich wie geschwärzte Soldaten links und rechts von ihm. Halt! Aussteigen! Hände aufs Verdeck legen! Papiere! Er fuhr weiter, an einem Schild vorbei, das ihm das untersagte. Er dachte an die Reifenspuren. Damit können sie den Geländewagen identifizieren. Wie denn? Sollten sie sich die Reifen aller Geländewagen in Panama ansehen? Er dachte an Fußspuren. Meine Schuhe. Sie finden meine Schuhe. Wie? Er dachte an die Luchse. Er dachte an Marta. Du bist ein Spion, haben sie gesagt. Mickie ist auch einer, haben sie gesagt. Und ich habe das auch gesagt. Er dachte an den Bären. Er dachte an Louisas Augen, die zu angstvoll waren, um die einzige Frage zu stellen, die noch geblieben war: Harry, bist du verrückt geworden? Die Zurechnungsfähigen sind verrückter, als wir jemals ahnen können, dachte er. Und die Verrückten sind weitaus zurechnungsfähiger, als manche von uns sich das vorstellen.

Er brachte den Wagen langsam zum Stehen und sah sich dabei den Boden an. Er suchte eine steinharte Stelle. Hier war eine. Weißer, poröser, korallenartiger Fels, auf dem seit Millionen Jahren keine Fußspur zurückgeblieben war. Er stieg aus, ließ die Scheinwerfer an und ging zum Heck des Geländewagens, wo er für alle Fälle ein Abschleppseil liegen hatte. Er suchte hektisch nach dem Küchenmesser, bis ihm einfiel, daß er es in die Tasche von Mickies Smokingjacke gesteckt hatte. Er schnitt einen guten Meter von dem Seil ab, ging zu Mickies Seite, öffnete die Tür, zog ihn heraus und legte ihn sachte auf die Erde, verkehrt herum, aber nicht mehr mit dem Hintern nach oben, denn nach der Fahrt wollte Mickie jetzt lieber auf der Seite liegen und nicht mehr auf seinem dicken Bauch.

Pendel nahm Mickies Arme, bog sie ihm auf den Rücken und band ihm die Handgelenke zusammen: ein nicht sehr eleganter Knoten, aber fest. Um nicht den Verstand zu verlieren, dachte er dabei ausschließlich an praktische Dinge. Die Jacke. Was hätten sie mit der Jacke gemacht? Er holte die Jacke aus dem Wagen und legte sie Mickie wie einen Umhang um die Schultern, so, wie er sie wahrscheinlich auch getragen hätte. Dann nahm er die Pistole aus der Tasche und überprüfte im Licht der Scheinwerfer, ob sie gesichert war; und natürlich hatte er die Waffe die ganze Zeit über entsichert mit sich herumgeschleppt – wie anders als entsichert hätte Mickie sie auch zurücklassen sollen, nachdem er sich das Gehirn weggepustet hatte?

Dann setzte er den Wagen zurück, ein kleines Stück von Mickie weg, ohne selbst genau zu wissen, warum er das tat, nur daß er das, was er jetzt tun mußte, nicht bei so greller Beleuchtung machen wollte; Mickie sollte bei dieser Prozedur möglichst ungestört bleiben, schließlich war es so etwas wie eine heilige Handlung, wenn auch eine primitive, man könnte sagen urzeitliche – hier, im Zentrum einer elftausend Jahre alten Indiosiedlung, wo überall Pfeilspitzen und Faustkeile herumlagen, die Louisa den Kindern erlaubt hatte einzusammeln, dann aber wieder zurückgelegt hatte, denn wenn das jeder machte, wären am Ende gar keine mehr da. Hier, in dieser von Menschen und Mangroven geschaffenen Wüste, die so salzhaltig war, daß sogar der Erdboden tot war.

Nachdem er den Wagen zurückgesetzt hatte, ging er zu der Leiche zurück, kniete sich daneben und wickelte behutsam die Bandagen ab, bis Mickies Gesicht wieder fast so aussah wie vorher auf dem Küchenboden, nur ein wenig älter, ein wenig sauberer und, zumindest in Pendels Vorstellung, ein wenig heldenhafter.

Mickie, mein Junge, eines Tages, wenn Panama von allem befreit ist, was dir nicht gefallen hat, hängt dein Gesicht dort, wo es hingehört: im Saal der Märtyrer im Präsidentenpalast, sagte er in seinem Herzen zu Mickie. *Und es tut mir sehr leid, Mickie, daß du mich jemals kennengelernt hast, denn niemand sollte mich kennenlernen.*

Er hätte gerne laut gesprochen, doch waren ihm nur noch innere Stimmen geblieben. Also blickte er sich ein letztes Mal um, und als er niemanden sah, der etwas dagegen haben könnte, feuerte er so liebevoll, als ob er einem kranken Haustier den Gnadenschuß versetzte, zwei Schüsse ab, einen unter das linke Schulterblatt und einen unter das rechte. *Bleivergiftung, Andy,* dachte er und erinnerte sich an das Essen mit Osnard im Club Unión. *Drei fachmännische Schüsse. Einen in den Kopf, zwei in den Körper, und was noch von ihm übrig war, auf sämtliche Titelseiten verteilt.*

Beim ersten Schuß dachte er: Der ist für dich, Mickie.

Und beim zweiten dachte er: Der ist für mich.

Den dritten hatte Mickie ihm bereits abgenommen, und Pendel blieb noch eine Zeitlang mit der Waffe in der Hand stehen und lauschte dem Meer und der Stille von Mickies Opposition.

Dann nahm er Mickie die Jacke von den Schultern, ging zum Wagen zurück, fuhr los und warf sie nach zwanzig Metern aus dem Fenster, wie jeder Profikiller es wohl machen würde, wenn er zu seiner Verärgerung plötzlich merkt, daß er, nachdem er sein Opfer gefesselt und getötet und in der obligatorischen einsamen Gegend abgeladen hat, immer noch dessen verdammte Jacke im Auto liegen hat, die Jacke, die er anhatte, als ich ihn erschossen habe, also wirft er auch die noch weg.

Wieder in Chitré, fuhr Pendel durch die leeren Straßen und suchte eine Telefonzelle, die nicht von Betrunkenen oder Liebespaaren besetzt war. Sein Freund Andy sollte es als erster erfahren.

23

Die rätselhafte Dezimierung des Personals der Britischen Botschaft in Panama in den Tagen vor Beginn der Operation Sichere Durchfahrt löste in der britischen und internationalen Presse einen kleinen Sturm aus und wurde zum Anlaß einer allgemeineren Debatte über Großbritanniens heimliche Rolle bei der Invasion durch die US-Amerikaner. In Lateinamerika war man sich einig: YANQUI-HANDLANGER! schrieb Panamas tapfere Zeitung *La Prensa* über einem ein Jahr alten Foto von irgendeinem längst vergessenen Empfang, auf dem Botschafter Maltby dem Oberbefehlshaber des Kommando Süd verlegen die Hand schüttelte. Daheim in England gingen die Meinungen zunächst wie üblich auseinander. Die von Hatry kontrollierte Presse sprach im Zusammenhang mit dem Exodus der Diplomaten von einer »brillant erdachten Pimpernel-Operation in der besten Tradition großer Einsätze« und von einem »geheimen Hintergrund, über den wir nie etwas erfahren dürfen«; die Konkurrenz rief Feiglinge! und warf der Regierung vor, sie habe niederträchtige Absprachen mit den übelsten Elementen der amerikanischen Rechten getroffen, im Wahljahr die »Schwächen des Präsidenten« instrumentalisiert, die hysterische antijapanische Stimmung weiter angeheizt und zu Lasten der europäischen Beziehungen Großbritanniens die kolonialistischen Bestrebungen Amerikas unterstützt, und das alles nur, um durch Appell an die niedersten Instinkte des britischen Nationalcharakters der Jammergestalt eines ohnehin längst diskreditierten Premierministers im Vorfeld der Wahl den Rücken zu stärken.

Während die Titelseiten der Hatry-Presse vorzugsweise Farbfotos des Premierministers brachten, die ihn auf prestigeträchtigen Reisen nach Washington zeigten – Der bescheidene britische Löwe zeigt die Zähne –, kritisierte die Konkurrenz Großbritanniens »imperialistische Ersatzfantasien« mit Schlagzeilen wie TATSACHEN UND IRRTÜMER und DAS ÜBRIGE EUROPA SCHÄMT SICH und verglich die »erdichteten Vorwürfe gegen die Regierungen von Panama und Japan« mit den willkürlichen Erfindungen, mit denen die Hearst-Presse seinerzeit die aggressive amerikanische Haltung gerechtfertigt und so schließlich den spanisch-amerikanischen Krieg herbeigeführt habe.

Aber wie sah die Rolle Großbritanniens tatsächlich aus? Wie, falls überhaupt – um einen mit KEINE GEHEIMEN ABSPRACHEN überschriebenen Leitartikel der Times zu zitieren – waren die Briten in den amerikanischen Fettnapf getrampelt? Wieder einmal richteten sich aller Augen auf die Britische Botschaft in Panama und deren Verbindung beziehungsweise angeblich nicht vorhandene Verbindung zu Mickie Abraxas, einem ehemaligen Oxford-Studenten, Noriega-Opfer und bekannten Sprößling des politischen Establishments von Panama, dessen »verstümmelter« Leichnam in einer öden Gegend außerhalb der Ortschaft Parita gefunden worden war, nachdem ihn vermutlich eine dem Präsidenten unterstellte Spezialeinheit zuvor »gefoltert und rituell ermordet« hatte. Die Hatry-Presse brachte diese Meldung als erste. Die Hatry-Presse ritt darauf herum. Hatrys Fernsehsender ritten noch ausführlicher darauf herum. Und bald hatten die britischen Zeitungen aller Couleur ihre eigene Abraxas-Geschichte, von UNSER MANN IN PANAMA bis LOB FÜR DEN HEIMLICHEN HELDEN DER KÖNIGIN? und ENGLANDS 007 – EIN VERSOFFENER FETTWANST. Ein eher sachlicher und daher weitgehend unbeachteter Artikel in einer unabhängigen kleinen Tageszeitung berichtete, Abraxas Witwe sei binnen Stunden nach dem Auffinden der Leiche ihres Mannes außer Landes geschafft worden und erhole sich jetzt angeblich in Miami unter dem Schutz eines gewissen Rafi Domingo, eines prominenten Panamaers, der mit dem Toten eng befreundet gewesen sei.

Eine von drei panamaischen Pathologen in aller Eile veröffentlichte Gegendarstellung, in der behauptet wurde, Abraxas sei Gewohnheitstrinker gewesen und habe sich nach Genuß von einem Liter Scotch in einem Anfall von Depression erschossen, wurde mit gebührendem Spott quittiert. Eine von Hatrys Boulevardzeitungen faßte die öffentliche Reaktion so zusammen: IHR WOLLT UNS WOHL FÜR DUMM VERKAUFEN, SEÑORES! Eine amtliche Erklärung des britischen Geschäftsträgers, Mr. Simon Pitt, in der es hieß, »Mr. Abraxas hat weder offizielle noch inoffizielle Verbindungen zu unserer Botschaft oder irgendeiner anderen britischen Vertretung in Panama gehabt«, erschien plötzlich in besonders schlechtem Licht, als entdeckt wurde, daß Abraxas einmal eine Zeitlang Vorsitzender des englisch-panamaischen Kulturvereins gewesen war. Dieses Amt hatte er angeblich »aus Gesundheitsgründen« aufgegeben. Ein Spionagefachmann erklärte zum Wohle der Nichteingeweihten die verborgene Logik dieses Sachverhalts. Nachdem Abraxas von Mitarbeitern des örtlichen Nachrichtendienstes als potentieller britischer Agent »ausgemacht« worden sei, habe man ihn aus Gründen der Tarnung angewiesen, alle nach außen sichtbaren Verbindungen zur Botschaft zu kappen. Um dies korrekt durchzuführen, habe man allerdings einen »Streit« mit der Botschaft aushecken müssen, um Abraxas von seinen Kontrolleuren zu »entfremden«. Von einem solchen Streit wolle Mr. Pitt aber nichts wissen, und möglicherweise habe Abraxas für diesen Mangel an Fantasie auf seiten der britischen Geheimdienste teuer bezahlen müssen. Aus informierten Kreisen wurde berichtet, daß die panamaischen Sicherheitsbehörden schon seit einiger Zeit an Abraxas' Aktivitäten interessiert gewesen seien. Ein Schattenminister der Opposition, der die Unverfrorenheit besaß, sinngemäß auf einen Ausspruch Oscar Wildes zu verweisen, wonach keine Sache dadurch besser werde, daß ein Mann dafür gestorben sei, wurde von den Boulevardzeitungen gehörig an den Pranger gestellt, und ein Hatry-Organ versprach seinen Lesern gar schockierende Enthüllungen über das glücklose Sexualleben dieses Mannes.

Dann richtete sich eines Morgens das Scheinwerferlicht der Öffentlichkeit wie auf Kommando auf Die Dreierbande von Panama, wie sie von da an genannt wurden, nämlich die drei britischen Diplomaten, die nach den Worten eines Kommentators »am Vorabend des grausamen Angriffs der US-Luftwaffe ihre Habseligkeiten, ihre Frauen und Luxuskarossen heimlich aus der Botschaft gebracht« hätten. Von der Tatsache, daß es in Wahrheit vier Diplomaten waren, und darunter eine Frau, ließ man sich eine gute Schlagzeile natürlich nicht verderben. Die von einer unglücklichen Sprecherin des Außenministeriums verlesene Erklärung für die Abreise der Botschaftsmitglieder stieß auf allgemeine Heiterkeit:

»Mr. Andrew Osnard war kein fester Mitarbeiter des Auswärtigen Dienstes, lediglich sein hochqualifiziertes Expertenwissen über den Panamakanal wurde vorübergehend in Anspruch genommen.«

Die Presse machte sich ein Vergnügen daraus, auf die Herkunft seines hochqualifizierten Expertenwissens hinzuweisen: Eton, Windhundrennen und Go-Kartfahren in Oman.

Frage: Warum hat Osnard Panama so überstürzt verlassen?

Antwort: Mr. Osnards Einsatzmöglichkeiten galten als beendet.

F: Weil Mickie Abraxas' Leben beendet war?

A: Kein Kommentar.

F: Ist Osnard ein Spion?

A: Kein Kommentar.

F: Wo befindet sich Osnard jetzt?

A: Über Mr. Osnards derzeitigen Aufenthalt ist uns nichts bekannt.

Arme Frau. Am nächsten Tag half ihr die Presse stolz mit einem Foto weiter, auf dem Osnard in Gesellschaft einer bekannten Schönheit, die doppelt so alt war wie er, an den Skipisten von Davos keinen Kommentar abgab.

»Botschafter Maltby wurde kurz vor Beginn der Operation Sichere Durchfahrt zu Konsultationen nach London zurückgerufen. Der Zeitpunkt für diesen Rückruf war rein zufällig.«

F: Was heißt kurz?

A: (dieselbe bedauernswerte Sprecherin) Kurz.
F: Vor seinem Verschwinden oder danach?
A: Die Frage ist absurd.
F: In welcher Beziehung hat Maltby zu Abraxas gestanden?
A: Von einer solchen Beziehung ist uns nichts bekannt.
F: Trifft es zu, daß Panama für einen Mann von Maltbys intellektuellem Kaliber ein ziemlich bescheidener Posten war?
A: Wir haben großen Respekt vor der Republik Panama. Mr. Maltby war der richtige Mann für diesen Posten.
F: Wo befindet er sich jetzt?
A: Botschafter Maltby hat zur Abwicklung persönlicher Angelegenheiten Urlaub auf unbestimmte Zeit genommen.
F: Können Sie über diese Angelegenheiten etwas genaueres sagen?
A: Es sind persönliche Angelegenheiten, wie gesagt.
F: Persönlich in welcher Hinsicht?
A: Soweit uns bekannt ist, hat Mr. Maltby eine Erbschaft angetreten und erwägt möglicherweise eine neue Karriere. Er ist ein anerkannter Geisteswissenschaftler.
F: Wollen Sie damit sagen, man hat ihn rausgeschmissen?
A: Natürlich nicht.
F: Ausbezahlt?
A: Ich danke Ihnen, daß Sie diese Pressekonferenz besucht haben.

Mrs. Maltby, die man in ihrem Haus in Wimbledon aufgespürt hatte, wo sie als Bowls-Spielerin bekannt war, lehnte vernünftigerweise jede Auskunft über den Aufenthaltsort ihres Mannes ab: »Nein, nein. Verschwindet alle miteinander. Aus mir bekommt ihr nichts heraus. Euch Pressegeier kenne ich schon lange. Ihr seid Blutegel, ihr denkt euch dauernd was aus. Ich sage nur Bermuda, damals, als die Königin uns dort besucht hat. Nein, ich habe nichts von ihm gehört, kein Wort. Wozu auch. Sein Leben gehört ihm, das hat nichts mit mir zu tun. Sicher wird er eines Tages mal anrufen, falls er sich an die Nummer erinnert und ein paar Münzen in der Tasche hat. Mehr sage ich nicht. *Spion?* Macht euch doch nicht lächerlich. Meint ihr, das hätte ich nicht gemerkt? *Abraxas?* Nie gehört. Hört sich an wie ein Gesundheitsklub. Ja, den kenne ich. Das Scheusal hat mich bei der Party zum Geburtstag der Königin von oben bis unten vollgekotzt. Ein widerwärtiger Mensch. Was soll das heißen, Sie armer Irrer, er hat eine Romanze? Haben Sie nicht die Fotos gesehen? Sie ist vierundzwanzig, er ist siebenundvierzig, und das ist noch untertrieben.

SITZENGELASSENE BOTSCHAFTERGATTIN: ICH KRATZE DER TOCHTER DES ABGEORDNETEN DIE AUGEN AUS. Ein dreister Reporter behauptete, das Paar in Bali aufgespürt zu haben. Ein anderer, berühmt für seine geheimen Quellen, ortete die beiden in einer Luxusvilla in Montana, wie sie fähigen Leuten, die sich besondere Verdienste erworben hätten, von der CIA zur Verfügung gestellt werde.

»Miß Francesca Deane hat ihre Stellung beim Auswärtigen Dienst noch in Panama von sich aus gekündigt. Sie war eine tüchtige Beamtin, und wir bedauern ihre Entscheidung, die ausschließlich aus persönlichen Gründen getroffen wurde.«

F: Aus denselben Gründen wie Maltby?

A: (dieselbe Sprecherin; angeschlagen aber ungebeugt) Die nächste Frage.

F: Heißt das: Kein Kommentar?

A: Es heißt: Die nächste Frage. Es heißt: Kein Kommentar. Wo ist der Unterschied? Könnten wir das Thema wechseln und uns ernsteren Dingen zuwenden?
(Eine lateinamerikanische Journalistin durch ihren Dolmetscher):

F: War Francesca Deane die Geliebte von Mickie Abraxas?

A: Was soll denn das nun?

F: Viele Leute in Panama sagen, daß sie für die Zerrüttung von Abraxas' Ehe verantwortlich sei.

A: Ich kann wohl kaum kommentieren, was angeblich viele Leute in Panama sagen.

F: Viele Leute in Panama sagen auch, Stormont, Maltby,

Deane und Osnard seien ein gut ausgebildeter Kader britischer Terroristen gewesen, die von der CIA den Auftrag bekommen hätten, die demokratische Regierung von Panama zu infiltrieren und von innen heraus zu stürzen!

A: Ist diese Frau akkreditiert? Hat jemand sie überhaupt schon einmal gesehen? Entschuldigen Sie. Würden Sie bitte dem Saalordner Ihren Presseausweis zeigen?

Der Fall Nigel Stormont erregte nur wenig Aufsehen. LIEBESTOLLER DIPLOMAT AUF ABWEGEN und ein erneuter Aufguß seiner längst abgenudelten Liebesaffäre mit der Frau eines ehemaligen Kollegen während seiner Dienstzeit in der Britischen Botschaft in Madrid kamen nicht über die Morgenausgaben hinaus. Paddy Stormonts Einweisung in eine Schweizer Krebsklinik und Stormonts geschickter Umgang mit der Presse vereitelten weitere Spekulationen. Nach einigen Tagen galt Stormont nur noch als kleines Licht in einer Sache, die jetzt als gewaltiger und unergründlicher britischer Coup gewertet wurde; Hatrys bestbezahlter Leitartikler schrieb dazu: »Amerika ist noch einmal mit heiler Haut davongekommen, und somit hat Großbritannien bewiesen, daß es unter einer Tory-Regierung durchaus ein bereitwilliger und willkommener Partner im großen alten atlantischen Bündnis sein kann, unabhängig davon, ob die sogenannten europäischen Partner noch kurz vor der Ziellinie zu zaudern belieben oder nicht.«

Die Beteiligung einer winzigen britischen Alibitruppe an der Invasion – außerhalb des Vereinigten Königreichs unbemerkt geblieben – gab Anlaß zu landesweitem Jubel. Die besseren Kirchen hißten die Fahne des Heiligen Georg, und Schulkinder, die nicht ohnehin schon schwänzten, bekamen einen Tag frei. Was Pendel betraf, war schon die bloße Erwähnung seines Namens Anlaß für einen gigantischen Maulkorb, den sich alle patriotisch gesinnten Zeitungen und Fernsehsender im Land anlegen ließen. Das ist überall das Schicksal von Geheimagenten.

24

Es war Nacht, und wieder einmal plünderten sie Panama, schossen seine Hochhäuser und Hütten in Brand, erschreckten seine Tiere und Kinder und Frauen mit Kanonendonner, mähten die Männer auf den Straßen nieder und hatten die Sache bis zum Morgen erledigt. Pendel stand auf dem Balkon, wo er das letztemal gestanden hatte, er sah, ohne zu denken, hörte, ohne zu fühlen, machte sich klein, ohne sich zu beugen, büßte, ohne die Lippen zu bewegen, genau wie sein Onkel Benny büßend in seinen leeren Bierkrug gesprochen hatte – heilige Worte:

Unsere Macht kennt keine Grenzen, aber wir finden keine Nahrung für ein verhungerndes Kind, kein Obdach für einen Flüchtling … Unser Wissen kennt kein Maß, und wir bauen die Waffen, die uns vernichten werden … Wir leben am Rand unserer selbst, erschreckt von der Dunkelheit im Innern … Wir haben Schaden, Ruin und Verderben zugefügt, wir haben Fehler gemacht und betrogen.

Aus dem Innern des Hauses schrie wieder Louisa, doch Pendel ließ sich nicht davon stören. Er lauschte dem Kreischen der Fledermäuse, die protestierend in der Dunkelheit über ihm kreisten. Er liebte Fledermäuse, Louisa haßte sie, und es machte ihm immer Angst, wenn Menschen irgend etwas grundlos haßten, weil man nie wissen konnte, wo das einmal enden würde. Eine Fledermaus ist häßlich, und deshalb hasse ich sie. Du bist häßlich, und deshalb töte ich dich. Schönheit, dachte er, ist ein Tyrann; vielleicht hatte er deshalb, auch wenn sein Beruf dem Verschönern galt, Martas Verunstaltung immer als Antrieb zum Guten betrachtet.

»*Komm rein*«, schrie Louisa. »Um Gottes willen, Harry, komm sofort rein. Hältst du dich für unverwundbar oder was?«

Nun ja, er wäre gern hineingegangen, im Grunde seines

Herzens war er ein Familienmensch, aber nach Gottes Wille stand Pendel in dieser Nacht nicht der Sinn, und für unverwundbar hielt er sich auch nicht. Ganz im Gegenteil. Er hielt sich für unheilbar verwundet. Und Gott – der war genauso schlecht wie alle anderen, auch Gott konnte nicht beenden, was er angefangen hatte. Anstatt hineinzugehen, blieb Pendel daher lieber auf dem Balkon, wo ihn die anklagenden Blicke und das neunmalkluge Wissen seiner Kinder und die Zänkereien seiner Frau ebenso wenig erreichten wie die unauslöschliche Erinnerung an Mickies Selbstmord, und beobachtete die Katzen der Nachbarn, die in geschlossener Ordnung von links nach rechts über seinen Rasen stürmten. Drei waren getigert, eine rotbraun – im magnesiumhellen Tageslicht der Leuchtraketen, die unbeweglich hoch am Himmel standen, sah er sie in ihren natürlichen Farben und keinesweg grau, wie Katzen bei Nacht sein sollten.

Es gab in all diesem Lärm und Chaos noch andere Dinge, die Pendel leidenschaftlich interessierten. Zum Beispiel, wie Mrs. Costello von Nummer Zwölf auf Onkel Bennys Klavier weiterspielte, was auch Pendel getan haben würde, hätte er spielen können und das Klavier geerbt. Die Fähigkeit, sich mit den Fingern an einem Stück Musik festzuhalten, wenn man vor Angst den Verstand zu verlieren droht – das mußte eine wahrhaft wunderbare Art und Weise sein, sich selbst im Griff zu behalten. Und ihre Konzentration war erstaunlich. Selbst aus dieser Entfernung konnte er sehen, wie sie die Augen schloß und die Lippen wie ein Rabbi zu den Noten bewegte, die sie auf den Tasten anschlug, ganz genau wie früher Onkel Benny, wenn Tante Ruth die Hände auf den Rücken legte, die Brust herausdrückte und zu singen begann.

Und dann war da der heißgeliebte metallicblaue Mercedes der Mendozas von Nummer Sieben, der jetzt den Hügel hinabrollte, weil Pete Mendoza so froh gewesen war, noch vor dem Angriff nach Hause zu kommen, daß er das Auto im Leerlauf und mit gelöster Handbremse hatte stehen lassen, und dem Auto das nach und nach bewußt geworden war. Ich bin frei, sagte es sich. Man hat die Zellentür aufgelassen. Ich brauche nur loszugehen. Also ging es los, erst schwankend wie Mickie und, auch vielleicht wie Mickie, in der Hoffnung auf den glücklichen Zusammenstoß, der seinem Leben eine andere Richtung geben würde, dann aber verzweifelt in vollem Galopp davonrasend, und nur der Himmel wußte, wo und mit welcher Geschwindigkeit es landen und was für Schäden es unterwegs anrichten würde oder ob ihm etwa durch die Laune eines übereifrigen deutschen Ingenieurs die Kinderwagenszene aus irgendeinem russischen Film, dessen Titel Pendel vergessen hatte, in eins seiner versiegelten Aggregate einprogrammiert worden war.

Alle diese kniffligen Einzelheiten waren für Pendel von enormer Bedeutung. Wie Mrs. Costello konnte er sich völlig darin verlieren, wohingegen die Schüsse von Ancón Hill und die immer wieder wendenden und von neuem angreifenden Kampfhubschrauber ihm bis zum Überdruß vertraut waren, Teil der alltäglichen Realität, falls das denn alltägliche Realität war: ein armer Schneiderjunge, der Feuer legte, um seinem Freund, der ihn in der Hand hatte, einen Gefallen zu tun, und dann die Welt in Rauch aufgehen sah. Und das ganze Zeug, von dem man dachte, es läge einem am Herzen, der wenig angebrachte Leichtsinn auf dem Weg dorthin.

Nein, Herr Richter, ich habe diesen Krieg nicht angefangen.

Ja, Herr Richter, ich gebe zu, es ist möglich, daß ich die Hymne geschrieben habe. Aber bei allem Respekt, gestatten Sie mir den Hinweis, daß derjenige, der die Hymne schreibt, nicht notwendig auch den Krieg beginnt.

»Harry, ich begreife einfach nicht, wie du da draußen bleiben kannst, wenn deine Familie dich anfleht, zu ihr reinzukommen. Nein, Harry, nicht gleich. Sondern jetzt. Wir möchten, daß du jetzt bitte reinkommst. Du sollst uns beschützen.«

Ach Lou, ach Gott, ich wünschte mir ja auch so sehr, so sehnlich, daß ich zu ihnen kommen könnte. Aber ich muß erst die Lüge abschütteln, auch wenn ich, Hand aufs Herz, die Wahrheit gar nicht kenne. Ich muß gleichzeitig bleiben und gehen, aber in diesem Augenblick kann ich nicht bleiben.

Es hatte keine Vorwarnung gegeben, aber schließlich war Panama ständig gewarnt. Benimm dich, du Zwerg, oder es passiert was. Denk daran, du bist kein Land, sondern ein Kanal. Im übrigen war das Bedürfnis nach solchen Warnungen ohnehin übertrieben. Gibt ein durchgebrannter blauer Mercedeskinderwagen ohne Baby an Bord ein Warnzeichen, bevor er eine kurvige Straße hinunterbraust und dann in eine Schar Flüchtlinge kracht? Natürlich nicht. Gibt ein Fußballstadion ein Warnzeichen, bevor es zusammenbricht und Hunderte tötet? Warnt ein Mörder sein Opfer im voraus, daß die Polizei kommen und fragen wird, ob es ein britischer Spion ist und ob es ein oder zwei Wochen in Gesellschaft von Schwerverbrechern in Panamas bestausgestattetem Kittchen verbringen will? Und was die spezielle Warnung vor menschlichen Absichten betrifft – »Wir haben vor, euch zu bombardieren« – »Wir haben vor, euch zu verraten« – warum denn alle warnen? Den Armen würde eine Warnung nichts nützen, weil es für sie sowieso keinen Ausweg gibt, bis auf den, den Mickie gewählt hatte. Und die Reichen brauchten keine Warnung, weil es bei den Überfällen auf Panama längst Usus war, die Reichen zu schonen, wie Mickie zu sagen pflegte, ob er betrunken oder nüchtern war.

Jedenfalls hatte es keine Warnung gegeben, und die Kampfhubschrauber kamen wie üblich von See her; nur gab es diesmal keinen Widerstand, denn es gab keine Armee. Und El Chorillo hatte klugerweise schon kapituliert, bevor die Flugzeuge dorthin gelangt waren – ein Zeichen dafür, daß die Stadt endlich gelernt hatte zu spuren und daß auch Mickie mit seiner vergleichbaren Präventivmaßnahme keinen Fehler begangen hatte, selbst wenn das Ergebnis eine einzige Schweinerei gewesen war. Ein Wohnblock wie der, in dem Marta wohnte, ging aus freien Stükken in die Knie und erinnerte ihn an Mickie, wie er verkehrt herum auf dem Boden gelegen hatte. Das provisorische Gebäude einer Grundschule steckte sich selbst in Brand. Ein Altersheim sprengte sich ein Loch in die Mauer, das nahezu exakt die gleiche Größe hatte wie das Loch in Mickies Kopf. Dann schmiß es die Hälfte seiner Insassen auf die Straße, damit sie bei der Bekämpfung des Feuers helfen konnten, und zwar so, wie die Leute in Guararé das Feuer bekämpft hatten, indem sie es ignorierten. Und eine ganze Menge anderer Leute hatte klugerweise die Flucht ergriffen, lange bevor es irgend etwas gab, wovor sie hätten fliehen müssen – wie bei einer Brandschutzübung –, und schrien, bevor sie überhaupt getroffen wurden. Und das alles, stellte Pendel unter dem Geschrei Louisas fest, hatte bereits stattgefunden, bevor die erste Druckwelle seinen Balkon in Bethania erreichte, bevor das erste Beben den Besenschrank unter der Treppe erschütterte, wo Louisa sich mit den Kindern versteckt hielt.

»Dad!« Diesmal war es Mark. »Dad, komm rein. Bitte! Bitte!«

»Daddy, Daddy, Daddy.« Hannah. »Ich liebe dich!«

Nein, Hannah. Nein, Mark. Von Liebe bitte ein andermal, und reinkommen kann ich leider nicht. Wenn ein Mann die Welt in Brand steckt und obendrein auch noch seinen besten Freund tötet und seine Nicht-Geliebte nach Miami schickt, um ihr weitere Aufmerksamkeiten der Polizei zu ersparen – dabei hatte ihm ihr abgewandter Blick gesagt, daß sie nicht dorthin fliegen würde –, dann sollte er besser die Idee aufgeben, sich als Beschützer aufzuspielen.

»Harry, die haben das bestens geplant. Die Ziele sind genau festgelegt. Hochmodernes Gerät. Mit den neuen Waffen kann man aus einer Entfernung von vielen Meilen ein einzelnes Fenster treffen. Es werden keine Zivilisten mehr bombardiert. Komm jetzt bitte rein.«

Aber obwohl er es in mancherlei Hinsicht wollte, hätte Pendel nicht hineingehen können, denn wieder einmal versagten ihm seine Beine den Dienst. Und, wie ihm auffiel, taten sie das jedesmal, wenn er die Welt in Brand steckte oder einen Freund umbrachte. Über El Chorillo erhob sich jetzt ein greller Feuerschein, aus dem grauer Rauch nach oben quoll – doch wie die Katzen war auch der Rauch nicht gänzlich grau, sondern unten rot von den Flammen und oben silbern von den Leuchtraketen. Die anschwellende Feuersbrunst hielt Pendel in ihrem Bann, er konnte weder Augen noch Beine auch nur einen Zentimeter bewegen. Er konnte nur dorthin starren und an Mickie denken.

»Harry, ich will wissen, wo du hingehst, bitte!«

Das wüßte ich selber gern. Dennoch verwirrte ihn ihre Frage, bis er bemerkte, daß er sich tatsächlich in Bewegung gesetzt hatte, aber nicht zu Louisa und den Kindern ging, sondern weg von ihr, weg von der Scham, die er ihretwegen empfand, daß er mit weit ausholenden Schritten auf einer festen Straße bergab ging und den gleichen Weg einschlug wie Petes Mercedeskinderwagen, nachdem der sich selbständig gemacht hatte; allerdings sehnte er sich verrückterweise danach, kehrtzumachen, den Hügel hinaufzulaufen und Frau und Kinder in die Arme zu nehmen.

»Harry, ich liebe dich. Was auch immer du angestellt hast, ich habe Schlimmeres getan. Harry, es ist mir egal, was du bist oder wer du bist und was du wem angetan hast. Harry, bleib hier.«

Er ging mit weit ausholenden Schritten. Der steile Hügel drückte von unten gegen die Absätze und trieb ihn an, und wer immer weiter bergab geht, dem fällt es zunehmend schwerer kehrtzumachen. Bergabgehen war so verführerisch. Und er hatte die Straße für sich allein, denn im allgemeinen bleiben während einer Invasion alle, die nicht gerade zum Plündern unterwegs sind, zu Hause und versuchen, ihre Freunde anzurufen – und genau das taten die Leute hinter den erleuchteten Fenstern, an denen er vorbeilief. Und manchmal erreichten sie ihre Freunde, denn die wohnten wie sie selbst in Gebieten, in denen die öffentliche Versorgung zu Kriegszeiten nicht eingestellt wurde. Aber Marta konnte niemanden anrufen. Marta lebte unter Menschen, die, wenn auch nur dem Gefühl nach, von der anderen Seite der Brücke kamen, und für sie alle bedeutete Krieg eine ernste, oft sogar tödliche Bedrohung ihres täglichen Lebens.

Er ging weiter, wollte immer noch kehrtmachen, tat es aber nicht. Er war zutiefst erregt und mußte unbedingt einen Weg finden, Erschöpfung in Schlaf umzuwandeln, und vielleicht war der Tod ja wenigstens dazu gut. Er hätte gern etwas getan, das länger dauerte, zum Beispiel hätte er gern noch einmal Martas Kopf an seinem Hals, ihre Brust in seiner Hand gespürt, aber er hatte das Problem, daß er sich für das Zusammensein mit anderen Menschen nicht geeignet fühlte und viel lieber mit sich alleine war, weil er nämlich, von den andern isoliert, weniger Unheil anrichtete – so hatte es ihm der Richter gesagt, und es stimmte, und auch Mickie hatte es ihm gesagt, und da stimmte es besonders.

Anzüge interessierten ihn jedenfalls überhaupt nicht mehr, weder sein eigener noch die irgendwelcher Leute. Die Linie, die Form, das handwerkliche Geschick, die Silhouette, mit all dem hatte er nichts mehr zu schaffen. Die Leute durften tragen, was ihnen gefiel, und selbst die Besten hatten keine Wahl, bemerkte er. Viele von ihnen brauchten nichts anderes als eine Jeans, ein weißes Hemd oder ein geblümtes Kleid, Kleidungsstücke, die sie ihr Leben lang wuschen und immer wieder anzogen. Viele von ihnen hatten nicht die leiseste Ahnung, was handwerkliches Geschick überhaupt bedeutete. Wie etwa diese Leute, die jetzt mit blutigen Füßen und aufgerissenen Mündern an ihm vorbeirannten, ihn aus dem Weg stießen und »Feuer!« riefen und schrien wie ihre Kinder. »Mickie!« schrien sie, und »Pendel, du Schwein!« Er suchte Marta unter ihnen, sah sie aber nicht, und wahrscheinlich war sie zu dem Schluß gekommen, daß er ihr zu besudelt war, zu widerwärtig. Er hielt nach Mendozas metallicblauem Mercedes Ausschau, vielleicht hatte das Auto ja beschlossen, die Seiten zu wechseln und sich der panischen Menge anzuschließen, aber er entdeckte keine Spur davon. Er sah einen Hydranten, der in der Mitte amputiert war, und schwarzes Blut über die Straße spritzte. Ein paarmal sah er Mickie, der ihm aber nicht einmal zunickte.

Beim Weitergehen stellte er fest, daß er ziemlich weit ins

Tal geraten war und daß es das Tal sein mußte, das in die Stadt führte. Aber wenn man allein mitten auf einer Straße geht, die man täglich mit dem Auto befährt, erkennt man die vertrauten Wahrzeichen nur unter Schwierigkeiten wieder, besonders wenn sie von Leuchtraketen erhellt sind und man von angstvoll fliehenden Menschen hin und her geschubst wird. Aber er wußte, wohin er wollte. Zu Mickie, zu Marta. Zu dem Zentrum des orangeglühenden Feuerballs, der ihn unverwandt anstarrte, der ihn vorwärts trieb und mit den Stimmen all der neuen guten panamaischen Nachbarn auf ihn einredete; und es war noch nicht zu spät für ihn, sie alle kennenzulernen. Und dort, wohin er nun lief, würde ihn bestimmt nie wieder jemand darum bitten, seine äußere Erscheinung zu verbessern, und dort gäbe es auch keine Menschen, die seine Träume mit ihrer furchtbaren Realität verwechseln würden.

Danksagung

Niemand, der mich beim Schreiben dieses Romans unterstützt hat, kann für eventuelle Mängel des Buchs verantwortlich gemacht werden.

In Panama gilt mein Dank zuallererst dem bekannten amerikanischen Autor Richard Koster, der mir mit enormem Elan und Einsatz viele Türen geöffnet hat und stets mit hilfreichen Ratschlägen zur Stelle gewesen ist. Alberto Valvo gewährte mir großmütig Zeit und Unterstützung. Roberto Reichard war ungemein hilfsbereit und gastfreundlich und erwies sich nach Abschluß des Buchs als der geborene Lektor. Der mutige Guillermo Sanchez, ein unerschrockener Kritiker Noriegas und bis zum heutigen Tag La Prensas wachsamer Kämpfer für ein anständiges Panama, erwies mir die Ehre, das fertige Manuskript zu lesen und ihm seinen Segen zu geben; das gleiche tat Richard Wainio von der Panamakanal-Kommission, der sogar da noch lachen konnte, wo weniger große Männer blaß geworden wären.

Andrew und Diana Hyde opferten trotz der Zwillinge manche Stunde ihrer kostbaren Zeit, verschonten mich mit neugierigen Fragen und bewahrten mich vor einigen peinlichen Schnitzern. Dr. Liborio García-Correa und seine Familie nahmen mich in die Familie auf und machten mich mit Menschen und Orten bekannt, zu denen ich sonst niemals vorgedrungen wäre. Ich werde Dr. García-Correa für die unermüdlichen Nachforschungen, die er mir zuliebe angestellt hat, ewig dankbar sein, sowie für die herrlichen Ausflüge, die wir gemeinsam unternommen haben – insbesondere nach Barro Colorado. Sarah Simpson, Besitzerin und Geschäftsführerin des Restaurants Pavo Real, servierte mir köstliche Speisen. Hélène Breebaart, die schöne Kleider für die schönen Frauen Panamas macht, beriet mich freundlich bei der Einrichtung meines Herrenschneidergeschäfts. Und die Mitarbeiter am Smithsonian Tropical Research Institute schenkten mir zwei unvergeßliche Tage.

Meine Schilderung des Stabs der Britischen Botschaft in Panama beruht auf reiner Erfindung. Die britischen Diplomaten und ihre Frauen, die ich in Panama kennengelernt habe, waren durchweg tüchtig, gewissenhaft und ehrenwert. Sie sind wahrlich die letzten, die gemeine Verschwörungen aushecken oder Goldbarren stehlen würden, und haben Gott sei Dank keine Gemeinsamkeiten mit den in diesem Buch geschilderten Fantasiegestalten.

In London gilt mein Dank Rex Cowan und Gordon Smith, die mich bei Pendels teilweise jüdischem Hintergrund berieten. Zu Dank verpflichtet bin ich ferner Doug Hayward in der Mount Street W, der mir einen ersten vagen Eindruck des Schneiders Harry Pendel ermöglichte. Sollten Sie jemals zu Doug gehen, um sich Maß für einen Anzug nehmen zu lassen, wird er Sie sehr wahrscheinlich in seinem Sessel neben der Eingangstür empfangen. Er hat auch ein gemütliches Sofa und einen Kaffeetisch, auf dem Bücher und Zeitschriften ausgelegt sind. Freilich hängt bei ihm leider kein Porträt des großen Arthur Braithwaite an der Wand, und er hält auch nicht viel von Klatschgeschichten in seinem Anproberaum, in dem eine ausgesprochen lebhafte und geschäftsmäßige Atmosphäre herrscht. Aber wenn Sie an einem stillen Sommerabend in seinem Geschäft die Augen schließen, hören Sie vielleicht das ferne Echo von Harry Pendels Stimme, wie er die Vorzüge von Alpakastoff oder Taguanußknöpfen preist.

Für Harry Pendels musikalische Vorlieben bin ich einem weiteren großartigen Schneider zu Dank verpflichtet, Dennis Wilkinson von L. G. Wilkinson in der St. George Street. Wenn Dennis zuschneidet, schließt er sich am liebsten in seinem Zimmer ein und hört seine Lieblingsklassiker. Alex Rudelhof hat mich in die intimen Geheimnisse des Maßnehmens eingeweiht.

Und schließlich wäre dieses Buch ohne Graham Greene

nie zustande gekommen. Nach Greenes *Unser Mann in Havana* habe ich mich von der Vorstellung eines Nachrichtenerfinders nicht mehr lösen können.

John le Carré